À PROPOS DE LA TÉTRALOGIE DES *GESTIONNAIRES DE L'APOCALYPSE*…

1. *LA CHAIR DISPARUE*

« […] LA PREMIÈRE TRANCHE D'UNE ŒUVRE
QUADRIPARTITE FOLLEMENT AMBITIEUSE. »
La Presse

« LES INTRIGUES PULLULENT, LES DOMAINES TOUCHÉS
ABONDENT […] TOUT COMME L'HUMOUR.
IMPRESSIONNANT ! »
Le Soleil

« DES HEURES ET DES HEURES
DE GRANDS PLAISIRS DE LECTURE. »
SRC – Indicatif Présent

« PLUS QU'UN SIMPLE ROMAN POLICIER OU
D'ESPIONNAGE, BIEN PLUS QU'UN EXCELLENT
THRILLER, VOICI UN COMMENTAIRE
SUR LE MONDE DE NOTRE TEMPS. »
Nuit blanche

2. *L'ARGENT DU MONDE*

« DANS CE THRILLER ORIGINAL, COMPLEXE ET
CAPTIVANT, JEAN-JACQUES PELLETIER PROPOSE UN
VOYAGE DANS L'UNIVERS DES FRAUDES FINANCIÈRES
ET DE LA MANIPULATION DES INDIVIDUS. »
Le Journal de Québec

« FICTION ? CERTAINEMENT, MAIS UNE VISION DU
DÉC... ... DANS LE DOS,
A... ...XPLOITATION
... ...E SOCIÉTÉ
... ...EURS. »

3. *Le Bien des autres*

LA FAIM DE LA TERRE
(Volume 2)
LES GESTIONNAIRES DE L'APOCALYPSE – 4

LA FAIM DE LA TERRE
(Volume 2)

JEAN-JACQUES PELLETIER

ALIRE

Illustration de couverture : BERNARD DUCHESNE
Photographie : ÉRIC PICHÉ

Distributeurs exclusifs :

Canada et États-Unis :
Messageries ADP
2315, rue de la Province
Longueuil (Québec) Canada
J4G 1G4
Téléphone : 450-640-1237
Télécopieur : 450-674-6237

France et autres pays :
Interforum editis
Immeuble Paryseine
3, Allée de la Seine, 94854 Ivry Cedex
Tél. : 33 (0) 4 49 59 11 56/91
Télécopieur : 33 (0) 1 49 59 11 33
Service commande France Métropolitaine
Tél. : 33 (0) 2 38 32 71 00
Télécopieur : 33 (0) 2 38 32 71 28
Service commandes Export-DOM-TOM
Télécopieur : 33 (0) 2 38 32 78 86
Internet : www.interforum.fr
Courriel : cdes-export@interforum.fr

Suisse :
Interforum editis Suisse
Case postale 69 – CH 1701 Fribourg – Suisse
Téléphone : 41 (0) 26 460 80 60
Télécopieur : 41 (0) 26 460 80 68
Internet : www.interforumsuisse.ch
Courriel : office@interforumsuisse.ch
Distributeur : OLS S.A.
Zl. 3, Corminboeuf
Case postale 1061 – CH 1701 Fribourg – Suisse
Commandes :
Tél. : 41 (0) 26 467 53 33
Télécopieur : 41 (0) 26 467 55 66
Internet : www.olf.ch
Courriel : information@olf.ch

Belgique et Luxembourg :
Interforum Benelux S.A.
Fond Jean-Pâques, 6, B-1348 Louvain-La-Neuve
Tél. : 00 32 10 42 03 20
Télécopieur : 00 32 10 41 20 24
Internet : www.interforum.be
Courriel : info@interforum.be

Pour toute information supplémentaire
LES ÉDITIONS ALIRE INC.
C. P. 67, Succ. B, Québec (Qc) Canada G1K 7A1
Tél. : 418-835-4441   Fax : 418-838-4443
Courriel : info@alire.com
Internet : www.alire.com

Les Éditions Alire inc. bénéficient des programmes d'aide à l'édition de la Société de développement des entreprises culturelles du Québec (SODEC), du Conseil des Arts du Canada (CAC) et reconnaissent l'aide financière du gouvernement du Canada par l'entremise du Programme d'aide au développement de l'industrie de l'édition (PADIÉ) pour leurs activités d'édition.

Gouvernement du Québec – Programme de crédit d'impôt pour l'édition de livres – Gestion Sodec.

Dépôt légal : 4ᵉ trimestre 2009
Bibliothèque nationale du Québec
Bibliothèque nationale du Canada

10ᵉ MILLE

TABLE DES MATIÈRES

Avertissement au lecteur

Certains lieux, certaines institutions et certains personnages publics qui constituent le décor de ce roman ont été empruntés à la réalité.

Toutefois, les événements qui y sont racontés, de même que les actions et les paroles prêtées aux personnages, sont entièrement imaginaires.

LIVRE 3

Les Écoles assassines

Opérationnellement, il faut donc s'assurer qu'il y ait des disettes et des famines, que les gens manquent d'eau, qu'il y ait de multiples contaminations et que les récoltes soient sans cesse menacées. Il faut surtout faire en sorte que les gens en viennent à croire que cette situation est irréversible. Que les pénuries seront durables.

Guru Gizmo Gaïa, *L'Humanité émergente*, 3- Le Projet Apocalypse.

JOUR - 1

MONTRÉAL, ÉCOLE DES HEC, 2 H 27

Tout au long de la nuit, Edmond Cadieux avait travaillé avec intensité. Il fallait qu'il rattrape le temps qu'il avait pris pour installer les huit petites bonbonnes.

Il en avait placé cinq dans des amphithéâtres et trois dans des salles de cours. Toujours dissimulées dans des endroits où les gens n'iraient normalement pas regarder : sous des chaises, à l'intérieur d'un bureau… Il suffisait que leur existence demeure secrète pendant quelques heures.

Il lui restait une seule salle à nettoyer. C'était une affaire d'une douzaine de minutes. Quinze au plus. Ensuite, il pourrait partir.

Il ferait d'abord un saut au dépanneur, pour acheter une pizza congelée, puis il se rendrait chez lui. Marcus Harp l'y attendrait.

Edmond avait hâte de lui rendre compte de sa mission. Harp avait insisté pour que son travail d'entretien soit impeccable malgré la surtâche que constituait l'installation des bonbonnes. De cette façon, on ne le soupçonnerait pas. C'était indispensable. Car on comptait sur lui. Il avait encore plusieurs missions à accomplir.

Dans une semaine ou deux, il quitterait son emploi et il se ferait embaucher ailleurs. Encore à l'entretien ménager. Même si le salaire était ridicule. L'organisation lui accorderait un soutien financier pour compenser sa faible rémunération. Après un délai de quelques mois, on ferait de nouveau appel à lui. Car il ne fallait pas se faire d'illusions. Il était irréaliste de penser que le gouvernement céderait après un seul coup de semonce. Les capitalistes qui détruisaient l'environnement et empoisonnaient les gens avaient de puissants lobbys. Il faudrait encore plusieurs opérations avant que les pesticides et les défoliants soient totalement interdits.

La première fois qu'Edmond Cadieux avait été exposé à des doses massives de défoliant, il était étudiant. Un travail d'été. Entretien de la frontière. Il fallait nettoyer une bande d'une vingtaine de mètres entre le Canada et les États-Unis. Raser la végétation qui s'obstinait à y pousser. Pour économiser sur le coût d'entretien, on répandait ensuite du défoliant – une mesure préventive pour ralentir la repousse.

Toujours par mesure d'économie, le défoliant leur parvenait dans des barils sous une forme très concentrée. On aurait dit une sorte de mélasse noire. Ça leur coulait souvent sur les mains quand ils en versaient dans des bidons d'eau pour le diluer. Il se souvenait de la proportion : 1/50.

Plusieurs années plus tard, quand Edmond avait compris les effets des défoliants sur la santé, il avait tenté d'obtenir des informations sur le produit utilisé à l'époque. Sans succès… Son seul indice était une remarque qu'avait faite l'ingénieur qui dirigeait les travaux : il leur avait demandé de se laver les mains sans attendre si le produit entrait en contact avec la peau. Sous-entendu : ça pouvait être dangereux. Mieux valait ne pas courir de risque.

Mais ils travaillaient dans la forêt. Souvent, ils devaient marcher une demi-heure pour trouver de l'eau.

Et puis, quand ils vaporisaient le produit sur les plantes, le moindre coup de vent leur en renvoyait une partie à la figure. Alors, se laver les mains…

Un jour, l'ingénieur avait ajouté à la blague qu'ils perdraient tous les poils de leur corps s'ils ne se protégeaient pas. Et qu'ils repousseraient orange.

C'était en se souvenant de cette remarque particulière qu'Edmond avait pensé à l'agent orange et qu'il avait pris la décision d'entreprendre des démarches. Il y avait peut-être un lien avec ses problèmes d'eczéma, qui étaient particulièrement sévères sur les mains et autour des chevilles, deux des endroits de son corps qui avaient été plus exposés à la mystérieuse mélasse noire.

Le fonctionnaire sur lequel il avait fini par tomber, après une dizaine de renvois d'un bureau à l'autre, lui avait dit qu'il n'y avait plus aucune documentation sur ce programme d'entretien de la frontière. Les archives antérieures à dix ans avaient été détruites.

Quand Edmond avait insisté, le ton des réponses était devenu impatient : les ressources étaient limitées ; il y avait des priorités.

Exaspéré, Edmond avait demandé au fonctionnaire si son échelle de priorités avait un rapport avec le fait que les personnes employées à l'époque étaient des bûcherons plus ou moins à la retraite et des étudiants désargentés. Le fonctionnaire avait répliqué qu'on n'allait certainement pas remuer ciel et terre pour une affaire datant de plus de vingt ans, dont aucun média ne parlait et qui n'avait fait aucune victime recensée. Après quoi, il avait raccroché.

C'est environ un mois après ces événements qu'Edmond Cadieux avait rencontré Harp, un Américain émigré au Canada pour échapper au capitalisme sauvage et guerrier dans lequel les républicains avaient entraîné son pays. Harp pensait que les beaux discours ne suffisaient pas. Il lui avait parlé des US-Bashers. Un groupe qui avait pour objectif de ramener les gouvernements dans les mains des vrais Américains. Ce qui impliquait de s'en prendre aux exploiteurs qui les contrôlaient. Aux capitalistes. Mais sans verser dans le terrorisme. Pour cela, il fallait des actes symboliques. Des actes qui réveilleraient la population.

Edmond n'avait pas été long à convaincre. Surtout quand Harp lui avait parlé de monter une opération contre un des temples de ce capitalisme à courte vue qui détruisait la planète. Il était temps que quelqu'un se tienne debout. Il était temps que quelqu'un force le gouvernement à interdire l'utilisation des pesticides et des défoliants.

Ce serait le grand rire jaune. Huit bonbonnes de gaz hilarant dans différentes salles de l'école des HEC. Là où l'on formait les exploiteurs de demain.

Le message qui serait envoyé aux médias jouerait sur ce symbole.

Ce n'est pas parce qu'ils rient qu'ils sont drôles.
Ces gens se forment aujourd'hui pour rire de nous demain.

PARIS, 9 H 11

Chamane regardait l'écran par-dessus l'épaule de Geneviève. Dans une fenêtre, elle faisait défiler une interminable liste de liens Internet.

— Je ne vais pas me taper tout ça, dit-elle.

— Désolé. Je n'ai pas eu le temps de les classer par sujets.

Geneviève se tourna vers Chamane. Sourit.

— Je suis enceinte, dit-elle. Pas malade. Pas handicapée. Enceinte… Ce n'est pas un « problème » à régler.

— Mais… je pensais…

Le sourire de la jeune femme s'élargit.

— Je vais faire un enfant : pas une thèse.

Elle l'embrassa puis le regarda dans les yeux en lui prenant la tête entre les mains.

— Je suis certaine que tu as suffisamment de problèmes à régler sans me construire un cours de préparation à l'accouchement.

Chamane était embarrassé.

— Je voulais te montrer que j'étais intéressé… à ce que… tu vis… À notre enfant.

— Il y a deux choses que tu peux faire.

— Quoi ? répondit anxieusement Chamane.

Il semblait impatient de se mettre à l'ouvrage.

— Continue de t'intéresser à moi… Et, surtout, n'essaie pas de changer.

Sur ce, elle le renvoya travailler à son bureau. Puis elle ajouta, pendant qu'il s'éloignait :

— Tu n'avais pas un pirate informatique à trouver, toi ?

— D'accord, d'accord… Je vais aller à la chasse aux pirates.

Dix minutes plus tard, Chamane avait mis à l'écran de son portable l'esquisse de son prochain plan d'attaque. Le problème, c'était qu'il manquait de temps. Il ne pouvait pas, en même temps, traquer le pirate qui avait infiltré le réseau de l'Institut, assurer la sécurité du réseau de relève et répondre aux demandes urgentes de Blunt, de Poitras et de Dominique.

Après avoir tergiversé plusieurs minutes, il se rendit sur le site des U-Bots. Il laissa deux messages dans la salle des rencontres. Un pour TermiNaTor, un autre pour Road Runner.

Avec lui, c'étaient les deux membres les plus anciens des U-Bots. Il en avait même rencontré un des deux *live* : ils avaient fait une partie de leur école secondaire ensemble, le temps de découvrir Internet et d'adopter leurs noms de *hackers*. Puis ils s'étaient perdus de vue, pour ainsi dire : leurs échanges s'étaient réduits à des rencontres sur le Net.

Dans son message, Chamane leur proposait un rendez-vous virtuel. Comme les messages avaient été déposés dans leur boîte personnelle, aucun autre membre ne serait au courant de leurs échanges.

MONTRÉAL, 4 H 35

Edmond Cadieux dormait pesamment, le corps affalé sur la table de la cuisine, la tête posée sur son avant-bras gauche. Skinner le regardait en souriant, se demandant si la naïveté n'était pas une maladie mentale non reconnue. C'était probablement le cas, songea-t-il. Et la raison de cette non-reconnaissance était certainement son utilité. Tous les gens au pouvoir avaient intérêt à ce que cette maladie se répande de façon endémique dans la population.

Skinner enleva sa perruque à la Harpo Marx, ses lunettes, sa moustache, ses faux sourcils et rangea tous ses accessoires dans un porte-documents. Il prit ensuite la petite bonbonne qui était sur la table, à côté d'Edmond Cadieux, amorça le mécanisme et la reposa sur la table. Après quoi, il se dirigea lentement vers la sortie. Il n'était pas pressé. Il lui restait encore deux minutes avant que le gaz contenu dans la bonbonne se répande dans la pièce.

Contrairement à ce que croyait Edmond Cadieux, ce n'était pas du gaz hilarant. En fait, dans toute cette opération, il n'y avait aucunement matière à rire. À moins, bien sûr, d'adopter un point de vue supérieur. De savourer l'ironie profonde de la situation : alors que les intervenants croyaient poursuivre leur idéal, ils contribuaient en fait à la victoire de ce qu'ils combattaient.

Mais ça, c'était l'histoire de l'humanité, comme le disait Jessyca Hunter. Et ça le serait de plus en plus, à mesure que les techniques de manipulation continueraient de se développer. C'était inévitable. On appelait ça la démocratie médiatique. Les médias étaient l'ébauche du futur système nerveux de l'humanité. Le réseau qui contrôlerait l'ensemble des individus et les ferait agir dans l'intérêt de l'ensemble.

Tout en reconnaissant le caractère probablement inévitable de l'évolution de l'humanité que lui avait peinte madame Hunter, Skinner était heureux de vivre à un moment de l'histoire où ce système central n'était pas encore achevé. C'était dans l'anarchie autodestructrice des conflits humains que les gens comme lui trouvaient les plus grandes occasions de mettre à profit leurs talents.

ÉTRETAT, 11 h 45

Le petit carré de granit rose se découpait nettement dans la pelouse. Trois lettres y étaient inscrites : KIM.

À son arrivée en Normandie, F avait une idée précise de l'endroit où elle voulait enterrer Kim : le vieux cimetière de Fécamp. Elle avait découvert les lieux au cours de son premier voyage en France, à l'époque où elle ne connaissait pas encore le Rabbin.

En guise de monuments funéraires, des barques sculptées dans la pierre émergeaient de la végétation. On aurait dit qu'elles flottaient sur la mer de verdure qui avait pris d'assaut le cimetière. Quelle plus belle image pouvait-on trouver, comme symbole du voyage immobile que Kim allait entreprendre ? comme image de la mort, figée, inaltérable, qui surnage à la surface de la vie ?

Mais l'endroit n'existait plus. En 1987, le cimetière avait disparu pour faire place à un supermarché. D'où, à la suggestion de monsieur Claude, le choix de ce petit cimetière, près d'Étretat. Ici, on pouvait raisonnablement espérer que la tombe de Kim serait protégée de la boulimie des développeurs.

F fixa un long moment le petit carré de granit rose, puis elle releva la tête et parcourut des yeux le reste du cimetière.

L'endroit dégageait une certaine sérénité. Du haut de la falaise, le regard dominait la mer ainsi qu'une partie de la région. Pas étonnant que les autorités aient fait de l'endroit un lieu patrimonial.

C'était bien.

« Trouvez un endroit qui respire le calme et l'harmonie », avait dit Bamboo Joe. « Toute sa vie, elle a recherché l'apaisement. »

Les « relations » de monsieur Claude avaient facilité les choses. Il avait suffi de quelques heures pour que le corps de Kim soit incinéré puis enterré discrètement dans ce petit cimetière, fermé depuis longtemps aux nouvelles sépultures.

Pour ne pas attirer indûment l'attention, les hommes de monsieur Claude avaient endossé un déguisement de spécialistes en entretien paysager. Ils avaient creusé un trou juste suffisant pour accueillir les cendres de Kim. La terre enlevée avait d'abord été déposée sur une toile de plastique. Puis, une fois l'urne en place et le trou rempli, le résidu avait été recueilli dans un sac pour être jeté sur la plage. Quant à la plaque de granit, elle s'ajustait exactement au carré qu'ils avaient découpé dans la pelouse. Elle était même un peu juste, comme si l'herbe avait eu le temps de commencer à la prendre d'assaut.

Précaution supplémentaire, la sépulture était située dans un coin retiré du cimetière, derrière un buisson de rosiers. Il était hautement improbable que les visiteurs occasionnels se rendent compte que l'endroit avait été réaménagé. Quant au responsable du cimetière, qui avait la charge de son entretien, il avait lui-même modifié les archives du cimetière pour y inscrire le nom de Kim, en prenant soin d'y mettre une date d'inhumation antérieure à la fermeture du cimetière. Le corps de la jeune femme était désormais protégé par les dispositions de la loi sur la protection des lieux patrimoniaux. Il y avait peu de risques que la dernière demeure de Kim soit perturbée.

RADIO FRANCE INTERNATIONALE, 12 H 01

... REGROUPENT DES SCIENTIFIQUES DE PLUSIEURS PAYS AURA LA TÂCHE DÉLICATE DE STATUER SUR LES IMPACTS FUTURS DES ATTENTATS AUX DEUX PÔLES. LA NOMINATION DES MEMBRES A FAIT L'OBJET D'ÂPRES DISCUSSIONS AU CONSEIL DE SÉCURITÉ, ÉTANT DONNÉ L'INTÉRÊT STRATÉGIQUE DE CES RÉGIONS AINSI QUE LES REVENDICATIONS DE SOUVERAINETÉ CONFLICTUELLES DE PLUSIEURS PAYS. LES PREMIERS RÉSULTATS NE DEVRAIENT PAS ÊTRE CONNUS AVANT UN AN.

DANS UN AUTRE DOMAINE, LE G20 A DÉCIDÉ D'ACCORDER UN STATUT PRIVILÉGIÉ AUX ENTREPRISES DE L'ALLIANCE MONDIALE POUR L'ÉMERGENCE. EXPLIQUANT QUE LA DÉCISION AVAIT ÉTÉ PRISE DANS LES INTÉRÊTS SUPÉRIEURS DE L'HUMANITÉ...

ÉTRETAT, 12 H 04

Dans ce cimetière, c'était aussi une grande partie de sa vie que F enterrait. Pendant plus de vingt ans, diriger l'Institut avait monopolisé l'essentiel de son temps. Maintenant, elle abordait une nouvelle étape. Il lui fallait accepter de passer à autre chose.

Elle regarda une dernière fois le bloc de granit rose, le buisson, la clôture du cimetière, les tombes aux alentours…

Elle soupira.

Valait-il encore la peine de se battre, de sacrifier autant, dans un monde où même les cimetières mouraient ?…

Puis elle se ressaisit. Le temps n'était pas à l'apitoiement sur soi, fût-il déguisé en questions philosophiques.

Lorsqu'elle avait appris le décès de Kim, elle avait construit des murs intérieurs pour contenir les sentiments de perte, de rage et d'injustice qu'elle avait éprouvés. De culpabilité, aussi. Car elle se sentait responsable de sa mort. Mais il y avait des choses à faire. Des choses urgentes. C'était le projet le plus important de sa vie. Plus tard viendrait le temps de la peine et de la douleur. Peut-être… Si elle avait de la chance.

En sortant du cimetière, elle s'efforça de raffermir sa contenance. C'est d'une voix posée qu'elle demanda à monsieur Claude, qui l'attendait :

— Claudia ?

— Toujours rien.

Elle prit quelques secondes pour digérer l'information.

— Il y a donc des chances qu'elle soit encore en vie, reprit-elle.

— Et qu'elle puisse parler.

— Et qu'elle puisse parler, répéta F comme pour soupeser toutes les implications de ces quelques mots.

MONTRÉAL, 8 H 24

Jean-Marc Tardieu avait fait une exception. Au lieu de partir en Europe aussitôt la session régulière terminée, pour se consacrer à la rédaction d'articles et préparer sa participation à différents colloques, il avait accepté de donner un cours pendant la première session d'été.

Tout occupé à démêler les feuilles qu'il allait distribuer aux étudiants pendant le cours, il n'entendit pas le petit chuintement qui aurait pu le prévenir que quelque chose d'inhabituel se produisait.

Quand il sentit ses yeux devenir pleins d'eau et le nez lui couler, il se moucha en pensant qu'il avait une crise d'allergie. Puis il réalisa qu'il suait abondamment et qu'il avait vraiment beaucoup de salive dans la bouche. Ça, ce n'était pas une crise d'allergie normale.

Il se leva dans l'intention d'aller aux toilettes. Son idée était de se moucher et de se mettre de l'eau froide sur le visage.

À peine debout, il réalisa qu'il avait la vue brouillée. Probablement à cause des larmes. Sa respiration s'était accélérée. Dans sa poitrine, la pression augmentait. « Une crise cardiaque », songea-t-il. Il se sentait de plus en plus faible. Pour ménager ses forces, il s'assit sur le coin de la table. Sa vue était de plus en plus embrouillée.

Par chance, quelqu'un venait dans sa direction. Un homme, d'après la silhouette floue qu'il apercevait. Il avait dû se rendre compte que quelque chose n'allait pas. Il venait lui porter secours. Toutefois, avant d'arriver à lui, l'individu se mit à vaciller. Puis il s'écroula.

C'est à ce moment-là que Jean-Marc Tardieu comprit que ce n'était décidément pas une crise d'allergie. Que ce n'était pas son corps à lui qui était la cause du problème. Mais il n'eut pas le temps de pousser plus loin sa réflexion: il s'écroula à son tour, toussota à quelques reprises sans vraiment s'en rendre compte et mourut dans les minutes qui suivirent.

Déficience respiratoire, conclurait le médecin légiste lorsqu'il aurait l'occasion de l'examiner.

Lévis, 8 h 32

Dominique continuait de s'interroger sur les raisons qui avaient amené F à lui laisser la responsabilité de choisir le prochain emplacement de l'Institut: autant cela pouvait être considéré comme une marque de confiance, autant cela laissait présager que les choses ne seraient plus comme avant.

Le départ de F avait contribué à renforcer sa perplexité. La préparait-elle à l'idée qu'elle devait maintenant la remplacer de façon définitive ?… Cela aurait expliqué pourquoi, avant de partir, elle lui avait fourni tous les codes permettant d'accéder aux dossiers les plus secrets de l'organisation : agents en dormance, informateurs de premier niveau, informations sur plusieurs membres éminents de la communauté du renseignement, accès à tous les dossiers de la Fondation…

Et si c'était le cas, si son départ était définitif, est-ce que cela avait un rapport avec Fogg ?… Il y avait entre ces deux-là quelque chose qui lui échappait.

Dominique ramena son regard vers l'écran de l'ordinateur. Elle était sur le site Internet de *Cyberpresse*. La principale nouvelle concernait la salubrité de l'eau.

> … À LA SUITE DE L'EMPOISONNEMENT DE DEUX ENFANTS ET D'UN ADULTE À BEAULAC-GARTHBY, UN GROUPE DE CITOYENS RÉCLAME L'INTERDICTION DE LA VENTE DE L'EAU NATURELLE NON TRAITÉE. LA MINISTRE S'EST DITE SENSIBLE À LEURS PRÉOCCUPATIONS…

« Curieux », songea Dominique. Au moment où l'eau embouteillée était la cible des terroristes, des manifestants réclamaient qu'on s'occupe en priorité du « problème » de l'eau naturelle. Drame à l'appui… Ça ressemblait aux attaques dans les médias contre les produits bio au moment même où un champignon commençait à ravager le stock de céréales de la planète. S'agissait-il d'une attaque concertée contre tout ce que ne contrôlait pas la grande industrie alimentaire ?

Si c'était le cas, y avait-il un lien avec HomniFood et les manœuvres financières que Poitras avait découvertes ? Se pouvait-il qu'une opération d'ampleur planétaire soit en cours ?… C'était l'hypothèse que Blunt avait soulevée. Mais Dominique demeurait sceptique.

Des magouilles internationales, ce n'était rien de nouveau. Cela allait presque de soi. Mais une coordination mondiale de ces magouilles ? Une concertation planétaire ?... À part les manœuvres du Consortium dans le domaine de la criminalité, les seuls phénomènes du genre suffisamment documentés concernaient les pétrolières et le commerce du diamant. Et encore, la preuve ne satisfaisait pas tout le monde. On était loin des céréales. Même si, avec les producteurs de semences... D'un autre côté, les céréales, c'était aussi l'éthanol, les biocarburants. Ce n'était pas si loin des pétrolières, après tout.

La réflexion de Dominique fut interrompue par un signal d'avertissement en provenance de l'ordinateur. Un appel entrait sur le réseau sécurisé. Le nom de Théberge s'afficha à l'écran.

La Première Chaîne, 8 h 36

> ... PAR L'AGENCE DE NOTATION GREENSPAM, QUI ÉVALUE LA COMPATIBILITÉ ENVIRONNEMENTALE DES ENTREPRISES. LA COTE AA+ ACCORDÉE À HOMNIFOOD EST JUSQU'À MAINTENANT LA PLUS HAUTE DÉCERNÉE PAR L'AGENCE À UNE ENTREPRISE...

BROSSARD, 8 h 38

— Et vous partez quand ? demanda la voix de Dominique.

— Ce soir.

L'ex-inspecteur-chef Théberge s'efforçait de conserver un ton détaché. Il avait cependant conscience de partir pour un voyage dont il ignorait tout de la durée et de l'issue. La seule chose qu'il savait, c'était qu'il pouvait faire confiance à Gonzague – l'autre Gonzague –, son ami qui avait dirigé les Renseignements généraux et qui travaillait maintenant à la nouvelle Direction centrale du renseignement intérieur. Il lui trouverait un endroit sûr, où son épouse ne serait plus en proie au harcèlement des médias. En fait, il leur avait déjà trouvé un appartement. Et il l'aiderait à poursuivre l'enquête qu'il avait décidé d'entreprendre.

— Si vous avez besoin de quoi que ce soit...

— Je sais. Je te promets de rester en contact.

— Autant que possible, utilise le logiciel de communication de ton ordinateur portable.

— D'accord.

— Je vais t'envoyer un deuxième numéro d'urgence par courriel. Pour me joindre par téléphone. Au cas où tu aurais des problèmes avec ton ordinateur.

— Il est utilisable une seule fois, lui aussi ?

— Oui. Et après l'avoir utilisé…

— Je sais. Je me débarrasse de la carte SIM de mon portable.

LÉVIS, 8 H 41

Après avoir raccroché, Dominique quitta son bureau et alla se préparer un café à la cuisine. Pas tant parce qu'elle avait envie d'un café que parce qu'elle avait besoin de faire quelque chose. De reprendre contenance.

Avec Théberge, c'était un autre pan de son passé qui s'éloignait d'elle. Comme seuls contacts, il lui restait Bamboo Joe et Blunt. Le premier lui rendait de brèves visites aux moments les plus inattendus et il se contentait de lui répéter qu'elle n'avait plus vraiment besoin de son aide, qu'elle devait apprendre à se faire confiance. Quant à Blunt, il était sur un autre continent et leurs rencontres se limitaient à des échanges de courriels. Au mieux, à des échanges vidéo.

Tout en regardant couler son café, elle songeait à l'époque où elle s'occupait des filles du Palace. Leur présence ne lui avait jamais autant manqué.

CNN, 9 H 01

… UNE DIZAINE DE VICTIMES, SELON LA POLICE DE CHICAGO. LE HARPER CENTER, OÙ EST SITUÉE LA GRADUATE SCHOOL OF BUSINESS, A ÉTÉ ISOLÉ. DES TRACES DE CONTAMINATION ONT ÉTÉ IDENTIFIÉES CHEZ ONZE DES PERSONNES QUI ONT RÉUSSI À SORTIR DE L'ÉDIFICE. ON IGNORE TOUJOURS LES MOTIFS DES AUTEURS DE L'ATTENTAT. LE SEUL MESSAGE QU'ILS ONT LAISSÉ EST LE MOT « TABUN » ÉCRIT SUR LE MUR D'UNE DES SALLES DE COURS. POUR LE BÉNÉFICE DE NOS AUDITEURS, RAPPELONS QUE LE TABUN EST UN GAZ INODORE, DONT L'EFFET EST SEMBLABLE À CELUI DU…

Montréal, SPVM, 9 h 03

Crépeau avait récupéré dans son bureau la cafetière espresso et la chaise berçante de Théberge. C'était une façon de rester en contact. Pour l'instant, il était assis derrière son bureau. Il jeta un coup d'œil au journal ouvert devant lui. La page trois de l'*HEX-Presse* était surmontée d'un titre qui faisait les cinq colonnes.

LES ÉMEUTES DE LA FAIM

Ça recommençait. Et cette fois, ce n'était pas seulement dans les pays en développement. La hausse du prix des aliments frappait une grande partie des classes populaires occidentales. En Italie, c'était le prix des pâtes qui suscitait la grogne. En France, celui de la baguette. En Bavière, il y avait eu des manifestations à cause de l'augmentation du prix du houblon.

Crépeau leva les yeux du journal pour regarder Morne. L'homme du PM était assis dans un des deux fauteuils placés devant le bureau. Il attendait patiemment une réponse à la question qu'il avait posée.

— Il ne répond pas au téléphone, dit Crépeau. Et il a déjà vidé son bureau… Je ne vois pas comment on pourrait le retenir.

— Donc, vous ne pouvez rien faire… Et pour les questions qui préoccupent le PM ?

Crépeau jeta un œil distrait sur les sous-titres qui découpaient la page en blocs d'inégales longueurs.

Policiers débordés à Londres

Corrida dans les rues de Madrid : 51 manifestants blessés, 2 morts

Naples : après le déluge des déchets, la disette de pâtes

La Maison-Blanche promet de financer les banques alimentaires

Il poussa un soupir, fixa Morne pendant quelques secondes en silence et poussa un autre soupir.

— Vous pouvez lui annoncer que nous sommes d'accord avec lui, dit-il : le terrorisme est une vilaine chose.

Nous allons nous efforcer de le combattre. Mais il doit comprendre que nous n'avons pas vraiment les moyens de lutter contre ça.

— On ne vous demande pas de nettoyer la planète : seulement la ville.

— Est-ce que ça inclut le terrorisme radiophonique ?

Morne ne put réprimer une moue de contrariété.

— Vous n'allez pas vous y mettre vous aussi !

Crépeau ne répondit pas à la remarque. Il se demanda néanmoins si son attitude n'était pas un effet secondaire du poste qu'il occupait. Tous les directeurs dont il se souvenait avaient manifesté cette forme d'ironie acide, particulièrement lorsqu'ils devaient traiter avec des politiciens.

Il poursuivit sur un ton qu'il s'efforça de rendre le plus neutre possible, presque avenant :

— Je veux seulement relever le fait que le but des terroristes, c'est de terroriser. Si la radio fait leur jeu en montant tous les attentats en épingle, en dénonçant sans arrêt l'impuissance de la police et en incitant les gens à la panique… disons que ça ne facilite pas les choses.

— Sur ce point, je suis d'accord avec vous, concéda Morne. Mais si on fait le moindre geste, les médias vont crier à la censure. Ils vont dire qu'on cherche à cacher des choses, que la situation est probablement encore pire que tout ce qu'ils disent !

— Je voudrais bien mettre plus d'effectifs pour protéger les sièges sociaux des multinationales et les commerces d'alimentation visés par les manifestants… Je voudrais bien. Mais il me faudrait dix fois plus de personnel que ce que j'ai.

— Le premier ministre va annoncer demain la constitution d'une réserve provinciale de céréales pour parer à toute disette : ça devrait faire baisser la pression.

— Il y a aussi les représailles contre les musulmans. Ça s'est un peu calmé, mais si jamais il y avait d'autres incidents…

— Si vous le voulez bien, c'est un pont que nous traverserons quand nous y serons rendus… Pour ce qui est de votre situation personnelle, le PM et le maire vont émettre un communiqué conjoint affirmant que vous avez leur entière confiance. Que toute cette histoire était un malentendu.

Crépeau esquissa un sourire.

— C'est une déclaration qui vaut pour combien de temps?

— À moins de faire des vagues ou de laisser proliférer les catastrophes, vous n'aurez plus de problèmes.

La conversation fut interrompue par la sonnerie du téléphone portable de Crépeau. Il prit l'appareil à sa ceinture, regarda le numéro sur l'afficheur, répondit, écouta pendant une vingtaine de secondes, murmura un bref « J'arrive », remit l'appareil à sa ceinture et se leva.

— Il faut que j'aille immédiatement aux HEC, dit-il. Il semble qu'il y a eu un nouvel attentat.

— Pas encore un tireur fou? demanda Morne, atterré.

— Il y en a que vous trouvez équilibrés? répliqua Crépeau d'une voix calme, comme s'il s'agissait d'une vraie question.

Puis il partit sans attendre la réponse.

Longueuil, 9 h 11

Victor Prose nota l'information qu'il venait de trouver dans le document où il compilait les comportements aberrants de l'espèce humaine.

En un demi-siècle, la production de spermatozoïdes dans l'espèce humaine a diminué en moyenne de 50 %.

Il s'agissait d'un comportement non volontaire et non concerté, mais particulièrement révélateur de l'évolution de l'humanité vers la catastrophe. Il relut ensuite la note qu'il avait prise un peu plus tôt.

Le chromosome Y serait en voie de disparition. Il ne contient déjà que 80 gènes contre les 3000 à 4000 du chromosome X. Contrairement au chromosome X, il ne peut pas se réparer par hybridation.

Même sans terroristes, l'espèce s'acheminait vers sa disparition. Au mieux, ce serait un processus lent et paisible. Mais inexorable. On finirait par ne plus être capable de se reproduire. À moins qu'on s'en remette complètement à la reproduction artificielle. C'était un thème récurrent dans les romans et les séries télé de science-fiction.

Prose soupira, ferma le site d'informations scientifiques puis le dossier qu'il avait baptisé « La fin du monde achève », manière de signifier que le processus était en cours depuis longtemps, qu'il était peut-être consubstantiel à l'évolution de l'humanité... ou même de l'univers comme tel.

Il était temps de revenir à des préoccupations qui, sans être plus concrètes, étaient plus terre à terre. De la survie de l'humanité, il passa à la sienne.

Il ouvrit la liste des sites d'informations générales qu'il parcourait tous les jours. Le premier était un site de pari en ligne. Il eut la satisfaction de voir que sa cote ne bougeait presque plus : s'il fallait en croire les parieurs, ses chances de survie s'étaient stabilisées à 7 contre 5. Une majorité de parieurs semblait maintenant convaincue qu'il survivrait. Étrangement, malgré ce qu'il pensait de ce genre d'activité, il se sentit réconforté.

Le deuxième site était celui de Canoë. On y annonçait en primeur une nouvelle attaque terroriste. Une fois de plus, Montréal avait été frappé. L'école des HEC.

À mesure qu'il lisait, Victor Prose ressentait un certain soulagement. Pendant quelques jours au moins, la pression se relâcherait. La télé, la radio et les sites Internet n'en auraient que pour les nouveaux attentats terroristes. À leurs yeux, son existence deviendrait marginale.

Ironiquement, le déficit d'attention chronique des médias, qu'il avait souvent critiqué, jouerait en sa faveur.

Puis son esprit revint à la nature de l'attentat. Après une église et un musée, une école. Il y avait là un inventaire systématique. Tous les principaux vecteurs de la culture occidentale étaient visés. Mais les terroristes ne se contentaient pas de suivre un plan : ils voulaient le rendre visible. Pour quelle raison ? Et quelle serait la prochaine cible ? Une bibliothèque ? Une station de télé ?…

Il décida d'appeler Grondin.

Montréal, SPVM, 9 h 15

L'inspecteur Grondin transféra le combiné téléphonique dans sa main droite et il secoua sa main gauche, comme pour la libérer d'une armée de fourmis.

Il résista cependant à la tentation de se gratter : le soulagement momentané de la démangeaison aurait été suivi d'une aggravation. Il ne le savait que trop. La seule solution était de laisser au médicament le temps de produire son effet.

— Donc, dit-il, vous avez une idée de ce qui pourrait être la prochaine cible des terroristes.

— C'est une question de logique, répondit Prose. Ils ont eux-mêmes donné leur programme : après les églises et les musées, les écoles. Ils s'attaquent à toutes les institutions qui véhiculent la culture de l'Occident.

— Et vous en concluez ?

— Je surveillerais la Grande Bibliothèque. Je surveillerais aussi le siège social des principaux médias : Radio-Canada, TVA, HEX-Médias…

— Je vous promets d'en parler au directeur Crépeau aussitôt que je réussis à le voir. Avec ce qui vient de se passer aux HEC…

— Je comprends. Vous venez toujours cet après-midi ?

— À moins qu'il y ait une urgence…

— J'ai pensé à autre chose. Les attentats écoterroristes… Ils s'en sont pris aux céréales, puis à l'eau potable.

— Oui.

— À mon avis, le prochain attentat, ce sera quelque chose dans l'air.

— Je ne vois pas le lien.

— La terre, l'eau, l'air… Ensuite, ce sera probablement le feu. Les quatre éléments.

— Vous pensez que l'attentat avec un gaz mortel pourrait être lié aux écoterroristes ?

— Peut-être.

— Qu'est-ce que vous en déduisez ?

— Ou bien c'est pour mêler les cartes, ou bien…

— Ils travaillent ensemble.

— C'est une hypothèse. Une autre, c'est que ce soit le même groupe.

LONDRES, AÉROPORT DE STANSTED, 14 H 22

Hadrian Killmore ne se rappelait pas avoir rencontré Larsen Windfield ailleurs que dans un aéroport. Que leurs rencontres aient lieu au Bahrein, à Londres, à Shanghai ou à New York, elles se déroulaient invariablement dans la salle VIP d'une ligne aérienne. À croire qu'il passait le plus clair de son temps à bord d'un avion !

Windfield posa le verre de pinot grigio sur la petite table à côté de son fauteuil.

— Les préparatifs sont terminés, dit-il. L'opération *Simoun* sera déclenchée dans…

Il regarda l'heure sur sa montre, y enleva une petite tache sur le boîtier avec son ongle.

— … moins de vingt heures.

Il sortit un stylo de la poche intérieure de son veston et le tendit à Killmore.

— Vous y trouverez les détails de toutes les opérations. Autant celles déjà amorcées que celles à venir.

Killmore prit le stylo. Il inclina légèrement la tête en signe d'assentiment.

— Je ne suis pas inquiet, dit-il en mettant le stylo dans la poche intérieure de son veston. Je suis persuadé que vous serez aussi efficace que vos trois collègues.

Un sourire passa sur le visage de Windfield.

— J'en suis également persuadé. Mon seul souci concerne le *timing*. J'aurais préféré qu'on laisse davantage le temps à la diversion de produire ses effets. Vingt-quatre heures entre les deux séries d'attentats, c'est court. Les médias n'auront pas eu le temps d'exploiter à fond les événements.

Killmore fixa les yeux gris pâle de Windfield.

— Moi aussi, j'aurais préféré avoir plus de temps, dit-il après un moment. Mais certaines contraintes de calendrier se sont produites.

— Des contraintes qui risquent de mettre mon opération en péril ?

Un sourire rassurant apparut sur le visage de Killmore.

— Pas du tout. Le propre d'un plan bien conçu, c'est d'être flexible. De pouvoir s'ajuster à l'évolution de la situation.

— Tant que vous contrôlez cette évolution…

La phrase avait été prononcée sur un ton qui laissait entendre que c'était l'énoncé d'une certitude, mais Killmore en saisit très bien le sens implicite : Windfield exécuterait fidèlement sa mission tant qu'il estimerait que l'opération était menée de façon professionnelle. Mais si les choses se mettaient à déraper, il s'occuperait d'abord de ses propres intérêts.

La manipulation des quatre cavaliers était une tâche délicate. Il ne pouvait en être autrement. Des personnes ayant l'envergure nécessaire pour réaliser les opérations qui leur étaient confiées ne se recrutaient pas parmi les exécutants dociles et sans ambition personnelle.

LCN, 9 H 26

> — Nous rejoignons Marie-Laure Dugré, qui est sur les lieux de la tragédie. Marie-Laure, est-ce que vous m'entendez ?
> — Je vous entends, Sophie. Comme vous pouvez le voir, derrière moi, l'édifice des HEC est complètement bouclé.
> — Est-ce que vous savez combien il y a eu de victimes ?
> — Le nombre avancé par le SPVM est présentement de onze. Mais il y a des sections de l'édifice qui n'ont pas encore été fouillées. Des équipes de sauveteurs sont toujours à l'intérieur.

Montréal, 9 H 48

L'édifice avait été évacué. Théoriquement, il ne restait plus personne. Des sauveteurs recouverts de combinaisons de protection revisitaient chacun des locaux. Au cas…

Pamphyle s'approcha de Crépeau, à la limite du périmètre de sécurité.

— Il y en a combien ?

— Onze. Pour le moment.

— Tu penses qu'ils vont en trouver d'autres ?

— L'effet peut se faire sentir en quelques secondes. Mais ça peut aussi être une question de deux ou trois heures. Ça dépend du produit, de la dose à laquelle ils ont été exposés…

Crépeau regarda Pamphyle d'un air catastrophé.

— Autrement dit…

— Il faut retrouver tous ceux qui étaient dans l'édifice.

Dans les minutes qui avaient suivi la découverte des premiers corps, l'évacuation avait été rapide. Plusieurs des personnes s'étaient dépêchées de quitter les lieux, soit pour retourner chez elles, soit pour se rendre chez des proches. Il fallait maintenant les retrouver et les soumettre à un test de dépistage du gaz neurotoxique tout en prenant un certain nombre de précautions : enlever les vêtements en les découpant plutôt qu'en les passant par-dessus la tête, se laver abondamment, sceller les vêtements enlevés dans des sacs hermétiques pour qu'ils ne puissent pas être des vecteurs de contamination.

— J'ai tout de suite averti Bégin, de la criminelle, reprit Pamphyle. Il s'en occupe.

— Heureusement, personne n'a pris le métro.

— Pas à dire, Gonzague l'a choisie, sa journée, pour partir à la retraite !

Le médecin légiste détourna son regard vers l'édifice comme s'il appréhendait l'arrivée d'autres corps.

— Tu as tout de suite pensé que c'était un gaz neurotoxique ? demanda Crépeau.

— Les larmes, la suée, la salive… comme si l'organisme essayait d'évacuer quelque chose qui l'empoisonne. Puis la nouvelle est arrivée : des attentats similaires en Europe et aux États-Unis. J'ai reçu un appel du bureau : c'est déjà dans les médias.

— Ça veut dire que ça continue, fit Crépeau pour lui-même.

À l'instant où il terminait sa phrase, le car d'information de HEX-TV arrivait en trombe, suivi de celui de RDI.

Pamphyle regarda les deux véhicules se garer près de celui de LCN, puis il revint à Crépeau.

— Ça aussi, ça continue.

Crépeau se contenta de se diriger vers sa propre voiture. Avec un peu de chance, il pourrait battre les journalistes de vitesse et échapper à leurs questions.

Il observa avec plaisir qu'ils convergeaient vers Rondeau. C'était tout le temps dont il avait besoin pour s'éclipser.

LCN, 10 H 04

— Est-ce qu'on en sait maintenant davantage sur la cause de leur mort ?
— L'hypothèse retenue par les policiers serait celle d'un gaz neurotoxique.
— Comme celui qui avait été utilisé dans le métro de Tokyo par la secte Aum ?
— Oui, Sophie. C'est la raison pour laquelle l'édifice a été isolé. Les sauveteurs portent des combinaisons hermétiques.

Londres, aéroport de Stansted, 15 H 09

À la sortie du salon VIP, Killmore et Windfield furent photographiés par Sam. Les deux hommes se séparèrent. Le premier retourna à sa limousine. Le second se dirigea vers le terminal des vols intérieurs.

Obéissant à leur consigne d'identifier toute personne en relation avec Killmore, Moh et Sam se séparèrent. Moh suivit la limousine de Killmore et Sam emboîta le pas à l'autre homme.

Plus tard, assis dans une des salles d'attente de l'aérogare, Sam envoyait un rapport à Dominique. L'homme qu'il avait suivi était monté à bord d'un jet privé qui ne paraissait pas devoir décoller dans l'immédiat. La photo qu'il avait prise de lui en compagnie de Killmore était jointe au rapport, de même que le numéro d'immatriculation de l'avion. L'appareil était enregistré au nom de Larsen Windfield.

LCN, 10 H 23

> — … DE RETOUR À MARIE-LAURE DUGRÉ, QUI EST AUX ABORDS DE L'ÉDIFICE DES HEC. DITES-MOI, MARIE-LAURE, EST-CE QU'IL Y A DANGER QUE LE GAZ SE RÉPANDE À L'EXTÉRIEUR DE L'ÉDIFICE ET QU'IL CONTAMINE LE QUARTIER AVOISINANT ?
> — ON M'A ASSURÉ QUE C'ÉTAIT HAUTEMENT IMPROBABLE, SOPHIE. CE N'EST PAS COMME SI C'ÉTAIT DU MÉTHANE. MAIS LES ÉDIFICES LES PLUS PRÈS ONT QUAND MÊME ÉTÉ ÉVACUÉS.
> — JE VOUS TROUVE BIEN COURAGEUSE, MARIE-LAURE.
> — CEUX QUI SONT VRAIMENT EN DANGER, CE SONT LES GENS QUI ÉTAIENT DANS L'ÉDIFICE ET QUI ONT QUITTÉ LES LIEUX SANS SE SOUMETTRE À UN PROCESSUS DE DÉCONTAMINATION. S'ILS NOUS ÉCOUTENT, VOICI UN CERTAIN NOMBRE DE PRÉCAUTIONS À PRENDRE AU PLUS VITE. DES MESURES QUI POURRAIENT LEUR SAUVER LA VIE, À EUX ET À LEURS PROCHES…

LÉVIS, 10 H 26

Dès qu'elle avait appris la nouvelle d'un attentat aux États-Unis, puis d'un deuxième en Europe, Dominique était demeurée rivée à toutes les sources d'information à sa disposition. Pour le moment, on en était à huit. Celui de Montréal avait été le septième à apparaître sur la liste.

Partout, les terroristes avaient utilisé un gaz neurotoxique. Du soman à Londres, Genève et Francfort. Du tabun à Chicago et Stanford. Du sarin à Paris et Sydney. Dans chaque pays, la cible était une institution universitaire de premier rang pour ce qui était de la formation en finance… Bien sûr, on ne pouvait pas comparer les HEC à la London School of Economics ou à la Graduate Business School de l'université de Chicago. Mais, à l'échelle du Québec…

Son premier réflexe avait été d'appeler Théberge. Puis elle s'était rappelé qu'il avait quitté le SPVM… Il y avait bien sûr Crépeau. Elle l'avait rencontré à quelques reprises quand elle travaillait au Palace ; il donnait du temps comme membre de l'escouade fantôme qui s'occupait de protéger les filles. Mais elle ne le connaissait pas vraiment.

Dans son bureau, les deux postes de télé étaient ouverts et plusieurs écrans d'ordinateur continuaient d'afficher des sites d'information : Reuters, Google News, le site du *New York Times*...

C'est à dix heures vingt-sept que le message de revendication apparut sur Al-Jazeera.

> ... Leurs églises répandent une religion de lâches qui tolère tous les vices. Leurs musées glorifient la lubricité et la décadence. Leurs écoles sont des machines de guerre qui infectent les esprits et assassinent l'âme des Croyants. Il faut tuer à la source ces idées perverties.
> Nous allons empoisonner les empoisonneurs. Allah lui-même a lancé le djihad en tuant leurs récoltes pour les affamer. En empoisonnant l'eau de leurs villes. Les écoterroristes sont les instruments inconscients du djihad. La victoire finale sur les Croisés sionistes est pour bientôt. Tous les vrais croyants doivent...

La déclaration suggérait que les djihadistes agissaient indépendamment des écoterroristes. Qu'ils entendaient seulement profiter du contexte de crise que ces derniers provoquaient. Mais Dominique en doutait : il y avait trop de coïncidences pour que les deux formes de terrorisme ne soient pas liées d'une façon ou d'une autre.

Elle aurait aimé discuter de la question avec Blunt, mais elle hésitait. Elle n'allait quand même pas se mettre à l'appeler pour lui soumettre la moindre idée qui lui traversait l'esprit...

C'est à ce moment qu'elle reçut la photo que Sam lui avait envoyée, accompagnée d'une demande d'identification. C'était le prétexte parfait. Elle achemina la demande à Blunt et elle en profita pour ajouter un court message où elle lui faisait part de ses réflexions.

Paris, 16 h 45

La réponse de TermiNaTor parvint à Chamane sur son iPhone. Un courriel qui avait l'air d'une annonce de Viagra, avec une image qui illustrait les bienfaits promis.

Chamane ouvrit un logiciel de décodage afin d'extraire le message dissimulé dans la description informatique de l'image. Au bout de quelques secondes, une brève série de signes s'afficha à l'écran.

OK - 17H – 0°0′0″- PGP

En langage clair, TermiNaTor confirmait qu'il serait présent à dix-sept heures, heure de Greenwich. Quant aux lettres PGP, ce n'était pas l'acronyme du logiciel de cryptage Pretty Good Privacy, mais celui d'un des sites de relève des U-Bots, qui avait pour nom Pretty Good Palace.

La confirmation de Road Runner arriva vingt minutes plus tard. Normal : malgré son nom, Road Runner était toujours le plus lent à réagir. Sauf dans sa tête. Il était souvent le plus rapide à résoudre les problèmes.

Chamane vérifia l'heure dans le coin de l'écran. Il restait un peu plus d'une heure. Il aurait pu mettre immédiatement sur le site les documents qu'il voulait leur donner, mais il décida d'attendre dix-huit heures. Il les déposerait juste avant qu'ils les récupèrent et il les enlèverait tout de suite après : ça limiterait les possibilités de piratages.

D'ici là, il avait le temps de faire la tournée des sites d'information pour voir où en étaient les attentats terroristes.

C'est à ce moment qu'arriva un message de Blunt : il avait un nouveau visage à identifier. À croire qu'on le prenait pour une agence de *casting*.

HEX-RADIO, 11 H 05

... LES TERRORISTES FRAPPENT ENCORE ! AU CŒUR DE MONTRÉAL. ILS TUENT DES GENS POUR LA SEULE RAISON QU'ILS NE PARTAGENT PAS LEURS IDÉES ! MÊME PAS LEURS IDÉES : LEUR RELIGION ! C'EST LA MÊME CHOSE À LA GRANDEUR DE LA PLANÈTE. DE LA PLANÈTE BLANCHE, JE VEUX DIRE. PARCE QUE TOUTE L'ASIE EST ÉPARGNÉE. TOUS LES PAYS ARABES SONT ÉPARGNÉS. MÊME CHOSE POUR L'AFRIQUE. ET ILS VOUDRAIENT NOUS FAIRE CROIRE QUE C'EST PAS UNE QUESTION DE COULEUR DE PEAU ?... VA FALLOIR QU'ON SE RÉVEILLE ! VA FALLOIR QU'ON SE DÉCIDE À REGARDER LE PROBLÈME EN FACE ! C'EST POURTANT PAS DIFFICILE À COMPRENDRE ! C'EST UNE GUERRE DE CIVILISATIONS. UNE GUERRE DE RACES. ILS VEULENT ÉLIMINER LES OCCIDENTAUX. ILS LE DISENT CLAIREMENT. LEUR CIBLE, C'EST LES OCCIDENTAUX. LES BLANCS. LES CHRÉTIENS... ON ATTEND QUOI POUR RÉAGIR ?...

C'EST SÛR, LES ARABES, FAUT PAS TOUS LES METTRE DANS LE MÊME SAC. C'EST SÛR... MAIS JUSQU'OÙ ON VA ALLER DANS LA TOLÉRANCE ? DANS LA RECTUMITUDE POLITIQUE ? DANS LA KIOUTITUDE CULTURELLE ?... JUSQU'À

> QUAND ON VA LAISSER FAIRE LES TERRORISTES PARCE QU'ON NE VEUT PAS
> DÉRANGER LES MUSULMANS?... LES ACCOMMODEMENTS RAISONNABLES,
> ILS POURRAIENT EN FAIRE, EUX AUSSI! ET LÀ, JE PARLE D'EN FAIRE AVEC
> NOUS: PAS JUSTE AVEC LEURS TERRORISTES!... S'ILS NE SONT PAS CAPABLES
> DE S'EN OCCUPER, DE LEUR MONDE *FUCKÉ*, POURQUOI ÇA SERAIT À NOUS
> AUTRES À PAYER?...

PARIS, 18 H 03

Le PGP était un espace informatique réduit à sa plus simple expression. Aucun décor, aucun personnage, aucune couleur. Simplement un fond noir sur lequel les répliques des U-Bots s'inscrivaient les unes à la suite des autres. Autrement dit: aucune prolifération de code dans lequel pouvaient se dissimuler toutes sortes de logiciels malfaisants.

C'était un lieu approprié pour les réunions d'urgence, quand le besoin de sécurité était le plus élevé. La sécurité des échanges était assurée par PPPGP, une version modifiée du logiciel PGP, dont le sigle se traduisait par *Pretty Pretty Pretty Good Privacy*. Un système « clé publique, clé privée » faisait en sorte que seuls Chamane et ses deux interlocuteurs pouvaient avoir accès au texte. Si un autre U-Bot allait sur Pretty Good Palace, il ne verrait qu'un fond noir. Et s'il amorçait un échange avec un autre des U-Bots, ni Chamane ni les deux autres ne s'en apercevraient.

Précaution supplémentaire: Chamane s'était bricolé un nouvel ordinateur portable qui servait uniquement à contacter les deux membres des U-Bots. Même si le réseau de relève de l'Institut avait été activé avec succès et qu'il ne semblait pas infecté. Pas question qu'il prenne le risque de leur transmettre cette saloperie.

Sur l'écran, en haut de la fenêtre de dialogue, trois noms étaient affichés: TermiNaTor, Road Runner et Chamane. Des lignes de dialogue apparaissaient sporadiquement dans la fenêtre. Chacune des phrases était précédée des initiales de celui qui écrivait. Comme au bon vieux temps!

Ils discutaient depuis quelques minutes déjà.

» RR : T'as réussi à récupérer quelque chose ?

» CH : J'ai un back-up de vingt-quatre heures avant l'attaque. Sur un site miroir. Un système six-deux-quatre : mise à jour en continu, rotation de sites aux six heures, archivage sur un back-up de deuxième niveau avant de réutiliser un des quatre sites miroirs. J'ai pris le back-up de deuxième niveau.

» RR : Ton client n'avait pas de protection ?

» CH : J'avais installé ce que j'ai de mieux. Le pirate est passé à travers.

» TR : Tu me niaises !

» RR : Il fait ça comment ?

» CH : Probablement le compte-gouttes. Quelques octets à la fois.

» RR : Ça veut dire que ton back-up de deuxième niveau est probablement contaminé.

» CH : Oui, mais pas complètement. Et tant que le dernier octet n'est pas téléchargé, le logiciel de prise de contrôle est inoffensif.

» RR : Il fait quoi, le programme de piratage ?

» CH : Il prend le contrôle de l'ordinateur et bloque tous les utilisateurs.

» TR : Est-ce qu'il télécharge le site ailleurs ?

» CH : Aucune idée.

» TR : Qu'est-ce que tu veux qu'on fasse ?

» CH : Tester mon explication. Ça veut dire aller sur les sites piégés. Voir comment le programme d'infiltration travaille.

» TR : Tu sais où ton client a attrapé ça ?

» CH : Un des deux derniers sites qu'il a visités. Des sites d'entreprises.

» RR : Tu veux qu'on se laisse infiltrer ?

» CH : C'est l'idée. Mais en prenant des précautions.

» TR : Mettre un condom sur chaque doigt avant de toucher au clavier ?

Chamane ignora la blague de TermiNaTor et poursuivit.

» CH : Il faut construire une *virtual machine* crédible. Puis une autre au-dessus. Comme ça, on peut voir ce qui se passe à l'intérieur de la première sans que la deuxième soit contaminée. Ensuite on contacte les sites des deux entreprises à partir de la première VM. Le programme d'infiltration va contre-attaquer. Avec un peu de chance, on va pouvoir trouver comment il fait.

» TR : Pourquoi tu t'en occupes pas toi-même ?
» CH : Pas le temps. J'ai deux-trois urgences.
» RR : Tu veux ça quand ?
» CH : Idéalement, le siècle dernier.
» RR : Ça veut dire un tarif d'urgence.
» CH : Ça veut dire le tarif que tu veux. Le client
a les moyens de payer.

En tapant sa réponse, Chamane souriait : les U-Bots ne pouvaient pas avoir d'idée des moyens dont disposait l'Institut.

» RR : Si ça marche, on fait quoi ?
» CH : Rien. Je veux juste trouver où est le
serveur.
» RR : Tu as une idée de qui est derrière ça ?
» CH : Non. C'est pour ça que vous êtes les
deux seuls au courant.
» CH : Tu penses que ça pourrait être un des
U-Bots ?
» CH : Probablement pas. Mais celui qui a monté
ça se qualifierait sans problème pour en faire
partie.

Hampstead, 17 h 24

Fogg écoutait la BBC. Le présentateur résumait les dernières informations sur l'attentat qui avait eu lieu à la London School of Economics.

... SELON LE YARD, LE GAZ UTILISÉ SERAIT DU SOMAN, UN PRODUIT DE LA MÊME FAMILLE QUE LE SARIN. MOINS VOLATIL QUE CE DERNIER, IL EST CEPENDANT TRÈS TOXIQUE LORSQU'IL EST ABSORBÉ PAR LA PEAU...

C'est de toute évidence le début d'une nouvelle phase, songea Fogg. Curieusement, les islamistes avaient troqué les bombes et les attentats suicides pour le gaz neurotoxique. Ce n'était certainement pas parce qu'ils étaient à court de bombes ou de martyrs. Qu'est-ce qui justifiait ce changement de mode d'opération ? Était-ce pour brouiller les cartes entre les deux séries d'attentats ?

... ET QUE LES GOUVERNEMENTS OCCIDENTAUX MULTIPLIENT LES APPELS AU CALME. LA LIGUE DES PAYS ARABES A ANNONCÉ QU'ELLE ALLAIT CRÉER UN FONDS DE TROIS CENTS MILLIONS DE DOLLARS POUR VENIR EN AIDE AUX VICTIMES DES ATTENTATS ET À LEUR FAMILLE...

Jusqu'à maintenant, les vagues d'attentats des éco-terroristes avaient succédé à celles des islamistes. La régularité de l'alternance n'était pas l'effet du hasard. Ça signifiait probablement que le terrorisme islamiste était utilisé comme diversion. Le contraire n'était guère plausible : « ces messieurs » n'avaient certainement pas décidé de faire de la religion leur fonds de commerce. Mais, même pour une diversion, c'était gros. Il devait y avoir une autre motivation derrière ces attentats.

... EN FRANCE, LE PRÉSIDENT SARKOZY DOIT DONNER UNE CONFÉ-RENCE DE PRESSE À DIX-NEUF HEURES, HEURE DE PARIS, POUR ANNONCER LES MESURES QU'IL ENTEND DÉCRÉTER...

Fogg coupa le son de la télé lorsqu'il vit entrer son nouveau secrétaire particulier. Il avait un dossier impec-cable et, fait rare, il bénéficiait de l'approbation sans réserve de Skinner.

L'homme au crâne rasé et au collet mao inclina légè-rement la tête.

— Votre chambre ? demanda Fogg. Tout est à votre convenance ?

— Tout est parfait. J'ai mis dans la remise le mobilier que je n'utiliserai pas. Je n'ai gardé que l'essentiel : un lit, un tapis de méditation, une petite table pour l'ordi-nateur.

Et, en plus de s'appeler Monky, il avait le style de vie d'un moine bouddhiste !

— Comme vous le savez, dit Fogg, vous avez la charge d'assurer ma protection.

Puis il ajouta, avec un large sourire :

— Pour le cas improbable où je serais attaqué par autre chose que des virus ou l'usure de la vie.

Un léger sourire, qui semblait la version miroir de celui de Fogg, apparut sur le visage de Monky.

— Votre tâche comporte également un certain nombre de travaux de secrétariat, reprit Fogg. Essentiellement, il s'agit de chercher et de coordonner des informations.

Monky se contenta d'incliner la tête pour confirmer qu'il était déjà au courant de ces tâches.

— Les sujets dont vous avez à vous occuper sont les céréales, l'eau potable, l'énergie…

— Ce dont l'humanité risque de manquer.

— Exactement.

Fogg n'avait pas pu cacher complètement sa surprise.

— Je peux savoir comment vous en êtes arrivé à cette idée ? demanda-t-il.

— Vous semblez être quelqu'un qui va à l'essentiel. Je ne vois pas ce qu'il peut y avoir de plus essentiel, à propos de ces trois éléments, que le fait que l'humanité est en train de jouer sa survie.

— Je suis bien d'accord avec vous, dit Fogg… J'aimerais également que vous fassiez un suivi des récentes vagues d'attentats.

— Islamistes ou écoterroristes ?

— Encore une façon d'aller à l'essentiel ?

— L'essentiel mondain, précisa Monky.

— L'essentiel non mondain, ce serait quoi ?

— S'affranchir des illusions de la maya… Le processus est le même, mais dans un autre domaine. Cesser de se laisser distraire par les détails sans cesser de les voir. Les saisir comme une expression particulière de l'ensemble.

Fogg le regarda un moment en silence.

— De quelle manière conciliez-vous cette approche bouddhiste avec vos fonctions ?

— Les illusions de l'inessentiel grugent énormément de temps et d'énergie. Il faut savoir protéger l'essentiel contre leur envahissement.

— Donc, vous éliminez l'inessentiel.

— On peut le formuler de cette façon. On pourrait également dire que l'inessentiel se met lui-même en position d'être éliminé. Que je ne suis que l'instrument de son karma.

— Tout ça n'est pas un peu violent ? J'aurais imaginé que les bouddhistes…

Une alarme en provenance de l'ordinateur l'interrompit.

— Si vous voulez bien me laisser, dit Fogg. Je vous verrai au dîner. Nous pourrons reprendre cette discussion sur le bouddhisme de combat !

Quand Monky fut sorti, Fogg activa le logiciel de communication vidéo-conférence de son ordinateur. Le visage d'Hessra Pond apparut sur l'écran.

— J'ai un message pour vous de la part de vos commanditaires, dit-elle. Un nouvel intervenant est ajouté à la liste des clients privilégiés de Vacuum. Il s'agit de monsieur Larsen Windfield.

— J'en aviserai monsieur Skinner.

— Bien.

— On m'a dit que vous aviez eu quelques difficultés le long des côtes de Normandie.

— Le terme est excessif. Je parlerais plutôt d'imprévus.

— Un de mes informateurs à la DGSE affirme qu'une base sous-marine secrète aurait été éliminée. J'aurais tendance à dire qu'il s'agit d'un imprévu pour le moins contrariant.

— Rien qui ne soit gérable.

— Vous connaissez l'identité des attaquants ?

— D'anciens amis à vous. Deux membres de l'Institut. Une opératrice connue sous le nom de Kim. Elle est maintenant décédée.

Fogg s'efforça de conserver un ton détaché.

— Et l'autre ?

— Claudia Maher.

— Vous l'avez éliminée, elle aussi ?

— Pas encore.

— Elle en sait probablement beaucoup sur l'Institut. J'imagine que vous n'auriez pas d'objections à ce que je vous l'emprunte pour l'interroger.

— Pour le moment, ce serait assez compliqué. Nous n'en avons pas encore terminé avec elle.

— Vous avez appris des choses intéressantes ?

— L'interrogatoire proprement dit n'a pas commencé. Nous en sommes encore à la phase de mise en condition.

Après avoir fermé le logiciel de vidéo-conférence, Fogg se mit à penser à F. Normalement, elle devait déjà être en Europe. Elle ne tarderait sûrement pas à prendre contact. À moins que ses efforts pour récupérer Claudia l'obligent à modifier ses plans.

Quoi qu'il en soit, il ne pouvait pas se permettre d'attendre. Il y avait tant à faire !... Pour commencer, il fallait qu'il appelle Skinner.

LONGUEUIL, 12 H 38

Victor Prose répondait à une enquête auprès des écrivains. Chaque question était imprimée dans le haut d'une page dont le reste avait été laissé en blanc.

Première question : *La vérité est-elle médiatique ?*

En guise de réponse, Prose écrivit une série de courtes phrases, s'amusant à pasticher le style des animateurs de radio.

> Non. Parce qu'elle n'est pas toujours évidente. Rarement spectaculaire. Rarement simple. Rarement complète et définitive. Qu'elle ne fait pas nécessairement vendre ou acheter quelque chose.

Il immobilisa ses mains au-dessus du clavier, relut le texte, puis ajouta :

> Et qu'elle ne change pas aux cinq minutes. Pire, elle n'est pas démocratique. L'avis de la majorité lui est indifférent. Un exemple ? La question du jour aux infos de HEX-TV. Celle sur laquelle on demandait aux téléspectateurs de se prononcer : « Quel effet les explosions au pôle Sud vont-elles avoir sur le climat ? »... Ça vaut quoi, une addition d'opinions non informées sur un sujet comme celui-là ?

Prose laissa en blanc le reste de l'espace prévu pour la réponse et releva les yeux vers Grondin, qui sirotait une infusion. Ce dernier interpréta le regard comme une invitation à reprendre la conversation.

— Ce que vous m'avez demandé de transmettre ce matin au directeur Crépeau l'a beaucoup l'impressionné.

— Il a peur de perdre une source d'information ? demanda Prose avec un sourire amusé. C'est pour ça qu'il vous a envoyé plus tôt ? Il veut augmenter ma protection ?

— En fait, il m'a demandé de vous poser une question : comment interprétez-vous ce qui s'est passé aux HEC ? Selon votre théorie, on pourrait croire que ce sont les écoterroristes qui ont répandu quelque chose dans l'air. Croyez-vous vraiment qu'il y a un lien entre les deux groupes terroristes ?

Prose hésita avant de répondre.

— Je me suis posé la question, dit-il. Mais je n'ai pas de réponse.

— Nous non plus.

Grondin avait l'air déprimé.

— Vous n'avez pas l'air dans votre assiette, fit Prose.

— Je pense que c'est le départ de l'inspecteur-chef Théberge… C'est lui qui a accepté qu'on soit transférés à Montréal. C'est lui qui nous a encouragés et qui nous a défendus, au début… Quand je dis « nous », je parle de l'inspecteur Rondeau et de moi. C'est drôle à dire, mais c'est comme si je me sentais… orphelin.

— Vous pouvez quand même continuer de le voir !

— Non. Il n'y a plus aucun moyen de le joindre.

— Plus du tout ?

Prose était étonné.

— Il est en voyage. Personne ne sait où. Sauf Crépeau. Et même lui, je ne suis pas sûr. C'est à cause du harcèlement des médias.

— Je peux comprendre ça.

Prose s'était souvent demandé s'il ne devrait pas partir, lui aussi, pour échapper à ceux qui le harcelaient.

— Sur Internet, mes chances de survie ont remonté à presque soixante-dix pour cent, dit-il.

— C'est bien, approuva Grondin avec un enthousiasme qui surprit Prose.

Il se demandait comment l'humeur du policier pouvait passer sans transition de la neurasthénie à la spontanéité jovialiste d'un G.O. de club Med.

— Au collège, comment est-ce que les étudiants réagissent ? reprit Grondin.

— Pour eux, je suis en train de devenir une sorte de vedette. C'est bête à dire, mais ça simplifie mon travail. L'administration, par contre…

— Ils ont peur que votre présence expose les étudiants au danger ?… Je parle du risque d'attentat contre vous.

— Ce n'est même pas ça. C'est juste que ça devient de plus en plus bureaucratique. Le cégep est en train de devenir un repaire de *ti-boss*… Une chance que je donne mon dernier cours aujourd'hui. Je vais pouvoir me reposer un peu de tout ça.

— Vous n'enseignez pas tout l'été ?

— L'été, les sessions sont concentrées en trois semaines.

ÉTRETAT, 19 H 35

F dînait au restaurant du Dormy House en compagnie de monsieur Claude. Leur table, près de la fenêtre panoramique, leur permettait d'admirer la mer et la plage d'Étretat.

— Nous partirons pendant la nuit, fit monsieur Claude. Ça limitera les risques d'être repérés.

— Ils ont sûrement laissé quelqu'un pour surveiller les lieux.

— C'est probable. C'est pour cette raison que j'ai mis deux agents en surveillance près de la petite maison sur la falaise. Tant qu'ils vont les voir là-bas, ils ne chercheront pas ailleurs.

— Je suis étonnée que la base n'ait pas été piégée.

— Elle l'était. Mais le dispositif était encore en cours d'installation.

Le serveur vint récupérer l'assiette de mise en bouche. De minuscules bouchées d'huîtres de l'île de Ré à la crème aux pommes et au grolleau gris. Monsieur Claude n'en avait pris qu'une seule. F s'était chargée des trois autres.

— Les attentats, vous avez fait le bilan ? demanda-t-elle.

— Il y en aurait eu huit. Toutes des institutions scolaires réputées.

Puis il ajouta avec un sourire :

— Les renseignements que vous m'avez fournis m'ont ouvert des portes que je croyais définitivement closes. Professionnellement, s'entend. Ils ont rétabli mon accès à plusieurs sources d'information extrêmement confidentielles.

— Tant que votre successeur ne se sent pas menacé…

— Aucun danger. Désormais, tout ce que je trouve lui est acheminé personnellement par un canal discret. Ça ne peut que le faire bien paraître. Le vrai danger, pour lui, ce sont les politiques.

Monsieur Claude trempa les lèvres dans un verre de marsannay blanc. Jeta un regard à l'étiquette… Les Vaudenelles. C'était la première fois qu'il y goûtait. Plutôt bon.

— Le gouvernement a annulé toutes les vacances des policiers, reprit-il.

— Ils s'attendent à d'autres attentats ?

— Ils craignent surtout une augmentation des représailles contre les musulmans. Ils en ont déjà plein les bras avec les manifestations contre le prix des aliments et les agressions contre le personnel des agences régionales de l'eau. Sans compter le vandalisme contre les édifices de Veolia et de la Lyonnaise des eaux.

Un long silence suivit. Les deux regardaient la mer.

— J'ai été surpris que vous me contactiez directement, reprit monsieur Claude.

— Les situations exceptionnelles exigent des mesures exceptionnelles.

— De là à venir faire du travail de terrain…

— Pour ce que j'ai à faire, j'ai besoin d'une entière liberté de manœuvre. Avec la charge quotidienne de diriger l'Institut, ça n'aurait pas été possible.

— Encore à la poursuite de votre mystérieux Consortium ?… J'ai toujours entretenu des doutes sur son existence, vous savez. Du moins tel que vous le présentiez. Mais maintenant…

— Le Consortium n'est pas le véritable ennemi.

Monsieur Claude se contenta de la regarder avec un peu plus d'insistance.

— Ceux qui m'intéressent, ce sont ceux qui tirent les ficelles derrière le Consortium.

— Vous n'allez pas me sortir une conspiration à l'intérieur de la conspiration ?... ou derrière la conspiration ?

Manifestement, il était sceptique. Mais il n'arrivait pas à écarter l'idée comme totalement farfelue.

Le serveur apparut avec les entrées. Des Saint-Jacques pour F, un foie gras au torchon pour monsieur Claude.

— Je sais que ça fait théorie du complot, reprit F après qu'ils eurent goûté leurs entrées. Mais il est là, le véritable ennemi. Et, dans cette bataille, le Consortium est notre meilleur allié.

— L'Institut qui joint ses forces à celles du Consortium ! ironisa monsieur Claude.

— Disons que la situation n'est pas aussi claire que vous la présentez... Ni pour le Consortium, ni pour l'Institut.

Ils mangèrent un moment en silence.

— J'ai effectué quelques vérifications au cours de l'après-midi, reprit monsieur Claude. Toujours aucune trace de Claudia... Ils ont eu tout le temps de la faire disparaître. Les frontières étant ce qu'elles sont maintenant, il est très possible qu'elle ne soit plus en France.

— Il y a des guetteurs près de l'ancien bureau permanent de l'Institut. Si Claudia est fidèle à son plan de révélations, c'est la première information importante qu'elle doit leur donner. En suivant ceux qu'ils vont y envoyer, on aura peut-être une piste.

Monsieur Claude digéra l'information et acquiesça par quelques hochements de tête avant de changer de sujet.

— Si on réussit à neutraliser ceux qui tirent les ficelles dans l'ombre, dit-il, on se trouve à faire le jeu du Consortium, non ?

— Il faut parfois choisir le moindre mal.

— Je sens qu'il y a beaucoup de choses que vous ne m'avez pas dites.

— Nous avons toute la soirée.

TFI, 20 H 01

> ... LES ÉCOLES OCCIDENTALES SONT DES ARMES DE DESTRUCTION MASSIVE. ELLES APPRENNENT À NOS FILLES À SE COMPORTER EN PROSTITUÉES. ELLES APPRENNENT À NOS GARÇONS À SE VAUTRER DANS LA PERVERSION. DANS LES PAYS OÙ ELLES EXISTENT, ELLES ONT DÉTRUIT LA RELIGION. ET MAINTENANT, LES OCCIDENTAUX VEULENT LES UTILISER POUR DÉTRUIRE LA NÔTRE...

PARIS, 20 H 02

La vidéo envoyée par les Djihadistes du Califat universel jouait depuis deux minutes. Tout le discours était prononcé en français et sous-titré en arabe. Comme si les terroristes avaient eu comme priorité d'être compris par les Français.

L'homme qui parlait était complètement dissimulé par ses vêtements. Son visage était recouvert d'une cagoule et des lunettes fumées lui cachaient les yeux.

> ... PARCE QUE LA VÉRITÉ N'EST PAS RELATIVE. ELLE A ÉTÉ RÉVÉLÉE. AVEC LA LAÏCITÉ, AVEC LE RELATIVISME, LES ÉCOLES S'ATTAQUENT AUX RACINES MÊMES DE L'IDENTITÉ MUSULMANE. ELLES VEULENT FAIRE CROIRE À NOS JEUNES QU'IL PEUT Y AVOIR UNE VOIE AUTRE QUE CELLE ENSEIGNÉE PAR ALLAH...

Ulysse Poitras avait cessé de travailler pour écouter le message de revendication des terroristes. Jusque-là, il n'y aurait eu qu'à changer un mot ou deux et le discours aurait pu être tenu par le Vatican ! Mais on n'en était encore qu'aux principes.

> ... C'EST POURQUOI IL Y AURA D'AUTRES ATTAQUES. TANT QUE LA FRANCE NE DONNERA PAS À TOUS LES MUSULMANS LA POSSIBILITÉ D'AVOIR LEURS ÉCOLES CORANIQUES, TANT QUE LES ÉCOLES LAÏQUES POURSUIVRONT LEUR DESTRUCTION DE L'IDENTITÉ MUSULMANE, TANT QUE CES MACHINES DE GUERRE NOUS IMPOSERONT LA PROPAGANDE DES CROISÉS, LE DJIHAD SE POURSUIVRA. C'EST UNE LUTTE JUSTE. C'EST UNE LUTTE DE DÉFENSE CONTRE LA MACHINE DE GUERRE QUE LES CROISÉS ONT LANCÉE CONTRE NOS JEUNES POUR LES ASSERVIR À LEURS VALEURS DE LAÏCITÉ, DE CONSOMMATION CAPITALISTE ET DE DESTRUCTION DES LIENS FAMILIAUX...

À la télé, l'image de la vidéo fut remplacée par celle d'un animateur.

VOILÀ. C'ÉTAIT UN EXTRAIT DE LA VIDÉO QUE NOUS AVONS REÇUE IL Y A ENVIRON UNE HEURE. UN MESSAGE SIMILAIRE A ÉTÉ ENVOYÉ AUX MÉDIAS DANS CHACUN DES PAYS TOUCHÉS PAR LA NOUVELLE VAGUE D'ATTENTATS. L'ÉLYSÉE A ANNONCÉ QUE LE PRÉSIDENT DE LA RÉPUBLIQUE S'ADRESSERAIT À LA NATION POUR DÉVOILER LES MESURES QU'IL ENTEND...

Poitras baissa le volume de la télé et ramena son attention vers les écrans d'ordinateurs où défilaient des informations financières.

Le prix des céréales et du pétrole venait encore de connaître une poussée. C'était automatique. On aurait dit que le marché ne connaissait qu'une seule réponse : chaque annonce d'un regain de tension se traduisait, dans les instants qui suivaient, par une poussée des prix. Il y avait ensuite un repli, mais qui n'effaçait jamais tout à fait la hausse précédente. Chaque nouveau sommet entraînait ainsi, par réaction, la formation d'un plancher plus élevé que le précédent.

Avec l'apparition des émeutes de la faim, quelques années plus tôt, les hommes politiques s'étaient empressés de trouver un bouc émissaire : les méchants spéculateurs. C'étaient eux qui étaient responsables de la hausse des prix.

Mais ils ne disaient pas un mot des pays qui annonçaient une baisse des ensemencements, ni de ceux qui réservaient une partie de plus en plus grande des récoltes à l'alimentation du bétail pour produire des hamburgers, ni de l'augmentation globale des besoins à cause de l'industrialisation des pays émergents, ni de l'exploitation des sols fragiles par des céréales exigeantes qui détruisaient le sol en quelques années à peine... ni du blé qu'on arrachait pour se lancer dans la production jugée plus rentable du maïs destiné à la fabrication de biocarburants... ni des OGM qui ne remplissaient pas leurs promesses, qui contribuaient à la destruction des variétés naturelles de céréales et qui laissaient les paysans ruinés après quelques années seulement d'utilisation...

Et, surtout, personne ne parlait d'HomniFood, dont la valeur du titre ne cessait de monter depuis que les pays du G20 avaient signé le protocole de Milan, qui reconnaissait les entreprises de l'AME comme étant d'intérêt stratégique pour l'humanité.

Au fond, les spéculateurs ne spéculaient que sur l'irresponsabilité collective et sur la volonté de s'illusionner de l'espèce humaine. Ils étaient les lecteurs lucides et cyniques des travers humains et des désastres à venir. S'ils avaient prévu que la situation réelle irait en s'améliorant, ils n'auraient pas acheté autant de céréales sur le marché à terme, à des prix de plus en plus élevés : ils les auraient vendues, à des prix de plus en plus bas. Au fond, ils n'étaient pas la cause du problème : ils en étaient le symptôme le plus caricatural. Comme les charognards qui se nourrissent de ce qui est déjà en train de se décomposer.

Poitras entreprit de répondre à l'un des membres de la Fondation, Genaro Mendoza, qui s'inquiétait de la croissance anormalement élevée de leur fonds. Il se demandait si la Fondation ne s'enrichissait pas sur le dos des affamés de la planète. Si elle ne participait pas à l'aggravation de la famine en investissant dans le marché des contrats à terme sur les denrées.

> Il est vrai que ces résultats sont étonnants. Voici quelques remarques rapides.
> 1. La politique d'investissement socialement responsable a été scrupuleusement respectée.
> 2. Un rendement annualisé de 167 % sur une période de cinq ans est effectivement une aberration.
> 3. Une implication activiste plus directe est incompatible avec la volonté de la Fondation de demeurer anonyme.
> 4. Le portefeuille est géré pour prémunir les programmes que vous administrez contre les hausses du prix de l'énergie et des aliments : quand les prix augmentent, votre rendement suit.

Il s'arrêta un moment, puis il ajouta une dernière remarque.

> 5. Je ne peux pas, à moi seul, enrayer la flambée des prix. Ou bien j'utilise ce que je sais de leur

évolution probable et je protège vos activités,
ou bien je ne le fais pas et vos programmes
vont voir leurs fonds diminuer par rapport à
l'augmentation de vos besoins en matière de
denrées. Le choix vous appartient.

VENISE, 20 H 17

La partie de go se déroulait de façon étrange. Depuis
qu'ils avaient abordé le milieu de partie, l'adversaire ne
cessait de le surprendre. Ses coups étaient de plus en plus
inorthodoxes. Si Blunt n'avait pas déjà joué contre lui,
et s'il n'avait pas su à quel point il était un adversaire re-
doutable, il aurait jugé sa stratégie éminemment douteuse.
Le plus frustrant, c'était de ne pas pouvoir découvrir le
plan derrière ses coups. De ne pas être capable de saisir
ses intentions.

Habituellement, le go lui permettait de couper complètement avec la réalité. De faire une pause qui lui permettait
ensuite de regarder plus objectivement la situation. Mais,
aujourd'hui, son esprit revenait sans cesse aux problèmes
que vivait l'Institut.

Un instant, il avait songé à se rendre en Normandie.
Mais F l'en avait dissuadé. Inutile d'exposer plus d'une
personne, avait-elle dit en substance. C'était logique…
Par contre, sa décision de confier la coordination de
l'Institut à Dominique, même de façon temporaire, avait
surpris Blunt… C'était clair que F préparait la jeune
femme à prendre la relève. Il était entièrement d'accord
avec l'idée. Mais pourquoi précipiter les choses ? Surtout
au moment où l'Institut était menacé au point de devoir
déménager ses quartiers…

F avait invoqué la nécessité d'aller elle-même sur le
terrain. Des contacts qu'elle devait faire en personne.
Dans ces circonstances, la décision de confier la coordination de l'Institut à Dominique s'imposait. De toute
façon, il serait là pour lui venir en aide. Elle s'en tirerait
sans problème.

Blunt avait acquiescé. Bien sûr, il l'aiderait. Mais il
trouvait quand même étonnante cette décision de F d'aller

sur le terrain. Surtout qu'il n'y aurait pas moyen de la joindre autrement qu'en lui laissant des messages dans une boîte de courrier électronique…

Comme souvent, le regard de Blunt glissa vers le Grand Canal. Il était heureux d'être de retour chez lui. L'annonce de la mort de Kim et de la disparition de Claudia l'avait affecté. Mais de se retrouver à Venise, parmi ses choses, lui avait apporté une certaine sérénité. Même s'il était seul et que Kathy était partie pour la semaine à Florence avec ses deux nièces… Décidément, plus il vieillissait, plus il détestait la vie d'hôtel.

Son regard revint au jeu de go, puis se tourna vers la télé, au fond de la pièce. Les informations sur les attentats islamistes passaient en boucle, en alternance avec le compte rendu de représailles contre la population musulmane et les appels au calme des autorités. Si c'était ça, le monde dans lequel Stéphanie et Mélanie allaient vivre…

L'appel de Tate interrompit ses ruminations. Pour une fois, Blunt était presque content de lui parler.

— Quoi de neuf ? demanda-t-il.

— Avec les nouvelles attaques terroristes, Paige et son lobby gagnent de plus en plus de terrain.

REUTERS, 20 H 26

SITÔT RELÂCHÉ, LE CHEF DU PARTI DE LA SÉCURITÉ NATIONALE, GUILLAUME DE VILLIERS, A PROPOSÉ DE CRÉER UN MOUVEMENT DE DÉFENSE POPULAIRE, DONT LES VOLONTAIRES ASSURERAIENT LA SURVEILLANCE DES ÉCOLES, DES ÉGLISES ET DES MUSÉES. VOICI UN EXTRAIT DE LA DÉCLARATION DU FLAMBOYANT DÉPUTÉ À SA SORTIE DE PRISON :

NOTRE CIVILISATION EST ATTAQUÉE. SI NOUS ATTENDONS QUE LES POLITICIENS SE DÉCIDENT À AGIR, NOUS ALLONS ÊTRE EXTERMINÉS. AVEC LEURS ATERMOIEMENTS, ILS FONT LE JEU DES ISLAMISTES RADICAUX. ILS COMMETTENT LA MÊME ERREUR QU'AVEC HITLER. CE SONT LES ARABES QUI FONT DES ATTENTATS ET C'EST NOUS QUI SOMMES ARRÊTÉS QUAND NOUS MANIFESTONS POUR PROTESTER ! COMBIEN DE MORTS VA-T-IL FALLOIR ? COMBIEN DE NOS INSTITUTIONS FAUDRA-T-IL LAISSER DÉMOLIR ?

EN BELGIQUE, LE VLAAMS BELANG S'EST DIT OUVERT À UNE COLLABORATION AVEC LE PARTI DE LA SÉCURITÉ NATIONALE POUR CRÉER UN RÉSEAU PANEUROPÉEN DE PROTECTION CIVILE CONTRE L'ISLAMISATION FORCÉE DE

L'Europe. Le FPÖ autrichien, la formation bulgare Ataka, le Danske Folkparti, l'Union démocratique du centre et l'Alleanza Nazionale ont pour leur part affirmé qu'ils considéraient l'initiative d'un œil favorable…

Fort Meade, 14 h 30

Tate avait besoin de résultats et il en avait besoin rapidement. Paige avait ressorti ouvertement son projet d'intégrer des pans entiers de la NSA. La rumeur voulait que le Président ait de plus en plus de difficulté à résister à la pression. Les républicains n'arrêtaient pas de l'accuser de mollesse et l'ancienne équipe de Bush dénonçait son incompétence sur toutes les tribunes.

— Il va falloir que tu lâches le Consortium et que tu t'intéresses pour de bon aux terroristes, dit Tate.

À l'écran, le visage de Blunt sourit à peine.

— On en est où ? demanda-t-il.

— Huit attentats. Tous à la même heure. Tous avec des gaz neurotoxiques.

— Ils veulent montrer qu'ils peuvent frapper partout en même temps. Où ils veulent. Que rien ne peut les arrêter.

— Sauf en Italie.

— Peut-être qu'ils ont une entente avec la mafia.

— Dans la plupart des pays, la protection a été augmentée autour des endroits où il y a des stocks de gaz neurotoxiques.

— Vous avez un proverbe qui parle de ça. Quelque chose du genre… barrer la porte de l'écurie une fois que le cheval s'est enfui.

— Au moins, ça décourage les *copy cat*… ou ceux qui voudraient exercer des représailles contre les musulmans.

— Comment ça se passe ?

— Les représailles ? Ça continue. Il y a eu une dizaine d'incidents… Ça va peut-être servir d'exutoire pour faire baisser la pression.

— Ça peut aussi amorcer une réaction en chaîne.

— C'est sûrement ce qu'espèrent les terroristes.

À travers le mur vitré de son bureau, Tate vit un de ses adjoints lui faire signe. Il lui répondit d'un geste de la main pour lui signifier de revenir dans deux minutes.

— Est-ce que les islamistes sont redevenus le *prime mover*? demanda Blunt sur un ton légèrement ironique.

— Les émeutes de la faim et le vandalisme contre les épiceries ont disparu des bulletins d'information… Je suppose que ça répond à ta question.

— Et les entreprises couvertes par les compagnies d'assurances qui ont des problèmes? Avez-vous mis en place une surveillance?

— Oui. On a eu des résultats la journée même. On a intercepté deux individus qui s'apprêtaient à faire sauter un laboratoire de recherche biomédicale. Ils avaient vingt livres de semtex avec eux.

— Je n'ai rien vu dans les médias.

— Ça ne passera pas dans les médias. Il s'agit de deux *ex-marines* qui ne sont pas d'accord avec ce qui se passe dans le pays. Ils font partie d'un groupe dont personne n'a jamais entendu parler.

— Un groupe terroriste?

— Les US-Bashers.

— Leur nom a le mérite d'être clair.

— D'après ce que j'ai compris, ça regroupe des gens qui ont différents griefs contre les États-Unis et qui veulent changer le cours des choses…

— Ça élargit la liste des suspects aux deux tiers de la planète, ironisa Blunt.

— De ta part, je me serais attendu à un pourcentage plus précis.

— Tu continues de creuser sur HomniFood?

— Poser des questions sur HomniFood ou sur Homni-Flow, c'est comme si je voulais lancer une enquête sur le Président. Avec leur statut d'entreprises stratégiques pour l'avenir de l'humanité…

— Essaie de voir ce que tu peux trouver.

— OK. Je vais regarder… De ton côté, tu as utilisé pas mal de temps de recherche dans nos bases de données. Tu as trouvé quelque chose d'intéressant?

— Qu'un nommé Tate a acheté un paquet d'actions d'HomniFood juste avant que le prix du titre explose.

Tate resta figé un moment. Puis il reprit sur un ton jovial un peu forcé :

— Tu ne vas quand même pas me reprocher d'en avoir profité ! Quand tu m'as parlé de l'entreprise, j'ai trouvé que c'était une bonne occasion de me refaire.

À l'écran, Blunt affichait un air impassible, attendant manifestement qu'il poursuive.

— J'avais perdu pas mal d'argent dans la crise des *subprimes*…

— Ton courtier aussi, je suppose.

— Ça, je ne suis pas au courant.

Sur le visage de Blunt, il n'y avait toujours aucune trace de réaction.

— Essaie quand même de savoir qui est derrière cette compagnie, dit-il.

— D'accord, d'accord… À la condition que tu prennes au sérieux le terrorisme islamiste. Il me faut des résultats d'ici la fin de la semaine.

— Une raison spéciale pour l'échéance ?

— Une rencontre avec le Président. Pour décider si l'écoute satellite passe de la NSA au Department of Homeland Security. Puisque tu considères ce secteur comme ton terrain de jeu personnel, je suppose que tu vas faire un effort.

Montréal, 16 h 42

L'homme était affalé sur la table, la tête appuyée sur son bras gauche replié. À travers la cloison de plastique, on discernait mal ses traits.

— Il n'y a pas de danger ? demanda Crépeau.

— La bonbonne a été neutralisée.

Le chef de l'équipe technique lui montra le petit contenant de métal qu'il avait enfermé dans une boîte transparente.

Crépeau y jeta un nouveau coup d'œil.

— Vous savez ce que c'est ? demanda-t-il.

— Probablement la même chose qu'aux HEC. Du VX.

Voyant le regard interrogateur de Crépeau, il ajouta :

— Un dérivé du sarin. Créé en 1952. C'est dix fois plus concentré.

— On n'arrête pas le progrès.

— La mort est une question de minutes.

— Vous pensez qu'il a fait une erreur de manipulation ?

— Possible. Mais, au premier symptôme, il aurait dû sortir de la pièce… En tout cas, moi, à sa place… sachant ce que c'est…

— Peut-être que ce n'est pas un accident…

— Peut-être. Mais c'est une question qui est en dehors de ma compétence.

Crépeau sortit de l'appartement. Cabana l'attendait.

— La série continue, directeur Crépeau ?

HEX-RADIO, 18 H 24

— CE SOIR, À *PIMP MES NEWS*, ON REÇOIT UNE INVITÉE À QUI VOUS ÊTES FIDÈLES DEPUIS DES ANNÉES. JE VEUX PARLER DE MANON. MANON, LA *PEOPLE FREAK* !… COMMENT ÇA VA, MANON ?

— EXTRA *COOL*.

— SUPER ! ALORS, DIS-NOUS ÇA : AUJOURD'HUI, QU'EST-CE QUI EST *IN* ET QU'EST-CE QUI EST *OUT* ?

— LE PLUS *IN*, C'EST LE GROUPE TRASH-PUNK-DARK-BEAT *SUPER FUCK-UP*. DANS LES *NEWSGROUPS*, TOUT LE MONDE PARLE DE LEUR NOUVEAU DVD QUI SORT CE SOIR À MINUIT.

— ET LE PLUS *OUT* ?

— THÉBERGE ! LE NÉCROPHILE EST PAS SEULEMENT *OUT* DANS LES *NEWSGROUPS*, IL A L'AIR D'ÊTRE *OUT* TOUT COURT. J'AI APPELÉ CHEZ LUI : PAS DE RÉPONSE. PAS DE RÉPONSE NON PLUS AU POSTE DE POLICE… PARAÎT QU'IL EST EN VOYAGE.

— SÛREMENT À NOS FRAIS… AS-TU QUELQUE CHOSE SUR CELUI QUI LE REMPLACE ?

— RIEN DE PARTICULIER. LE *DRABE* TOTAL.

— EN TOUT CAS, C'EST *BUSINESS AS USUAL*. PLUS ÇA CHANGE, PLUS C'EST PAREIL. LE MONDE CONTINUE DE SE FAIRE DESCENDRE COMME AVANT, LES CADAVRES CONTINUENT DE S'EMPILER…

— T'EXAGÈRES ! ÇA CHANGE QUAND MÊME UN PEU : ON LES TUE PAS DE LA MÊME MANIÈRE.

— ÇA… COMBIEN DE TEMPS TU PENSES QU'IL VA DURER ?

— QUI ?

— CRÉPEAU. LE DIRECTEUR DU SPVM.

— ÇA DÉPEND DES PROTECTIONS QU'IL A. PARAÎT QUE C'ÉTAIT L'HOMME DE MAIN DE THÉBERGE.
— EST-CE QU'IL PARLE AUX MORTS, LUI AUSSI?
— M'ÉTONNERAIT. IL A DE LA MISÈRE À PARLER AUX VIVANTS!
— ÇA PROMET!

BROSSARD, 21 H 09

Skinner était agacé.

— Vous êtes certain? demanda-t-il.

— Absolument. Il n'était sur aucun vol. Et il n'est inscrit sur aucun départ à partir de Dorval.

— Vous avez vérifié à Mirabel?

— Rien non plus.

— Si vous voyez son nom, vous m'appelez immédiatement.

Après avoir raccroché, Skinner resta un moment immobile, à observer la résidence de Théberge à travers ses jumelles. Il ne comprenait pas pour quelle raison il semblait n'y avoir aucun signe de vie. Avait-il décidé sur un coup de tête de partir en vacances avec sa femme?... De la part de quelqu'un d'autre, cela ne l'aurait pas trop surpris: c'était une excellente façon d'échapper à la pression. Mais ce n'était pas la réaction qu'il attendait de Théberge.

Il n'avait pas prévu non plus qu'il démissionnerait. Du moins, pas aussi brusquement. D'un côté, c'était plutôt bon signe: ça voulait dire que la pression commençait à devenir trop forte pour lui. Par contre, comme citoyen privé, il serait plus difficile à attaquer.

Heureusement, il avait ouvert un second front contre son épouse... Bien sûr, la conférence de presse avait mal tourné: les journalistes avaient été mal à l'aise de se trouver dans la position de nuire aux efforts d'un groupe de bénévoles pour sauver des danseuses des griffes des motards criminalisés. Ce n'était pas terrible pour leur image. Mais la poussière retomberait. Dans quelques jours, il y en aurait certainement deux ou trois qui seraient prêts à reprendre l'enquête. Ils trouveraient un nouvel angle d'attaque. Ils recommenceraient à poser des questions embarrassantes. Au besoin, Skinner y ajouterait un incitatif financier.

Il appela Cabana.

— J'écoute ! répondit la voix impatiente du journaliste.

— J'attends la suite de l'enquête sur madame Théberge.

Un bref silence suivit. Puis Cabana reprit d'une voix beaucoup moins assurée.

— Il n'y a pas de suite pour l'instant.

— Pourquoi ?

— Aucun moyen de la joindre. Ni elle ni son mari.

— Pas besoin de les joindre pour enfoncer le clou.

— Il a démissionné.

— Je sais très bien qu'il a démissionné. Mais ce n'est pas une raison pour lui rendre la vie facile et cesser de l'attaquer.

— J'ai téléphoné chez lui, ça ne répond pas. Au SPVM, il a déjà vidé son bureau. Qu'est-ce que tu veux que je dise ?

— Tu as seulement à dire qu'il est en fuite. Exiger son retour pour qu'il réponde publiquement de ses actions comme directeur officieux du SPVM.

— Je peux essayer. Mais ce n'est pas très *hot*. Au bout de deux jours, l'intérêt va retomber.

— Pas si tu ajoutes quelque chose de nouveau chaque jour.

— Comme quoi ?

— Le réseau Théberge.

QUÉBEC, AÉROPORT JEAN-LESAGE, 22 H 03

Assis au casse-croûte, Gonzague Théberge regardait la télé en prenant un verre de mauvais vin. Son épouse était plongée dans une grille de sudoku. Dans son sac, elle en avait une provision qui lui permettrait de tenir pendant plusieurs mois.

Il la regardait souvent à son insu, avec le même mélange d'admiration et de curiosité qu'au début. Il y avait une partie d'elle qui continuait de lui échapper. Qui demeurait toujours aussi secrète. Quand elle avait été opérée pour un kyste sur un ovaire, au début de l'année, elle avait simplement mentionné en passant que, finalement, ce n'était pas cancéreux. Pas une fois, pendant les mois où elle avait attendu son opération, elle n'avait fait allusion au fait que ça l'inquiétait…

À l'écran, la silhouette de Gizmo Gaïa se détachait sur le haut d'une falaise. Le vent balayait ses vêtements et ses cheveux gris avec la même brutalité que les quelques arbres rabougris qui avaient survécu sur le promontoire. Son visage était recouvert d'un masque de bouddha et donnait l'impression que ses traits pouvaient défier la violence des éléments.

> … JE VOIS S'AVANCER LE TROISIÈME CAVALIER. UN VENT DE POUSSIÈRE GRISE OBSCURCIT LE CIEL DERRIÈRE LUI…

Autour de lui, tous les clients regardaient la télé. Seule madame Théberge continuait, imperturbable, de remplir sa grille de sudoku.

> … L'HUMANITÉ EMPOISONNE L'AIR QUI ANIME TOUTES LES FORMES DE VIE. ELLE ASPHYXIE LA VIE DANS L'EAU, SUR LA TERRE ET DANS LE CIEL. LE CIEL, L'EAU ET LA TERRE VONT S'UNIR POUR ASPHYXIER L'HUMANITÉ…

Théberge avait choisi de prendre l'avion à Québec de manière à minimiser les chances d'être reconnu par un journaliste à l'aéroport. Pour éviter d'être suivi, il était sorti du poste de police couché sur le siège arrière de la voiture d'un policier et il avait retrouvé sa femme, avec leurs valises, dans le stationnement d'un Tim Hortons de la Rive-Sud. Ils s'étaient ensuite rendus à l'aéroport de l'Ancienne-Lorette. Quand il en aurait le temps, Crépeau viendrait récupérer la voiture banalisée dans le stationnement de l'aéroport.

> … L'AIR QUE NOUS AVONS EMPOISONNÉ NOUS EMPOISONNERA. UN VENT FÉTIDE VA SE RÉPANDRE SUR L'HUMANITÉ. CORROMPRE LE SOUFFLE DES HOMMES…

Théberge avait mauvaise conscience de partir de cette façon. Il abandonnait Crépeau juste au moment où un nouvel attentat terroriste frappait Montréal. Mais sa priorité était de mettre son épouse à l'abri. Et puis, à Paris, il n'entendait pas se croiser les bras. Le jour même de son arrivée, il avait un rendez-vous. Les pistes qu'il ne pouvait plus suivre à Montréal, il les reprendrait en Europe.

> … JE VOIS DES MILLIONS DE GENS QUI ÉTOUFFENT, N'ARRIVENT PLUS À RESPIRER. JE VOIS LEURS POUMONS SE DESSÉCHER, LEUR CORPS SE COUVRIR DE POUSSIÈRE…

En regardant les prophéties de Gizmo Gaïa, Théberge secouait légèrement la tête. Il songeait au dernier attentat des islamistes : un gaz neurotoxique. Depuis quand le guru prédisait-il des choses qui s'étaient déjà passées ?… À moins qu'il annonce tout autre chose. Si c'était le cas, il fallait s'attendre à des événements qui, d'une façon ou d'une autre, provoqueraient des difficultés respiratoires.

Théberge continuait d'être troublé par cette « coïncidence ». Auparavant, il n'y avait pas eu de recoupements entre les attentats des deux groupes terroristes. Avaient-ils décidé d'unir leurs forces ? Est-ce que l'un des deux se servait maintenant de l'autre comme couverture ?… À moins qu'ils aient toujours été les aspects différents d'un même groupe ?…

Théberge sortit son ordinateur portable, activa le logiciel de communication sécurisée et composa le numéro de Crépeau.

MONTRÉAL, 22 H 11

Crépeau avait hésité à répondre. Un appel à cette heure-là, ça voulait probablement dire des complications. Puis, quand il avait reconnu la voix de Théberge, il avait senti l'inquiétude l'envahir. Que pouvait-il bien lui être arrivé ?

Il écouta avec un certain soulagement Théberge lui exposer son idée. Même si ça n'inaugurait rien de bien rassurant. Au moins, il ne lui était rien arrivé. Ni à lui ni à son épouse.

— Prose a fait la même remarque, répondit Crépeau quand Théberge eut fini de lui exposer son hypothèse.

— Prose ?

Théberge était médusé.

— Il a appelé au bureau. Il avait une idée intéressante et il voulait que Grondin me la transmette.

— Il a dit que les attentats islamistes et ceux des écolos étaient liés ?

— Oui. Et il a ajouté que les prochaines cibles seraient probablement des bibliothèques ou des sièges sociaux de médias. TVA, Radio-Canada…

— Il a trouvé ça tout seul ?

Au téléphone, la voix de Théberge semblait incrédule.

— Il paraît qu'il a effectué des tas de recherches sur l'eau, les céréales… les gaz à effet de serre… Grondin dit que son bureau ressemble à un centre de documentation.

— Je sais. Je l'ai vu…

— Moi, ce que j'aimerais savoir, c'est pourquoi quelqu'un veut l'éliminer.

— Ou il y a des gens qui l'utilisent pour m'atteindre…

— Ou bien ils pensent que Brigitte Jannequin lui a confié des choses avant de mourir…

— Grondin continue de l'accompagner quand il sort de chez lui ?

— Oui.

— Il faudrait le protéger vingt-quatre heures sur vingt-quatre. Ou mieux encore, le mettre carrément à l'abri.

— J'ai pas le budget pour ça.

— Je pensais à autre chose.

TÉLÉ-QUÉBEC, 22 H 38

— MARCEL DELFOUDA, LE CÉLÈBRE PENSEUR DE LA PARA-CULTURE, VIENT DE PUBLIER UN LIVRE QUI FAIT DES VAGUES DANS LE MILIEU INTELLECTUEL HEXAGONAL : *MILLE PLATITUDES – UNE ARCHÉOLOGIE DES MARGES*. SANS ENTRER DANS LES DÉTAILS, ON PEUT DIRE QUE VOTRE LIVRE, MARCEL DELFOUDA, DRESSE UN INVENTAIRE DES MILLE FAÇONS DONT LA RAISON OCCIDENTALE PRODUIT UN APLATISSEMENT DE LA VIE. POUVEZ-VOUS NOUS EN DIRE PLUS ?

— L'OCCIDENT S'EST VOULU UNE INCARNATION DE LA RAISON. MAIS C'EST UNE RAISON QUI, PAR L'ÉTROITESSE DE SA DÉFINITION, SUSCITE UNE ATTITUDE À LA FOIS SECTAIRE ET PROSÉLYTE VISANT À EXCLURE TOUTE AUTRE forme de raison. Par définition, elle relègue l'essentiel dans les marges.

— D'où la nécessité d'une archéologie ?

— Précisément. Pour l'extraire... Et d'où aussi le comportement forcément impérialiste de l'homme occidental.

— Marcel Delfouda, vous faites des récents épisodes de terrorisme islamiste un moment majeur de l'histoire de cette raison. Pourquoi ?

— Sur le plan de la noosphère...

— La noosphère ?

— C'est l'équivalent de la biosphère, mais sur le plan intellectuel. L'ensemble des idées, des sentiments, des images, des désirs produit par les formes vivantes.

— D'accord.

— Sur le plan de la noosphère donc, ces révoltes sont l'équivalent d'une réaction immunitaire sur le plan géopolitique. Comme lorsqu'un organisme mobilise des lymphocytes tueurs pour éliminer des cellules cancéreuses. La réaction islamiste est sans doute excessive, mais elle est fort compréhensible. C'est une réaction de la noosphère pour lutter contre l'aplatissement occidental et maintenir sa diversité...

Xian, 10 h 51

Hurt prenait un thé au restaurant du Hyatt Regency, un hôtel situé près de la Bell Tower. En attendant Wang Li, il parcourait le *China Times*. Un article portait sur les explosions dans l'Articque et l'Antarctique : « *Snow ball or soap bubble ?* »

L'article opposait deux points de vue extrêmes. Selon le premier, ces attentats provoqueraient une cascade d'événements qui s'emballerait de manière imprévisible : le fameux effet papillon. Parmi les conséquences à craindre, l'auteur mentionnait rien de moins que l'arrêt de la circulation du Gulf Stream et l'avènement d'une nouvelle période glaciaire en Europe.

L'autre point de vue affirmait que le principal effet des explosions nucléaires se situait dans les médias et qu'il se dissiperait aussitôt que les médias s'intéresseraient à autre chose. Pour décrire ce comportement des bulles médiatiques, qu'il comparait à des bulles de savon, le journaliste avait inventé l'expression : « effet soufflé », à cause du comportement d'un soufflé, qui se dégonfle à la moindre secousse. Autrement dit, l'inverse du célèbre « effet papillon ».

Hurt releva les yeux au moment où Wang Li arrivait.

— Vous êtes en avance, fit ce dernier. J'espère que ce n'est pas parce que vous avez hâte de quitter notre pays.

— Il y a eu de nouvelles manifestations anti-occidentales à Beijing et Shanghai.

— Ici, vous ne risquez rien. Les autorités ne permettront pas les manifestations.

— Parce qu'elles les avaient autorisées à Beijing et Shanghai ?

— De façon limitée. Pour accommoder les gouvernements occidentaux, qui reprochaient à la Chine de censurer l'opinion publique ! Avouez que c'est ironique !... C'était aussi une sorte de soupape. Le ressentiment est élevé depuis la mauvaise publicité que nous ont faite les Occidentaux lors des Jeux.

— *Vous pensez que ce que vous avez fait au Tibet n'a pas provoqué de ressentiment ?* répliqua Steel.

— Les choses auraient pu se dérouler autrement. La position de l'Occident a fait le jeu des partisans de la ligne dure. Toute concession serait apparue comme une perte de face. Comme une façon de céder au chantage. Les Occidentaux ont permis aux conservateurs de jouer sur les pires aspects du nationalisme chinois.

— *Ça ne justifie quand même pas la répression sanguinaire qui a eu lieu.*

— Vos médias soulignent uniquement les aspects négatifs du gouvernement chinois et ils ne parlent pas de ce qu'il a apporté à la population.

— *La démolition des monastères, la destruction de la culture tibétaine, la transformation de Lhassa en centre touristique de mauvais goût peuplé de Chinois importés à qui on concède toutes sortes d'avantages pour s'y exiler...*

— La fin d'une dictature théocratique, la sortie du Moyen Âge, l'élimination des superstitions... mais je pense que nous n'arriverons pas, pour l'instant, à nous entendre sur cette question.

— *Un premier pas serait de cesser votre propagande stupide qui présente le dalaï-lama comme un criminel. Vous ne vous rendez pas compte que c'est votre dernier rempart contre la violence des jeunes générations ?*

— Beijing ne peut pas tolérer les revendications d'autonomie du Tibet. Ce serait un mauvais message à envoyer aux régions de l'ouest.

— *Je suppose que ça n'a rien à voir avec le fait que c'est la principale réserve d'eau de l'Asie et que le pays possède les plus grands gisements d'uranium de la planète. Sans parler des autres métaux.*

— Ce sont les États-Unis qui ont inventé la notion de défense de leurs intérêts nationaux partout sur la planète. Regardez leur rapport aux monarchies arabes. Leurs interventions en Irak, en Iran... Tout cela pour le pétrole... La Chine se contente de défendre son accès aux ressources qui sont sur son territoire.

— *Dans ces circonstances, je comprends mal que vous fassiez confiance à l'Institut pour régler votre problème... Pour qui travaillez-vous vraiment ?*

— Pour la Chine, bien sûr. Si le travail que nous avons laissé l'Institut effectuer était couronné de succès, c'était tant mieux. Et c'est ce qui s'est produit. Mais si ça ne fonctionnait pas, nous avions d'autres plans.

— *Comme préparer la guerre avec les États-Unis ?*

— La vague actuelle de terrorisme donne des arguments aux faucons dans nos deux pays. Si les États-Unis nous attaquent, nous devons être prêts.

— *La théorie des jeux*, fit la voix plus calme de Steel.

— Hélas, oui... Chacun se rabat sur la solution la moins avantageuse, mais la plus sécuritaire, parce qu'il ne peut pas se permettre de faire confiance à l'autre.

— *Vous jouez quand même à un drôle de jeu. La persécution du Falon Gong et le génocide culturel au Tibet, ça ressemble beaucoup aux terroristes qui s'en prennent aux églises, aux écoles et aux musées. Si*

jamais les médias se mettent à faire le rapprochement…
Et je ne parle même pas de ce qui se passe au Xinjiang !

— Dans l'histoire de la Chine, plusieurs soulèvements populaires ont commencé par des mouvements religieux vaguement mystiques qui ont ensuite pris un aspect plus social, plus politique. Ça explique la nervosité des autorités en matière de religion.

Hurt regarda sa montre.

— *Il va falloir mettre un terme à cette fascinante conversation.*

— Je sais que ça va vous paraître ironique, mais on m'a prié de vous transmettre les meilleurs vœux de succès pour vos prochaines entreprises.

— *On ?*

— Des gens très haut placés dans le Parti. Ils vous considèrent comme un ami de la Chine.

— *Parce que j'ai éliminé une demi-douzaine de membres du Parti ?* fit la voix ironique de Sharp.

— Parce que vous avez permis de régler un problème sans que personne ne perde la face. Ils vous prient de transmettre leurs remerciements à la directrice de votre organisation. Si jamais vous avez besoin d'une aide discrète…

LES ENFANTS DE LA TEMPÊTE

Il faut aussi que le terrorisme frappe de façon soutenue, pour détruire l'idée que c'est seulement un mauvais moment à passer. Et il faut qu'il frappe à la fois des gens haut placés, à cause de la portée symbolique du geste, et des gens ordinaires, pour que personne ne se sente à l'abri.

Guru Gizmo Gaïa, *L'Humanité émergente*, 3- Le Projet Apocalypse.

BRUXELLES, 9 H 59

Maxime Jacobs respirait avec difficulté. Tout son corps était emballé dans une pellicule de Saran Wrap. Seuls ses yeux étaient dégagés. Un trou d'un diamètre d'environ un centimètre soixante-quinze était percé vis-à-vis de sa bouche. Pour respirer, il devait se contenter du peu d'air qui y passait.

Le moniteur vidéo permettait à Maggie McGuinty d'observer son comportement en temps réel. Mais il y avait peu à observer. Jacobs reposait sur un lit. Son corps était emballé si serré dans les multiples couches de pellicule de polythène qu'il ne pouvait pas bouger. Il ne pouvait même pas gonfler sa poitrine quand il respirait. Il aurait été saucissonné avec un filin d'acier que ça n'aurait pas fait de différence.

La seule variation observable de son comportement était l'intensité des efforts qu'il déployait pour aspirer de l'air à travers le trou dans le polythène. Comme si le déficit d'air était cumulatif. Qu'à chaque respiration, le manque devenait un peu plus aigu.

— Si je ne craignais pas de faire un mauvais jeu de mots, fit une voix d'homme en provenance de l'ordinateur, je dirais que je suis emballé par votre projet.

Maggie McGuinty se tourna vers le visage de Windfield affiché à l'écran et sourit.

— Quand allez-vous lancer votre exposition? reprit Windfield.

— Juste après l'Exode.

— Je ne sais pas où vous trouvez le temps.

Le regard de Maggie McGuinty se déplaça du moniteur vidéo vers l'écran de son ordinateur.

— Pour ce qui nous passionne, dit-elle, on trouve toujours du temps.

RADIO FRANCE INTERNATIONALE, 10 H 01

... UNE DEUXIÈME SYNAGOGUE A ÉTÉ VICTIME DES VANDALES AU COURS DE LA NUIT. LE MAIRE DE PARIS DIT S'INQUIÉTER DE CETTE...

LONDRES, 9 H 01

L'écran de l'ordinateur de Windfield était divisé en deux parties. Sur celle de droite, il y avait le visage de McGuinty, qui affichait un sourire retenu et rempli d'assurance. Sur celle de gauche, il y avait le corps de l'homme emballé.

Windfield remarqua une horloge digitale, dans le coin gauche de l'écran. Elle égrenait les secondes d'un compte à rebours. Quatre minutes vingt-trois. Quatre minutes vingt-deux...

— L'horloge? C'est le temps qu'il lui reste?

— Non. Le temps avant qu'on lui mette une autre pellicule de polythène sur la bouche. Avec un trou un peu plus petit.

— Vous n'avez pas peur qu'il meure trop rapidement?

— Jusqu'à un centimètre, à moins de paniquer, il n'y a pas vraiment de problème. Le vrai danger, c'est de l'emballer trop serré. L'effet de constriction bloque les capillaires. Parfois même les veines. Et ça met une pression sur le cœur... C'est de cette façon que les serpents constrictors tuent leurs proies. Pas tant en les broyant qu'en coupant toute la circulation sanguine périphérique : elles meurent d'une crise cardiaque.

— Vous êtes décidément une source étonnante de connaissances !

À l'écran, le sourire de McGuinty s'élargit.

— Comme je le disais, quand un sujet nous passionne…

— J'ai beaucoup apprécié votre collaboration. Si vous manquez de sujets à emballer, j'ai encore trois ou quatre candidats…

— En ajouter une autre série nuirait à l'unicité de l'œuvre. Mais je peux sûrement trouver d'autres idées !

Windfield ramena son attention vers l'homme emballé.

— J'aimerais qu'il soit en place à l'heure du déjeuner.

— C'est un peu serré, mais je devrais pouvoir vous accommoder.

BRUXELLES, 10 H 15

Maggie McGuinty se dirigea vers la chambre où reposait Maxime Jacobs. Il était maintenant temps d'amorcer l'étape finale de l'expérience et de procéder à la livraison promise.

Trois heures plus tôt, Maxime Jacobs s'était rendu à une résidence chic du quartier des ambassades pour discuter de l'implantation de trois raffineries en Roumanie. Maggie McGuinty l'y attendait. Se faisant passer pour l'épouse du diplomate, et sous prétexte de l'attendre parce qu'il avait été retardé, elle lui avait offert un café.

Quand il était revenu à lui, Maxime Jacobs était totalement enveloppé de polythène. Il ne pouvait respirer que par la bouche.

La femme qu'il avait prise pour l'épouse de l'ambassadeur lui avait alors expliqué qu'il avait eu comme seul tort d'être facilement accessible au moment opportun. Qu'elle n'avait rien de particulier contre lui, mais qu'il fallait faire des exemples.

— Comme quand un village se trouve sur l'emplacement d'une future exploitation minière, avait-elle dit.

Il faut sacrifier le village. Et si des villageois protestent, il faut sacrifier quelques villageois. Pour l'exemple. Peu importent lesquels. On prend ceux qui sont le plus facilement disponibles… Comme nous sommes entre professionnels, vous comprenez certainement tout ça. Vous-même, il n'y a pas si longtemps, vous avez autorisé un budget de normalisation. Vous vous en souvenez sûrement. Le deux cent soixante mille dollars pour disposer de « résistances locales »…

Puis, sans écouter ses protestations, elle avait posé la première feuille de polythène sur sa bouche, une feuille percée d'un trou de trois centimètres pour lui permettre de respirer.

Quelques heures plus tard, elle avait ajouté une seconde feuille. Cette fois, le diamètre du trou était un peu plus petit. Plus tard encore, elle en avait posé une troisième…

Maggie McGuinty éteignit la caméra, le temps de procéder aux nouveaux ajustements, puis elle la fit redémarrer. Il y aurait une coupure d'une ou deux minutes dans le film. D'un point de vue artistique, c'était une forme de tricherie. Mais il valait mieux que ses mains et ses avant-bras n'apparaissent pas sur la pellicule. Avec les progrès de la police scientifique, autant laisser le moins de traces possible.

CNN, 6 H 04

> … UNE CROIX A FLAMBÉ CETTE NUIT COMME AUX BEAUX JOURS DU KU KLUX KLAN. SAUF QU'ELLE A BRÛLÉ DEVANT UNE ÉCOLE JUIVE DE NEW YORK…

YELLOWSTONE, 6 H 23

L'hélicoptère survolait le parc à basse altitude. Tout s'était déroulé comme prévu. Jason Heppner avait récupéré l'argent que lui avait promis le commanditaire et il avait pris livraison des récipients remplis de petites billes de verre. Des billes poreuses qu'il avait laissées tomber au-dessus des endroits les plus susceptibles d'être fréquentés par les touristes. Le travail était terminé. Il retournait chez lui.

Heppner n'aimait pas les islamistes. Mais tant qu'ils acceptaient de financer ses opérations et qu'il pouvait choisir lui-même les cibles, il estimait que c'était lui qui les utilisait. Que c'était une forme de détournement d'attentat !

L'Arabe qu'il avait rencontré lui avait réitéré que la seule chose qui importait, à ses yeux, était de briser le système d'hyperconsommation de l'Amérique. Sur ce point, Jason Heppner était d'accord avec son commanditaire : le système économique américain était l'ennemi.

Leurs motivations respectives n'avaient pourtant rien en commun. Pour l'Arabe, le but était d'affaiblir le pouvoir d'intervention des États-Unis au Moyen-Orient. Particulièrement son soutien à Israël. Heppner, lui, avait un objectif beaucoup plus radical : s'attaquer à la racine du mal qui détruisait la planète. Détruire le système de consommation sur lequel reposait l'exploitation outrancière des ressources de la Terre.

Bien sûr, à elle seule, sa contribution ne serait pas suffisante. Heppner le savait bien. Mais ils seraient des milliers qui feraient leur part, dans tous les pays développés. Et alors, l'objectif serait atteignable. Il y aurait moyen d'enrayer le système, de briser la dynamique de la consommation toujours accrue qui dévastait la planète.

Heppner en était à imaginer ce que serait le règne de Gaïa dans un monde post-consommation lorsque l'hélice de la queue de son appareil se mit à se comporter de façon erratique.

Quelques instants plus tard, l'hélicoptère s'écrasait.

La dernière pensée de Heppner fut qu'il ne verrait pas naître ce monde, mais qu'il aurait au moins contribué à le faire advenir.

Montréal, SPVM, 8 h 34

Depuis la veille, HEX-Radio se déchaînait contre le SPVM. Un des animateurs avait même suggéré que les policiers fermaient volontairement les yeux sur les agissements des criminels. Que c'était un moyen de pression syndical.

> ... TOUT CE QUI LES INTÉRESSE, C'EST D'AVOIR UNE CONVENTION COLLECTIVE ENCORE PLUS HYPER CHROMÉE. À QUARANTE-CINQ ANS, ILS ARRIVENT À LA RETRAITE, SE TROUVENT UNE JOB PÉPÈRE DE GARDIEN DE SÉCURITÉ ET LE CASH RENTRE DES DEUX BORDS. C'EST PAS DES FLICS QU'ON A, C'EST DES BS AVEC UN GUN. LES SEULES FOIS QU'ILS SE RÉVEILLENT, C'EST POUR TAPER SUR DES MANIFESTANTS. PARCE QUE ÇA, C'EST PAS DANGEREUX...

Crépeau fit une moue et sa bouche émit un petit bruit d'agacement. Puis il s'en voulut de perdre de l'énergie à de telles absurdités. Il ferma la radio. Ouvrit le dossier qui était sur le dessus de la pile, devant lui. Avant qu'il ait le temps de commencer à lire, l'inspecteur Bégin entrait dans son bureau.

— Combien ? demanda Crépeau.

— Onze.

— Combien sont encore en isolement ?

— Trente-quatre.

— Tout le monde a été rejoint ?

— Tout le monde. Sauf un étudiant.

— Il était peut-être impliqué.

— Ou il est mort quelque part.

Le regard de Crépeau s'arrêta à l'*HEX-Presse*, repliée sur le coin du bureau. À la une, le journal annonçait :

NOUVEAU CAFOUILLAGE AU SPVM
MONTRÉAL TERRAIN DE JEU DES TERRORISTES

— L'isolement de l'édifice est maintenu ? demanda Crépeau

— Le temps de faire une nouvelle inspection complète.

Le regard de Crépeau revint brièvement au journal. « La synergie », songea-t-il avec une ironie amère : tout le monde cogne sur le même clou en même temps. Comme le journal et la radio se déchaînaient contre le SPVM, il imaginait sans peine sur quoi porterait la une du journal télévisé de HEX-TV, en début de soirée.

— En rentrant, j'ai rencontré Sasseville, dit Bégin.

— Celui du labo?

— Oui. L'autre est en *burn out*… Il confirme que c'était le même gaz dans la bonbonne trouvée chez Cadieux. Du VX. Un dérivé du sarin. Dix fois plus puissant. Soluble dans l'air et dans l'eau. Ça tue en quelques minutes. Une belle saleté… C'est aussi le même mécanisme de déclenchement à retardement.

— Les bandes des caméras de surveillance?

— Aux HEC?

Crépeau se contenta de le regarder, comme s'il n'estimait pas nécessaire de répondre à une question dont la réponse était aussi évidente.

Bégin s'empressa de poursuivre.

— Pour l'instant, à part Cadieux, il n'y a aucun suspect… Vous pensez qu'il était seul?

— Il y a au moins quelqu'un qui lui a fourni les bonbonnes.

— On va peut-être le retrouver avec deux balles dans la nuque. Comme les Arabes.

— D'après les informations d'Interpol et du FBI, c'est partout le même procédé: la personne responsable de l'attentat est retrouvée morte chez elle à cause du déclenchement d'une bonbonne. Chaque fois, il y a une seule victime. Et pas un seul des responsables n'est arabe… Le simple fait de fréquenter des musulmans va être mal vu.

— Ça veut dire…

— Ça veut dire que les choses vont se morpionner. Déjà, on a de la difficulté à empêcher les représailles contre les musulmans. S'il faut en plus protéger ceux qui les fréquentent, ceux avec qui ils travaillent, avec qui ils vont à l'école…

Bégin regardait Crépeau fixement, comme s'il n'avait aucune idée de ce que pouvait signifier cette déclaration.

Crépeau ouvrit le journal et lui montra un article.

LES ISLAMISTES ONT-ILS UNE
CINQUIÈME COLONNE PARMI NOUS?

— Ça, ils l'ont publié ce matin, dit-il. La mort d'Edmond Cadieux venait à peine d'être annoncée... Tu sais ce qui me dérange le plus?... C'est la vitesse avec laquelle les médias ont réagi.

— Vous pensez que les terroristes les renseignent directement?

— Qu'est-ce que tu en penses?

Le ton ironique de la repartie fit comprendre à Bégin que ce n'était pas une question. Mieux valait changer de sujet.

— Tu peux mettre une équipe sur Cabana? reprit Crépeau.

— C'est difficile. Avec ce qui se passe...

— Tu peux sûrement trouver quelqu'un.

— J'aurais Falardeau et Simard. Mais ils surveillent déjà Bastard Bob. Tu veux que je les transfère sur Cabana?

— Non, répondit Crépeau après un moment. Lui, on est sûrs qu'il a un contact.

LA PREMIÈRE CHAÎNE, 9 H 01

... DE PPP QUÉBÉCOISES, TOTALEMENT ASSURÉES PAR LE GOUVERNEMENT, DEMEURAIT LA MEILLEURE SOLUTION POUR CONSERVER NOS ENTREPRISES ET MAINTENIR LA QUALITÉ DES SERVICES À LA POPULATION EN MATIÈRE DE SANTÉ.

TOUJOURS DANS LE DOMAINE DE LA SANTÉ, UNE NOUVELLE ÉPIDÉMIE A FRAPPÉ PLUSIEURS VILLES DU SUD DE L'INDE; ELLE PROVOQUE DES SÉCRÉTIONS ABONDANTES ET TRÈS DENSES QUI OBSTRUENT LES POUMONS ET PROVOQUENT UNE ASPHYXIE PROGRESSIVE. LES VICTIMES PRÉSENTENT AUSSI UNE COLORATION GRISÂTRE DE LA PEAU, COMME SI ELLE ÉTAIT COUVERTE DE CENDRES. CETTE « PESTE GRISE » AURAIT DÉJÀ FAIT PLUS D'UNE CENTAINE DE MORTS...

MONTRÉAL, CAFÉ CHEZ MARGOT, 9 H 05

Quand Margot prit l'enveloppe jaune dans la boîte aux lettres, elle fut modérément surprise. Tout au plus vérifiat-elle d'un coup d'œil l'absence d'affranchissement et de marque postale... Quelqu'un l'avait déposée là au cours de la nuit.

Théberge l'avait prévenue: il s'attendait à ce qu'elle reçoive une nouvelle enveloppe pour lui. Il lui avait fourni un numéro de téléphone pour le joindre quand l'enveloppe arriverait.

À la table que le policier avait l'habitude d'occuper, Little Ben montait la garde. Il arrivait vers vingt-deux heures, un peu avant la fermeture, mangeait invariablement le plat du jour, quel qu'il soit, passait la nuit sur les lieux, à siroter un interminable thé vert, et il repartait le matin, après avoir pris son petit déjeuner.

Margot se dirigea vers lui en lui montrant l'enveloppe.

— Quelqu'un l'a déposée dans la boîte aux lettres au cours de la nuit.

— Rien entendu.

Son visage affichait un air d'enfant pris en défaut.

— Tu ne pouvais pas savoir, se dépêcha de dire Margot.

— Il faudrait peut-être que je surveille de l'extérieur.

— Non. C'est très bien comme ça.

Elle appellerait Théberge un peu plus tard. Pour l'instant, elle allait se replonger dans la comptabilité du café. La hausse du prix des céréales ne se répercutait pas seulement sur celui du pain et des pâtes : tous les aliments de base étaient touchés. Dans certains cas, il y avait même des délais de livraison, si on les commandait en trop grande quantité. En fait, tous les prétextes semblaient bons pour augmenter le prix des aliments. Équilibrer le budget du restaurant sans trop monter les prix tenait de plus en plus de l'acrobatie.

Encore heureux qu'elle n'ait pas eu à subir de vandalisme, comme plusieurs des commerces d'alimentation du quartier. De cela, elle était redevable à la présence ostensible et persistante de Little Ben.

Paris, 15 h 22

Théberge descendit du taxi, rangea les valises sur le trottoir et régla la course. Il resta un moment à regarder la cour intérieure du musée Bourdelle, de l'autre côté de la rue, puis il se tourna vers son nouveau lieu de résidence : un petit meublé dans un édifice à logements près de la tour Montparnasse.

Prenant deux des valises à roulettes, laissant la troisième à sa femme, il descendit les marches et se dirigea vers l'entrée de l'édifice à logements. Une première porte, normalement verrouillée, s'ouvrit parce que quelqu'un sortait.

Une fois dans le hall, Théberge se dirigea vers la gauche, se tourna vers le bloc de boîtes aux lettres qui occupait une grande partie du mur, ouvrit celle de l'appartement 402, qui n'était pas verrouillée, et prit les trois clés qui s'y trouvaient. Il marcha jusqu'à la porte donnant accès à l'édifice B, l'ouvrit avec une des clés et la bloqua pour permettre à sa femme de passer.

Une fois dans l'ascenseur, il dut vérifier le code qu'on lui avait fourni avant de l'entrer sur le clavier numérique. Une fois le code entré, il appuya sur le bouton du quatrième.

Dans le corridor de l'étage, il alluma la lumière et se dirigea vers le 402. La lumière s'éteignit au moment où il parvenait à entrer la première clé dans une des serrures. Comme il prenait la seconde clé, la lumière revint : madame Théberge avait trouvé un autre interrupteur à côté de la porte.

Huit minutes plus tard, assis sur le pied du lit dans l'alcôve qui servait de chambre à coucher, Théberge discutait avec son épouse.

— Au Palace, Nancy est tout à fait capable de te remplacer.

— Je sais.

— Quand ce sera fini, on pourra rentrer à la maison.

— Je sais.

— C'est la meilleure solution.

— Je sais.

Théberge la regarda un moment, perplexe.

— C'est quoi, alors ?

— Ce n'est pas parce que je le sais que je l'accepte.

— Tu veux qu'on retourne ?

— Pas du tout.

— Mais…

— Fais ce que tu as à faire, Gonzague. Et je vais faire ce que j'ai à faire.

Au moment où Théberge allait répondre, la sonnerie de son cellulaire se manifesta. Seulement trois personnes avaient son numéro : Margot, Dominique et Crépeau. Il ne s'attendait pas à ce que l'une des trois l'appelle aussi rapidement.

— Oui ?

— J'ai reçu une autre enveloppe, fit d'emblée la voix de Margot.

— Déjà !

Quelques instants plus tard, Théberge voyait ses prévisions confirmées : l'enveloppe jaune en contenait une autre, plus petite, dans laquelle il y avait une enveloppe blanche.

— Vous voulez que je vous lise le message ? demanda Margot.

— S'il vous plaît.

Un bref silence suivit, ponctué de froissements de papier. Puis la voix de Margot reprit, plus appliquée, avec un débit plus lent. Elle détachait davantage les mots, comme si elle s'efforçait de lire le plus clairement possible.

Vous m'avez surpris. Je n'aurais pas cru que vous puissiez jouer les filles de l'air. Mais votre départ ne règle rien. Les problèmes ne disparaîtront pas. Même si vous vous cachez, vos amis, eux, seront toujours là. Ce serait injuste qu'ils subissent des représailles parce que vous refusez d'assumer vos responsabilités.

Margot fit une pause. Un bruit de feuille froissée suivit. Puis elle reprit.

Que vous l'acceptiez ou non, le terrorisme à Montréal relève de votre responsabilité. Je vous transmets deux informations. Faites-en bon usage. La première est le nom de la directrice d'un centre de recherche : Maggie McGuinty. La deuxième information touche directement mademoiselle Jannequin : Martyn Hykes travaille probablement au laboratoire que

dirige madame McGuinty. Et pas nécessairement
de façon volontaire. Il se peut que vous y trouviez
plusieurs savants qui ont disparu au cours de la
dernière année.

Un assez long silence suivit la dernière phrase.
— C'est tout ? demanda Théberge.
— C'est tout.
— Vous ne savez pas qui a apporté l'enveloppe ?
— Non. Elle a été déposée dans la boîte aux lettres
pendant la nuit. Avec une enveloppe de polythène pour
la protéger de la pluie.

À la fin de la conversation, Théberge resta un long
moment songeur. Il y avait quelque chose qui ne collait pas
dans le message. D'une part, on l'attaquait en menaçant
ses amis ; d'autre part, on lui fournissait une information qu'il avait toutes les raisons de croire importante,
même s'il était incapable pour l'instant d'en mesurer la
portée.

Il n'avait pas le choix : il fallait qu'il fasse part à
Dominique de ce qu'on venait de lui transmettre.

Montréal, hôtel Ritz-Carlton, 9 h 36

La télé montrait des scènes d'émeute à Haïti. Les
promesses formulées par le groupe de travail de l'ONU
n'avaient manifestement pas calmé la population.

Dans la suite du Ritz-Carlton, Skinner regardait
l'image de façon distraite. Il avait coupé le son de la
télé pour écouter la conversation que lui relayait son
BlackBerry.

— *Est-ce que vous voulez que je vous fasse parvenir*
l'enveloppe ? fit une voix de femme.
— *Pas nécessaire*, répondit la voix de Théberge. *Il a*
sûrement effacé toutes les traces.

Au cours des mois précédents, Skinner aurait eu amplement le temps d'enlever Théberge et son épouse. Ç'aurait
été la solution la plus simple. Pour protéger madame
Théberge, le policier aurait révélé tout ce qu'il savait.

Mais Fogg avait argumenté que Théberge n'avait probablement qu'un accès indirect à l'Institut. Qu'une stratégie de harcèlement était préférable. Cela l'amènerait à multiplier les contacts indirects… jusqu'à ce qu'il finisse par rencontrer quelqu'un de l'Institut.

« De la patience ! Avec l'Institut, on n'obtiendra rien par une attaque frontale ! »

Skinner était plutôt d'accord avec la stratégie de Fogg. Mais ça ne l'empêchait pas de la trouver frustrante. Surtout qu'elle était loin d'avoir produit le résultat escompté : Théberge avait été déstabilisé, certes, mais il était maintenant introuvable. Au lieu d'aller à un rendez-vous avec quelqu'un de l'Institut, il avait disparu avec armes et bagages.

Avant de penser à trouver l'Institut, il fallait maintenant le retrouver, lui. Et pour cela, il n'avait qu'un moyen : harceler ses amis. Comme il le connaissait, Théberge aurait de la difficulté à ne pas voler à leur secours !

— *J'espère que vous profitez de vos vacances*, fit la voix de la femme.

— *Ce ne sont pas exactement des vacances.*

— *Ce n'est pas une raison pour ne pas en profiter. Vous devriez essayer de mieux manger. Quand on est en voyage, c'est le temps de changer des choses.*

Skinner ne s'attendait pas vraiment à ce que Théberge révèle au téléphone l'endroit où il se trouvait. Ce dont il voulait avant tout s'assurer, c'était qu'il avait bien reçu son message. C'était maintenant chose faite. De plus, il avait eu la confirmation que le policier n'avait pas abandonné sa résidence simplement pour se cacher : il était en voyage.

— *Au café, comment ça se passe ?* reprit la voix de Théberge.

— *Il vient encore des journalistes de temps en temps, mais ils sont tranquilles.*

— *Pas de vandalisme ?*

— *Rien pour l'instant… Bertha va bien ?*

Dans la chambre de Skinner, la télé montrait maintenant un édifice en flammes. En vignette, un Arabe témoin des événements parlait avec animation, en faisant de grands gestes dramatiques.

Skinner sourit. HEX-TV faisait bien son travail. Chaque fois qu'on y voyait un Arabe, il avait l'air soit hystérique, soit totalement démuni, soit d'une cruauté glaciale.

— *Très bien*, répondit la voix de Théberge. *Son seul problème, c'est qu'elle a peur que j'envoie promener mon régime.*

Quelques minutes plus tard, un double déclic signalait la fin de la conversation. Skinner coupa à son tour la communication, perplexe. Pourquoi madame Théberge avait-elle peur que son mari envoie promener son régime ? Était-il dans un endroit réputé pour sa gastronomie ?

Comme on n'avait signalé sa présence ni à l'aéroport, ni aux différents postes-frontières, il pouvait difficilement avoir quitté le pays… À moins qu'il soit parti en croisière.

Puis il songea à Fogg. Pour quelle raison le chef du Consortium lui avait-il demandé de fournir ces renseignements à Théberge ? Il y aurait sûrement eu moyen de le harceler, ou même de le provoquer à communiquer avec l'Institut, sans lui révéler des informations aussi stratégiques.

Fogg pensait-il que l'Institut pourrait vraiment effectuer ce travail ? Si c'était le cas, il fallait qu'il soit certain que Théberge leur transmettrait l'information.

Une chose était sûre, il avait habilement détourné les instructions qu'il avait reçues. Les ordres originaux étaient simplement de rendre publique l'existence des quadruples morts. À partir de là, Fogg avait imaginé d'y ajouter des messages qui auraient pour objectif de fournir à Théberge des renseignements intéressants, dans l'espoir que ça le pousse à communiquer avec l'Institut. Puis de poursuivre l'entreprise par l'intermédiaire des enveloppes jaunes.

Avant d'expédier ce troisième message, Skinner avait hésité. Fogg profitait de l'occasion pour nuire sérieusement à « ces messieurs ». Mine de rien, il balançait à l'Institut le nom d'une de leurs principales collaboratrices…

Skinner imaginait la réaction de Jessyca Hunter, si elle avait été avertie des manœuvres de Fogg. Elle y aurait vu l'occasion de le détruire définitivement aux yeux des commanditaires du Consortium. Mais Skinner n'avait pas encore pris sa décision. Il ne savait pas qui il trahirait. Serait-ce Fogg, qui lui avait demandé de se rapprocher de madame Hunter et de l'amener à croire qu'il était prêt à basculer dans son camp ? Serait-ce Jessyca Hunter, qui lui avait laissé entendre qu'elle comptait sur lui pour régler le « problème Fogg » ? Que ce serait son billet d'entrée pour faire partie des véritables maîtres du Consortium…

Avant de choisir son camp une fois pour toute, Skinner voulait continuer à observer les deux groupes.

CNN, 9 H 45

> … LES ACTES DE VIOLENCE SE MULTIPLIENT CONTRE LA COMMUNAUTÉ MUSULMANE. MALGRÉ LES APPELS AU CALME DES AUTORITÉS ET LES GESTES DES PAYS ARABES EN FAVEUR DES VICTIMES DES EXTRÉMISTES, PLUSIEURS MOSQUÉES ET ÉCOLES CORANIQUES ONT ÉTÉ VICTIMES DE VANDALISME AU COURS DE LA NUIT.
> LES AMBASSADES OCCIDENTALES DANS LES PAYS ARABES ONT POUR LEUR PART AUGMENTÉ LEUR NIVEAU D'ALERTE PAR CRAINTE DE REPRÉSAILLES DE LA POPULATION LOCALE EN RÉPONSE AUX ÉVÉNEMENTS SURVENUS DANS LES CAPITALES EUROPÉENNES. À LONDRES, DANS LE QUARTIER ATTENANT À LA MOSQUÉE DE FINSBURY PARK…

BRUXELLES, 15 H 47

Maxime Jacobs avait cessé de lutter. Son combat était terminé. Une dernière pellicule de polythène avait rapidement scellé son sort. Une pellicule où il n'y avait qu'un trou minuscule. Trop petit pour qu'il puisse aspirer suffisamment d'air pour survivre.

Le directeur des unités spéciales, Klaas Booghman, ouvrit la porte arrière de la fourgonnette et constata que le corps avait exactement la même apparence que sur la vidéo.

L'agonie de Jacobs avait été retransmise sur Internet pendant une heure vingt-trois minutes : trente-quatre minutes pour l'agonie proprement dite, puis quarante-neuf minutes d'image fixe montrant le défunt en plan américain. La diffusion avait ensuite été interrompue à la suite d'une intervention des policiers auprès du promoteur du site.

Des recherches avaient été lancées, mais elles avaient été brèves : les responsables de l'enlèvement avaient eux-mêmes averti les médias de l'endroit où se trouvait le corps de Jacobs.

Booghman referma la porte de la fourgonnette. Pas question qu'on vienne perturber la scène du crime avant l'arrivée de l'équipe technique. Ce serait un cas à haute visibilité. Non seulement le meurtre avait-il été diffusé en direct sur Internet, mais il avait eu lieu à deux pas d'une des principales institutions européennes.

Dès la réception du message, un cordon de protection avait été installé autour du siège de la Commission européenne. C'était probablement inutile. La fourgonnette avait simplement été garée devant l'édifice à cause de la valeur symbolique de l'endroit ; pour bien montrer que le message s'adressait à toute l'Europe. Mais le travail du policier serait évalué à la quantité de mesures qu'il aurait prises. Et à la vitesse à laquelle il les aurait prises.

Le dispositif de sécurité était impressionnant. Booghman avait même fait protéger chacune des ambassades de la ville. Personne ne pourrait reprocher à la Belgique de ne pas prendre la menace au sérieux.

À l'intérieur de la fourgonnette, Maxime Jacobs avait lutté jusqu'à la fin. Jusqu'à ce qu'il soit trop faible pour extraire un filet d'air à travers l'ouverture. Il avait mis du temps à mourir. Du temps pendant lequel des dizaines de personnes étaient passées à proximité de la fourgonnette. On avait même un enregistrement vidéo qui montrait le conducteur du véhicule. Il avait été pris par une des nombreuses caméras de surveillance qui protégeaient les lieux publics de la ville. Il y avait de fortes chances que ce soit lui qui ait collé la dernière pellicule de polythène sur la bouche de Jacobs.

Normalement, Booghman aurait accueilli l'information comme une bonne nouvelle. Mais il y avait un problème : l'image captée par la caméra était celle de l'homme sur lequel les différents partis politiques de Belgique venaient finalement de s'entendre. C'était à lui qu'ils avaient décidé de confier la fonction de premier ministre : Arno de Jonghe… En un sens, c'était pire que s'il avait été la victime de l'attentat.

Ce que Booghman ne savait pas encore, c'était que sept autres personnes, dans sept autres pays, étaient mortes de la même façon que Jacobs. À peu près à la même heure. Seule leur résistance avait fait fluctuer la durée de leur agonie et varier le moment de leur décès.

CNN, 9 H 50

> … A ANNONCÉ LA MORT DE GUILLAUME LACERTE, UN BIOLOGISTE MOLÉCULAIRE CONNU POUR SON OPPOSITION À L'UTILISATION DES OGM. L'ATTENTAT A ÉTÉ REVENDIQUÉ PAR LE GROUPE « LES HUMAINS D'ABORD ». LE GROUPE PROMET DE COMBATTRE TOUS CEUX QUI VEULENT EMPÊCHER L'HUMANITÉ DE RÉGLER LE PROBLÈME DE LA FAIM EN S'OPPOSANT AU PROGRÈS SCIENTIFIQUE…

FORT MEADE, 9 H 52

Tate reposa son café devant lui. Son regard s'attarda un instant sur la rangée d'*aliens* gris-bleu qui ceinturaient la tasse. Ils étaient surplombés des mots « AREA 51 » en gros caractères.

Tant que les gens croiraient que les secrets les plus importants du gouvernement concernaient les extraterrestres, ils s'intéresseraient moins aux dossiers les plus susceptibles de nourrir leur animosité envers les services de renseignements : le fichage électronique des individus, la surveillance des déplacements, l'écoute électronique… Bref, tout ce qui constituait le pain et le beurre de la NSA.

Tate revint aux deux feuilles qui faisaient le bilan des événements de la nuit et les relut avec attention. En tout, vingt-deux actes majeurs de vandalisme avaient eu lieu : quatorze contre des mosquées, cinq contre des écoles coraniques, deux contre des leaders religieux musulmans. Le dernier avait été perpétré contre une famille qui avait pour unique tort, semblait-il, d'être la seule famille musulmane de son quartier.

L'effet cumulé des attaques terroristes commençait à miner la confiance des gens envers les forces de l'ordre. Ils seraient de plus en plus nombreux à conclure qu'il fallait prendre eux-mêmes les choses en main.

Et puis, il y avait cette série de crimes présentés en direct sur Internet. Six hommes, dans six pays, emballés dans du polythène et morts par suffocation. Les six enregistrements vidéo avaient été mis en ligne pratiquement à la même heure.

Tate referma le dossier avec exaspération et démarra l'extrait vidéo que l'on venait de lui faire parvenir sur le réseau interne de l'agence. Le message inaugural d'un nouveau groupe terroriste : les Enfants de la Tempête. C'était logique : après la terre brûlée et le déluge, la tempête…

Ensuite, ce serait quoi ? Les volcans ? Les pluies de météorites ?… Et pourquoi pas différentes formes de pollution ? Les enfants du smog ? Les enfants des décibels ?… Si ça continuait comme ça, le Président n'attendrait même pas la réunion pour livrer la NSA sur un plateau à Paige !

Superposé en semi-transparence à un spectacle de tempête, un visage d'enfant récitait un texte en s'efforçant d'utiliser les intonations les plus aptes à respecter le contenu.

À quoi bon respirer ? De toute façon, l'air est irrespirable. Le capitalisme a tout empoisonné. Jusqu'à l'air que nous respirons. C'est une idéologie invisible qui nous enserre, nous étouffe, nous asphyxie.

Les multinationales sont l'ennemi le plus visible. Elles polluent l'atmosphère. Elles produisent des déchets toxiques et les rejettent dans l'environ-

nement. Mais elles ne pourraient pas le faire sans la complicité des millions de consommateurs. Sans la complicité de ceux qui achètent leurs produits. Ce sont eux qui en demandent toujours plus. Eux qui exigent de payer toujours moins… Même si ça veut dire polluer toujours plus. Investir toujours moins dans la protection de l'environnement.

Les Enfants de la Tempête n'ont pas choisi le monde qu'on leur laisse. Ils n'ont pas choisi de vivre dans un monde pollué. Mais ils ont le choix de ce qu'ils veulent faire de ce monde… Ou bien on le subit, ou bien on essaie de le changer. Et, pour le changer, il faut changer les Occidentaux. Les rééduquer.

L'ennemi de la planète, c'est l'Occidental moyen. Monsieur Toulemonde. Par conséquent, nos prochaines cibles seront l'Américain moyen, l'Européen moyen. Autrement dit, le pollueur moyen… Nous allons faire des exemples. Il faut que les gens comprennent qu'ils sont responsables de ce qu'ils consomment. Que leur consommation en fait des amis ou des ennemis de la planète. Des amis ou des ennemis de la vie. Des amis ou des ennemis de la survie de l'humanité.

Nous sommes les Enfants de la tempête occidentale qui ravage Gaïa. Nous allons combattre la tempête par la tempête. Nous allons asphyxier ceux qui asphyxient la planète. Nous allons détruire ceux qui la détruisent.

Tate regarda un instant encore l'image de tempête qui avait servi de décor au message, puis il arrêta l'appareil.

C'était clair. Il était impossible de ne pas établir un lien entre le message et les six vidéos mises en ligne. Six victimes mortes par asphyxie. Mais ce qui inquiétait le plus Tate, c'était que les victimes n'avaient à première vue rien en commun… Si les terroristes se mettaient à cibler des gens au hasard, comme le laissait entendre leur message, ça deviendrait ingérable. Les groupes de défense se mettraient à proliférer à la grandeur du pays.

Il n'y aurait pas moyen de contrôler ça. Ce n'était qu'une question de temps avant que des représailles aient lieu. Puis des contre-représailles… Inévitablement, il y aurait des victimes innocentes. Des erreurs. Des attaques pour venger les erreurs… D'autres victimes innocentes… Un beau bordel, quoi !

Au fond, ce serait presque une bonne idée d'abandonner toute la responsabilité de la gestion de la crise à Paige. C'était la façon la plus sûre d'avoir sa peau.

Puis l'esprit de Tate revint au message des Enfants de la Tempête.

Il avait de la difficulté à croire que c'était par hasard que cet attentat terroriste survenait vingt-quatre heures à peine après les attentats islamistes. Les écoterroristes essayaient-ils de profiter du choc provoqué par les islamistes ? À moins qu'il s'agisse d'un groupe d'écoterroristes manipulé en sous-main par les islamistes pour détourner l'attention tout en accentuant la pression ?

Les deux hypothèses lui semblaient invraisemblables.

D'un autre côté, Tate ne croyait pas aux coïncidences. Surtout pas aux coïncidences à répétition. La thèse de Blunt sur l'existence d'un lien entre les deux formes de terrorisme paraissait de plus en plus crédible. Par contre, Tate ne saisissait pas la nature de ce lien. Ou, plutôt, il ne voyait pas qui manipulait qui.

Il but le peu de café qu'il lui restait et regarda une fois encore les extraterrestres dessinés sur la tasse. Il regrettait presque que tout ne soit pas le résultat d'un complot extraterrestre : ce serait tellement plus simple !

Il se dit ensuite qu'il allait appeler Blunt. Mais, auparavant, il voulait jeter un coup d'œil aux recherches que ce dernier avait effectuées dans les banques de données de l'agence. Ça lui donnerait une idée de ce sur quoi il travaillait.

LONDRES, 15 H 02

Larsen Windfield entra dans l'hôtel, traversa le hall d'entrée et se rendit directement à l'ascenseur. De la main gauche, il tenait un attaché-case noir plutôt mince.

Il sortit de l'ascenseur au quatorzième étage, tourna à droite dans le corridor, déposa l'attaché-case en passant devant la chambre 1411 et se rendit jusqu'à la cage de l'escalier de secours.

Avant d'y pénétrer, il prit son BlackBerry, sélectionna un numéro, lança l'appel et attendit quelques secondes en regardant l'attaché-case devant la porte. Quand la porte s'ouvrit, il entra dans la cage d'escalier sans prendre le temps de s'assurer que l'occupant de la chambre avait effectivement récupéré la mallette.

Il remit le BlackBerry à sa ceinture et emprunta l'escalier qui descendait. Il sortit de la cage d'escalier au onzième étage, redescendit au rez-de-chaussée par l'ascenseur et quitta l'hôtel.

REUTERS, 10 H 07

> ... HUIT CADRES INTERMÉDIAIRES ET SUPÉRIEURS D'ENTREPRISES EURO-PÉENNES ET AMÉRICAINES RÉPUTÉES POUR LEUR MAUVAIS DOSSIER EN MATIÈRE DE POLLUTION ATMOSPHÉRIQUE. DES ENREGISTREMENTS VIDÉO DE L'AGONIE DES HUIT HOMMES ONT ÉTÉ MIS EN LIGNE ET TÉLÉCHARGÉS PLUSIEURS MILLIERS DE FOIS AVANT D'ÊTRE RETIRÉS. ILS ONT ENSUITE RÉAPPARU SUR DIFFÉRENTS SITES D'ACTIVISTES ENVIRONNEMENTAUX. À LA SUITE DE CES ATTENTATS, LA VALEUR EN BOURSE DES ENTREPRISES...

LONDRES, 15 H 08

Dans la chambre 1411, Royston Burke avait appliqué à la lettre les instructions qu'on lui avait données. Il avait d'abord ouvert l'attaché-case. Constatant qu'il était vide, il l'avait refermé : ses instructions n'étaient pas modifiées. Dans le cas contraire, il y aurait simplement eu un carton noir. Il aurait alors nettoyé son ordinateur portable, re-fermé l'attaché-case et il serait parti en le laissant dans la chambre : celui-ci se serait retrouvé au service des objets perdus de l'hôtel, ce qui était une façon simple de le retirer de la circulation.

Burke examina l'attaché-case sur la table pour trouver son numéro de série, qui était gravé sur une petite plaque dorée.

Satisfait, il déposa l'attaché-case sur la table de travail, à côté de son ordinateur portable. Il ouvrit le navigateur, se rendit sur le site d'une banque et utilisa le numéro de série – une fois à l'endroit, comme identifiant, et une fois à l'envers, comme mot de passe – pour accéder à un compte bancaire. Il activa ensuite un transfert de fonds programmé à l'avance, quitta le site de la banque et appuya de façon prolongée sur le bouton de mise en marche. Cela eut pour effet de lancer un programme d'effacement de l'espace disque protégé à partir duquel il avait travaillé.

Onze minutes plus tard, il quittait la chambre, n'emportant avec lui que l'ordinateur portable dans un sac de transport.

Toutes ces mesures de sécurité lui paraissaient inutilement compliquées, mais le client payait bien. Même plus que bien.

VENISE, 16 H 21

La décision de Chamane de faire appel à ses « collègues » rendait Blunt mal à l'aise. Même si aucun des deux experts n'aurait accès au site de l'Institut. Et même s'ils ne connaîtraient jamais son existence.

Mais bon… Si Chamane affirmait qu'il ne pouvait pas tout faire tout seul…

Après avoir consulté Dominique, Blunt avait autorisé le budget spécial pour les payer. Le montant l'avait fait sourciller, mais Chamane avait eu un argument imparable : « C'est les meilleurs, *man*. »

Parfois, Blunt se demandait si le monde informatique dans lequel se mouvait Chamane ne lui cachait pas entièrement le monde réel. Puis il songea que ce monde jouait probablement dans la vie de Chamane un rôle semblable à celui que le go jouait dans la sienne. Les deux y passaient plusieurs heures par jour : Chamane avait ses U-Bots et lui ses adversaires de go, qu'il rencontrait uniquement sur Internet. Deux univers virtuels…

Quand on considérait la prolifération de la violence dans la société, c'était peut-être la solution : rencontrer les autres uniquement dans un monde virtuel… Puis il pensa à Kathy. À Geneviève… Était-ce là la forme à venir de la société ? Une vie privée en mode réel, avec un minimum de personnes, et une vie sociale en mode virtuel ?… Si on permettait à tous les extrémistes religieux, écologistes ou autres d'expérimenter leurs lubies dans des univers virtuels, peut-être cesseraient-ils de prendre la planète réelle comme terrain de jeu ?… À moins que ce soit le contraire ? À moins que leurs expérimentations virtuelles aient pour effet de les désensibiliser, de leur faire perdre la conscience du caractère irrévocable et tragique des effets de leurs lubies, lorsqu'on les appliquait dans le monde réel ?

Il déposa sa tasse d'espresso à peu près vide sur la table et se leva. Il fallait qu'il fasse la tournée de l'actualité pour voir quelles étaient les suites des derniers attentats. Mais avant, il se permettrait une demi-heure d'évasion dans l'univers confortablement quadrillé des pierres noires et blanches du jeu de go.

Au moment où il allait s'asseoir devant le goban installé face à la fenêtre panoramique, il entendit le signal d'avertissement en provenance de l'ordinateur portable.

Tate !

— Alors, c'est quoi le *prime mover*, aujourd'hui ? ironisa Blunt en répondant. Encore les islamistes ?

— Le *prime mover*, c'est toujours la même chose : empêcher la *fucking shit* de se précipiter dans le *fucking fan* !

À l'écran, le visage de Tate affichait une impatience qui soulignait amplement à quel point il estimait la situation critique.

— Si tu étais plus précis ? demanda Blunt.

— Les militaires continuent de déconner. Ils ont le vent dans les voiles. Même Kyle doit faire semblant d'être d'accord avec eux et les laisser imposer leur ligne.

— Ils pensent toujours que la Chine est derrière les attentats ?

— Ils sont sûrs qu'ils utilisent les terroristes comme on a utilisé les moudjahidines contre les Russes en Afghanistan. Ils le disent presque ouvertement. Ils ont publié plusieurs analyses sur des blogues ultra-conservateurs pour que ça filtre dans les médias. Levitt Media va sûrement les reprendre.

— Les Chinois n'ont pas intérêt à armer les islamistes. Pas avec ce qui se passe avec les Ouighours !

— Ils parlent surtout des attentats écoterroristes.

— C'est encore plus ridicule. Les Chinois sont parmi les premières victimes de la famine.

— Leur théorie, c'est que la Chine veut précipiter une catastrophe planétaire : dans un monde dévasté, ils vont pouvoir compter sur la supériorité du nombre pour s'imposer. Une sorte de revanche pour des siècles d'humiliation… Selon les militaires, le déclencheur, c'est quand on leur a fait perdre la face pendant les Olympiques.

— C'est une théorie qu'ils radotent depuis des années. Je ne peux pas croire que le Président achète ça !

— Pas vraiment. Mais il peut quand même être forcé d'autoriser des représailles. Pour éviter de paraître faible. Surtout que la Chine a des pratiques commerciales assez colonialistes merci en Afrique. Ça pourrait lui donner l'image de défendre les Noirs de toute la planète !

— Le Congrès ne laissera jamais passer ça.

— Il y a beaucoup de lobbying. Et beaucoup d'argent. Les huit dernières victimes sont toutes des employés de multinationales. Il y a beaucoup de pression pour que le gouvernement fasse quelque chose. Les militaires utilisent le momentum. Ils ont mis sur pied un nouveau groupe de lobby. Leur plan, c'est d'y aller petit à petit, de forcer le pays à mettre le doigt dans l'engrenage. Ensuite, il suffit qu'il y ait une bavure de l'autre côté, puis des représailles, puis des représailles contre les représailles. On risque de se retrouver avec une réédition du conflit palestinien à la grandeur de la planète !

— De quel lobby tu parles ?

— Un nouveau groupe. Americans for Peace and Justice. Ça se présente comme un groupe de réflexion au-delà des partis. On y trouve plusieurs conseillers des anciens présidents républicains.

— Tu penses qu'ils iraient jusqu'à provoquer un conflit mondial ?

— Ils répètent sur toutes les tribunes que le conflit est déjà commencé. Qu'on est les seuls à ne pas s'en être rendu compte ! Chaque attentat terroriste renforce leur position… Leur thèse, c'est qu'il s'agit d'une attaque déguisée contre les États-Unis.

— C'est ridicule.

— Je le sais. Même l'Iran ne se lancerait jamais dans ce genre de folie-là !

— Par contre, si ce n'était pas un pays…

— Encore ton fameux Consortium ?

— Non, pas le Consortium.

Un mélange de curiosité et de méfiance s'infiltra dans la voix de Tate.

— Est-ce que c'est la raison pour laquelle tu t'intéresses autant à HomniFood ?

— Entre autres.

— En tout cas, je te conseille de profiter des ressources de la NSA pendant que tu le peux encore.

— Tu veux couper mon accès ?

— Non, mais si tous les services de surveillance passent sous la coupe du Homeland Security et de Paige…

Londres, 15 h 39

Sam se dirigea vers la réception de l'hôtel et demanda à parler au responsable de la sécurité.

— Il sera ici demain matin à huit heures.

— J'ai besoin de lui parler immédiatement.

Sam vit le préposé se raidir.

— Si c'est urgent, je peux vous aider.

— Non, vous ne pouvez pas m'aider. Et je sais que Walter demeure à l'hôtel. Dites-lui simplement que c'est Sam.

— Bien, monsieur. Si vous voulez m'attendre.

Même s'il était fortement contrarié, il n'osait pas envoyer carrément promener Sam.

Neuf minutes plus tard, Walter Stone s'avançait vers Sam avec un large sourire.

— Content de te voir, dit-il, la main tendue. Toujours au service des intérêts supérieurs de la nation ?

— De l'humanité, corrigea Sam en lui serrant la main.

— C'est ce que je disais... Tout le monde sait que l'humanité s'arrête aux frontières de l'Empire. Tu veux un verre ?

— On peut le prendre dans un endroit tranquille ?

— Sûr !

Quelques instants plus tard, dans le bureau de Stone, ils examinaient les bandes vidéo des caméras de sécurité. On pouvait y voir un homme déposer un attaché-case devant la chambre 1411, poursuivre son chemin, attendre quelques secondes dans la porte de l'escalier de secours, puis descendre au onzième, emprunter l'ascenseur, sortir au rez-de-chaussée, sortir de l'hôtel et prendre un taxi.

— C'est qui ? demanda Stone.

Sam jugea inutile de préciser que l'homme qu'il suivait avait un avion enregistré au nom de Larsen Windfield. Que ce n'était peut-être pas son vrai nom. Et qu'il était préférable que ce nom ne circule pas dans le milieu.

— C'est ce que j'aimerais savoir, dit-il. Ça et le nom du type qui est dans la chambre 1411.

Stone consulta son ordinateur.

— Royston Burke. Il est parti.

— C'est lui qui a payé la chambre ?

Stone se tourna vers l'ordinateur.

— La chambre a été réservée il y a un mois, dit-il. Par une compagnie dont le siège social est aux Bahamas. Paiement à l'avance. HomniPharm.

Sam réfléchit un instant et décida de ne pas poursuivre.

— Tu peux me faire une copie de tout ça ?

— Sûr... Tu veux visiter la chambre ?

— J'allais te le demander.

FOX NEWS CHANNEL, 10 H 44

‖ ... DANS UNE DE SES RARES ENTREVUES, PAUL WOLFOWITZ A STIGMATISÉ LA POLITIQUE ÉTRANGÈRE DU PRÉSIDENT COMME « NAÏVE ET FAISANT LE

JEU DE TOUS LES EXTRÉMISMES ». DISANT COMPRENDRE LA BONNE VOLONTÉ DONT ELLE S'INSPIRE, IL MET EN GARDE LA PRÉSENTE ADMINISTRATION CONTRE LE DANGER DE SUPPOSER QUE SES ADVERSAIRES RESPECTENT LES MÊMES PRINCIPES QUE LUI. « QUAND LES EMPIRES SE METTENT AU "DIALOGUE", A DÉCLARÉ L'ANCIEN CONSEILLER PRÉSIDENTIEL, TOUT LE MONDE INTERPRÈTE CELA COMME UN SIGNE DE FAIBLESSE. LA FIN N'EST JAMAIS BIEN LOIN »...

Lévis, 10 h 56

Dominique relut le texte affiché sur l'écran de son portable avec un certain découragement.

> Il faut faire sauter dix mosquées chaque fois qu'ils touchent à une de nos églises. Il faut raser dix de leurs écoles coraniques chaque fois qu'ils touchent à une de nos universités. Ce sont des barbares qui ne respectent que la force. Et s'ils ne comprennent pas, on a seulement à bombarder La Mecque !

Depuis la veille, sur tous les sites néo-nazis et d'extrême droite, les appels à la vengeance s'étaient radicalisés. En Allemagne, aux Pays-Bas, mais aussi aux États-Unis, en Suède, en Australie... Et le plus troublant, c'était la similitude des textes. Comme s'il y avait une concertation entre les groupes pour véhiculer le même message.

Dominique savait qu'il était futile d'y chercher une conspiration : tous ces groupes se lisaient les uns les autres, s'empruntaient des idées et des phrases-chocs, se commentaient, se paraphrasaient, chacun cherchant à aller plus loin, à être plus radical, pour gagner la bataille du prestige... Il en résultait une sorte de discours collectif sans origine identifiable, mais qui jouait un rôle de référence idéologique remarquablement contraignant pour une grande partie des groupes et de leurs membres ou sympathisants. Comme une orthodoxie sans autorité supérieure pour la garantir, mais d'autant plus contraignante qu'elle était supportée par le regard de chacun.

Dominique leva les yeux de son ordinateur portable et fit un signe à la serveuse, derrière le comptoir.

— Un autre café au lait, dit-elle.

Pendant la matinée, le café attenant à l'épicerie de l'avenue Bégin était peu fréquenté. C'était un bon compromis.

Théoriquement, elle n'aurait pas dû sortir de la maison de sûreté. Mais, depuis la mort de Kim, elle supportait de plus en plus mal l'enfermement. Elle avait besoin de contacts avec les gens. Pour compenser, sans doute. Elle n'avait pas nécessairement besoin de leur parler ni d'avoir des rapports personnels avec eux. Mais de savoir qu'ils existaient. De sentir leur présence. C'était précisément ce que lui fournissait la clientèle du café sans l'exposer à une trop grande visibilité publique.

Il y avait les habitués, par petits groupes irréguliers, qui se succédaient tout au long de l'avant-midi. Il y avait aussi les touristes, attirés par la publicité et la réputation du magasin de glaces, de l'autre côté de la rue… Il y avait le roulement du personnel, composé en partie d'étudiantes qui se refaisaient financièrement entre un voyage et une session d'étude.

Bien sûr, ce n'était pas le Palace. Elle n'avait ici personne à sauver, personne à aider. Pas de client violent ou désespéré à raisonner. Pas de *pimp* avec qui négocier un arrangement… Mais c'étaient quand même des gens. Et ça faisait une agréable diversion à son isolement.

Quand son café fut arrivé, elle releva l'écran de son portable et poursuivit son inventaire. Après les sites néonazis, elle s'intéressa à ce qu'on disait sur les différents groupes terroristes.

À la table en biais avec la sienne, trois hommes discutaient des rapports entre la Chine et le Tibet. L'un d'eux fulminait contre les Chinois.

— T'as vu ? Ils ont mis l'attentat de Shanghai sur le dos du dalaï-lama ! Il aurait envoyé une cellule terroriste éliminer des membres du Parti !… Chaque fois qu'il arrive quelque chose, ils disent que c'est la faute des Tibétains et du dalaï-lama… Ils *brainwashent* leur population !

Pour Dominique, l'attentat de Shanghai avait une signification que les trois hommes ne pouvaient pas soupçonner : cela voulait dire que Hurt avait réussi. Qu'il avait éliminé le noyau d'hommes politiques et de trafiquants qui étaient sur le point de relancer Meat Shop.

En un sens, c'était une bonne nouvelle. Mais cela signifiait également que Hurt ne tarderait pas à se manifester.

Dominique n'était pas du tout certaine d'être en mesure de contrôler ses initiatives. Elle ne savait même pas de quelle manière il réagirait quand il apprendrait que c'était elle qui coordonnait maintenant les activités de l'Institut.

À la table près de la sienne, la discussion, toujours aussi animée, avait bifurqué sur les champignons.

— Les guides anciens donnaient comme comestibles beaucoup de champignons qui sont maintenant vus comme risqués. T'as juste à prendre…

Dominique sourit. Était-ce à cela que servaient les « intérêts » des gens ? À les distraire, à accaparer leur attention pour leur éviter de faire face aux problèmes les plus inquiétants de l'humanité ? À leur permettre de tout aborder, à la limite, mais sous la forme de sujets de conversation, sans que rien ne soit exigé d'eux ?

Puis elle songea à son expérience au Palace. Est-ce que tout son travail, tous ses efforts pour sauver des vies individuelles, est-ce que le fait d'avoir réussi à plusieurs reprises à réhabiliter des filles victimes du milieu, est-ce que tout cela ne servait pas à la même chose ? Est-ce que cela ne lui servait pas, à elle aussi, à se masquer l'ampleur des problèmes qu'affrontait l'humanité ? Avec, en prime, la bonne conscience que lui apportait le fait d'avoir effectivement réussi à sauver des vies ?…

Décidément, la solitude lui pesait. Il suffisait de quelques jours pour que son esprit retombe dans les ruminations noires de son adolescence. Elle croyait pourtant les avoir laissées derrière elle pour de bon… Et Bamboo Joe qui continuait de lui assurer qu'elle pouvait très bien se débrouiller sans lui ! Que seul le jardin requérait sa présence !

— Si vous avez vraiment besoin de moi, je serai là, lui avait-il dit après le départ de F.

Puis il avait disparu.

Elle entra « Les Enfants de la Tempête » dans Google. Le moteur de recherche afficha les cinquante premiers des cent trente-sept mille huit cent quarante-six résultats trouvés… Dire qu'il y avait à peine quelques heures que le groupe s'était manifesté !

HEX-RADIO, 11 H 37

… DÉVOILE AUJOURD'HUI LE PREMIER MEMBRE DU RÉSEAU THÉBERGE. C'EST UNE ANCIENNE PRÉSIDENTE DE LA CAISSE DE DÉPÔT. VOUS SAVIEZ ÇA, VOUS AUTRES, QUE LUCIE TELLIER SOUPAIT RÉGULIÈREMENT CHEZ THÉBERGE ?… REMARQUEZ, TOUT LE MONDE A LE DROIT DE VOIR QUI IL VEUT, DE MANGER CHEZ QUI IL VEUT. MAIS C'EST QUAND MÊME ÉTRANGE… IL PARAÎT QUE ÇA REMONTE À UNE DIZAINE D'ANNÉES. À L'ÉPOQUE, LE NÉCROPHILE AVAIT ENQUÊTÉ SUR UNE HISTOIRE DE DÉTOURNEMENT D'ARGENT À LA CAISSE. UN GENRE DE NORBOURG AVANT LE TEMPS ! DEPUIS CE TEMPS-LÀ, LA PRÉSIDENTE VA MANGER CHEZ THÉBERGE… ON PEUT SE DEMANDER CE QUI S'EST PASSÉ POUR QU'ILS FASSENT TOUT D'UN COUP COPAIN-COPAIN. EST-CE QU'IL Y A DES CHOSES QUI ONT ÉTÉ BALAYÉES EN DESSOUS DU TAPIS ? EST-CE QU'IL Y A DES AFFAIRES QU'ON AURAIT DÛ SAVOIR ET QU'ON NOUS A PAS DITES ?… ET LÀ, GONZAGUE QUI DISPARAÎT… ON SE DEMANDE OÙ L'EX-PRÉSIDENTE VA ALLER SOUPER… MAIS JE SUIS PAS INQUIET POUR ELLE. CE MONDE-LÀ, QUAND ÇA LAISSE UNE JOB, D'HABITUDE, ÇA PART AVEC PAS MAL DE *CASH* !

LONDRES, 16 H 07

Dans la chambre de Royston Burke, il n'y avait aucune trace d'occupation, à l'exception d'un verre inutilisé sur la table et d'une valise qui s'avéra être vide.

Une autre piste qui se terminait en cul-de-sac.

Sam récupéra quand même l'attaché-case. À son rapport à Dominique, il joindrait une description détaillée et un examen vidéo de la valise. Peut-être quelqu'un y trouverait-il un indice…

Puis il redescendit au bar avec Stone. Il ne pouvait pas décemment partir sans lui proposer à son tour un verre.

Stone était demeuré debout à l'une des extrémités du bar. Sam avait pris le dernier siège.

— Je m'attendais à voir une équipe technique débarquer dans la chambre, fit Stone.

— J'ai tout ce qu'il me faut avec la vidéo.

— Si je les aperçois de nouveau, un ou l'autre, je te fais signe.

— Je compte sur toi.

Sam lui tendit une carte de visite sur laquelle il y avait seulement trois lettres, SAM, et un numéro de téléphone.

Stone retourna la carte pour voir s'il y avait d'autres informations au verso.

— *Keep it simple*, murmura Sam en souriant.

Stone releva la tête et le regarda s'éloigner.

Paris, 17 h 24

Tout en jetant un regard distrait aux informations qui défilaient au bas de l'écran, Poitras passait en revue le rendement des multiples compagnies que gérait Némésis Group Investors, le holding qu'il avait mis sur pied pour gérer l'argent de la Fondation.

Blunt n'avait guère apprécié le nom: il lui avait suggéré de le changer pour quelque chose de moins voyant, dont la connotation serait moins négative. Poitras avait refusé. Le nom ne signifiait pas d'abord la vengeance, comme le suggérait l'acception populaire, sauf par extension: le sens du terme grec concernait le rétablissement de la justice – ce qui était précisément le but de la Fondation. En guise de compromis, il avait accepté qu'il n'y ait que les trois initiales, NGI, sur les rares documents publics où le nom de la compagnie serait mentionné.

Ce que Poitras n'avait pas dit, parce qu'il n'en était pas vraiment conscient à l'époque, c'était que la mort de sa femme et de ses enfants n'était pas étrangère à son choix. Que la vengeance faisait effectivement partie de ses motivations.

Contrairement aux appréhensions de Blunt, Némésis n'avait jamais attiré l'attention du public. La pyramide de sociétés-écrans derrière lesquelles se cachait le holding avait tenu bon. La police financière d'aucun pays n'avait effectué les recoupements nécessaires pour l'identifier.

D'un point de vue financier, c'était également une réussite. Les milliards initiaux s'étaient multipliés. Les profits dépassaient largement ce que la Fondation pouvait utiliser sans courir le risque de révéler son existence.

Avec la crise alimentaire, l'augmentation du prix de l'énergie et la multiplication des attentats terroristes, le monde était en train de changer de façon dramatique. Les actions ponctuelles de la Fondation avaient un effet de plus en plus négligeable. Il aurait fallu des interventions plus massives. Beaucoup plus massives. Mais alors, il deviendrait plus difficile de ne pas attirer l'attention sur ses activités. Et sur les entreprises qui les finançaient.

La situation était ironique : c'était l'extrême succès de Némésis qui créait des problèmes. Des problèmes pour lui, Poitras, dans la mesure où il fallait un réseau de plus en plus développé de compagnies-écrans pour dissimuler la présence de Némésis. Et des problèmes pour les membres de la Fondation, qui ne savaient pas comment dépenser de manière discrète tout cet argent. Ni s'il était acceptable de continuer à gagner autant d'argent dans le contexte de famine et d'épidémies qui sévissait.

Et puis, il y avait cette nouvelle Alliance mondiale pour l'Émergence. Ramenée à sa plus simple expression, il s'agissait d'un cartel d'entreprises qui avaient la bénédiction des pays les plus riches pour faire ce qu'elles voulaient à l'échelle de la planète... D'après ce qu'il avait appris des pratiques d'HomniFood, le cartel ne serait pas tendre pour les organisations susceptibles de contrarier ses projets. Tôt ou tard, il faudrait que la Fondation se penche sur le problème. Et le plus tôt serait le mieux.

Une information attira subitement son regard.

> ... Salt Lake City. Quinze victimes retrouvées mortes au vingt-troisième étage d'un édifice à logements. Des rumeurs d'attentat. Aucune trace de violence sur les corps. La police ne peut avancer d'hypothèse sur...

Qui était-ce, cette fois ? se demanda Poitras avec exaspération. Des islamistes ? Des écoterroristes ? Un nouveau groupe qui avait décidé de se joindre au mouvement ?

LCN, 12 H 05

> … DES MENACES DE MORT CONTRE LES DIRIGEANTS DE CINQ ENTREPRISES CANADIENNES PARMI CELLES JUGÉES LES PLUS NUISIBLES EN MATIÈRE DE POLLUTION ATMOSPHÉRIQUE. ON Y RETROUVE TROIS SOCIÉTÉS MINIÈRES ET DEUX PÉTROLIÈRES. CURIEUSEMENT, AUCUNE DEMANDE N'A ÉTÉ FAITE EN ÉCHANGE DE LA RÉVOCATION DES CONDAMNATIONS…

MONTRÉAL, 12 H 18

Le directeur Crépeau regarda le corps, regarda Pamphyle, regarda de nouveau le corps.

— Pas de traces de violence ? demanda-t-il.

— Pas à première vue.

— C'est peut-être une mort naturelle, fit Crépeau sans y croire.

Pamphyle se contenta de jeter un coup d'œil au message qui était fixé avec du ruban adhésif sur la chemise de la victime, puis de regarder Crépeau.

Sur la feuille quadrillée, on pouvait lire :

L'humanité met une pression intolérable sur les écosystèmes. Voici ce qui arrive quand la pression n'est pas adéquate.

— C'est peut-être une mauvaise blague, fit Pamphyle.

— Peut-être… À ton idée, quel genre de pression peut provoquer une mort naturelle ?

— Une presse hydraulique, répondit Pamphyle, pince-sans-rire.

Puis, plus sérieusement :

— La haute pression, à la longue, c'est mortel. Il a pu faire une crise cardiaque.

— Tu t'occupes personnellement de l'autopsie ?

— Aussitôt que j'ai le temps. On n'a pas encore terminé avec les victimes des HEC.

D'un léger hochement de tête, Crépeau signifia qu'il comprenait.

— Si tu pouvais le faire en priorité, dit-il.

— D'accord.

Crépeau regarda de nouveau longuement le cadavre. Si on lui avait dit qu'il devrait un jour négocier les priorités entre les autopsies... À New York, à Los Angeles, oui. Sans doute. De temps à autre. Mais à Montréal?...

Il était peut-être temps qu'il fasse comme Théberge et qu'il prenne sa retraite.

PARIS, 20 H 23

Théberge s'était rendu à pied au Chai de l'Abbaye, le bistro à vin où son ami Gonzague lui avait fixé rendez-vous. Il aurait pu prendre le métro, mais il préférait marcher. De Montparnasse, où était leur appartement, cela lui avait pris quarante minutes. Il était en avance de plus d'une demi-heure.

Il s'accouda au comptoir, commanda une Météor blonde et se tourna pour regarder la télé. Un journaliste commentait en voix *off* des images d'incendies.

> ... ONT FAIT DEUX MORTS. PLUS DE QUARANTE PERSONNES ONT ÉTÉ JETÉES À LA RUE. L'ARCHEVÊQUE DE PARIS, MONSEIGNEUR VINGT-TROIS, A EXHORTÉ LES CHRÉTIENS À NE PAS FAIRE LE JEU DES TERRORISTES. IL A ÉGALEMENT OFFERT D'ACCUEILLIR LES FAMILLES MUSULMANES DANS LES LOCAUX DES ÉGLISES DE LA VILLE, LE TEMPS QU'ELLES SOIENT RELOCALISÉES. POUR SA PART, L'IMAM DE LA GRANDE MOSQUÉE DE PARIS A SUPPLIÉ LES MUSULMANS DE NE PAS RÉPONDRE À CES VIOLENCES...

Au cours de la nuit, des cocktails Molotov avaient été lancés contre des appartements où vivaient des musulmans. Plusieurs familles se retrouvaient sur le pavé. La Ville leur avait ouvert les portes d'un certain nombre de refuges, mais plusieurs étaient sans papiers et se méfiaient des organisations municipales. D'où l'offre de l'archevêque de Paris.

> PAR AILLEURS, L'ATTENTAT CONTRE L'INSTITUT DU MONDE ARABE N'A FAIT AUCUNE VICTIME. SELON LE MAIRE DE PARIS...

— Moi, je dis qu'ils ont une armée secrète, déclara sans préambule l'homme qui venait de prendre place au bar, à côté de Théberge. C'est comme à l'époque de l'OAS.

— Une armée secrète ? fit Théberge. C'est un tantinet excessif, non ?

L'homme le regarda un instant, perplexe, puis son visage s'illumina.

— Vous êtes canadien, vous ! Le « tantinet » m'a bluffé un moment, mais j'ai l'oreille !… J'ai reconnu l'accent !

Il semblait maintenant tout à fait cordial.

— Il y en a plusieurs qui viennent ici, des Canadiens, enchaîna-t-il. Plusieurs… Vous, les Canadiens, vous ne connaissez pas votre chance.

Puis, avant que Théberge ait le temps de lui demander en quoi il était chanceux, l'homme reprit :

— Les grands espaces, les caribous… Pas d'Arabes, pas d'émeutes dans les cités… Pas d'émigrés qui parasitent le système… J'aurais dû émigrer chez vous quand j'étais jeune.

— Vous travaillez dans quel domaine ? demanda Théberge pour ramener la discussion sur un sujet plus neutre.

Il commençait à regretter d'être arrivé aussi à l'avance. Si Gonzague était fidèle à son habitude d'être obsessivement ponctuel, il en avait encore pour une vingtaine de minutes à entretenir cette conversation.

— Informatique. C'est l'avenir, l'informatique…

Puis, sur un ton dégoûté :

— Mais en France, c'est pourri. Sarko était censé arranger ça, mais maintenant qu'il est élu et qu'il a Carla à s'occuper… Vous avez vu ? Il nomme des Noirs et des Arabes partout !… Et on se demande pourquoi tout va mal !

Le barman s'approcha et s'adressa au voisin de Théberge.

— Encore en train de râler, Albert ?

— Je ne râle pas, je constate ! Et constater, ça donne soif.

— Sûr, sûr…

— Au lieu de dire des bêtises, apporte un autre demi à mon ami canadien.

Le barman s'adressa à Théberge.

— Vous venez du Canada?

— Du Québec, précisa Théberge.

Un sourire éclaira le visage du barman.

— Il est comme le Caribou, dit-il au voisin de Théberge. Le Québec, c'est pas le Canada… Vive le Québec libre!

Il tendit la main à Théberge.

— Moi, c'est Bruno.

— Gonzague Théberge, fit ce dernier en lui serrant la main.

Théberge se demandait dans quel engrenage il était en train de s'enfoncer.

— De quel caribou parlez-vous?

— J'ai un ami canadien. Tout le monde l'appelle le Caribou. C'est un chasseur. Chaque fois qu'il est à Paris, il arrête prendre un verre et il m'apporte du sirop d'érable.

Puis il ajouta sur un ton complice, avec un signe en direction du voisin de Théberge:

— Faut pas croire que vous êtes obligé de l'écouter. S'il vous ennuie, vous le dites…

— Et tu vas faire quoi? s'indigna le voisin.

— Je vais cesser de te faire crédit, tiens donc!

— C'est le bouquet!

L'homme se tourna vers Théberge.

— Il divague!… Me faire crédit?… À moi?!… Jamais il n'a eu besoin de me faire crédit!

Un serveur entra dans le jeu. S'adressant de façon confidentielle à Théberge, mais assez fort pour être entendu par les autres, il dit:

— Méfiez-vous, il va vous demander de lui prêter de l'argent. Il fait le coup à tous les touristes.

— Faut pas le croire! répliqua vivement le voisin de Théberge. C'est tous des envieux… C'est des pense-petit.

— Et toi, je suppose que tu penses vaste! répliqua le barman, qui rigolait de plus en plus.

L'homme vida le reste de sa bière, la déposa sur le comptoir.

— Vous ne me méritez pas, dit-il. Allez, je me tire.

Après son départ, Théberge se concentra sur la télé. Différents politiciens exposaient à tour de rôle les raisons profondes des incidents. Pour certains, c'était l'échec de l'intégration européenne ; pour d'autres, le résultat du laisser-aller dans lequel baignait le pays depuis mai 1968 ; pour d'autres encore, la conséquence inévitable des pratiques coloniales du siècle précédent.

Au moment où Théberge terminait son demi, le barman en posa un autre devant lui.

— C'est la maison qui l'offre, dit-il, avant de se pencher vers Théberge et d'ajouter :

— Faut pas vous faire de souci, Albert, il aboie, mais il n'est pas méchant.

— Je n'en doute pas.

— Vous êtes déjà venu ici ?

— Non. Pourquoi ?

— C'est bizarre. Vous me rappelez quelqu'un.

Il y avait peu de clients dans le café. Le barman nettoya le comptoir et vint s'appuyer près de Théberge pour regarder les rares passants de la rue de Buci.

— Les attentats, comment vous pensez que ça va tourner ? demanda Théberge.

Le barman le regarda un moment avant de répondre.

— Honnêtement, je ne sais pas. Jusqu'à maintenant, c'étaient des illuminés ; d'un côté comme de l'autre. Mais maintenant… Ce que disait Albert tout à l'heure, on l'entend de plus en plus. Et de la part de gens pour qui c'est pas seulement pour faire de l'esbroufe.

Puis il ajouta avec un sourire, pour atténuer le sérieux de ce qu'il venait de dire :

— Mais, pour ce que j'en sais, moi…

FRANCE 2, 20 H 37

… MANIFESTATIONS DE VIOLENCE SE POURSUIVENT À TRAVERS L'OC-
CIDENT. DANS PLUSIEURS PAYS, LES AUTORITÉS ISLAMIQUES ONT DÉCRÉTÉ
UNE SUSPENSION, POUR LES PROCHAINS JOURS, DE TOUTE ACTIVITÉ
RELIGIEUSE PUBLIQUE EN ATTENDANT QUE LA SITUATION SE CALME. PENDANT
CE TEMPS, LA RUE SE MOBILISE DANS LES PAYS ARABES. EN INDONÉSIE,

en Égypte, au Pakistan et aux Philippines, l'ambassade des États-Unis a subi des tirs de projectiles et de cocktails Molotov. Les ambassades de la Hollande, du Danemark, de la Grande-Bretagne et de l'Allemagne ont également été la cible de la colère des manifestants…

FOND DE L'OCÉAN, 19 H 42

Claudia se laissa tomber sur le lit et poussa un soupir. Il était important de ne pas s'abandonner au découragement.

Elle se concentra pendant plusieurs minutes sur sa respiration, comme elle avait souvent vu Kim le faire, le temps de ralentir son rythme cardiaque. Puis elle se leva et commença à faire des exercices d'assouplissement. S'il y avait un lien entre le corps et l'esprit, elle ne pourrait que bénéficier de ces exercices.

Jamais auparavant, elle ne s'était trouvée dans cette situation. Bien qu'elle soit prisonnière, on ne lui demandait rien. Elle était simplement impuissante. Totalement impuissante à changer sa situation.

Une fois déjà, elle avait éprouvé un sentiment similaire. Le sentiment de quelque chose d'irrémédiable, contre lequel elle ne pouvait rien. C'était lorsque Klaus avait été abattu pendant qu'elle lui tenait la tête entre les mains pour l'embrasser. À l'époque, son impuissance était une sorte d'effet secondaire de la situation. Maintenant, c'était différent : la situation avait été élaborée pour qu'elle se sente impuissante.

Et puis, on l'observait.

Claudia avait repéré ce qu'elle croyait être les objectifs de deux des caméras. Le premier était dissimulé sur le devant du poêle électrique, dont un seul des ronds fonctionnait. Le deuxième était intégré à l'abat-jour d'une lampe fixée au mur.

Elle s'était fait un devoir de ne pas les regarder directement pour ne pas trahir le fait qu'elle les avait découverts. De la même manière, elle avait soigneusement évité de chercher ouvertement pour en découvrir d'autres.

Tout cela était sans doute une forme de mise en condition. On tentait de la briser en l'isolant, en réduisant au minimum ses stimulations. Ensuite on passerait à l'interrogatoire.

Le plus difficile n'était pas de ne rien faire, mais de ne pas savoir… Ne pas savoir l'heure qu'il était. Ne pas savoir depuis combien de temps elle était prisonnière. Ne pas savoir si Kim était réellement morte ou si c'était une mise en scène pour la faire craquer. Ne pas savoir si Kim avait eu le temps d'avertir l'Institut et de l'informer au sujet de la petite maison sur la falaise… Ne pas savoir si F avait déjà entrepris quelque chose pour la libérer…

Tôt ou tard les gens qui l'avaient enlevée se manifesteraient. S'ils se donnaient le mal de la retenir prisonnière dans cet endroit, c'était parce qu'elle avait de la valeur à leurs yeux. Ils voulaient sûrement l'interroger.

Ce qu'il fallait, c'était se préparer à cette rencontre. Paraître perdre progressivement le contrôle d'elle-même. Mais pas trop rapidement. Il fallait présenter une image crédible de détérioration. Et, surtout, il fallait préparer les étapes de ses révélations quand on l'interrogerait. Il faudrait les graduer. Comme si ses résistances cédaient une à une.

À cette condition seulement, elle aurait la chance d'approcher ceux qui l'avaient enlevée. À ce prix seulement, elle pourrait les approcher suffisamment pour tenter quelque chose et, peut-être, leur faire payer la mort de Kim.

PARIS, 21 H 00

Trente-sept minutes après être entré dans le café, Gonzague Théberge sentit une main se poser sur son épaule.

— Encore en train de jouer à l'espion, fit Théberge en se tournant vers l'homme debout derrière lui.

Impossible pour lui de ne pas reconnaître Gonzague Leclercq. En termes de gabarit, et même de physionomie, il était une réplique assez fidèle de Théberge. À un détail près : une moustache grise soigneusement taillée lui donnait un air un peu plus aristocratique.

— Ça fait plaisir de te voir, Gonzague, fit le Français en lui donnant l'accolade.

— Moi aussi, Gonzague, ça me fait plaisir.

À peine l'autre Gonzague était-il assis à côté de Théberge qu'un demi apparaissait devant lui.

— Mon colonel, fit le barman en déposant le demi devant lui.

Il se retourna ensuite vers Théberge.

— Il fallait le dire que vous êtes un ami du colonel !

Son regard alla de l'un à l'autre. S'arrêta à Théberge. Puis son visage s'éclaira.

— Je me disais, aussi… C'est au colonel que vous me faisiez penser.

S'adressant de nouveau à Leclercq, il demanda :

— Un cousin du Canada ?

— Au sens figuré seulement ! C'est un ami. Et un remarquable pêcheur. Il a son propre lac dans les grandes étendues du Nord québécois.

Théberge lui adressa un regard signifiant de ne pas trop en mettre.

— Albert lui a fait son numéro, dit le barman.

Leclercq se tourna vers Théberge, amusé.

— Pas trop pénible ?

— Au contraire ! Ça m'a donné suffisamment de matière pour conforter tous les préjugés des Québécois sur les Parisiens.

— Moi, je suis du Mans, reprit le barman. Alors, vous pouvez dire tout le mal que vous voulez des Parisiens !

Leclercq entraîna Théberge vers une table, dans un coin de la salle où il n'y avait personne.

— Tu es colonel, maintenant ? fit Théberge avec un sourire.

— Ça simplifie les rapports. Un colonel à la retraite, ça passe mieux qu'un ancien directeur des RG.

— À propos de ça, dit-il, comment ça se passe, la fusion ?

Les Renseignements généraux venaient de fusionner avec la Direction de la sécurité du territoire pour former la DCRI, la Direction centrale du renseignement intérieur. L'intégration des deux services était l'occasion de multiples luttes de pouvoir entre les bureaucraties des deux organisations. Leclercq avait pour tâche d'assister le nouveau directeur pour arbitrer les conflits et faciliter la transition.

— La chienlit habituelle, résuma Leclercq. À terme, je suppose que ça devrait atterrir à peu près correctement.

— Et toi ?

— Je demeure encore un an comme conseiller au directeur. Ensuite, je tire ma révérence.

Un sourire illumina son visage.

— Je vais avoir le temps d'aller à la pêche dans les grands espaces québécois, dit-il.

Puis il ajouta, sur un ton plus sérieux :

— Toi ?… Dans ton dernier message, tu étais plutôt mystérieux.

— C'est assez compliqué.

— C'est ce que j'ai cru comprendre… Comment est l'appartement ?

— Parfait. Ça doit te coûter une fortune.

— Oublie ça. Pour une fois que les fonds publics ne serviront pas à héberger gratuitement la clique politique.

Il prit une gorgée de bière et il regarda son verre pendant un moment avant de reprendre.

— Le type dont tu m'as parlé, celui qui est mort noyé, brûlé et bouffé par les bactéries… Ça m'a rappelé quelque chose.

— Tu as trouvé qui c'est ?

— Non. Mais j'en ai trouvé un autre.

MONTRÉAL, STUDIO DE HEX-TV, 15 H 02

L'homme entra sur scène et s'avança immédiatement vers le public. Son sourire était rayonnant. Une vague d'applaudissements l'accueillit.

— Bienvenue à cette nouvelle émission de *Moi, je…*, l'émission où c'est payant de dire ce qu'on pense, comme on le pense.

Il se frotta les mains et parcourut le public du regard avant de fixer la caméra.

— Je vous rappelle les règles du jeu. Chaque concurrent a soixante secondes pour exprimer son point de vue sur un des trois sujets proposés. Chaque intervention doit commencer par « Moi, je… » Après l'exposé des cinq concurrents, le public vote. Le candidat jugé le plus ennuyant est éliminé. Le gagnant remporte un prix et passe directement aux séries finales de fin de saison… On se retrouve après la pause.

Paris, 21 h 05

— Pas exactement semblable, fit Leclercq. Il a été trouvé dans une cuve d'eau. Mais il avait subi les quatre mêmes types d'agressions : affamé, brûlé, noyé… et les bactéries.

— Vous l'avez trouvé où ?

— À Lyon… Il y a environ trois semaines.

Théberge vida le reste de son demi et prit le temps de digérer l'information.

— Est-ce qu'il y avait un message ?

— Justement… Lyon, c'est la ville où j'étais avant de monter à Paris. C'est pour ça qu'on m'en a parlé. Le message ne faisait que quelques mots : « Bien le bonjour à Gonzague. » Mes amis sur place ont pensé que ça pouvait être pour moi. Ils m'ont appelé. Mais je n'avais aucune idée de quoi il pouvait s'agir… Jusqu'à ce que tu me parles du tien.

Théberge porta son verre à ses lèvres, puis réalisa qu'il était vide. Il l'avait à peine posé sur la table qu'un serveur lui en apportait un autre et se retirait aussitôt.

— Il faut que je te parle d'autre chose, dit-il en ramenant son regard vers Leclercq. Ton ami Jannequin.

— Il ne t'a pas causé trop de soucis ?

— Non. Compte tenu de ce qui est arrivé à sa fille, j'en connais qui auraient été pires que lui… Pour finir, il m'a envoyé une caisse de Cos d'Estournel !

— Il m'a demandé si je connaissais un policier canadien, un certain Théberge.

— Tu ne lui as quand même pas raconté notre première rencontre aux États-Unis ?

Théberge avait connu l'autre Gonzague dans un congrès international à Dallas. À l'époque, Leclercq était commissaire à la Police judiciaire. Les deux jeunes policiers avaient immédiatement sympathisé à cause de leurs allergies communes : les conférences du Congrès et le golf, lequel semblait être le divertissement de rigueur. Puis, la conversation était tombée sur la pêche. Une heure plus tard, ils avaient convenu d'un voyage qu'ils feraient ensemble l'été suivant, au camp de pêche de Théberge, à quelques centaines de kilomètres au nord de Sept-Îles.

— Non, reprit Leclercq. Je lui ai parlé de nos expéditions de pêche dans les grandes étendues sauvages du Québec.

— C'est ce que je pensais… Pour la fille de Jannequin, j'ai peut-être du nouveau. Mais je vais avoir besoin de ton aide… si tu as le temps.

— Le temps, je vais le prendre. Ça va me reposer des discussions de bureaucrates et des rencontres avec les politiciens. Mais avant, est-ce que tu as dîné ?

— Pas vraiment. Pour moi, avec le décalage, c'est plutôt l'heure du premier apéro.

Leclercq se leva et se dirigea vers le barman, à qui il dit quelques mots. À son retour, il annonça à Théberge que Bruno allait réserver pour eux.

— Le Clown Bar, tu connais ?

— Non.

— C'est sympathique. On mange bien et on va pouvoir discuter sans être importunés.

LÉVIS, 15 H 11

« Du vrai monde qui disent les vraies affaires avec du vrai monde qui votent pour choisir les meilleurs. » C'est de cette manière qu'une cliente du café avait résumé cette nouvelle émission à une amie.

Curieuse de ce que pouvaient être le vrai monde et les vraies affaires, Dominique avait décidé de regarder l'émission. Au pire, elle se changerait les idées.

À l'écran, le concurrent se découpait dans un cercle de lumière. Il prit une respiration et se lança.

— MOI, JE PENSE QUE LES TERRORISTES À MONTRÉAL, C'EST À CAUSE DE LA POLICE. C'EST PAS DES FOUS, LES TERRORISTES. ILS LE SAVENT QU'ILS RISQUENT PAS GRAND-CHOSE À MONTRÉAL. LES FLICS, FAUDRAIT LEUR BOTTER LE CUL POUR LES MOTIVER. SI ON ENVOYAIT UN FLIC EN PRISON POUR CHAQUE TERRORISTE QU'ILS ÉCHAPPENT, ÇA, ÇA LES MOTIVERAIT. LÀ, C'EST LE CONTRAIRE : PLUS ILS EN ÉCHAPPENT, PLUS ILS PASSENT DE TEMPS À ENQUÊTER, PLUS ILS FONT DE TEMPS SUPPLÉMENTAIRE ET PLUS C'EST PAYANT ! Y A PAS LE CHOIX, FAUT LEUR BOTTER LE CUL !

Aussitôt qu'il eut terminé, la lumière qui l'éclairait s'éteignit. Un deuxième concurrent apparut dans un autre cercle de lumière.

La voix de l'animateur lui donna le signal.

— VOUS DEVEZ PRENDRE UN DES DEUX SUJETS QUI RESTENT. ALLEZ-Y !
— MOI, JE PENSE QUE LES BOMBES, DANS LES DEUX PÔLES, C'EST PARFAIT. PLUS ON FAIT FONDRE DE GLACE, MOINS ON VA MANQUER D'EAU ! ET SI ÇA RÉCHAUFFE LA PLANÈTE, C'EST QUOI LE PROBLÈME ? LES PALMIERS EN HIVER, AU CENTRE-VILLE, MOI, JE TROUVE ÇA *COOL*. EN TOUT CAS, C'EST CE QUE JE PENSE.

Quand le concurrent eut terminé, la caméra revint à l'animateur.

— NOUS PASSONS MAINTENANT AU DEUXIÈME VOTE DE LA SOIRÉE. VOUS AVEZ TROIS MINUTES POUR FAIRE VOTRE CHOIX ET ÉLIMINER UN AUTRE CANDIDAT. LE RÉSULTAT APRÈS LA PAUSE.

Dominique éteignit l'appareil.

C'était donc ça, des vraies réponses à des vraies questions : des clips simplistes et fracassants, à mi-chemin entre la pub et le coup de gueule. Pas étonnant que les sectes soient en recrudescence !

Les écoterroristes avaient peut-être raison, songea-t-elle avec dépit. Si c'était là le mode de pensée auquel aboutissait la civilisation occidentale, on s'était sûrement trompé quelque part. C'était tentant de vouloir tout reprendre à zéro.

OUTREMONT, 15 H 23

Il y avait trois minutes que Lucie Tellier s'était assise devant la télé, le temps de manger le sandwich au jambon qu'elle venait de se faire. Comme à l'habitude, elle n'avait pas vu le temps passer : elle avait travaillé plus de six heures d'affilée dans son bureau sur le dossier des produits alimentaires. Il lui restait une semaine avant la présentation au client, mais elle voulait que tout soit terminé avant la fin de la journée. Ça lui laisserait le temps de relire le texte à tête reposée, dans quelques jours.

Au Canal Argent, le porte-parole du PNQ en matière d'économie et de finances, Frank Gellaut, répondait aux questions d'un journaliste.

— SÉRIEUSEMENT, QU'EST-CE QUE LE GOUVERNEMENT ATTEND POUR NATIONALISER LES ENTREPRISES ALIMENTAIRES QUI SONT AU QUÉBEC ET QUI APPARTIENNENT AUX ÉTRANGERS ? CE SERAIT POURTANT PAS COMPLIQUÉ.

— MAIS AVEC QUEL ARGENT ?

— IL AURAIT JUSTE À SE SERVIR DE L'ARGENT QUI DORT À LA CAISSE DE DÉPÔT. UN BAS DE LAINE, ON MET ÇA DE CÔTÉ POUR QUAND ON EST MAL PRIS. BEN LÀ, ON EST MAL PRIS...

À mesure qu'elle écoutait l'entrevue, Lucie Tellier avait de plus en plus de difficulté à demeurer sereine. Elle avait beau ne plus être présidente de la Caisse de dépôt, elle continuait de suivre avec intérêt son évolution. Au cours des dernières années, plusieurs problèmes structurels avaient été réglés : la gouvernance avait été en grande partie clarifiée grâce à la révision de la loi, la valeur ajoutée avait été de retour pendant cinq ans et la gestion du risque était sortie de la préhistoire. Tout n'était pas parfait, mais si la tendance se maintenait...

Puis il y avait eu les rendements désastreux de 2008. Cela avait permis aux politiciens de dire tout et n'importe quoi. Les médias avaient allégrement confondu les pertes réelles et les baisses temporaires d'évaluation. Ils avaient comparé les rendements de la Caisse avec ceux d'autres caisses de retraite qui évaluaient leurs actifs selon des méthodes différentes, plus libérales. Presque tout le monde avait confondu la part des rendements attribuable aux décisions des clients et celle attribuable au travail de la Caisse. Peu de gens avaient songé à distinguer le court terme du long terme. Et, à force de se servir des chiffres à des fins politiciennes ou de cotes d'écoute, on avait totalement perdu de vue les vrais problèmes.

Parce qu'il y en avait.

Le premier était évident. L'absence d'une gestion suffisante des risques organisationnels. Il n'était pas normal que la haute direction n'ait eu aucune idée de l'ampleur des investissements en PCAA avant qu'il soit trop tard. Il n'était pas normal qu'il n'y ait pas eu de contrôle global de l'utilisation du levier. Et il n'était pas normal qu'on ait autant fait confiance à des méthodes d'évaluation du risque purement quantitatives, reposant sur des modèles qui sous-estiment par construction la fréquence et l'ampleur probables d'événements catastrophiques exceptionnels… Il n'était pas normal que les limites de perte n'aient pas été plus clairement définies ; et encore moins qu'elles n'aient pas été appliquées à tous les gestionnaires… Pas plus qu'il n'était normal que la gestion des actions étrangères, là où il était habituellement le plus facile d'ajouter de la valeur à cause de l'inefficience des marchés, ait été un échec depuis autant d'années.

Tout cela, elle l'avait exposé pendant des heures à Frank Gellaut quand il était venu en discuter chez elle. Elle avait également pris le temps de lui expliquer que la Caisse n'avait pas d'argent à elle, qu'elle se contentait de gérer des fonds en grande partie assimilables à des fonds privés. Que ce n'était pas de l'argent public… À la rigueur, on aurait pu prétendre que le compte de la RRQ, environ vingt pour cent de la Caisse, était de l'argent public. Mais on ne pouvait pas l'utiliser sans compromettre le paiement des rentes futures…

Elle lui avait aussi expliqué que le gouvernement pouvait difficilement influencer la gestion des fonds. Que la vingtaine de propriétaires des fonds avaient tous leur propre politique de placement. Que chacun décidait de la gestion de ses propres fonds. Comme dans n'importe quel REER. Le seul moyen d'action du gouvernement, c'était de faire pression sur les principaux dirigeants de la Caisse, en dehors des structures officielles. Et cela, la loi de la Caisse l'interdisait… Ce qui ne voulait pas dire que ça ne se faisait pas à l'occasion. Mais, à moins d'investissements massifs, ces interventions ne pouvaient pas affecter sérieusement la valeur ajoutée par les gestionnaires.

Ce qui était dangereux, par contre, c'était une concentration excessive. C'était ce qui expliquait les déboires de la Caisse à travers les années : trop grande concentration en PCAA et trop grande utilisation du levier en 2008-2009, jointes à une utilisation euphorique de certains types de produits dérivés ; trop grande concentration dans Nortel et les titres de technologie en 2000-2001 ; trop grande concentration dans les placements immobiliers, eux-mêmes trop concentrés géographiquement, au début des années quatre-vingt-dix… On pouvait même prévoir la prochaine catastrophe : elle résulterait d'une trop grande concentration dans des placements vulnérables à la qualité du crédit… C'était d'ailleurs déjà commencé.

Pas besoin de commission parlementaire ou d'enquête : il suffisait de se servir de sa tête. Et d'en tirer les conséquences : limiter la concentration. Prendre les moyens pour que les gestionnaires résistent à l'euphorie et ne cèdent pas à la tentation de se croire invulnérables quand ils ont ce qu'ils pensent être une bonne idée.

Tout cela, Gellaut l'avait écouté avec l'air de comprendre. Comme il écoutait maintenant le journaliste.

— CONCRÈTEMENT, QU'EST-CE QUE VOUS VOUDRIEZ QUE LE GOUVER-
NEMENT FASSE ?

— LE GOUVERNEMENT A JUSTE À CHANGER SES DIRECTIVES À LA
CAISSE. C'EST PAS COMPLIQUÉ. IL LEUR DIT : « VOUS ARRÊTEZ DE
PRENDRE DES RISQUES EN INVESTISSANT À L'ÉTRANGER ET VOUS
INVESTISSEZ DANS L'ALIMENTATION AU QUÉBEC. » LE GOUVERNEMENT
FAIT LA LISTE DES ENTREPRISES QUÉBÉCOISES À PROTÉGER, LA CAISSE
ACHÈTE LEURS ACTIONS ET LE PEUPLE SE RETROUVE PROPRIÉTAIRE DE
SON ALIMENTATION... QUI PEUT ÊTRE CONTRE ÇA ?

Tellier était dégoûtée. Elle savait que Gellaut avait
très bien compris ce qu'elle lui avait expliqué. Mais les
impératifs du jeu politique exigeaient qu'il soit d'une
complète mauvaise foi et qu'il utilise tous les faits disponibles, peu importent les distorsions, peu importent
les conséquences, pour attaquer ses adversaires politiques. Pour lui, la Caisse n'était qu'un instrument dans
sa lutte contre le chef de l'ALQ, Jean-Yves Mouton.

— CERTAINS DÉPOSANTS DE LA CAISSE ONT REJETÉ PUBLIQUEMENT
VOTRE IDÉE. ILS ONT DIT ENTRE AUTRES QUE CE QUE VOUS PROPOSEZ
NE LES RESPECTE PAS COMME CLIENTS ET QUE C'EST ILLÉGAL.

— DEUX CHOSES... D'ABORD, SI LA LOI DE LA CAISSE N'EST PAS
ASSEZ CLAIRE, S'IL Y A DES PROBLÈMES DE TECHNICALITÉS LÉGALES
QUI EMPÊCHENT D'UTILISER L'ARGENT DE LA CAISSE DANS L'INTÉRÊT
DE LA POPULATION, ON N'A QU'À LA CHANGER, LA LOI. LE PARLEMENT,
C'EST FAIT POUR ÇA, FAIRE DES LOIS DANS L'INTÉRÊT DES CITOYENS...
DEUXIÈME CHOSE : DANS LA LOI, ON PARLE DE « DÉPOSANTS », PAS DE
« CLIENTS ». JE PENSE QUE LA NUANCE EST CLAIRE. C'EST UN ABUS
DE LANGAGE DE FAIRE DES DÉPOSANTS DES « CLIENTS ».

— UTILISER DES FONDS DE RETRAITE QUI SONT GÉRÉS PAR LA
CAISSE, C'EST QUAND MÊME UN PEU COMME UTILISER LES REER DE
TOUS LES QUÉBÉCOIS POUR FINANCER DES PROJETS GOUVERNE-
MENTAUX...

— PAS DU TOUT. C'EST UNE COMPARAISON INTELLECTUELLEMENT
MALHONNÊTE. PARCE QUE LES EMPLOYÉS QUI ONT DES REER, C'EST
LEUR ARGENT À EUX QU'ILS INVESTISSENT... LES EMPLOYÉS DU
SECTEUR PUBLIC, C'EST JUSTE DE L'ARGENT QUE LE GOUVERNEMENT A
PROMIS DE LEUR DONNER. RIEN NE LEUR EST DÛ AVANT LEUR
RETRAITE.

— C'EST QUAND MÊME L'ARGENT DE LEURS COTISATIONS, QUI SONT
PRISES SUR LEURS SALAIRES...

— Et qui les paie, leurs salaires ?

— Donc, pour vous, la Caisse, c'est le guichet automatique du gouvernement ?

— C'est un peu gros comme image, mais il y a beaucoup de ça.

Chacune des réponses de Gellaut aux questions du journaliste augmentait la mauvaise humeur de Lucie Tellier. Et le pire, c'était qu'elle n'arrivait même pas à lui en vouloir. C'était contre le système qu'elle était furieuse. Comme tous les autres, Gellaut était prisonnier du jeu. Six ans plus tôt, c'était Jean-Yves Mouton qui tenait le rôle de Gellaut ; et c'était le prédécesseur de Gellaut, alors au pouvoir, qui tenait celui de Mouton. Dans les discours, rien n'avait changé : les partis avaient simplement échangé leurs rôles.

Elle ferma la télé et se dirigea vers son bureau, laissant au passage son assiette sur le comptoir de la cuisine.

Elle venait à peine de se mettre au travail que le téléphone se manifestait.

— J'aimerais avoir votre réaction sur les révélations faites ce matin par HEX-TV.

— Quelles révélations ?

— Que Théberge vous a aidée à camoufler un scandale, il y a quelques années.

— C'est quoi, cette histoire ?

— Le détournement de six cents millions.

— Il n'y a jamais eu de camouflage !

— Donc, vous niez qu'il y a eu un détournement ?

— Je parle de camouflage ! Il n'y a jamais eu de camouflage !

— Comment vous expliquez les relations suivies que vous entretenez avec Théberge depuis cette époque ?

— Non mais… pour qui vous vous prenez ?

— Pour un citoyen qui a le droit de savoir.

Furieuse, Lucie Tellier coupa la communication et jeta le portable sur son bureau. Puis elle se demanda de quelle manière le journaliste avait eu son numéro confidentiel.

HEX-TV, 15 h 34

> ... Moi, j'me dis, les Arabes, les Juifs, toute cette sorte de monde-là, s'ils veulent continuer de faire comme chez eux, ils ont juste à rester chez eux, là. C'est quoi, le problème ? Ils étaient pas contents, ils voulaient que ça change ? C'est pour ça qu'ils sont partis ? Parce qu'ils trouvaient que c'était mieux ici ?... S'ils trouvaient que c'était mieux, pourquoi ils veulent tout changer et ramener ça comme c'était dans le pays d'où ils sont partis ?... Moi, là, je les ai lus, leurs livres. C'est épeurant pas à peu près. Leur religion, c'est une machine à fabriquer des fanatiques. C'est pour ça que les musulmans, là, avant qu'ils aient le droit de rester dans notre pays, faudrait les déprogrammer. Comme ceux qui sont passés dans les sectes...

Paris, 21 h 38

La limousine se frayait un chemin à travers la circulation de Paris. Théberge était absorbé par le spectacle de la foule.

— Le chauffeur m'attend toujours à trois ou quatre rues du Chai, fit Leclercq. T'imagines s'il m'attendait à la porte ?!

— C'est sûr que pour l'image du colonel à la retraite...

Un agent leur fit faire un détour pour laisser la voie libre à une manifestation. Théberge eut le temps de lire le message d'une des banderoles.

Défendons la baguette française !
À bas les taxes sur le pain !

— Paris sans manifestations, ce n'est pas vraiment Paris ! dit Théberge avec un sourire.

— Tu as vu les infos sur les émeutes de la faim en Argentine ?

Théberge fit signe que oui.

— J'ai peur qu'on en vienne à quelque chose de semblable, mais pas seulement pour la faim. Pour la sécurité... Il y a des politiciens qui parlent de transformer les cités en ghettos, avec des points de passage surveillés.

Théberge se tourna vers Leclercq.

— T'es sérieux ?

— Et le pire, c'est que ça ne vient pas du Front national ! La proposition, c'est pour protéger les cités contre les raids des miliciens.

— Je ne savais pas qu'il y en avait eu.

— Deux. On a réussi à intervenir à temps. On les a arrêtés avant qu'ils arrivent à Saint-Denis. Il n'y a pas eu de dégâts… On a toujours eu des milices un peu illuminées. Tant qu'ils se contentaient de faire des discours et des cérémonies symboliques entre eux, c'était plutôt utile : on pouvait les infiltrer, savoir qui en était membre et les surveiller. Mais, depuis six mois, ils se sont mis à monter des interventions sur le terrain.

HEX-TV, 15 H 51

… MOI, JE ME DIS QUE LA FAMINE, FAUT PAS EXAGÉRER. C'EST SÛR, TOUT LE MONDE VA PAS AU McDo AUSSI SOUVENT QU'IL VEUT. MAIS MOI, JE ME DIS, S'ILS VEULENT MANGER COMME NOUS AUTRES, DANS LES AUTRES PAYS, ILS ONT JUSTE À VIVRE COMME NOUS AUTRES. C'EST À EUX AUTRES DE CHOISIR : OU BIEN ILS ÉVOLUENT, ILS VIVENT COMME ON VIT ET ILS VONT AVOIR À MANGER ; OU BIEN ILS RESTENT COMME ILS SONT, ILS GARDENT LEURS IDÉES ARRIÉRÉES ET ILS CONTINUENT DE CREVER DE FAIM… C'EST LEUR CHOIX.

PARIS, LE CLOWN BAR, 22 H 41

Théberge contempla pendant quelques secondes l'assiette de confit de canard que le serveur venait de poser devant lui. Rien à voir avec le canard rachitique emballé sous vide. La rondeur et la tendreté de la cuisse laissaient deviner un canard élevé sans précipitation, à l'abri des hormones de croissance, des antibiotiques et des farines animales.

Leclercq surprit le regard de Théberge.

— On peut toujours se fier aux recommandations de Bruno, dit-il.

Puis il se concentra sur son jarret d'agneau, laissant Théberge en tête à tête avec son assiette.

Quelques bouchées et quelques gorgées de vin plus tard, Théberge lui demanda à brûle-pourpoint :

— Si j'ai besoin d'un deuxième appartement pour quelqu'un que je veux mettre à l'abri… tu aurais quelque chose à me recommander?

— Tu veux te monter une équipe à Paris?

— Pas vraiment, mais c'est quelqu'un qui pourrait être utile.

Théberge lui expliqua qui était Victor Prose, comment il avait connu Brigitte Jannequin, comment il avait été victime d'un enlèvement et d'une tentative d'assassinat, comment ses agresseurs avaient établi un lien entre l'écrivain et lui, le mettant au défi de le protéger.

— Tu penses qu'il est lié à tout ça? demanda Leclercq.

— Ça m'étonnerait… Mais il affirme avoir découvert la logique derrière les deux séries d'attentats terroristes.

Le regard de Leclercq se fit à peine plus appuyé.

— Il en est venu à cette conclusion de quelle manière?

Théberge lui expliqua la double série que Prose croyait avoir découverte: celle des éléments, puis celle des institutions culturelles.

— Étonnant, se contenta de répondre Leclercq.

— Sa maison ressemble à un centre de documentation, reprit Théberge, pour répondre à l'objection non formulée qu'il devinait chez son ami. Ça fait des années qu'il s'intéresse aux différentes formes de pollution, aux magouilles des multinationales et à la déprédation de l'environnement.

— Il s'y intéresse assez pour être proche des éco-terroristes?

— J'y ai pensé…

— Il ne serait pas le premier à essayer de s'amuser à nous mener en bateau.

— Je suis porté à lui faire confiance… Mais si jamais il est impliqué, ça nous permet de l'avoir à l'œil.

Un assez long silence suivit, les deux hommes se concentrant du mieux qu'ils le pouvaient sur leur plat. Mais leurs idées les ramenèrent à la discussion sur Prose.

— Le feu, qu'est-ce que tu penses que ça va être? demanda brusquement Leclercq.

— Tu parles du quatrième élément ?… Le plus évident, c'est la bombe atomique… Ou les bombes sales.

Un nouveau silence suivit.

— Je peux sûrement trouver quelque chose, fit Leclercq.

Voyant le regard interrogateur de Théberge, il ajouta :

— Je parle du logement.

Théberge fit un mouvement de la tête pour signifier à la fois qu'il enregistrait l'information et qu'il le remerciait.

Après un moment de silence, Leclercq reprit :

— Tu as entendu parler de la nouvelle maladie, en Inde ?

— La peste grise ?

— J'ai parlé à un ami d'Interpol, hier. Ils vont peut-être recommander de mettre des contrôles à tous les postes-frontières de l'Europe.

— C'est sérieux à ce point-là ?

— Le problème, c'est qu'on ne sait pas ce que c'est. Sauf que ça se propage déjà en Chine et en Afrique depuis plusieurs semaines… On commence juste à faire les recoupements.

Théberge resta un moment silencieux, visiblement perturbé par la nouvelle.

— Moi qui pensais avoir des problèmes graves…

— J'ai l'impression qu'on est tous dans le même bateau…

— Un bateau qui est à la veille de ressembler à l'Arche de Noé !

Leclercq sourit.

— Demain, dit-il, on a rendez-vous avec Jannequin. Il est un peu aristo collet monté, mais c'est quelqu'un de plutôt correct et qui a beaucoup de relations. Tant à l'UMP et au PS qu'à Bruxelles.

— Et dans les services de renseignements, d'après ce que je vois !

— Il était secrétaire de la commission parlementaire qui les supervise. C'est là que je l'ai connu.

OUTREMONT, 21 H 55

C'était le sixième appel de la journée. Lucie Tellier tentait de désamorcer le mieux possible les questions du journaliste.

Bien sûr, elle connaissait l'inspecteur-chef Théberge… C'était vrai qu'elle avait mangé chez lui à quelques reprises, mais cela n'avait rien à voir avec la Caisse, où elle n'exerçait d'ailleurs plus aucune fonction depuis des années. Il se trouvait simplement que le policier était le meilleur cuisinier qu'elle connaissait… Sa spécialité ? Le faisan souvaroff.

En donnant ce détail au journaliste, elle espérait acheter la paix. Il aurait quelque chose de différent des autres à publier. Et ça ne pouvait pas causer de tort à Théberge de flatter sa réputation de gastronome épicurien.

Après avoir raccroché, elle se dirigea vers le salon. À Radio-Canada, le *Téléjournal* était sur le point de commencer.

BEIJING, 9 H 57

Hurt était à bord du vol AF129 à destination de Paris. L'avion n'avait pas encore décollé. Le retard était causé par un contrôle plus serré des bagages.

Le champagne avait été servi aux voyageurs de première classe pour les aider à patienter. On leur avait même fourni des explications sur les raisons du retard. Il y avait eu des rumeurs comme quoi des terroristes internationaux transitaient par la Chine pour brouiller les pistes. En conséquence, les autorités chinoises avaient décrété un resserrement des mesures de sécurité dans tous les aéroports et à tous les postes-frontières du pays.

Un instant, Hurt se demanda si c'était là la vraie raison. Si les autorités n'étaient pas plutôt à la recherche de l'auteur de l'attentat de Shanghai.

Pour tromper son attente, il se plongea dans le *China Times*. En page trois, il tomba sur un article qui parlait des attaques voilées du Pentagone contre la Chine. Des sources liées au Pentagone auraient laissé entendre que

les Chinois étaient derrière les récentes vagues de terrorisme qui avaient frappé l'Occident. Selon les militaires
américains, continuait le journal, la Chine serait la grande
gagnante d'un affaiblissement des États-Unis et de
l'Europe.

Leur logique était simple : voir à qui profitait le crime.
Une fois l'Occident paralysé, les Chinois accentueraient
leur mainmise sur l'Afrique, renforceraient leurs liens avec
l'Australie et l'Iran, soumettraient le Japon et signeraient
de généreux accords d'approvisionnement avec la Russie.
Au total, ils émergeraient comme le principal pôle du
bloc asiatique et deviendraient la principale puissance
mondiale.

Hurt posa le journal sur ses genoux. L'article avait
beau avoir un ton de vierge offensée devant les « accusations » des Américains, l'analyse était juste : les Chinois
auraient été stupides de ne pas voir qu'une guerre contre
l'Occident, sur le double front de l'écologie et de l'islam,
favoriserait leur émergence comme nation dominante.
Et les militaires américains auraient été stupides de ne
pas faire la même analyse.

Ce qui paraissait moins évident à Hurt, c'était la responsabilité chinoise dans le déclenchement du terrorisme.
Quel avantage avait la Chine à provoquer une pénurie
mondiale d'aliments alors qu'elle était le pays dont les
besoins alimentaires connaissaient la plus forte expansion ?

Il aurait aimé pouvoir en discuter avec les gens de
l'Institut, mais cette histoire de taupe le paralysait.
Comment savoir à qui faire confiance ? Et, surtout, qui
était l'informateur de Fogg ?

C'était frustrant. Au moment où il aurait eu le plus
besoin de discuter avec quelqu'un d'informé et d'expérimenté, il ne pouvait plus se fier à personne. Sauf Chamane.
Pour lui, il n'avait pas de doute. Enfin, pas vraiment…
Blunt lui semblait également assez sûr. Mais on ne pouvait
pas savoir… C'était le problème avec les taupes. Leur
première tâche était précisément de paraître d'une fia-
bilité hors de tout doute…

Hurt se replongea dans le journal. Il y avait plus de quatre pages sur les attentats contre les universités occidentales. Et il n'y avait toujours pas eu d'attentat contre les pays asiatiques.

Cela suffirait à alimenter la paranoïa américaine, songea-t-il.

Outremont, 22 h 08

La photo de Lucie Tellier apparut à l'écran pendant que le lecteur de nouvelles présentait l'information en voix *off*.

> — Y aurait-il un nouveau scandale sur le point d'éclater à la Caisse de dépôt et placement ? C'est la question que certains semblent se poser aujourd'hui.

— C'est quoi cette folie-là ? ne put s'empêcher de protester l'ex-présidente de la Caisse à haute voix.

> Une ancienne présidente de la Caisse de dépôt et placement a fait aujourd'hui l'objet d'allégations de la part d'un de nos confrères de HEX-TV.

— Son « confrère de HEX-TV » ! Il se cache derrière lui pour répéter une rumeur sans avoir à l'assumer ! Plus *cheap* que ça, tu meurs !

> Sans porter d'accusations formelles, le journaliste s'est interrogé sur la nature des liens entre l'ex-présidente de la Caisse de dépôt et l'inspecteur-chef Théberge. Rappelons que c'est l'étrange inspecteur Théberge, celui qui avoue parler aux morts, qui avait piloté l'enquête sur le détournement de fonds dont la Caisse avait été victime.

— C'est ça ! Il est « étrange » et il « avoue » parler aux morts ! Autrement dit, il est pas tout à fait normal !… Vive l'objectivité !

> Interrogé à ce sujet, le porte-parole du PNQ a réclamé la tenue d'une commission d'enquête publique sur la gestion de la Caisse de dépôt au cours des douze dernières années. « Ce serait aussi une bonne occasion de revoir sa loi pour éviter que des dérapages semblables se produisent de nouveau », a déclaré…

— Non mais… de quel dérapage il parle ? À l'époque, la Caisse a été victime d'une tentative de fraude et il n'y a pas eu d'argent perdu !

Puis elle songea qu'il amalgamait, dans un terme suffisamment vague pour être accepté, à la fois l'ancienne fraude, les bourdes de la récente administration et les effets de la crise financière.

Elle se leva et alla se chercher un verre de scotch, malgré la promesse qu'elle s'était faite de ne plus en prendre sur semaine. C'était ça ou elle se rendait au studio dire sa façon de penser au lecteur de nouvelles… ce qui n'aurait pas été très productif.

LÉVIS, 22 H 56

En dépit de sa résolution de se garder un peu de temps pour elle, Dominique était encore à son bureau.

Le pirate qui avait sabordé le réseau informatique de l'Institut n'avait toujours pas été retrouvé et Chamane en avait encore pour des jours à vérifier que rien de dangereux n'avait été importé dans le réseau de secours à partir des copies de sauvegarde. Plusieurs des dossiers qui lui avaient été envoyés accusaient du retard.

Entre deux tests, il avait quand même trouvé le moyen d'identifier Hessra Pond et Larsen Windfield. Mais les informations les concernant se limitaient à une liste de conseils d'administration dont ils avaient été membres, à quelques diplômes et à des apparitions mondaines au profit d'organismes de charité. Leur biographie se ressemblait étrangement et leur carrière avait connu un aboutissement semblable : l'une dirigeait HomniFlow ; l'autre, HomniPharm.

C'était là l'essentiel du dernier message de Blunt. Elle y répondit en lui faisant part de ce que Théberge lui avait appris sur Hykes et Maggie McGuinty. Peut-être y verrait-il un indice qu'elle n'avait pas vu…

Elle se rendit ensuite dans sa chambre.

C'était le moment où la solitude lui pesait le plus. Le moment où elle aurait eu le plus besoin de parler à quelqu'un. Simplement raconter sa journée. Pas pour régler des problèmes, simplement pour en parler. Elle ne comprenait pas l'obstination de Bamboo Joe à dire qu'elle n'avait pas besoin de lui.

En entrant dans la pièce, elle aperçut un immense miroir sur le mur opposé à la fenêtre panoramique. Il mesurait environ deux mètres de largeur sur un mètre trente de hauteur.

Dominique sentit la panique monter en elle. Quelqu'un s'était introduit dans la maison.

Approchant avec précaution du miroir, elle s'aperçut qu'il y avait une inscription au bas du cadre. Seulement quelques mots.

The Big Picture

RDI, 23 h 01

… DES CAS AURAIENT ÉGALEMENT ÉTÉ SIGNALÉS EN CHINE ET AU VIETNAM. SELON DES RUMEURS PROPAGÉES SUR INTERNET, L'ÉPIDÉMIE AURAIT POUR ORIGINE DES EXPÉRIENCES MENÉES PAR UNE MULTINATIONALE…

LÉVIS, 23 h 01

— Comment trouvez-vous mon cadeau ? fit subitement une voix derrière elle.

Dominique se retourna brusquement et se retrouva face à face avec Bamboo Joe, dont les vêtements terreux témoignaient de son travail dans le jardin.

— C'est vous qui avez mis le miroir là ? demanda Dominique.

Elle semblait incrédule.

— Ce n'est pas un miroir. Comme son titre l'indique, c'est un tableau.

Avant qu'elle ait le temps de protester, il l'entraîna vers la fenêtre panoramique et la plaça face au miroir.

— Et vous dites que ce n'est pas un miroir ?! fit Dominique.

— C'est un tableau dont le contenu est variable, répondit Bamboo Joe. Pour l'instant, vous y voyez l'image d'une belle femme, d'un vieux jardinier qui aurait intérêt à passer à la douche et, derrière eux, de l'autre côté de la fenêtre, d'un jardin très éclairé… Je me trompe ?

— Non… mais…

— Moi, je vois un paysage dans lequel il y a deux personnages qui pourraient disparaître sans que cela change grand-chose au paysage…

Dominique regarda le tableau, puis ramena son regard vers Bamboo Joe, qui s'écarta pour la laisser seule devant le tableau.

— *The Big Picture*, reprit Bamboo Joe. Ce n'est pas parce que notre image se reflète dans un tableau qu'il faut se concentrer sur l'image et oublier le reste du tableau… C'est un des proverbes de la sagesse populaire américaine : ne jamais perdre de vue *the big picture*.

Dominique regarda de nouveau le miroir, essayant de le voir comme un tableau, de faire abstraction de son image et de considérer l'ensemble du paysage.

— *The big picture*, murmura Dominique.

Quand elle tourna les yeux vers Bamboo Joe, il avait disparu.

Il faut que les attentats et les catastrophes se succèdent selon un principe d'escalade et d'accumulation pour créer l'impression que le monde est prisonnier d'une spirale de violence et d'anarchie à laquelle il est illusoire de penser échapper.

Le découragement généralisé de la population est l'objectif que doit poursuivre cette escalade.

Guru Gizmo Gaïa, *L'Humanité émergente*, 3- Le Projet Apocalypse.

JOUR - 2

PARIS, 7 H 52

Chamane avait été tiré de son lit par un appel de Dominique. Elle voulait savoir ce qu'il avait sur St. Sebastian Place.

— Tu vas être surprise de tout ce que j'ai trouvé, répondit Chamane. À l'extérieur, ça se présente comme un vieil édifice, genre patrimoine, mais à l'intérieur, tout est hyper moderne et contrôlé par ordinateur.

— C'est une bonne ou une mauvaise nouvelle ?

— Ça dépend pour qui… Normalement, ça veut dire sécurité renforcée. C'est plus difficile à percer. Mais si tu peux compter sur le meilleur des *hackers*, ça veut dire accès illimité.

— Tu parles de celui dont le réseau a été piraté ?

— Ça, c'est *cheap*…

Chamane avait l'air vraiment offusqué.

— Désolée, reprit Dominique. Qu'est-ce que tu as trouvé ?

— Les plans des étages, l'emplacement des équipements de surveillance, les codes de désactivation, les codes numériques des ascenseurs et des portes… La seule chose qui manque, c'est le système de brouillage des trois derniers étages.

— Tu peux m'envoyer ça?

— Le temps de les télécharger.

— Je pensais que tu les avais.

— Je me suis contenté de regarder. Il y a moins de danger de laisser des traces.

— Tu en as pour combien de temps?

— Une heure max.

LONDRES, 8 H 24

Hadrian Killmore pointa une télécommande en direction de la bibliothèque et appuya sur un bouton: un bloc de deux rayons pivota dans la partie du milieu, dégageant un écran de télé. Killmore fit apparaître un menu sur l'écran, dont le titre était: *Dégustations d'agonies*. Un sous-menu était affiché en transparence. Killmore le parcourut, puis sélectionna le troisième élément: *la pression du vide*.

Au bout de quelques secondes, une image vidéo apparut. On y voyait une femme marcher dans une pièce d'environ quarante mètres carrés. Les angles de vue se succédaient, révélant tour à tour un coin cuisine avec ses armoires sans porte bourrées de provisions, un poêle et un réfrigérateur; un lit; une petite table ronde et une chaise; un mur percé d'une fenêtre panoramique qui révélait un fond sous-marin; un paravent au-dessus duquel on pouvait apercevoir le réservoir d'eau d'une toilette.

Les murs étaient blancs. La femme marchait nerveusement dans la pièce. De temps à autre, elle s'arrêtait devant la fenêtre pour regarder le fond marin. Puis elle recommençait à marcher.

On ne pouvait pas nier à madame McGuinty une certaine inventivité, songea Killmore. Elle donnait le meilleur d'elle-même. Cependant, malgré ses qualités, malgré son audace, elle ne pouvait pas sortir du cadre de l'expérimentation. Elle comprenait bien le caractère pédagogique de ses œuvres, mais elle ne se rendait pas encore pleinement compte qu'elle avait déjà sous les yeux, en temps réel et aux dimensions de la planète, l'archétype de toutes les œuvres.

Sculpter le vivant était certainement la voie à suivre. Sur ce point, elle avait retenu la leçon d'Ar/tho. Mais il ne suffisait pas de sculpter la chair. Ni même la mort des individus, comme le faisaient les Dégustateurs d'agonies… C'était tout au plus une étape. Une propédeutique qui menait à l'œuvre totale et définitive.

C'était l'humanité dans son ensemble qu'il fallait sculpter.

Killmore sourit. Il pensait à Fogg.

Ce dernier aurait bien aimé mettre la main sur la jeune femme de la vidéo pour l'interroger… Comme si c'était encore important de savoir ce qu'il restait de l'Institut ! À quel endroit les survivants se cachaient !… Désormais, l'Apocalypse était en marche. Plus personne ne pourrait rien y changer.

Il fallait que le vieil ordre agonise pour que le monde nouveau puisse naître. « Si le grain ne meurt »… Seuls ceux qui adoptaient ce point de vue pouvaient apprécier pleinement ce qui se passait sous leurs yeux.

À l'écran, la jeune femme venait de s'étendre sur le lit… Une décision réaliste, songea Killmore. À part dormir, que pouvait-on faire quand on était réduit à l'impuissance et que les stimulations extérieures étaient réduites à presque rien ?

Il fut tiré de ses réflexions par un signal discret. Il appuya sur un bouton de la télécommande : l'écran de télé pivota et les rayons de la bibliothèque reprirent leur place.

Killmore se dirigea vers son bureau et consulta l'écran du portable qui s'y trouvait. Dès qu'il effleura une touche du clavier, un message apparut à l'écran.

> L'antidote contre la peste grise a été livré à votre attention dans tous les sites de l'Archipel.

Il fit disparaître le message. Son regard glissa vers la bibliothèque…

L'Archipel des survivants… D'un certain point de vue, c'était une métaphore de l'Archipel temporel des grands penseurs : Platon, Hobbes, Machiavel, Hitler… Ils avaient tous eu la même intuition fondamentale : la violence est une chose trop dangereuse pour être laissée à la disposition de la foule ; la concentrer entre les mains de quelques-uns est la seule façon de pacifier la société.

Hitler était celui qui avait le plus approché cette vérité, mais il avait commis deux erreurs. La première avait été de réduire l'ennemi aux Juifs, alors que c'était l'ensemble de l'humanité qui, à toutes les époques, résistait à l'évolution vers un type supérieur d'être humain.

Sa seconde erreur avait été de vouloir imposer cette vérité au moyen d'un programme d'extermination, alors qu'il suffisait d'utiliser les lois du marché. Il n'avait pas compris que la véritable guerre était désormais économique… S'il s'était contenté de libérer les marchés, son programme aurait été déguisé en processus naturel : la guerre de chacun contre tous. Il fallait prendre appui sur les promoteurs de l'individualisme au lieu de les emprisonner. Se fier à la concurrence entre les individus, qui amène inévitablement une montée de la violence à l'intérieur de toute société. Jusqu'à ce que l'insécurité fasse naître le besoin d'une autorité supérieure, qui peut protéger chacun de tous. Une autorité à qui chacun est trop heureux de concéder le monopole de la violence en échange de sa sécurité.

À sa manière, c'était le choix que le Cénacle avait fait. Mais la situation de la planète s'était dégradée à un point tel qu'on ne pouvait plus se contenter de laisser aller les choses. Non seulement on devait sauver l'humanité de sa propre folie, mais on devait aussi sauver l'environnement dont elle avait besoin pour vivre.

Pour cela, il fallait exercer une violence extrême. Et, pour justifier une violence aussi extrême, pour faire apparaître comme nécessaire un monopole aussi extrême de l'exercice de la violence, il fallait rendre la situation de l'humanité tout aussi extrême.

Killmore passa doucement la main sur les livres d'un rayon. L'Archipel des grands penseurs…

Il aimait cette pièce. Il se sentait chez lui en compagnie de ces auteurs. Parmi ses semblables… C'était la raison pour laquelle il avait fait aménager une réplique exacte de la pièce, avec les mêmes livres aux mêmes endroits, dans chacune de ses résidences, dans chacun des sites de l'Archipel.

PARIS, 9 H 43

En retournant sur le VPN de l'entreprise qui gérait St. Sebastian Place, Chamane avait eu une mauvaise surprise. Depuis sa dernière visite, ils avaient revu la sécurité. Accéder à leur VPN lui avait pris plus d'une heure.

Deuxième mauvaise surprise : les codes de déverrouillage des portes des trois derniers étages avaient disparu du dossier. Même chose pour ceux des ascenseurs. Par contre, en fouillant, il avait fini par trouver les codes des portes donnant sur les escaliers de secours : y compris ceux des derniers étages ! Probablement un oubli, parce qu'ils étaient classés dans un autre dossier.

Chamane avait à peine envoyé ses résultats que Dominique lui répondait par courriel.

> J'ai quelque chose d'autre pour toi, une vidéo.
> Sam a filmé un attaché-case. Tu en tires ce que
> tu peux et tu donnes les résultats à Blunt.

— Un attaché-case… murmura Chamane sur le ton de quelqu'un à qui on vient d'annoncer un débarquement d'extraterrestres.

Il y avait sûrement une attrape. Un attaché-case, d'accord. Mais avec quelque chose de particulier. Quelque chose de tordu…

En regardant la bande vidéo, il eut la surprise de voir qu'il s'agissait exactement de ce que Dominique lui avait dit : un attaché-case filmé sous tous les angles. Les seuls traits caractéristiques étaient le nom de la marque, Hawk Ward, et le numéro de série.

Il décida de tenter immédiatement sa chance sur le site de l'entreprise. De toute façon, Geneviève dormait sûrement.

Une vingtaine de minutes plus tard, il parcourait les dossiers de l'entreprise. C'étaient des archives exemplaires. Les articles et leurs numéros de série étaient tous répertoriés selon les distributeurs à qui ils avaient été envoyés. Sauf que le numéro de série de l'attaché-case n'apparaissait nulle part.

Chamane décida d'appeler Blunt.

VENISE, 11 H 46

La pluie tombait sur le Grand Canal, mais la météo annonçait du soleil pour le milieu de l'après-midi. Juste au moment où il partirait.

Blunt ramena son regard vers le portable. Le logiciel de communication téléphonique était activé.

— Vraiment rien d'autre ? demanda Blunt.

— Rien. Désolé.

— À ton avis, le dossier a été trafiqué ?

— Tu penses vraiment que quelqu'un est assez maniaque pour aller effacer les références à un attaché-case dans les archives de l'entreprise qui l'a produit ?

Blunt était certain que ce genre de précaution pouvait sembler normal dans plusieurs organisations. Mais ça ne servait à rien d'orienter la discussion sur ce sujet.

— C'est probablement une erreur de chiffres, reprit Chamane. Au moment de la saisie de données.

— Dominique va lancer une opération à Londres.

— Ça, je suis au courant.

— Je serai à Paris en fin de journée… Des nouvelles de tes « collègues » ?

— Rien.

— C'est normal ?

— S'ils n'appellent pas, c'est qu'ils n'ont encore rien trouvé.

RTL, RTL Midi, 12 h 33

> … INTERROGÉ SUR SA TROUBLANTE RESSEMBLANCE AVEC LE PERSONNAGE QUI A CONDUIT LA CAMIONNETTE, LE DÉPUTÉ ARNO DE JONGHE A DÉCLARÉ FAIRE CONFIANCE À LA JUSTICE POUR ÉCLAIRCIR CETTE COÏNCIDENCE. LE DÉPUTÉ A PAR AILLEURS QUALIFIÉ DE RIDICULES LES RUMEURS LE RELIANT À UN GROUPE CLANDESTIN QUI COMMANDITERAIT LES TERRORISTES DANS LE BUT D'ALIMENTER LA PANIQUE DANS LA POPULATION ET DE FAVORISER L'OCTROI DE BUDGETS ADDITIONNELS POUR LA POLICE FÉDÉRALE…

Montréal, 8 h 37

— Tu fais la grasse matinée ? dit la voix amusée de Théberge dans l'appareil.

Crépeau sourit.

— La maison est le seul endroit où je peux travailler. Aussitôt que je mets les pieds au poste, tout le monde déboule dans mon bureau avec des problèmes à régler. Le téléphone ne dérougit pas. Ici, j'ai le temps de penser, de planifier…

— J'avais raison de vouloir que tu prennes le poste.

— Sauf que tu ne m'avais pas dit que tu partirais.

— Comment ça se passe ?

— On a probablement trouvé l'auteur de l'attentat aux HEC.

— Mort ?

— Tu n'as pas l'air surpris.

— C'est en train de devenir leur marque de commerce.

— On a aussi trouvé l'étudiant qui manquait. Celui qui était aux HEC… Il était dans la piscine, en arrière de chez lui.

— Depuis combien de temps ?

— Depuis qu'il était tombé parce qu'il n'arrivait plus à voir où il allait.

— Gaz neurotoxique ?

— Oui.

Puis, comme s'il se rappelait subitement quelque chose, il ajouta :

— HEX-Médias a modifié sa stratégie.

— Tiens donc !

— Comme tu n'es plus là, ils ont décidé de s'en prendre au « réseau » Théberge.

— C'est quoi, cette ineptie ?

— Leur première cible est l'ex-présidente de la Caisse de dépôt.

— Madame Tellier ?

— Il paraît qu'elle est allée manger chez vous à plusieurs reprises.

— Et ça regarde qui ?

— Ils s'interrogent sur vos rapports. Ils se demandent si tu ne l'as pas couverte quand il y a eu un détournement.

— C'est du grand n'importe quoi !

— J'ai pensé que tu voudrais être informé.

— Eux, quand je vais avoir le temps de m'en occuper !…

— C'est vrai que les vacances, c'est accaparant.

— Tu es jaloux !

— C'est ce qui me permet de tenir. Je me dis qu'un jour je vais pouvoir passer mon temps en vacances comme toi.

— Les vacances, c'est très surévalué.

Il y eut une pause dans la conversation. C'est sur un ton plus sérieux que Crépeau reprit :

— J'ai repensé à ce que tu m'as proposé concernant Prose.

— Et… ?

— Tu as raison. Ça mérite d'être essayé.

PROVIDENCE, 8 H 55

Malgré la toux qu'il avait contractée, les vacances avaient été magnifiques. Les enfants avaient adoré Yellowstone.

Ricardo Barcenos s'estimait réellement choyé par la vie : non seulement il avait un travail bien payé, mais il avait une couverture d'assurance-maladie. Contrairement à beaucoup de ses concitoyens, il pouvait se faire soigner sans risquer d'être ruiné. Bien sûr, il n'avait pas le choix : il fallait qu'il aille voir le médecin de la compagnie d'assurances. Mais entre ça et ne pas pouvoir être soigné…

Il attendait depuis une dizaine de minutes lorsque le médecin le fit entrer dans son bureau pour lui annoncer les résultats de la radiographie.

— Il y a quelque chose sur les bronches et les poumons. C'est ce qui explique votre difficulté à respirer. Vous avez probablement eu une mauvaise grippe qui a dégénéré. Avec des antibiotiques, ça devrait aller. Ils sont couverts par les assurances. Vous vous reposez une semaine et vous revenez me voir.

— C'est tout?

— Oui, c'est tout.

Comme Barcenos se levait, le médecin ajouta:

— Je ne sais pas trop comment vous demander ça, mais… avez-vous toujours eu un teint aussi… gris?

PARIS, 15 H 14

Le cours des céréales montait encore, propulsé à la hausse par les nouvelles alarmantes sur la contamination des récoltes et les famines appréhendées sur l'ensemble de la planète.

Ulysse Poitras secoua légèrement la tête. S'appuyant sur une rareté réelle appréhendée, une bulle spéculative était en train de se former, ce qui accentuerait les craintes dans la population et provoquerait d'autres manifestations, d'autres émeutes, qui convaincraient les spéculateurs de continuer à investir, ce qui ferait encore monter les prix, provoquerait d'autres manifestations, d'autres émeutes…

Et lui-même participait à ce mouvement!

Ou bien il continuait d'investir dans les matières premières, notamment dans les céréales, pour protéger les activités de la Fondation; ou bien il liquidait ses investissements et encaissait ses profits – ce qui aurait un impact marginal sur la hausse des prix et rendrait les activités de la Fondation plus vulnérables à la hausse ininterrompue du prix des céréales.

La solution facile était de laisser les membres de la Fondation décider – ce qu'ils feraient de toute manière.

Mais c'était lui, l'expert financier. Il devait leur recommander quelque chose. Sauf qu'il ne voyait pas de solution. Des deux côtés, la Fondation y perdait. Ou bien elle participait à un mouvement de masse qui menaçait ses objectifs, ou bien elle perdait progressivement une partie de ses moyens pour les réaliser.

Pour échapper à ses ruminations, il fit défiler les informations de Bloomberg sur son ordinateur : usine de désalinisation sabotée à Tokyo, émeute de la faim en Argentine, trois entreprises de traitement des eaux qui se joignent à l'Alliance mondiale pour l'Émergence, menaces terroristes contre plusieurs dirigeants d'entreprises américaines…

Quand il lut la nouvelle suivante, il fit afficher le texte complet de l'article. Elle concernait l'introduction de l'eau sur le marché des matières premières. Un groupe d'étude du Congrès américain avait récemment rendu une décision favorable. Un des derniers obstacles venait de disparaître.

Poitras recula sur sa chaise, regardant défiler les autres nouvelles sans les voir. Si l'eau était introduite sur le marché des matières premières, elle serait inévitablement prise dans la même spéculation que les céréales… ce qui ne faisait que rendre plus aigu son dilemme.

Le pire, c'était qu'il ne voyait pas quoi faire. Ce qui faisait la force du marché, c'était l'indépendance de tous les intervenants ; mais c'était en même temps sa faiblesse : personne ne pouvait intervenir lorsque la dynamique collective s'engageait dans une boucle de rétroaction positive. Parce que le marché n'était pas un groupe doté de structures décisionnelles ; c'était une simple juxtaposition, qui fonctionnait sur le mode du mécanisme.

LÉVIS, 9 H 20

Dominique ferma le logiciel de communication téléphonique et poussa un soupir : tout avait fonctionné au mieux. Finnegan, le contact de l'Institut au MI5, lui avait assuré une collaboration discrète mais entière. Une équipe serait à la disposition de Moh et Sam pour les supporter au moment de l'intervention.

Le seul moment où Dominique avait senti une légère tension chez son interlocuteur, c'était quand il avait suggéré, avec une courtoisie toute britannique, de s'assurer que ce ne soit pas une fausse alerte comme la fois précédente.

Dominique avait elle-même ses propres réserves. Elle aurait préféré avoir plus d'informations avant de lancer l'opération contre St. Sebastian Place. Elle craignait de brûler un des rares éléments de surprise qu'elle détenait. D'un autre côté, si l'opération permettait de découvrir des informations sur Claudia... Sans parler de ce qu'ils pourraient apprendre sur le Consortium...

Il y avait aussi les problèmes opérationnels. Elle ne pouvait pas tout déléguer aux Anglais. Il lui fallait des agents sur place. Or, elle n'avait que Moh et Sam de disponibles. Les utiliser voulait dire interrompre la surveillance de Killmore et de Windfield... Combien de temps leur faudrait-il pour les retrouver, une fois l'opération terminée ? Quelles informations auraient-ils ratées ?...

Par le passé, F lui avait déjà laissé ce genre de décision. Mais ce n'était pas la même chose. Auparavant, si elle se trompait, F était là pour intervenir. Cette fois, elle était seule. Elle comprenait mieux le fardeau que F avait dû assumer tout au long des ans.

Son regard s'évada vers la fenêtre panoramique qui donnait sur la cour et le boisé, à l'arrière de la maison... L'issue du combat entre les corneilles et les autres oiseaux semblait décidée. À l'exception de quelques merles, la plupart avaient quitté la cour. Les corneilles attaquaient les nids. Détruisaient les œufs. Tuaient les petits... Lorsqu'elles s'installaient quelque part, les autres formes de vie se retiraient. Ou, du moins, elles se cachaient, vivant dans les marges que leur laissaient les oiseaux noirs. Même les écureuils se faisaient plus rares.

Le soir, les voiliers de corneilles étaient de plus en plus nombreux à couvrir les arbres. On aurait dit une épidémie vivante… Était-ce une image de ce qui attendait la planète ? La domination de tout l'espace par une espèce de charognards reconvertis en prédateurs ?… Des prédateurs qui ne se distinguaient des autres que par une seule caractéristique : leur bonne conscience, fondée sur la certitude d'être dans leur droit.

Après avoir hésité quelques minutes de plus, Dominique envoya à Moh et Sam l'autorisation de déclencher l'opération ainsi que les procédures pour joindre les gens du MI5. Ils devaient concentrer leur action sur les trois étages dont les fenêtres bénéficiaient d'une protection contre l'écoute électronique.

CKAC, 9 H 53

> … PAR LA DEMANDE DU CHEF DE L'UDQ. LE PREMIER MINISTRE A RÉITÉRÉ SA CONFIANCE DANS LES FORCES POLICIÈRES ET IL A EXCLU TOUTE POSSIBILITÉ DE METTRE SUR PIED UNE COMMISSION D'ENQUÊTE PUBLIQUE SUR LE SPVM.
> EN EUROPE, LES RÉCENTS ATTENTATS CONTRE DES DIRIGEANTS DE MULTINATIONALES SEMBLENT AVOIR CONVAINCU LES HOMMES POLITIQUES DE LA NÉCESSITÉ D'UNE CONCERTATION À L'ÉCHELLE DU CONTINENT. UNE CHASSE À L'HOMME SANS PRÉCÉDENT VIENT EN EFFET D'ÊTRE LANCÉE POUR…

PARIS, AÉROPORT CHARLES-DE-GAULLE, 15 H 54

L'avion avait finalement une heure de retard. Hurt attendait dans la file devant le guichet de vérification des passeports. Il avait encore le temps de prendre sa correspondance pour Venise.

Pendant le vol, il avait fait des cauchemars. Dans chacun, il avait rencontré le Vieux. Ce dernier était assis sur le banc du jardin, comme chaque fois qu'il l'avait rencontré. Son attitude paraissait sereine. Il se contentait de le regarder. Toutefois, à chaque pas que Hurt faisait dans sa direction, il sentait l'angoisse en lui monter d'un cran.

Au moment où l'angoisse était devenue intolérable, le Vieux lui avait dit :

— *La violence infligée ne peut pas abolir la violence subie. Elle peut seulement l'augmenter.*

Hurt s'était alors réveillé en sursaut. Ses mains tremblaient. Une hôtesse s'était penchée vers lui pour lui demander si tout allait bien.

— Un mauvais rêve, avait-il répondu.

Le deuxième cauchemar avait été une répétition du premier. La seule différence avait été dans l'intensité plus grande de l'angoisse qu'il avait ressentie et dans le message du Vieux.

— *La multiplication des individus produit seulement de la fragmentation et de la dispersion. À l'intérieur comme à l'extérieur.*

Le message paraissait transparent : le Vieux l'incitait à fusionner ses multiples personnalités. Sauf que le Vieux, au cours des années, n'avait jamais fait la moindre remarque en ce sens. Au contraire, il l'avait plutôt incité à prendre acte de leur existence et à travailler à leur harmonisation.

À quoi rimait ce message ?

Le troisième cauchemar avait été, lui aussi, une variante du précédent. Le message du Vieux avait été encore plus bref :

— *La solution, c'est l'unanimité moins un.*

Après le troisième cauchemar, Hurt s'était fait violence pour ne plus dormir.

Genève, 16 h 05

Larsen Windfield s'avança vers le micro. La conférence de presse avait été convoquée par l'Alliance mondiale pour l'Émergence.

Il regarda un instant les journalistes, en reconnut une vingtaine dont il avait vu la photo dans les dossiers, le matin même. C'étaient eux, les piliers qui poseraient les bonnes questions et qui feraient un compte rendu favorable de la conférence de presse. Windfield n'avait aucun doute là-dessus. Madame Hunter le lui avait assuré.

— Messieurs, mesdames, votre temps est précieux. Si vous le permettez, nous sauterons les longues présentations. Sachez simplement que je suis Larsen Windfield et que j'ai une déclaration à faire au nom de l'Alliance mondiale pour l'Émergence.

« Aujourd'hui, un nouveau danger menace l'humanité : la peste grise. D'abord apparu en Chine, puis en Inde, le mal a gagné l'Indonésie et les Philippines. Ensuite l'Afrique. Des rumeurs affirment que l'infection aurait fait son apparition en Amérique… Il est clair que nous assistons à la naissance d'une pandémie. Nous avons encore un peu de temps, mais il faut agir vite. Le problème, c'est que nous ne savons même pas ce qui cause cette maladie.

« Heureusement, les entreprises liées à l'AME bénéficient désormais d'un statut privilégié. À cause des intérêts supérieurs de l'humanité qu'elles défendent, elles ont deux avantages. Un : tous leurs profits peuvent être réinvestis dans la recherche sans être grugés par l'impôt. Deux : les tracasseries administratives ont été éliminées.

« Cette situation avantageuse nous a permis de recruter un certain nombre de pharmaceutiques et de laboratoires de recherche en biogénétique. Ces entreprises seront regroupées sous la responsabilité d'une nouvelle entité à l'intérieur de l'Alliance : HomniPharm. Ce holding… »

LONGUEUIL, 10 H 09

En transportant son café dans son bureau, Victor Prose réalisa qu'il n'avait pas vérifié sa cote de survie sur Internet. C'était le premier matin qu'il n'avait pas songé à le faire.

Il interpréta la chose comme un signe que la pression avait baissé. De fait, il n'avait pas reçu de messages au cours des derniers jours et HEX-Radio semblait avoir cessé de s'intéresser à lui.

Il alluma la télé et syntonisa RDI. L'image d'un homme debout derrière un lutrin occupait tout l'écran. Derrière lui, quelques lettres géantes projetées sur un rideau noir servaient de fond de scène : NIPHA…

> ... BIEN ENTENDU, CELA VA EXIGER DES INVESTISSEMENTS COLOSSAUX.
> LA PARTICIPATION DES GOUVERNEMENTS SERA NÉCESSAIRE. ET, SURTOUT,
> IL VA FALLOIR UNE COORDINATION PLANÉTAIRE DES EFFORTS.
> CE QUE HOMNIFOOD ET HOMNIFLOW FONT POUR LES CÉRÉALES ET
> LE TRAITEMENT DE L'EAU, HOMNIPHARM LE FERA POUR LA RECHERCHE
> PHARMACEUTIQUE. NOTRE PREMIÈRE TÂCHE VA DE SOI : VAINCRE LA
> PESTE GRISE. POUR CELA, NOUS ALLONS COORDONNER LES TRAVAUX DE
> NOMBREUX LABORATOIRES DE RECHERCHE RÉPARTIS SUR L'ENSEMBLE
> DE LA PLANÈTE...

Après l'eau et les céréales, les médicaments ! On annonçait une concertation mondiale des pharmaceutiques, qui profiterait en plus de l'appui des gouvernements des principaux pays de la planète ! C'était la mort annoncée des protocoles de vérification à long terme et des contrôles supplémentaires que réclamaient les groupes de pression.

Prose écoutait, fasciné. Le présentateur réussissait à enrober dans une apparence de bon sens un assouplissement généralisé des procédures de sécurité.

> DES TESTS DE LONG TERME SERONT ENTREPRIS SEULEMENT LORSQUE
> LA PRODUCTION INDUSTRIELLE AURA DÉMARRÉ, DE MANIÈRE À NE PAS
> RETARDER L'ACCÈS DE LA POPULATION AUX VACCINS ET AUX MÉDICAMENTS.
> SI D'AVENTURE DES PROBLÈMES ÉTAIENT MIS AU JOUR PAR CES TESTS,
> IL SERA TOUJOURS TEMPS DE PROCÉDER À DES CORRECTIFS.
> POUR MA PART, J'ASSUMERAI LA PRÉSIDENCE INTÉRIMAIRE D'HOMNI
> PHARM JUSQU'AU CHOIX D'UN PRÉSIDENT PAR LE CA, CE QUI DEVRAIT
> AVOIR LIEU RAPIDEMENT. IL VA DE SOI QU'HOMNIPHARM COLLABORERA
> AVEC L'ORGANISATION MONDIALE DE LA SANTÉ. NOUS LUI AVONS
> D'AILLEURS DÉJÀ TRANSMIS TOUTES LES DONNÉES QUE NOUS AVONS
> RECUEILLIES SUR LA PROPAGATION MONDIALE DE LA PESTE GRISE. DES
> QUESTIONS ?

La concentration de Prose fut brisée par le carillon de la porte d'entrée. Il regarda l'heure : 10 heures 14. Il était trop tôt pour que ce soit Grondin.

Peut-être s'était-il réjoui trop vite ? Peut-être que des auditeurs de HEX-Radio venaient de nouveau le relancer chez lui ?

En arrivant à la porte, Prose regarda dans l'œil-de-bœuf. Puis il recula subitement : il avait reconnu le visage du directeur du SPVM, Magella Crépeau.

Il s'empressa d'ouvrir.

— Je peux entrer ? demanda Crépeau, voyant l'air médusé de Prose.

— Bien sûr… C'est juste que… Disons que j'attendais plutôt Grondin.

Il recula pour laisser entrer Crépeau et l'amena au petit salon attenant à son bureau. Le directeur du SPVM jeta un rapide coup d'œil, sans s'arrêter, aux caricatures dans le corridor. Par deux portes entrouvertes, il aperçut des pièces remplies de bibliothèques et de caisses de dossiers.

— Est-ce que vous êtes ici à titre officiel ? demanda Prose en arrivant au salon.

D'un geste, il fit signe au policier de s'asseoir dans un des fauteuils.

— Oui et non.

Prose le regarda un moment avant de s'asseoir à son tour.

— Officiellement, reprit Crépeau, je viens m'enquérir de votre bien-être… Comme vous avez été victime d'un attentat, le directeur vient personnellement vous rencontrer pour vous montrer que les autorités ont à cœur d'assurer votre protection.

— Et officieusement ?

— Officieusement, je suis ici pour vous transmettre un message. De la part de mon bon ami Théberge.

— L'inspecteur-chef Théberge ?… Je croyais qu'il était en vacances.

— Justement.

WWW.BMFTV.FR, 16 H 36

… EN INDONÉSIE, UNE FOULE SCANDANT DES SLOGANS ANTI-OCCIDENTAUX S'EST LANCÉE À L'ASSAUT DE L'AMBASSADE DES PAYS-BAS. LES FORCES DE L'ORDRE SONT D'ABORD INTERVENUES MOLLEMENT AVANT DE CONTRÔLER LES ÉMEUTIERS. ON NE DÉPLORE PAS DE VICTIMES, MAIS LES DÉGÂTS MATÉRIELS S'ÉLÈVENT À PLUSIEURS DIZAINES DE MILLIERS DE DOLLARS. DES ÉVÉNEMENTS SIMILAIRES ONT EU LIEU DANS PLUSIEURS PAYS À MAJORITÉ MUSULMANE. LES MANIFESTANTS ENTENDENT PROTESTER CONTRE LES ATTAQUES SUBIES PAR LES ÉCOLES CORANIQUES DANS LES PAYS OCCI-DENTAUX. AU MOINS QUATRE AMBASSADES…

OUTREMONT, 10 H 41

La voix au téléphone avait un ton enragé.

Tu ne pourras pas te sauver indéfiniment! C'est à la veille d'être ton tour. Il va t'arriver la même chose qu'à Lacroix et au big boss de Nortel! Tu vas te retrouver en tôle. Avec ta face dans le journal!… Cette fois-ci, Théberge ne pourra pas te protéger. Et si les flics font pas la job, il y en a d'autres qui vont la faire! Y a un bout à voler le monde! Espèce de crosseuse!

La tonalité continue de l'appareil suivit la dernière phrase. L'interlocuteur anonyme avait raccroché.

Lucie Tellier raccrocha à son tour. L'appel n'avait aucune commune mesure avec les précédents. On était loin du simple acharnement médiatique et du délire de certaines tribunes téléphoniques. Ou même des automobilistes et des passants qui insultaient les gens de la Caisse quand ils les voyaient sortir de l'édifice… On entrait dans sa vie privée. On la décrétait coupable. On la menaçait.

Était-ce l'évolution inévitable que provoquait l'omniprésence des médias? Le passage d'une justice lente, fondée sur le droit et l'évaluation des preuves, à une justice immédiate, où l'accusation, le procès et la sanction se télescopent dans une même déclaration publique accompagnée d'images fracassantes et de commentaires indignés?

Elle consulta son iPhone, retrouva le numéro de Théberge et lança l'appel. Elle laissa sonner à plusieurs reprises, jusqu'à ce qu'elle tombe sur un message enregistré.

Nous sommes absents pour une période indéterminée. Vous pouvez laisser un message, mais il nous est impossible de savoir quand nous serons en mesure d'y répondre.

Elle raccrocha et se rappela avoir entendu aux informations que le policier avait pris des vacances impromptues et qu'il était introuvable.

PARIS, 16 H 47

F avait établi ses quartiers dans un petit appartement à deux pas de la tour Eiffel et du musée d'Orsay. Elle avait d'abord songé à s'installer à l'hôtel Muguet, où elle était descendue à plusieurs reprises déjà, puis elle avait choisi un des appartements gérés par l'hôtel. Si jamais on la soupçonnait d'être en Europe, la première chose qui viendrait à l'esprit de ceux qui la chercheraient serait de faire le tour des chambres d'hôtel.

Pour d'autres raisons, elle avait évité les maisons de sûreté de l'Institut : il était important que personne ne puisse la retrouver. Pas même ses proches.

Elle activa son ordinateur portable, ouvrit le logiciel de communication téléphonique, sélectionna le premier numéro sur la liste des correspondants.

— J'attendais un signe de votre part, fit la voix graveleuse de Fogg.

— Un léger contretemps.

— J'espère que tout s'est réglé pour le mieux.

— Étant donné les circonstances…

— Perdre un agent n'est jamais facile.

— J'imagine que vous en savez quelque chose.

Fogg se racla la gorge pour se désenrouer.

— « Ces messieurs » s'impatientent, dit-il. Je crains qu'il nous reste moins de temps que je le pensais.

— Ils ont lancé de nouvelles opérations ?

— Ce qui m'inquiète, ce n'est pas vraiment ce qu'ils font. Ils suivent une logique assez prévisible. Leur calendrier, par contre…

— Normalement, il aurait dû y avoir plus de temps entre les deux séries d'attentats… C'est ce que vous pensez ?

— Exactement !… Il y a aussi le fait qu'ils veulent me laisser croire que je fais partie de leurs plans. Qu'une place m'attend parmi eux, une fois la rationalisation du Consortium achevée… Une promesse comme celle-là, ce n'est pas quelque chose qu'ils peuvent gérer à long terme. Et ils n'ont certainement pas l'intention de s'embarrasser de quelqu'un comme moi. Conclusion : ils veulent seulement gagner un peu de temps.

— À votre avis, il nous reste quoi ?

— Pour mener notre projet à terme ? Quelques mois. Peut-être un peu plus.

F s'efforça d'adopter un ton joyeux.

— C'est une bonne nouvelle, dit-elle. D'ici quelques mois, nous serons au bout de nos peines.

— D'une façon ou d'une autre, répondit Fogg sur un ton las.

F était surprise de le voir se laisser aller à ce genre de commentaire désabusé. Était-ce l'âge ? À moins qu'il soit au courant d'informations qu'il ne lui avait pas encore communiquées…

— Êtes-vous sûr de m'avoir tout dit ? demanda-t-elle.

— Ce que je ne vous ai pas dit, vous le trouverez sur le site FTP dont vous avez le code. Prenez-en connaissance et nous planifierons les étapes finales de l'opération.

— Entendu.

— Un dernier détail. J'ai intercepté un message de « ces messieurs » au directeur de l'une des filiales : il y était question d'un projet nommé Archipel. Ça vous dit quelque chose ?

— Pas pour l'instant.

— À l'Institut, comment ça se passe ?

— Je n'ai pas eu de contacts depuis mon départ. Mais je ne vois pas pourquoi ils n'effectueraient pas les tâches que nous avons prévues pour eux.

Quelques minutes plus tard, après une remarque de Fogg destinée à la rassurer sur sa santé, F mettait un terme à la communication.

Elle passa ensuite un long moment à réfléchir. Puis elle sélectionna deux adresses et elle y expédia le même message :

> Projet Archipel. Implication possible du Consortium au plus haut niveau.

MONTRÉAL, SPVM, 11 H 38

Crépeau regarda Pamphyle, hésitant. Puis il regarda le dossier sur son bureau.

— Tu peux me répéter ça?

— Embolie gazeuse.

— On attrape ça comment?

— Normalement, en faisant de la plongée sous-marine.

— Et il est mort dans son bureau, au trente-deuxième étage?

— S'il est mort à l'endroit où on l'a trouvé.

Crépeau ouvrit le dossier, parcourut quelques pages en diagonale sans rien apprendre de nouveau.

La victime, Nell Tchumak, était vice-président à la recherche d'une entreprise spécialisée dans l'extraction minière. La compagnie était l'une des cinq entreprises canadiennes contre lesquelles les Enfants de la Tempête avaient promis des représailles.

— Embolie gazeuse, reprit Crépeau comme pour apprivoiser le terme… Ça se passe comment?

— Plus un plongeur descend profondément, plus la pression augmente. À dix mètres, c'est deux atmosphères. À vingt mètres, trois atmosphères… Les équipements de plongée ont ce qu'il faut pour ajuster la pression de l'air respiré à la pression que le corps subit. Comme les pressions sont égales, le plongeur ne s'aperçoit de rien… Les problèmes commencent à la remontée. Il y a deux choses qui peuvent se produire.

— En plus de remonter normalement…

— En plus de remonter normalement, oui… Plus tu descends profond et plus tu restes longtemps, plus il y a de gaz qui passe dans l'organisme. Dans le sang, dans les tissus adipeux… Quand tu remontes, la pression diminue, le gaz se dilate, il occupe plus de place. Si tu fais des paliers, il se décomprime lentement, l'organisme a le temps de l'éliminer, mais si tu remontes trop vite, il peut se former des bulles de gaz. Des bulles de gaz dans le sang, dans les tissus…

— Tu peux en mourir?

— Ça dépend… La deuxième chose qui peut arriver, elle, ne pardonne pas. Je t'ai dit que le gaz comprimé occupait moins d'espace : en fait, quand tu passes de une à deux atmosphères de pression, le volume du gaz diminue de moitié. Ça veut dire que, dans le même espace, il y a deux fois plus d'air. Imagine ce qui se passe à six ou sept atmosphères…

— OK, j'imagine.

— Imagine maintenant que tu remontes en vitesse et que l'air est bloqué dans les poumons ! Subitement, la pression double, triple, quadruple… Les alvéoles ne peuvent pas supporter la pression : elles éclatent ; et le gaz passe directement dans le sang. Il se forme des bulles, des caillots…

— C'est de ça qu'il est mort ?

— Une version *heavy* de la chose.

— Dans son bureau, au trente-deuxième étage…

— À moins qu'on l'ait transporté là.

Une secrétaire fit irruption dans le bureau de Crépeau.

— Il y a une madame Tellier à la réception. Elle n'a pas de rendez-vous, mais elle insiste pour vous voir.

— Madame Tellier ?

— Lucie Tellier. L'ancienne présidente de la Caisse de dépôt.

— D'accord, je vais la chercher.

Il se tourna vers Pamphyle.

— Merci pour le cours. Tu peux me résumer ça dans un texte que même les journalistes de HEX-Médias vont être en mesure de comprendre ?

— Tu veux que j'ajoute des petits dessins ?

— À condition qu'ils ne soient pas trop compliqués.

RDI, 12 h 02

… SELON L'ORGANISATION MONDIALE DE LA SANTÉ. PLUSIEURS CAS DE PESTE GRISE AURAIENT ÉTÉ CONFIRMÉS EN EUROPE. L'ORIGINE DE LA CONTAMINATION SERAIT UN BATEAU EN PROVENANCE DE L'INDONÉSIE.

PLUS PRÈS DE NOUS, C'EST L'ATTENTAT DES HEC QUI CONTINUE DE RETENIR L'ATTENTION. LE PORTE-PAROLE DU SPVM N'A PAS VOULU ÉLABORER SUR LE LIEN ENTRE EDMOND CADIEUX, LA VICTIME DES GAZ NEUROTOXIQUES RETROUVÉE MORTE CHEZ ELLE, ET LES TRAGIQUES ÉVÉNEMENTS…

SEATTLE, 10 H 18

Phillip Johnson était posté à une bonne distance de l'édifice. Normalement, de cet endroit, il ne perdrait rien du spectacle.

Il jeta un regard à sa montre. Encore vingt-trois secondes.

Sur le toit de l'édifice qu'il fixait avec ses jumelles, l'enseigne en lettres vertes s'élevait à une vingtaine de mètres : AMALGAM COMMODITIES & RESOURCES.

Au moment exact où l'aiguille des secondes atteignait le 12 sur sa montre, une onde de choc balaya l'ensemble du dernier étage. Toutes les fenêtres explosèrent et plusieurs personnes furent précipitées dans le vide. Les autres moururent de diverses façons. Le lendemain, les médias confirmeraient qu'il n'y avait pas eu de survivant.

Phillip Johnson n'était pas insensible. Il eut un pincement au cœur en pensant à ces personnes. Pendant les quatre mois où il avait travaillé sur les lieux, il avait eu le temps d'en connaître plusieurs. Surtout celles qui demeuraient au bureau pour travailler le soir. Il aurait préféré attaquer la compagnie sans que des employés subalternes soient sacrifiés. Mais ce n'était pas possible. Le compromis avait été de ne cibler que le dernier étage : celui de la direction.

Les bombes à effet directionnel permettaient ce genre d'intervention « chirurgicale », comme disaient les militaires. L'avant-dernier étage n'avait pas été touché de façon significative.

Johnson examina le sommet de l'édifice pendant quelques minutes encore puis, quand il entendit les premières sirènes d'autos-patrouilles, il rangea ses jumelles dans leur étui, sortit de l'appartement et descendit au garage.

Il avait le sentiment du devoir accompli. Sous couvert d'approvisionner l'Occident en matériaux de base, Amalgam Commodities & Resources contaminait outrageusement les sites qu'elle exploitait dans l'hémisphère Sud de la planète. Il était temps de faire un exemple.

REUTERS, 14 H 02

> ... PLUS D'UNE DIZAINE DE MESSAGES DE GROUPES TERRORISTES. TOUS REVENDIQUENT L'INTRODUCTION DE LA PESTE EN EUROPE. LA MOITIÉ DE CES MESSAGES PROVIENNENT DE GROUPES ÉCOTERRORISTES. L'AUTRE MOITIÉ, DE GROUPES ISLAMISTES. LES AUTORITÉS NE PEUVENT CONFIRMER...

PARIS, 20 H 06

Gonzague Théberge marchait avec son épouse le long de la rue Saint-Dominique. Ils étaient en avance. Le rendez-vous avec l'autre Gonzague était seulement dans une heure. Ils allaient prendre un verre dans un café avant de s'y rendre.

— Tu es sûr de ne pas vouloir y aller seul ? demanda madame Théberge.

— Pourquoi ?

— Vous avez sûrement des choses à discuter.

— C'est lui qui a insisté pour que tu viennes. Il serait déçu.

— Il disait peut-être ça pour être poli.

— Tu sais très bien que c'est faux !

— Je ne suis pas habillée pour aller dans un grand restaurant.

Théberge la regarda et sourit.

— Tu es très bien comme ça.

Ils marchèrent plusieurs minutes en silence, observant les passants et les façades, puis ils tournèrent dans la rue Cler.

Quand ils arrivèrent au Diplomate, Théberge consulta sa femme du regard puis il se dirigea vers une des tables de la terrasse.

Ils commandèrent tous les deux un côtes-du-rhône.

Au comptoir, la discussion entre les habitués était enflammée. Ils interpellaient le patron, debout près de la caisse.

— Tu ne peux pas fermer ! Où je vais aller prendre l'apéro, moi ?

— Tu viendras me voir en Ardèche. Je vais ouvrir un bistro.

— Pourquoi tu t'exiles là-bas ?

— Parce que, avec ce que je gagne, je n'ai plus les moyens de vivre à Paris !… Dans mon pays, avec ce que j'ai mis de côté, je vais pouvoir m'acheter une petite maison.

Théberge était absorbé par la conversation. Il mit du temps à réaliser que son téléphone vibrait à sa ceinture. En le prenant, il regarda sa femme, concentrée sur son *Pariscope* : elle ne s'était aperçue de rien.

— Oui ?

— C'est moi.

— Tu réalises le nombre de personnes qui auraient pu dire la même chose ?

— Trois, selon ce que tu m'as dit. Dont deux femmes. Par conséquent…

— D'accord, d'accord… J'espère que c'est une bonne nouvelle.

— Ça s'est passé comme tu voulais.

— Décidément, tu sibyllinises à tout va.

— Tu m'as demandé d'être prudent.

Théberge poussa un soupir. Il imaginait le sourire amusé sur le visage de Crépeau.

— Entendu ! Tu sibyllinises ! Par voie de conséquence, je vais pythoniser… Donc, si je comprends bien, mes désirs s'avèrent ?

— Exactement.

— À quel endroit ?

— CDG.

CDG… Après un moment, Théberge comprit : Charles-de-Gaulle. L'aéroport.

— CDG… C'est parfait. À quelle heure ?

— À l'heure où arrivent les ouvriers de la dernière heure.

— Bien sûr.

À Charles-de-Gaulle, à l'heure où arrivent les ouvriers de la dernière heure… Donc, le dernier vol en provenance de Montréal.

— En bonne compagnie ? demanda Théberge.

— Quand on va à Rome, on fait comme les Romains.

Donc, quand on va en France, on fait comme les Français : on prend Air France.

— OK.

— Il y a autre chose.

— Encore une parabole ?

En termes cette fois très clairs, Crépeau lui raconta la visite que lui avait rendue Lucie Tellier.

— J'ai hâte de pouvoir leur régler leur compte, à ces remueurs de guano ! s'exclama Théberge. À ces tripatouilleurs de fétidités !

Inconsciemment, Théberge avait élevé la voix. Sa femme le regarda, mal à l'aise comme chaque fois que le comportement excessif de son époux se manifestait en public. Théberge fit un mouvement de la tête pour signifier qu'il avait compris.

— De toute évidence, reprit-il sur un ton uni, c'est moi qui suis visé à travers elle. Qu'est-ce que tu lui as dit ?

— Je lui ai conseillé de se mettre au vert. De prendre des vacances.

— Comment elle a réagi ?

— C'est ce qu'elle avait déjà décidé de faire.

— Enfin une bonne nouvelle.

— Évidemment, elle s'est payé un environnement de première classe.

— Pourquoi tu me dis ça ?

— Parce qu'elle risque de rencontrer l'ouvrier de la dernière heure.

VENISE, 20 H 27

Hurt regarda le *vaporetto* s'éloigner, puis il s'enfonça dans une ruelle étroite.

Avant de se présenter chez Blunt, il voulait marcher un peu dans la ville. Parce qu'elle le calmait. C'était paradoxal. Les hautes façades qui transformaient les rues étroites en un labyrinthe, au lieu de susciter en lui de l'anxiété, avaient un effet relaxant : il se sentait plus léger. C'était peut-être lié à la présence de l'eau, que l'on sentait toujours tout près.

Il avait pris conscience de ce bien-être la première fois qu'il avait rendu visite à Blunt. Un bien-être qui n'était pas sans lui rappeler ce qu'il avait souvent ressenti quand il parlait au Vieux. Particulièrement dans le jardin… C'était d'ailleurs ce qui rendait si étranges les cauchemars qu'il avait faits dans l'avion.

Il s'arrêta dans un café et commanda un verre de vin. À l'intérieur de Hurt, la plupart des alters ressentaient l'effet apaisant de la ville. Seul Nitro montrait des signes d'impatience. Il continuait de s'opposer à cette visite. Même s'il avait concédé qu'il y avait peu de chances que Blunt soit la taupe, il estimait que le voir était une perte de temps : ils avaient déjà une cible qui les attendait en Angleterre. Mais l'opinion de Steel avait prévalu : si Blunt savait quelque chose sur cet endroit, à Londres, il aurait été bête de se priver de ses connaissances.

Hurt n'avait bu que la moitié de son verre et déjà Nitro s'impatientait.

— *On n'est quand même pas en vacances !*

— *On y va dans deux minutes*, fit Steel.

— *Deux minutes !… On ne sait même pas s'il habite encore là ! Il a peut-être déménagé…Si c'est lui la taupe…*

— *Si c'était lui la taupe, il aurait eu l'occasion idéale de se débarrasser de nous : il avait seulement à avertir les Chinois.*

— *Les Chinois ont peut-être voulu nous utiliser pour leur compte…et ensuite se servir de nous pour remonter eux-mêmes à l'Institut !*

WWW.LEMONDE.FR, 14 H 56

… UNE NOUVELLE GUERRE DE L'EAU. LES ENFANTS DU DÉLUGE MENACENT DE DÉCLENCHER DES ACTIONS SIMULTANÉES AU SUD-LIBAN, SUR LES HAUTEURS DU GOLAN ET EN CISJORDANIE, OÙ SE TROUVENT LES PRINCIPALES SOURCES DU JOURDAIN. À MOINS QU'ISRAËL NE CONSENTE À UN PARTAGE ÉQUITABLE DE L'EAU AVEC LA PALESTINE ET NE RÉDUISE SA CONSOMMATION OUTRANCIÈRE, LES EAUX DU FLEUVE SERONT RENDUES IMPROPRES À LA CONSOMMATION.

LE MINISTRE DES AFFAIRES EXTÉRIEURES D'ISRAËL A RÉPLIQUÉ QUE SON PAYS…

Venise, 22 h 15

Hurt était de retour au comptoir du petit café. Il avait de nouveau commandé un verre de vin. À l'intérieur de lui, Nitro ne décolérait pas.

— *Je l'avais dit!*

— *Il est peut-être simplement sorti*, répliqua Steel.

— *Et peut-être qu'il a déménagé pour qu'on ne puisse pas le retrouver! Peut-être qu'il se cache!*

— *D'accord, c'est une possibilité. Mais il y en a d'autres.*

— *Lesquelles?*

Ignorants de la discussion mouvementée qui se déroulait à l'intérieur de Hurt, deux hommes, à côté de lui, commentaient la hausse du prix des pâtes… Un scandale! C'était sûr que les politiciens étaient de mèche. Ils s'en mettaient plein les poches et ils laissaient les compagnies augmenter les prix à leur guise… La pénurie? C'était juste de la propagande pour apeurer les gens et les faire taire!

— *Il est peut-être au restaurant*, fit Steel.

— *Et pourquoi pas à l'opéra?!*

— *Il peut aussi être sorti se promener.*

À côté de Hurt, les deux hommes continuaient de discuter.

— Tu vas à la manifestation demain?

— Qu'est-ce que ça va changer? C'est tous des pourris!

— C'est sûr, l'Allianza, c'est des pourris! Mais, au moins, c'est des pourris qui travaillent pour nous!

Au serveur qui lui demandait s'il voulait autre chose, Hurt répondit distraitement que non.

— *Si tu veux qu'on en ait le cœur net, on peut appeler Chamane*, fit Steel.

— *Et pourquoi on n'irait pas simplement à Londres?*

— *Je te l'ai dit! Parce qu'il peut s'être passé beaucoup de choses depuis qu'on est partis!*

Nitro devenait de plus en plus difficile à contrôler, songea Steel. Sa paranoïa s'intensifiait. Lui qui avait déjà tendance à exploser à tout propos !... Ça n'augurait rien de bon.

Hurt se leva, vida le reste de son verre et mit plus d'argent qu'il n'en fallait sur le comptoir.

— *D'accord*, fit Steel. *On retourne à Londres. Mais avant, on parle à Chamane.*

PARIS, 23 H 55

Ils étaient maintenant les seuls clients dans le Florimond. Pascal, le chef, était passé s'enquérir de leurs commentaires et il les avait remerciés de lui avoir fait confiance en le laissant composer leur menu.

— Vous avez toujours des portions aussi généreuses ? demanda madame Théberge.

— Nos cousins canadiens sont censés avoir des appétits de coureurs des bois ! C'est du moins ce que m'a dit le colonel.

Ce dernier se contenta de sourire.

— Il m'a demandé de vous préparer un repas comme si c'était pour ma famille, reprit le chef.

— Votre famille bouffe tous les jours des portions industrielles de ce foie gras au torchon absolument délirant ? demanda Théberge. Et elle enchaîne avec un chou farci qui pourrait nourrir un quartier ? Puis elle expédie un amoncellement gargantuesque de desserts ?... Elle doit avoir de sérieux problèmes de cholestérol, votre famille !

— Pas trop, répondit le cuisinier en souriant.

Le colonel l'avait prévenu : son ami canadien avait parfois le verbe fleuri.

— C'est parce qu'ils boivent beaucoup de vin rouge, fit Laurent, le maître de salle. Les médecins le recommandent.

— Tu vois, fit Théberge en se tournant vers sa femme.

Il était rayonnant.

— Tu vois ! Il faut toujours écouter les médecins !

— Tu l'as payé combien pour qu'il dise ça ? répliqua madame Théberge en regardant son mari.

— Je vous jure que je n'ai rien à voir dans tout ceci, protesta le maître de salle.

L'espace d'un instant, il afficha un air à la fois sérieux et offusqué. Puis il ajouta avec un sourire, sur un ton défi-nitif :

— Allez, je vous fais goûter quelque chose.

Il descendit à la cave. Deux minutes plus tard, après être passé derrière le bar avec la bouteille qu'il rapportait du cellier, il revenait avec trois verres de vin rouge.

— Ça vient du Languedoc, dit-il en posant les verres devant eux. Vous me dites ce que vous en pensez… Je vous laisse déguster et je reviens quand vous avez fini pour le digestif.

Quand il fut parti, Leclercq se tourna vers madame Théberge.

— Vous permettez qu'on vous ennuie quelques mi-nutes ? J'ai deux ou trois informations pour votre mari.

— Vous ne m'ennuyez pas du tout. Pour une fois que je sais ce qu'il fait !

Leclercq se pencha légèrement vers elle.

— Si le comportement de votre mari vous inquiète et que vous cherchez un enquêteur discret, dit-il à voix basse, je peux vous recommander quelqu'un. J'ai d'excellents contacts à Montréal.

— Est-ce que c'est très cher ? demanda madame Thé-berge, entrant dans le jeu.

— Alors, c'est quoi, les informations ? s'impatienta Théberge.

Leclercq redevint sérieux.

— D'abord, la bonne nouvelle : on a découvert trois laboratoires avec lesquels votre madame McGuinty a des liens… Genève, Bruxelles et Lyon.

— Je suppose qu'on va commencer par Lyon.

— C'était ma première idée. Mais si ce n'est pas le bon endroit, on les alerte et ils évacuent les autres.

— Qu'est-ce que tu proposes ?

— Trois opérations. Simultanées.

— Dans les trois pays ?

— Je sais. C'est délicat. Il va falloir des contacts poli-tiques.

— La DCRI en a sûrement.

— Oui, mais il faudrait passer par le sommet de la pyramide et que ça redescende. Dans les deux pays. À tous les niveaux, on risque des fuites, des dérapages… On ne sait jamais à quel endroit les choses peuvent bloquer.

— Autrement dit, il y a des chances qu'on en parle encore dans deux ans ! fit Théberge avec dépit.

— Mais il y a une autre solution… Jannequin.

— Quoi ?

— Il préside l'amicale européenne des élus. Il a des contacts dans tous les pays. Et là où il n'en a pas, il a des contacts qui en ont.

— Il accepterait de… ?

— Pour retrouver le meurtrier de sa fille, il accepterait n'importe quoi. Mais je voulais t'en parler avant de l'appeler.

Théberge le regarda sans répondre, prit distraitement une gorgée de vin. Puis il ramena son attention sur le vin.

— C'est bon, ça !

Il y regoûta, cette fois avec plus d'application.

— Château de la Negly, fit la voix du maître de salle derrière lui. Une cuvée spéciale qu'ils réservent aux amis et aux gens de la région.

Théberge se tourna vers lui.

— Ça peut s'acheter quelque part ?

— Non… Mais je peux vous laisser deux ou trois bouteilles de ma cave.

TVA, 18 H 06

> … ET QUE LA PESTE GRISE POURRAIT AVOIR UN EFFET DÉSASTREUX SUR L'ÉCONOMIE MONDIALE, QUI PEINE DÉJÀ À SE REMETTRE. PAR COMPARAISON, LE SRAS ET LA GRIPPE PORCINE…

FORT MEADE, 18 H 48

John Tate était en train de terminer son huitième mauvais café de la journée. Paige continuait de comploter, des rumeurs se répandaient sur les cas de peste grise et il n'y avait toujours rien sur les quinze morts de Salt Lake City. Selon le rapport préliminaire du médecin légiste, ils seraient décédés du mal des profondeurs ! Au vingt-troisième étage !… Ça s'était produit à six autres endroits sur la planète. Toujours des entreprises réputées dénoncées pour leurs pratiques polluantes. Et, chaque fois, l'attaque avait visé les locaux de la direction.

Brusquement, le signal du logiciel de communication se manifesta. La photo de Blunt apparut à l'écran.

Il n'appelait quand même pas pour le tenir au courant des progrès de son enquête ! songea Tate. Qu'est-ce qu'il pouvait bien avoir à lui demander ?

Il activa la communication.

— Je suis surpris d'avoir des nouvelles ! dit-il avec humeur.

— Tu as mal dormi ?

— Je rêve du jour où je vais pouvoir dormir. Même mal.

— Paige fait des siennes ?

— C'est la foutue peste grise. On a trois cas.

— Je n'ai rien vu.

— Pour l'instant, on a réussi à empêcher que ça sorte dans les médias… Les victimes habitent trois villes différentes. Le seul point commun, c'est qu'elles ont visité Yellowstone pendant la fin de semaine.

— Vous avez fait fermer le parc ?

— Pas le choix… Évidemment, tous les hommes politiques du coin veulent savoir pourquoi. On ne pourra pas garder ça secret très longtemps.

— Tu as le temps de parler de nos autres problèmes ?

— Qu'est-ce que tu veux savoir ?

— Le projet Archipel, ça te dit quelque chose ?

— Non. Ça devrait ?

— Ça pourrait être lié aux attentats terroristes. Je n'en sais pas plus.

— Et tu ne peux pas me dire d'où vient l'information ?

— Je te dis ce que je peux sans compromettre mes sources.

— Le projet Archipel…

— Oui… Pour les représailles contre les musulmans, comment ça se passe ?

— Plusieurs incidents un peu partout au pays. Rien de trop grave encore. La nouveauté, c'est qu'il commence à y avoir du vandalisme contre des locaux d'associations écologistes… Tu penses passer bientôt ?

— Dès que je peux.

— Autrement dit, quand tout sera terminé et qu'on sera tous les deux à la retraite.

— Ça, je me demande si ça va arriver un jour.

— Tu as probablement raison.

— Si tu trouves quelque chose sur le projet Archipel, rappelle-moi.

— Sûr… Et toi, si tu te rappelles un jour qui paie ton salaire, passe par ici.

Une fois la conversation terminée, Tate rédigea un mémo pour que soient ajoutés d'urgence les termes « Archipel » et « réseau Archipel », avec une cote prioritaire, dans le programme de surveillance Échelon.

PARIS, 1 H 07

Les cafés avaient été servis. Décaféinés, à la suggestion de madame Théberge. Ils avaient été bus. Les digestifs aussi.

Théberge en était à refuser poliment un deuxième digestif offert par la maison.

— Je vous assure, je ne peux rien prendre de plus.

— Allez, rien qu'un petit verre de plus pour la route, objecta le maître de salle, bon enfant.

— Vraiment.

— Je vous jure que vous aurez rarement l'occasion de goûter à ça.

Théberge jeta un regard à son épouse, qui prit soin de n'avoir aucune réaction.

— Qu'est-ce que c'est ? demanda Théberge au maître de salle.

— Je voulais vous faire la surprise, mais bon, s'il faut que je vous le dise… C'est un banyuls grand cru… 1929.

— 1929.

Théberge se tourna de nouveau vers sa femme, en quête d'une approbation.

— C'est un 29, dit-il.

Madame Théberge continua de s'abstenir de tout commentaire. Théberge reporta son regard sur le maître de salle.

— C'est bien pour vous faire plaisir… Et aussi parce que si ce petit banyuls a attendu quatre-vingts ans pour être bu, ce serait un péché de ne pas lui faire honneur.

Dix minutes plus tard, les verres étaient presque vides.

— Donc, fit Théberge dans un effort pour paraître avoir conservé l'entièreté de ses facultés, on rencontre Jannequin demain après-midi, vous faites des approches auprès de vos collègues à Lyon…

— Et je m'occupe d'avoir l'information disponible sur le deuxième carbonisé, compléta Leclercq.

— De mon côté, je fais venir de Montréal le rapport d'autopsie du premier.

— À la réflexion, je vais fixer la réunion avec Jannequin en fin d'après-midi, fit Leclercq. Ça te donnera le temps d'aller accueillir ton contact sans être bousculé.

Comme Théberge allait se lever, le cuisinier arriva avec la bouteille de banyuls et il remplit le verre de Théberge.

— Celui-là, c'est de ma part, dit-il. Pour vous remercier de la pertinence de vos commentaires sur les plats. C'est rare de rencontrer un vrai gastronome. Et je retiens votre suggestion pour…

— Je ne peux vraiment pas, l'interrompit Théberge.

— Vous ne pouvez pas refuser. Ce serait une insulte.

Théberge lança un regard en direction de sa femme, qui souriait ouvertement de son embarras. Puis il prit le verre que venait de lui servir le cuisinier et le goûta.

— Vous avez raison, dit-il. Je ne peux pas insulter quelqu'un qui nous a reçus de façon aussi somptueuse. Ça risquerait de déchaîner sur ma tête le courroux de tous les dieux de la gastronomie.

Il se tourna vers son épouse.

— Tu imagines que je devienne incapable de préparer un faisan souvaroff, ou même un risotto !… De faire monter une mayonnaise, de cuire un œuf…

Par jeu, madame Théberge lui prit la main comme pour le rassurer.

— Tu as déjà sacrifié beaucoup aux dieux de la cuisine, dit-elle. Je suis certaine qu'ils seront indulgents. Mais si tu préfères ne pas courir de risque…

LONDRES, ST. SEBASTIAN PLACE, 2 H 27

Faisant le tour des différentes caméras de surveillance placées à l'extérieur de l'édifice, Hadrian Killmore observait les policiers prendre place plus ou moins discrètement dans les quatre rues du quadrilatère entourant le St. Sebastian Place.

Après avoir réfléchi un instant, il entra une série d'instructions sur le clavier de son ordinateur. Puis il se dirigea vers une toile de Magritte représentant une porte. Il appuya sur la porte, qui s'ouvrit.

Il entra dans une voûte, referma la porte, se rendit au fond de la petite pièce et appuya sur le bouton d'appel de l'ascenseur qui s'y trouvait.

C'était probablement une fausse alerte. L'opération devait viser un occupant des étages inférieurs. Peut-être… Mais il n'était pas question de courir le moindre risque. Il fallait se mettre à l'abri. Et si c'étaient les locaux du Cénacle qui étaient visés, tant pis pour les policiers. À l'instant où ils essaieraient d'y pénétrer sans utiliser les codes nécessaires, les dispositifs de sécurité se déclencheraient.

LONDRES, ST. SEBASTIAN PLACE, 2 H 28

Moh et Sam entrèrent dans l'édifice et se dirigèrent vers l'ascenseur. Quand la porte se fut refermée, Moh appuya sur le numéro 14 puis glissa la carte magnétique dans le lecteur.

En sortant de l'ascenseur, ils tournèrent à gauche et se dirigèrent vers la porte de l'escalier de secours.

Y pénétrer ne posait aucun problème : il suffisait d'appuyer sur la barre horizontale qui tenait lieu de poignée.

Ils montèrent trois étages et se trouvèrent devant une porte sans poignée. Sam introduisit une carte magnétique dans le lecteur situé à la droite de la porte.

Elle s'ouvrit.

Ils étaient dans un hall, face à une immense murale constituée de signes géométriques enserrés dans des cartouches, comme les hiéroglyphes égyptiens. Sauf qu'il n'y avait aucune figure reconnaissable. À certains endroits, on aurait dit des œuvres modernes, à la limite du pointillisme. À d'autres, c'étaient des séries de points et de bâtonnets. Aux quatre coins du mur, il y avait un planisphère.

Sam porta machinalement la main à la caméra fixée au revers de son veston et il tourna sur lui-même pour s'assurer de filmer l'ensemble de la pièce.

Moh se dirigea sans attendre vers une des deux portes et il tourna la poignée.

Londres, un couloir souterrain, 2 h 29

La porte de l'ascenseur s'ouvrit sur un couloir. Killmore l'emprunta sans hésiter et se mit à marcher d'un pas rapide.

Par chance, il était sur les lieux au moment où les policiers avaient déclenché leur opération. Cela lui permettrait d'évaluer en direct l'efficacité du système de sécurité et de représailles.

Paris, hôtel du Louvre, 3 h 29

Blunt regardait le déroulement de la perquisition sur son ordinateur portable. Dominique avait pris soin de lui relayer le signal de la transmission aussitôt qu'il arrivait à l'Institut. C'était presque du direct. À peine quelques secondes de décalage.

À travers les caméras fixées sur Moh et Sam, il les avait suivis dans l'ascenseur, puis dans l'escalier de secours menant au dix-septième étage. Quand ils entrèrent dans le hall, Blunt aperçut l'étrange murale qui leur faisait face. Puis, au moment où Moh fermait la porte, l'image disparut.

LONDRES, ST. SEBASTIAN PLACE, 2 H 30

Après deux cents mètres, le couloir avait bifurqué de quarante-cinq degrés et commencé à remonter. Killmore continuait de marcher d'un pas rapide. Il avait hâte de savoir s'il faisait tout ça pour rien. Si c'était une fausse alerte.

Au bout du corridor, il arriva devant une porte à côté de laquelle il y avait un clavier numérique. Il entra un code de neuf chiffres en prenant soin de tenir le neuvième bouton enfoncé.

La porte s'ouvrit sur une petite salle puis se referma automatiquement derrière lui.

Killmore prit le BlackBerry à sa ceinture et accéda au système de surveillance interne du Cénacle. Un homme se tenait dans le hall d'entrée. Killmore fit le tour des salles et il aperçut un autre homme dans la salle du Grand conseil… Comment avaient-ils pu se rendre jusque-là sans déclencher le dispositif de défense ? À tous les étages, les portes d'ascenseur étaient pourtant piégées.

Les hommes étaient en civil. Il pouvait s'agir d'agents des services secrets britanniques. Ou d'agents étrangers. Il pouvait même s'agir d'agents de l'Institut… Bien sûr, cette hypothèse était moins probable. Mais comment savoir ? Si ce que Fogg avait raconté à leur sujet était vrai…

Ce que Killmore aurait le plus aimé savoir, c'était ce qui les avait mis sur la piste du St. Sebastian Place. Qui avait parlé ? Qui était derrière cette opération ?… Pour la première fois, un des locaux du Cénacle était directement visé. Était-ce une manœuvre de Fogg ? Si oui, comment avait-il pu découvrir l'endroit ?

Il pensa à madame Cavanaugh… Si on l'avait suivie jusque chez elle, on pouvait aussi l'avoir suivie jusqu'à St. Sebastian Place. Mais alors, on s'intéresserait seulement à son bureau, au cinquième étage… Si c'était le cas, tout cet incident n'était qu'un problème mineur.

Et puis, de toute façon, l'opération policière n'avait aucune chance d'avoir le moindre effet sur les plans du

Cénacle. Les choses étaient trop avancées. Mais c'était contrariant. Il y aurait des vérifications à effectuer. Des mesures de protection supplémentaires à prendre.

En tout cas, c'était la preuve qu'on avait toujours raison de planifier comme si le pire était possible…

Inutile de perdre plus de temps à chercher des explications.

Il appuya sur plusieurs touches de son BlackBerry. Quand le programme du dispositif d'autodestruction apparut, il activa la séquence de déclenchement la plus rapide : deux minutes. Tout ne serait probablement pas détruit, mais on ne pourrait pas le suivre.

Ce court délai n'était pas une mauvaise chose. D'autres personnes arriveraient peut-être sur les lieux avant le déclenchement des explosions.

LONDRES, ST. SEBASTIAN PLACE, 2 H 32

Moh était dans la petite bibliothèque. Comme il s'approchait d'un rayon pour examiner les livres, il sentit le plancher bouger sous ses pieds et il fut plaqué violemment contre la bibliothèque par le souffle d'une explosion.

BBC, 2 H 33

> … RÉAGISSANT À LA DÉNONCIATION DE L'IRAN DANS LES MÉDIAS AMÉRICAINS, LA CHINE ET LA RUSSIE ONT UNI LEURS VOIX POUR APPELER LES PAYS OCCIDENTAUX À FAIRE PREUVE DE RETENUE À L'ENDROIT DES PAYS ISLAMISTES. DISANT CRAINDRE UNE DÉSTABILISATION ACCRUE DE LA SITUATION MONDIALE…

LONDRES, ST. SEBASTIAN PLACE, 2 H 33

Encore confus, couvert de poussière et de débris de plâtre, Moh se releva en se tenant après les rayons. Puis il se retourna.

Devant lui, une grande partie du mur extérieur avait été arrachée, révélant ce qui restait d'une cage d'ascenseur. Par le trou, il pouvait voir les lumières de la ville.

Du regard, il fit le tour de la pièce. Plusieurs rayons de la bibliothèque avaient basculé, répandant leurs livres sur le plancher. Ce dernier, même s'il était en pente, semblait tenir bon.

De chaque côté de lui, Moh pouvait apercevoir des compartiments de rangement que les rayons de la bibliothèque, en basculant, avaient cessé de dissimuler.

Longeant le mur avec précaution, il se dirigea vers un des compartiments ouverts : il était rempli de disques DVD. Sur le boîtier de celui qu'il avait pris dans ses mains, on avait tracé quelques mots au crayon-feutre :

LE MYSTÈRE DE LA TRINITÉ

LONDRES, 2 H 35

Une limousine sortit du garage souterrain d'un édifice situé à quelques centaines de mètres de St. Sebastian Place. Sur le siège arrière, Killmore tentait d'entrer sur le réseau du Cénacle en utilisant son BlackBerry.

Il ne parvint pas à établir la communication. C'était plutôt bon signe. L'explosion avait dû détruire l'ensemble du réseau informatique.

La limousine passa devant la façade de St. Sebastian Place. À l'abri des verres teintés du véhicule, Killmore vit des policiers se précipiter à l'intérieur. Il demanda au chauffeur de faire lentement le tour de l'édifice puis de continuer vers l'aéroport.

À l'arrière de l'immeuble, le mur extérieur était arraché, du toit jusqu'au sol. Une immense lézarde suivait grossièrement l'emplacement de son ascenseur personnel.

Killmore avait cru que les dégâts seraient plus considérables. Notamment à la hauteur des trois étages supérieurs. Il prit mentalement note de prévoir un dispositif plus efficace pour les autres sites du Cénacle.

Il songea ensuite à ce que pourraient trouver les policiers. Les livres ne tiraient pas à conséquence. Le portable avait certainement été détruit dans l'explosion : il était sur son bureau, juste à côté de l'ascenseur. De toute façon, pour les affaires du Cénacle, il n'utilisait jamais qu'un espace mémoire encodé par PGP. Le reste du disque dur était alloué à toutes sortes de programmes, de dossiers remplis de photos, de musique et de textes sans importance. Et si quelqu'un s'avisait d'accéder à l'espace PGP sans la clé de déchiffrement, il provoquerait un effacement irréversible de toutes les données.

Il n'y avait finalement que deux choses susceptibles d'intéresser les policiers : les quipus et les DVD. Comme ils se trouvaient dans des casiers dissimulés à même la bibliothèque, sur le mur opposé au mur extérieur, il y avait toutes les chances qu'ils aient conservé leur secret.

Et même si on les trouvait, ça ne changerait pas grand-chose. Sur les DVD, on ne voyait que l'agonie des victimes ; aucun indice ne permettait d'identifier ceux qui avaient provoqué leur mort ou qui y avaient assisté. Quant aux cordes tressées des quipus, c'était comme pour les murales : avant que quelqu'un réussisse à les déchiffrer, il y aurait longtemps que le projet Émergence aurait été mené à terme.

De toute façon, il ne prendrait pas de risque : il enverrait rapidement quelqu'un terminer le travail de destruction.

Lévis, 22 h 42

Dominique sentit la tension tomber. Sa première véritable opération solo s'était bien déroulée. Avec un peu plus de bruit que prévu, sans doute, mais sans perte de vie. Et ils avaient mis la main sur plusieurs informations.

Par les caméras de Moh et de Sam, elle avait pu suivre en direct une grande partie des événements. La transmission n'avait été bloquée que pendant quelques minutes, entre le moment où Moh avait fermé la porte derrière lui et celui de l'explosion. Celle-ci semblait avoir neutralisé le système de brouillage. Probablement à cause de la brèche qu'elle avait créée dans le mur extérieur.

La liste du matériel saisi venait de lui parvenir. Les éléments les plus importants étaient : un portable qui semblait avoir rendu l'âme, une caisse de cordes nouées semblables au quipu dont Théberge lui avait envoyé une photo, une collection de DVD contenus dans une boîte sur laquelle était inscrit : « Les Dégustateurs d'agonies »…

Par prudence, elle demanda à Sam de lui envoyer immédiatement une copie de tous les DVD. Et d'en envoyer une à Chamane, accompagnée des quipus et du portable endommagé. Directement chez lui. Blunt y serait pour en prendre livraison.

HEX-RADIO, 23 H 14

... PENDANT LA PROCHAINE HEURE, ON DÉBLATÈRE SUR TOUT CE QUI VA MAL. TOUT CE QUE LES MÉDIAS TRAD CONSTIPÉS N'OSENT PAS DIRE, ON EN PARLE. À COMMENCER PAR LE FAIT QUE MONTRÉAL EST EN TRAIN DE DEVENIR LA CAPITALE MONDIALE DU CRIME ORGANISÉ. LES MOTARDS, LES AUTOCHTONES, LA MAFIA, LES SYNDIQUÉS, LES GANGS DE RUE... TOUT LE MONDE A SON RACKET POUR EXPLOITER LE PAYEUR DE TAXES! FAUDRAIT ÉLEVER UNE STATUE AU PAYEUR DE TAXES ANONYME!... ET QUAND LE PAYEUR DE TAXES ESSAIE DE DIRE QU'IL EN A ASSEZ DE PAYER, LES MÉDIAS NE VEULENT RIEN SAVOIR. PAS DE PLACE POUR LUI! POURQUOI, VOUS PENSEZ?... PARCE QUE LES MOTARDS, LES AUTOCHTONES, LES MAFIAS, LES SYNDIQUÉS, LES GANGS DE RUE ET LES BOOMERS PÉQUISTES MONOPOLISENT LES MÉDIAS. ON EST À LA VEILLE D'AVOIR DES QUOTAS SUR LES NOUVELLES... QU'EST-CE QUE JE DIS LÀ? ON A DÉJÀ DES QUOTAS!... TANT DE MINUTES SUR LES HANDICAPÉS, TANT DE MINUTES SUR LES FEMMES, TANT DE MINUTES SUR LES VIEUX... TANT DE MINUTES SUR LES ARABES, TANT DE MINUTES SUR LES JUIFS... TANT DE MINUTES SUR L'EUROPE, TANT DE MINUTES SUR LES CHINOIS... TOUT CE BEAU MONDE SQUATTE LES MÉDIAS. ILS OCCUPENT TOUT L'ESPACE! ET ILS NE SONT PAS LES SEULS... TANT DE MINUTES SUR LES TERRORISTES ÉCOLOS, TANT DE MINUTES SUR LES TERRORISTES ISLAMISTES... TANT DE MINUTES SUR LES MINORITÉS VISIBLES, TANT DE MINUTES SUR LES MINORITÉS À MOITIÉ VISIBLES, TANT DE MINUTES SUR LES MINORITÉS PAS VISIBLES... PIS NOUS AUTRES, CALVAIRE?! ON PEUT-TU PARLER DE NOUS AUTRES, DES FOIS, SANS SE FAIRE ACCUSER D'ÊTRE RACISTES?... ON EST LE SEUL PAYS À PENSER QU'UNE MAJORITÉ, C'EST UN RAMASSIS DE MINORITÉS! ON EST MÊME PAS UN *MELTING POT*. ON EST UNE *DUMP*!

SEATTLE, 20 H 21

Phillip Johnson n'arrivait plus à respirer. Et ce n'était pas parce qu'il manquait d'air. Le jet de la soufflerie le heurtait de plein fouet.

La peau de son visage était étirée vers l'arrière. La pression sur son ventre était intolérable. Dans son dos, il sentait le grillage lui entrer dans la peau. Si le grillage métallique n'avait pas eu des mailles aussi serrées, il lui aurait sans doute pénétré la peau jusqu'aux os.

C'était intolérable. Il n'y avait qu'une minute que la soufflerie avait été activée et il avait l'impression que cela durait depuis des heures.

Pour quelle raison lui faisait-on subir cette torture ? Il avait fidèlement exécuté sa mission. Il avait pris toutes les précautions qu'on lui avait suggéré de prendre pour ne pas être découvert. Et, en plus, il était volontaire pour d'autres missions ! Que s'était-il donc passé ?

Dans la cabine de la soufflerie où l'on testait les pièces d'avion, une voix murmura doucement de mettre la puissance maximale.

Sans avoir entendu cet ordre, Phillip Johnson en sentit immédiatement les effets. La pression devint plus écrasante. Dans ses yeux, la douleur s'intensifia, comme si des pouces invisibles essayaient de les enfoncer dans son crâne.

Puis il cessa de percevoir. La suite du processus de destruction de son corps échappa totalement à sa conscience. Pour y assister, le seul moyen à sa disposition aurait été d'en regarder l'enregistrement sur Internet. Mais, pour cela, il aurait fallu qu'il soit encore en état de le faire.

Lévis, 23 h 49

De l'opération comme telle, Dominique n'était pas mécontente. Par contre, ce qu'ils avaient découvert à St. Sebastian Place l'avait perturbée.

D'une part, cela confirmait qu'il y avait, liés au Consortium, des groupes dont on commençait à peine à percevoir les ramifications. S'il fallait en croire Fogg, il s'agissait de ceux qui manipulaient le Consortium. Mais elle n'avait aucune preuve que ce n'était pas le contraire : que ce n'était pas un groupe que le Consortium manipulait et dont il voulait se débarrasser.

Et puis, il y avait les Dégustateurs d'agonies. Les copies électroniques des vidéos avaient commencé à lui parvenir…

Le peu qu'elle avait regardé l'avait convaincue que le nom n'était pas une simple figure de style. Selon toute apparence, il s'agissait d'un groupe analogue aux réseaux de pédophiles : ils échangeaient des vidéos de gens qui agonisent, avec des mises en scène particulièrement élaborées.

Par ailleurs, le fait qu'il y ait eu un mécanisme d'auto-destruction confirmait l'importance des lieux. C'était une chance qu'il n'y ait pas eu de victimes. Mais l'événement avait provoqué une commotion dans le voisinage. Il y avait déjà une photo de l'explosion sur Internet. Filmée par un cellulaire… Il était préférable de prendre les devants et de téléphoner à Finnegan, son contact au MI5.

Bloomberg, 23 h 53

> … LE PORTE-PAROLE DE LA POLICE FÉDÉRALE A NIÉ TOUTE IMPLICATION DU DÉPUTÉ ARNO DE JONGHE DANS CE MEURTRE. AU MOMENT DES ÉVÉNEMENTS, LE DÉPUTÉ SE TROUVAIT À CINQUANTE KILOMÈTRES DE LA CAPITALE, OÙ IL RENCONTRAIT…

Lévis, 23 h 55

— Si c'est ce que vous appelez une opération dis-crète, fit d'emblée Finnegan.

— Il n'y a pas eu de victimes, répondit Dominique.

— Ce n'est pas faute d'avoir essayé.

— Et il n'y a pas eu de feu d'artifice.

— Je suppose que vous avez une explication. Quelque chose que je pourrai dire à mes chefs sans me faire exiler sur une île perdue où flotte encore le drapeau de l'Empire.

— Il aurait été difficile de prévoir que tout l'édifice était muni d'un dispositif d'autodestruction. Je ne savais pas que cela faisait partie des normes de construction londoniennes.

— Avez-vous une idée de ce que ça va être, demain, dans les médias ?

— Je vais vous envoyer une copie du matériel que nous avons trouvé sur place. Ça devrait vous permettre de vous justifier. Et même de vous gagner une couverture de presse favorable.

Pour détruire la confiance des gens dans le pouvoir politique, il faut rendre visible son impuissance. D'où l'utilité du contrôle d'un nombre significatif de médias de premier plan. Dans la mesure où la ligne éditoriale est infléchie pour s'attaquer davantage à tous les pouvoirs et donner le spectacle incessant de leur impuissance, cela ne passera pas pour de la manipulation, mais pour un engagement en faveur de la liberté de la presse.

Guru Gizmo Gaïa, *L'Humanité émergente*, 3- Le Projet Apocalypse.

JOUR - 3

PARIS, 8 H 19

Figé, au bord de la panique, Chamane regardait les deux visiteurs sur l'écran du système de sécurité de l'édifice. Ils portaient des uniformes ! Ils venaient chez lui ! Et Geneviève qui dormait. Qui ne se doutait de rien… Il aurait voulu la prévenir. Lui dire de se sauver par la sortie de secours. Mais il n'arrivait pas à bouger.

Puis il réalisa que le plus jeune tenait dans ses mains deux grandes boîtes de carton posées l'une sur l'autre. Qu'est-ce qu'il faisait avec des boîtes de carton ?

Le plus vieux n'avait qu'une mallette à la main gauche. Dans la droite, il tenait un support cartonné avec un feuillet de livraison retenu par une pince de métal. Aucun des deux n'avait d'armes.

Une troisième boîte de carton était posée par terre. Ça ne collait pas.

Subitement, il comprit.

Le carillon de la porte l'avait tiré du sommeil en sursaut. Encore endormi quand il avait regardé l'écran de surveillance de l'entrée, il avait confondu les deux livreurs avec un commando d'exécution. À cause de leur uniforme. Ils ressemblaient aux exécuteurs qui parcouraient la ville dans le jeu vidéo qu'il avait essayé avant de se coucher. Il y avait rêvé une partie de la nuit.

L'appel de Blunt lui revint alors à l'esprit. Une livraison par courrier privé. Directement de Londres.

Il appuya sur le bouton de l'interphone.

— Une livraison pour monsieur Chamane, fit le plus vieux des deux hommes.

— De la part de qui ?

Le livreur consulta le feuillet de livraison, puis releva les yeux vers la caméra.

— Un certain monsieur Fingers. Magic Fingers.

Chamane sourit. Blunt l'avait traité de cabotin quand il lui avait proposé ce pseudonyme pour la livraison, mais il avait accepté.

— D'accord. Montez.

Les deux livreurs déposèrent la mallette et les trois boîtes dans l'entrée de l'appartement. Chamane signa le feuillet de livraison sur le support rigide, regarda les livreurs redescendre l'escalier sur l'écran de surveillance, puis il reverrouilla la porte.

Il commença par ouvrir la mallette : il y trouva un ordinateur portable endommagé et une dizaine de DVD. Il fit ensuite le tour des boîtes de carton : elles contenaient d'autres DVD ainsi que des quipus. Des dizaines de quipus.

Chamane regarda l'heure. Inutile de se recoucher.

Il retourna quand même à la chambre, vérifia que Geneviève dormait encore et se rendit à la cuisine se faire un café. En attendant Blunt, il examinerait le portable.

TF1, 10 h 02

| ... OÙ LA PÉNURIE DE CÉRÉALES CONTINUE D'ALIMENTER LES DISSENSIONS. LES PAYS AFRICAINS DÉNONCENT LE BLOCAGE DES EXPORTATIONS DÉCIDÉ PAR L'INDE ET LA CHINE, DEUX DES PRINCIPAUX EXPORTATEURS MONDIAUX DE CÉRÉALES. DANS L'OUEST DES ÉTATS-UNIS, DES MANIFESTANTS EN COLÈRE ONT MIS LE FEU À DES CHAMPS DE MAÏS DESTINÉS À LA PRODUCTION D'ÉTHANOL... |

Paris, 10 h 23

Blunt posa son café à côté du clavier. Une fois de plus, Chamane lui avait décrit tout ce que sa nouvelle cafetière pouvait faire. Il semblait un peu déçu que Blunt se contente toujours d'un simple espresso.

En face d'eux, en retrait du mur de quelques pouces, il y avait un panneau de verre surdimensionné qui tenait lieu d'écran plat.

— J'aimais mieux la table, dit Chamane, mais je ne suis pas encore sûr qu'elle est complètement sécuritaire.

Sur l'écran, il fit apparaître une fenêtre de la taille d'un écran d'ordinateur. On pouvait y apercevoir le hall d'entrée du dix-septième étage de St. Sebastian Place. La caméra effectuait un lent balayage de la murale.

On aurait dit un bas-relief emprunté à un temple d'une civilisation inconnue. On pouvait y voir quatre cercles contenant un planisphère. Chacun d'une couleur différente. Le reste de l'espace était couvert de signes regroupés à l'intérieur de cartouches, comme les hiéroglyphes égyptiens. Sauf qu'il n'y avait aucun signe représentatif: uniquement des points, des traits et des réseaux de taches.

— Tu penses que c'est seulement décoratif? demanda Blunt.

— C'est un code. Au moins les cartouches qui contiennent des points et des barres.

Chamane se pencha vers le clavier, isola une partie de l'écran principal et le transporta dans une autre fenêtre en l'agrandissant. Il isola ensuite les symboles qui étaient enfermés à l'intérieur d'un rectangle.

— Tu vois ce cartouche-là? dit-il.

— « Ce » cartouche?

— C'est masculin, *man*! répliqua Chamane, qui rayonnait.

Intrigué, Blunt se contenta de soutenir son regard.

— Va falloir que tu révises ton français! reprit Chamane. Cartouche, quand c'est pour les hiéroglyphes, c'est masculin. Demande-moi pas pourquoi, mais je te jure que ça l'est. Tous les logiciels de correction sont d'accord! C'est même dans les dictionnaires de papier!

— Si c'est même dans les dictionnaires de papier, concéda Blunt sur un ton ironique.

Chamane revint aux symboles qu'il avait isolés.

— On dirait la représentation graphique d'un quipu, dit-il. Avec la corde au centre, les deux rangées de cordes perpendiculaires, les nœuds représentés par des points le long des cordes.

— Tu as réussi à les décoder?

— Ça dépend ce que tu entends par décoder.

Blunt lui jeta un regard interrogateur.

Chamane fit apparaître une autre fenêtre qui contenait la photo d'un quipu. Puis la photographie se transforma en un schéma de lignes avec des points. Des chiffres apparurent au sommet des lignes verticales supérieures et au bas des lignes verticales inférieures.

— Ça, c'est le principe, dit-il.

Il fit un zoom sur une des cordes verticales du bas.

— Les points qui sont les plus proches de la corde du milieu, c'est les milliers. Il y en a trois.

Le chiffre 3 apparut à la droite des trois nœuds.

— La série suivante, c'est les centaines, il y en a quatre.

Le chiffre 4 apparut à la droite des quatre nœuds.

— Le suivant, il n'y a rien. Seulement un espace libre.

Le chiffre 0 apparut à côté de l'espace laissé vide sur la corde.

— À la fin, il y a un nœud à six tours.

Le chiffre 6 apparut à côté du nœud.

— Regarde, dit Chamane en montrant à Blunt l'écran où était la photo. La corde est enroulée six fois avant que le nœud soit fermé. Pour 7, il y aurait eu sept enroulements… La seule exception, c'est pour le chiffre un. Pour indiquer l'unité, on utilise un nœud en huit. Ça évite la confusion. Par exemple, entre 11 et 110…

— D'accord… Et ça veut dire quoi?

— Aucune idée. Mais on a du matériel pour constituer une base de données. Avec la murale et la caisse…

Il lui montra la caisse de quipus qu'il avait reçue une heure plus tôt.

— Ça peut prendre combien de temps, déchiffrer toutes les cordes ? demanda Blunt.

— Difficile à dire… Ce que je viens de te montrer, c'est les quipus classiques. Ceux-là, ils ont des nœuds différents. Mon idée, c'est qu'ils ont mêlé deux systèmes de codage.

Chamane tourna la tête vers Blunt.

— Tu devrais t'en occuper, dit-il avec un sourire moqueur. Ça te changerait des problèmes de go.

— Je ne ferai pas le travail de ton ordinateur… Sur les autres types de motifs, tu as des idées ?

Chamane ferma la plupart des fenêtres et se concentra sur l'image panoramique de la murale. Il zooma sur un cartouche qui contenait un réseau serré de taches noires, le sélectionna et l'ouvrit dans une nouvelle fenêtre en l'agrandissant.

— Je l'ai montré à Geneviève, tout à l'heure. Elle trouve que ça ressemble à un mélange de Borduas et de Lichtenstein. Elle veut en faire une copie pour un décor de la pièce qu'ils sont en train de monter !

Blunt regarda l'écran pendant quelques secondes, comme s'il cherchait à évaluer l'hypothèse de Geneviève, puis il se tourna vers Chamane.

— Et toi ? Tu penses quoi ?

— J'ai l'impression d'avoir déjà vu quelque chose du genre quelque part… Mais je ne me souviens pas où.

— Tu as eu le temps d'examiner le portable ?

— On ne trouvera pas grand-chose. Il fonctionnait comme s'il y avait deux ordinateurs. La plus grande partie du disque contenait du *junk* : des clips d'Oasis, des photos de Disneyland, des MP3, Windows Vista… Par contre, une partie de l'espace du disque était stérilisée. Il devait y avoir un logiciel comme PGP, mais en plus perfectionné : ça isole un espace sur le disque, qui fonctionne comme si c'était un disque différent. Tout ce qui est dans cet espace est encrypté. Il suffit d'une commande pour tout effacer. Vraiment tout.

— Tu ne peux rien récupérer ?

— Je vais quand même regarder ça quand je vais avoir un peu temps.

— Tu ne l'as pas encore fait ?

— Écoute, *man*, je peux pas tout faire en même temps ! J'ai pas seulement ce que tu me donnes, il y a aussi Geneviève. Je veux passer du temps avec elle et avec le bébé.

— Elle a accouché ? !

Pour une rare fois, Chamane avait l'occasion de voir Blunt surpris.

— À quatre mois ? Tu déconnes !

Puis son visage s'éclaira comme s'il venait de comprendre la raison de la méprise de Blunt.

— Il paraît que le bébé le sent, quand son père est proche de lui. Qu'il reconnaît sa voix... Tous les jours, je parle à son ventre... Le ventre de Geneviève, je veux dire.

— Il reconnaît la voix ? fit Blunt, sceptique. À quatre mois ?

— Il faut bien commencer à un moment donné.

En partie désarmé par la logique de Chamane, Blunt décida de l'aider à avoir un peu plus de temps.

— D'accord, je vais voir si je peux trouver le code des quipus. Et je vais regarder les DVD.

— C'est malade pas à peu près. J'en ai regardé un, avant que tu arrives. En accéléré... Le gars est assis sur une chaise, dans le sable, et il sue à grosses gouttes. La caméra recule et tu en vois un autre, qui a l'air mort, comme s'il avait séché sur place. La caméra recule encore un peu et tu en vois un troisième, encore plus déshydraté, il commence à ressembler à une momie. Puis la caméra pivote et le quatrième, lui, ressemble vraiment à une momie... Sur Internet, ça ferait fureur.

— Je ne suis pas sûr que leur famille dirait la même chose, répliqua assez sèchement Blunt.

— Je dis pas que je suis d'accord avec ça ! protesta Chamane. Mais c'est vrai que ça ferait fureur...

Blunt l'interrompit d'un geste et prit son iPhone à sa ceinture. Il avait un court message :

Jt twtté. Pkoi tu répon pa ?

Blunt poussa un soupir, réfléchit un moment puis rédigea une courte réponse, qu'il prit soin d'écrire sans abréviation :

Parce que je ne suis pas sur Twitter.

BBC, 10 h 11

> ... LA MYSTÉRIEUSE EXPLOSION QUI A LOURDEMENT ENDOMMAGÉ UN ÉDIFICE, CETTE NUIT, AU CŒUR DE LONDRES. L'ENDROIT, QUI ÉTAIT SURVEILLÉ DEPUIS PLUSIEURS SEMAINES, ÉTAIT OCCUPÉ PAR UN GROUPE D'AMATEURS DE *SNUFF*, CES FILMS QUI METTENT EN SCÈNE DES MISES À MORT. LES DÉGUSTATEURS D'AGONIES — C'EST LE NOM DU GROUPE — OCCUPAIENT LES ÉTAGES SUPÉRIEURS DE ST. SEBASTIAN PLACE. LES AUTORITÉS POLICIÈRES Y ONT TROUVÉ DES DIZAINES D'ENREGISTREMENTS DE MISES À MORT, LA PLUPART EXTRÊMEMENT ÉLABORÉES. EN CONFÉRENCE DE PRESSE, LE PORTE-PAROLE DE SCOTLAND YARD...

DUBAÏ, UNE ÎLE AU LARGE, 13 h 16

Hadrian Killmore eut un rare geste d'exaspération. Il brisa la pointe de la plume qu'il tenait dans la main droite en appuyant trop fortement sur le bloc de papier posé devant lui.

Au téléphone, son interlocuteur ne s'aperçut de rien. Killmore continuait de maintenir un ton calme, presque badin. Il enchaînait les réponses lénifiantes, prenant le temps de faire de longues pauses entre chacune pour permettre à son interlocuteur de s'exprimer.

— Je vous assure que vous n'avez pas à vous inquiéter. Même si vous avez été filmé, ce qui est peu probable, vous êtes entièrement couvert. À chaque réunion du Cénacle, il y a eu une réunion de la Fondation pour l'éducation de l'humanité, au quatrième étage de l'édifice, à la même heure... Bien sûr que cette fondation existe. Elle a un budget, elle subventionne des projets, et des procès-verbaux attestent des réunions... Cela va de soi... Votre nom est inscrit au procès-verbal de ces réunions. Comme celui de tous les membres qui ont assisté aux réunions du Cénacle, d'ailleurs... Croyez-moi, le pire qui puisse arriver, c'est que vous soyez associé à un groupe de bienfaiteurs particulièrement généreux qui désiraient demeurer anonymes… Bien entendu… Vous pouvez compter sur moi… Vous serez informé de tout nouveau développement. Un rapport complet sur cet incident sera rédigé dans les plus brefs délais.

Après avoir raccroché, Killmore regarda sa plume brisée, résista à la tentation de la lancer contre le mur et se leva. Il se dirigea vers le balcon qui surplombait la mer. Il fallait qu'il se calme.

C'était le troisième appel. À l'idée qu'ils puissent faire l'objet de l'attention des médias, les membres du Cénacle s'agitaient comme des poissons hors de leur élément. Leur milieu à eux, c'était les coulisses, le travail dans l'ombre. Ils n'en revenaient pas qu'on ose s'intéresser à eux. Ils avaient tellement l'habitude d'être au-dessus de la mêlée et des lois qu'ils ne se rendaient même plus compte que c'était une position privilégiée. Une position qui ne pouvait être acquise que par la force. Et qui devait être défendue par la force.

Décidément, à l'intérieur du Cénacle aussi, il y aurait une épuration à effectuer. Trop d'héritiers. Pas assez de gens qui s'étaient faits eux-mêmes. Mais il était encore trop tôt. Pour l'instant, il fallait accélérer la mise en route de l'Apocalypse. Et, pour cela, il avait besoin sinon de leur aide, du moins de leur non-ingérence.

Il jeta un dernier regard sur la mer et songea que les gens n'avaient aucune idée de ce que serait l'œuvre ultime des Dégustateurs. L'idée lui arracha un sourire.

Puis il rentra au salon.

Il ouvrit son portable et convoqua une réunion du Cénacle. L'endroit choisi était à proximité de l'Angleterre. Sur l'îlot de Brecqhou. Pour les membres, ce ne serait pas trop dépaysant. Et ils seraient à l'abri de la curiosité importune des policiers.

Il aurait pu convoquer la réunion à Dubaï. À l'intérieur du complexe résidentiel, il y avait une réplique exacte des appartements de St. Sebastian Place. Il était cependant hors de question d'y tenir une réunion. Cette île au large de Dubaï était son domaine privé.

Le sous-sol abritait des réserves de carburant, des jardins hydroponiques et un système de désalinisation. On y trouvait également un cellier, des chambres froides remplies de viande congelée et un approvisionnement de conserves. De quoi tenir plusieurs années... Au deuxième sous-sol, un court tunnel menait à des turbines installées au fond de l'océan pour profiter des courants marins. Un système d'appoint fonctionnant à l'énergie solaire était installé sur le toit des édifices de l'îlot.

À l'étage, pour demeurer branché sur la planète, Killmore avait accès à un équipement électronique qui n'aurait pas déparé la plus sophistiquée des agences de renseignements. Quant aux domestiques, ils avaient leurs appartements dans une section en retrait de la résidence principale.

La tentation était grande de se retirer immédiatement sur cette île et d'envoyer promener le reste de l'humanité. Mais son œuvre n'était pas terminée. Et, comme tout artiste véritable, Killmore vivait pour son œuvre.

PARIS, 11 H 42

Chamane avait installé Blunt dans la future chambre du bébé où il restait un bureau qu'il n'avait pas encore eu le temps de descendre dans l'espace de rangement au sous-sol.

Blunt avait d'abord regardé les paysages de contes de fées que Geneviève et ses amis avaient peints sur les murs. Il avait ensuite posé son ordinateur portable sur le bureau, se demandant si l'endroit était bien indiqué pour le travail qu'il avait à faire.

Le premier DVD qu'il avait regardé présentait des corps à différentes étapes de déshydratation et de momification... Le titre de l'enregistrement était: *Le mystère de la Trinité*... Pourquoi parler de trinité alors qu'il y avait quatre corps?

Il choisit ensuite de regarder *La mort en stéréo*.

La première partie présentait en accéléré un homme bien portant, un peu grassouillet même, que l'on voyait littéralement fondre jusqu'à devenir squelettique. Il était ensuite enfermé dans une cuve de verre qui était remplie progressivement d'eau. Juste avant qu'il se noie, on l'en retirait. La série de plans suivante montrait les différentes piqûres qu'on lui faisait partout sur le corps. Puis l'homme était de nouveau enfermé dans la cage de verre, qui, une fois encore, se remplissait d'eau... La séquence finale le montrait, étendu sur un tapis roulant qui l'amenait à l'intérieur d'un four de crémation.

Avant même d'arriver au terme du film, Blunt avait compris qu'il venait de voir le mystérieux cadavre de Montréal. Quant à son titre, cette fois, la signification était évidente.

Blunt décida d'appeler Dominique. Puis il regarda l'heure... Réflexion faite, il lui laisserait encore un peu de temps pour dormir.

PARIS, CHARLES-DE-GAULLE, 12 H 20

Lucie Tellier sortit de la zone de débarquement du terminal 2-F et regarda autour d'elle comme pour rafraîchir son souvenir des lieux. Elle n'avait qu'un bagage à main.

De l'endroit où il était assis, Théberge l'aperçut immédiatement. Il hésita cependant à se lever pour aller à sa rencontre. Prendre contact avec elle, c'était peut-être l'exposer davantage. Elle avait déjà eu assez de problèmes à cause de lui. Peut-être valait-il mieux être prudent?... Par contre, il ne voyait pas qui pouvait le surveiller à Paris. Il y avait tout de même des limites à être paranoïaque...

Il se dirigea vers elle. Elle semblait ravie de le voir.

— Vous? Ici?... Ne me dites pas que vous m'attendiez?

— Non. Je suis aussi surpris que vous. Je suis venu chercher quelqu'un.

— Toujours vos mystérieuses enquêtes?

— Des vacances...

Puis, voyant l'air sceptique de la femme, il ajouta:

— Surtout des vacances... Pour échapper aux imbéciles.

— Ça, je peux comprendre !

Lucie Tellier lui raconta brièvement le harcèlement qu'elle avait subi.

— Alors, conclut-elle, je me suis dit que c'était l'occasion d'en profiter !

Elle lui montra son bagage à main.

— Je n'ai apporté rien d'autre, dit-elle. Et il est à moitié vide… Dites à votre épouse de m'appeler. On ira faire du *shopping*.

— Du *shopping*…

— À Paris, il faut parler comme les Parisiens ! Je suis à l'hôtel Opéra Madeleine.

— D'accord, je lui ferai le message.

Lucie Tellier s'éloigna, puis elle se retourna pour une dernière remarque :

— Il faut absolument qu'on mange ensemble. Je connais un endroit près de la Bourse. J'y allais souvent quand je travaillais à Paris. Un restaurant italien. Vous allez adorer ! Ils ont une cave magnifique. Et, vous savez quoi ? Vous pouvez acheter leur vin sur place !

LÉVIS, 6 H 32

Dominique avait dormi un peu plus de deux heures, dont la moitié assoupie à son bureau, la tête appuyée sur un avant-bras. L'appel de Blunt la tira d'un cauchemar.

Elle était dans un couloir sombre et humide où il y avait une légère odeur de moisissure, comme dans une cave mal aérée. Arc-boutée, elle poussait sur un mur de pierre qui lui bloquait le passage. Le mur reculait, mais à une vitesse d'escargot. Quelques millimètres à la fois… Derrière elle, une rumeur grondait de plus en plus fortement, amplifiant la panique qu'elle sentait l'envahir.

La rumeur s'était ensuite transformée en un bourdonnement qui ressemblait au signal d'avertissement du logiciel téléphonique.

Blunt commença par l'informer de ce qu'il venait de découvrir. Dominique suggéra d'en envoyer une copie à Crépeau en lui demandant de ne pas mentionner l'existence du film. De simplement se servir des premières images pour identifier la victime.

— C'est ce que j'allais te proposer, répondit Blunt.

— Qu'est-ce que tu as d'autre ?

— Rien encore. Chamane est débordé. Il veut revoir une dernière fois le système régulier avant de le remettre en fonction. Mais avec toutes les commandes qu'on lui donne…

— Et sur celui qui a infiltré notre réseau ?

— Toujours pas de nouvelles des collègues de Chamane. Il paraît que c'est normal. S'ils avaient des résultats, ils se manifesteraient.

— Et Tate ?

— Il continue de surveiller les compagnies d'assurances visées et leurs plus gros clients. Ils ont empêché deux autres attentats. Les deux cibles travaillaient dans une compagnie d'assurances qui a refusé une OPA d'une multinationale : Safe World…

— Qu'est-ce qu'on sait d'elle ?

— Seulement que c'est une multinationale qui a pris de l'expansion en avalant des compagnies d'assurances établies dans vingt-deux pays. Comme Chamane n'a pas le temps de s'en occuper pour le moment, j'ai demandé à Tate de regarder ça.

— Tu penses qu'il va nous renvoyer l'ascenseur s'il apprend quelque chose ?

— Tant qu'il a besoin de nous… Toi, quoi de neuf ?

— Toujours rien sur Claudia. Rien à Drummondville non plus : personne ne s'est approché de l'ancien local de l'Institut.

— On peut donc penser qu'elle n'a pas parlé.

— Ça veut dire qu'ils continuent d'essayer de la faire parler.

Dominique n'avait pas pu empêcher complètement sa voix de trembler.

— Des nouvelles de F ? s'empressa de demander Blunt.

— Rien. Par contre, j'ai eu un courriel de Théberge. Avec un nom : Maggie McGuinty. Elle serait liée aux commanditaires du Consortium.

— Je vais refiler le nom à Chamane. On ne sait jamais.

— J'étais trop fatiguée, je n'ai même pas regardé sur le Web.

— Des nouvelles de Hurt ?

— J'ai eu la confirmation que l'opération avait été un succès. Mais de lui directement, rien.

— Il va retourner à Londres pour achever ce qu'il a commencé.

— J'ai un peu peur de sa réaction quand il va apprendre que je remplace F…

— Tu as eu des nouvelles du contact à Londres ?

— Pas depuis que je lui ai donné les DVD.

— Comme opération discrète…

Dominique perçut une trace d'amusement dans la voix de Blunt.

— Si tu trouves quoi que ce soit, appelle ou envoie un message.

— Entendu.

Après avoir raccroché, Dominique décida de sortir dans la cour arrière et d'essayer de dormir encore un peu sur la chaise longue. C'était frais, mais avec une couverture… Le grand air ne pouvait que lui faire du bien.

UPI, 7 h 03

... UNE CENTAINE DE MILLIERS DE PERSONNES. REVENDIQUANT L'IMPLAN-TATION DE MEILLEURS CONTRÔLES SANITAIRES AUX FRONTIÈRES DE L'EUROPE ET L'IMPOSITION D'UNE QUARANTAINE OBLIGATOIRE POUR TOUS LES ÉTRANGERS…

MONTRÉAL, RITZ-CARLTON, 7 h 27

— Vous êtes sûr ?… Les deux ?

Skinner n'avait pu s'empêcher de laisser paraître son étonnement.

— Lucie Tellier et Victor Prose, répondit la voix dans le combiné. Sur le vol AF349.

— Ils sont ensemble ?

— Non. Prose est en classe économique et elle est en première.

— Est-ce qu'ils reviennent à la même date ?

— Aucun retour prévu. Ni l'un ni l'autre.

— Très bien ! Excellent !… Vos honoraires vous parviendront de la façon habituelle. Avertissez-moi immédiatement si un autre des noms que je vous ai fournis apparaît sur une liste de vol.

— Vous pouvez compter sur moi.

Après avoir raccroché, Skinner retourna à son petit déjeuner. Mais il n'avait plus faim. Il repoussa son plateau devant lui.

Lucie Tellier et Victor Prose avaient tous les deux pris l'avion pour Paris. Allaient-ils rejoindre Théberge ? Pour Tellier, il aurait pu comprendre. Mais Prose ?…

Et si Théberge était à Paris, était-ce simplement pour échapper aux médias et se payer des vacances, comme il le prétendait ?… Peut-être était-il allé rejoindre quelqu'un de l'Institut ? Peut-être l'Institut avait-il relocalisé son centre de coordination à Paris ? Si c'était le cas, l'opération de harcèlement n'aurait pas été inutile… Mais il allait quand même continuer. Théberge n'était pas le genre d'homme à abandonner ses amis. Surtout s'il estimait être responsable de leurs problèmes. Plus on mettrait de pression sur eux, plus il y aurait de chances que Théberge réagisse.

Il décida d'appeler Cabana. Mais avant, il fallait qu'il envoie un message à madame Hunter. Ce n'était pas parce qu'il se méfiait d'elle – et qu'il envisageait de plus en plus sérieusement de l'éliminer – qu'il ne pouvait pas l'utiliser. Elle serait enchantée de ce qu'il allait lui apprendre. Elle y verrait peut-être même la confirmation qu'il s'était vraiment rangé de son côté… ce qui était une hypothèse que Skinner n'avait pas encore entièrement exclue, même s'il envisageait maintenant de se ranger du côté de Fogg.

PARIS, CHARLES-DE-GAULLE, 13 H 34

Victor Prose avait deux valises en plus d'un petit sac à dos. En arrivant dans le hall, il le balaya des yeux jusqu'à ce qu'il aperçoive Théberge, près de la porte des taxis, qui venait dans sa direction.

— Il y a eu des problèmes ? demanda Théberge.

— Les manutentionnaires sont en ralentissement de travail. Il a fallu attendre les bagages... Heureusement, j'avais un livre.

Théberge prit une des valises.

— J'ai été étonné de l'invitation, reprit Prose. Je suis curieux d'entendre ce que vous avez à me dire.

— On va prendre un taxi. Je vous expliquerai en route.

— À votre suggestion, je n'ai dit à personne que je partais. Sauf à ma voisine.

— Votre voisine ?

— Elle s'occupe de mes plantes.

Dix minutes plus tard, après avoir fait la file, ils refermaient les portières du taxi chacun de leur côté.

— Tout près du pont de Tolbiac, fit Théberge. Rue Pommard.

Il se tourna vers Prose.

— J'ai pensé que vous aimeriez l'endroit. C'est à côté de la Grande Bibliothèque... Un quartier en plein développement, il paraît.

— Vous m'avez demandé de venir à Paris pour faire des recherches ?

Prose semblait à la fois incrédule et agréablement surpris.

— Pas exactement. Mais ce n'est pas exclu... Vous voulez qu'on aille manger ?

Il regarda sa montre.

— Le temps qu'on traverse Paris, que vous déposiez vos valises...

MONTRÉAL, 7 H 45

Cabana lutta pour se désempêtrer des draps et se rendre au téléphone. Du bout des doigts, il finit par saisir le combiné.

— Vous avez vu l'heure qu'il est ? hurla-t-il dans l'appareil.

— L'heure de vous secouer et de mériter tout l'argent que je vous donne, répliqua la voix ironique de Skinner.

Cabana s'assit dans son lit, subitement réveillé.

— C'est vous ?!… C'est quoi l'urgence ?

— Il faut qu'on se voie.

— Je me suis couché à quatre heures.

— Je suis bon prince. Je vous laisse jusqu'à quatorze heures. Je vous attends au café Cherrier.

Un déclic mit fin à la conversation.

Cabana regarda le combiné, puis se leva pour le replacer sur sa base. Il se laissa ensuite retomber dans le lit. Au bout de quelques secondes, il réalisa qu'il ne réussirait pas à se rendormir.

— *Fuck !*

PARIS, HÔTEL DU LOUVRE, 13 H 52

Blunt était retourné à son hôtel, histoire de travailler plus à l'aise.

Il avait commencé par aller sur Internet pour lire ce qu'on disait sur les quipus, en repérant au passage les contradictions entre les articles.

Il s'était ensuite plongé pendant plus d'une heure dans l'examen des quelques quipus que Chamane avait scannés pour lui. Ce qui l'étonnait le plus, c'étaient les écarts par rapport aux règles traditionnelles de construction. La structure globale était la même : une corde horizontale qui départageait deux rangées de cordes verticales, puis des groupes de nœuds sur chacune des cordes verticales. Mais, comme Chamane l'avait remarqué, l'utilisation des nœuds était différente.

Il y avait bien des nœuds isolés, des nœuds en huit et des nœuds longs. Mais les nœuds longs avaient tous une longueur inférieure à cinq nœuds enchaînés. Normalement, ils auraient dû représenter les nombres supérieurs à l'unité, de 2 à 9… Il faudrait qu'il en reparle à Chamane.

Il ferma le dossier des quipus et visionna de nouveau le premier DVD, celui que Chamane avait commencé à regarder.

À part le fait que la réalisation du film lui semblait de qualité assez professionnelle, il ne put découvrir rien de plus que lors du premier visionnement. Il n'y avait pas de reflet de personnage dans un miroir ou un verre de lentille, pas de main avec une bague qui traversait un coin d'écran… La seule chose utilisable dans l'immédiat était l'image des quatre hommes présents dans la vidéo.

Il passa à une autre vidéo. *La pression du vide…*

Les premières séquences présentaient un caisson au fond de la mer. Puis, en approchant d'un grand hublot carré, on découvrait une pièce entièrement blanche. Blunt pensa à la pièce blanche de la fin de *2001, l'Odyssée de l'espace*.

Suivait un balayage de trois cent soixante degrés de l'intérieur de la pièce. Quatre murs blancs. Ameublement réduit au minimum. Confort minimal… Une boîte à habiter.

Le quatrième mur était le plus étonnant : une grande fenêtre panoramique s'y découpait, révélant un paysage de fond marin.

La caméra présenta ensuite une forme humaine étendue sur le lit. Sous plusieurs angles. Avec différents zooms.

Sur le dernier plan, la caméra révéla le visage de la personne. C'était Claudia.

BRUXELLES, 14 H 03

Jessyca Hunter faisait la tournée des blogues mobilisés par White Noise. Ils avaient été soigneusement choisis en fonction de leurs publics. Des équipes d'opérateurs y intervenaient systématiquement de manière à imposer un point de vue sur les sujets qu'ils privilégiaient.

C'était un projet pilote. S'il se déroulait comme prévu, les autres campagnes seraient lancées. Pour le moment, l'opération semblait bien enclenchée. Plutôt que de marteler partout le même message, les intervenants tissaient un réseau d'hypothèses, de questions et de pseudo-*scoops* qui avaient comme seul point commun de discréditer de Jonghe : il aurait été victime d'un sosie qui le persécutait… il aurait un jumeau maléfique dont il devait continuellement enterrer les gaffes… un sosie lui aurait donné un alibi en apparaissant à cinquante kilomètres de Bruxelles, ce serait vraiment de Jonghe qui aurait effectué le meurtre… son alibi serait une fabrication des services policiers parce qu'il soutenait leur demande de budgets supplémentaires…

Il était cuit, songea Hunter. Le lendemain, les équipes d'intervention répandraient la rumeur qu'il avait renoncé à se présenter au poste de premier ministre. Au moins deux médias reprendraient le *scoop*…

Hunter fut tirée de ses réflexions par la vibration de son BlackBerry contre sa hanche. Un mot s'afficha sur l'écran : Skinner.

— Skinner ! Vous avez finalement décidé de donner suite à mon offre ?

— J'y pense. J'y pense très sérieusement.

— À ce point-là ?

— Au point de vous donner certaines informations sans que vous les demandiez.

— Là, vous en faites trop !

— Saviez-vous que Théberge était probablement à Paris ?

— Dans quel but ?

— Aucune idée.

— Autrement dit, c'est une demi-information.

— Vous auriez voulu que j'attende d'en savoir plus avant de vous prévenir ?

— Bien sûr que non. Où avez-vous appris ça ?

Skinner lui expliqua de quelle manière il était parvenu à cette conclusion, après avoir appris le départ pour Paris de Prose et de Lucie Tellier.

Ils parlèrent ensuite de Fogg. Hunter voulait savoir comment évoluait sa santé, sur quels dossiers il travaillait. Elle s'intéressait également à ce que Daggerman pensait de la situation. Est-ce qu'il croyait à ses chances de remplacer Fogg à la direction du Consortium ?…

Skinner répondit de la manière qu'il jugeait la plus apte à rassurer Hunter : il brossa un tableau réaliste de Fogg, sans exagérer ses forces ni ses faiblesses, et il présenta les ambitions de Daggerman comme réelles mais contrôlées.

— Et Gelt? demanda Hunter. Vous en pensez quoi?

— C'est un banquier. Par définition, il va attendre que la situation s'éclaircisse pour se ranger du côté des gagnants.

— D'où l'intérêt d'attendre que les jeux soient faits avant de le contacter?

— C'est ce que je ferais.

La conversation se prolongea pendant ensuite trois ou quatre minutes. Skinner ne chercha pas à dissimuler que la direction du Consortium faisait partie de l'avenir qu'il envisageait pour lui-même. Il ajouta qu'il était néanmoins ouvert à toute proposition susceptible d'améliorer son sort. Ce que Hunter lui avait laissé entrevoir l'intéressait. C'était même en tête de liste de ses projets d'avenir.

Une fois l'appel terminé, Jessyca Hunter resta un long moment songeuse. Skinner lui posait un problème. Comme informateur, il lui était encore utile, c'était indéniable. Mais le Consortium, dans sa forme actuelle, serait bientôt de l'histoire ancienne. Il faudrait alors qu'elle choisisse : ou bien elle intégrait Skinner à ses projets, ou bien elle l'éliminait. Sa décision était pratiquement prise. Et si elle l'éliminait, comme elle allait probablement le faire, pendant combien de temps pouvait-elle encore se permettre d'attendre?

Inconsciemment, elle passa la main droite sur son sac à main, posé sur la table à côté du clavier de l'ordinateur. Comme pour s'assurer de sa proximité. Et de la proximité de l'arme qu'elle y gardait en permanence.

HEX-Radio, 8 h 06

— On passe aux *news flashes*, avec News Pimp. Comment ça va, mon Pimp?

— Moi, ça va. Mais le réseau Théberge prend l'eau, on dirait.

— Raconte.

— Les rats quittent le navire. Hier soir, Lucie Tellier et Victor Prose ont pris l'avion.

— Pour où ?

— Tu me connais ! Toujours l'information exacte... Ils étaient sur le vol AF349.

— Et où va le vol AF349 ?

— Paris !

— Tu penses qu'ils sont allés rejoindre Théberge ?

— En tout cas, on peut se poser la question.

— Les questions, personne peut être contre ça. Même le CRTC est d'accord avec ça, poser des questions !... Du moins, je pense...

— Je viens juste de parler avec Cabana. Il va sortir tous les détails dans sa chronique à HEX-TV, tout à l'heure.

— Il t'a donné son *scoop* ?

— On fait de la convergence ! Il me donne une partie de *scoop* et je préviens le public du sujet dont il va parler dans sa chronique !

— Autrement dit, tu lui fais de la pub !

— C'est pas de la pub, c'est de l'information : j'informe le public de ce qui s'en vient comme information.

— OK, OK...

— J'ai pensé à quelque chose.

— Wow !

— Arrête de me niaiser !

— Je te niaise pas, je suis impressionné !

— Sûr...

— C'est quoi, l'idée ?

— L'autre jour, on a nommé deux membres du réseau Théberge en ondes. Les deux ont pris le maquis. Si on en nomme un autre, penses-tu qu'il va disparaître lui aussi ?

— Tu veux en nommer un autre ? Tout de suite ? Comme ça ?... T'es pas *game* !

— Tu penses ça, toi, que je suis pas *game* ?

— Je mets un cinq sur ça. T'es pas *game*.

— Et si je t'en nomme deux ?

— Je te mets un dix !

— OK, je vais te donner deux noms. Le premier, c'est Margot. La propriétaire du café où Théberge se cachait avant de partir.

— Et le deuxième ?

— Il se fait appeler Little Ben. Je n'ai pas pu trouver son vrai nom.

— Il fait quoi, dans la vie ?

— C'est une sorte de *bouncer*. Il couche au café Chez Margot pour surveiller la place pendant la nuit.

— Une présidente de la CDP, un *bouncer*, un écrivain, une propriétaire de restaurant... Il a une drôle d'équipe, ton Théberge !

— Si tu veux mon avis, c'est pas une équipe de joueurs de cartes !

PARIS, HÔTEL DU LOUVRE, 14 H 12

Blunt avait d'abord appelé Chamane pour lui dire qu'il avait trouvé un film où apparaissait Claudia.

Où ? Parmi les DVD des Dégustateurs d'agonies… Non, il n'y avait pas de mise à mort. Mais elle était retenue prisonnière dans une pièce qui avait l'air d'être au fond de l'océan… Au fond de l'océan, oui. Il voulait qu'il analyse l'enregistrement vidéo… Analyser comment ? Pour dénicher des indices. Tout ce qui pouvait aider à découvrir l'endroit où Claudia était retenue prisonnière… Évidemment que les recherches sur Maggie McGuinty passaient en second lieu !

Après avoir raccroché, il avait ensuite appelé Dominique pour lui expliquer à son tour ce qu'il avait découvert.

Dominique regarda le film en s'efforçant de conserver une attitude froidement objective, attentive à repérer le moindre indice qui permettrait de découvrir où Claudia était retenue.

— Je ne vois rien, déclara finalement la voix de Dominique par l'intermédiaire de l'ordinateur.

— Moi non plus, répondit Blunt. Mais le fait que ce film fasse partie du groupe de vidéos…

Il n'eut pas besoin d'expliquer davantage. Ça voulait probablement dire que la décision de la laisser mourir était déjà prise. Heureusement, le scénario semblait devoir s'étendre sur plusieurs jours. Peut-être même plusieurs semaines. Sinon, pour quelle raison aurait-on pris le soin de subvenir à ses besoins en lui fournissant une réserve d'eau et de nourriture, un lit… une installation sanitaire ?

— Tu penses que la première séquence n'est pas un leurre ? demanda Dominique.

— Un leurre ?

— Ce qu'on voit au début, le caisson au fond de la mer. Ça pourrait ne pas avoir de rapport avec l'intérieur.

— Et le fond de l'océan qu'on voit à travers la fenêtre ?

— Une projection vidéo sur la vitre. Tous les films impliquent des mises en scène élaborées.

— Dans ce cas-ci, je pense que c'est vrai.

— Si elle est vraiment dans un caisson au fond de l'océan, ça ne va pas être évident de la trouver.

— Selon Chamane, Tate a ce qu'il faut pour ça. Un logiciel qui interprète des données satellite.

— Tu as une idée du temps que ça va prendre ?

— On peut partir de la base, sur la côte de Normandie, et agrandir par cercles concentriques… Ils ne doivent pas l'avoir amenée bien loin.

— Si tu penses que c'est faisable…

— Le problème, c'est d'obtenir du temps satellite de Tate. Il va falloir que je lui donne quelque chose en retour.

— On n'a pas le choix. Je suis certaine que tu peux trouver ce qu'il faut… Avec tout ce qu'on a sur le Consortium et sur ceux qui sont derrière lui !

— D'accord.

Quand ils raccrochèrent, ils avaient tous les deux évité de soulever la possibilité que Claudia soit déjà morte. Il y avait des idées que l'esprit humain refusait tout simplement d'envisager à moins de ne plus avoir le choix.

Fort Meade, 8 h 25

Quand Tate vit apparaître la vignette de Blunt sur l'écran de son ordinateur portable, il s'empressa d'activer le logiciel de communication.

— Je n'ai rien de nouveau, dit-il d'emblée lorsque le visage de Blunt s'afficha dans la fenêtre de communication vidéo.

— Moi, si. Il me faut du temps satellite.

— Et quoi encore ? Les codes d'accès de la Maison-Blanche ?

— J'en ai vraiment besoin.

— Je ne peux pas me mettre à distribuer des heures satellite comme si c'étaient des amuse-gueule à un party !

— J'ai aussi besoin d'un accès à Deep Under.

— Qui t'a parlé de ça ?

Blunt ne pouvait pas lui dire que c'était Chamane. Et que lui-même tenait l'information de l'un des meilleurs pirates informatiques de la planète, qui travaillait avec les U-Bots.

— C'est assez connu. Il y a dix ans, tout le monde connaissait le logiciel de la CIA qui traquait les sous-marins russes en calculant la hauteur des vagues de l'océan à partir de satellites.

— Deep Under n'est pas un logiciel pour repérer les sous-marins.

— C'est une simple généralisation du principe.

— Une simple généralisation du principe, répéta Tate sur un ton sarcastique. Je voudrais que tu répètes ça aux ingénieurs qui l'ont mis au point !

— Quatre heures… Seulement quatre heures.

— Et tu ne peux pas me dire pourquoi tu en as besoin ?

— Une information à vérifier.

— As-tu une idée de ce que ça coûte de l'heure ?

— J'ai une bonne idée du prix que ça va coûter de ne pas vérifier.

— Tous les satellites disponibles traquent les deux pôles !

— C'est dangereux de mettre tous ses œufs dans le même panier.

— *Jesus!*… D'accord, je vais voir ce que je peux faire. Si ça fonctionne, je t'envoie les codes d'accès.

Puis il ajouta, de nouveau sarcastique :

— Je suppose que ça devrait te suffire. Que tu as déjà quelqu'un qui connaît tous les protocoles informatiques du logiciel…

— J'essaie de t'épargner le plus de travail possible, répondit Blunt sur un ton légèrement moqueur.

Il ne pouvait pas se permettre d'insister davantage ou de paraître pressé.

— En échange, tu me donnes quoi ? demanda Tate

— Tout ce que j'ai trouvé sur le Consortium, sur HomniFood et sur ses liens probables avec les terroristes.

— J'avais l'impression que tu travaillais pour moi. Que j'avais déjà droit à tout ce que tu trouvais…

— Prends l'avion. Je t'attends à Paris.

— Avec ce qui se passe, je ne peux pas quitter le bureau.

— Es-tu intéressé à savoir ce qui est vraiment arrivé à Londres ?… à St. Sebastian Place ?

— Tu es impliqué dans ça ?

— Tout ce que je peux te dire, c'est que les magouilles de Paige, à côté de ce qui se prépare, ce n'est vraiment rien.

— Et moi, tout ce que je peux te dire, c'est que je risque de me faire piquer mon agence !

— Sur « Archipel », tu as trouvé quelque chose ?

— Rien d'intéressant… à part la liste de tous les archipels de la planète, de tous les films, tous les romans et tous les CD qui ont « archipel » dans leur titre… des galeries d'art, des cafés, des restaurants et des hôtels qui utilisent le mot archipel dans leur nom…

— Je vois…

— Tu te rends compte de ce que tu demandes ?

— Ce que je sais, c'est que toi, tu ne peux pas te rendre compte de ce que je t'offre… En prime, tu pourras peut-être rencontrer un membre ou deux de l'Institut.

— Le truc qui est censé ne pas exister ?

— Ça dépend de ce qu'on entend par exister.

Tate regarda sa tasse avec les *aliens*.

— Tu ne veux quand même pas m'annoncer que les extraterrestres sont parmi nous ?

— Pour la connerie dans les grandes largeurs, les êtres humains n'ont besoin de l'aide de personne.

Ce fut le mot qui décida Tate à courir le risque de faire confiance à Blunt… « Connerie. »

Si Blunt, toujours calme et rationnel, en était rendu à utiliser le mot « connerie », et s'il le prononçait avec une conviction dégoûtée, la situation était certainement sérieuse. Probablement même catastrophique.

— D'accord. Je m'occupe de tes quatre heures, je m'occupe du logiciel et je prends l'avion pour Paris.

— Si tu pouvais prendre l'avion sans délai et t'occuper des quatre heures à bord de l'avion, ce serait encore mieux.

Cette précision acheva de lever les derniers doutes dans l'esprit de Tate. Blunt était anxieux de lui parler… Blunt anxieux ! C'était presque une contradiction dans les termes… Tate n'avait pas le choix d'aller écouter ce que Blunt avait à lui dire. La vraie question ne se poserait qu'ensuite : savoir ce qu'il pourrait faire de ce que Blunt allait lui apprendre.

PARIS, CAFÉ DES PHILOSOPHES, 14 H 41

Hurt étirait un deuxième café au lait à la terrasse du café tout en surveillant l'entrée de l'appartement de Chamane. Plus tôt, il avait vu Blunt en sortir, tourner dans la rue Vieille-du-Temple et prendre la direction de la Seine.

Depuis, personne. Ni entrée, ni sortie.

Ainsi, Blunt était à Paris. Ça voulait dire qu'il ne se cachait probablement pas. Un instant, il pensa à le joindre. Chamane avait certainement ses coordonnées. Pas besoin de s'y rendre : il suffisait d'appeler.

— Si c'est pour une autre commande, je suis enterré, fit immédiatement la voix de Chamane.

— *Je suis à Paris*, répondit calmement Steel. *J'ai besoin de te parler.*

— Écoute, tu peux venir si tu veux. Mais je vais te parler en travaillant. Ça fait deux jours que je n'ai à peu près pas dormi.

— *Je ne vois pas ce qu'il peut y avoir de plus important que le fait qu'il y ait une taupe à l'intérieur de l'Institut.*

— Kim est morte. Et Claudia risque de mourir. Alors, tes histoires de taupe…

— *Kim est morte ?*

— Si tu étais moins parano, tu saurais ce qui se passe… Je te le dis, Kim est morte. Claudia a disparu. F a laissé la coordination de l'Institut à Dominique pour essayer de retrouver Claudia.

— *F a quitté l'Institut ?*

— Elle a pas quitté l'Institut ! répondit Chamane avec impatience. Elle est partie à la recherche de Claudia. C'est sur ça que je travaille… Si tu veux continuer à parler, viens à l'appartement. J'ai pas le temps de te raconter ça au téléphone.

— *D'accord.*

— C'est quoi, ton histoire de taupe ?

Hurt raccrocha.

À l'intérieur, Nitro était survolté. Si F était la taupe, tout s'expliquait. Elle l'envoyait en Chine pour l'éloigner de Londres. Elle faisait éliminer Kim et Claudia. Puis elle se mettait à l'abri… Chamane, lui, n'était probablement pas complice. Mais il pouvait être manipulé. Tout comme Blunt.

À l'intérieur, Sweet tenta en vain de faire valoir un autre point de vue.

— *Ce n'est pas logique. Elle n'aurait jamais fait ça. Pas après avoir travaillé pendant autant d'années à lutter contre le Consortium. Elle n'enverrait pas promener tout ce qu'elle a fait.*

— *Nitro est peut-être parano*, coupa Steel, *mais on a quand même entendu ce qu'on a entendu. Le propre des taupes, c'est justement d'être insoupçonnable.*

— *Mais être insoupçonnable, ça ne veut pas dire qu'on est une taupe.*

— *C'est vrai… La meilleure façon d'en avoir le cœur net, c'est de retourner à Londres. On était sur une piste qui nous rapprochait du Consortium. On va peut-être découvrir quelque chose qui va nous permettre d'y voir plus clair.*

Finalement, le compromis proposé par Steel fut retenu. La meilleure solution était de retourner à Londres. Là-bas, on aviserait.

RDI, 9 H 04

… ANDRÉ NANTEL, LE CÉLÈBRE ÉCOLOGISTE. LE CORPS A ÉTÉ RETROUVÉ SANS VIE CET APRÈS-MIDI DANS SA TOYOTA HYBRIDE, EN BANLIEUE DE CHARTRES. DES GRAFFITIS HAINEUX DÉNONÇANT LES ÉCOTERRORISTES COUVRAIENT SON VÉHICULE. SELON LES PREMIERS RAPPORTS, IL SERAIT MORT ASPHYXIÉ PAR LES GAZ DU TUYAU D'ÉCHAPPEMENT DE SA VOITURE, QU'UN DISPOSITIF DISSIMULÉ DANS LA VALISE RAMENAIT À L'INTÉRIEUR DU VÉHICULE…

MONTRÉAL, SPVM, 9 H 37

Le directeur Crépeau avait un DVD dans les mains. Deux minutes plus tôt, il venait de le regarder, après avoir fermé la porte de son bureau.

Un courrier spécial le lui avait remis. En mains propres. Il avait dit être un des amis de Théberge. Jones 23.

L'homme était entré dans le bureau sans être annoncé et il avait déposé le boîtier du DVD devant Crépeau.

— De la part d'un autre ami de l'ex-inspecteur Théberge, avait-il dit en déposant l'objet sur son bureau.

— Comment êtes-vous entré ?

— En marchant.

— Personne ne vous a demandé ce que vous faisiez dans une zone normalement interdite au public ?

— Non.

Puis il avait enchaîné, comme si sa réponse disposait de la question :

— On m'a dit que vous trouveriez le contenu de ce DVD intéressant. Et que vous choisiriez de le regarder seul. Que vous montreriez seulement les premières images à vos collaborateurs… Elles ont été reproduites sur un extrait vidéo séparé.

— Autrement dit, je dois garder la vidéo secrète.

— C'est ce qu'on m'a dit que vous choisiriez de faire.

Le mystérieux visiteur avait ensuite tourné les talons et il était parti sans que Crépeau ne songe à le retenir.

Le directeur du SPVM avait alors inséré le DVD dans son ordinateur.

Le titre, au début de la vidéo, l'avait tout de suite mis mal à l'aise : *La mort en stéréo*. Puis, à mesure que la vidéo progressait, il avait compris qu'il regardait le quadruple meurtre de Gontran, le mystérieux cadavre du crématorium.

Le messager avait raison : ça ne servirait à rien de rendre l'ensemble de l'enregistrement public. Les images du début, par contre, permettraient peut-être d'identifier la victime.

Il ouvrit le second document, celui dans lequel il n'y avait que ces images, puis il le referma. C'était bien ce que Jones 23 avait annoncé.

Il envoya un message à Bégin, sur le réseau interne du SPVM, en y joignant le court extrait qui reprenait les images du début.

> Tu me trouves en priorité de qui il s'agit. Le plus vite possible. Tu peux utiliser les banques de photos des médias. Si t'as des problèmes de budget, tu dis que j'ai autorisé personnellement la dépense.

Le regard de Crépeau glissa ensuite sur la première page de l'*HEX-Presse* sur le coin de son bureau. Le journal titrait :

LES GRANDS CHOCS QUI MENACENT L'HUMANITÉ
LES CÉRÉALES, L'EAU, L'AIR POLLUÉ ET L'ÉNERGIE

Un peu plus bas dans la page, inséré sur deux colonnes au milieu du texte :

LE POINT DE VUE DE L'AME

Crépeau poussa un soupir, l'air découragé.

— L'âme…

L'inspecteur Simard entra dans le bureau.

— Quoi de neuf ? demanda Crépeau.

— Deux épiceries attaquées au cours de la nuit. Les voleurs n'ont pas pris grand-chose, mais ils ont fracassé la vitrine pour entrer. On les a sur les caméras de surveillance. Ils ne devraient pas être très difficiles à retrouver.

— Pour Cabana, qu'est-ce que ça donne ?

— Si on pouvait seulement le mettre sur écoute…

— Une écoute illégale sur un journaliste ! T'as une idée de ce qui se passerait si c'était découvert ?… En plus, ça donnerait de la crédibilité à tout ce qu'il invente.

— Il y a une manif de prévue en fin d'après-midi. En face du consulat des États-Unis.

— Pour quelle raison, aujourd'hui ?

— L'exportation de l'eau du Québec par les multinationales.

— Toi, qu'est-ce que t'en penses, de ça ?

Simard hésita un instant, se demandant pourquoi le directeur voulait son avis.

— Personnellement ?

— Oui, personnellement.

— Je peux parler franchement ?

— Non. J'ai posé la question pour que tu me racontes n'importe quoi, répondit doucement Crépeau.

Simard hésita encore quelques secondes, puis il se lança.

— Je n'ai jamais compris pourquoi on veut en vendre autant. Ni pourquoi on ne demande pas le gros prix aux multinationales qui vident nos réserves.

— C'est ce que je pense, moi aussi. Et c'est probablement aussi ce que pensent la majorité des gens… Mais ce n'est pas ce que pensent les politiciens au pouvoir.

Simard semblait perplexe.

— Vous me dites ça pourquoi ?

— C'est quand les gens savent qu'ils ont raison, quand ils ont le sentiment qu'ils vont empêcher une injustice, qu'ils peuvent être les plus dangereux… Arrange-toi pour qu'il y ait assez de monde pour contrôler la foule sans que ça fasse de vagues. Parce que si ça dérape, c'est eux qui vont payer le prix des décisions de nos brillants politiciens.

Au-dessus de Seattle, 7 h 13

Pendant que l'avion virait sur l'aile pour prendre la direction de New York, Larsen Windfield regardait la ville en souriant.

Il était encore trop tôt. L'information ne serait pas diffusée avant au moins une demi-heure. Il avait envoyé le message au journaliste de Fox News une minute à peine avant de décoller. Le temps que le journaliste se rende aux locaux déserts de l'entreprise, qu'il découvre Johnson, qu'il prenne possession de la cassette, qu'il prépare la mise en ondes…

Windfield reporta son attention sur l'ordinateur intégré à la table de travail devant son siège, ouvrit le dossier des *podcasts* en attente et entreprit de les parcourir.

Le premier était un montage de mouvements de foule et de répression policière en Chine. En voix *off*, le présentateur commentait la situation.

... NOUVELLES ÉMEUTES DE LA FAIM EN CHINE. TOUT EN AUTORISANT L'ARMÉE À INTERVENIR DE FAÇON PLUS MUSCLÉE POUR RÉPRIMER LES MANIFESTATIONS, LES AUTORITÉS CHINOISES ONT DÉNONCÉ LA MAFIA INTERNATIONALE DES BIO-CARBURANTS ET LE PROTECTIONNISME DES PRINCIPAUX PAYS PRODUCTEURS DE CÉRÉALES, QUI CONTRIBUENT À AFFAMER LES PEUPLES DE LA PLANÈTE. SANS NOMMER DIRECTEMENT LES ÉTATS-UNIS...

Windfield passa au suivant. On y voyait un homme d'affaires (les yeux fixés sur la caméra, l'air sûr de lui et triomphant). Il parlait dans un micro qu'un reporter tenait devant son visage.

IL N'EST PAS QUESTION QUE JE VENDE MA TECHNOLOGIE AUX CHINOIS ! QU'ILS CONTINUENT DE BRÛLER LEUR MAUVAIS CHARBON ET QU'ILS CRÈVENT DANS LEUR POLLUTION !...

Ce que l'homme ne disait pas, c'était qu'il avait reçu une généreuse compensation pour refuser de vendre à Beijing une technologie qui aurait permis aux Chinois d'éliminer une grande partie de la pollution engendrée par la combustion de leur charbon. En fait, il avait vendu son procédé : sauf qu'on le laissait continuer à administrer l'entreprise comme si c'était la sienne et à encaisser les profits. Mais ce n'était plus lui qui choisissait les clients avec qui il acceptait de faire affaire.

Le *podcast* suivant montrait une déclaration du président italien.

L'ITALIE, QUI A ABRITÉ LE PREMIER GRAND GÉNIE DE LA TECHNOLOGIE MODERNE, JE VEUX PARLER DE LEONARDO, L'ITALIE DONC SE DEVAIT D'ÊTRE LE PREMIER ÉTAT À SIGNER L'ACCORD DE COOPÉRATION AVEC HOMNIPHARM. DEVANT LE PÉRIL QUE REPRÉSENTE LA PESTE GRISE...

Windfield interrompit le *podcast*. Il avait tout lieu d'être satisfait : les choses avançaient comme prévu sur tous les fronts.

Le prochain grand coup aurait lieu en Europe.

BRUXELLES, 16 H 39

Jessyca Hunter repensa soudain à sa conversation avec Skinner et sourit. Ainsi, Théberge était probablement à

Paris. Dommage qu'elle n'ait pas le temps de s'occuper de lui elle-même.

Elle envoya un courriel à Vacuum pour commander une recherche : trouver puis suivre Gonzague Théberge, un policier québécois à la retraite ; découvrir son lieu de résidence ; identifier les gens avec qui il était en contact.

Puis elle revint au mémo qu'elle était en train d'écrire. Elle devait formuler la ligne éditoriale des prochaines interventions de White Noise. Elle serait articulée autour de trois axes.

1.

La peste grise est un fléau qui menace l'humanité. C'est un équivalent de la peste noire qui a dévasté l'Europe aux alentours de l'an mille. Pour prévenir un désastre planétaire, il faut un effort concerté de toute l'humanité. Seule HomniPharm est en position de coordonner un tel chantier.

2.

Multiplier les articles faisant référence aux prophéties qui prévoient la fin du monde pour le 12 décembre 2012… ou pour toute autre date suffisamment rapprochée.

Rien de tel pour provoquer un climat d'angoisse et d'insécurité, songea Hunter : faire en sorte que les gens se sentent impuissants. De cette façon, ils deviennent plus conservateurs, diminuent leurs revendications et consentent plus facilement à des sacrifices pour protéger leur sécurité.

Elle retourna à la ligne éditoriale.

3.

Multiplier les références aux terroristes. Utiliser l'expression dans tous les domaines : les terroristes de l'environnement, les terroristes islamistes… mais aussi les terroristes de l'éducation, de la santé… les terroristes des droits de l'homme et de la démocratie…

Il fallait que l'expression devienne le mot passe-partout qui déclencherait de façon réflexe une réaction négative… Avec le temps, toute la réflexion deviendrait polarisée par un réflexe de type « nous contre eux », les bons citoyens contre les méchants terroristes… Il y aurait sûrement des intellectuels pour protester, mais ces protestations seraient balayées par le martèlement répétitif de l'expression et par l'insécurité des gens.

Après avoir relu la formulation des trois axes, elle afficha le document sur le babillard interne de White Noise. À l'intérieur de chacun des médias d'importance regroupés dans la filiale, le responsable de la ligne éditoriale aurait un signal sur son ordinateur de poche… Dans moins de vingt-quatre heures, les médias commenceraient à refléter cette nouvelle orientation.

REUTERS, 11 H 02

> … ONT ANNONCÉ UNE HAUSSE DES PRIMES DE L'ORDRE DE TRENTE À QUARANTE POUR CENT POUR TENIR COMPTE DE LA MULTIPLICATION DES SINISTRES LIÉS AU TERRORISME. CETTE DÉCLARATION CONJOINTE DES PRINCIPAUX GROUPES DE RÉASSURANCE A EU POUR EFFET…

MONTRÉAL, 11 H 14

Crépeau se rendit dans un café, sortit son téléphone portable, changea la carte SIM et composa le numéro que lui avait donné Théberge pour les situations d'urgence.

— Oui ?

— Crépeau.

— Qu'est-ce qui se passe ?

— J'ai une piste pour ton Gontran.

— Quoi !

— J'ai même une photo de lui. Une photo avant sa… transformation. Ça vient de tes mystérieux contacts. On dirait qu'ils m'ont adopté comme substitut.

— Je leur ai dit qu'ils peuvent te faire confiance.

— Sa photo était dans la banque d'Europol. C'est un Français. Henri Matton.

— Qu'est-ce qu'il faisait ?

— Il travaillait dans un laboratoire.

— Comme Hykes…

— Pas exactement le même genre de laboratoire. Il était en microbiologie. Les maladies à champignons…

Un silence suivit.

— Mets sa photo sur le site du SPVM, reprit Théberge. Dans la section des personnes disparues. Avec son nom comme seule indication. Aussitôt que je l'ai téléchargée, je t'envoie un courriel et tu l'enlèves du site.

— D'accord… Une dernière question : les Dégustateurs d'agonies, ça te dit quelque chose ?

— C'est quoi, ça ?… Des gastronomes qui font dans la dégustation d'outre-tombe ?

— Selon tes contacts, ce seraient eux qui auraient filmé Matton en train de mourir.

— Jamais entendu parler…

— Si je trouve quelque chose d'autre, je t'avertis.

— Pour le reste, comment ça se passe ?

— Un deuxième dirigeant d'entreprise polluante a été exécuté. Il est mort, lui aussi, du mal des profondeurs… au dernier étage d'une tour d'habitation !

SEATTLE, 8 H 25

L'équipe de reportage était réduite. Presque tout le monde était mobilisé par l'explosion de la veille, qui avait ravagé le dernier étage de l'édifice de l'Amalgam Commodities & Resources. Sur les ondes, la plupart des commentateurs parlaient de terrorisme, même si l'attentat n'avait pas encore été revendiqué.

Les membres de l'équipe restreinte avaient été étonnés de devoir se rendre en banlieue de Seattle, sur le terrain d'une usine fermée. Mais comme il s'agissait d'un reportage de Mel Wilson, personne n'avait protesté.

HDBC Power Propulsion avait fermé l'usine cinq mois plus tôt à cause de l'attrition de son carnet de commandes. La hausse du prix du carburant puis la crise financière s'étaient répercutées sur le tarif des billets d'avion. Les usagers avaient pris note de l'augmentation en utilisant moins l'avion pour se déplacer. Devant la baisse de l'achalandage, les compagnies aériennes avaient réagi en coupant leurs commandes d'appareils, ce qui s'était répercuté chez leurs sous-traitants.

Pour HDBC Power Propulsion, la décision de Boeing de suspendre ses commandes avait eu un effet dévastateur : c'était son seul client.

Les propriétaires de l'entreprise comptaient néanmoins sur un éventuel rétablissement de l'économie ou sur un régime de subvention à l'industrie aéronautique pour reprendre la production. C'était pour cette raison qu'ils avaient décidé de maintenir les équipements dans l'usine.

Quand l'équipe de reportage entra sur le terrain de l'entreprise, Mel Wilson leur fit ses dernières recommandations.

— Moi-même, je ne sais pas ce que nous allons trouver, dit-il. Mais c'est la même source qui m'a donné Fogarty.

Fogarty était ce propriétaire d'entreprise qui avait fait assassiner deux dirigeants d'entreprises rivales, quelques années plus tôt. Le reportage avait fait de Wilson une célébrité locale. D'autres révélations sur des financiers corrompus avaient achevé d'établir sa réputation de journaliste d'enquête. On avait même parlé de lui pour le Pulitzer. L'équipe était prête à le suivre sans poser de questions.

La porte de l'entrée du personnel n'était pas verrouillée. Il y avait pourtant des millions en équipement dans l'usine. Étonnant, songea Wilson. Même si c'était conforme à ce que son informateur lui avait annoncé.

Il se dirigea vers les salles de test.

La première chose qui le frappa fut le bruit. Une des souffleries était en marche. L'usine était pourtant censée être déserte.

Quelques minutes plus tard, ils découvraient le corps de Phillip Johnson, plaqué contre un grillage par le souffle d'un ventilateur gigantesque. Pendant que le caméraman s'empressait de tout filmer, Wilson et ses deux assistantes inspectaient les environs en prenant soin de ne pas perturber la scène de crime.

Le seul objet que Wilson toucha, après avoir enfilé des gants de latex, ce fut l'appareil d'enregistrement vidéo. Il appuya sur le bouton de mise en marche et il regarda le début de l'enregistrement qui s'y trouvait en compagnie des deux assistantes.

Il arrêta ensuite l'appareil, éjecta la carte mémoire et la donna à une des assistantes en lui disant d'en faire immédiatement une copie sur son ordinateur portable.

Quand elle eut terminé, il remit la carte mémoire dans l'appareil et renvoya toute l'équipe au studio, à l'exception du caméraman. Puis il appela les policiers.

Il tenait à ce que la caméra le montre, accueillant les policiers, pour qu'il soit clair aux yeux du public que c'était lui qui avait fait la découverte.

Paris, Chai de l'Abbaye, 17 h 40

Théberge ferma son téléphone portable et s'excusa de l'interruption auprès de Prose.

— Je pensais que vous étiez en vacances ! fit ce dernier.

— Des vacances éducatives… Si vous me racontiez ce que vous avez dit à mes amis de Montréal ?

Prose lui expliqua de quelle façon il en était venu à ses conclusions sur les deux séries d'attentats. Quand il eut terminé, Théberge, qui l'avait écouté sans l'interrompre, se passa la main sur la nuque.

— Si on s'acharne autant sur vous, conclut-il, ça ne peut pas être par hasard. D'une façon ou d'une autre, vous êtes lié à tout ça.

— Au terrorisme ! Vous pensez encore que j'ai des liens avec les terroristes !

Prose tombait des nues. Puis il comprit quel lien Théberge avait fait.

— C'est à cause de mon intérêt pour les problèmes environnementaux…

— Au début, c'est ce que j'ai cru, admit Théberge. Mais ce n'est pas logique que vous ayez voulu attirer autant l'attention sur vous… Et puis, vous n'avez rien à voir avec les islamistes.

Théberge aurait aimé être tout à fait certain de ce qu'il affirmait. Mais s'il voulait la collaboration de Prose, il devait paraître convaincu.

— Alors, qu'est-ce que je viens faire dans votre enquête ? Parce que, si je vous ai bien compris…

— L'appel que je viens de recevoir concernait le cadavre qui a été trouvé au crématorium. Il a été identifié.

Il n'y avait rien comme de fournir de l'information de façon volontaire à quelqu'un pour désamorcer sa méfiance.

— Qui est-ce ?

— Henri Matton. Un chercheur français. Il travaillait en microbiologie.

— Un autre scientifique…

Théberge le regarda avec plus d'insistance.

— Ce n'est pas une grande déduction, poursuivit Prose. Je suis mêlé à une histoire de savant disparu. Vous me payez un billet d'avion pour Paris. On retrouve un autre savant mort…

— Vous avez raison… Je pense que les choses commencent à se mettre en place.

Théberge fit un signe au serveur.

— Et alors ? demanda ce dernier en passant une serviette sur la table. Qu'est-ce qui peut faire plaisir aux Canadiens ?

— Quelque chose de léger pour préparer l'apéro que nous allons prendre vers dix-neuf heures, répondit Théberge.

— Vous avez tout votre temps, alors ! On a reçu hier un petit bourgueil qui est pas mal. On était censés le sortir seulement pour le week-end, mais je vous en mets deux, allez !

— Vous connaissez le serveur ? demanda Prose, étonné.

— Depuis hier. Nous avons un ami commun.

Théberge regarda sa montre.

— Il devrait d'ailleurs arriver bientôt.

À peine avait-il terminé sa phrase qu'il aperçut Gonzague Leclercq entrant dans le bistro. Ce dernier les repéra et se dirigea vers leur table.

Prose les regarda tour à tour, Théberge et Leclercq, puis, avant qu'il ait le temps de formuler sa question, Leclercq y répondit.

— Nous ne sommes pas parents, déclara-t-il.

— Parfois, les grands esprits se rencontrent aussi dans le choix de leur enveloppe corporelle, compléta Théberge.

Il fit les présentations.

— Victor Prose, Gonzague. Gonzague, Victor Prose.

Avant de pouvoir poursuivre, il fut interrompu par l'arrivée du serveur, qui déposa trois verres de rouge sur la table.

— Et trois bourgueils !

Il serra la main de Leclercq.

— C'est toujours un plaisir, mon colonel ! J'ai pensé que vous prendriez la même chose. Mais si ça ne va pas, y a pas de souci. Je le rapporte… Les mouettes, à la cuisine, elles vont se faire un plaisir de s'en occuper.

— Vous êtes colonel ? demanda Prose quand le serveur fut parti.

— On peut dire ça comme ça, répondit le Français.

— Colonel dans quelle arme ?

— Ce serait trop long à expliquer, coupa Théberge. Ce que vous devez savoir, c'est que nous sommes tous les trois, pour des raisons différentes, intéressés à retrouver ceux qui ont sacrifié Brigitte Jannequin.

Prose acquiesça d'un signe de tête.

— Pour l'instant, reprit Théberge en s'adressant à Prose, j'aimerais que vous présentiez à Gonzague vos réflexions sur les récentes vagues de terrorisme. Parlez-lui des liens que vous avez faits et de vos idées sur ce que pourraient être les prochaines cibles.

À la mention de l'expression « prochaines cibles », les yeux de Gonzague Leclercq se rétrécirent légèrement.

Prose expliqua qu'il s'était toujours intéressé aux problèmes environnementaux et il raconta comment il avait été amené à compiler des informations sur le sujet. Il donnait de mémoire une foule de faits et de statistiques qui brossaient un tableau apocalyptique de l'état de la planète.

— Avec le tableau que vous brossez de la situation, on pourrait justifier l'action des écoterroristes, dit Leclercq, l'air tout à fait sérieux.

— Seulement si on accepte la politique du pire… Et la politique du pire repose sur une conception simpliste de l'histoire. Simpliste mais séduisante.

Puis, après une pause de quelques secondes, il ajouta, comme s'il voulait nuancer ce qu'il venait d'affirmer :

— Séduisante parce que simpliste, probablement.

— Heureux de vous l'entendre dire.

— Donc, leur idée est simple : provoquer une crise. Parce que c'est seulement au pire du chaos, au sommet de la crise, que le groupe va se reconstruire sur de nouvelles bases… en général en faisant l'unanimité pour éliminer un ennemi. Ça peut être les capitalistes, les Juifs, les Arabes, les Occidentaux… les communistes, les pollueurs… les Infidèles… La base de leur raisonnement est toujours semblable. Ils font tous la même chose sans le savoir.

Théberge et Leclercq regardaient Prose avec un mélange d'étonnement et d'intérêt.

— Ça ressemble beaucoup à ce qui est en train de se développer, remarqua Théberge.

— Et ça risque de s'aggraver. Même si ça n'a aucun sens C'est le problème fondamental de l'humanité : comment arrêter la violence ?… Est-il possible d'arrêter la violence autrement que par la violence ? Est-il possible que la violence pour arrêter la violence n'appelle pas en retour une nouvelle violence… et que ça ne s'enchaîne pas à l'infini ?… Ce qui mène à la destruction du groupe par l'intérieur. Pour l'instant, la seule solution qu'on semble avoir trouvée, c'est le bouc émissaire. L'étranger qui est responsable de tout le mal et qu'on extermine. Le groupe se ressoude contre lui… De façon très sommaire, c'est la thèse de Girard.

— Et qu'est-ce qu'il raconte, au juste, ce brave monsieur Girard ? demanda Théberge.

— Justement ça. Selon lui, toutes les religions sont fondées sur un sacrifice originel. Quand une communauté est menacée d'éclatement à cause de la violence à l'intérieur du groupe, elle refait son unité en se regroupant contre un ennemi commun. Un ennemi qui représente le mal et que le groupe sacrifie. C'est à ça que servent les boucs émissaires. Selon lui, tous les rituels religieux commémorent le sacrifice d'une victime initiale, coupable de tous les maux… La victime sacrifiée est toujours présentée comme coupable. Comme incarnant le mal. Sauf dans les Évangiles… C'est le premier texte religieux à présenter la victime sacrifiée comme innocente. Il y voit…

— Intéressant, coupa Leclercq.

Puis, comme s'il se rappelait soudain quelque chose d'important :

— Mais mon ami Gonzague disait que vous aviez une idée sur ce que seraient les prochaines cibles.

— Après les églises, les musées et les écoles, qu'est-ce qu'il reste comme véhicules culturels ? Les bibliothèques. Les médias… Les cinémas, peut-être. Les opéras, s'ils veulent attaquer les plus riches… Personnellement, je choisirais d'abord les bibliothèques. Ensuite les cinémas et les opéras. Puis les médias. Dans cet ordre.

— Et pourquoi dans cet ordre ?

— Parce qu'ils ont besoin des médias pour publiciser leurs faits d'armes.

— Et pourquoi commencer par les bibliothèques ?

— À cause de leur valeur symbolique. À leurs yeux, les livres ont un plus grand prestige. Il ne faut pas oublier que leur culture est une culture du livre.

— Je dois admettre que c'est logique, fit Leclercq… Évidemment, la réalité a la fâcheuse tendance à se foutre de la logique.

— Ici, on n'a pas affaire à la réalité : on a affaire à une obsession. Et il n'y a rien de plus terriblement logique qu'une obsession.

— Vous marquez un point… En vous mettant à leur place, quelles seraient les premières cibles que vous choisiriez ?

— Quelles sont les principales bibliothèques de l'Occident ?… La bibliothèque du Vatican. Celle du Congrès, aux États-Unis. Celle de Harvard. La British Library de Londres… J'élimine la bibliothèque d'État de Russie, avec ses quarante millions de volumes. Celle de Pékin. Celle de Saint-Pétersbourg.

— Pour quelle raison ?

— Aucun attentat islamiste n'a encore eu lieu dans ces pays… Ici, en France, vous avez la Grande Bibliothèque.

Le dernier nom fit sourciller le Français.

— Vous pensez qu'ils vont attaquer bientôt ?

— La seule chose que j'ai remarquée, c'est l'alternance. Les attaques des islamistes s'insèrent entre deux séries d'attentats écoterroristes.

Après une pause, il ajouta :

— Vous ne trouvez pas ça curieux, le côté très scénarisé des attentats ? On dirait le développement d'une trame narrative.

Un silence suivit, marqué par l'arrivée de nouveaux verres de vin.

— Si ça continue, protesta Théberge, c'est le digestif qu'on va prendre chez Jannequin.

En entendant le nom, Prose dévisagea Théberge, puis Leclercq, puis Théberge.

— On est invités à prendre l'apéro chez le père de Brigitte Jannequin, expliqua Théberge.

— On a peut-être une idée de l'endroit où se trouve Hykes, ajouta Leclercq. Mais, pour y avoir accès, il faut faire jouer des relations politiques. Sur ce terrain-là, Laurent Jannequin peut s'avérer utile.

Voyant l'air sidéré de Prose, Théberge tenta de se montrer solidaire.

— Je ne trouve pas ça plus réjouissant que vous, dit-il. Mais comme il peut être utile… et comme il a une grande estime pour mon ami Gonzague…

Quelques minutes plus tard, Prose s'éclipsait momentanément pour aller aux toilettes. Théberge en profita pour apprendre à Leclercq qu'on avait identifié le premier carbonisé : Henri Matton. Un Français.

Leclercq promit de faire effectuer rapidement des recherches. Mais ce qui le fit réagir le plus fortement, ce fut la mention des Dégustateurs d'agonies.

— Si vous avez raison, dit-il, il y a des liens que je ne comprends pas.

Il resta un moment songeur. Puis il reprit, comme s'il changeait brusquement de sujet :

— Vous savez qu'ils en ont trouvé un troisième ?

— Un troisième quoi ?

— Carbonisé.

Avant que Leclercq puisse expliquer davantage, Prose était de retour.

— J'ai pensé à quelque chose, dit ce dernier. Si les gens qui commettent les attentats veulent vraiment provoquer une crise et que la crise est planétaire, où vont-ils pouvoir se mettre à l'abri ?

— S'ils ont assez d'argent…

— L'argent ne change rien. S'il y a des millions de personnes autour d'eux qui crèvent de faim, leurs propriétés vont être razziées.

— Ils vont s'engager des armées privées.

— Il faut qu'ils aient les moyens de les nourrir… de les soigner s'il y a des épidémies… ça prend toute une organisation sociale.

Leclercq et Théberge se regardèrent puis regardèrent Prose.

— Où est-ce que vous voulez en venir ? demanda Théberge.

— Aucune idée. Mais je pense que la question mérite d'être posée. À moins d'y être forcés par les circonstances, les chefs de secte n'ont pas l'habitude de se sacrifier en même temps que leurs membres.

Euronews, 18 h 37

> ... L'EAU N'EST PAS INÉPUISABLE ; ELLE N'APPARTIENT PAS À CEUX CHEZ QUI ELLE SE TROUVE ; IL EST SOUHAITABLE QU'ELLE PUISSE ÊTRE NÉGOCIÉE SUR LES MARCHÉS FINANCIERS COMME N'IMPORTE QUEL AUTRE PRODUIT. CE SONT LES TROIS THÈSES QUE LES DÉLÉGATIONS AMÉRICAINE ET CHINOISE ENTENDENT DÉFENDRE, LA SEMAINE PROCHAINE, AU COLLOQUE MONDIAL SUR...

PARIS, XVIᴱ, 19 H 03

Le regard de Jannequin embrassa d'abord les trois visiteurs, puis il s'attarda en alternance sur les deux Gonzague.

— J'avais bien cru remarquer une certaine ressemblance, dit-il. Mais là…

Puis, comme s'il se rappelait subitement la raison de cette rencontre, il s'avança et leur tendit la main.

— Laurent Jannequin, dit-il quand il fut rendu à Prose.

Une fois les présentations faites, il les invita à passer au salon.

— J'ai pris la liberté de vanter ta cave à vin, fit Leclercq sur un ton bon enfant. Mon ami Gonzague est un connaisseur. Et, dans le taxi, monsieur Prose me parlait d'un excellent château Sociando Mallet 1989 qu'il avait dégusté.

— Bien sûr ! fit Jannequin, dont le visage s'éclaira d'un sourire. Si nous sommes entre connaisseurs…

Prose, qui n'avait jamais parlé de ce vin, regardait Leclercq en s'efforçant de cacher son étonnement.

— Gonzague, je te laisse t'occuper des invités, fit Jannequin en s'éloignant.

— Puisque c'est pour la bonne cause…

Après le départ de Jannequin, Théberge et Prose regardèrent Leclercq, perplexes, ne comprenant visiblement pas à quoi rimait cette entrée en matière.

— Tu es sûr que le marivaudage œnologique est approprié à la situation ? demanda Théberge. On est ici, entre autres, pour lui parler de la mort de sa fille.

— Croyez-moi, je ne l'oublie pas, répondit Leclercq. Mais le fait est que Jannequin possède une cave somptueuse. Et sa femme ne peut rien boire. Le foie… Alors, toutes les occasions de partager son plaisir lui sont précieuses… Il me semble que c'est une chose que tu devrais comprendre ? ajouta-t-il en s'adressant à Théberge.

Ce dernier hocha la tête, ce qui pouvait signifier qu'il était d'accord avec l'argument ou simplement qu'il acceptait la décision de Leclercq.

— Vous faites ça pour le mettre dans des dispositions favorables ? demanda Prose.

— Je fais ça parce que c'est un ami.

Puis il ajouta avec un sourire :

— Mais je sais également que ce ne sera pas sans effet sur ses dispositions envers notre projet.

Jannequin revint avec un Puligny-Montrachet du domaine Leflaive 2004 et un Chambolle-Musigny du comte de Voguë 1999.

— Blanc et rouge, dit-il. Il ne manque que le bleu.

— On le prendra au dessert, répliqua Théberge.

Jannequin hésita un moment. Il ne savait pas trop comment interpréter la remarque. L'ami de Gonzague croyait-il qu'il s'agissait d'une invitation à dîner ?

— Bien sûr, se contenta-t-il de répondre en souriant.

Une fois le Puligny-Montrachet servi, chacun consacra un moment à le déguster et à exprimer son avis. Théberge souligna que l'introduction de la biodynamie avait nettement amélioré les vins de ce domaine, qui, par ailleurs, étaient déjà fort bons.

Jannequin lui jeta un regard surpris, puis regarda Leclercq, l'air ravi.

Ce dernier, pressentant que le « marivaudage œnologique » risquait de se prolonger indûment, choisit d'attaquer sans attendre le vif du sujet.

— Mon cher Laurent, je suis désolé, mais je dois aborder une question particulièrement pénible. Il apparaît de plus en plus probable que la mort de Brigitte est liée à une opération terroriste ayant des ramifications internationales. Avec toi, nous sommes maintenant quatre en France à connaître cette information.

Jannequin prit le temps de digérer ce qu'il venait d'entendre.

— Et monsieur Prose ? Il est ici en qualité de… ?

— Monsieur Prose a été enlevé et il a échappé à un attentat. Il y a même un site Internet où on peut parier sur ses chances de survie au-delà d'un certain nombre de jours.

Jannequin dévisageait maintenant ouvertement Prose.

— Les terroristes croient sans doute que Brigitte lui a communiqué certains secrets, poursuivit Leclercq.

— Ma fille n'était quand même pas impliquée dans des activités terroristes !

— Bien sûr que non. Elle et son patron avaient mis au point un procédé de traitement des céréales qui aurait pu contrecarrer les activités des terroristes. On pense que c'est pour faire disparaître toute trace de ce procédé que le laboratoire a été détruit.

— Est-ce que monsieur Prose détient ce secret ?

— Non. Mais il a été un des premiers à comprendre la logique qu'il y a derrière les vagues d'attentats. Et il a été assez aimable pour traverser l'océan afin de venir en discuter avec nous.

Il importait de bien établir le statut de Prose. Cela constituerait un argument de plus pour convaincre Jannequin.

— Il va te faire part lui-même de ses déductions, reprit Leclercq. Je te préviens, tu seras tenté d'y voir un nouvel avatar de la théorie du grand complot. Mais ses hypothèses sont les seules qui rendent compte de la prolifération actuelle des attentats. Et du choix de leurs cibles… Quand il aura terminé, je te dirai en quoi tu peux nous aider.

LCN, 13 H 36

… LA DÉCOUVERTE, AUX ÉTATS-UNIS, DE TROIS CAS DE PESTE GRISE A RELANCÉ LES RUMEURS VOULANT QU'UNE GUERRE BACTÉRIOLOGIQUE SOIT PRÉSENTEMENT EN COURS ENTRE LES GRANDES PUISSANCES. LA MAISON-BLANCHE S'EST EMPRESSÉE D'ÉCARTER CETTE HYPOTHÈSE COMME FANTAISISTE. ELLE A PLUTÔT INVITÉ LA POPULATION À RESSERRER LES RANGS CONTRE UN ENNEMI QUI, LUI, A OUVERTEMENT DÉCLARÉ LA GUERRE À L'OCCIDENT. COMMENTANT L'ATTENTAT DE SEATTLE, LE PRÉSIDENT…

PARIS, 19 H 41

Quand Victor Prose eut terminé d'exposer la cohérence qu'il percevait dans l'ensemble des attentats terroristes, les verres de Puligny-Montrachet étaient vides. Jannequin se leva pour servir un verre de Musigny à chacun, ce qui lui accorda une pause pour réfléchir à ce qu'il venait d'entendre.

— Personne en France n'est au courant de ça? dit-il en se rassoyant.

— Pas à ma connaissance, répondit Leclercq.

— Et vous préférez ne pas en parler avant d'avoir des preuves formelles?

— Exactement.

— Et moi, dans tout ça?

— À notre connaissance, Hykes peut se trouver à trois endroits: un en France, à Lyon en fait, et deux dans des pays de l'Union européenne. On peut intervenir à Lyon. Pour les autres pays, il faudrait des contacts qui permettent de court-circuiter le haut de la hiérarchie politique.

— Tu penses que…

— Je ne sais pas qui peut être impliqué, mais c'est toujours possible. Et même si ce n'est pas le cas, toutes sortes de motivations politiques peuvent intervenir.

— Ça!… fit Jannequin, comme si on lui parlait d'une calamité trop bien connue.

— Je peux établir des contacts avec des groupes d'intervention, reprit Leclercq, mais il leur faut un minimum de couverture politique.

Jannequin resta silencieux un moment, comme s'il prenait le temps d'apprivoiser la demande.

— Et tu penses que Hykes est dans un de ces laboratoires? dit-il.

— Les trois sont dirigés par une personne qui, nous avons de fortes raisons de le croire, est impliquée dans son enlèvement.

Jannequin se leva et marcha dans la pièce.

— Si ce que tu dis est vrai, le fait de retrouver ce Hykes serait loin de mettre un terme à nos ennuis.

— Vous avez raison, dit Théberge. Mais il faut que vous sachiez que plusieurs autres savants ont été enlevés. Certains ont été tués. Ce qu'on va découvrir dans ces laboratoires risque d'ouvrir plusieurs pistes.

— Votre fille était une personne remarquable, fit Prose. Elle s'est toujours battue pour ce qu'elle croyait juste. Vous pouvez être fier d'elle. En nous aidant à retrouver

Hykes, c'est le travail de votre fille que vous nous aidez
à poursuivre.

Jannequin ne répondit pas immédiatement. Il était
visiblement troublé.

— D'accord, dit-il en tournant son regard vers
Leclercq. Laisse-moi l'adresse des deux laboratoires
étrangers. Je vais m'en occuper. Je t'appelle aussitôt
que j'ai réussi à arranger quelque chose.

— Il est crucial que les trois opérations aient lieu
simultanément.

— C'est ce que j'avais compris.

Ils se concentrèrent ensuite brièvement sur le
Chambolle-Musigny. Une fois de plus, Théberge étonna
Jannequin avec un commentaire détaillé sur les raisons
pour lesquelles il appréciait ce producteur. Il se souvenait
à quel point Jannequin l'avait pris de haut lors de leur
première rencontre. C'était une douce revanche de riva-
liser avec lui sur son propre terrain.

Dix minutes plus tard, Leclercq regardait sa montre.

— C'est beau l'exégèse œnologique, dit-il en s'adressant à Théberge, mais il nous reste du travail.

Comme ils se dirigeaient vers la sortie, Jannequin mit
la main sur l'épaule de Prose.

— Quand les circonstances s'y prêteront, j'aimerais
que vous passiez me voir… Pour me parler plus longuement de ma fille. À moi et à mon épouse…

FORT MEADE, 14 H 07

Tate était dans la voiture le menant à l'aéroport. Sur le
moniteur télé, il écoutait en direct la nouvelle déclaration
des Enfants de la Tempête.

> … TOUTES LES ENTREPRISES QUI POLLUENT SERONT VISÉES. IL EST
> TEMPS QUE LES RESPONSABLES, DEPUIS LES PRÉSIDENTS DE COMPAGNIE
> JUSQU'AUX EMPLOYÉS QUI SONT AU BAS DE L'ÉCHELLE, PAIENT POUR
> LES CRIMES DONT ILS SONT SOLIDAIRES…

L'image de l'enfant qui récitait le texte fit place à celle
de Mel Wilson. Sur un ton sobre, il expliqua l'origine
du message.

CE MESSAGE, NOUS L'AVONS TROUVÉ DANS UN MONITEUR TÉLÉ, À L'IN-
TÉRIEUR D'UNE USINE TEMPORAIREMENT DÉSAFFECTÉE DE LA BANLIEUE
DE SEATTLE. À CÔTÉ DU MONITEUR, IL Y AVAIT UN HOMME QUI AVAIT
ÉTÉ SOUFFLÉ À MORT – IL N'Y A PAS D'AUTRE TERME – PAR UNE DES
SOUFFLERIES DE L'ENTREPRISE. D'APRÈS CE QUE NOUS AVONS COMPRIS,
CET HOMME SERAIT RESPONSABLE DE L'ATTENTAT CONTRE L'ALMAGAM
COMMODITIES & RESOURCES. IL AURAIT LUI-MÊME ORGANISÉ SON SUICIDE
POUR TÉMOIGNER EN PERSONNE DE SON ENGAGEMENT. LA MISE EN
SCÈNE TRÈS PARTICULIÈRE DE CE SUICIDE SERAIT, SELON LE MESSAGE
QU'IL A LAISSÉ, UNE « ILLUSTRATION DU VENT DE MORT QUI VA SOUFFLER
SUR L'ARROGANCE DU CAPITALISME OCCIDENTAL ».

Tate ferma la télé. La voiture arrivait à l'avion.

Une fois à bord, il s'occuperait du temps satellite qu'il
avait promis à Blunt. Ensuite, il se plongerait dans le
dossier de Seattle avant que Paige et le Président l'appellent.

Pourvu qu'ils ne convoquent pas une réunion d'urgence
pendant qu'il serait au-dessus de l'Atlantique…

AL JAZEERA, 17 H 45

… LE CAPITALISME DE CONSOMMATION EST LE FOSSOYEUR DE LA VIE. LES
MINES, LES INDUSTRIES, LES PÉTROLIÈRES POLLUENT TOUJOURS PLUS. ELLES
REJETTENT TOUJOURS PLUS DE GAZ À EFFET DE SERRE. ELLES EMPOISONNENT
L'AIR, L'EAU ET LA TERRE. FONT DISPARAÎTRE LES ESPÈCES. PROVOQUENT
DES MUTATIONS QUI FAVORISENT L'APPARITION DE MONSTRUOSITÉS. ELLES
TUENT LA VIE.
POUR LIBÉRER LA PLANÈTE DES RAVAGES DE L'HUMANITÉ, IL FAUT ACCÉ-
LÉRER LE PROCESSUS. C'EST SEULEMENT QUAND LA SITUATION DEVIENDRA
INTOLÉRABLE QUE L'HUMANITÉ CESSERA DE LA TOLÉRER. QU'ELLE REJETTERA
LA VIOLENCE QUI EST INFLIGÉE À NOTRE MÈRE LA TERRE…

PARIS, 21 H 17

F avait décidé de souper à l'appartement. Elle avait
acheté une bouteille de vin et des plats préparés chez un
traiteur de l'avenue Lamotte-Picquet.

En début d'après-midi, elle avait téléchargé les informations que Fogg lui avait laissées sur le site FTP. Le
premier dossier était une compilation de toutes les opérations de nature criminelle contre des entreprises commandées à Vacuum par ceux que Fogg appelait « ces

messieurs » : sabotage de produits, incendies d'usines et d'entrepôts, élimination de personnel clé, chantage contre les dirigeants et enlèvement de membres de leur famille, piratage de leur système informatique pour détruire leurs données, paiement d'employés pour qu'ils falsifient leur comptabilité, vol d'informations stratégiques, pression sur des banquiers pour qu'ils resserrent leurs conditions de crédit… Il y avait là un répertoire complet des méfaits susceptibles d'être perpétrés contre une entreprise.

Les opérations couvraient une période de huit ans. Au début, les commandes avaient été adressées directement à Vacuum par John Messenger et Ute Breytenbach. Quelques années plus tard, le nom de Jessyca Hunter s'était mis à apparaître sur ces demandes d'interventions. Puis, à mesure qu'elles s'étaient multipliées, elles avaient été acheminées par l'intermédiaire des filiales, où elles étaient noyées dans le flot de commandes qui venait de l'ensemble du Consortium. Il avait fallu toute la patience et le flair de Fogg pour les repérer et les regrouper.

Elle ouvrit le second dossier.

Celui-ci documentait une longue série d'attaques contre des parlementaires, principalement européens : intimidation, enlèvements, menaces contre leur famille, compromission avec des prostituées ou dans des orgies impliquant de la drogue… Fogg avait ajouté une note au dossier pour préciser que, dans tous les cas, il s'agissait de parlementaires qui étaient favorables au renforcement de l'Europe.

Était-ce la raison pour laquelle ils avaient été pris pour cibles ? « Ces messieurs » étaient donc hostiles à la construction de l'Europe ?…

Quant aux Américains qui apparaissaient sur la liste, on pouvait facilement les ranger dans le camp des colombes reconverties. Des politiciens connus auparavant pour leur point de vue libéral et qui se mettaient à voter avec les ultra-conservateurs, comme s'ils étaient devenus subitement des supporters à tous crins de l'intransigeance à l'endroit de la Chine et de la suspension des libertés civiles au nom de la guerre au terrorisme.

Il était clair que « ces messieurs » entendaient favoriser une politique américaine agressive et réactionnaire.

Le troisième dossier regroupait principalement des commandes d'enlèvement un peu partout sur la planète. S'y ajoutaient quelques contrats d'élimination et d'intimidation pour obtenir des résultats de recherche. Dans plusieurs dossiers d'enlèvement, il y avait la mention : « neutralisation du collatéral immobilier ».

F comprit le sens exact de cette expression quand elle découvrit le nom de Martin Hykes dans un des contrats : l'enlèvement avait été accompagné de la destruction du laboratoire.

Le quatrième dossier tranchait par rapport aux autres. Il s'agissait de commandes pour des installations de sécurité sophistiquées, dans différentes régions de la planète : Dubaï, Amazonie, Nouvelle-Zélande, Caraïbes, Guernesey, Indonésie… Chaque commande comprenait une description précise des équipements installés. Certaines dépassaient les cent millions de dollars et incluaient des systèmes de défense anti-aériens ainsi que des rampes de lancement de missiles.

L'information recueillie par Fogg n'avait pas de prix ; il y avait là ce qu'il fallait pour perturber sérieusement les plans de « ces messieurs ». Mais elle posait à F deux problèmes majeurs.

Le premier, c'était que rien dans ces dossiers ne permettait d'identifier les hauts dirigeants qui tiraient les ficelles, derrière le Consortium. Le second, c'était qu'elle n'avait pas les moyens d'utiliser elle-même toute cette masse de renseignements.

Elle décida d'appeler Fogg. Il était temps de finaliser leur plan d'attaque.

HAMPSTEAD, 21 H 06

À l'écran, le présentateur de la BBC commentait les événements survenus à St. Sebastian Place.

... CETTE DEUXIÈME EXPLOSION, QUI A ÉTÉ SUIVIE D'UN INCENDIE, A ACHEVÉ DE DÉTRUIRE CE QU'IL RESTAIT DE L'ÉDIFICE. ON NE S'EXPLIQUE TOUJOURS PAS COMMENT UN ÉDIFICE DU CŒUR DE LONDRES A PU ÊTRE DÉTRUIT DE CETTE FAÇON SANS QUE LES AUTORITÉS AIENT JAMAIS DÉCOUVERT LES CHARGES EXPLOSIVES DISSIMULÉES DANS SA STRUCTURE. QUESTION PLUS TROUBLANTE ENCORE : EXISTE-T-IL D'AUTRES ÉDIFICES QUI SONT PIÉGÉS DE CETTE MANIÈRE ET QU'ON POURRAIT FAIRE EXPLOSER SIMPLEMENT EN APPUYANT SUR UN BOUTON ?... AU PARLEMENT, LE MINISTRE DE LA SÉCURITÉ PUBLIQUE A TENTÉ DE SE FAIRE RASSURANT MALGRÉ LE FEU NOURRI DE QUESTIONS AUQUEL IL A DÛ...

À n'en pas douter, « ces messieurs » prendraient la chose au sérieux. Ils voudraient à tout prix savoir d'où venait la menace. Ce qui surprenait Fogg, c'était qu'ils ne l'aient pas encore contacté. Et qu'ils n'aient pas contacté Vacuum par l'intermédiaire d'une des filiales... Se méfiaient-ils de lui au point de le soupçonner ?

Quand le signal du logiciel de communication se fit entendre, Fogg coupa le son de la télé et laissa l'image.

— Vos protégés m'ont l'air d'avoir fait du bon travail, dit-il lorsque la communication fut établie.

— Vous parlez du St. Sebastian Place ? demanda la voix de F, dont le visage apparaissait sur l'écran de l'ordinateur de Fogg.

— Oui... Bizarrement, « ces messieurs » n'ont pas encore réagi.

— Ils attendent peut-être de voir s'il y aura d'autres perquisitions.

— Possible.

— J'ai parcouru tous les dossiers. C'est trop gros. Je ne peux pas gérer ça toute seule.

— Il va falloir déléguer, dit Fogg avec un sourire.

— Juste pour le premier dossier, ça va exiger une armée d'enquêteurs et de policiers répartis dans une trentaine de pays, et qui travaillent en collaboration. Avec un accès à des comptes protégés par le secret bancaire... Vous imaginez l'enfer logistique ?!

— Je ne pensais pas à une utilisation de type policier et judiciaire. Enfin, pas dans un premier temps.

— Vous pensiez à quoi ?

— À quelqu'un qui pourrait analyser l'ensemble de ces incidents en apparence isolés pour dégager le plan dans lequel ils s'insèrent... D'après ce que je connais de votre organisation, vous comptez dans vos rangs un gestionnaire tout à fait exceptionnel. Je suis sûr qu'il apprécierait ce genre de défi. Ça le changerait du train-train quotidien que doit représenter pour lui la gestion de vos milliards.

— Personnellement, je pensais plutôt à utiliser ces informations à la pièce pour acheter la coopération de corps policiers ou d'agences de renseignements.

— Les deux ne s'excluent pas forcément.

— C'est vrai.

— Pour ce qui est des parlementaires, par contre, votre solution est de loin la meilleure. Éclaircir le meurtre d'un homme politique ou mettre au jour sa corruption, c'est toujours une monnaie d'échange intéressante pour un corps policier.

— Je ne comprends pas leur but, dit F. Pour quelle raison seraient-ils contre l'achèvement de l'Europe ?

— Probablement pour la même raison qu'ils semblent vouloir déclencher une guerre entre la Chine, les États-Unis et la Russie... Pour avoir les coudées franches.

Fogg était étonné que F n'ait pas saisi la limpidité de cette stratégie : empêcher les plus petits États de se regrouper ; neutraliser les plus forts en les amenant à s'opposer les uns aux autres.

— En temps de guerre, reprit-il, les États sont beaucoup moins tatillons sur les activités des groupes criminels. Surtout s'ils peuvent conclure avec eux des alliances.

— Et c'est la même chose pour le terrorisme : plus il y a d'attentats, plus « ces messieurs » vont avoir de marge de manœuvre.

Fogg hocha la tête. S'il y avait une chose qu'on ne pouvait pas reprocher à F, c'était de ne pas comprendre rapidement les rares détails qui lui avaient échappé lorsqu'on les mentionnait. Et d'en tirer les conséquences.

— Quant aux enlèvements, dit-il, il faudrait que quelqu'un fasse le même type de recoupements. Avec tous vos contacts…

— Je peux certainement trouver quelque chose.

— Compte tenu de ce qui s'est passé à St. Sebastian Place, il faut agir sans attendre. Je devine ce qu'ils vont faire. Dans une situation comme celle-là, on coupe tous les liens avec ce qui n'est pas essentiel. Tout le cercle extérieur est habituellement sacrifié… Il ne faut pas leur donner le temps de se redéployer.

— Et le quatrième dossier ?

— Celui-là, je le garderais en réserve. C'est l'as dans notre manche.

— Ça va quand même exiger du travail de préparation.

— Je laisse ça à votre discrétion.

Puis il ajouta, avec un sourire :

— C'est vous l'experte quand il s'agit de faire travailler les autres au bénéfice de notre projet !

Lévis, 16 h 18

Au cours de la journée, Dominique avait suivi les commentaires des médias sur les événements de St. Sebastian Place. La plupart en faisaient leur principale nouvelle. Mais elle avait de la difficulté à demeurer concentrée. Elle attendait avec impatience les résultats de la rencontre de Blunt avec Tate.

Au moins, avec le temps d'accès aux satellites qu'il leur avait accordé, les recherches avaient pu débuter. Blunt avait mis Chamane en priorité sur le dossier. Ce dernier avait requis la collaboration d'un autre de ses collègues. Il aurait pu réussir à se tirer d'affaire seul, mais cela aurait pris plus de temps ; son « collègue » avait l'avantage d'avoir déjà utilisé le logiciel de données de la NSA !

Dominique n'était pas particulièrement enchantée de cette décision. Mais comme il y allait de la vie de Claudia… C'était cependant une solution de court terme. Elle commençait à se demander si l'Institut ne devrait pas développer son propre département de *hackers*, comme l'avaient fait la plupart des services de renseignements. Trop de choses dépendaient de Chamane. Qu'il lui arrive quoi que ce soit et l'Institut serait en sérieuse difficulté…

Le logiciel de communication téléphonique se manifesta au moment où elle regardait distraitement le directeur du Trésor américain expliquer que l'inflation demeurerait maîtrisée malgré la nouvelle envolée du prix des céréales et de l'énergie.

Un regard à l'écran de l'ordinateur lui apprit que c'était Finnegan.

— Alors ? fit Dominique. Cette promotion, vous allez l'avoir ?

— Pour l'instant, j'aimerais surtout savoir dans quoi je suis en train de mettre les pieds.

— Moi-même, j'ignorais qu'il y avait là un réseau d'amateurs de *snuff*.

— Vous avez vu qui est soupçonné de faire partie de ce réseau ?

— Vous avez trouvé la liste des membres ? demanda Dominique.

— Non. Mais on a une photo de tous les gens qui sont entrés dans l'édifice au cours des six dernières semaines. Une caméra de surveillance placée de l'autre côté de la rue.

— Et… ?

— Des ministres, des anciens premiers ministres, des dirigeants de multinationales, des hauts fonctionnaires, des diplomates étrangers, des banquiers, des hommes politiques… quelques vedettes pour faire bonne mesure, juste les plus riches… C'était quoi, cet endroit ? Une succursale de Davos ?

— Je suis aussi étonnée que vous.

— Je vous envoie la liste. Si vous en tirez quelque chose, vous me prévenez.

— Sûr… Qu'est-ce que vous allez faire avec ça ?

— Le problème, c'est que c'est une société anonyme qui est locataire des trois étages. Enregistrée au Panama.

Et que c'est une autre société anonyme, enregistrée aux Caïmans, qui est propriétaire de l'édifice.

— Et les gens qui ont été filmés ?

— On en a interrogé quelques-uns parmi les moins importants. Ils ont tous le même alibi. Une fondation qui se réunissait au quatrième étage de l'édifice.

— Leur alibi est solide ?

— Assez pour que Scotland Yard décide de ne pas interroger les autres. En tout cas, pas pour le moment.

— Malgré le fait qu'il y a eu une deuxième explosion ?

— Le mot d'ordre, c'est de ne pas faire de vagues avant d'avoir des preuves en béton.

— Pour empêcher que l'affaire soit enterrée, il faudrait un mouvement d'opinion publique.

— Vous avez une idée ?

— Pourquoi ne pas mettre certains enregistrements des mises à mort sur Internet ?

— C'est exclu par le directeur.

— Pour éviter de faire des vagues ?

— Exactement.

— Vous n'êtes pas obligé de procéder de façon officielle. Et vous n'êtes pas obligé de rendre disponibles tous les enregistrements. En fait, il y en a quelques-uns que j'exclurais d'office.

— C'est vrai qu'on pourrait voir qui ça fait bouger.

Une icône représentant un vieux parchemin s'afficha à l'écran. Un bruit de cloche se fit entendre.

— Je viens de recevoir votre liste, dit Dominique.

Elle régla ensuite les derniers détails avec Finnegan, en s'assurant notamment que l'enregistrement vidéo dans lequel apparaissait Claudia ne serait pas rendu public. Et pour ne pas attirer l'attention sur cet enregistrement, elle l'inclut dans une liste en compagnie de six autres enregistrements qu'elle préférait voir demeurer confidentiels. Sans expliquer pourquoi. Et pour être sûre que rien n'attirerait l'attention sur l'enregistrement qui montrait Claudia, elle inséra dans la liste des sept deux autres vidéos qui, tout comme celle de Claudia, ne se rendaient pas jusqu'à la mort des victimes. Des sortes de *work in progress* dont les Dégustateurs étaient invités à suivre le déroulement.

Si Finnegan voulait ensuite se casser la tête pour savoir ce que tous ces films avaient en commun, il pourrait toujours chercher !

Huit minutes plus tard, alors que Dominique parcourait pour la deuxième fois la liste que Finnegan lui avait envoyée, un nom la frappa. Comment avait-elle pu ne pas le remarquer la première fois ?

Maggie McGuinty… Le nom que Théberge lui avait transmis.

Comme elle s'apprêtait à téléphoner à Blunt pour lui faire part de ce qu'elle venait de trouver, une nouvelle demande de communication entrait dans l'ordinateur.

F !

www.toxx.tv, 16 h 29

— Yellow Fuzz… ?
— C'est un plan élaboré par les militaires américains.
— Pour déclencher une guerre contre la Chine ?
— Pour mener une guerre préventive avant que la Chine devienne militairement trop forte.
— Et ce seraient eux qui auraient provoqué l'épidémie de peste grise ?
— L'épidémie est d'abord apparue en Chine avant de se propager en Inde puis au reste de la planète. Exactement comme le champignon tueur de céréales. C'est quand même une drôle de coïncidence…
— Ils auraient lancé une épidémie en sachant qu'ils finiraient par être eux-mêmes contaminés ?!
— Ils pensaient probablement que ça resterait contenu à l'intérieur de la Chine…

Paris, 22 h 34

Pendant que Chamane téléchargeait une série de documents que Dominique venait de lui expédier, Blunt discutait avec elle de l'utilisation qu'ils pouvaient en faire.

— La priorité, fit la voix de Dominique dans le haut-parleur branché sur l'ordinateur, c'est de découvrir qui ils sont. Pour ça, il faut trouver ce qu'ils font et découvrir le plan qu'ils suivent.

— Leur plan, c'est pas compliqué, lança Chamane. C'est de mettre la main sur la planète !

— C'est sûr, répondit Dominique.

Il y avait de l'amusement dans sa voix, ce que confirmait son visage dans une des fenêtres de l'écran mural.

— J'ai pensé qu'on pourrait demander à Poitras de travailler à plein temps sur le premier dossier, reprit-elle. D'élaborer une sorte d'organigramme de tous ces attentats pour voir à qui ils profitent.

— De mon côté, fit Blunt, je peux utiliser des choses comme monnaie d'échange avec Tate. Si je regroupe tous les incidents qui impliquent des citoyens américains…

— Tu peux aussi te servir des parlementaires sur qui il y a eu des pressions.

— Avec tout ça, je suis sûr d'avoir son attention. Et ça va me permettre de moins lui en donner sur le reste.

— F suggère qu'on commence à examiner le quatrième dossier mais qu'on n'en parle à personne.

— L'examiner comment ?

— Une photo satellite de chacun des endroits, pour voir s'il y a un *pattern* qui se dégage…

— Je m'occupe de voir ça avec Chamane. Mais le temps satellite sera consacré en priorité à la recherche de Claudia.

— Pour le dossier des enlèvements de savants, F a quelqu'un qui s'occupe de la partie européenne. Elle dit qu'on devrait quand même y jeter un coup d'œil pour voir comment ça s'intègre aux opérations du premier dossier.

— Autrement dit, c'est une bonne nouvelle, intervint Chamane. Elle a quand même le temps de s'occuper des problèmes.

— Je suis curieuse de savoir où elle a trouvé tout ça, reprit la voix de Dominique. Elle était censée se concentrer sur Claudia.

— Fogg ? suggéra Blunt.

— C'est ce que je pense. Mais pour quelle raison il nous donne autant de choses ?… La seule explication que je vois, c'est qu'il veut qu'on fasse le travail à sa place.

— Tu as posé la question à F ?

— Elle a répondu que tout deviendrait bientôt très clair. Que les informations qu'elle me transmettrait devraient me rassurer… Au téléphone, sa voix était confiante, sûre d'elle.

— Tu lui as parlé de ce qui s'est passé à Londres ?

— C'est elle qui a abordé le sujet. Elle voulait savoir si nous avions trouvé quelque chose d'intéressant.

— Tu as eu des nouvelles de Finnegan ?

— J'allais y venir. Il va falloir s'intéresser sérieusement à madame McGuinty. Il semble qu'elle était une visiteuse régulière de St. Sebastian Place.

LVT News, 17 h 04

... DISANT VOULOIR AGIR DE FAÇON RESPONSABLE, LE GROUPE ÉCOTERRORISTE LES ENFANTS DE LA TEMPÊTE A ÉMIS AUJOURD'HUI UN NOUVEAU COMMUNIQUÉ. EN VOICI UN EXTRAIT.

POUR MINIMISER CE QUE LES MILITAIRES APPELLENT DES DOMMAGES COLLATÉRAUX, NOUS ANNONÇONS QUE LES PROCHAINES VICTIMES SERONT LES RICHES QUI FRÉQUENTENT LES HÔTELS CINQ ÉTOILES. CE SONT EUX, LES PROFITEURS OBJECTIFS DU SACCAGE DE LA PLANÈTE. IL EST DONC JUSTE QU'ILS SOIENT LA CIBLE PRIVILÉGIÉE DES REPRÉSAILLES. LEURS SOUS-ORDRES SERONT ÉGALEMENT VISÉS, MAIS EN MOINS GRAND NOMBRE. IL EST CEPENDANT INDISPENSABLE QU'IL Y EN AIT. IL FAUT RAPPELER À LA POPULATION QUE LES COLLABORATEURS DES EXPLOITEURS, QUEL QUE SOIT LEUR STATUT SOCIAL, SONT AUSSI DES EXPLOITEURS. QU'ILS SONT LES COMPLICES DE LA DESTRUCTION DE LA PLANÈTE.

À LA SUITE DE CET AVERTISSEMENT RENDU PUBLIC SUR INTERNET, UN PEU AVANT 15 HEURES, LA PLUPART DES GRANDS HÔTELS ONT ENREGISTRÉ UN AFFLUX SANS PRÉCÉDENT DE DÉPARTS ET D'ANNULATIONS. LES LIEUX DE VILLÉGIATURE LES PLUS HUPPÉS ONT ÉGALEMENT…

Paris, 23 h 12

F avait invité monsieur Claude à se joindre à elle dans un petit bar, à deux pas de la rue Cler. C'était assez près de chez elle pour que ce soit commode et assez éloigné pour qu'on ne puisse pas facilement découvrir où elle demeurait.

— Alors, quoi de neuf ? demanda monsieur Claude.

F lui parla d'abord de ce qui s'était passé à St. Sebastian Place.

— Ils ont retrouvé une dizaine d'enregistrements vidéo. Tous mettent en scène des mises à mort très… scénarisées.

— Un groupe criminel qui produit du *snuff* ?

— Ils auraient comme nom les Dégustateurs d'agonies.

Monsieur Claude la regarda un moment sans répondre.

— Un genre de club privé ?

— Vous n'avez pas idée à quel point c'est privé. Je vous ai préparé une copie de la liste des gens officieusement soupçonnés d'y appartenir.

Elle ouvrit son sac à main et elle en retira une petite boîte ultra-mince.

— Il y a une carte informatique d'une capacité de 16 gigs à l'intérieur. Le premier document est la liste des personnes possiblement impliquées.

Monsieur Claude sortit son téléphone portable et y introduisit la carte. Puis il ouvrit le document dont le titre était « Personnes impliquées ». Il le parcourut rapidement.

Il releva ensuite les yeux vers F.

— Vous comprenez pourquoi les gens ne peuvent pas être soupçonnés officiellement, reprit F.

— On ne pourra jamais rien contre eux.

— Officiellement ? Probablement pas… Mais je suis certaine que ces informations vont être utiles dans vos négociations avec votre ex-employeur.

F prit une gorgée de vin.

— Dans le document intitulé « Pressions politiques », vous allez trouver cinq hommes politiques français.

Monsieur Claude consulta son portable.

— Deux UMP, dit-il. Deux PS. Un de l'extrême droite…

— Je ne peux pas vous donner plus de détails, mais je sais que ces cinq hommes politiques sont tous d'anciens pro-européens et qu'ils ont tous brusquement adopté la position inverse. Certains ont été victimes de chantage, d'intimidation. D'autres ont été achetés… D'une façon ou d'une autre, leur vote est contrôlé.

— J'ai un ami, un ancien des Renseignements généraux. Il peut s'occuper de ça.

— De votre côté, vous avez trouvé quelque chose sur la vidéo que je vous ai transmise ?

— Je l'ai montrée à un ami qui a longtemps travaillé dans les questions de sécurité maritime. Il me dit que c'est le type de caisson utilisé pour les travaux de recherche au fond de l'océan.

— Il ne doit pas y avoir des milliers de clients qui achètent ça.

— La compagnie qui les produit a été rachetée il y a deux ans. Par une entreprise dont le siège social est situé au Japon. Comme il s'agit d'une compagnie dont le capital est entièrement privé…

— À quelle profondeur peuvent-ils descendre ?

— Avec le modèle standard, c'est totalement sécuritaire jusqu'à trois cents mètres. La compagnie a déjà produit une version qui peut descendre jusqu'à deux mille mètres. Mais avec une fenêtre aussi grande…

— Il faudrait montrer le paysage sous-marin qu'on aperçoit par la fenêtre à un océanographe. Il pourrait probablement nous dire à quelle profondeur chercher.

— Je m'occupe de ça tout de suite.

Monsieur Claude puisa un numéro dans le répertoire de son portable et le composa.

— Je veux parler à monsieur Raoul… Bien sûr que je sais l'heure qu'il est. Pensez-vous que je n'aurais pas moi-même autre chose à faire ?

Il jeta un regard exaspéré à F.

Quelques secondes plus tard, il reprenait la conversation sur un ton plus serein.

— C'est moi… Un point de vue de l'intérieur sur ce qui s'est passé à Londres, ça vous intéresse ?… Oui, St. Sebastian Place. Si vous préférez, je vous envoie ça par courriel… C'était une blague… D'accord… Demain ? En début de matinée ? C'est parfait… J'aurais aussi besoin d'un service… Non, rien d'extravagant. Est-ce que vous pouvez me trouver un océanographe discret ?… Discret, oui. J'en ai besoin le plus tôt possible. Demain matin, s'il venait en même temps que le courrier… Parfait ! À demain, donc.

Il remit son téléphone portable dans son étui.

— Quelqu'un va venir étudier la vidéo chez moi demain matin.

WWW.FRANCE-INFO.COM, 17 H 31

… SUR L'EXPLOSION DES SOUS-MARINS RUSSE ET AMÉRICAIN, AUX DEUX PÔLES. AU CONSEIL DE SÉCURITÉ DE L'ONU, LES DEUX PAYS SE SONT OPPOSÉS À LA PROPOSITION DE LA CHINE DE TENIR UNE ENQUÊTE INTERNATIONALE SUR…

PARIS, 23 H 37

Quand il arriva à l'appartement, Théberge eut la surprise de constater que sa femme n'était pas là. Il y avait un mot sur la table.

Je suis à L'Enclos du temps. Tu peux venir me rejoindre.

L'Enclos du temps était un café bistro qu'ils avaient repéré la première journée, en marchant dans les rues autour de l'appartement.

Dix minutes plus tard, Théberge entrait dans le café. Son épouse était à une table retirée, en discussion avec une femme qu'il ne connaissait pas.

Le temps qu'il se rende à la table, la femme s'était levée, avait ramassé son sac à main et s'apprêtait à partir.

— Gonzague, je te présente Lilianne.

Théberge serra la main que lui tendit la femme.

— Votre épouse m'a beaucoup parlé de vous, dit-elle.

Elle se tourna vers madame Théberge avant d'ajouter:

— Je vous laisse. On rediscutera de tout ça la prochaine fois.

Théberge s'assit en face de son épouse, à la place que la femme venait de quitter.

— Comme ça, tu lui as beaucoup parlé de moi ?

— Depuis le temps qu'on se connaît…

— Évidemment. On est quand même ici depuis presque trois jours…

— Ne sois pas bête, Gonzague. Je *chatte* avec elle depuis plus de cinq ans… Tu prends un verre ? Ils sont sur le point de faire le dernier service.

Théberge commanda le côtes-du-rhône de l'établissement en pensant à ce qu'il avait bu chez Jannequin.

— Demain, il va falloir aller à Lyon, dit-il. Avec l'autre Gonzague… C'est une ville que tu n'as pas vue.

— Je vais rester ici.

— Tu es sûre ?

— J'ai des amies à rencontrer.

— Tu parles de Lucie Tellier ?

— Non. Pour elle, je vais attendre que tu sois là.

Le serveur apporta le verre de Théberge, qui le goûta avec le sentiment de profaner ce qu'il avait bu plus tôt dans la soirée.

— Pendant que tu vas être parti, je vais aller dormir chez Lilianne. Elle veut me présenter des femmes qui travaillent dans d'autres réseaux… On a un projet.

Théberge regardait sa femme sans rien dire, attendant qu'elle poursuive.

— Le problème, avec les filles qu'on veut mettre à l'abri pour les protéger, c'est que ce n'est pas facile de les faire disparaître. L'année dernière, on a eu trois cas de filles qui ont été retrouvées par leur *pimp*.

— Je sais.

— On veut mettre sur pied un système d'échanges. Nos filles les plus menacées viendraient en France et les leurs viendraient au Québec.

— Vous allez avoir des problèmes avec l'immigration.

— Pas si elles ont une autre identité, un emploi à l'arrivée… Elles ont monté un système semblable au nôtre. Avec des policiers et des avocats qui les aident… des fonctionnaires…

Théberge prit une gorgée de vin.

— Je ne suis pas certain que ce soit une bonne idée de me mettre au courant de tous les détails, dit-il.

— Tu as raison. C'est pour ça que je ne t'en avais pas parlé. Mais je ne veux pas que tu t'inquiètes pour moi. Pour ce que tu as à faire, c'est mieux que tu n'aies pas d'autres soucis… Tu vas avoir assez à penser.

Paris, 23 h 51

— Tu as peur qu'il fasse une bêtise ? demanda Chamane sans quitter l'écran mural des yeux.

— Aucune idée. De quoi est-ce que vous avez parlé ?

— Je lui ai annoncé la nouvelle, pour Kim… et que F était partie à la recherche de Claudia…

— Il t'a dit ce qu'il allait faire ?

— Non. Mais c'est certain qu'il va retourner à Londres. Il m'avait demandé un tas d'informations sur une propriété, là-bas.

— Espérons qu'il contacte l'Institut.

— Ça, ça m'étonnerait.

Chamane se tourna vers Blunt, subitement sérieux.

— Il y a quelque chose qui vient de me revenir… Il était en pleine paranoïa. Il est sûr qu'il y a une taupe à l'intérieur de l'Institut.

— Je sais. J'ai eu droit au même discours.

— Je suis inquiet pour lui.

— Tu aurais dû m'en parler tout de suite.

Il y avait un peu d'exaspération dans la voix de Blunt.

— J'étais hyper enterré, fit Chamane. Je lui ai dit de venir, que j'étais dans le super jus mais que je pourrais lui parler en continuant de travailler… Ensuite, j'ai oublié.

Ils furent interrompus par les premières mesures de l'*Hymne à la joie*. Le mot « *YES !!!* » apparut dans une fenêtre sur l'écran mural.

— Enfin une bonne nouvelle ! fit Chamane.

Blunt se contenta de le regarder, attendant une explication.

— « Mes collègues », comme tu les appelles. Tu veux voir ce qu'ils ont trouvé ?

Il ouvrit le portable qu'il utilisait uniquement pour aller sur Pretty Good Palace.

Quelques minutes plus tard, il expliquait à Blunt qu'ils avaient réussi à piéger le programme d'infiltration. Il provenait effectivement du site d'HomniFood.

— Ça veut dire qu'ils l'ont neutralisé ? demanda Blunt.

— Ça veut dire qu'ils l'ont laissé envahir une réplique simplifiée d'une VM de *hacking* et qu'ils ont piégé une copie du programme d'infiltration dans une copie de la VM piratée pour voir comment il travaille.

Blunt le regarda un instant, perplexe, avant de lui demander :

— Si le programme détruit la VM, il va démolir aussi la copie, non ?

— Tu vois que tu n'es pas un cas désespéré !... T'as compris le problème.

Puis il poursuivit sur un ton plus technique :

— La VM infiltrée est scannée en continu dans d'autres espaces isolés pour recréer indéfiniment l'infiltration originale. En parallèle, elle est recopiée, mais de façon partielle, dans d'autres espaces. Pour isoler des parties du programme d'infiltration... Comme ça, ils peuvent l'étudier en pièces détachées.

— Ça peut prendre combien de temps, toutes ces copies ?

— Les copies, c'est une question de fractions de seconde. Mais pour l'analyse, j'ai aucune idée.

CNN, 19 H 02

... RAPPORTE DEUX NOUVEAUX CAS DE PESTE GRISE AUX ÉTATS-UNIS. INTERROGÉ À CE SUJET, LE PRÉSIDENT A DÉCLARÉ QUE CETTE CONTAMINATION ÉQUIVALAIT À UN ACTE DE GUERRE ET QUE TOUT PAYS QUI SERAIT COMPLICE DES TERRORISTES S'EXPOSAIT À DES REPRÉSAILLES IMMÉDIATES. AILLEURS DANS LE MONDE, LES CAS DE PESTE GRISE CONTINUENT DE SE MULTIPLIER. BIEN QUE L'ORGANISATION MONDIALE DE LA SANTÉ SE REFUSE À PARLER OFFICIELLEMENT DE PANDÉMIE, ELLE A HAUSSÉ SA COTE D'ALERTE À 5...

PARIS, 2 H 51

Blunt arriva à la chambre de Tate dix minutes à peine après qu'il se fut installé.

— Je commençais à me demander si j'avais uniquement affaire à un agent virtuel enfermé dans un PC, fit Tate avec humeur.

— Je t'ai préparé des documents, répondit Blunt en lui donnant une pochette cartonnée de format A4.

À l'intérieur de la pochette, il n'y avait qu'un mini-disque dur.

— J'y ai mis ce qui peut t'être utile, reprit Blunt : une liste de savants américains enlevés ou forcés de travailler à l'étranger, une liste d'entreprises américaines qui ont fait l'objet de sabotage ou de prise de contrôle forcée, une liste de politiciens américains sur qui on a fait pression au moyen de chantage, d'intimidation, de pots-de-vin pour qu'ils modifient leurs votes… Chaque élément de chacune des listes est accompagné d'un dossier.

Tate regarda le minidisque dur, puis regarda Blunt.

— Je suis impressionné… Mais je pensais que tu devais me parler de l'Institut, d'une sorte de conspiration mondiale…

— Sur le disque, tu as les éléments qu'il te faut pour travailler. Maintenant, je vais te présenter verbalement le contexte global.

Blunt se cala dans son fauteuil.

— Je t'ai aussi mis deux autres éléments sur le disque dur : un organigramme détaillé de la structure du Consortium, avec une description détaillée de plusieurs opérations effectuées par ses filiales.

— Et ça devrait me convaincre de son existence ?

— Tout ce qui est mentionné est vérifiable. Par contre, il y a peu de choses sur ses dirigeants.

— Tu étais censé me parler de l'Institut, non ? insista Tate.

— Il ne reste plus que trois personnes. Moi et deux agents qui sont présentement en Angleterre.

— Et qu'est-ce qu'ils fabriquent en Angleterre ?

— Ils sont à l'origine des événements de St. Sebastian Place. Ça t'intéresse de savoir ce qu'ils ont trouvé ?

Dix minutes plus tard, Blunt avait livré à Tate une version expurgée de ce qui s'était passé et il lui avait parlé des Dégustateurs d'agonies.

— Sur le disque, conclut Blunt, tu as la liste complète des personnes qui ont été vues entrant dans l'édifice et qui ne travaillaient pas dans les bureaux situés aux autres étages. On peut raisonnablement penser qu'elles font partie du club de dégustation. Mais elles ont toutes un alibi. Toutes le même.

— Du moment qu'ils en font parler un, ça va se mettre à débouler.

— Ils ne vont pas les interroger.

— Quoi ?!

— Sur la liste, il y a des ministres, des juges, des présidents de compagnies… un ou deux anciens chefs d'État, des diplomates…

— Et ce seraient ces gens qui seraient derrière les attentats terroristes ?… Je ne pourrai jamais faire avaler ça à personne.

— Il y en a trois qui sont sur le conseil d'administration d'HomniFood.

— HomniFood, c'est pas touche. Ils ont le salut de l'humanité entre leurs mains.

— Tu savais que deux des membres du CA d'Homni-Food siègent au Senate Select Committee on Intelligence ?

— Pourquoi penses-tu que je ne veux pas toucher à ça ?

— Il y en a aussi qui sont proches des militaires.

— On est en plein délire de conspiration.

— Délire, je ne sais pas. Sans doute qu'ils sont assez délirants. Mais pour ce qui est de la conspiration, ça…

— Qu'est-ce que je suis censé faire ?

— Exposer une partie de la conspiration, mais en attribuant la divulgation à quelqu'un d'autre. Ça va peut-être les forcer à bouger…

— Ce n'est pas une mauvaise idée. Mais je risque d'être en chômage dans peu de temps.

— Même avec ce que je t'ai donné ?

— C'est sûr que ça ne nuira pas.

— Et si tu réussissais à empêcher le prochain attentat islamiste ? Est-ce que ça te permettrait de conserver ton mandat ?

— Parce que tu sais ce que ça va être !

— Probabilité à quatre-vingt-trois virgule six pour cent : la bibliothèque du Congrès.

— Et les autres seize ou dix-sept pour cent ?

— D'autres bibliothèques parmi les plus importantes.

— C'est complètement dément ! Ou est-ce que tout ça nous mène ?

— Je commence à percevoir leur stratégie d'ensemble, mais ce n'est pas encore clair. C'est comme au go : à mesure que l'adversaire pose des pierres, tu vois progressivement l'image des territoires se former. Puis tu finis par comprendre l'ensemble des objectifs.

— Et les territoires que tu vois ?

— Pour l'instant, c'est l'eau, les céréales, la recherche sur la santé… Ils veulent établir un contrôle mondial. Les noms sont clairs : HomniFood, HomniFlow, Homni-Pharm… Avec HomniCorp comme investisseur privé dans les trois cas.

— Et le terrorisme ?

— Une diversion pour accaparer l'attention du public et des médias. Et pour permettre aux gouvernements d'être plus autoritaires… C'est l'explication la plus plausible. Mais il y a beaucoup de détails qui ne cadrent pas vraiment. Il y a encore des choses qui nous échappent.

— Tu me dis tranquillement que c'est un complot mondial, que ça implique des membres des élites politiques, économiques et militaires… que tout ce beau monde manie allégrement le terrorisme à la grandeur de la planète… Qu'est-ce que tu veux qu'on fasse ?

— Qu'on mette du sable dans l'engrenage.

— On fait ça comment ?

— Ce sont des gens qui détestent la publicité. Ils détestent que leurs plans soient exposés au grand jour…

Pour guider les réactions de la population, le concours des médias est capital. Ce guidage doit s'opérer selon trois axes : le premier est de détruire l'image du personnel politique ; le deuxième est de présenter la situation mondiale comme inexplicable et tellement complexe que seuls des experts ou des entreprises disposant de vastes ressources de recherche ont les moyens de la maîtriser – surtout pas des élus pris au hasard dans la population, qui ont comme seul talent, dans le meilleur des cas, leur charisme ; le troisième axe est d'alimenter la méfiance entre les gens, particulièrement à l'endroit des étrangers, des immigrants.

Guru Gizmo Gaïa, *L'Humanité émergente*, 3- Le Projet Apocalypse.

PARIS, 9 H 18

Les deux hommes étaient arrivés chez monsieur Claude à neuf heures précises. Le plus grand des deux avait un physique d'athlète avec un soupçon de raideur militaire. La mallette de cuir qu'il avait à la main était probablement vide malgré la chaîne qui la reliait à son poignet. C'était le courrier. Il rapporterait au directeur de la DGSE les informations que lui remettrait monsieur Claude.

L'autre homme était rondouillet et son visage affichait une expression de contentement qui avait toutes les apparences de la sincérité.

— Jules Beaucaire, dit-il en tendant la main à monsieur Claude. Océanographe.

Monsieur Claude l'amena dans un petit salon. Il lui fit voir un montage de tous les passages du film des

Dégustateurs où la caméra montrait la fenêtre panoramique donnant sur l'océan.

Beaucaire regarda tout l'enregistrement en silence, l'air absorbé. Puis il se tourna vers monsieur Claude.

— Au minimum une cinquantaine de mètres, je dirais. Comme vous pouvez le voir, il y a surtout des anémones, des étoiles de mer… des algues. Il n'y a pas beaucoup de poissons… À cette profondeur-là, vous allez trouver du cabillaud, du flétan… Ce que je remarque, c'est qu'ils ont un bon système d'éclairage à l'extérieur du caisson.

— Vraiment ?

— Normalement, vous ne verriez à peu près rien.

— Ça pourrait être une installation à l'intérieur d'un aquarium géant, suggéra monsieur Claude.

Beaucaire le regarda curieusement.

— Ils auraient reproduit une faune qui vit à cinquante mètres de profondeur ?… Dans quel but ?

Monsieur Claude ignora la question.

— Donc, d'après vous, c'est une représentation réaliste du fond marin à une profondeur de cinquante mètres ?

— Disons de cinquante à cent.

— D'accord… Vous avez une idée de l'endroit où ça peut être ?

— Je dirais l'Atlantique Nord. La côte européenne.

Pendant que l'océanographe regardait de nouveau l'enregistrement, monsieur Claude remettait au messager un minidisque dur contenant les informations pour le directeur de la DGSE.

Le messager lui donna en retour un téléphone portable.

— Si vous avez besoin de le joindre, le numéro est programmé dans la mémoire sous le nom de Raoul. C'est le seul numéro opérationnel. Tous les autres ont pour effet d'amorcer la destruction de la carte SIM et de la carte mémoire.

— Bien.

— Avant la première utilisation, vous le mettez sous tension et vous maintenez votre pouce appuyé sur l'écran. L'appareil va lire votre empreinte, l'enregistrer comme code d'accès et lancer le programme de décryptement.

Après le départ des deux hommes, monsieur Claude appela F pour l'informer de ce qu'il avait appris.

— Les bords du plateau continental, le long de la côte atlantique, résuma F.

— Ça confirme ce que vous pensiez. Ils ne l'ont pas emmenée très loin.

— Je transmets immédiatement l'information à ceux qui s'occupent des recherches.

— Elle aura probablement des choses intéressantes à raconter…

— Avant de penser à ce qu'elle peut avoir appris, on va commencer par la retrouver.

— Bien sûr… Et si jamais, après l'avoir trouvée, vous avez besoin d'aide…

— Je ne vous oublie pas.

CNN, 8 H 07

> … UNE FLAMBÉE DE PESTE GRISE DANS UN DES QUARTIERS LES PLUS PAUVRES DE LOS ANGELES. LE MAIRE A DÉCRÉTÉ DES MESURES D'URGENCE POUR ENRAYER LA CONTAMINATION. UN QUADRILATÈRE DE TROIS RUES PAR CINQ A ÉTÉ MIS EN ISOLEMENT. LES HABITANTS DU QUARTIER SONT PRIÉS DE DEMEURER CHEZ EUX POUR LEUR PROPRE PROTECTION. DES AGENTS DE LA VILLE ÉQUIPÉS DE COMBINAISONS ISOLANTES ONT COMMENCÉ LES VISITES POUR S'ASSURER DU BIEN-ÊTRE DES RÉSIDENTS ET VOIR À LEURS BESOINS IMMÉDIATS…

Dubaï, hôtel chic, 14 H 15

Les gens reliés à St. Sebastian Place avaient tous été prévenus de sa destruction. Killmore ne pouvait rien faire de plus.

Le premier moment de contrariété passé, il avait considéré les aspects positifs de l'événement. C'était une incitation à aller de l'avant. À quitter les anciens lieux, trop associés au monde qui allait disparaître. Après tout, une nouvelle ère était sur le point de commencer. Pour l'humanité, bien sûr. Mais surtout pour lui.

Il jeta un œil distrait aux informations de la BBC.

> … LES PREMIERS CAS DE PESTE GRISE SUR LE TERRITOIRE DU ROYAUME-UNI. UN PAQUEBOT EN PROVENANCE DE L'INDE SERAIT RESPONSABLE DE L'ARRIVÉE DE LA MALADIE SUR NOTRE TERRITOIRE. LE PREMIER MINISTRE…

La peste grise…

Killmore sourit. L'équipe de marketing avait accompli du bon travail. Le nom était en train de s'imposer.

La première chose qu'il avait vérifiée en arrivant à ses nouveaux appartements, c'était le petit coffret de sécurité, dans la salle de bains : les doses d'antidote y étaient. Si jamais il était contaminé, malgré toutes les précautions qui avaient été prises pour protéger les lieux, il n'aurait rien à craindre.

… LE LONDON PAPER PUBLIE AUJOURD'HUI UNE LISTE DE CENT CINQUANTE-DEUX PERSONNES QUI POURRAIENT FAIRE PARTIE DES DÉGUSTATEURS D'AGONIES. SCOTLAND YARD A TOUTEFOIS DÉMENTI L'AUTHENTICITÉ DE CETTE LISTE, QUI POURRAIT ÊTRE UN EXTRAIT DU WHO'S WHO BRITANNIQUE ET INTERNATIONAL.

Killmore mit quelques secondes à réagir… C'était quoi, cette bouffonnerie ? Comment un journal pouvait-il avoir cette liste en sa possession ?

… PLUSIEURS FILMS DE CE CLUB TRÈS PRIVÉ SE SONT RETROUVÉS AUJOURD'HUI SUR INTERNET. LE FAIT QU'ILS AIENT TOUS ÉTÉ MIS EN LIGNE À PEU PRÈS À LA MÊME HEURE, SUR DES SITES RÉPARTIS SUR L'ENSEMBLE DE LA PLANÈTE, LAISSE CROIRE QUE…

Des sites répartis sur l'ensemble de la planète… Ça voulait dire une action coordonnée. Ce n'était donc pas un agent du MI5 qui avait décidé de s'amuser. Ou de se faire un peu d'argent en les vendant.

Mais pourquoi avoir mis ces films en ligne ?… La réponse était évidente : pour embarrasser les membres dont la liste était également publiée sur Internet. Pour provoquer des réactions de panique. C'était une attaque délibérée. Probablement le MI5. On reconnaissait là leur style.

Il fallait contrer ça au plus tôt.

Mais il y avait une chose que cette hypothèse n'expliquait pas : c'était la curiosité de plusieurs agences de renseignements françaises et américaines. Depuis la veille, s'il fallait en croire ses informateurs, trois agences autres que Scotland Yard avaient effectué des recherches sur les Dégustateurs d'agonies : la NSA, la DCRI et la DGSE. Sans compter le MI5.

Bien sûr, personne n'avait découvert quoi que ce soit. Mais Killmore se serait bien passé de cette curiosité. Comment ces agences avaient-elles réussi à être informées aussi rapidement ? Avaient-elles toutes une taupe à l'intérieur de Scotland Yard ?…

L'important était de ne pas se laisser distraire. De se concentrer sur la tâche qui restait. Puis Killmore se corrigea lui-même mentalement : pas la tâche, l'œuvre. Car il était un artiste. Mais lui, à la différence des autres, ne se contentait pas de faire son numéro et de réinventer ce qu'il était, comme le disait la chanson. C'était l'humanité au complet qu'il allait réinventer.

Il reprendrait le geste gratuit de Breton. Mais en plus achevé. Le petit Napoléon tyrannique de la littérature française avait eu des ambitions trop modestes. À ses yeux, l'acte gratuit consistait à descendre dans la rue avec un revolver et à tirer sur quelqu'un au hasard. C'était affreusement petit-bourgeois. Affreusement englué dans une pose œdipienne. Nombriliste.

Killmore, lui, se situait d'emblée sur le plan de l'humanité. C'était l'humanité qu'il assassinerait pour qu'elle renaisse. Il ajoutait à l'entreprise de Breton la dimension eschatologique que le Christ avait donnée à la sienne.

Un signal sonore en provenance de l'ordinateur portable attira son attention. Un courriel de Windfield.

> Qui a décidé de rendre publique l'existence des Dégustateurs d'agonies ?

Killmore décida de répondre sans attendre pour ne pas lui donner l'impression qu'il cherchait à esquiver la question.

> J'ai apporté quelques ajustements au plan. Vous aurez tous une explication complète à la réunion du Cénacle, demain. Pour le moment, concentre-toi sur l'opération en cours.

Il lui restait vingt-quatre heures pour préparer son explication. Elle serait simple : il fallait un leurre pour arrêter l'enquête sur ce qui se passait au St. Sebastian Place. Si les policiers n'avaient rien trouvé, ils auraient continué à chercher dans toutes les directions. Maintenant qu'ils croyaient avoir découvert un réseau d'amateurs de *snuff*, il ne leur viendrait pas à l'idée que ça puisse être une couverture pour autre chose.

De toute façon, il n'y avait aucune chance qu'ils découvrent quoi que ce soit sur le réseau. Surtout pas avec le peu de temps qu'il leur restait avant le déclenchement de l'Exode.

Montréal, 7 h 24

En sortant de Chez Margot, Little Ben se retrouva devant trois micros. Un peu en arrière des journalistes, deux caméras le filmaient.

— Pouvez-vous nous confirmer que vous travaillez comme gardien de nuit dans le café?

Little Ben se contenta de regarder le journaliste qui lui avait posé la question. Ce dernier lui avait collé le micro à quelques centimètres de la bouche.

Voyant qu'il ne répondait pas, un autre journaliste le relança:

— Qu'est-ce qui se passe dans le café?

Little Ben ne répondait toujours pas. Les questions se mirent à se succéder de plus en plus rapidement.

— Êtes-vous muet?

— Qu'est-ce que vous protégez comme ça, la nuit?

— Pourquoi vous ne dites rien?

— C'est l'inspecteur-chef Théberge qui vous a demandé de protéger le café?

— Maintenant que votre nom est dans les médias, allez-vous partir le rejoindre en France?

Little Ben continuait de regarder les journalistes sans réagir. Son impassibilité semblait exacerber leur agressivité. Ils se relayaient de plus en plus rapidement pour poser des questions.

— Vous ne pensez pas que le public a le droit de savoir?

— Vous ne trouvez pas ça étrange qu'un petit restaurant de quartier ait besoin d'un *bouncer*? D'habitude, les *bouncers*, c'est dans les bars. Surtout les bars où il risque d'y avoir de la casse…

— Qu'est-ce que vous pouvez dire à nos auditeurs qui veulent savoir ce que vous faites là pendant la nuit ?

— Est-ce qu'il se passe des choses qui pourraient être dangereuses pour les voisins ?

Subitement, Little Ben se laissa choir et se retrouva assis par terre. Les journalistes, surpris par le geste, reculèrent précipitamment.

— Il nous attaque ! lança une voix.

Mais ce que les deux caméras montraient, c'était un homme assis par terre, la tête entre les mains, et qui pleurait. Qui pleurait de plus en plus fort.

Les journalistes se regardèrent un moment. Puis l'un d'eux, mal à l'aise, demanda à son caméraman, qui continuait de filmer :

— S'il nous poursuit pour harcèlement, on est couverts ?

— Sûr…

L'attente dura deux minutes vingt-trois secondes. Puis Little Ben cessa brusquement de pleurer. Il se leva, regarda les journalistes et il leur dit d'une voix tout à fait calme, presque chaleureuse :

— J'ai pleuré sur vous parce que je trouve atroce ce que vous avez dû vous infliger à vous-mêmes pour être devenus ce que vous êtes aujourd'hui… Vous avez ma plus profonde sympathie.

Puis il s'éloigna d'un pas décidé et disparut au coin de la rue.

TQS, 8 H 09

… LES DEUX JEUNES CHERCHEURS SE SONT PENCHÉS SUR LE CALENDRIER MAYA, DONT LA PRÉDICTION LA PLUS CÉLÈBRE EST CELLE DE LA FIN DU MONDE POUR LE DOUZE DU DOUZIÈME MOIS 2012. RÉVISANT LES INTERPRÉTATIONS ANTÉRIEURES, ILS ANNONCENT COMME NOUVELLE DATE LE QUATRE DU QUATRIÈME MOIS 2044. SELON EUX, LE DOUZE DÉCEMBRE 2012 MARQUERAIT SEULEMENT LE DÉBUT D'UNE TRANSITION PLUS VIOLENTE VERS CETTE NOUVELLE ÈRE…

Paris, 14 h 17

Monsieur Claude avait fixé le rendez-vous au Harry's New York Bar parce qu'il était curieux de revoir l'endroit, après toutes ces années. Il était arrivé à l'avance.

Le décor n'avait pas changé pour la peine. Toujours les mêmes boiseries, la même allure de pub anglais à peine acclimaté à la France. Mais, comme clients, il n'y avait plus que des touristes. Pour eux, le bar était une sorte de lieu de pèlerinage et ils étaient prêts à payer leur consommation le gros prix pour la simple raison que des écrivains célèbres avaient déjà fréquenté l'endroit.

Dans la poche de son veston, son téléphone vibra. Monsieur Claude y jeta un regard et vit qu'un nom s'y affichait.

Raoul.

Il n'était pas question de ne pas répondre.

— Je tenais à vous remercier personnellement, fit monsieur Raoul.

— C'est un plaisir.

— La défense des intérêts économiques de notre pays est une tâche de plus en plus complexe. Comme vous le savez, le président actuel y prête la plus grande attention. Particulièrement à tout ce qui touche aux secteurs aéronautique et bancaire.

Un petit rire ponctua la dernière phrase. Monsieur Claude se sentit obligé de manifester un peu de complicité.

— On ne peut pas lui reprocher de négliger ses amis, dit-il sur un ton à peine ironique.

— Alors, si vous apprenez quoi que ce soit…

— Bien entendu.

— La personne que vous avez rencontrée ce matin est mon assistant personnel. Si jamais je ne suis pas disponible, vous pouvez lui parler comme si c'était moi… Vous pouvez le joindre vingt-quatre heures sur vingt-quatre.

Les deux savaient que monsieur Claude n'en ferait rien. Que ce ne serait que réduit à la dernière extrémité qu'il aurait recours à l'assistant pour autre chose que régler un détail technique… Mais l'offre avait été faite précisément dans ce but : en cas d'urgence, monsieur Claude savait qu'il y aurait quelqu'un prêt à répondre à l'appel.

— J'ai demandé qu'on vous octroie un accès à la base de données, poursuivit monsieur Raoul. Niveau quatre. Pour le cas où vous auriez besoin d'informations.

— J'apprécie le geste.

— Ce n'est pas un geste, c'est un investissement.

Un petit rire ponctua de nouveau la déclaration. Visiblement, il essayait de mettre monsieur Claude à l'aise en lui épargnant toute forme de mensonge pieux. Ils parlaient de professionnel à professionnel. Monsieur Claude avait occupé le même poste que lui : il savait donc que la décision ne pouvait être que calculée et fondée sur le poids relatif des intérêts en jeu. Prétendre le contraire aurait été le prendre ouvertement pour un imbécile.

Un bref échange de politesses suivit. Puis monsieur Claude remit son téléphone dans sa poche.

Au même moment, le serveur arrivait avec le martini qu'il avait commandé. Il le déposa un peu brusquement sur la table et il en renversa une partie. Il se contenta alors de lever le verre et de passer le chiffon sur la table. Pas un mot d'excuse, pas la moindre allusion à la possibilité de remplacer le verre.

Monsieur Claude eut de la difficulté à ne pas éclater de rire : on aurait voulu caricaturer l'arrogance suffisante de ces endroits pour touristes, qui vivent uniquement de leur gloire passée, on n'aurait pas pu trouver mieux.

— C'est d'être sorti de ta retraite qui te rend aussi joyeux ? fit une voix qui lui était familière.

Il tourna la tête vers l'homme qu'il attendait. Il découvrit alors que son ami Gonzague Leclercq n'était pas seul.

En soi, il s'agissait déjà d'un fait incongru. Mais ce qui sortait vraiment de l'ordinaire, c'était à quel point le type qui l'accompagnait lui ressemblait : on aurait dit une copie moins aristocratique, à la limite prolo, de l'ex-directeur des Renseignements généraux.

Monsieur Claude choisit néanmoins de répondre à la question comme si de rien n'était.

— C'est la nouvelle politique, dit-il : on continue de travailler sans être payé ! Ils appellent ça liberté 65 !

— Je me suis permis d'amener un ami, fit Leclercq. C'est mon effort pour promouvoir la coopération France-Québec.

Il procéda ensuite aux présentations, précisant qu'il n'y avait aucune parenté entre eux. Il avait à peine terminé que le serveur les interrompait :

— Pour ces messieurs, ce sera ?

Théberge et Leclercq commandèrent chacun un verre de côtes-du-rhône.

— Tu peux parler librement devant mon ami, reprit Leclercq, une fois que le serveur fut reparti. Il est ici à ma demande pour t'exposer un cas très particulier sur lequel nous travaillons ensemble.

Le regard de monsieur Claude glissa vers Théberge.

— Si Gonzague se porte garant de vous, dit-il, ça me suffit. Mais, pour la ressemblance, il va falloir que vous m'expliquiez.

— Il n'y a rien à expliquer, fit Théberge.

— Dans notre métier, les coïncidences…

— La seule explication que je peux voir, répliqua Théberge, c'est qu'un ancêtre de mon ami Gonzague a dû venir batifoler dans les grands espaces canadiens, il y a deux ou trois siècles.

Monsieur Claude se contenta de continuer à sourire. Leclercq s'adressa à lui.

— Si tu commençais par nous présenter ton problème…

Monsieur Claude mit ses mains devant son visage et les joignit du bout des doigts comme pour se concentrer.

— En fait, c'est une solution qui se cherche un problème. J'ai la preuve que cinq hommes politiques pro-européens ont récemment changé leur opinion de manière radicale à la suite de différentes pressions dont ils ont fait l'objet : intimidation, enlèvement de leurs enfants, compromission dans des orgies sexuelles avec menaces de les publier sur Internet…

— Et tu as des preuves de tout ça ? fit Leclercq.

— Toutes les étapes sont documentées, de la planification jusqu'à l'exécution de l'opération : la seule chose qui manque, c'est le nom du commanditaire et des exécutants.

— Autrement dit, on a ce qu'il faut pour compromettre les hommes politiques, mais rien pour toucher à ceux qui les manipulent.

— Exactement.

— Et tu as pensé à moi…

— Je veux quelqu'un qui est capable de se servir des informations pour remonter la filière au lieu de s'en prendre aux victimes.

— Tu as eu ça comment ?

— La mystérieuse amie dont je t'ai déjà parlé, se contenta de répondre monsieur Claude.

— Tu veux que je remonte à ceux qui font le chantage ?

— Et que tu voies s'il y a d'autres victimes.

— Je suis certain que ton successeur apprécierait ce genre d'information. Il a un faible pour les intrigues politiques.

— Justement. J'aimerais pouvoir lui en dire un peu plus.

— D'accord, je vais voir ce que je peux faire… Moi aussi, j'ai une histoire pour toi. C'est mon ami Gonzague qui va te la raconter.

— Gonzague ?

— Une autre coïncidence, fit Leclercq en souriant.

Théberge lui raconta succinctement l'histoire de Henri Matton, qu'on avait pour ainsi dire assassiné quatre fois.

— Il n'avait pas beaucoup de chances de s'en tirer, si je comprends bien ? fit monsieur Claude.

— Pas beaucoup, non.

Monsieur Claude se tourna vers Leclercq.

— Comme je te connais, ce n'est pas seulement pour mon amusement personnel que tu voulais que j'entende cette histoire.

— Tu as raison. Tout d'abord, on a trouvé deux autres cas similaires. Un ici, en France. L'autre en Suisse, il y a moins d'une semaine.

— Ça, tu ne vas pas encore me dire que c'est une coïncidence !

— Ça m'étonnerait. Mais, ce qui me tracasse le plus, c'est ce que faisait Henri Matton. Il était microbiologiste. Il effectuait des recherches sur la contamination de l'être humain par des champignons.

— Tu penses à la peste grise ?

— C'est toi, tout à l'heure, qui parlais de coïncidences.

Monsieur Claude resta silencieux un moment.

— Ses recherches étaient subventionnées par une entreprise privée, reprit Leclercq. Je n'ai pas de preuve, mais c'est le genre de montage dont se servent les militaires quand ils ont besoin de prête-noms.

— C'est peut-être pour ça qu'ils l'ont rendu méconnaissable. Pour qu'on ne puisse pas retrouver sa trace.

— À moins qu'ils l'aient fait seulement disparaître… Une expérience qui tourne mal, une contamination accidentelle… On efface les traces.

— C'est trop voyant. De toute évidence, c'est une mise en scène pour attirer l'attention.

— Tu as raison. Et ça n'explique pas les deux autres.

— Des savants, eux aussi ?

— On ne les a pas encore identifiés. J'ai demandé une reconstruction des visages à partir des crânes… On va pouvoir comparer les reconstitutions avec les photos des savants qui travaillent dans ce champ de recherche. Mais tout ça va prendre du temps.

— Tu es sûrement au fait des rumeurs qu'il y a eues sur la disparition de plusieurs savants.

— Ce ne sont pas seulement des rumeurs. Gonzague et moi, on travaille sur le cas d'un de ces savants qui ont disparu.

— Tu as entendu parler des films trouvés à St. Sebastian Place ?

La question surprit Leclercq. Théberge, quant à lui, continuait d'assumer son rôle de spectateur attentif : il n'avait aucune idée de la relation entre les deux hommes et il préférait laisser l'initiative à l'autre Gonzague.

— Le truc de Londres ? demanda Leclercq. Les Dégustateurs d'agonies ?

— Un des films met en scène la mort de quatre savants.

— Comment tu as eu accès à ça ?

— Comme je te disais l'autre jour, la retraite est un concept relatif.

Montréal, 8 h 31

Skinner regardait la page trois du journal ouvert devant lui. On y apercevait un portrait, dessiné par informatique, qui lui ressemblait étrangement. Sous la photo, le titre précisait :

Recherché pour les attentats terroristes

Comment pouvaient-ils avoir obtenu un portrait de lui aussi ressemblant ?

Certainement pas parce qu'ils l'avaient repéré. Sinon ce serait sa photo qu'il y aurait eue dans le journal… Un témoin ? Mais témoin de quoi ? Et puis, toutes les personnes qu'il avait approchées l'avaient vu sous un de ses déguisements…

À moins que ce soit une ruse. Que le dessin ait été réalisé à partir d'une photo, comme si on voulait lui laisser croire qu'il n'était pas repéré.

Ce portrait changeait totalement la situation. Il ne pouvait plus se permettre de rester très longtemps à Montréal. Et quand il sortirait, ce serait déguisé. Avec des déguisements autres que les précédents.

De toute façon, il y avait de bonnes chances que l'Institut ait déménagé à Paris. Il n'allait quand même pas laisser à madame Hunter le loisir de débusquer Théberge et de s'occuper seule des restes de l'Institut !

Et puis, pour maintenir la pression sur les proches de Théberge, il n'avait pas besoin d'être à Montréal.

HEX-TV, STUDIO 4, 9 H 18

Vincent Lacroix n'était pas son véritable nom. Il l'avait choisi comme nom d'artiste par provocation. Il disait que c'était leur maître à tous. S'il avait réussi à faire avaler autant de couleuvres à autant de monde, c'était un modèle à suivre pour tous les animateurs de radio et de télé, dont le souci premier était de plaire aux gens, de gagner leur confiance, de les convaincre de leur donner chaque jour une partie de leur temps. Et comme le temps, c'est de l'argent…

Lacroix était assis dans le fauteuil rouge au centre du studio. Ça aussi, ça faisait partie du concept : il était normal que l'animateur baigne dans le rouge, symbole à la fois du sang qu'il faisait couler sur le plateau – symboliquement, s'entend – et des dépassements de budget.

L'émission occupait la case horaire de 9 heures à 11 heures. Il avait proposé comme titre : *N'importe quoi*. De cette façon, avait-il argumenté, on pourra parler de ce qu'on veut, s'adapter à l'actualité et aux invités disponibles.

À sa surprise, sa proposition avait été acceptée. « C'est toi qui l'animes, c'est toi qui vis avec », avait répondu le directeur des émissions. « Et c'est toi qui meurs avec si ça ne fonctionne pas. »

Lacroix dirigea son regard vers la caméra.

— Aujourd'hui, comme d'habitude, on parle d'un tas de choses. Pour commencer, on s'intéresse à une autre émission de télé. Une émission de HEX-TV : *La Voix du peuple*. Là, je vois les vierges offensées qui se préparent à grimper dans les rideaux. Elles vont dénoncer la convergence, le capitalisme… Et pourquoi pas la mondialisation et le cancer du sein ou de la prostate, tant qu'à faire ? Mais moi, je trouve important qu'on parle de cette émission-là. Même si elle est à HEX-TV… *La voix du peuple*. Une émission animée par Frédéric Lavoie.

Il se tourna vers le fauteuil à sa gauche.

— Frédéric est avec moi. Salut, Frédéric.

— Salut.

— Ton émission, c'est quoi?

— De l'information, mais différente. De l'information sur ce que pense le vrai monde. La plupart des radios nous assomment à force de répéter tout ce qui est arrivé partout. On s'en fout, de ce qui est arrivé! Ce qu'on veut savoir, c'est ce que le monde en pense! Ce que ça leur fait!

— Tu peux me donner un exemple?

— Prends les épiceries dévalisées. On s'en fout de savoir exactement combien il y en a eu pendant la semaine. Combien il y a eu de livres de steak de volées… Est-ce que c'est plus que la semaine dernière? Est-ce que c'est moins?… Combien il y a eu de vitrines fracassées? Combien ça va coûter par vitrine?… De toute façon, les chiffres, on peut leur faire dire ce qu'on veut. Ce qui m'intéresse, moi, c'est de savoir ce que le monde en pense. Pas les experts, le monde… De quoi ils pensent que ça dépend, les épiceries saccagées? Qu'est-ce qu'ils feraient, eux, pour régler le problème?

— Ça prend quand même des faits comme point de départ.

— C'est sûr. Mais sans se perdre dans les détails. Prends l'exemple des terroristes… As-tu besoin de savoir s'ils ont tué douze ou quatorze personnes? As-tu besoin d'avoir des experts qui t'expliquent en détail leur religion? C'est-tu nécessaire de savoir qu'il y a eu dix-sept ou dix-neuf ou vingt-trois autres attentats sur la planète?

— Ça…

— Vingt-quatre heures en deux minutes. C'est comme ça que l'émission commence. Un topo rapide. On fait le tour de ce qui est arrivé depuis la veille. Des textes clairs, pas compliqués, une ou deux phrases, trois max. Comme ceux qui défilent en bas des écrans sur les chaînes de *news*… Après, c'est le monde qui parlent, qui disent ce qu'ils en pensent.

— Tes premiers sujets, c'est quoi ?

— On parle des musulmans qui réclament la protection de la police contre le public… le danger que représentent les groupes écolos… Il y a aussi le réseau Théberge…

FOND DE L'OCÉAN, 15 H 41

Claudia s'astreignait à une série d'exercices dont elle respectait scrupuleusement l'ordre. Ainsi, au réveil, elle s'assoyait en tailleur pour méditer. Puis elle faisait des étirements. Ensuite de la musculation en se servant des quelques objets qu'il y avait dans la pièce.

Quand elle mangeait, elle reproduisait les mêmes séquences de gestes pour préparer les aliments, les mettre sur la table, les manger, nettoyer le peu de vaisselle qu'elle utilisait… Habituellement une assiette, un couteau et une fourchette de plastique.

À défaut d'un cadre temporel de référence dans lequel insérer ses journées, elle structurait chacune des séquences de sa vie. C'était bien sûr mécanique ; dans la vie normale, elle aurait trouvé ce comportement intolérable. Mais c'était son seul recours contre la désorientation qu'elle avait rapidement ressentie. Faute de repères extérieurs, elle donnait à son existence un minimum de cohérence en structurant ses actions.

Le plus difficile, c'était de s'imposer cette discipline sans savoir si elle servirait à quelque chose. Sans savoir si elle réussirait un jour à s'échapper de cet endroit.

Mais, même si elle ne le savait pas, elle devait y croire. C'était la seule façon de protéger sa santé mentale. Et de ne pas compromettre le peu de chances qu'elle avait de trouver les assassins de Kim.

RTL, 16 H 03

… LES AUTORITÉS DES SIX PAYS ONT CONVENU D'ÉCHANGER LEURS INFORMATIONS SUR LES MEURTRES PAR « EMBALLEMENT ». EN RELATION AVEC CETTE AFFAIRE, ON APPREND À L'INSTANT QU'ARNO DE JONGHE SERAIT SUR LE POINT D'ANNONCER QU'IL SE RETIRE COMPLÈTEMENT DE LA VIE POLITIQUE…

Lyon, 16 h 14

Maggie McGuinty observait le comportement de Claudia depuis quelques minutes. L'expérience promettait d'être plus intéressante que prévu. La jeune femme avait instinctivement trouvé une façon de lutter contre la désorientation que provoquait une absence de repères temporels et de contacts humains, conjuguée à une absence d'informations et d'activités signifiantes.

Évidemment, à terme, le résultat serait le même. Tout ce qu'elle pourrait entreprendre ne pourrait rien y changer. Sauf que le film serait plus intéressant.

McGuinty ferma le moniteur télé et regarda la pile de rapports qu'elle devait examiner.

Au début, l'entreprise avait paru simple : les équipes de recherche soumettaient des rapports périodiques et elle préparait une synthèse pour Killmore. Sauf que les choses s'étaient compliquées. Elle avait dû prendre en main personnellement la gestion courante de l'un des centres. Les échéances étaient de plus en plus bouleversées. Et maintenant, avec ce qui venait de se passer à St. Sebastian Place…

Qu'un endroit soit compromis, cela faisait partie des choses qui pouvaient arriver. Même si, dans l'histoire du Cénacle, ça ne s'était encore jamais produit. Mais, quand elle avait vu les reportages sur les Dégustateurs d'agonies dans les médias, elle avait remis en question son acquiescement automatique aux décisions de Killmore : ou bien il avait été pris par surprise, auquel cas ce n'était guère rassurant sur ses qualités de stratège ; ou bien il leur avait volontairement abandonné les films des Dégustateurs. Et là, elle se sentait trahie.

Était-ce la raison pour laquelle il lui avait demandé d'être son adjointe pour la réalisation de cette exposition ? Parce qu'un jour ce serait à son tour d'être sacrifiée ? qu'il la balancerait aux médias comme il l'avait fait avec les films de l'exposition ?

PARIS, 15 H 52

— Repentez-vous ! Le Seigneur va bientôt envoyer le quatrième fléau détruire notre arrogance. Épargner la Terre est la seule façon d'être épargné.

F passa devant l'homme qui débitait son discours aux passants et entra dans la brasserie. Monsieur Claude l'attendait à une table.

— Le quatrième fléau, ça vous dit quelque chose ? demanda-t-elle en arrivant.

— Il faudrait regarder sur Internet.

F s'assit devant lui.

— Je ne comprends pas.

— Vous parlez du type à côté de la porte ?

— Oui.

— L'Église de l'Émergence. Ils sont apparus à Paris il y a plusieurs mois. Ils consultent Internet chaque jour pour avoir la prédication de la journée… La plupart se contentent d'écrire des slogans sur leurs pancartes.

— Les hommes-sandwiches. Ceux-là, j'en ai déjà rencontrés.

— Il y en a d'autres, moins nombreux, qui se lancent dans la prédication. Personnellement, c'est le deuxième que je vois.

— Ça fait longtemps qu'ils existent ?

— Je ne sais pas. Au début, il y en avait seulement quelques-uns. Ces derniers temps, par contre…

— Est-ce qu'il y a des gens qui surveillent ce qu'ils font ?

— Probablement la DCRI…

Le serveur arriva pour prendre leur commande. F opta pour une omelette et un côtes-du-rhône. Monsieur Claude se contenta d'un verre de beaujolais.

— J'ai eu droit à un appel de monsieur Raoul, dit-il.

— C'est de bon augure ?

— Il était particulièrement satisfait de ce que je lui ai fait parvenir. J'ai maintenant un moyen de le joindre directement. J'ai aussi accès à la base de données de l'Agence.

— Ils vont suivre à la loupe toutes les recherches que vous effectuerez.

— Bien sûr… Mais c'est une excellente façon de les orienter sur certaines pistes.

— C'est vrai.

— J'ai découvert l'identité des quatre hommes sur la vidéo. Ceux qui sont momifiés… Ce sont quatre des savants qui ont disparu.

— Les quatre ?

— Mon ami des Renseignements généraux a également été surpris.

— Vous lui en avez parlé ?

— Il travaillait déjà sur l'enlèvement d'un savant. Avec un collègue québécois.

La précision fit hausser les sourcils de F.

— Un certain Théberge, poursuivit monsieur Claude.

— Gonzague Théberge ?

Cette fois, ce fut monsieur Claude qui ne put dissimuler son étonnement.

— L'étendue de vos connaissances me surprendra toujours.

F choisit de traiter l'événement comme s'il s'agissait d'une incongruité.

— Le Québec n'est pas si grand, dit-elle. Est-ce qu'il vous a dit quel savant il cherchait ?

Monsieur Claude lui raconta ce qu'il avait appris sur Henri Matton. Et sur les deux autres personnes dont son ami recherchait l'identité. Des savants, eux aussi, croyait-il.

La discussion bifurqua ensuite sur les différents types d'attaques effectuées par les écoterroristes.

— La peste grise serait provoquée par un champignon, dit F. Et les céréales de la planète sont victimes d'une épidémie de champignons… Il y a sûrement un lien.

— Si mon souvenir est exact, il y a également eu des gens empoisonnés par des champignons.

— Au Québec, oui.

— En Belgique aussi. Des employés d'une entreprise. Les champignons avaient été répandus dans les canalisations d'eau de leur usine…

— Nous n'avons quand même pas affaire à un groupe écolo qui veut mettre les champignons au pouvoir !

ARTV, 10 H 04

— ... Assistons-nous au retour des grandes pestes ? C'est la question dont je discute avec mon invité, le docteur Sean Ruxton, un spécialiste de l'histoire des épidémies. Docteur Ruxton, bonjour.
— Bonjour.
— Docteur Ruxton, a-t-on raison de craindre un retour de la peste ?
— La peste, je ne sais pas. Mais c'est une simple question de temps avant que la planète connaisse la première véritable pandémie de l'ère moderne. Par comparaison, la grippe espagnole apparaîtra comme une simple répétition un peu brouillonne.
— Vraiment ?
— Avec la mondialisation, la multiplication des voies de communication, la densification de la population liée à l'urbanisation... Avec les gens qui vivent de plus en plus entassés les uns sur les autres...
— Pourtant, compte tenu des moyens modernes...
— Nos hôpitaux sont toujours plus modernes. Et regardez ce qui se passe : plus on entasse de patients dans les chambres ou dans des corridors, plus l'espace par patient diminue, plus les maladies nosocomiales prolifèrent. C'est inévitable. L'entassement produit la contagion. Nécessairement. Peu importe la modernité de l'endroit. Mettez un patient par chambre et le taux de C. difficile et des autres infections du genre va tomber.
— Autrement dit, tant que l'humanité continue de s'entasser, il n'y a rien à faire.
— La survenue d'une pandémie planétaire est une fatalité. Mais ça ne veut pas dire qu'on ne peut rien faire. La meilleure nouvelle que j'ai entendue à ce sujet, c'est l'appui qu'HomniPharm a reçu de la plupart des grands pays. Nous n'avons pas le choix : pour affronter un problème planétaire, il faut une concertation planétaire.
— Certains vont crier à la dictature des entreprises.
— D'ici peu, s'ils ont encore le loisir de crier pour dénoncer les intérêts privés, ce sera parce que ces intérêts privés auront trouvé le moyen d'assurer leur survie.

WASHINGTON, 10 H 35

La réunion avait lieu dans un petit salon de la Maison-Blanche attenant au bureau présidentiel. C'était connu, le Président détestait marcher inutilement. Son objectif était de maximiser l'utilisation de son temps de travail afin d'en conserver pour sa famille.

Tate était exténué. Dans l'avion de retour, il n'avait presque pas réussi à dormir.

À part lui, seuls Paige et le Président assistaient à la réunion. Même pas de secrétaire pour prendre des notes. Tate ne savait pas si c'était à la demande de Paige ou si le Président avait décidé lui-même du caractère privé de la réunion. Ce qu'il savait, par contre, c'était que le Président était de mauvais poil.

— Ils compromettent nos réservoirs d'eau, attaquent nos casinos, nos musées...

Tate nota que le Président avait mentionné les casinos avant les musées. Sans doute parce qu'il y avait là davantage de contributeurs à sa campagne électorale. Il avait beau vouloir incarner le renouveau, les exigences de la survie politique étaient incontournables.

— ... ils s'en prennent à nos églises, commettent des attentats dans nos universités... ils empoisonnent nos parcs... Qu'est-ce que vous attendez? Qu'ils fassent sauter la Maison-Blanche?

Même si le Président le regardait, Paige jugea pertinent de ne pas répondre à la question. Il préférait laisser passer l'orage avant de réagir.

— On s'est entendus sur le fait que vous êtes le principal responsable de la lutte contre le terrorisme, il me semble! reprit le Président. Je ne peux pas dire que vos résultats m'impressionnent!

Cette fois, l'attaque était trop directe. Paige estima qu'il devait se défendre.

— C'est un problème de coordination, dit-il. Remarquez, je ne veux pas critiquer le travail des autres agences. Surtout pas celui de la NSA, ajouta-t-il en regardant Tate. Mais c'est un fait: on tire dans toutes les directions.

— On a quand même des réunions de concertation chaque semaine, protesta Tate. Souvent même plusieurs fois par semaine.

— C'est ça, le problème ! Les réunions dont tu parles, ce sont des guerres de territoire. Chacun surveille ce qu'il donne aux autres, ce qu'il reçoit en échange, pour être sûr de marquer des points et pour empêcher les autres d'en marquer.

Visiblement contrarié, le Président interrompit Paige.

— Je pensais que c'était clair. Que vous aviez le mandat de tout superviser.

— Ce n'est pas une question d'individus, répondit Paige, c'est une question de structures. Il faut une intégration structurelle. Pour que tout le monde travaille dans la même direction, cherche les mêmes choses… Dans notre lutte contre le terrorisme, on ne peut pas se permettre de manquer de focus.

— Qu'est-ce que vous proposez ?

— Il faut une attaque concertée contre toutes les formes de terrorisme et tous leurs commanditaires.

— La dernière fois qu'on a essayé ça, répliqua Tate, on a eu une facture de six cents milliards et on attend toujours les résultats.

— Parce qu'on s'est trompés de cible.

— C'est sûr que d'aller en Irak…

— Je veux dire qu'avant d'aller à l'extérieur, il fallait faire le ménage chez nous.

— Je pensais que le Department of Homeland Security s'en occupait déjà, fit le Président.

— Ce qu'il faut, c'est fermer les frontières et les garder fermées le temps nécessaire pour nettoyer tous les milieux où les terroristes sont susceptibles de se cacher… Une fois le ménage fait, on pourra commencer à rouvrir les frontières.

— Et vous allez nettoyer quoi ?

— Tous les nids à terroristes. Les musulmans, les groupes écolos… les Chinois…

— Les Chinois ? répéta le Président, comme s'il croyait avoir mal entendu.

— Ce sont eux qui profitent le plus des attaques contre l'Occident.

Puis il reprit, comme si le sujet était réglé :

— Pour contrôler les gens, on fait un couvre-feu ciblé.

— Un couvre-feu uniquement pour certains groupes de gens ? demanda Tate, incrédule.

— C'est mieux qu'un couvre-feu total.

— Ça va les stigmatiser aux yeux de la population !

— Je n'ai rien contre les musulmans ou les Chinois qui ne sont pas des terroristes. S'ils sont en danger, on va les protéger.

— Comment ?

— On peut leur arranger des quartiers protégés : avec des gardes à l'entrée, des clôtures…

— Vous voulez créer des ghettos ? ! fit le Président.

— C'est exactement le contraire d'un ghetto ! objecta Paige. C'est comme les quartiers protégés dans les banlieues riches. Ils ont des murs, des gardiens aux entrées, une police privée, et personne ne s'en plaint. Au contraire.

Tate regarda Paige un moment, puis il s'adressa au Président.

— Voulez-vous vraiment vous lancer dans ce genre d'opération ?

— Ce que je veux, c'est que les Américains arrêtent de se demander quelle va être la prochaine cible qui va sauter… Ou pire, s'ils vont être la prochaine cible !

— Peut-être que le vrai problème, c'est qu'on a trop de focus, fit Tate. Qu'on ne voit pas assez large…

— C'est quoi cette histoire ? répliqua Paige.

Tate se retourna vers lui.

— Qu'est-ce que tu penses des entreprises américaines qui ont été acquises par des intérêts étrangers à la suite de manœuvres criminelles ?

La question prit Paige de court.

— De quelles manœuvres criminelles tu parles ? demanda-t-il, méfiant.

— Je parle d'intimidation de dirigeants, de pressions sur les actionnaires, de contrôle, de chantage, d'enlèvements, de sabotage de produits, de vol de données, de dynamitage de laboratoires…

— Qu'est-ce que vous racontez là ? demanda le Président.

— Je parle d'une attaque probablement concertée pour mettre la main sur plusieurs entreprises stratégiques du pays… Je suis certain que Paige est au courant. Ça ne peut pas lui avoir échappé.

— C'est un dossier que tu m'as envoyé quand ? demanda Paige.

— Je ne te l'ai pas encore envoyé.

— Vous voyez ? fit Paige en se tournant vers le Président. Vous voyez ? !

— Je ne te l'ai pas encore envoyé parce que je viens de l'avoir… et que j'imaginais que tu étais au courant.

— Et pourquoi j'aurais été au courant ?

— Parce que certaines des personnes impliquées font partie de tes amis personnels. J'imaginais que tu avais décidé de les infiltrer. Je ne voulais pas interférer avec une opération en cours… Remarque, je ne veux pas laisser entendre que les personnes que tu connais sont nécessairement coupables. Mais tu conviendras que, dans une situation comme celle-là…

Le Président se tourna vers Paige.

— Vous étiez au courant de ça ?

Paige s'empressa d'aligner des généralités.

— Il y a eu des rumeurs. J'ai ordonné de procéder à des vérifications… Mais tant que je n'aurai pas de preuves…

Tate lui coupa la parole.

— Je suppose que tu n'es pas au courant non plus des dix-neuf chercheurs de pointe qui ont été enlevés ou forcés de quitter notre pays depuis cinq ans.

— Des savants américains enlevés ? fit le Président.

Il regardait maintenant Tate.

— Ils travaillaient dans les mêmes domaines que les entreprises qui ont été acquises par l'étranger ou mises en faillite, répondit le directeur de la NSA.

— C'est quoi, encore, cette histoire ?

— C'est ce que j'aimerais savoir. À mon avis, ça dépasse la concurrence créative que pratiquent normalement les entreprises entre elles.

— Je veux que vous travailliez sur ça en priorité.

— Sauf votre respect, monsieur le Président, coupa Paige, l'urgence, c'est plutôt d'empêcher le prochain attentat.

— Je croyais que vous vous en occupiez déjà, répliqua sèchement le Président.

Puis il se tourna vers Tate.

— Avez-vous une piste précise ? demanda-t-il. Est-ce que vous savez quelle sera la prochaine cible ? Avez-vous une opération de prévue ?

— On n'en est pas encore là.

Tate ne voulait pas courir le risque de révéler ce qu'il savait. À la limite, il pouvait probablement faire confiance au Président. Mais Paige… Juste pour gagner des points, il était capable de neutraliser ses efforts sans se soucier des victimes éventuelles.

— Alors, fit le Président, je pense que vous allez trouver le temps de vous occuper de ces entreprises.

Le reste de la réunion se déroula rapidement sans qu'une décision soit prise sur l'intégration d'une partie de la NSA par le Homeland Security. Le Président voulait sans doute comparer les résultats que les deux agences obtiendraient avant de prendre une décision.

LÉVIS, 10 H 41

Dominique ouvrit son navigateur et accéda au site anglais de la chaîne de télé Al Jazeera. La station diffusait en exclusivité l'enregistrement du dernier attentat.

À l'écran, on voyait un environnement typique de bureaux modernes. Puis différents bureaux fermés et espaces ouverts se succédaient. On voyait des gens s'affaler sur leur chaise, tituber, tenter de se retenir aux meubles, tomber par terre… L'enregistrement était relativement court. La dernière séquence était un plan fixe sur une dizaine de cadavres dans un corridor.

Dominique quitta Al Jazeera et se mit à parcourir les principaux sites d'information. Ils répétaient à peu près tous la même chose : un édifice ultra-moderne, ultra-sécuritaire, dont les espaces de location étaient ultra-dispendieux, avait été le théâtre d'un attentat. C'était l'hypothèse la plus probable. Tous les occupants du dernier étage étaient morts à la suite du remplacement de l'air par un gaz toxique. Personne n'avait pu fuir parce que toutes les issues avaient été automatiquement verrouillées par le système de sécurité pour prévenir la contamination des autres étages.

Un des sites mentionnait la composition du gaz : soixante pour cent de gaz carbonique, le reste étant composé de méthane et de dioxyde d'azote.

PARIS, 17 H 23

— Regarde ça, fit Geneviève en montrant son iPhone à Chamane.

Il prit l'appareil et regarda le texte.

> … forêts reculent et les céréales disparaissent.
> Les chercheurs trafiquent notre nourriture. Les
> multinationales ont les doigts…

Chamane releva la tête.

— T'as pris ça où ?

— C'est ce que j'aimerais que tu m'expliques.

Chamane regarda le iPhone, puis regarda Geneviève.

— Tu as fait quoi ?

— J'ai photographié un détail de la murale que tu m'as montrée. Je voulais m'en servir comme motif pour les décors.

— Et au lieu d'avoir une photo, tu as eu du texte ?

— Euh… oui.

La réponse de Geneviève était hésitante. L'expression subitement allumée de Chamane l'inquiétait un peu. Elle avait peur de s'être fait prendre une fois de plus en flagrant délit de stupidité technologique. Contrairement à ce qu'elle appréhendait, Chamane se mit à s'accabler lui-même.

— Je suis stupide ! dit-il. Stupide, stupide, stupide !

Il se tourna vers son clavier et tapa une brève séquence d'instructions. Le film de la perquisition à St. Sebastian Place s'afficha à l'écran.

— Stupide au cube ! insista Chamane. Une chance que tu y as pensé !

Geneviève, qui n'avait pas l'impression d'avoir pensé à quoi que ce soit, regardait Chamane s'activer sur le clavier. Après un moment, il fit apparaître une section de la murale semblable à celle qu'elle avait photographiée avec son iPhone.

— C'est ça ? demanda Chamane sans même se retourner vers elle.

— Je ne sais pas si c'est exactement ça, mais… c'est le même genre de motif.

— J'aurais dû y penser.

— Penser à quoi ?

— À ça…

Il fit apparaître à l'écran une page qui avait pour titre QRCode.

— C'est quoi ? demanda Geneviève.

— C'est comme les codes-barres. Mais à deux dimensions. Tu peux coder jusqu'à quatre mille deux cent quatre-vingt-seize caractères alphanumériques dans un espace où un code-barres à une seule dimension permet d'en coder treize.

Il effectua quelques opérations au clavier. Une partie de la section fut mise en relief à l'écran. Puis une autre fenêtre s'ouvrit à côté de la première.

> Je vois venir des tempêtes. Des raz de marée. Des inondations… L'eau va purifier la planète du cancer qui la ronge.
> Je vois des pluies torrentielles. Des ouragans qui ravagent les villes. Des digues emportées par la mer… Je vois des territoires inondés. Des maisons emportées par les flots… Je vois des populations déplacées, condamnées à l'errance et à la famine, obligées de boire de l'eau contaminée… Je vois des cadavres qui flottent dans les eaux. Des millions de cadavres…

— Tu as trouvé le code ! fit Chamane en se tournant vers Geneviève.

— J'ai trouvé quoi ?

— Le code pour traduire une partie de la murale.

— Je n'ai rien fait.

— Ton iPhone était programmé pour le reconnaître. Ça fait partie des trucs standards que je t'ai installés.

— Il y en a encore beaucoup, des trucs standards que je ne connais pas, sur mon téléphone ?

AGENCE FRANCE PRESSE, 18 H 06

… A DÉMENTI QUE L'ARMÉE AMÉRICAINE AURAIT DANS SES CARTONS DES SCÉNARIOS D'INVASION DE LA CHINE. QUALIFIANT DE RIDICULES LES ALLÉGATIONS RELATIVES AU PLAN YELLOW FUZZ, LE PORTE-PAROLE DU PENTAGONE A DÉCLARÉ QUE PERSONNE NE POUVAIT SONGER SÉRIEUSEMENT À ENVAHIR UN PAYS DE LA TAILLE DE LA CHINE. IL A AJOUTÉ QUE LE SEUL SCÉNARIO D'ATTAQUE VIABLE SERAIT DE S'EN PRENDRE À SES INTÉRÊTS VITAUX. D'ÉLABORER UNE OFFENSIVE PRÉVOYANT LA DESTRUCTION SIMULTANÉE DE SES PRINCIPALES INSTALLATIONS STRATÉGIQUES, DE MANIÈRE À DÉTRUIRE SA VIE ÉCONOMIQUE ET À LIMITER SON ÉVENTUELLE RIPOSTE. L'AMBASSADEUR DE LA RÉPUBLIQUE POPULAIRE DE CHINE A QUALIFIÉ CE DÉMENTI D'ENCORE PLUS INQUIÉTANT QUE LES RUMEURS INITIALES ET IL A DEMANDÉ AU PENTAGONE DE RÉVÉLER QUELS ÉTAIENT LES INTÉRÊTS VITAUX DE LA CHINE AUXQUELS LES ÉTATS-UNIS ENVISAGEAIENT DE S'ATTAQUER…

LIMOUSINE, PARIS-LYON, 19 H 07

Théberge et Leclercq avaient quitté Paris une heure plus tôt. À leur arrivée à Lyon, ils rencontreraient le responsable du GIGN, le capitaine Daurelle. Ils dormiraient ensuite quelques heures à l'hôtel. Puis, à l'aube, ils accompagneraient le groupe qui prendrait d'assaut le laboratoire.

À la même heure, en Suisse et en Belgique, deux autres groupes investiraient chacun un autre centre de recherche.

— Je ne pensais pas que Jannequin pourrait agir aussi rapidement, fit Théberge.

Leclercq sourit.

— Il a un côté snob pompeux et prétentieux, mais il a un des meilleurs réseaux de relations. Et il est efficace.

— De là à trouver une couverture politique pour les deux opérations en moins de trois heures…

— Il m'a parlé à quelques reprises de sa fille. Il s'en voulait de l'avoir poussée à s'éloigner… C'est probablement une façon de compenser.

Les deux hommes demeurèrent silencieux un long moment. Leclercq parce qu'il se demandait comment il aurait réagi si c'était sa fille à lui qui avait été tuée. Heureusement, elle avait réussi l'ENA et elle était en voie de se tailler une belle carrière dans la haute fonction publique.

Pour Théberge, la situation était différente. Il se demandait ce que ça aurait changé à sa vie, d'avoir une fille. Avec son habitude de souvent anticiper le pire – et d'imaginer le pire en question dans tous ses détails –, il aurait probablement été un père étouffant à force de vouloir la protéger. Heureusement, sa femme aurait limité ses élans protecteurs. Il n'y avait qu'à voir la façon dont elle travaillait avec les jeunes danseuses dont elle s'occupait, leur laissant faire gaffe par-dessus gaffe jusqu'à temps qu'elles soient réellement convaincues qu'il y avait un problème à régler. Le malheur, c'était que, dans plusieurs cas, le problème se posait souvent en termes de vie ou de mort. Et qu'il se posait souvent avant qu'elles aient eu le temps d'en prendre conscience… Théberge ne savait pas comment son épouse faisait.

— J'ai mis discrètement les gens de Lyon et de Bruxelles en contact avec ton ami Crépeau, fit Leclercq.

La remarque tira Théberge de ses réflexions.

— Ils vont pouvoir comparer leurs informations sur les trois personnes carbonisées, poursuivit Leclercq.

— Tu penses que ce sont des savants, eux aussi ?

— Il y a plusieurs années que des savants disparaissent. Souvent des leaders dans leur secteur…

Théberge le regarda.

— Et vous avez réussi à tenir ça loin des médias ?

— Imagine la panique que ça aurait déclenchée dans les laboratoires de la planète.

Après un moment de silence, ils discutèrent de l'opération du lendemain. Ils auraient tous les deux la même tenue que le groupe d'intervention, avec le sigle du GIGN, mais ils se contenteraient de suivre Daurelle. De cette façon, ils minimisaient les risques d'être reconnus.

— Et si c'est un flop? demanda Théberge. S'il n'y a pas de savants enlevés?

— Ça va causer des remous, répondit Daurelle, mais rien de sérieux. Avec tous les actes de terrorisme qui ont eu lieu ces derniers temps, on pourra toujours dire qu'on a préféré agir sans attendre, sur la base d'une information qui paraissait fiable, plutôt que de prendre le temps de tout vérifier et de courir le risque d'un attentat.

LVT News, 20 h 03

> ... LES POLLUEURS VONT PAYER POUR LA POLLUTION QU'ILS NOUS INFLIGENT, À NOUS ET AUX GÉNÉRATIONS FUTURES. CEUX QUI INTOXIQUENT LA PLANÈTE SERONT INTOXIQUÉS. CEUX QUI RENDENT L'ATMOSPHÈRE IRRESPIRABLE NE POURRONT PLUS RESPIRER. UN VENT DE POLLUTION VA BALAYER LES BUREAUX ET LES ÉDIFICES CLIMATISÉS OÙ ILS SE CACHENT. CEUX QUI CONSPIRENT POUR EMPOISONNER GAÏA SERONT EMPOISONNÉS PAR LE SOUFFLE MORTEL DE LEURS USINES ET DE LEURS AUTOMOBILES...

LÉVIS, 14 h 05

Dominique était allée marcher le long de la piste cyclable. La proximité de l'eau avait sur elle un effet apaisant. Elle était ensuite revenue à la maison juste à temps pour entendre la fin du message des Enfants de la Tempête.

> ... GAÏA ELLE-MÊME NOUS INDIQUE LA VOIE : LA FONTE DU PERGÉLISOL RELÂCHE DES MILLIERS DE TONNES DE GAZ À EFFET DE SERRE. ELLE RENVOIE AUX HUMAINS LE GAZ DONT ILS L'ONT ABREUVÉE. IL FAUT SUIVRE L'EXEMPLE DE GAÏA. IL FAUT RENVOYER AUX POLLUEURS QUI LES ÉMETTENT LES GAZ QUI DÉTRUISENT L'ATMOSPHÈRE. POLLUER UN POLLUEUR, EMPOISONNER UN EMPOISONNEUR, C'EST PERMETTRE À LA PLANÈTE DE RESPIRER. VOUS AUSSI, VOUS POUVEZ AIDER À SAUVER GAÏA. VOUS POUVEZ DONNER UN PEU DE SOUFFLE À TOUT CE QUI VIT SUR LA PLANÈTE...

Dominique ferma la télé. Il serait toujours temps de réécouter le message et d'entendre les innombrables commentaires qu'il susciterait.

Elle vérifia le courrier électronique : rien du côté de Blunt et de Chamane ; cela signifiait que les recherches pour retrouver Claudia n'avaient pas encore donné de résultats.

Un court message de Sam lui apprit qu'ils n'avaient toujours pas relevé la moindre trace de Killmore et de Windfield.

Le seul autre message provenait de F. Une simple question, en fait. À deux volets :

> Est-ce que l'inspecteur-chef Théberge est réellement à Paris ? Si oui, pourquoi ?

Comment F avait-elle pu apprendre que Théberge était à Paris ?… Dominique songea ensuite que F avait encore accès à tous les contacts de l'Institut. À commencer par monsieur Claude. Pour lui, rien de plus facile que d'obtenir la liste de tous les voyageurs canadiens ayant débarqué en France… La question devenait alors : pourquoi s'était-elle intéressée aux voyageurs canadiens ? Craignait-elle d'avoir été suivie ?

Elle envoya une brève réponse.

> Théberge est parti à Paris pour échapper au harcèlement des médias. Sa destination devait être secrète, mais on dirait que l'information a coulé.

WASHINGTON, 14 H 09

HomniPharm avait délégué trois des membres de son conseil d'administration pour accompagner Larsen Windfield. Toutefois, ce n'était pas lui qui mènerait les négociations. Il n'interviendrait que s'il le jugeait nécessaire. Idéalement, il se contenterait d'observer.

Les trois hommes avaient des costumes de coupe semblable, mais là s'arrêtait la ressemblance. Le premier était un Caucasien au corps allongé qui avait de petites lunettes rondes. Le second était un Asiatique dont les ancêtres se distribuaient à peu près également entre la Corée, la Chine, le Japon et le Cambodge. Le troisième était un Noir dont le gabarit était celui d'un joueur de ligne de football. C'était lui, le président du conseil d'administration.

En face d'eux, il y avait le secrétaire au Commerce des États-Unis, Howard Collins, un militaire, le commissaire de la Food and Drugs Administration accompagné d'un adjoint, ainsi que le responsable du Department of Homeland Security, Tyler Paige.

— Messieurs, fit en souriant le secrétaire au Commerce, je veux d'abord vous féliciter pour votre courage. D'après ce que j'ai vu tout à l'heure dans les médias, le simple fait de se présenter dans un édifice ultra-moderne est maintenant un défi aux terroristes.

Des sourires retenus lui répondirent.

— Si j'ai bien compris, reprit Collins, vous avez une entente à nous proposer.

— En effet, répondit le Noir.

— Je ne me souviens pas de votre nom, fit Paige.

Ce qui était une façon diplomatique de lui rappeler qu'aucun d'eux ne s'était présenté. Tout ce que les trois Américains savaient de leurs vis-à-vis, c'était qu'ils représentaient les intérêts d'HomniPharm.

— Mon nom est Tom Uncle, répondit le Noir en souriant.

Des haussements de sourcils et des regards étonnés accueillirent sa déclaration.

Le sourire d'Uncle s'élargit.

— Mes parents avaient un certain sens de l'humour et de la dérision, dit-il. Mais la proposition que j'ai à vous soumettre est tout à fait sérieuse. Comme vous le savez, HomniPharm a constitué une *task force* mondiale pour vaincre la peste grise. Les entreprises que regroupe notre conglomérat disposent des laboratoires et du personnel nécessaires pour mener cette tâche à bien dans les meilleurs délais.

— Si vous disposez déjà de tout ce dont vous avez besoin, fit Collins, je ne vois pas bien le but de cette réunion.

— Votre appui nous faciliterait les choses et nous permettrait d'accélérer le processus.

— Quel genre d'appui ?

— Une *fast track* pour l'approbation de la FDA à toutes les étapes de la recherche et du développement des médicaments, incluant les essais cliniques et la commercialisation.

— On ne peut pas mettre la sécurité du public encore plus en danger sous prétexte qu'elle l'est déjà, protesta le commissaire de la FDA.

— Soyez rassurés, répondit en souriant Uncle, nous ne vous demandons rien du genre. La solution à laquelle nous avons pensé, c'est que vos vérificateurs soient intégrés à nos équipes. *Inbedded*... Comme les journalistes dans l'armée en Irak. De la sorte, ils pourraient valider notre travail à mesure qu'il se fait... Ça élimine des délais inutiles.

— C'est une suggestion... ingénieuse. Mais vous avez imaginé le coût que ça représente pour nous ?

— Bien sûr. Mais puisque nous sommes prêts à assumer tous les coûts liés à la présence de vos inspecteurs dans nos équipes, je ne vois pas où est le problème.

— Tous les coûts, reprit Collins, comme s'il avait de la difficulté à assimiler l'information.

Il fit une pause avant d'ajouter :

— Votre générosité mérite d'être soulignée. Mais quel avantage y a-t-il pour nous dans votre proposition ?

— Vous contribuez à sauver des millions de vies en permettant que les médicaments soient prêts plus rapidement.

Le commissaire continua de le regarder.

— Évidemment, reprit Uncle, je mentionne d'abord les avantages pour l'humanité. Pour ce qui est de votre intérêt particulier, je parle de celui de votre pays, on pourrait s'entendre sur un accès prioritaire aux médicaments.

— Pour l'ensemble de la population ?

— Allons, il faut être réaliste, répondit Uncle sur un ton bon enfant. Je ne peux pas vous octroyer ce type de couverture généralisée.

— Pourquoi ?

— D'abord à cause de la quantité de produits disponible. Et puis, cela créerait des problèmes avec les autres pays.

— Vous proposez quoi?

— Je pensais aux militaires…

Uncle regarda le militaire, au bout de la table. Ce dernier répondit à son sourire par une légère inclinaison de la tête et une amorce de sourire.

— À la tranche supérieure de l'appareil politique et gouvernemental, poursuivit Uncle. Aux agences de renseignements… On pourrait y ajouter les strates supérieures de l'élite économique et financière…

Il se tourna vers Paige, de l'autre côté de la table.

— Vous faites le compte des gens qu'il est essentiel de protéger, conclut-il, et HomniPharm vous fournit les médicaments.

Fort Meade, 14 h 28

Tate avait convoqué son adjoint, Jim Spaulding. Au menu: une séance de télé. Ils regardaient, grâce à deux caméras cachées, une réunion qui se tenait dans une suite de l'hôtel Monaco. Réunion à laquelle ni l'un ni l'autre n'avait été invité. En guise d'explication, Tate lui avait seulement donné la liste des participants.

La réunion était maintenant terminée. Tout le monde était parti à l'exception de Paige et d'un des représentants d'HomniPharm.

— *Quand pensez-vous obtenir les premiers vaccins? demanda Paige.*

— *Au plus tard dans six mois. Les derniers essais cliniques sont encourageants.*

— *Les essais se déroulent à quel endroit?*

— *C'est comme le reste, un peu partout.*

— C'est bizarre, fit Spaulding. C'est le seul qui n'a pas dit un mot au cours de la réunion et il reste pour discuter avec Paige.

— Peut-être qu'il n'avait pas besoin de parler.

Spaulding regarda Tate, attendant qu'il explicite sa pensée, mais ce dernier se concentra sur l'écran.

— *Il y a un certain nombre d'emplacements stratégiques pour lesquels nous aimerions disposer d'une meilleure sécurité.*

— *Sur le territoire américain ?*

— *Entre autres.*

— *De quoi avez-vous besoin ?*

— *Même chose que pour les endroits que vous protégez déjà : des équipes spécialisées qui se mettent à la disposition du responsable local de la sécurité. Du matériel.*

— *Envoyez-moi la liste de ce qu'il vous faut. Ce sera prêt dans moins de vingt-quatre heures.*

Une fois les deux hommes sortis de la suite, Tate désactiva le système de transmission et se tourna vers son adjoint.

— Je veux la liste des endroits qu'il protège déjà et qu'il va protéger.

— Entendu. Mais…

— Tu te demandes comment j'ai su, pour la réunion ? fit Tate en souriant.

— Un coup de chance ?

— Non. Un de nos *nerds* a réussi à pirater le Black-Berry de Paige. Il avait seulement une protection standard, celle sur laquelle on a fait incorporer une *backdoor*.

— En plus de son agenda, qu'est-ce que vous avez trouvé ?

— Deux ou trois numéros de téléphone ; on les avait tous.

— Pas de courriels ?

— Non. Ni courriels, ni textos…

— Effacés ?

— Possible… Je compte sur toi.

— Ça devrait pouvoir se faire assez vite.

— Tu comprends qu'on joue notre peau ?

Même si ce n'était pas vraiment une question, Jim Spaulding répondit que oui. Car il n'y avait pas que la peau de l'agence qui était en jeu. Il y avait aussi la sienne. Tate lui avait annoncé qu'il démissionnerait au plus tard dans deux ans. Et que, quand il se retirerait, il expliquerait au Président à quel point Spaulding était un rouage essentiel de l'agence. À quel point il était important qu'il assume sa succession. Pour assurer la continuité.

— J'ai accordé un accès triple A à un de mes « sous-marins », ajouta Tate.

L'expression désignait un agent qui ne faisait pas officiellement partie de l'organisation et dont seul le directeur connaissait l'identité.

— Je veux que tu relèves ses traces dans les banques de données, que tu visites les mêmes sites que lui et que tu notes tout ce qu'il a trouvé sur HomniFood, HomniFlow et HomniPharm. Tu fais ça à partir d'un ordinateur qui est complètement coupé du réseau.

— Entendu.

Une fois seul, Tate réfléchit à ce qu'il venait d'entendre. Que des équipes du Homeland Security protègent les laboratoires d'HomniPharm, déjà, ce n'était pas banal. Mais que Paige soit chargé de décider qui allait être protégé de la peste grise et qui ne le serait pas…

PARIS, 20 H 40

Victor Prose regardait son ordinateur avec perplexité. Jusqu'à maintenant, il avait toujours considéré Internet comme une technologie remarquable qui permettait d'aborder autrement la masse des informations existantes. Bien qu'il fut né à l'époque des bibliothèques, il s'était adapté à l'arrivée des nouvelles technologies. Ce qu'il réalisait maintenant, c'était que les nouvelles technologies ne faisaient pas que compléter ou remplacer les anciennes : elles pouvaient aussi les rendre obsolètes.

Par exemple, pour trouver les informations qu'il venait de réunir, il aurait fallu qu'il visite des bibliothèques et des archives aux quatre coins de la planète. Et encore… Certaines informations ne seraient probablement pas recensées dans des livres, ni même des revues, avant plusieurs années. Sans parler des informations qui ne dépasseraient jamais les pages du journal local où elles étaient parues.

Bien sûr, dans un endroit comme la bibliothèque François Mitterand, il y avait des manuscrits et des livres rares qu'il était impossible de trouver sur le Net. Pour le moment. Car, dans dix ans, tout serait probablement digitalisé, accessible avec un simple clic ou au moyen de commandes vocales... La seule fonction qui resterait alors aux bibliothèques serait celle de musées.

Il regarda les dernières données qu'il avait recueillies :

Le corps d'un Américain moyen contient du plomb, du mercure, du PCB et plus d'une centaine d'autres polluants.

Selon l'OMS, il y a chaque année 1,6 million de décès dus à la pollution de l'air à l'intérieur des maisons – ce qui représente 1 décès aux 20 secondes ; 56 % de ces décès sont des enfants de moins de 5 ans (étude de 2005).

En France seulement, chaque année, 11 millions de tonnes de polluants sont émises dans l'atmosphère.

La pollution de l'air coûte annuellement des dizaines de milliards de dollars aux États-Unis, entre autres à cause des dommages aux récoltes.

En Hollande, on évalue à 2100 le nombre de décès annuels causés par la pollution de l'air ; c'est le double du nombre de décès sur la route.

Seulement 1 % des 560 millions de Chinois résidant dans des villes ont accès à un air considéré comme sécuritaire.

Les constructeurs japonais d'automobiles acceptent de dédommager des victimes de la pollution de l'air ; facture : 7,4 millions d'euros.

Le taux de pollution dans le métro de Paris et le RER dépasse de six fois les normes.

Plus Prose compilait de données sur les différents types de pollution, mieux il comprenait que des gens puissent, par exaspération, se tourner vers le terrorisme. Cela permettait de contrer leur sentiment d'impuissance. Et, surtout, c'était conforme au mécanisme le plus profondément enraciné dans l'âme humaine : la recherche d'un bouc émissaire à sacrifier.

Il enleva ses lunettes, se frotta les yeux, puis il syntonisa France Info, où il découvrit le nouveau message des Enfants de la Tempête.

Après l'avoir écouté, il composa le numéro de cellulaire de Théberge.

— Qu'est-ce qui se passe ? fit la voix à la fois contrariée et inquiète de Théberge.

— C'est à propos de l'attentat qui vient d'avoir lieu à Berlin. L'empoisonnement au gaz carbonique…

BBC, 19 H 48

> … L'INCENDIE S'EST ENSUITE COMMUNIQUÉ À TOUT LE RESTE DU QUARTIER. ON RAPPORTE PLUS D'UNE CENTAINE DE MORTS ET DES MILLIERS DE PERSONNES SE RETROUVENT À LA RUE. CETTE ATTAQUE CONTRE UN ENTREPÔT CENSÉ CONTENIR DES CÉRÉALES CONTAMINÉES DESTINÉES À RÉPANDRE LA PESTE GRISE EST LA CINQUIÈME DU GENRE AU COURS DES DERNIERS JOURS. LE PREMIER MINISTRE DE L'INDE A APPELÉ LA POPULATION À NE PAS PRÊTER FOI AUX RUMEURS VOULANT QUE LA MALADIE SOIT L'EFFET D'UN COMPLOT OCCIDENTAL POUR ÉLIMINER…

WASHINGTON, 14 H 51

Paige inséra une nouvelle carte SIM dans son cellulaire et il composa un numéro qui appartenait à un autre cellulaire.

— On a un problème, dit-il quand son interlocuteur eut répondu.

— Un problème dont il faut que je m'occupe ?

La voix de basse qui lui avait répondu appartenait au général Lee Washington. Avec Paige, il appartenait à un des cercles de compétence de l'Alliance, celui qui réunissait des militaires et des responsables d'agences de renseignements.

— Tate commence à faire des recoupements dangereux : des savants américains enlevés ou éliminés, des

entreprises américaines passées sous le contrôle d'intérêts étrangers… Il a même réussi à vendre au Président
l'idée d'une conspiration pour attaquer l'économie américaine !

— Tu envisages de l'inclure dans notre groupe ?

— C'est ce qui ferait le moins de vagues. Mais compte
tenu de ce qu'il est, ce n'est pas réaliste… L'idéal serait
qu'il ne cause plus jamais de problèmes. Mais s'il lui arrive quoi que ce soit, je suis le premier à qui lui ou son
remplaçant vont penser. Il faut que ça paraisse venir
d'ailleurs.

PARIS, 21 H 03

Sur l'écran mural en face de Chamane, pas moins de
six fenêtres étaient ouvertes : quatre pour des recherches
qu'il avait lancées, une qui présentait une image de fond
marin et une autre où s'inscrivait sa discussion avec les
deux U-Bots qui s'occupaient de l'infiltration. C'était sur
cette dernière fenêtre qu'il concentrait son attention.

> » RR : Ce gars-là, il a un système de sécurité
> comme j'ai rarement vu.
> » TR : Je suis sûr qu'on ne pourra pas utiliser
> les failles habituelles.
> » RR : On dirait un site militaire…

Chamane inscrivit une réplique.

> » CH : Avez-vous été repérés ?
> » RR : Presque tout de suite. J'ai quand même
> réussi à couper la connexion avant qu'il ait le
> temps de remonter la chaîne des zombies.

Un zombie, c'était un ordinateur qui était sous le
contrôle d'un *hacker* à l'insu de son propriétaire. Il pouvait
être n'importe où sur la planète. La plupart du temps, il
se comportait comme un ordinateur normal, exécutant
les tâches que son propriétaire légitime lui demandait.
Mais, quand il en avait besoin, le *hacker* qui le contrôlait
le faisait travailler pour lui.

La plupart du temps, le propriétaire légitime du zombie
ne s'apercevait de rien, le *hacker* se contentant de
mobiliser la puissance inutilisée de l'appareil – ce qui

équivalait souvent à plus de quatre-vingt-dix pour cent de sa capacité. Parfois, l'utilisateur remarquait un léger ralentissement. Mais les bons *hackers* prévoyaient dans leur programme de piratage un dispositif permettant de limiter l'utilisation à un seuil qui évitait tout ralentissement : à quoi bon éveiller la suspicion des propriétaires d'appareils infectés ?... C'était d'autant plus facile qu'un *hacker* avait habituellement des centaines ou des milliers de zombies à son service, parfois même des centaines de milliers.

Les zombies avaient trois emplois. Le premier était alimentaire. Un réseau de zombies servait souvent à gérer l'utilisation d'un service gratuit, par exemple un site d'échange de musique ou de vidéos. À l'insu des utilisateurs, il asservissait leur ordinateur. De cette manière, il assurait le recrutement d'autres zombies et la croissance du réseau que contrôlait le *hacker*.

La plupart des utilisateurs d'Internet vivaient dans l'illusion de sa gratuité. En réalité, sur le Net, il y avait toujours un prix à payer. Soit l'utilisateur devenait la cible de toutes sortes de publicités soigneusement ajustées à son profil de consommation de sites Internet, soit son ordinateur était transformé en zombie. L'un n'excluait pas l'autre.

Dans leur deuxième utilisation, les zombies étaient employés comme force brute. Quand un *hacker* devait réaliser une tâche particulièrement exigeante en termes de temps d'ordinateur, il répartissait le travail sur l'ensemble de ses esclaves – autre nom des zombies –, ce qui lui permettait de réduire le temps de travail de façon phénoménale. Cette procédure était fréquemment employée pour briser un code.

La troisième utilité des zombies, c'était de servir de coupe-feu. Pas au sens technique de *firewall*, mais au sens ordinaire du terme. Le *hacker* en utilisait toute une série comme intermédiaires pour éviter qu'on puisse remonter jusqu'à lui quand il s'aventurait sur le Net – particulièrement si c'était pour faire du piratage.

C'était ce que RoadRunner et TermiNaTor avaient fait. Mais la cible avait remonté la série des zombies à une vitesse fulgurante.

> » RR. Il y a un détail, par contre, qu'il n'a pas caché. Il a signé le code du programme qui prend le contrôle des sites avec son pseudo.
> » CH: C'est quoi?
> » RR: Norm/A.

Chamane recula sur sa chaise. Plusieurs rumeurs avaient circulé au sujet de ce *hacker* mythique. On racontait qu'il avait fait ses débuts peu après l'arrivée d'Internet. Qu'il avait grandi avec lui. Qu'il le considérait comme son univers. Qu'il ne sortait jamais de chez lui. Absolument jamais. Que c'était pour cette raison qu'il n'avait jamais assisté en personne à Defcon.

On racontait aussi qu'il détruisait systématiquement les ordinateurs de ceux qui ne respectaient pas un minimum de règles. Qu'il était une sorte de justicier… Un peu à la façon des U-Bots, mais en plus brutal. On disait également que son existence était un mythe entretenu par la NSA ou une agence du genre pour justifier ses interventions contre des *hackers* et couvrir ses propres piratages.

> » TR: Tu penses qu'on peut s'attaquer à Norm/A?
> » CH: Si ce que vous dites est vrai, on a affaire à un des meilleurs. Et il a à sa disposition le meilleur équipement. Je ne sais pas ce qu'on va faire, mais on va le faire avec des tonnes de prudence.
> » RR: Moi, je ferais un test avec une station suicide.
> » TR: Je suis d'accord. Il faut savoir à quoi s'en tenir.
> » CH: C'est votre décision. Vous avez carte blanche.

Après avoir fermé son accès à Pretty Good Palace, Chamane contacta LoKé, à qui il avait délégué la recherche du caisson où était retenue Claudia. Pendant qu'il lui parlait, il regardait le fond marin de la côte de France, tel que le reconstituait Deep Under.

Le logiciel travaillait à l'aide des données fournies par plusieurs satellites. Ceux-ci balayaient la surface de la mer, enregistrant toute une gamme de résultats sur différentes longueurs d'ondes. Grâce à l'analyse de ces données, Deep Under reconstituait le fond marin.

> » CH : Quoi de neuf ?
> » LK : Rien que des bateaux qui ont coulé et des équipements qu'on a jetés à la mer pour s'en débarrasser.
> » CH : Tu en as pour combien de temps encore ?
> » LK : Pour la côte européenne, quelques heures. Ensuite, je fais quoi ? Je vais plus profond ?
> » CH : Non. Tu élargis jusqu'aux îles Anglo-Normandes et tu fais l'entrée de la Méditerranée… Ils ne l'ont quand même pas descendue à plus de cent cinquante mètres !

RDI, 15 H 22

… LE DÉVOILEMENT HIER DE L'EXPOSITION *PEOPLE SPEAK*, AU MUSÉE D'ART CONTEMPORAIN, A PROVOQUÉ DE FORTES RÉACTIONS. CERTAINS VOIENT DANS LES PROPOS AFFICHÉS SUR LES MURS DU MUSÉE DES INCITATIONS AU RACISME, À L'INTOLÉRANCE ET À LA VIOLENCE. L'AUTEUR DE L'ŒUVRE S'EST DÉFENDU EN AFFIRMANT QUE LES TEXTES SONT UN SIMPLE TÉMOIGNAGE. UN CONSTAT. IL S'AGIT DE PROPOS TENUS PAR LE PUBLIC OU PAR DES INVITÉS DANS DES ÉMISSIONS DE RADIO ET DE TÉLÉ. SELON L'ARTISTE, L'ŒUVRE N'EST QU'UNE MISE EN FORME PLASTIQUE DU DIRE POPULAIRE. À CE TITRE, IL EST NORMAL QU'ELLE SUSCITE DES QUESTIONNEMENTS, MAIS IL SERAIT ABUSIF D'Y VOIR DE LA PROPAGANDE HAINEUSE À L'ENDROIT DES MUSULMANS, DES HOMMES POLITIQUES OU DES FORCES DE POLICE…

PARIS, 21 H 26

En arrivant devant le I Golosi, Lucie Tellier sentit les souvenirs remonter dans sa mémoire. C'était le restaurant où elle était venue le plus souvent pendant les trois années où elle avait travaillé à la Bourse, au début de sa carrière. Elle y avait rencontré Jean-Louis, son mari… À part les grilles de métal devant les vitrines, rien ne semblait avoir changé.

Quand elle entra dans le restaurant, elle se retrouva face à face avec Émilio. Ce dernier hésita un moment, puis son visage s'éclaira.

— Madame Tellier! Je pensais que vous nous aviez définitivement abandonnés.

Il la prit par les épaules et lui fit la bise.

— Je ne viens presque plus à Paris, dit-elle.

— Cette idée, aussi, d'aller se perdre dans les forêts couvertes de neige de l'Amérique. Vous avez du vin, là-bas, au moins?

— On importe du vin italien, répondit-elle en riant.

— C'est la moindre des choses… Au fait, comment il va, monsieur Jean-Louis?

Le sourire disparut du visage de Lucie Tellier. Le maître d'hôtel tenta de se rattraper.

— Excusez-moi. Je ne voulais pas…

— Non, non… ça va.

Puis, après un moment, elle reprit:

— Ça fait maintenant trois ans qu'il est décédé. Et comme c'est ici que je l'ai rencontré…

Sans transition, le sourire réapparut sur son visage.

— Est-ce que vous avez une table pour moi?

— Comme d'habitude, vous n'avez pas réservé!

— Je me suis dit que vous pourriez me trouver quelque chose.

Il consulta le livre de salle.

— À la limite, vous pouvez me mettre une petite table dans la cuisine, reprit-elle.

— Il me reste une table du côté de l'épicerie. Ça vous va?

— Absolument.

— Vous ne serez pas importunée. Le client à la table la plus proche de la vôtre est toujours seul. C'est un nouveau. Il vient depuis à peu près un mois. Chaque fois, il lit les journaux pendant tout le repas.

La femme sentit la nuance de désapprobation dans le ton d'Émilio.

— Qu'est-ce que tu veux dire?

— Les repas, c'est fait pour être partagés, pour parler… Mais je comprends. Quand on est seul, les journaux, ça remplace la conversation.

Lucie Tellier reconnut d'emblée les étagères sur-chargées de la petite épicerie. Puis, en s'assoyant, elle aperçut l'homme à la table près de la sienne.

— Ulysse !

L'homme leva les yeux vers elle. Son visage trahissait une certaine inquiétude. Jusqu'à ce qu'il la reconnaisse.

— Lucie Tellier !... Mais qu'est-ce que tu fais ici ?

— Désolée d'envahir ton restaurant, répondit-elle en souriant.

— Non... Ce n'est pas ce que je voulais dire.

— Je sais, dit-elle en s'assoyant devant lui. Je peux ?

— Bien sûr... Bien sûr !

— C'est donc ici que tu te caches.

Elle regarda les étagères autour d'elle.

— Tu aurais pu choisir pire.

— Je ne sors pas beaucoup. Un ami m'a amené ici il y a quelque temps. Depuis, je viens une fois ou deux par semaine.

Il fit une pause, comme s'il se ressaisissait :

— Mais toi ?

— Je m'ennuyais de nos dîners...

Poitras se souvint de leur habitude de se voir aux deux mois, parfois plus souvent, pour dîner ou prendre un verre et échanger sur leur métier. Son visage s'assombrit.

— Je ne pouvais pas te donner de nouvelles.

— Je sais.

— Je suis désolé.

— Tu n'as pas à être désolé.

Puis elle ajouta, d'une voix où il y avait à la fois du dépit et de l'autodérision :

— Le plus drôle, c'est que je suis ici pour des raisons un peu semblables aux tiennes.

Elle s'empressa ensuite de préciser, comme si elle venait de commettre une bévue :

— Mais ce n'est pas aussi tragique.

MONTRÉAL, 15 H 47

Skinner regardait en rediffusion l'émission de fin de soirée de la veille. Il était curieux d'évaluer la performance du politicien qu'il avait payé pour ce débat.

> — NOUS AMORÇONS MAINTENANT NOTRE DEUXIÈME DÉBAT. POUR OU CONTRE LA PRIVATISATION COMPLÈTE DE TREMBLANT? J'AI AVEC MOI MARTIN DUGAS, REPRÉSENTANT DU PARTI AUTHENTIQUE UNIFIÉ DU VRAI QUÉBEC, ET LUDVIG MONETTE, REPRÉSENTANT DE LA POPULATION ORDINAIRE. MONSIEUR DUGAS, ON VOUS ÉCOUTE.

Skinner souriait légèrement. Il ne doutait pas que Dugas serait à la hauteur de ce qu'il attendait de lui. Au prix qu'il le payait!... Il se rappelait la tête de l'homme quand il lui avait annoncé une contribution discrète de vingt mille dollars pour son parti. Une contribution qui était liée à une seule condition: aller défendre le point de vue de son parti à une émission de télé.

> — LA PRIVATISATION DE TREMBLANT, C'EST LE RETOUR AUX CLUBS PRIVÉS, AUX PRIVILÈGES DES RICHES...

Monette l'interrompit.

> — S'ILS CRÉENT UN ESPACE LIBRE DE POLLUTION, IL ME SEMBLE QUE C'EST TOUJOURS ÇA DE GAGNÉ POUR LA PLANÈTE. PLUS IL VA Y EN AVOIR, MIEUX LA TERRE VA SE PORTER ET MOINS LES ÉCOTERRORISTES VONT AVOIR DE RAISONS DE TOUT FAIRE SAUTER, NON?

L'argument n'était pas mauvais, songea Skinner. Luimême aurait difficilement trouvé mieux. Restait à voir comment Dugas réagirait.

> — C'EST UNE QUESTION DE PRINCIPE. ON NE PEUT QUAND MÊME PAS AVOIR DES PARADIS TERRESTRES POUR LES RICHES ET UN MONDE ABANDONNÉ AUX RAVAGES DE LA POLLUTION POUR LES AUTRES. D'AILLEURS, CE GENRE DE PARADIS PRIVÉ NE PEUT PAS EXISTER SANS LE RECOURS À UNE POPULATION DE TRAVAILLEURS ESCLAVE.
>
> — DES TRAVAILLEURS ESCLAVES À TROIS OU QUATRE FOIS LE SALAIRE MINIMUM, JE TROUVE ÇA PAS MAL. MOI, JE PENSE QUE CE PROJET-LÀ, AVEC TOUS LES EMPLOIS QU'IL VA CRÉER, ON PEUT PAS SE PERMETTRE DE LE REFUSER.
>
> — IL N'Y A PAS SEULEMENT L'ARGENT DANS LA VIE. IL Y A AUSSI LES PRINCIPES. UNE VIE AUTHENTIQUE VAUT MIEUX QU'UNE VIE D'ESCLAVE.
>
> — PERSONNELLEMENT, ENTRE ÊTRE ESCLAVE À CINQUANTE MILLE PAR ANNÉE ET MOURIR DE FAIM DE FAÇON AUTHENTIQUE, MON CHOIX

EST CLAIR ! EST-CE QUE VOUS AVEZ REGARDÉ LE PRIX DE LA NOURRITURE
RÉCEMMENT ?
— C'EST PARCE QUE VOUS ÊTES VICTIME DE L'IDÉOLOGIE AMBIANTE.
VOUS NE VOUS EN RENDEZ PAS COMPTE, MAIS ON VOUS A LAVÉ LE
CERVEAU.

Skinner était ravi. La performance de Dugas était
impeccable.

— VOUS VOULEZ ME FAIRE RÉÉDUQUER ?
— ON LE FAIT BIEN POUR CEUX QUI ONT ÉTÉ KIDNAPPÉS PAR UNE
SECTE.
— JE NE SUIS PAS DANS UNE SECTE !
— JE SAIS, VOUS ÊTES DANS LA SOCIÉTÉ. MAIS, À SA MANIÈRE, LA
SOCIÉTÉ EST SORTE DE SUPERSECTE. ELLE CONTRÔLE LA PENSÉE
DE SES MEMBRES…
— SAUF LA VÔTRE, JE SUPPOSE ?
— JE ME SUIS DÉCONDITIONNÉ. J'AI APPRIS À NE PAS CROIRE QUE CE
QUE TOUT LE MONDE PENSE EST NÉCESSAIREMENT VRAI.
— VOUS ÊTES CONTRE LA DÉMOCRATIE ?

Magnifique ! songea Skinner. L'émission avait tout
de suite pris l'orientation qu'il désirait. C'était comme
la téléréalité : il suffisait de faire un bon casting, de bien
choisir le décor, de déterminer correctement les paramètres et tout se déroulait comme prévu.

— PAS CONTRE LA DÉMOCRATIE. POUR LA VÉRITÉ.
— IL Y A DES VÉRITÉS QUI NE SONT PAS DÉMOCRATIQUES ?
— LA VÉRITÉ N'EST PAS UNE AFFAIRE D'OPINION. CE QUE PENSE LA
MAJORITÉ N'EST PAS UN CRITÈRE. L'AUTHENTICITÉ EST LE SEUL CRITÈRE.
ET, DE CE POINT DE VUE, LA PRIVATISATION DE TREMBLANT N'AIDE PAS
LA POPULATION À AVOIR UNE RELATION AUTHENTIQUE À SON ENVIRON-
NEMENT. AVEC CE GENRE DE PROJET, ON N'EST MÊME PLUS UN PEUPLE
DE LOCATAIRES : ON DEVIENT UN PEUPLE DE SOUS-TRAITANTS !
— JE PRÉFÈRE ÊTRE UN SOUS-TRAITANT QUI VIT BIEN PLUTÔT QU'UN
CHÔMEUR QUI CRÈVE DE FAIM DE MANIÈRE AUTHENTIQUE. ET JE SUIS
SÛR QUE JE NE SUIS PAS LE SEUL !

Skinner était de plus en plus satisfait. La meilleure
façon de détruire un point de vue n'était pas de le contredire, mais de le faire défendre par un imbécile – fût-il,
comme Dugas, un imbécile éduqué.

Sur le fond, il avait bien sûr raison. Théoriquement
raison. Mais c'était une folie de croire que les gens étaient

capables de penser en oubliant leurs intérêts. Dugas lui-même, dans sa défense du point de vue du PAUV Québec, n'agissait pas autrement. À sa manière, il était comme son opposant : il avait des idées, mais de façon subsidiaire. Ce qu'il avait d'abord, c'étaient des intérêts. Par son zèle, il consolidait son capital de reconnaissance à l'intérieur de son groupe. Et, ce faisant, il garantissait les avantages financiers qu'il en tirait.

Son opposant, lui, soutenait d'autres idées, qui lui assuraient, à lui aussi, de pouvoir travailler et gagner un salaire.

Paris, 22 h 29

Chamane était assis devant l'écran mural de son ordinateur. Il buvait un mélange de boissons énergisantes et de café froid. Il aperçut le regard étonné de Blunt.

— Faut ce qu'il faut, *man* ! dit-il pour se justifier. De toute façon, ce n'est pas moi, c'est Geneviève qui est enceinte.

— Ça, j'avais remarqué, fit Blunt, pince-sans-rire.

Chamane ignora le commentaire et s'activa sur le clavier. Un des enregistrements de la perquisition à St. Sebastian Place apparut dans une fenêtre.

— Je t'ai demandé de venir parce que j'ai pensé à quelque chose, dit-il.

— S'il fallait que je vienne te voir chaque fois que tu penses à quelque chose…

Chamane sélectionna quatre mappemondes et il en transféra une copie dans quatre fenêtres différentes. Chacune avait la propriété d'avoir une ligne pointillée à certains endroits le long de la ligne côtière.

— Tu vois les lignes pointillées ? demanda Chamane. Regarde le Bengladesh…

— J'ai déjà vu des cartes comme ça. Ça sert à illustrer le recul de la ligne côtière.

Chamane ouvrit alors une fenêtre au centre des quatre autres et il y superposa les quatre mappemondes.

— Maintenant, qu'est-ce que tu remarques ?

— Les lignes pointillées ne sont pas identiques.

— Exact.

Chamane appuya sur un certain nombre de touches du clavier. Des chiffres en petits caractères furent isolés à l'intérieur d'un carré, aux quatre coins du planisphère. Puis les quatre carrés s'agrandirent, révélant les chiffres.

2025... 2050... 2075... 2100.

— C'est ce qu'on appelle planifier à long terme, fit Chamane.

— D'accord. Ils escomptent une montée importante des océans.

— Mais les lignes pointillées ne sont pas aux bons endroits. La montée de l'océan pour 2050 correspond aux cartes normales de 2100.

Blunt regarda plus attentivement les cartes.

— Ils prévoiraient donc une accélération du processus?

La question de Blunt resta sans réponse. Chamane avait déjà ouvert une autre fenêtre sur l'écran.

— J'ai autre chose à te montrer.

Dans la nouvelle fenêtre, il fit apparaître un cartouche de la murale.

— Tu ne devineras jamais ce qui est écrit.

— Tu l'as décodé?

— Une partie seulement. Mais ce n'est pas moi, c'est Geneviève qui l'a trouvé.

Cette fois, Blunt ne réussit pas à dissimuler son étonnement.

REUTERS, 17 H 02

... ET QU'UN CHAMPIGNON MUTANT SERAIT LA CAUSE DE LA PESTE GRISE. DANS SON COMMUNIQUÉ, HOMNIPHARM AFFIRME AVOIR LANCÉ UN VASTE PROGRAMME DE RECHERCHE DANS LE BUT DE VAINCRE CETTE MALADIE. LA COMPAGNIE A CEPENDANT PRÉCISÉ QU'IL NE FALLAIT PAS S'ATTENDRE À DES RÉSULTATS RAPIDES, QUE LES MESURES PRÉVENTIVES DEMEURAIENT POUR L'INSTANT LA MEILLEURE DES PROTECTIONS.

Paris, 23 h 09

Lucie Tellier avait raconté à Poitras le harcèlement que Théberge puis ses amis avaient subi au cours des derniers mois. Et comment elle avait décidé, sur un coup de tête, de prendre congé de tout ça.

Ils avaient ensuite échangé des souvenirs sur l'époque où elle était présidente de la Caisse de dépôt et où il travaillait à se bâtir une réputation dans les milieux financiers de Montréal.

— Est-ce que ça te manque? demanda Lucie Tellier. Je veux dire, suivre les marchés, le *trading*…

Poitras hésita un moment. Théoriquement, il ne devait parler à personne de ce qu'il faisait.

— D'une certaine façon, je suis encore dans le milieu, finit-il par dire.

— Je n'ai jamais vu ton nom nulle part.

— Je sais… Je suis une sorte de consultant.

— Pour qui?

— Des gens qui travaillent à…

Poitras hésita de nouveau. Il avait l'air mal à l'aise.

— Des gens qui travaillent à éliminer ceux qui ont tué…

Il s'interrompit. Il n'arrivait pas à prononcer le nom de sa femme et de ses enfants.

Lucie Tellier mit sa main sur la sienne.

— Je comprends, dit-elle.

Un long moment de silence suivit. Émilio, qui arrivait de la cuisine avec les desserts, aperçut la main de la femme sur celle de Poitras. Il bifurqua vers le comptoir.

Tellier surprit son geste.

— On est prêts pour le dessert, dit-elle au serveur en laissant la main de Poitras.

Émilio déposa la mousse au chocolat avec écorces d'orange devant elle.

— Tu es sûr que je peux manger tout ça? dit-elle en regardant son assiette.

— Ça se mange tout seul, répondit Émilio en mettant le *panna cotta* devant Poitras.

Puis il ajouta, sur un ton mi-sérieux mais convaincu :

— Il faut en profiter pendant qu'on peut. Avec cette peste grise et toutes les horreurs qu'ils sont en train de nous concocter… Vous avez vu les nouvelles grilles devant les vitrines ? Ce n'est même pas pour la nuit !… Il y a eu plusieurs attaques dans le quartier.

Poitras et Tellier le regardaient, légèrement étonnés de cette sortie.

— C'est à ce point ? demanda Poitras.

— J'ai fait renforcer les rideaux de fer qui descendent devant les grilles pour la nuit. Si ça continue, on est à la veille de garder les portes verrouillées pendant les heures d'ouverture et d'admettre les clients à travers un sas. Un par un… Une misère, je vous dis ! La moitié de ceux qui avaient des terrasses les ont fermées… Le pire, c'est qu'on ne voit pas où ça va s'arrêter.

Puis il se ressaisit.

— Allez, vous n'êtes pas ici pour que je vous démoralise avec mes radotages. Je vais vous chercher une autre bouteille.

— Pour ma part, j'ai pris assez de vin, fit Poitras.

— Je ne parle pas de vin, je parle d'Amarone Gran Riserva 88 !… Et, de toute façon, c'est moi qui l'offre !

Avant que Poitras et Lucie Tellier aient le temps de protester davantage, Émilio avait disparu derrière la porte menant à la cave.

— Il est toujours comme ça ? demanda Poitras.

— Je ne l'ai pas vu depuis dix ans.

— Tu as dû lui faire de l'effet !

— Je venais au moins une fois par semaine. Souvent avec des clients que je devais sortir.

Ils goûtèrent chacun leur dessert et firent les bruits d'appréciation appropriés.

— Ça t'intéresserait de voir sur quoi je travaille ? fit brusquement Poitras.

— C'est confidentiel, non ?

— Tu me donneras ton avis comme consultante. De cette façon, tu seras tenue à la confidentialité… Je suis certain que ça va t'intéresser.

— Si tu penses que je peux…

Avant qu'elle ait eu le temps de répondre, Émilio déposait une bouteille d'Amarone devant eux.

— Ça se boit tout seul. S'il en reste, vous l'apportez et vous le buvez à ma santé.

Hampstead, 22 h 24

Sur un des écrans vidéo, Leonidas Fogg suivait depuis plusieurs minutes les allées et venues de Paul Hurt. La situation n'était pas dramatique. Certes, il était dans le parc des condos, mais de là à ce qu'il découvre le passage pour se rendre à sa résidence…

— Votre protégé est de retour, dit-il en se tournant vers un autre écran où il y avait le visage de F.

— Hurt ?

— C'était prévisible, non ?

— Cette fois, je ne suis pas en mesure de vous aider.

Fogg avait de la sympathie pour Hurt. Qui n'en aurait pas eu, compte tenu de ce à travers quoi il était passé ? Mais, entre la sympathie et le sacrifice de plans élaborés depuis plus de vingt ans, il y avait une marge.

— Des nouvelles de Claudia ? demanda-t-il.

— Toujours rien…

— Ils continuent de la chercher ?

— Si elle est vraiment au fond de l'océan, ils vont la trouver.

Fogg demeura un moment songeur.

— La descente à St. Sebastian Place a confirmé plusieurs de nos hypothèses, dit-il. Mais, en même temps, nous avons perdu notre principale piste pour remonter jusqu'à « ces messieurs ».

— On peut toujours se concentrer sur les membres des Dégustateurs.

— Je doute qu'on découvre les vrais dirigeants sur cette liste. On n'aura pas le choix d'adopter une approche plus risquée.

Fogg sourit avant de reprendre :

— À notre dernière rencontre, le représentant de « ces messieurs » m'a dit que je n'avais aucune idée de ce qu'était une véritable apocalypse. On va lui montrer qu'il se trompe.

— S'il a le moindre doute que ça vient de vous…

— C'est extrêmement gentil de vous inquiéter pour moi, mais ils n'agiront pas de façon précipitée.

— Puisque vous le dites…

— Si le Consortium ne leur était pas nécessaire, il n'existerait plus. Ce n'est pas par hasard qu'ils essaient de le subvertir plutôt que de l'éliminer.

— Ils vous ont quand même poussé à éliminer plusieurs composantes.

Puis elle ajouta avec un sourire :

— Je suis bien placée pour le savoir.

— Je m'occupe des préparatifs. De votre côté, voyez ce qu'ont trouvé vos agents.

Monky entra dans la pièce et aperçut le visage de F sur l'écran. Il ne manifesta aucune réaction.

Fogg se tourna vers lui.

— Il y a quelqu'un qui surveille dans le parc, dit Monky.

— Je sais.

— Vous voulez que je m'en occupe ?

PARIS, 23 H 43

Sur le mur, il y avait tout un réseau de notes autocollantes de différentes couleurs avec des noms d'entreprises. On aurait dit un immense organigramme qui couvrait le mur.

Dans le haut, il y avait une seule feuille sur laquelle il était écrit :

HOMNICORP

Un peu en dessous, à la même hauteur mais réparties pour diviser le mur en trois sections, il y avait trois notes, également jaunes :

HOMNIFOOD   HOMNIFLOW   HOMNIPHARM

Sous chacune de ces trois notes, il y avait une pyramide de noms sur des feuilles de différentes couleurs.

— C'est sur ça que tu travailles ? demanda Lucie Tellier en prenant une gorgée de vin.

Ils en étaient au dernier verre de la bouteille d'Amarone.

— Je suis loin d'avoir une image complète, répondit Poitras. Les notes en jaune sont des compagnies privées. En bleu, ce sont des compagnies publiques qu'ils contrôlent… Il y a une particularité : quand ils contrôlent une compagnie, ce n'est jamais seulement un *working control* : c'est toujours une vraie majorité de votes.

— Pourquoi ils font ça ?

— Je me suis posé la même question.

En termes financiers, ce n'était pas une allocation intelligente de capital. Plus une compagnie avait un capital-actions élevé, plus le pourcentage d'actions nécessaire pour exercer un contrôle effectif de l'entreprise était bas. Dans les très grandes entreprises, la propriété de quinze à vingt pour cent des droits de vote suffisait très souvent à contrôler la compagnie. Dans un tel contexte, pourquoi investir les trente pour cent supplémentaires pour avoir une majorité qualifiée ? Cet argent aurait été beaucoup mieux employé s'il avait été investi pour contrôler une autre entreprise.

— En tout cas, tu as mis au jour l'existence d'une multinationale qui était très *low profile*.

— Pas *low profile* : secrète.

— OK, secrète. Et alors ?

— Ces compagnies s'intéressent aux céréales, à l'eau et aux médicaments, répondit Poitras en pointant, à chaque élément de son énumération, une des trois filiales d'HomniCorp.

— D'accord.

— À quoi se sont attaqués les terroristes ?

— Aux cathédrales, aux musées…

— Je parle des écoterroristes.

— Tu penses que…

— Aux céréales, à l'eau…

— Et à l'air.

— Je sais que ça ne cadre pas exactement. Mais aujourd'hui, aux infos, ils parlaient de champignons pour la peste grise. Les spores, ça se diffuse dans l'air.

Lucie Tellier resta silencieuse un moment.

— Pourquoi ils feraient ça ?

— Aucune idée. Mais il y a de bonnes chances que ceux qui contrôlent les entreprises soient aussi responsables de l'attaque… contre l'appartement…

Poitras n'acheva pas son explication. Lucie Tellier était au courant des événements au cours desquels la femme et les enfants de Poitras avaient été tués.

Elle mit de nouveau la main sur la sienne.

— Est-ce que je peux t'aider ?

Elle était elle-même surprise de ce qu'elle venait de dire. Mais elle voulait faire quelque chose pour lui. Et la finance était un domaine qu'elle connaissait bien. Débusquer les magouilles des multinationales était même sa spécialité. Avant d'être présidente, elle avait travaillé pendant plusieurs années à la gestion du risque. Et il n'y avait pas pire risque que les pommes pourries. Particulièrement les entreprises qui avaient une direction suffisamment habile pour échapper aux vérifications des agences de notation… Ce qui, en fin de compte, n'était pas si difficile, comme l'avait démontré la crise financière.

— Ce n'est pas une magouille ordinaire, fit Poitras comme s'il avait deviné sa pensée. Imagine un hybride de crime organisé et de multinationale qui aurait conservé le pire de chacune des parties.

— Raison de plus pour faire quelque chose.

Intérieurement, elle ne savait pas jusqu'à quel point son désir de s'engager aux côtés de Poitras tenait à tout le vin qu'ils avaient bu. Mais démasquer une entreprise qui se foutait des investisseurs et qui sabotait le système, ça lui semblait une bonne idée.

Poitras, pour sa part, se demandait ce que Blunt dirait de cette collaboration.

WWW.*LIBERATION*.FR, *0 H 14*

║ … ONZE PERSONNES RETROUVÉES MORTES DANS LEUR VÉHICULE. L'EM-
║ POISONNEMENT AU MONOXYDE DE CARBONE SERAIT LA CAUSE DE…

PARIS, 0 H 49

Blunt marchait depuis quelques minutes quand il vit un attroupement devant la vitrine fracassée d'un Franprix. Des curieux examinaient les dégâts. D'autres étaient agglutinés autour d'un policier qu'ils inondaient de commentaires. Ils parlaient tous en même temps et le policier avait peine à tout noter.

Blunt marcha dans la rue pour éviter l'attroupement. En passant près d'eux, il entendit une partie de leurs remarques. On aurait dit plusieurs postes de radio qui se chevauchaient.

> « …ils étaient deux… je leur avais dit qu'il fallait une grille… moi, j'en ai vu trois… j'ai entendu le bruit et je me suis retourné… ils sont sortis avec des caisses de nourriture… une camionnette noire… le temps que je descende… une carrosserie foncée, en tout cas… »

Deux autres policiers éclairaient l'intérieur du commerce avec des lampes de poche. Blunt leur jeta un rapide regard et poursuivit son chemin. S'il était dehors à cette heure, ce n'était pas pour satisfaire son appétit pour les faits divers. Ni pour soigner une insomnie avec une marche de santé.

Poitras l'avait appelé. Il avait quelque chose à lui montrer.

Au moment où il avait reçu l'appel, Blunt réfléchissait devant un jeu de go portatif. Malgré le joseki qu'il y avait reproduit pour l'étudier, son esprit revenait sans cesse à ce que Chamane avait trouvé : la reproduction des discours de Guru Gizmo Gaïa. Sur les murs de St. Sebastian Place !

Ça permettait d'établir un lien entre les Dégustateurs d'agonies et les écoterroristes. Les extraits vidéo, pour leur part, permettaient de relier les Dégustateurs d'agonies à ceux qui avaient assassiné Kim et qui avaient enlevé Claudia… Or, elles avaient été attaquées pendant qu'elles suivaient une femme qui venait de rencontrer Hadrian Killmore… lequel était relié à un nommé Gravah, qui était relié à HomniFood…

C'était quoi, ce bazar ?

Il y avait aussi les extraits vidéo, qui étaient également reliés au mystérieux cadavre que Théberge avait découvert dans un crématorium. Quant aux attentats écolos, leur alternance avec les attentats islamistes était trop marquée pour relever du hasard…

En termes de go, il y avait là suffisamment de pierres pour définir un territoire. Par contre, ce que Blunt ne percevait toujours pas, c'était le plan qu'il y avait derrière cette esquisse de territoire. Comment pouvait-on intégrer dans une même hypothèse explicative deux formes de terrorisme, des magouilles de multinationales, une lutte interne à l'intérieur du Consortium, un club d'amateurs de *snuff* et une attaque concertée contre Théberge et ses proches ?

La solution logique aurait été qu'il s'agisse de plusieurs affaires distinctes, dont certains éléments s'entrecoupaient accidentellement. Mais Blunt avait l'intuition que tout était lié.

C'est pourquoi il avait hâte de voir ce que Poitras avait à lui montrer. Allait-il ajouter de nouvelles pièces au puzzle ? Allait-il lui apporter l'élément qui permettrait d'éclaircir les liens entre tous les autres ?

Ses pensées furent interrompues par la vibration de son iPhone à sa ceinture. Il y jeta un coup d'œil en continuant de marcher.

Un SMS de Stéphanie.

> Mêm le Vatikan é su twtr.

Blunt s'arrêta pour lui envoyer une réponse.

> Je ne pratique aucune de ces deux religions.

CBVT, 19 h 02

> ... TOUS LES ÉDIFICES DONT LE FONCTIONNEMENT GÉNÉRAL EST CONTRÔLÉ
> PAR ORDINATEUR. DES INSPECTIONS IMPROMPTUES DEVRONT DÉSORMAIS
> ÊTRE EFFECTUÉES AU MOINS DEUX FOIS PAR ANNÉE, AUX FRAIS DES PRO-
> PRIÉTAIRES, POUR S'ASSURER QUE LE SYSTÈME DE CONTRÔLE DE L'ÉDIFICE
> N'EST PAS VULNÉRABLE AU PIRATAGE. MALGRÉ LES COÛTS POUR LES
> PROPRIÉTAIRES, PLUSIEURS PAYS EUROPÉENS ONT ANNONCÉ QU'ILS ENVI-
> SAGEAIENT D'IMPLANTER DES MESURES SEMBLABLES...

PARIS, 1 h 12

En arrivant chez Poitras, Blunt s'aperçut que le financier avait un air plus alerte que d'habitude. Il y avait longtemps qu'il ne l'avait pas vu aussi... vivant.

— Viens, dit-il. J'ai quelque chose à te montrer.

Il l'entraîna dans sa pièce de travail, où tout un mur était couvert de petits papiers de différentes couleurs. Mais ce qui attira l'attention de Blunt, ce fut la présence de Lucie Tellier.

Elle s'avança vers lui et lui tendit la main.

— Lucie Tellier, dit-elle.

Blunt hésita une seconde, puis il la reconnut.

— Tout le monde connaît l'ex-présidente de la Caisse de dépôt et placement, dit-il en acceptant la main tendue.

Poitras s'empressa d'intervenir.

— Lucie sait que tout ce qu'elle peut voir ou discuter ici est strictement confidentiel.

— C'est la surprise, fit Blunt en s'adressant à la femme. Si Ulysse vous fait confiance...

— Je vous comprends. Moi-même, depuis que je suis arrivée, je n'arrête pas de rencontrer des gens que je connais... À Charles-de-Gaulle, je suis tombée par hasard sur mon ami, l'inspecteur Théberge. Ce soir, au restaurant, le serveur me donne une table à côté de celle d'Ulysse.

— Vous parlez bien de l'inspecteur-chef Gonzague Théberge ?

— Oui. Il attendait quelqu'un qui était sur le même vol que moi. Un autre de ses amis qui était victime du harcèlement des médias.

« Victor Prose », songea Blunt. Avant qu'il ait le temps de lui demander s'il s'agissait bien de lui, Poitras le prit de vitesse.

— En parlant avec madame Tellier, au restaurant, je me suis souvenu qu'elle était une experte pour démêler les structures financières des holdings. J'ai pensé lui demander son avis sur ça.

D'un geste, il montra le mur. Puis il se tourna vers la femme.

— Raconte-lui ce qui vous est arrivé avec HomniFlow.

— Ça s'est passé il y a plusieurs années, commença Tellier. Neuf ou dix ans, je dirais. Ils ont approché la Caisse pour nous proposer d'investir avec eux. Des projets d'infrastructures. C'était avant que ce soit à la mode.

— Des infrastructures ? reprit Blunt.

— Dans le secteur de l'eau : réseaux de distribution, traitement des eaux usées, embouteillage d'eau naturelle, usines de désalinisation… Leur modèle d'affaires était intéressant, mais on a laissé tomber. Il y avait deux problèmes. Pour le premier, à la limite, on aurait pu trouver des accommodements : ils tenaient à avoir un contrôle complet des opérations. On se retrouvait sans aucun pouvoir de décision… On se serait probablement contentés d'un droit de regard et de garanties sur notre capital en cas de difficultés. Mais il y avait autre chose…

Elle hésita comme si elle cherchait les mots pour expliquer correctement ce deuxième problème.

— On ne savait pas exactement d'où venait l'argent. Les représentants avec qui on négociait avaient eux-mêmes des actions dans le fonds d'investissement, mais l'investisseur principal était une entreprise privée incorporée au Liechtenstein. La seule chose qu'on a pu savoir, c'est qu'elle s'appelait HomniCorp. Et encore, c'est parce que le nom apparaissait sur une page qui s'était glissée par erreur dans le projet de contrat.

— C'est tout ce que vous avez appris sur HomniCorp ?

— C'est la seule fois où ce nom est apparu quelque part… Mais, un jour, ils nous ont montré un projet de montage financier. Une partie importante des fonds provenait d'une banque de Jersey. Quand on leur a demandé pourquoi, ils ont eu l'air embarrassés. Puis ils ont dit que ça devait être une erreur… À mon avis, c'était HomniCorp qui faisait transiter une partie de l'argent par là.

— Vous n'avez rien d'autre sur eux ?

— Rien. Ils ont bloqué quand celui qui supervisait la négociation pour la Caisse a insisté pour connaître l'origine des fonds.

— Ça confirme qu'il y a une forte probabilité qu'HomniCorp soit derrière les trois compagnies, reprit Poitras en lui montrant de nouveau le tableau. Et que les trois aient la même structure… Tu imagines ce qu'ils sont en train de contrôler ? Les céréales, l'eau et les médicaments les plus importants de la planète !

Blunt se rendait très bien compte du pouvoir économique qu'était en train de se constituer HomniCorp. Mais ce qui le dérangeait davantage encore, c'était le lien de plus en plus probable entre cet immense empire financier, les deux formes de terrorisme, les Dégustateurs d'agonies et la liste des personnes possiblement reliées au St. Sebastian Place… Depuis qu'il avait reçu l'appel de Poitras, il n'avait pas cessé d'y penser.

Et puis, il y avait toutes ces coïncidences : Poitras et Prose qui arrivaient à Paris, Lucie Tellier qui rencontrait Poitras par hasard… Il n'avait jamais remis en cause la loyauté de Poitras. Il ne l'imaginait pas dans le rôle de la taupe que Hurt croyait avoir débusquée. Mais il pouvait avoir été manipulé à son insu. Ou simplement espionné. Si des pirates avaient réussi à pénétrer le réseau interne de l'Institut, ils pouvaient très bien avoir espionné Poitras avec succès…

— Je pense que tu devrais demander à Chamane de s'intéresser aux banques de Jersey, dit Poitras.

— D'accord, répondit Blunt.

Et il lui demanderait de vérifier le réseau informatique de Poitras.

HEX-Radio, 20 h 01

> ... INTERROGÉ PAR NOTRE JOURNALISTE, LE COLOSSE CONNU SOUS LE NOM DE LITTLE BEN S'EST MONTRÉ PEU COOPÉRATIF. REFUSANT DE NIER QUE DES ACTIVITÉS SUSPECTES AVAIENT LIEU AU MYSTÉRIEUX CAFÉ CHEZ MARGOT, IL A OPPOSÉ AUX QUESTIONS DE NOTRE JOURNALISTE UN SILENCE OBSTINÉ. RAPPELONS QUE CE CAFÉ SERVAIT DE REFUGE AU RÉSEAU THÉBERGE ET QUE CERTAINS DE SES MEMBRES LE FRÉQUENTENT ENCORE...

LONDRES, 0 h 21

Hurt s'arrêta pour prendre le temps de respirer. Il était maintenant hors de danger.

Pendant plus de trente minutes, il avait rusé avec les policiers qui patrouillaient le parc. Ils étaient arrivés dans trois voitures, toutes sirènes ouvertes, et ils avaient procédé à un ratissage méthodique de l'immense terrain boisé qui entourait l'édifice à logements. Par chance, ils n'avaient pas de chiens avec eux.

Comment avait-il été découvert ?

— *C'est pas compliqué*, fit Nitro. *Il y a une taupe à l'Institut ! Il y a même des chances que ce soit F ! C'est elle qui les a avertis !*

La voix tranquille et assurée de Steel se fit entendre.

— *Ça expliquerait qu'ils aient pris des précautions supplémentaires pour leur sécurité. Pas qu'ils aient fait venir les policiers après qu'on soit entrés dans le parc.*

— *Ils nous attendaient !*

— *Je suppose qu'ils savaient l'heure exacte à laquelle on viendrait et qu'ils ont fait venir les policiers juste au bon moment !*

Nitro ne répondit pas.

— *La vraie question*, reprit Steel, *c'est de savoir comment ils ont su qu'on était là. Ils ont probablement un système de surveillance. Ça veut dire des micros, des caméras à infrarouge, des détecteurs de mouvements...*

— *Si l'endroit est aussi surveillé, c'est la preuve qu'ils cachent quelque chose d'important*, intervint Sharp.

Nitro ne put se retenir d'ajouter :

— *C'est pour ça qu'il faut arrêter de poireauter dans le bois et entrer dans l'édifice.*

— *Leur surveillance peut aussi être une faiblesse*, répliqua Steel. *Il va nous falloir de l'équipement.*

WASHINGTON, 20 H 04

Le Président baissa un moment les yeux vers ses feuilles, sur le lutrin, puis son regard revint à la caméra.

— Pour faire face à ces problèmes, je vais proposer au Congrès un certain nombre de mesures applicables dans un très bref délai. Chaque journée de retard peut se traduire par des milliers de vies sacrifiées. C'est pourquoi, compte tenu de la gravité et de l'urgence de la situation, je ne doute pas que les sénateurs et les représentants mettront de côté toute rivalité partisane. Qu'ils adopteront ces mesures avec diligence.

Il jeta de nouveau un regard à ses feuilles. Il n'en avait pas besoin puisqu'il connaissait son discours par cœur, mais cela lui permettait de faire des pauses qui paraissaient naturelles.

— Les zones productrices de céréales, le système d'alimentation en eau potable et ses équipements, de même que les infrastructures électriques et pétrolières seront placées sous le contrôle de l'armée au même titre que les installations militaires. Nous avons des raisons de croire que ces installations pourraient être visées par les terroristes. Nous allons donc les protéger. Nous ne pouvons pas laisser détruire ce qui est indispensable à notre survie.

Nouveau coup d'œil à ses feuilles. Nouvelle pause.

— Des contrôles sanitaires seront installés à tous les points d'entrée au pays. Autant les ports et les aéroports que les postes-frontières. Les visiteurs suspects seront placés en quarantaine. Il en ira de même des individus déjà atteints qui sont sur notre territoire. Nous ne commettrons pas l'erreur de laisser se répandre cette infection sans faire tout ce qui est en notre pouvoir pour la contenir.

Dans la salle, les journalistes prenaient furieusement des notes. Ils s'attendaient à des mesures vigoureuses, mais pas à une telle militarisation du pays.

— Sur le plan industriel, une alliance sera proposée aux entreprises les plus performantes et les plus susceptibles de nous aider, pour assurer à tous l'eau et les céréales nécessaires à notre alimentation. Un partenariat en ce sens sera proposé à l'Alliance mondiale pour l'Émergence, de manière à profiter des structures de concertation qu'elle a déjà mises en place. Ce partenariat nous permettra de gagner du temps. Chaque journée gagnée signifie des vies sauvées… Une alliance du même type sera proposée aux entreprises les plus à même de nous aider dans notre guerre contre la peste grise. La sécurité alimentaire et énergétique de notre pays, la santé de notre population ne sont pas négociables.

Le Président fit une nouvelle pause et il jeta un regard à Shane Browning, le secrétaire à la Défense, dans le fond de la salle. Il allait aborder le point susceptible de provoquer les plus fortes résistances. Mais c'était la concession qu'il avait dû faire aux militaires. Et à ses conseillers en image préoccupés par les attaques des républicains.

— Des investissements majeurs seront également effectués dans la recherche sur les armes biologiques, chimiques et nucléaires. Nous allons développer des armes écologiques, capables de dissuader les forces hostiles tout en générant un minimum de retombées nocives pour l'environnement… Car il ne faut pas se tromper. On nous a déclaré la guerre. Les mois qui viennent exigeront de nous tous des sacrifices. Mais ces sacrifices sont nécessaires. La phrase historique de mon prédécesseur, John Kennedy, n'a jamais été d'une aussi brûlante activité : chacun devra se demander ce qu'il peut faire pour son pays. Parce que son pays, lui, a décidé de faire tout ce qu'il était possible pour protéger ses citoyens. Pour leur assurer la meilleure qualité de vie.

Le Président s'arrêta de nouveau avant d'aborder la conclusion. Cette fois, il parcourut l'assistance du regard avant de ramener les yeux vers la caméra.

— Ce qui est en jeu, c'est notre conception démocratique du monde. Ce sont les valeurs de liberté individuelle et la liberté d'entreprendre que nous défendons. C'est tout le mode de vie américain qui est en jeu. Il n'est pas question que nous laissions des terroristes le détruire… Ensemble, nous réussirons. Dieu vous bénisse. Dieu bénisse l'Amérique.

> Pour résumer, il faut s'assurer de la cohérence entre la mise en scène des événements et les scénarios que présentent les médias. Ces objectifs exigent une coordination, ou plutôt une coïncidence dans le temps, entre les menaces réelles (attentats, pénuries…) et le travail de sape des médias.
>
> Guru Gizmo Gaïa, *L'Humanité émergente*, 3- Le Projet Apocalypse.

JOUR - 5

LONDRES, 4 H 21

L'homme que Killmore surnommait Whisper s'était réveillé en sursaut au milieu de la nuit. C'était en voie de devenir une habitude. On aurait dit que son corps, à mesure qu'il voyait se rapprocher l'échéance, le ramenait à la vie consciente dès qu'il le pouvait. Ses nuits ne duraient plus que quelques heures. Et elles étaient à peine compensées par les deux brèves siestes qu'il s'accordait pendant la journée.

Whisper se fit une tisane et s'installa au salon, d'où il pouvait contempler les lumières de la ville… Le Rabbin avait vécu dans un refuge semblable, s'il fallait en croire les rumeurs. Sauf qu'il était sous terre. Que les lumières de la ville étaient captées par des caméras en direct et transmises sur un écran mural.

Le Rabbin… C'était l'époque du Grand Conseil des Cullinans. Le Rabbin leur avait imposé une cinglante défaite. Les plans de l'organisation avaient accusé des années et des années de retard. Mais il allait maintenant savourer sa revanche. Une revanche totale et définitive…

Des agents de l'Institut réussiraient sans doute à passer à travers le filet. Mais cela n'avait pas d'importance. La mainmise du Cénacle s'étendrait à l'ensemble de la planète. Sa vision du monde sculpterait l'avenir de l'humanité.

Il prit une première gorgée de Yin Zhen. Ce thé blanc était une délicatesse qu'il pouvait s'offrir grâce à l'attention de Killmore. Ce dernier lui en apportait à chaque visite. Entre les visites, il lui en faisait parvenir par livraison spéciale.

Le Yin Zhen était fabriqué exclusivement à partir de bourgeons argentés. La délicatesse de ses nuances était exquise. Sauf que le vieil homme crut déceler dans la première gorgée quelque chose d'inhabituel. On aurait dit une pointe d'amertume. Il prit une autre gorgée. L'amertume était bien là, mais fuyante, presque insaisissable… Sans doute une impureté qui avait passé outre les contrôles de qualité.

Quand il sentit son cœur commencer à battre plus vite, il eut les premiers doutes. Des doutes rapidement renforcés par l'agitation qu'il sentait monter en lui. Il avait la bouche sèche. Il devait y avoir quelque chose dans le thé…

Dans sa poitrine, la douleur était apparue… Il n'allait quand même pas mourir… Pas aussi bêtement… Pas aussi près du but… Killmore ne lui aurait pas… fait ça…

Il n'avait plus de salive… Un mince sourire s'esquissa sur ses lèvres… Killmore… La douleur… Bien sûr… Il avait osé…

La douleur s'accentuait… C'était logique… La douleur… L'agitation dans son esprit… Killmore… Il était plus qu'un disciple…

Ses mains étaient contre sa poitrine. Comme pour la retenir. Empêcher qu'elle explose… Un maître… Killmore… Il pouvait être fier… fier de lui… Killmore…

Au moment de mourir, le vieil homme comprit confusément, malgré l'agitation de son esprit, que Killmore avait consciencieusement appris les leçons qu'il lui avait enseignées. Avant d'aborder la nouvelle phase de son existencé, il coupait tous les ponts susceptibles de l'attacher à sa vie antérieure.

Il aborderait sa nouvelle vie libre de toute attache. Entièrement disponible. Libre.

Lyon, 6 h 09

Les vingt gendarmes du GIGN se répartirent en petites équipes et prirent position autour de l'édifice de manière à couvrir toutes les issues.

Au signal du capitaine Daurelle, un premier groupe entra par la porte centrale et s'empara du poste de sécurité. Quelques secondes plus tard, toutes les portes étaient déverrouillées et l'ensemble des équipes pénétraient dans l'édifice.

Daurelle, accompagné des deux Gonzague, avait suivi le premier groupe. Grâce aux caméras du poste de sécurité, ils pouvaient suivre le déroulement de l'opération.

Les trois étages de l'édifice furent rapidement contrôlés. Il n'y avait que quelques gardes et une équipe d'entretien.

Le chef de l'opération et les deux Gonzague se rendirent dans le bureau de la directrice du centre de recherche : à part un immense mur aquarium, ils n'y découvrirent rien de particulier.

Daurelle se tourna vers Leclercq.

— Je vais dire qu'on a agi sur la foi d'une information qui s'est révélée fausse, dit-il.

Visiblement, cette perspective ne l'enchantait pas.

— Tu vas saisir les ordinateurs ? demanda Leclercq.

Pendant qu'ils parlaient, debout devant l'immense aquarium, Théberge se dirigea vers le bureau. Il saisit la télécommande qui s'y trouvait, la pointa vers la télé et appuya sur le bouton de mise en fonction.

L'aquarium disparut, faisant place à ce qui semblait être un fond d'écran noir.

Théberge appuya de nouveau sur le bouton : l'image reparut.

Par curiosité, il appuya sur ce qu'il croyait être le bouton pour changer les chaînes. L'aquarium redisparut, mais pour être remplacé cette fois par l'image d'un homme assis par terre, dans une chambre froide. L'homme grelottait. Il avait du frimas sur les cheveux et sur le visage. Mais le plus troublant, c'étaient les trois autres cadavres derrière lui. Deux hommes et une femme. Congelés, eux aussi. Tellement congelés que les traits de leur visage étaient flous à cause de la glace qui les recouvrait.

Théberge appuya de nouveau sur le deuxième bouton. La chambre froide fut remplacée à son tour par l'image d'un homme maintenu contre un filet par la pression du courant d'air engendré par un gigantesque ventilateur.

Le responsable du GIGN regarda Leclercq puis Théberge. Ce dernier appuya une autre fois sur le bouton de la télécommande.

À l'intérieur de la fenêtre, on voyait maintenant un décor de sable dans lequel quatre individus étaient à différents stades de momification.

— Ce sont les films qui ont été mis sur Internet, fit Daurelle.

— Les Dégustateurs d'agonies, compléta Théberge.

Il éteignit l'écran avec la télécommande. Leclercq se tourna vers Daurelle.

— Les équipes qui ont exploré le sous-sol ont trouvé quelque chose ?

— C'est presque totalement vide. Seulement quelques caisses de produits chimiques, un peu de vieux mobilier...

— Pas de trappe ? Pas d'escalier ?

— Rien.

— Il y a peut-être un ascenseur dissimulé, fit Théberge.

Puis, voyant le regard interrogateur des deux autres, il ajouta :

— Comme à St. Sebastian Place, à Londres.

UPI, 0 H 42

... DE NOMBREUX CAS DE PESTE PRÈS DE LA FRONTIÈRE DU MEXIQUE. DES MANIFESTATIONS ONT EU LIEU DANS PLUSIEURS VILLES AMÉRICAINES POUR EXIGER UNE FERMETURE COMPLÈTE DE LA FRONTIÈRE. AU TEXAS, DES COCKTAILS MOLOTOV ONT ÉTÉ LANCÉS CONTRE LA MAISON DE

PLUSIEURS RÉSIDENTS HISPANOPHONES. LE GOUVERNEUR DE L'ÉTAT A APPELÉ LA POPULATION AU CALME TOUT EN PROMETTANT DE PRENDRE RAPIDEMENT DES MESURES POUR PROTÉGER LA POPULATION CONTRE TOUTE ÉPIDÉMIE POUVANT VENIR DU SUD DE LA FRONTIÈRE...

LYON, 7 H 28

Le premier ascenseur, situé au fond de l'entrepôt, était dissimulé par un pan de mur pivotant. Assez large pour accueillir des camions, il permettait d'accéder aux différents étages du sous-sol.

Le deuxième, plus petit, était caché derrière un immense tableau en pied, dans le bureau de la directrice du centre. À l'intérieur, il y avait seulement deux boutons, dont un pour l'étage où ils étaient. Leclercq appuya sur l'autre. La porte se referma sur Daurelle et les deux Gonzague.

À la sortie de l'ascenseur, ils découvrirent une série de laboratoires dont les portes étaient verrouillées. Par les fenêtres, on pouvait voir qu'ils étaient déserts.

Au bout du couloir le long duquel étaient répartis les laboratoires, ils tombèrent sur une porte de métal. En guise de serrure, il y avait un clavier numérique dont les touches étaient rétro-éclairées.

— Je vais faire venir quelqu'un, dit Daurelle.

Quinze minutes plus tard, le spécialiste de Daurelle appuyait du bout des doigts sur la porte, qui s'ouvrit.

Il débrancha les fils reliant le pavé numérique à son ordinateur.

— Verrouillage magnétique, dit-il en s'adressant à Daurelle. Totalement silencieux.

Ils entrèrent dans l'autre partie du sous-sol. On aurait dit un édifice à logements souterrain. De chaque côté du couloir, des portes numérotées permettaient d'accéder à des appartements où demeurait le personnel scientifique.

Une fois encore, l'expert en serrures électroniques dut intervenir.

Les appartements étaient relativement spacieux et tous étaient dotés de fenêtres panoramiques qui reproduisaient en direct un décor extérieur au choix de l'occupant :

paysage arctique, vue de New York comme si on était dans un penthouse au sommet d'un gratte-ciel, vent qui balaie les dunes dans le désert, coucher de soleil dans les îles du Pacifique, désert, images de la vie au sommet des arbres de la forêt amazonienne, vue sur le Taj Mahal…

Tous les savants et techniciens qu'ils y trouvèrent étaient retenus là contre leur gré. Certains depuis quelques mois, d'autres depuis des années. Plusieurs s'inquiétaient d'être libérés à cause des menaces qui pesaient sur leur famille.

Martyn Hykes était dans le huitième appartement que visitèrent les hommes du GIGN. Quand il apprit qu'un policier québécois était sur place, il demanda à le voir.

Sa première question concernait Brigitte Jannequin. Théberge lui annonça, avec le plus de ménagement possible, ce qui lui était arrivé.

Hykes resta d'abord sans voix. Puis il se mit à répéter que ce n'était pas possible.

Un des policiers entra brusquement dans la pièce.

— Il faut que vous veniez voir quelque chose, dit-il à Daurelle.

— Je vous accompagne, fit Hykes en s'efforçant de reprendre contenance. Je connais bien les lieux. Je peux vous être utile.

Le responsable du GIGN regarda Théberge, qui examina Hykes un moment puis acquiesça d'un hochement de tête.

Le policier les amena devant une immense fenêtre par laquelle on pouvait voir la pièce de sable et les quatre corps momifiés.

Cette fois, ce n'était pas une image vidéo: une porte, à côté de la fenêtre, permettait d'y entrer.

— Le séchoir, fit Hykes.

Théberge et Leclercq le regardèrent.

— Ce sont des collègues, poursuivit Hykes. Ils ont refusé de collaborer. C'est pour ça qu'ils sont là.

GUERNESEY, 7 H 42

Norm/A détestait les surprises. Compte tenu de son état, elle avait besoin de vivre dans un univers contrôlé. Plus précisément : un univers qu'elle pouvait contrôler elle-même.

C'était une des raisons pour laquelle elle avait toujours détesté les multiples surnoms dont les autres l'avaient affublée pendant son enfance et son adolescence. Elle détestait particulièrement celui de Norm, qui avait fini par s'imposer et qui soulignait de façon caricaturale son nom de famille : Straight.

Norm Straight !...

Quand était venu le temps de se trouver un pseudo de *hacker*, elle avait voulu s'affranchir de son surnom. Mais, en même temps, elle avait fini par s'y habituer. C'est pourquoi elle avait choisi Norm/A. C'était une façon de récupérer son nom – et même son surnom – tout en se présentant comme la norme la plus élevée. Et puis, Norma, c'était le véritable nom de Marilyn Monroe, la femme qui pouvait faire tomber tous les hommes. Et c'était exactement ce qu'elle entendait faire dans l'univers des *hackers*.

Norm/A dressait le bilan de santé de Rosaire…

Sa grand-mère, une catholique ultra-croyante, lui avait rabâché pendant toute sa jeunesse qu'un rosaire était préférable à un chapelet. Que c'était plus sûr.

La jeune Norma adorait sa grand-mère ; elle considérait sa religiosité envahissante comme une simple infirmité d'époque qu'il suffisait d'ignorer. Aussi, elle n'avait rien retenu des sermons religieux de la vieille femme. Rien, sauf le principe du rosaire : trois fois est plus sûr qu'une fois. C'était le principe du rosaire restreint. Elle en avait ensuite déduit le principe du rosaire généralisé : plus est mieux que moins. Surtout en matière de sécurité.

C'était le principe qu'elle avait utilisé pour construire son réseau de zombies, qui comptait plus de trois cent mille ordinateurs asservis. Ils étaient tous regroupés par cellules de trois et chacun surveillait les deux autres. C'était la raison pour laquelle elle l'avait appelé Rosaire.

Norm/A regarda la fenêtre qui affichait le bilan de santé de son réseau. Le premier chiffre, 81,6, indiquait, en pourcentage, la proportion d'ordinateurs asservis qui étaient en fonction. Chaque fois qu'elle faisait la lecture de l'état du réseau, elle remerciait Windows, le dieu qui répandait ses bénédictions sur l'univers des *hackers*.

Le deuxième chiffre, 12,7, représentait en pourcentage la capacité moyenne des ordinateurs effectivement utilisée par les zombies activés. Par prudence, Norm/A laissait toujours une marge inutilisée de quinze pour cent, de manière à éviter de provoquer des ralentissements susceptibles d'alerter les propriétaires des ordinateurs. Au total, donc, près de soixante-quinze pour cent de la puissance de traitement des zombies actifs était disponible.

Le troisième chiffre, 58,4, représentait le pourcentage des utilisateurs qui étaient branchés sur un des sites de recrutement. Pour l'essentiel, il s'agissait de sites de jeu en ligne et de porno *soft* qu'elle avait infiltrés. Le jeu et la porno assuraient à Norm/A un public suffisamment obsédé pour ne pas être trop regardant sur la sécurité. Surtout la porno… Par ailleurs, le côté *soft* de la porno la mettait à l'abri des enquêtes policières.

Pour piéger les visiteurs et transformer leur PC en zombie, Norm/A glissait de courts programmes à l'intérieur des animations flash téléchargées. Le programme contactait ensuite clandestinement le serveur d'asservissement, qui envoyait sur le PC un véritable programme de mise en tutelle.

Le quatrième chiffre, 430, représentait le nombre de zombies recrutés dans la journée.

Un signal d'avertissement se mit à clignoter: quelqu'un tentait d'infiltrer le site d'HomniFlow.

Comme prévu, le programme de riposte entra en action. Mais, dix secondes plus tard, le signal d'avertissement continuait de clignoter. Comme si la tentative d'infiltration se poursuivait. Ça, c'était vraiment inhabituel.

Elle se brancha sur le site d'HomniFlow. Un autre signal d'avertissement se manifesta. Cette fois, c'était son propre ordinateur qui était attaqué.

Sans attendre, elle coupa le lien avec HomniFlow. Puis elle lança un programme d'inspection de son ordinateur… Elle se rendit rapidement compte que son agresseur n'avait pas réussi à mener à terme son attaque. Mais ce qu'elle découvrit quelques instants plus tard était tout aussi inquiétant : l'agresseur avait utilisé une faille de sécurité qu'elle croyait être la seule à connaître.

Sa première réaction fut de penser que les services secrets chinois avaient été pénétrés. Puis elle isola le programme qui avait infiltré son ordinateur pour l'examiner… Non seulement une partie du code était le sien, mais quelqu'un l'avait modifié pour le rendre plus performant. Et, en plus de laisser sa signature inscrite à la fin du programme, il y avait ajouté la sienne : TermiNaTor. C'était suivi de quelques mots : « *You're fighting the wrong fight!* »

TermiNaTor ! La rumeur voulait qu'il fasse partie des U-Bots. Norm/A avait soigneusement évité d'entrer en contact avec ce groupe… Était-ce un avertissement ?

Elle n'était pas vraiment inquiète des représailles éventuelles. Son réseau était assez solide pour résister à leurs attaques. Sa seule erreur avait été de pécher par excès de confiance. De ne pas se protéger suffisamment contre une *faille* qu'elle avait découverte et dont personne d'autre n'avait jamais parlé.

La chose qui l'intriguait le plus, c'était la raison pour laquelle TermiNaTor avait écrit son pseudo après le sien. Et la raison pour laquelle il y avait ajouté cette phrase qui ressemblait à un avertissement. Était-ce une provocation ? une déclaration de guerre ?… Était-ce une mise en garde ? une invitation à répondre ?… À quel combat faisait-il allusion ?

Lévis, 4 h 16

Dominique avait été surprise par l'appel à quatre heures du matin. De la part de Blunt ou de Chamane, ça l'aurait moins étonnée. Mais de Théberge… La fois précédente, il lui avait envoyé un message par l'intermédiaire de Crépeau.

— J'ai retrouvé Hykes, dit Théberge.

Dominique hésita une seconde, le temps de se rappeler qui était Hykes, avant de lui demander :

— Il est dans quel état ?

— Sain et sauf. Il était prisonnier dans un laboratoire souterrain. Lui et une vingtaine de savants. Ils étaient tous contraints de travailler sur le champignon tueur de céréales.

— Pour trouver un traitement ?

— Pour trouver des façons de contaminer plus efficacement les céréales… Hykes dit qu'il a essayé d'en apprendre le plus possible sur ce qu'ils faisaient pendant qu'il était prisonnier.

— Vous le croyez ?

— Il y a au moins quatre savants qui ont été tués parce qu'ils ont refusé de collaborer. Ils ont été momifiés vivants dans une sorte de séchoir… C'est la vidéo qui est sur Internet.

— Qu'est-ce que les Français vont faire ?

— Ils vont présenter le centre de recherche comme une couverture pour le club des dégustateurs de *snuff*.

— Et les savants ?

— Ce qu'ils ont en tête, c'est de les regrouper avec ceux de deux autres laboratoires, en Suisse et en Belgique. Ils veulent leur demander de travailler tous ensemble à la mise au point d'un antidote pour le champignon. HomniFood pourrait être impliquée.

— De quels autres laboratoires parlez-vous ?

— Il y a eu des perquisitions semblables à Bruxelles et à Genève. Aux deux endroits, ils ont découvert la même chose : des savants séquestrés, des films de *snuff* et des recherches sur le champignon tueur de récoltes.

Tout ce qui leur manque, c'est la responsable de l'ensemble du programme. Une certaine madame McGuinty.

— Vous connaissez madame McGuinty !

Dominique n'avait pas pu s'empêcher de réagir.

— Pas personnellement. C'est Gonzague qui a eu une information comme quoi c'était elle qui dirigeait tout ça.

— Vous avez un ami qui s'appelle Gonzague ?

Cela ne figurait nulle part dans le dossier sur Théberge.

— Une vieille connaissance. Il était directeur des Renseignements généraux avant que ça soit intégré à la DCRI.

— Et c'est lui qui vous a parlé de madame McGuinty ?

— En fait, c'est un de ses amis qu'on a rencontré. Je ne sais pas exactement ce qu'il fait. D'après ce que j'ai compris, il a déjà été dans les services de renseignements. Je connais seulement son prénom. Gonzague me l'a présenté comme « monsieur Claude ».

« Monsieur Claude », songea Dominique. Est-ce que c'était le même ?

— Lui et Gonzague sont de vieux amis, poursuivit Théberge. Ils s'attendaient à ce que madame McGuinty soit dans un des trois laboratoires. C'est pour ça que les trois perquisitions ont eu lieu simultanément.

— Vous êtes donc à Lyon…

— Pour le moment. Je retourne à Paris demain.

— J'apprécie le fait que vous ayez pris le temps de m'informer.

— C'est la moindre des choses. Crépeau vous a dit que j'avais découvert l'identité de la personne qu'on a trouvée au crématorium ?

— Oui.

— Gonzague m'a appris qu'il y en avait eu deux autres.

— Deux autres qui ont subi le même traitement ?

— Exactement : affamé, noyé, infecté, brûlé…

— Je pensais que vous étiez en vacances !

— Je serai en vacances quand toute cette folie-là sera derrière nous.

Après avoir raccroché, Dominique renonça à se coucher. Elle sortit dans la cour arrière, un café à la main, et se dirigea vers la petite table, au centre du rond de pierre.

En écoutant Théberge l'informer de ce qu'il avait fait et de ce qu'il avait trouvé, elle avait eu l'impression que l'Institut était en train de perdre son utilité. Que depuis que F lui avait confié l'organisation, tout fuyait de partout.

Puis elle se dit que cela avait toujours été le cas.

Une des règles que F lui avait rappelées avant de partir, c'était que l'Institut ne s'occupait que des dossiers dont les autres ne s'occupaient pas. Et que, si une agence se mettait à s'occuper d'un de ses dossiers, elle devait tout faire pour lui laisser la voie libre, pour l'encourager à continuer. Les guerres de territoire étaient futiles. Le but ultime de l'Institut était de ne plus rien avoir à faire. De simplement s'assurer que tous les dossiers majeurs soient pris en charge par les autres.

Elle regarda l'eau, dans la cascade, qui dévalait de bassin en bassin, se perdant dans celui du bas, pour être aspirée par la pompe et remonter dans le bassin du haut… où elle recommençait son périple.

Était-ce cela, le rôle de l'Institut ? Et de toutes les autres agences, si on était honnête… Assurer le maintien du système en remontant sans cesse vers les hauteurs ce que l'inertie et la gravité amenaient inlassablement à retomber ? Était-ce le mieux qu'on pouvait espérer ? Remettre les choses à peu près en état ?

HEX-Radio, 8 h 03

… LES NOUVELLES EN VRAC ! PARCE QUE LE VRAC, C'EST MOINS CHER ET QUE ÇA PERMET DE CHOISIR CE QU'ON VEUT !… UN NOUVEAU NOM DANS LE RÉSEAU THÉBERGE : PASCALE DEVEREAUX. UNE JOURNALISTE DONT LE FRÈRE EST DÉCÉDÉ DANS DES CIRCONSTANCES MYSTÉRIEUSES. À L'ÉPOQUE, ELLE AVAIT ÉTÉ SOUPÇONNÉE… UNE USINE DE DÉSALINISATION DÉTRUITE AU JAPON… LE SPVM TOUJOURS AUSSI INEFFICACE : DEUX ÉPICERIES DÉVALISÉES AU COURS DE LA NUIT ET UNE VOITURE DE POLICE INCENDIÉE DANS SAINT-MICHEL… HUIT NOUVEAUX CAS DE PESTE GRISE AUX ÉTATS-UNIS, PRÈS DE LA FRONTIÈRE DU MEXIQUE… ALORS, VOILÀ ! ET MAINTENANT, POUR CEUX QUI VEULENT ABSOLUMENT DES DÉTAILS…

MONTRÉAL, 8 H 35

Magella Crépeau avait peu dormi. Quand il était rentré chez lui, la veille, il avait découvert que son appartement avait été cambriolé. Mais le plus dérangeant, c'était la nature du vol. Les cambrioleurs avaient mis la main sur ses boules et ses souliers de quilles, ses gants, ses trophées et toutes ses photos… Rien d'autre n'avait disparu.

C'était manifestement un message qu'on voulait lui envoyer. Il était visé personnellement. Mais il n'avait aucune idée de ce que pouvait être ce message. Sauf qu'il était probablement relié d'une façon ou d'une autre à Théberge.

Il avait réussi à s'endormir vers quatre heures. À huit heures, l'*HEX-Presse* l'attendait sur le coin de son bureau. Le titre principal de la une portait encore une fois sur Théberge.

LE RÉSEAU THÉBERGE À PARIS
NOTRE REPORTER ENQUÊTE

L'article ne contenait que le compte rendu des premières heures du reporter à Paris, agrémenté d'insinuations déguisées en questions.

Est-ce une fuite ? Est-ce que le réseau déménage ses activités en Europe ? A-t-il fait une alliance ?

Crépeau repoussa le journal et alla se préparer un thé.

Il avait à peine pris la première gorgée que la secrétaire lui annonçait un appel d'Europe. De Bruxelles. Théberge était pourtant en France…

Quelques minutes plus tard, il recevait un autre appel d'outre-Atlantique. De Lyon, cette fois.

Les deux appels provenaient de policiers. Les deux avaient découvert un cadavre semblable à celui de Henri Matton. Ni l'un ni l'autre n'avait encore découvert l'identité de la victime. Mais une chose était certaine : chacune avait été soumise aux quatre mêmes traitements que Matton.

Crépeau et ses deux collègues étrangers promirent de se tenir mutuellement informés de tout nouveau développement.

Crépeau n'eut pas le temps de réfléchir très longtemps à ce que lui avaient appris ses deux collègues. Le téléphone sonnait de nouveau. Cette fois, c'était Théberge.

— J'ai retrouvé Hykes, dit-il d'emblée.

— Vivant ?

— Parfaitement vivant.

— Je te pensais en vacances !

— J'élimine les causes de stress pour mieux en profiter.

— Et tu vas en éliminer pendant combien d'années, des causes de stress, avant de les prendre pour de vrai, tes vacances ?

Théberge ignora la remarque.

— Pas besoin d'avertir Dominique, dit-il. Je l'ai déjà fait.

— Est-ce que tu ramènes personnellement Hykes ?

— Il va rester ici un certain temps. Ils sont tout un groupe de savants qui travaillent sur le champignon trucideur de graminées.

Théberge lui raconta ensuite la découverte du laboratoire clandestin. Il lui parla des savants qui étaient retenus prisonniers ainsi que de la pièce que Hykes avait appelée le séchoir.

Crépeau l'informa en retour des dernières « allégations » sur le réseau Théberge.

Après avoir raccroché, Crépeau songea qu'il avait oublié de lui parler de l'informateur de Cabana. Puis il se dit qu'il le ferait lors de leur prochaine conversation.

BRECQHOU, 14 H 00

Le statut politique de l'îlot de Brecqhou était particulier. Il était une des quarante tenures de l'île de Sercq, laquelle avait été, jusqu'en avril 2008, le dernier domaine féodal d'Europe. À cette date, quelques accommodements avaient été faits pour satisfaire aux exigences de la modernité : ainsi, les quarante tenants chargés de conseiller le seigneur étaient maintenant élus. Mais Sercq continuait de relever directement de la couronne britannique et de faire partie du bailliage de Guernesey.

À l'intérieur de Sercq, les voitures automobiles continuaient d'être interdites, de même que l'utilisation de radios dans les endroits publics et sur les plages. Les résidents ne payaient toujours aucune taxe ou impôt. Le seigneur était toujours le seul à détenir le privilège d'élever des pigeons, tout comme celui de posséder une chienne non stérilisée.

C'était un endroit calme, à l'abri de la curiosité des médias et des tracasseries juridiques et réglementaires. Même les touristes étaient en nombre limité. Quant à Brecqhou, son statut de propriété privée en faisait un endroit encore plus isolé, idéal pour protéger les rencontres du Cénacle du regard public.

Les propriétaires de Brecqhou avaient entretenu une longue bataille légale avec le seigneur de Sercq, alléguant que les lois de l'île nuisaient à la bonne marche de leurs affaires. Ils en avaient particulièrement contre l'interdiction des véhicules automobiles et des hélicoptères.

Lassés des querelles juridiques, les propriétaires avaient loué l'îlot pour dix ans. Ils avaient eu la chance de rencontrer un lord anglais qui avait non seulement de l'argent, mais beaucoup de relations : Lord Hadrian Killmore. Le prix officiel de la location était ridiculement bas pour ce genre d'endroit. Le prix officieux, par contre, comportait toutes sortes de dispositions qui faciliteraient le développement de l'empire financier des propriétaires.

Killmore, qui n'avait pas envie de se laisser embourber dans d'interminables querelles, avait rapidement négocié une entente avec le seigneur de Sercq : les quelques véhicules qu'il y aurait sur l'îlot seraient mus à l'électricité, de sorte qu'il n'y aurait pas de pollution sonore. Et les déplacements en hélicoptère seraient limités… Par contre, ce qu'il n'avait pas dit au seigneur, c'était qu'avant le renouvellement de son bail, il escomptait être en mesure de s'approprier la totalité de Sercq ainsi qu'une bonne partie des îles Anglo-Normandes.

Quand les membres du Cénacle entrèrent dans l'édifice principal de Brecqhou, ils eurent la surprise de se retrouver devant la même peinture représentant saint Sébastien criblé de flèches. Les murs du grand hall contenaient les mêmes fresques que St. Sebastian Place. En fait, l'endroit semblait être une reproduction exacte du local précédent.

Killmore regarda les membres : il estimait avoir dix minutes pour calmer leurs appréhensions. Le reste de la rencontre ne ferait qu'aménager les conclusions auxquelles les gens seraient parvenus après ces dix premières minutes.

— Comme vous le voyez, dit-il, ce n'est pas parce qu'un édifice est abîmé que l'existence du Cénacle est menacée. Il existe plusieurs autres endroits comme celui-ci. La permanence de ce décor illustre la pérennité de notre organisation.

Killmore vit que l'annonce qu'il existait d'autres répliques du Cénacle avait produit une impression favorable chez plusieurs membres.

— La perte de notre local de Londres est évidemment une contrariété. Je n'en disconviens pas. Mais cela n'altère en rien nos plans. Tous les locaux de notre organisation, qu'il s'agisse de nos lieux de rencontre ou des autres, existent en plusieurs exemplaires. La relève peut être effectuée en moins d'une minute.

Les visages étaient maintenant moins tendus. Mais le public n'était pas encore gagné. Ce qui avait le plus fortement indisposé les membres, c'était de voir leur nom associé dans les journaux aux Dégustateurs d'agonies. C'était la question que Killmore voulait maintenant aborder.

— Je conçois que plusieurs d'entre vous ont été désagréablement surpris de voir le nom des Dégustateurs d'agonies galvaudé dans les médias. De voir notre groupe traité comme un vulgaire ramassis d'amateurs de *snuff*... Remarquez, en un sens, cela nous conforte dans nos convictions : la masse n'a pas la capacité de comprendre l'art que nous aimons. Alors qu'elle y voit simplement le résultat, la mort, nous nous attachons au processus, à l'agonie. C'est cela qui nous intéresse. Car ce que nous lisons dans ces vidéos, ce sont des métaphores de l'agonie de l'humanité… Mais tout cela, vous le savez déjà. Ce que vous ne savez pas, cependant, et qui vous surprendra encore plus, c'est que cette divulgation n'est pas le fruit d'un accident : elle résulte d'une décision délibérée de ma part.

Cette fois, il les avait eus. Personne ne s'attendait à ça. Il avait maintenant toute leur attention.

— Je vais donc vous expliquer mes raisons… St. Sebastian Place a été compromis à la suite de l'imprudence de madame Joyce Cavanaugh, qui ne fait plus partie de notre groupe – pour des raisons évidentes… Comme elle avait attiré l'attention des policiers et de certaines agences de renseignements sur notre local, il fallait satisfaire cette curiosité, ainsi que celle des médias, de manière convaincante.

Il fit une pause pour laisser le temps à ses auditeurs d'assimiler ce qu'il venait de dire et de tenter de deviner la suite.

— En leur abandonnant ces quelques films ainsi que le nom « Dégustateurs d'agonies », on leur donnait un os à ronger. À eux et aux médias. C'était la meilleure façon d'orienter leur enquête sur une fausse piste… En temps et lieu, on leur fournira deux ou trois coupables et ce sera terminé. Qui irait imaginer qu'on leur balance un réseau de ce que les esprits grossiers appellent du *snuff* pour couvrir autre chose ?

— Et la liste publiée dans les médias ? demanda l'un des membres les plus âgés de l'assemblée.

— Tout le monde sait maintenant qu'il s'agit d'un groupe de généreux bienfaiteurs que seul le hasard d'une location de local a associé à cet endroit.

— Et ce qui s'est passé au laboratoire de Lyon ? lança un autre. Est-ce que ça faisait également partie de la diversion ?

— Évidemment pas, répondit Killmore avec assurance.

Il jeta un regard à Maggie McGuinty avant de poursuivre.

— Je me suis entretenu avec madame McGuinty, dit-il. C'est elle qui a la responsabilité des trois laboratoires où nous avons eu des problèmes… Tout ce que je peux vous dire, c'est que la cause du problème a été déterminée et que deux de nos spécialistes s'en sont occupés. Tout est rentré dans l'ordre. Je n'irai pas plus avant dans les détails, de manière à ne pas vous imposer des informations qui pourraient ultérieurement vous placer dans une situation embarrassante.

Les membres du Cénacle tenaient à tout contrôler, mais ils tenaient encore plus à ne pas se salir les mains. Ils voulaient qu'on leur dise que les problèmes avaient été réglés, mais sans plus. Ils ne tenaient pas à connaître la façon dont ils l'avaient été. De cette manière, si jamais ils étaient interrogés sur quoi que ce soit, ils pourraient dénier en toute sincérité avoir eu la moindre connaissance des événements.

— Les perquisitions dans les trois laboratoires d'HomniFood vont-elles compromettre nos recherches sur les céréales ?

— Oui. Il y aura des retards qui affecteront l'approvisionnement de la planète. Pour vous, cependant, il n'y aura aucune conséquence. Tous les refuges de l'Archipel ont des provisions suffisantes de céréales pour plusieurs années… ce qui nous laisse tout le temps de prendre des mesures pour assurer notre sécurité alimentaire à plus long terme.

— Pouvez-vous nous assurer qu'il n'y aura plus de harcèlement policier à notre égard ?

La question venait d'un des banquiers les plus prospères de la planète. Un des rares dont l'institution avait profité de la crise financière.

Bien que le fait d'être interrogé sur les raisons de sa présence sur le lieu d'un attentat puisse difficilement être considéré comme du harcèlement, Killmore jugea préférable de paraître prendre la question très au sérieux. Dans l'univers très feutré où vivait le banquier, il était probable que le simple fait de devoir répondre à une question, quelle qu'elle soit, était assimilable à une atteinte intolérable à la vie privée.

— Des responsables au plus haut niveau m'ont assuré que plus aucun membre de notre fondation charitable ne serait importuné.

— Comment pouvez-vous être certain que vous avez éliminé toute possibilité que les enquêteurs remontent jusqu'à nous ?

Cette fois, la question venait d'un ancien haut responsable d'un service de renseignements.

— Parce que tous les gens qui auraient pu parler ne sont plus en état de le faire. Et puis, de toute façon, même s'ils trouvaient quoi que ce soit, il serait trop tard. J'ai pris des mesures pour devancer l'Exode.

Des regards étonnés accueillirent la nouvelle.

— Je vous recommande de prendre sans délai vos dispositions transitoires.

FRANCE INFO, 15 H 44

... PAR LE SERVICE D'INFORMATION DU GIGN, QUI A TRAVAILLÉ EN LIAISON AVEC LA DIRECTION CENTRALE DU RENSEIGNEMENT INTÉRIEUR POUR CETTE OPÉRATION. UN POLICIER QUÉBÉCOIS, L'INSPECTEUR-CHEF GONZAGUE THÉBERGE, A ÉGALEMENT ÉTÉ SAISI PAR NOTRE CAMÉRA SUR LES LIEUX DE L'OPÉRATION. NOUS N'EN SAVONS CEPENDANT PAS PLUS SUR L'IMPLICATION DES SERVICES CANADIENS...

PARIS, 15 H 16

Blunt était à peine entré dans l'appartement de Chamane que celui-ci le prenait par le bras et l'amenait à son bureau.

Sur l'écran mural, quatre fenêtres étaient ouvertes dans les quatre coins de l'écran. Chacune affichait un des planisphères de la grande murale du St. Sebastian Place.

— Il y a une chose qui m'avait échappé, déclara d'emblée Chamane.

Il appuya sur quelques touches du clavier. Les quatre planisphères se superposèrent dans une cinquième fenêtre au centre de l'écran. Il appuya de nouveau sur quelques touches : les quatre planisphères superposés se séparèrent et regagnèrent leur position, aux quatre coins de l'écran.

Chamane se tourna vers Blunt, comme un professeur qui attend la bonne réponse.

— Qu'est-ce que tu as remarqué ?

— C'est quoi ? demanda posément Blunt. Un test d'intelligence ?

— Je veux voir si tu vas remarquer la même chose que moi. C'est peut-être une coïncidence.

Blunt s'approcha pour examiner chacune des cartes. Puis il demanda à Chamane de rétablir la superposition.

— Ça n'a aucun rapport avec la ligne côtière, n'est-ce pas ?

— Je ne pense pas.

— Sépare-les.

Chamane s'exécuta. Cette fois, Blunt regarda les quatre planisphères plus rapidement.

— Il y a des points qui ne sont pas sur toutes les cartes, dit-il.

— *Yes !!!*

— Comment t'as fait pour remarquer ça ?

— Je n'ai rien remarqué, répondit Chamane. J'ai utilisé un logiciel de comparaison d'images.

Il appuya sur quelques touches. Une série de points se mirent à clignoter sur chacun des quatre planisphères.

Blunt les examina à tour de rôle.

— T'as une idée de ce que c'est ? demanda-t-il.

— Plusieurs des points correspondent à des îles, répondit Chamane. Quand on les met ensemble, on a un réseau qui couvre la planète.

Blunt regarda de nouveau la carte.

— Peux-tu les superposer encore une fois ?

Chamane tapa sur quelques touches. La fenêtre centrale se reconstitua.

Blunt se concentra sur les points qui étaient des îles.

— Sur la carte, as-tu vu le mot « archipel » ?

— Non… pourquoi ?

— Une idée…

— Par contre, j'ai vu l'inspecteur-chef Théberge à la télé.

— Théberge ?

— Il est à Lyon. Il a participé à une opération contre un laboratoire qui appartient à HomniFood. C'était sur France Info.

AGENCE FRANCE PRESSE, 15 H 04

> … A INVESTI TÔT CE MATIN LE CENTRE DE RECHERCHE EN GÉNÉTIQUE CÉRÉALIÈRE SITUÉ DANS LA ZONE INDUSTRIELLE DE LYON SUD-EST. PLUSIEURS CHERCHEURS ORIGINAIRES DE DIFFÉRENTS PAYS AURAIENT ÉTÉ CONTRAINTS, AU MOYEN DE MENACES CONTRE EUX ET LES MEMBRES DE LEURS FAMILLES, DE TRAVAILLER DANS UN LABORATOIRE SECRET DISSIMULÉ AU SOUS-SOL DU CENTRE. C'EST ÉGALEMENT DANS CES SOUTERRAINS QUE LES DÉGUSTATEURS D'AGONIES AURAIENT…

MONTRÉAL, 9 H 52

Crépeau se tourna vers le policier qui venait d'entrer dans son bureau.

Ce n'était pas difficile de savoir ce qui amenait Léo-Paul Beaulac. Chaque fois qu'il venait, c'était pour se plaindre que les dépenses excédaient les montants alloués et que le budget du SPVM était en train de se noyer dans l'encre rouge.

Beaulac était responsable de l'administration financière du SPVM. C'était lui qui avait la charge de contenir les dépenses à l'intérieur des paramètres prévus.

— Je n'ai pas le choix, dit Crépeau.

— Il faut trouver le moyen de couper quelque part, fit Beaulac. On n'a même pas terminé la moitié de l'année et on est déjà dans le rouge !

— Comment veux-tu que je protège les épiceries, que je protège les élévateurs à grains, que je protège les mosquées et les synagogues, que je protège les églises et les musées, que je protège les universités… j'oubliais, il faut aussi que je m'occupe des criminels et des gangs de rue, que j'augmente les patrouilles dans les quartiers où il y a eu des émeutes… comment veux-tu que je fasse tout ça à l'intérieur de mon budget, qui est prévu pour une situation normale ?

— Il faut demander un budget supplémentaire.

— Le temps de faire la demande, de faire le lobbying au conseil municipal, de rencontrer les députés au pouvoir et ceux de l'opposition… l'année va être finie. Qu'est-ce que je fais entre-temps ?

— On pourrait demander l'aide de la GRC. Ou de l'armée.

Crépeau le regarda comme s'il était une forme d'extra-terrestre.

— Tu as vraiment envie de voir l'armée dans les rues ? T'as une idée de ce que ça provoquerait ?

— Comme tu veux. Mais il faut couper quelque part.

— D'accord, répondit Crépeau sur un ton subitement posé. Je vais annuler les effectifs supplémentaires que je viens d'envoyer dans Centre-Sud à cause des émeutes de la nuit dernière. Je vais annuler les effectifs prévus pour encadrer la manifestation de ce soir dans Montréal-Nord. Et je vais expliquer aux Juifs hassidiques qu'il n'y aura pas de patrouilles supplémentaires dans leur quartier malgré la vague de graffitis. Ça te va ?

Beaulac regardait Crépeau avec un mélange d'étonnement et de méfiance.

— Évidemment, poursuivit Crépeau, on va donner une conférence de presse pour expliquer à la population que c'est à la suite de ton intervention que ces mesures ont été annulées.

— Vous ne pouvez pas faire ça !

— Je croyais que tout le monde était pour la transparence.

— C'est vous qui prenez ces décisions ! Pas moi !

— Si tu estimes préférable de couper ailleurs…

— Vous !… vous !…

Léo-Paul Beaulac tourna brusquement les talons et, en voulant sortir du bureau, il se heurta à Little Ben, qui observait la scène depuis un moment, debout dans l'embrasure de la porte.

— Je suis désolé de vous avoir fait attendre, lui dit Crépeau en souriant.

Little Ben le regarda, sourit à son tour et s'installa dans un fauteuil en face de Crépeau.

— Qu'est-ce qu'il va faire ?

— Un rapport, répondit Crépeau. Qu'est-ce que vous voulez qu'il fasse d'autre ?

Puis, après un soupir :

— Je m'ennuie de son prédécesseur. Avec Laurent, il y avait moyen de planifier, de voir venir les crises… Lui, on le remplacerait par un logiciel pour gérer les entrées et les sorties et on ne verrait pas la différence.

Il prit *Le Devoir* sur le bureau et le poussa vers Little Ben.

— Vous avez vu ?

Sur la première page, un des titres annonçait :

L'ART DE MANIPULER LES DÉCLARATIONS D'UN TÉMOIN

Suivait un article qui expliquait de quelle façon un journaliste de HEX-TV avait interprété de manière abusive le refus de répondre de Little Ben pour lui prêter des opinions qu'il n'avait jamais exprimées.

— C'est encourageant, dit Crépeau. Il y a des médias qui dénoncent le traitement que vous avez subi.

— Personnellement, ce qui m'inquiète, c'est ce qui va arriver à Margot.

— Vous continuez de passer la nuit au restaurant ?

— Oui. Mais je ne peux pas être là vingt-quatre heures sur vingt-quatre.

— Officiellement, je ne peux pas lui accorder plus de protection que les autres épiceries. Des patrouilles vont passer quatre fois par jour.

— Et non officiellement ?

— Il y a plusieurs membres de l'escouade fantôme qui ont offert de donner du temps.

— Il y a aussi Pascale…

— Madame Devereaux ?

— Logiquement, ce sera une des prochaines cibles.

— Dites-lui de prendre des vacances, de partir en voyage…

— C'est ce que je lui ai recommandé. Elle n'a rien voulu savoir.

— Évidemment…

— Pensez-vous qu'il pourrait lui arriver quelque chose de grave ?

— De grave, ça m'étonnerait… Mais je vais en parler à l'escouade fantôme.

FORT MEADE, 11 H 47

S'il fallait en croire son apparence, Spaulding avait passé une nuit blanche. En fait, il avait réussi à dormir deux heures, allongé sur le divan de la salle d'attente du bureau de Tate.

Sa barbe était longue et il avait enlevé sa cravate.

— Tu t'entraînes pour devenir directeur ? ironisa Tate en le voyant entrer.

— Quand je vais être directeur, je vais faire travailler les autres et je vais me taper des nuits complètes.

— Qu'est-ce que tu as trouvé ?

— Votre « sous-marin » s'est concentré sur trois compagnies : HomniFood, HomniFlow et HomniPharm. Il s'est aussi intéressé de façon particulière à Hadrian Killmore, Joyce Cavanaugh, Jean-Pierre Gravah, Hessra Pond et Maggie McGuinty… Je vous ai préparé un dossier. Mais le plus intéressant, sur HomniFood, c'est ce qui vient juste de sortir dans les médias.

Spaulding résuma à Tate ce qu'il avait appris sur la perquisition du GIGN au centre de recherche de Lyon : les films des Dégustateurs, les laboratoires secrets, les savants retenus prisonniers…

— Est-ce qu'il y a des Américains ?

— Six. Les Français vont m'envoyer une confirmation de leur identité.

— Je veux que tu t'occupes de leur rapatriement en priorité.

— Tous les savants ont accepté de rester sur place. Ils vont travailler ensemble pour trouver une arme contre le champignon tueur de céréales.

— Alors, je veux que quelqu'un de l'agence les interviewe. Que ce soit clair que c'est nous qui les avons retrouvés… Essaie de bricoler quelque chose avec les Français… Quelque chose comme quoi on a collaboré avec eux, qu'on leur a fourni des informations. Tu peux leur promettre ce que tu veux, mais il me faut la priorité… Il n'est pas question qu'une autre agence américaine s'accapare le mérite de les avoir trouvés.

— C'est déjà fait. Je m'en suis occupé au cours de la nuit.

— Bien.

Tate était visiblement satisfait. Spaulding avait les réflexes nécessaires pour survivre dans la jungle politique de Washington. Il ferait un bon directeur.

— Il y a eu des perquisitions semblables à Bruxelles et à Genève, dit Spaulding. Deux autres centres de recherche. Avec les mêmes résultats…

— Tu les as contactés eux aussi ?

— Oui.

— Tu tiens à jour le dossier de ce qui se dit dans les médias et sur Internet ?

— Il y a quelqu'un qui s'en occupe… Autre chose : votre « sous-marin », il a aussi fait des recherches sur HomniCorp, une compagnie qui détient une majorité des actions des trois autres.

— Et ?

— Il n'a rien trouvé.

— Tu mets HomniCorp sur la liste des cibles prioritaires d'Échelon. Mais sans que les autres pays le sachent.

— Entendu.

Officiellement, le réseau Échelon était géré conjointement par les États-Unis, la Grande-Bretagne, l'Australie, la Nouvelle-Zélande et le Canada. Dans les faits, les États-Unis exerçaient un contrôle effectif du réseau, ce qui lui avait permis d'y introduire des fonctions secrètes auxquelles les Américains étaient les seuls à avoir accès.

— Pour les savants des trois laboratoires, je devrais avoir une confirmation au cours de la journée.

— OK. Prépare une conférence de presse pour demain matin. On va couper l'herbe sous le pied aux autres agences.

— Pendant que j'y pense, j'ai mis les deux listes de Paige sur votre bureau.

— Comment tu les as eues ?

— Comme vous… Cet imbécile-là a des systèmes de sécurité mur à mur dans la plupart de ses locaux et il n'a pas pensé à protéger correctement son BlackBerry !… En passant par son Black, on peut entrer dans son ordinateur… Vraiment !

Après le départ de Spaulding, Tate se concentra d'abord sur le dossier que son assistant avait monté sur les centres de recherche européens. Plusieurs médias soulignaient la présence d'un policier québécois au cours de l'opération de Lyon : l'inspecteur-chef Gonzague Théberge. Cependant, personne n'avait d'explication sur son rôle ni sur les raisons de sa présence là-bas.

Tate décida d'en parler à Blunt. Par la même occasion, il lui donnerait les deux listes de Paige. Peut-être aurait-il une idée là-dessus.

RDI, 12 H 02

... D'AUTRES PROTESTATIONS ONT EU LIEU DANS PLUSIEURS VILLES. LE PORTE-PAROLE DE LA COALITION FREEDOM FOR AMERICA A DÉCLARÉ QUE LES CITOYENS AMÉRICAINS N'ACCEPTERAIENT JAMAIS CETTE MILITARISATION DU PAYS. IL A ANNONCÉ LA TENUE LA SEMAINE PROCHAINE D'UN IMMENSE RASSEMBLEMENT À WASHINGTON, DEVANT LES PELOUSES DE LA MAISON-BLANCHE.

LE PORTE-PAROLE DE LA MAISON-BLANCHE A AFFIRMÉ QUE LE PRÉSIDENT COMPRENAIT LA POSITION DES OPPOSANTS. IL A ASSURÉ QUE LA MANIFES-TATION SERA AUTORISÉE, QUE L'INTERDIRE IRAIT À L'ENCONTRE DU DROIT FONDAMENTAL D'EXPRIMER SON OPINION. IL A AJOUTÉ DU MÊME SOUFFLE QUE LE RENFORCEMENT DES MESURES DE SÉCURITÉ SERAIT MAINTENU PARCE QUE LA SÉCURITÉ DE L'ENSEMBLE DU PAYS ÉTAIT EN JEU ET QUE...

PARIS, 18 H 09

Blunt releva les yeux de son ordinateur portable. Il acheva de lire la communication qu'il avait reçue de Tate, puis il se tourna vers Chamane.

— Remets le planisphère qui résume les quatre autres.

Chamane pianota quelques secondes sur son clavier. L'instant d'après, le planisphère s'afficha dans une fenêtre, sur l'immense écran de verre.

— Peux-tu mettre en surbrillance les points qui étaient différents sur les quatre planisphères ?

Chamane retourna à son clavier. Quelques secondes plus tard, le réseau de points se mit à clignoter.

— Maintenant, je vais te dicter des coordonnées GPS, reprit Blunt en ramenant les yeux vers son ordinateur portable. Je veux que tu me dises s'ils correspondent à certains des points.

Six minutes plus tard, ils avaient identifié onze points sur le planisphère. Le plus au nord était une île au large de l'Alaska. Le plus au sud était une autre île, au large de la Floride cette fois. Les autres points se répartissaient dans l'ensemble du pays : Montana, Wyoming, Virginie, Nouveau-Mexique, Vermont… Tous ces endroits avaient la particularité d'apparaître sur une des deux listes de coordonnées que Tate avait envoyées à Blunt.

— Ça ne peut pas être un hasard, dit Chamane.

— Non. Mais ça n'explique pas ce qu'ils ont en commun.

Après avoir regardé la carte un moment, Blunt ajouta :

— Tu sais ce qu'il y a à chacun de ces endroits ?

— Ça ne devrait pas être difficile à trouver.

Blunt regarda Chamane travailler pendant un moment sans le voir. Son attention était concentrée sur le jeu de go, qu'il visualisait dans son esprit, et où il tentait de représenter l'ensemble des événements.

— Il fallait qu'ils aient pénétré le système informatique qui contrôle l'édifice, dit-il brusquement, comme si le fait venait subitement de lui sauter aux yeux.

Puis il ajouta, à l'intention de Chamane :

— À Berlin. L'édifice où ils ont commis l'attentat.

— Ils ne peuvent pas avoir fait ça seulement par informatique, répliqua Chamane, les yeux fixés sur la liste de coordonnées GPS, sans cesser de pianoter sur son clavier. Il fallait quelqu'un à l'intérieur pour brancher les contenants de gaz sur le système de ventilation.

— Oui, mais il fallait aussi qu'ils contrôlent le système pour choisir le moment de le déclencher et il fallait qu'ils isolent le dernier étage du reste de l'édifice. Est-ce que leur système était difficile à pirater ?

— Ils avaient une protection correcte. Mais il suffit d'un débile à l'intérieur qui écrit son mot de passe partout...

Blunt sourit. Pour Chamane, c'était une sorte de mantra : « Les débiles qui écrivent leurs mots de passe partout ! »

Dans la fenêtre où étaient affichées les coordonnées GPS, une liste de noms apparut. Chacun était accompagné d'une image représentant une prise de vue aérienne. Sur chaque image, on pouvait apercevoir de vastes bâtiments, dont certains étaient encore en cours de construction.

— Dans des montagnes, dit Chamane... Près d'un lac, sur le bord de la mer...

— Des endroits retirés...

— Le reste, c'est surtout des îles.

— Un archipel... fit Blunt après un moment.

Puis, comme si une nouvelle idée lui était subitement venue à l'esprit, il demanda :

— As-tu travaillé sur les parties de murale qu'on n'a pas réussi à décoder ?

— Pas beaucoup...

Chamane s'interrompit brusquement.

— Il y a une chose que je n'ai pas essayée, dit-il en se tournant vers Blunt. Tu te rappelles que le nombre maximal de points qui se suivent est quatre. Peut-être que les traits longs représentent le nombre cinq.

— Et ?

— Je vais regarder quelle série de chiffres ça donne en base cinq.

— Comment est-ce que tu vas les traduire en lettres ?
— On verra…
— Profites-en pour vérifier s'il y a une série de chiffres qui pourrait donner le mot « archipel ».

Londres, 17 h 31

Ce que Larsen Windfield avait le plus apprécié de la rencontre à Brecqhou, c'était de ne pas avoir eu à parler. Ni même à parader sur la scène. Il avait assisté à toute la rencontre dans une petite salle où les débats avaient été retransmis en simultané.

Dans l'avion qui l'avait ramené à Londres, il s'était entretenu avec Killmore. Ce dernier lui avait demandé d'accélérer les choses. Windfield avait négocié un court délai, le temps de rencontrer son contact et de lui permettre de prendre les dispositions nécessaires…

C'était pour cette raison qu'il était au bar de l'hôtel Dukes, près de Green Park. Comme des millions d'hommes d'affaires le faisaient quotidiennement, il consultait son BlackBerry. Après avoir lu un message entrant, il tapa une courte réponse.

— La priorité, c'est de devancer la prochaine opération.
— De combien ?

Assis à une table au fond du bar, un homme aux traits arabes consultait également son BlackBerry. Chacun des deux pouvait lire ce que l'autre tapait sur le clavier de son appareil.

— Tout doit être prêt au plus tard dans trois jours. Au plus tard…
— Difficile.
— Je vais payer ce qu'il faut.
— Même compte que d'habitude ?
— Même compte.

Il s'agissait uniquement d'un compte de départ. L'argent passait ensuite par six banques différentes, situées dans quatre pays, avant de se retrouver dans un compte des Frères musulmans. Tout cela en quelques minutes à peine. De là, l'argent était pris en charge par un intermédiaire *hawala*, ce qui permettait de faire disparaître les dernières traces de transfert, si jamais il en restait.

> — Il risque d'y avoir des ratés.
> — L'important est l'impact global. Et qu'on ne puisse pas remonter jusqu'à nous.

Après le départ de Windfield, Hussam al-Din demeura longtemps à sa table. On aurait dit un homme d'affaires qui tue le temps avant un rendez-vous : tout en sirotant un café, il pianotait sur son BlackBerry.

Quand il le rangea dans sa poche, une vingtaine de minutes plus tard, les directives pour la prochaine série d'attentats avaient été envoyées à chacun des responsables d'équipe.

Montréal, studio de TOXX-TV, 14 h 22

Francis Rivard animait l'émission depuis trois mois. Une variante télé de tribune téléphonique. Les cotes d'écoute continuaient de progresser et les lignes étaient toujours pleines. Il avait décidé de limiter à trente secondes le temps qu'il accordait à chacun des téléspectateurs qui appelait.

Un des secrets de l'émission, c'étaient ses « spectateurs professionnels ». Ils étaient trois qui partageaient le studio avec lui. Leur rôle était de mettre la table et de combler les vides. C'était à eux qu'il s'adressait en premier. Cela permettait de planter le débat. Et quand il y avait des trous, ou que les interventions manquaient de punch, il se tournait vers eux. Ce qu'il venait de faire.

— C'est normal ! fit un des trois spectateurs professionnels.

— Comment ça, normal ? répliqua Rivard.

— À tous les millénaires, il y a une peste qui élimine une partie de l'humanité. En l'an 1000, c'était la peste noire. Nous, c'est la peste grise. Et c'est normal que ça soit gris : on a un monde ennuyant. C'est ça que j'avais à dire.

— OK, mon Philippe, on prend un autre appel.

Il se tourna vers le deuxième spectateur professionnel.

— Moi, c'est Jean-Marc, fit son nouvel interlocuteur. Je pense que la vraie peste, c'est le terrorisme. C'est ça qui va nous faire disparaître.

— Tu peux nous expliquer ça ?

— C'est rendu qu'on a des terroristes de n'importe quoi ! Des terroristes de l'environnement ! Des terroristes musulmans ! Des terroristes de l'éducation ! de la santé !… Des terroristes des droits de l'homme ! Des terroristes des droits des femmes !.. C'est clair que c'est la fin du monde. Les Mayas l'avaient dit, ça va être en 2012 !

— Je te remercie, Jean-Marc. On passe à un autre appel.

Il se tourna vers son troisième assistant.

— Salut, moi, c'est Freddy, fit ce dernier.

— Comme dans le film ?

— Heille, niaise-moi pas !

— On t'écoute, Freddy.

— Moi, je pense pas qu'on va disparaître. J'pense que les compagnies vont nous sauver. Ils en ont parlé à la télé. Ça s'appelle HomniFoule…

— Tu veux dire HomniFood ?

— C'est ça, oui… J'pense que les compagnies, il y a seulement ça de vrai. On devrait se débarrasser du gouvernement et mettre les compagnies au pouvoir !

— Tu penses ça, toi ?

— Sûr. C'est les seules qui sont capables de trouver des remèdes contre le champignon tueur et contre la peste grise.

— OK… On arrête deux minutes pour laisser parler nos commanditaires et on revient. Vous écoutez TOXX-TV, la télé qui vous offre une vraie cure de désintox !

Après avoir fermé le micro, Rivard jeta un œil à l'écran de l'ordinateur, où clignotaient déjà une dizaine de noms en rouge. Chacun correspondait à un téléspectateur qui patientait en attendant de donner son point de vue.

Il sourit. La pompe était amorcée… Puis il regarda la feuille sur laquelle il avait son plan d'émission. Il lui restait trois mentions d'HomniFood à placer avant la fin de l'heure.

Londres, 20 h 27

Officiellement, Whisper était mort dans son sommeil. C'était une fin appropriée pour ce stratège obscur qui avait passé sa vie dans l'ombre.

Killmore avait pris les dispositions nécessaires pour que sa mort demeure secrète. La dépouille serait incinérée discrètement et les cendres seraient déposées dans une urne funéraire sans signe distinctif. Cette urne passerait quelques mois dans l'espace commun du funérarium, réservé aux défunts qui n'avaient pas les moyens de se payer une niche privée dans la crypte, de manière à personnaliser leur éternité posthume.

Pour le moment, il n'y avait aucun intérêt à ce que le décès de Whisper soit connu du Cénacle. Tout le monde savait que Killmore était son homme de confiance. Et que, même s'il avait pris la relève, il ne décidait rien d'important sans en parler à son mentor. Il aurait été stupide de se priver de cette caution implicite à un moment aussi décisif.

Après l'Exode, quand la transition serait bien amorcée, il serait toujours temps de rendre publique la mort de celui que plusieurs considéraient comme l'architecte du Cénacle. Et de lui octroyer des funérailles officielles dignes de lui.

Après avoir déterminé les différents arrangements à prendre avec le directeur de la maison de retraite, Killmore coupa la communication, rangea le BlackBerry dans son étui et poussa un soupir. Puis il se plongea dans le dossier ouvert sur son bureau: la rencontre avec les représentants des groupes criminels.

Pour l'Asie et l'Europe, son choix était fait: ce serait un consortium de deux triades chinoises et la Ndranghetta. Pour l'Amérique, par contre, il hésitait. L'idéal aurait été une union des grandes familles de la mafia américaine et du cartel mexicain de Juarez. Mais les Mexicains étaient trop instables, trop irrationnels pour que les Américains puissent leur faire confiance. Par contre, pour cette même raison, il était difficile de les ignorer: aucun autre groupe ne parviendrait facilement à les soumettre.

Le plus simple était probablement de diviser la zone américaine en deux : la mafia pour l'Amérique du Nord, le cartel de Juarez pour l'Amérique du Sud.

Paris, Chai de l'Abbaye, 22 h 44

Comme d'habitude, le bistro abritait un mélange improbable d'habitués et de touristes. Dès leur arrivée, un serveur les avait accueillis la main tendue pour les saluer.

— Vous avez raté Bruno, avait-il dit à Leclercq. Il est en congé. Les patrons, vous savez ce que c'est !

Quelques instants plus tard, un autre serveur déposait deux Météor devant eux.

— C'est beau, quand même, la retraite, dit-il à Leclercq. On va au café pour le p'tit dèj, puis à l'apéro du midi... au milieu de l'après-midi, au dîner... en fin de soirée...

— Le problème avec la retraite, répliqua Leclercq, c'est qu'on n'a plus de vacances, plus de dîners d'affaires payés.

— Arrêtez, vous allez me faire pleurer.

Le serveur se tourna vers Théberge.

— Je vous ai vu à la télé ! Le super flic québécois qui vient nettoyer la France !

Il se pencha ensuite vers lui comme s'il voulait partager un secret.

— Entre nous, dit-il, ça ne leur fera pas de tort d'être initiés aux méthodes américaines. Pour une fois qu'ils arrêtent de casser de l'Arabe et qu'ils s'en prennent aux vrais criminels... Chapeau !

Il repartit ensuite derrière le comptoir, où il se mit à laver des verres.

— Tu es devenu une vedette ! se moqua Leclercq.

Théberge n'en revenait toujours pas d'avoir son nom et sa photo au bulletin d'informations.

— Comment est-ce qu'ils ont pu avoir mon nom ?

— Une fois qu'ils ont ta photo...

— Je suis parti du Québec pour avoir une vie tranquille, à l'abri des médias.

— Ça doit quand même te faire un velours ! « Il quitte les grands espaces enneigés du Canada pour voler au secours de la gendarmerie française. »

— Je n'ai rien fait ! protesta Théberge. Je t'ai simplement suivi !

— Un policier qui vient du Québec, c'est un Québécois avant d'être un policier. On peut en dire du bien sans faire preuve de complaisance envers les flics… Pour un journaliste français, c'est une aubaine.

— Je ne suis pas certain de comprendre.

— Tu leur permets de râler contre nous, même quand on réussit un bon coup ! Dans le genre : « On n'aurait rien fait si tu n'avais pas été là ! » Internet est déjà rempli de spéculations sur ton véritable rôle.

Théberge poussa un soupir, prit une gorgée de bière et changea de sujet.

— Qu'est-ce qu'il a de nouveau, ton ami qu'on ne peut pas savoir où il travaillait ?

— Il est comme toi, il est à la retraite !

— Si c'est le même genre de retraite…

— Il veut nous présenter une personne qui a des informations sur le groupe de Lyon.

REUTERS, 17 H 04

> … ARNO DE JONGHE DÉMENT AVOIR RENONCÉ AU POSTE DE PREMIER MINISTRE… GREENSPAM, L'AGENCE DE SURVEILLANCE ENVIRONNEMENTALE, ACCORDE À HomniFlow ET HomniPharm SA DEUXIÈME MEILLEURE COTE… LES SCIENTIFIQUES SONT EN DÉSACCORD SUR LES CONSÉQUENCES DES EXPLOSIONS AUX DEUX PÔLES… NOUVELLE ÉMEUTE DE LA FAIM DANS LE NORD DE…

PARIS, CHAI DE L'ABBAYE, 23 H 25

Quand F arriva à leur table en compagnie de monsieur Claude, Théberge demeura plusieurs secondes bouche bée.

Un sourire à peine moqueur apparut sur le visage de F.

— C'est la première fois que je vous vois à court de commentaires, dit-elle.

— Vous me surprenez en flagrant délit d'ébaubissement, dit Théberge en se levant pour lui faire un baise-main. Que nous vaut l'honneur de votre inestimable présence ?

F éluda la question.

— Vous avez finalement suivi mon conseil de prendre des vacances.

— Les vacances, vous savez ce que c'est…

— Surtout quand on les prend en compagnie du GIGN.

Les deux Français se regardaient, légèrement médusés par ce marivaudage.

— Je vois que je n'aurai pas besoin de faire les présentations, dit monsieur Claude.

— Cette gente dame et moi sommes des accointances de longue date, répondit Théberge.

— L'inspecteur Théberge a eu l'amabilité de collaborer à certaines opérations de l'Institut, clarifia F.

— Eh bien, fit Leclercq avec un sourire. Puisque nous avons établi que nous sommes entre espions, chacun pourra parler plus librement !

Quelques minutes plus tard, l'ex-directeur des Renseignements généraux avait établi un bilan des opérations à Lyon, Bruxelles et Genève.

— Ce qui est étonnant, fit monsieur Claude, c'est que les installations aux trois endroits étaient rigoureusement similaires.

— Même les vidéos sont identiques, ajouta Leclercq.

— Est-ce qu'ils travaillaient sur les mêmes programmes de recherche ?

— Oui et non. Un laboratoire se concentrait sur les vecteurs de diffusion du champignon, un autre évaluait l'effet des mutations sur sa toxicité… Le troisième étudiait les produits susceptibles de l'éliminer.

— Est-ce que vous avez trouvé des indices qui permettent de remonter la filière ?

— Rien pour l'instant. Les trois laboratoires formaient un groupe isolé à l'intérieur d'HomniFood. C'est d'ailleurs sur ça que joue la compagnie pour se défendre. Elle dit que c'est une filiale qui a échappé à son contrôle. Qu'elle recevait des rapports de recherche et des rapports financiers faussés… Les dirigeants prétendent qu'ils ignoraient tout de la séquestration des savants et des activités des Dégustateurs d'agonies.

— Ça va quand même contrarier leurs plans, fit remarquer Théberge. S'ils perdent une cinquantaine de chercheurs…

F paraissait soucieuse.

— Vous avez trouvé quelque chose sur madame McGuinty ?

— Rien. Elle n'était à aucun des trois centres et on n'a rien découvert sur elle. Toute l'information, tous les dossiers étaient au nom du directeur-adjoint du centre. À chaque endroit.

— Vous allez quand même perquisitionner dans les locaux d'HomniFood ? demanda monsieur Claude.

— Ce serait difficile de ne pas le faire, répondit Leclercq. Ce sont eux qui l'ont demandé !… Mais comme toute leur administration et leur comptabilité sont en silos, tout ce qu'on peut trouver, ce sont des choses qui incriminent les trois centres. Des rapports qu'HomniFood va se dépêcher de déclarer faussés.

— J'ai entendu leur déclaration à la télé : ils sont déjà en mode gestion d'image.

— Il ne faut pas perdre de vue le portrait global, dit F. Tout cela est grave en soi, mais c'est seulement un élément dans un portrait beaucoup plus large. Une pierre dans une mosaïque.

Ils discutèrent ensuite du lien entre les attentats écoterroristes et les trois entreprises sœurs : HomniFood, HomniFlow et HomniPharm.

— Ça veut dire qu'HomniPharm a probablement des laboratoires du même type sur la peste grise, conclut Leclercq.

— C'est probable, admit F.

— Mais où ?

La question resta en suspens pendant plusieurs secondes.

— Ce serait donc un plan à trois volets, reprit monsieur
Claude. Ils veulent contrôler les céréales, l'eau et la
santé… Autrement dit, la planète.

— Et si c'était un plan à quatre volets ? fit brusquement
Théberge.

Les regards se concentrèrent sur lui.

Il leur expliqua les hypothèses que Prose avait déve-
loppées sur la logique des attentats, fondée sur les quatre
éléments. Sur l'alternance entre les attentats écologistes
et islamistes.

— Et vous pensez qu'il faut s'attendre à une quatrième
vague d'attentats ? demanda monsieur Claude. Des attentats qui auraient pour thème le feu ?

— Dans l'hypothèse de Prose, ce serait logique.
Comme il serait logique qu'on découvre un quatrième
corps carbonisé qui a d'abord été affamé, noyé et infecté
de bactéries… Avec quelques attentats islamistes comme
hors-d'œuvre… Les bibliothèques… les cinémas… les
sièges sociaux des médias…

Un silence soucieux accueillit sa déclaration.

À la télé accrochée au plafond, devant la vitrine de
la rue de Buci, un commentateur expliquait que la France
n'entendait pas « accompagner » les États-Unis dans leur
« questionnement » sur la militarisation de la Chine.

L'image de Sarkozy debout derrière un lutrin apparut
à l'écran. Il y avait toutes sortes de gags sur cette pratique
du lutrin imposée par les faiseurs d'images du président.
Le lutrin en question était doté d'une base de quelques
dizaines de centimètres, sur laquelle montait le président
pour s'adresser aux journalistes. Cela lui permettait de
dominer la situation du regard et favorisait la prise de
vue des caméras, la contre-plongée étant par essence
valorisante.

> … Vous savez tous combien j'aime les Américains. On l'a assez
> dit. On me l'a même reproché…

FRANCE 2, 23 H 50

... AUSSI, C'EST COMME AMI QUE JE M'ADRESSE À EUX. D'UN AMI, ON ATTEND LA VÉRITÉ. UNE OPINION FRANCHE. ET C'EST FRANCHEMENT QUE, PAR MA VOIX, LA FRANCE LES MET EN GARDE. ELLE LEUR DIT QU'IL FAUT RÉSISTER À LA TENTATION DE MONTRER DU DOIGT DES BOUCS ÉMISSAIRES. QUE CELA POURRAIT METTRE EN PÉRIL LA BONNE ENTENTE MONDIALE. LES AMÉRICAINS SONT UN GRAND PEUPLE. UN PEUPLE QUE J'ESTIME. QUE J'AIME. ET JE LES SAIS BEAUCOUP TROP ÉPRIS DE PAIX. DE LIBERTÉ. POUR CÉDER À DE TELLES FOUCADES...

PARIS, CHAI DE L'ABBAYE, 23 H 54

F et les trois hommes avaient suspendu leur conversation pour écouter Sarkozy.

C'EST ENSEMBLE QUE NOUS AVONS HÉRITÉ DE CETTE SITUATION DIFFICILE. DIFFICILE POUR NOUS. DIFFICILE POUR L'HUMANITÉ. C'EST ENSEMBLE QUE NOUS TRAVAILLERONS À RENVERSER CETTE TENDANCE. ENSEMBLE QUE NOUS ALLONS CRÉER UN AVENIR MEILLEUR. VIVE LES FRANÇAISES! VIVE LES FRANÇAIS! VIVE LA FRANCE!

— Je n'aurais jamais cru être un jour d'accord avec lui, maugréa Leclercq.

— Je pensais que l'adhésion à l'UMP faisait partie de ta définition de tâche, se moqua monsieur Claude.

Le serveur vint s'enquérir de leurs besoins.

— On ne peut pas supporter ça à jeun, dit-il sur un ton péremptoire en désignant la télé. Ordre du médecin. Je vous remets la même chose ?

Monsieur Claude accepta au nom du groupe.

Après le départ du serveur, ce fut Leclercq qui relança la discussion en s'adressant à Théberge.

— Si ce que vous dites est vrai, il faut s'attendre à ce qu'une quatrième entreprise se manifeste.

— Une autre Homni quelque chose, ajouta monsieur Claude.

— Selon Prose, reprit Théberge, ce serait lié au feu. Le feu nucléaire, peut-être...

— S'ils respectent leur logique, reprit Leclercq, ce sera Homni et quelque chose qui commence par un F.

Il se tourna vers F.

— C'est vous la spécialiste, dit-il en souriant. Ce sera HomniF quoi ?

— S'ils ont le sens de l'humour, ce sera HomniFreeze, répondit-elle sur le même ton. Un monde sans feu… Comme un monde sans eau, sans céréales… sans air respirable.

Un silence suivit.

— Nos seuls points d'attaque sont les trois entreprises, reprit finalement Leclercq.

— Elles ont été déclarées d'intérêt prioritaire pour l'avenir de l'humanité, objecta monsieur Claude. Il va falloir tout un dossier pour avoir ne serait-ce qu'un permis de perquisition.

— Il y a aussi les cibles probables des prochains attentats islamistes, dit F. Les bibliothèques…

Elle se tourna vers Théberge.

— Si votre Prose a raison sur la logique générale des attentats, il a probablement raison sur ça aussi.

— C'est très possible, approuva Leclercq.

— Très possible, renchérit monsieur Claude.

— Pour protéger les bibliothèques, vous n'avez pas à faire rapport à qui que ce soit, reprit F.

— Pour la Grande Bibliothèque, les mesures sont déjà prises, fit Leclercq. J'ai également prévenu des collègues des pays qui abritent les plus grandes bibliothèques…

— C'est une information que je peux transmettre à mon successeur ? demanda monsieur Claude.

— S'il désire des renseignements sur les prochains attentats, il peut me contacter.

Monsieur Claude haussa les sourcils.

— La DCRI envisage une collaboration ? demanda-t-il

— Disons une concertation. Pour éviter de se marcher sur les pieds… De mon côté, je vais poursuivre les enquêtes sur les trois polytrucidés…

F et monsieur Claude le regardèrent curieusement.

— Une expression de mon bon ami Théberge, se défendit Leclercq.

Ils se quittèrent une dizaine de minutes plus tard en se promettant de se tenir mutuellement informés de tout nouveau développement. Monsieur Claude et Leclercq serviraient de points de contact.

Quand ils sortirent du Chai de l'Abbaye, un homme dissimulé dans une voiture aux vitres teintées les photographia à plusieurs reprises.

CBS, 18 h 37

> ... LE PRÉSIDENT D'HOMNIFOOD, STEVE RICE, A DÉCLARÉ QUE L'ENTRE-
> PRISE SUPPORTAIT ENTIÈREMENT L'ENQUÊTE DES FORCES POLICIÈRES ET
> QU'ELLE ENTENDAIT Y COLLABORER SANS RÉSERVE. RECONNAISSANT QUE
> LES ÉVÉNEMENTS SURVENUS DANS LES TROIS CENTRES DE RECHERCHE
> ALLAIENT PROVOQUER UN RETARD DANS LA LUTTE CONTRE LE CHAMPIGNON
> TUEUR DE CÉRÉALES, IL A ESTIMÉ QU'HOMNIFOOD DEMEURAIT TOUJOURS
> L'ENTREPRISE LA MIEUX PLACÉE POUR...

Montréal, hôtel Ritz-Carlton, 19 h 09

Skinner était perplexe. Ce que venait de lui apprendre Fogg lui posait un dilemme.

— « Ces messieurs » sont furieux, avait-il dit. Ils exigent que Vacuum fasse de l'attaque contre les trois centres de recherche sa priorité. Ils veulent savoir qui est responsable des fuites et ils veulent que les responsables soient éliminés.

Pendant la discussion, avait ajouté Fogg, la nouvelle représentante, Jill Messenger, avait eu de la difficulté à garder son calme. C'était tout dire !...

À HEX-TV, l'animateur commentait l'actualité en se servant des informations des autres chaînes. Le présentateur commença par lire sur un ton neutre l'extrait d'information qui défilait derrière lui sur un écran géant.

> ... LES PAYS ARABES ONT PROTESTÉ PARCE QUE LEURS RESSOR-
> TISSANTS FONT L'OBJET DE VÉRIFICATIONS PLUS POUSSÉES AUX FRON-
> TIÈRES DE PLUSIEURS PAYS. ILS Y VOIENT UNE FORME DE PROFILAGE
> RACIAL ET ILS REJETTENT COMME NON PERTINENT LE FAIT QUE LES
> ATTENTATS AIENT ÉTÉ LE FAIT DE MUSULMANS.

Le présentateur fit une pause, regarda directement la caméra et changea brutalement de ton.

HEILLE! ÇA VA FAIRE, LE TÉTAGE! S'ILS SONT PAS CAPABLES DE CON-
TRÔLER LEURS TERRORISTES, ILS POURRAIENT AU MOINS NOUS DIRE
MERCI DE LE FAIRE À LEUR PLACE!

Skinner secoua légèrement la tête, découragé par le
niveau intellectuel du commentaire mais très satisfait de
la performance du commentateur. Sur ce point, madame
Hunter et ses mystérieux amis avaient raison : l'apocalypse n'entraînerait pas une grande perte. Une grande
partie de l'humanité était au-delà de toute tentative de
sauvetage.

Il se replongea dans le dossier que Fogg lui avait
expédié. La simultanéité des attaques contre les trois
centres de recherche montrait que l'opération avait été
planifiée depuis un certain temps et que les autorités
policières avaient établi un lien entre les trois centres.

De quel lien s'agissait-il ? Le plus évident était qu'ils
avaient le même propriétaire. Mais alors, pourquoi seulement ces trois-là ? Pourquoi pas les dizaines d'autres
qui appartenaient à HomniFood ? Qu'est-ce que ces
trois-là avaient en commun ?

LA MAISON DU DIRECTEUR DU SPVM, MAGELLA CRÉPEAU, A ÉTÉ
CAMBRIOLÉE.

La phrase, qui avait été lue sur un ton neutre, attira
quand même l'attention de Skinner. Il tourna la tête
vers la télé.

L'animateur fit sa pause habituelle, qui marquait son
changement de ton.

ILS NE SONT MÊME PAS FOUTUS DE SE PROTÉGER EUX-MÊMES ET IL
FAUDRAIT COMPTER SUR EUX POUR NOUS PROTÉGER! C'EST DÉ-
LIRANT!... EN TOUT CAS, ON NE PEUT PAS DIRE QU'ON A UNE POLICE
QUI FAIT PEUR AUX CRIMINELS. LA MAISON DU DIRECTEUR DU SPVM!
ÇA VA ÊTRE QUOI, LA PROCHAINE FOIS? CELLE DU MINISTRE DE LA
JUSTICE?... J'ATTENDS VOS APPELS POUR AVOIR VOTRE IDÉE LÀ-
DESSUS. C'EST QUOI, VOS PRÉVISIONS?

Skinner sourit et revint à son ordinateur portable. Il
parcourut rapidement les comptes rendus des agences
de presse. Sur Google News, il découvrit la vidéo d'une
entrevue avec le responsable du GIGN qui avait dirigé

l'équipe de Lyon. Un peu en arrière de lui, deux hommes discutaient. Un des hommes était… Théberge ! Et l'autre était Hykes !

Est-ce que c'était Théberge qui était derrière tout ça ? Avait-il remonté la piste uniquement à partir du nom de McGuinty et du fait que Hykes travaillait dans un laboratoire ?… Il ne voyait pas comment il aurait pu faire ça tout seul. Et surtout, il ne voyait pas comment il aurait pu établir un lien entre le centre de Lyon et les deux autres centres. Il avait sans doute eu l'aide de ses amis de l'Institut.

Raison de plus pour s'occuper de lui. Faute de mieux, ça ferait un excellent coupable à balancer à « ces messieurs ». Ne serait-ce que pour les faire patienter.

Il y avait aussi la possibilité que la fuite vienne de l'un de « ces messieurs ». Cette hypothèse soulevait une autre série de questions. Des questions sur l'avenir du Consortium. Et sur le sien.

Il envoya un court message à Fogg par courrier électronique.

Il faut qu'on ait une rencontre avec Daggerman.

Avant cette rencontre, il essaierait de voir madame Hunter. Ce serait intéressant d'avoir son avis sur la question.

Paris, 2 h 11

Théberge était retourné à son appartement en faisant un long détour dans l'espoir de mettre de l'ordre dans ses idées. Il avait marché le long de la Seine jusqu'à la hauteur des Invalides avant de bifurquer vers Montparnasse.

En chemin, il rencontra un homme-sandwich de l'Église de l'Émergence. Sur la pancarte devant lui, le message était le même :

RESPIREZ…

PENDANT

QUE VOUS

LE POUVEZ

Un moment, Théberge fut tenté de l'aborder pour discuter avec lui. Ça l'intriguait qu'une personne puisse se concevoir elle-même comme le porte-manteau d'une idée. Il était curieux de voir comment l'individu vivait en dehors de ses périodes de dévouement à la Cause. Comment il expliquait ses choix de vie…

Mais il était fatigué.

Il avait poursuivi son chemin.

En arrivant chez lui, il avait débouché la bouteille de Régal du loup qu'il avait achetée au Franprix le jour de son départ pour Lyon.

Madame Théberge était toujours chez son amie.

Théberge se servit un verre, mit son ordinateur portable sous tension, activa le logiciel de communication téléphonique et contacta Dominique pour lui rendre compte de ce qu'il avait appris.

L'information qui surprit le plus la coordonnatrice de l'Institut fut d'apprendre qu'il avait rencontré F.

Leur conversation dura une dizaine de minutes.

Après avoir fermé le portable, Théberge s'allongea sur le lit sans se déshabiller. Il n'en revenait toujours pas de ce qu'il avait vu dans les souterrains du centre de recherche. Il y avait les vidéos, bien sûr, mais il y avait aussi cette forme moderne d'esclavage, impitoyable dans son raffinement…

Théberge entretenait peu d'illusions sur les capacités humaines en matière d'atrocités. Il n'y avait qu'à penser aux millions d'êtres humains qui travaillaient encore comme esclaves sur la planète, que ce soit dans les ateliers de misère de l'Asie, dans les riches émirats du Moyen-Orient, dans des villages africains ou dans des ateliers clandestins aux États-Unis, pour ne nommer que ces exemples. Mais ces horreurs, on pouvait toujours y voir une survivance de comportements archaïques. Quelque chose que les progrès de la raison viendraient balayer…

Tandis que cette forme rationalisée, technologique d'esclavage, appliquée aux domaines de pointe de la recherche scientifique, cet amalgame de science sophistiquée et de comportements mafieux… Était-ce cela, le progrès ? Était-ce le seul progrès dont était capable l'humanité ? Un progrès dans l'esclavage et l'asservissement ?

Puis il se dit que les causes de l'esclavage qui persistaient dans les pays les plus pauvres avaient sans doute peu à voir avec des comportements archaïques. Qu'elles étaient probablement le produit du même système qui était à l'œuvre dans les sous-sols des laboratoires de Lyon ou de Genève…

Théberge était tenté de vider la bouteille. Ce serait la façon la plus simple de cesser de penser. Mais il avait promis à sa femme de faire attention à son foie.

Il ouvrit la télé et s'arrêta sur une série policière qu'il avait déjà regardée, plusieurs années auparavant, à Montréal. Il n'y avait rien comme une bonne série américaine, avec des policiers juste assez tourmentés pour être humains, des preuves qu'on finissait presque toujours par découvrir, une technologie qui dépannait les enquêteurs au bon moment et des enquêtes qu'on parvenait toujours à conclure… L'espace d'une heure, on pouvait croire que le travail des policiers était assez simple et qu'il suffisait de persévérer pour que le bien finisse par triompher.

Heureusement, des séries américaines, ce n'était pas ce qui manquait à la télé française.

Parallèlement à leur travail de sape, il faut que les médias montent en épingle le travail héroïque des entreprises de l'Alliance qui luttent pour sauver la planète.

Il faut valoriser l'image des dirigeants de ces entreprises, souligner à quel point ils se démarquent des financiers cupides de Wall Street qui ont détruit l'économie ; il faut mettre en valeur leurs activités caritatives, faire témoigner les victimes qu'ils ont sauvées, montrer le cadre de vie sobre mais raffiné dans lequel ils vivent…

Guru Gizmo Gaïa, *L'Humanité émergente*, 3- Le Projet Apocalypse.

PARIS, 7 H 17

Chamane avait quitté la boulangerie avec quatre croissants, quatre pains au chocolat, quatre brioches, quatre amandines et quatre éclairs au chocolat. Il avait également une baguette et trois pots de confiture.

Quand il était sorti de l'appartement, Geneviève dormait encore. Il n'avait pas voulu la réveiller pour lui demander ce qu'elle voulait. À son retour, il eut la surprise de la voir assise à la table de la cuisine en train de prendre son premier café.

En apercevant les sacs, elle comprit.

— Tu as invité combien de personnes ? demanda-t-elle en souriant.

— J'ai pris un peu de tout. C'était plus simple.

Il posa les sacs sur le comptoir.

— Qu'est-ce que tu fais debout aussi tôt ? reprit Chamane.

— J'ai entendu ton ordinateur t'appeler.

— Merde ! J'ai laissé la porte de la chambre ouverte.

— Fallait que je me lève. Aujourd'hui, on a une matinée.

— Tu es sûre que… ?

Il ne compléta pas sa phrase, arrêté dans son élan par le regard que lui lança Geneviève.

Elle avait beau protester qu'être enceinte n'était pas une maladie, qu'elle ne se mettrait pas subitement à manger des glaces à la moutarde ou des pizzas aux tomates séchées et au chocolat, rien n'y faisait. Chamane en faisait continuellement trop.

— Tu as entendu quoi ? demanda-t-il.

— Un yodle avec ton nom.

Chamane se précipita à son bureau. C'était le signal que LoKé avait découvert quelque chose. Geneviève l'entendit dire :

— Il l'a trouvée !

Quelques minutes plus tard, Chamane annonçait les résultats à Blunt.

— On a trouvé le caisson.

— Où ?

— Une petite île dans le bout de Jersey.

— Les îles Anglo-Normandes… Logique. C'est ce qu'il y a de plus proche.

— J'ai les coordonnées.

— Elle est à quelle profondeur ?

— Environ cinquante mètres.

— Tu es sûr que c'est elle ?

— Sur l'écran, ça ressemble à ce qu'il y avait sur le bord de la côte, en Normandie. Le plus simple, ce serait que tu viennes voir.

— Je prends un café et j'arrive.

— Arrive tout de suite. J'ai tout ce qu'il faut.

LCN, 2 h 03

… A ANNONCÉ LA SIGNATURE D'UNE ENTENTE AVEC PROMISED LAND DEVELOPMENT, LA COMPAGNIE QUI A FAIT L'ACQUISITION DES INSTALLATIONS DE TREMBLANT. QUÉBEC VA LUI CÉDER UN TERRITOIRE SUPPLÉMENTAIRE DE

QUATRE-VINGT-DIX KILOMÈTRES CARRÉS. DE CETTE SUPERFICIE, DIX KILO-
MÈTRES CARRÉS SERONT CONSACRÉS À DES INSTALLATIONS RÉCRÉO-
TOURISTIQUES DE HAUT NIVEAU ET QUINZE SERONT RENDUS DISPONIBLES
POUR UNE OCCUPATION RÉSIDENTIELLE AU MOYEN DE BAUX EMPHYTÉOTIQUES.
LE RESTE DU TERRITOIRE DEVIENDRA UNE RÉSERVE ÉCOLOGIQUE DONT
L'ENTRETIEN SERA AUX FRAIS DE PROMISED LAND DEVELOPMENT. SELON
LE PREMIER MINISTRE JEAN-YVES MOUTON, CETTE ENTENTE EST LA PREUVE
QU'ON PEUT CONCILIER LE DÉVELOPPEMENT ÉCONOMIQUE ET LES INTÉRÊTS
DES GÉNÉRATIONS FUTURES...

PARIS, 8 H 08

Tout en terminant un croissant, Blunt lisait les notes
que Chamane lui avait préparées sur l'île de Burhou.

> Île inhabitée
> Quelques kilomètres au nord d'Aurigny
> (Alderney)
> Appartient au bailliage de Guernesey.
> Abrite une colonie de macareux moines, une
> espèce protégée.
> Interdiction d'aborder dans l'île entre le 15 mars
> et le 27 juillet.
> Courants violents dans le chenal entre les deux
> îles. Des rochers qui affleurent.
> Le caisson est dans le chenal. C'est l'endroit du
> chenal le plus dangereux.

Ils n'avaient probablement pas prévu de récupération,
songea Blunt.

Il pensait aux autres films qu'ils avaient trouvés :
uniquement des mises à mort. Il ne voyait pas de raison
pour que celui sur lequel on voyait Claudia soit différent.
Par contre, il ne savait toujours pas de quelle façon on
avait prévu la faire mourir. Si on avait voulu qu'elle
meure de faim, pourquoi avoir équipé le caisson d'un
poêle, d'un réfrigérateur ainsi que de réserves d'eau et
de nourriture ?

— Le plus simple, dit-il, ce serait que F utilise le
même contact qu'en Normandie.

— Je lui ai déjà envoyé un courriel, répondit la voix
de Dominique en provenance de l'ordinateur. Elle ne
devrait pas tarder à répondre.

— Les recherches de Chamane dans les banques de Jersey n'ont rien donné. Aucune trace des activités d'HomniCorp.

— Moh et Sam ont retrouvé la piste de Killmore à Guernesey. Aucune idée de ce qu'il y a fait. Il a passé quelques heures sur place, ensuite il s'est embarqué sur un yacht.

— Il est probablement sur une autre île.

— Aucune trace du yacht sur les îles voisines. Et la France est à quelques kilomètres seulement.

Blunt réfléchit un moment.

— Ça fait beaucoup de choses qui tournent autour des îles Anglo-Normandes, finit-il par dire. HomniCorp qui utilise probablement une banque à Jersey. Killmore qui se rend à Guernesey. Claudia qui est peut-être au large de Burhou… Si je me souviens bien, le Consortium a déjà utilisé des banques dans les îles Anglo-Normandes. Il me semble que c'était Jersey…

— Tu penses que je devrais demander à Moh et Sam de rester là-bas ?

— À toi de voir.

— Et Théberge ? Tu l'as rencontré ?

— Je m'en occupe ce matin.

LEVITT RADIO FRANCE, 8 H 21

… LA RADIO QUI VOUS FAIT PLANER AU-DESSUS DE LA GRISAILLE ! À L'ANTENNE, DIDIER EUSTACHE. AUJOURD'HUI, ON S'INTÉRESSE AUX RICAINS. ÇA BARDE AUX USA. LE GRAND PLAN DE SAUVETAGE DU SYSTÈME DE SANTÉ EST EN TRAIN DE SOMBRER. LES RÉPUBLICAINS TIRENT À BOULETS ROUGES SUR LE PRÉSIDENT. MOTIF DE LA GROGNE : UN AUTRE QUARTIER D'UNE GRANDE VILLE EST PLACÉ EN ISOLEMENT À CAUSE DE LA PESTE GRISE… CHRIS WALLACE, DE FOX NEWS, MÈNE LA CHARGE. IL REPROCHE AUX DÉMOCRATES DE CONFONDRE LEURS MANDATS EN FAISANT SOIGNER LES TERRORISTES ET ENFERMER LES AMÉRICAINS. SUR CNN, LOU DOBBS…

PARIS, 8 H 24

Chamane revenait de la cuisine avec une autre assiette de pâtisseries. Quelques instants plus tôt, il avait décrété une pause. Il avait alors programmé deux cafés sur sa cafetière « *full* automatisée », puis il était parti aux provisions.

Blunt le regardait avaler des brioches et des chocolatines en se demandant comment il faisait pour demeurer aussi mince.

— L'activité intellectuelle, dit Chamane entre deux bouchées, c'est ce qui brûle le plus d'énergie.

— As-tu eu le temps de vérifier l'ordinateur de Poitras ?

— Tout est *clean*.

— Tu lui as parlé de Claudia ?

— Je n'ai pas été le voir. J'ai tout fait à partir d'ici.

— Je veux que tu ailles sur place, insista Blunt, que tu coupes son ordinateur du réseau et que tu l'examines.

Chamane soupira.

— Je sais que tu penses que c'est préhistorique, dit Blunt. Que c'est une perte de temps de se déplacer quelque part quand on peut y aller par ordinateur. Mais…

— Tant qu'à y être, veux-tu que je vérifie aussi son ordinateur perso ?

Blunt le regarda, incrédule.

— Ce n'est pas ce que tu as fait ?

— L'ordinateur qu'il utilise pour suivre les marchés est complètement coupé du réseau. Avec toutes les *newsletters* auxquelles il est abonné, tous les sites remplis de pubs qu'il visite…

— Il est protégé, au moins ?

— Je lui ai mis ce qu'il y a de mieux pour ce genre de compagnie. Avec deux ou trois gadgets de plus. Mais rien de trop. Autrement, ça lui aurait posé des problèmes sur les sites où il va… Et ça pourrait attirer l'attention sur lui.

GUERNESEY, 8 H 12

Norm/A venait de terminer l'inspection des différents réseaux de son client. Elle avait commencé par ceux d'HomniFood, d'HomniFlow et d'HomniPharm. C'étaient les plus susceptibles d'être attaqués, compte tenu de leur existence publique.

Rien. Pas la moindre trace d'infiltration. Enfin, rien qui ne sorte de l'ordinaire. Seulement des tentatives maladroites d'apprentis *hackers*. La routine, quoi.

Elle visita ensuite HomniCorp. Rien non plus.

Restait l'Archipel.

C'était le site le plus sécuritaire de ceux qu'elle avait conçus pour son client. Elle-même ne savait pas où était situé le serveur de ce réseau. Tout le travail de conception et de réalisation avait été réalisé à distance. Le seul maillon faible du site, c'était elle. D'où les mesures que son employeur avait prises pour garantir sa fidélité. Malgré leurs relations et malgré le temps depuis lequel ils se connaissaient.

Elle s'était engagée à demeurer dans cette grande résidence de Guernesey. Pour trois ans encore. Quand elle se sentait claustrophobe ou qu'elle voulait bouger, un avion et son équipage étaient à sa disposition. À quelques heures d'avis. Elle avait alors le choix entre une dizaine de destinations : une île près de Tahiti, une autre en Grèce, une autre encore au large du Japon, une immense suite dans un hôtel de Dubaï… Le décor changeait, mais tous les endroits avaient la particularité d'être isolés. Il n'était pas question qu'elle se promène librement quelque part.

Trois ans…

Heureusement, le salaire en valait la peine. Dix millions par année. Libres d'impôt. Elle serait à l'abri du besoin pour le reste de sa vie. Et, surtout, elle avait accès au meilleur matériel informatique existant. Meilleur équipement, meilleurs logiciels. Plusieurs venaient des plus grandes agences de renseignements. Elle avait même du matériel militaire secret.

Elle avait également eu accès au plus récent ordinateur quantique. Le prototype de 2048 K… Pour un *hacker*, c'était le Graal.

Depuis la veille, elle s'était efforcée de ne pas trop penser à la tentative d'infiltration presque réussie contre son réseau. Mais cela la tracassait.

Bien sûr, sans son propre code, qu'il avait modifié, le *hacker* n'aurait pas réussi. Mais c'était une mince consolation. Car il avait quand même fallu qu'il y ait accès, à ce code. Comment avait-il fait?

Et puis, il y avait cette idée d'écrire son nom après le sien. Avec une sorte d'avertissement… Était-ce une façon de la narguer? une invitation à prendre contact tout en lui montrant qu'ils pouvaient discuter d'égal à égal?

Le plus simple était de laisser un message dans le logiciel de protection du réseau d'HomniFood. De l'inviter à reprendre contact… Mais elle voulait d'abord savoir à qui elle avait affaire. Pour cela, le meilleur moyen était probablement de voir qui s'était intéressé à HomniFood.

Mais avant, elle allait prendre le temps de manger.

Elle se demanda alors en souriant si c'était à force de lire et d'écrire HomniFood qu'elle avait réalisé qu'elle avait faim.

PARIS, 9 H 54

Théberge avait mal dormi. Il s'était ensuite mal réveillé, s'extrayant avec difficulté d'un cauchemar.

Il tentait d'échapper à une balle de revolver qui avançait vers lui au ralenti. Mais ses mouvements étaient plus lents que la balle. Et ils devenaient de plus en plus lents. Comme si son corps s'appesantissait. Jusqu'à le clouer sur place.

La balle, elle, continuait de se rapprocher. Elle se dirigeait directement entre ses deux yeux.

Ses efforts pour bouger ne réussissaient qu'à faire vibrer son corps, comme s'il était tiré entre deux forces contraires. Il vibrait de plus en plus. L'impulsion partait de sa hanche droite et se propageait dans toutes les directions.

Juste au moment où la balle touchait le point situé entre ses deux yeux, Théberge s'était éveillé en sursaut.

Il avait alors mis quelques secondes à réaliser que le bruit venait de son téléphone portable. Que c'était l'appareil qui vibrait, à l'intérieur de l'étui attaché à sa ceinture.

— Je vous réveille ?

Le temps de reprendre ses esprits, Théberge mit un nom sur la voix : Blunt.

— Physiologiquement, répondit-il. Intellectuellement, cela devrait se produire dans les prochaines minutes.

— Horace Blunt.

— C'est exactement ce que me susurrait ma mémoire.

— Il faut que je vous voie.

— D'accord. Un instant que je consulte mon agenda…

— Vous avez vraiment un agenda ?

La voix de Blunt hésitait entre l'humour et l'incrédulité. Théberge poursuivit :

— Voyons voir… J'ai quelque chose de dix heures à vingt-trois heures. Attendez que je lise… C'est inscrit : « Vacances ».

— Parfait. Ce que j'ai à vous demander n'exige aucun travail. Je veux rencontrer votre ami. L'écrivain.

— Prose ?

— J'aimerais le rencontrer aujourd'hui.

— Je veux bien lui en parler.

— Contactez-moi aussitôt que vous l'aurez joint.

Après avoir raccroché et remis le téléphone dans son étui, Théberge resta un long moment à se remémorer la fin de la soirée précédente. Son dernier souvenir était celui d'avoir pesté contre une invraisemblance dans une série policière.

Après cela, il avait dû s'endormir sur son lit. Ça expliquait qu'il ait encore ses vêtements de la veille.

BRECQHOU, 8 H 56

Autant Maggie McGuinty était heureuse d'avoir échappé à la perquisition dans les trois laboratoires, autant elle s'inquiétait de son avenir à l'intérieur du Cénacle.

La veille, Killmore l'avait épargnée, rejetant la plus grande partie du blâme sur Joyce Cavanaugh. Mais il était demeuré vague sur son avenir à elle.

Comme il fallait s'y attendre, il n'avait pas particulièrement aimé qu'elle n'ait aucun indice sur l'origine de la fuite qui avait mené aux trois perquisitions. Mais il s'était contenté de lui fixer rendez-vous pour préciser ses prochaines tâches.

La perte qui avait le plus affecté Maggie McGuinty était celle du séchoir. Bien sûr, elle avait encore l'enregistrement vidéo. Mais l'expérience était définitivement interrompue. Adieu, son projet de montrer en accéléré, après une période de cinq ans, la momification des corps.

Pour l'instant, on lui avait attribué une suite de trois pièces dans l'immense résidence aux allures de château fort, près de la falaise. C'était plutôt bon signe. Si on avait voulu se débarrasser d'elle, le procédé aurait été plus expéditif.

Alors qu'elle se demandait si la réunion aurait lieu à neuf heures, comme prévu, le maître d'hôtel vint la prévenir que Lord Killmore l'attendait dans sa bibliothèque.

Voulait-il lui annoncer qu'il se passerait désormais de ses services ? qu'il la rétrogradait à une fonction de simple exécutante ? Quelque chose comme une secrétaire exécutive ?… Ce ne serait pas étonnant. Déjà, elle s'estimait chanceuse de ne pas avoir été carrément éliminée.

Dans la bibliothèque, une surprise l'attendait : Jessyca Hunter était assise dans un des deux fauteuils réservés aux initiés, en face du bureau de Killmore.

— Vous voilà, fit Killmore comme s'il était heureux de la voir. Nous pouvons commencer.

Madame McGuinty s'assit dans le fauteuil libre, échangea de brèves salutations avec l'autre femme, puis se concentra sur Killmore.

Allait-il l'informer que madame Hunter la remplaçait ? qu'elle travaillerait désormais sous ses ordres ?

— Finalement, les choses prennent une tournure favorable, fit Killmore. HomniFood va pouvoir récupérer les laboratoires. Les savants vont continuer librement de travailler à la mise au point de moyens permettant de contrôler le champignon tueur.

Il ajouta avec un sourire :

— C'est toujours une erreur de sous-estimer l'idéalisme des travailleurs du cerveau.

Il ouvrit le mince dossier qui était devant lui.

— Ce qui m'amène à vos prochaines affectations.

Il releva les yeux.

— De toute évidence, madame McGuinty ne peut plus s'occuper de nos trois laboratoires.

Il fit une pause, s'amusant visiblement à étirer le suspense.

— Ce qui n'est pas une mauvaise nouvelle, reprit-il. Puisque nous allons avoir besoin de vos compétences ailleurs.

Puis, comme s'il voulait récupérer une gaffe :

— J'oubliais. Je viens de confirmer à madame Hunter qu'elle fait désormais partie du Cénacle. L'excellence de son travail à White Noise méritait d'être reconnue.

Après un rapide coup d'œil à madame Hunter, son regard revint à Maggie McGuinty.

— Vous allez travailler ensemble.

« Ça y est », songea Maggie McGuinty. C'est désormais elle qui va me superviser. C'était humiliant, mais entre ça et une élimination pure et simple...

— Monsieur Gravah va personnellement prendre en main la nouvelle filiale d'HomniFood qui va regrouper les trois centres de recherche, enchaîna Killmore. Vous et madame Hunter allez vous occuper de l'opérationnalisation de l'Exode.

L'Exode... Un mot que Killmore avait déjà utilisé à plusieurs occasions, mais sans jamais expliquer exactement de quoi il s'agissait.

— Comme madame Hunter doit encore s'occuper de White Noise, son rôle sera plus restreint que le vôtre, dit-il en s'adressant à McGuinty.

— Mais...

— Dans une première étape, vous allez organiser le transfert de l'ensemble du Cénacle vers l'Archipel. Puis, progressivement, nous élargirons le processus pour inclure les différents cercles des Essentiels. C'est à ce moment que madame Hunter se joindra à vous.

L'Archipel… Un autre des termes mystérieux dont Killmore émaillait sa conversation sans jamais les expliquer totalement. Maggie McGuinty se dit qu'elle allait enfin savoir de quoi il s'agissait.

Killmore poussa le dossier vers elle.

— Ne vous fiez pas à son épaisseur, dit-il. Il contient uniquement des noms de dossiers, des mots de passe et des protocoles d'accès. Cela vous permettra de vous familiariser avec les réalités de l'Archipel… Évidemment, vous conservez la haute main sur les destinées de notre club de dégustation. Je suis certain que vous trouverez le temps de continuer à concilier travail et plaisir.

Il se tourna vers Hunter.

— Quant à vous, votre tâche est de mener à terme, dans les plus brefs délais, les derniers ajustements au Consortium. Ce serait une bonne idée de commencer par vous occuper de Fogg. Il faut que ce dossier soit réglé avant le début de l'Exode.

Paris, 10 h 29

Le regard de monsieur Claude fut attiré par l'immense affiche publicitaire qui couvrait le mur, à sa gauche. À côté d'une version modernisée des anciennes cabines téléphoniques, un slogan affirmait, sans autre explication :

Nous vendons du vent

Monsieur Claude poursuivit son chemin jusqu'au café, repéra la table où l'attendait F et prit place devant elle.

— Je suis un peu pressé, dit-il d'emblée.

— Des problèmes ?

— Monsieur Raoul a manifesté le désir de me rencontrer.

— C'est une chose qui vous inquiète ?

— À mon avis, il veut seulement préciser certains détails de notre relation.

— Est-ce que ça risque de réduire votre marge de manœuvre ?

— Tant que je lui apporte des informations qu'il ne peut pas se procurer ailleurs, ça devrait aller.

— Assez pour récupérer Claudia ?

— Vous l'avez trouvée ?

— Elle est dans les îles Anglo-Normandes. À une cinquantaine de mètres de profondeur.

— Dans l'océan ?

— Au large de Burhou. Regardez.

Elle prit son iPhone et fit apparaître une carte des îles Anglo-Normandes. Puis, par une série de zooms, elle isola le chenal entre Burhou et Aurigny.

— C'est à l'intérieur des eaux britanniques, dit monsieur Claude.

— Par contre, ça ne doit pas être très surveillé. L'île appartient au bailliage de Guernesey. Je ne pense pas qu'ils aient de sous-marins.

— Ça reste tout de même une intervention en territoire étranger. Mais bon…

Il la regarda avec un sourire.

— Je vais donner quelques coups de fil, puis je vais aller voir monsieur Raoul. Après le déjeuner, je vous appelle pour vous informer de la manière dont les choses vont se dérouler.

Il fit un signe au serveur pour indiquer qu'il ne désirait rien.

— Il va me falloir les coordonnées exactes de l'endroit, dit-il à F.

Puis il se leva.

— Connaissant monsieur Raoul, dit-il, il serait utile que je lui fournisse quelques informations pour le persuader de poursuivre sa collaboration.

— Du moment que vous protégez notre opération.

GUERNESEY, 10 H 42

Norm/A ouvrit Jeeves, un logiciel qu'elle avait créé et dont l'essentiel de la tâche consistait à coordonner les résultats de trois autres logiciels. Ces trois autres logiciels appartenaient à trois agences de renseignements de trois pays différents. La tâche de ces trois logiciels était d'examiner le travail des principaux moteurs de recherche publics pour savoir qui cherchait quoi.

Elle inscrivit HomniFood dans le champ de recherche. Il y avait tout à parier que celui qui avait infiltré Homni-Food avait essayé de connaître tout ce qui était accessible sur Internet.

Puis elle lança trois autres recherches avec Homni-Pharm, HomniFlow et HomniCorp. Le recoupement entre les quatre recherches permettrait de réduire le nombre de résultats.

Elle se rendit ensuite à la salle de gymnastique. Pendant qu'elle suerait pour conserver à son corps un tonus acceptable, Jeeves s'occuperait de la recherche. Ce qui n'était pas une mince tâche. À lui seul, Google traitait plusieurs centaines de millions de requêtes par jour.

PARIS, 12 H 24

Monsieur Claude monta au onzième étage de l'édifice et se dirigea vers une porte dont la plaque indiquait : INSTALLATIONS ÉLECTRIQUES.

— Pas trop de difficulté à trouver l'endroit ? demanda le directeur de la DGSE en lui ouvrant la porte.

Sans attendre la réponse, il amena son invité dans une petite salle où il avait fait préparer un déjeuner frugal : sandwiches, salades, viandes froides, bière…

— C'est un bureau que je n'avais jamais vu, fit monsieur Claude.

— Il a été activé le mois dernier.

Les deux hommes s'assirent à la table, l'un en face de l'autre. Une ordonnance vint servir les bières.

— Ayant constaté à quel point vous étiez occupé, fit le directeur de la DGSE, j'imagine que votre temps est précieux. Aussi je serai direct : qu'est-ce que vous mijotez avec la DCRI ?

— Presque rien, répondit monsieur Claude en souriant. Gonzague est un ami de longue date. Je lui ai refilé quelques tuyaux pour l'opération qu'il préparait à Lyon. En échange, j'ai eu accès aux éléments confidentiels de son enquête.

Le visage de monsieur Raoul prit un air sceptique.

— Il doit bien se douter que vous allez nous donner ces informations, dit-il.

— Comme je connais Gonzague, il y voit un échange de bons procédés… Pour tout dire, il partage votre avis sur la stupidité des guerres de territoire entre les agences et la perte d'efficacité qui en résulte. Mais, compte tenu de sa position et de la restructuration en cours, il ne peut pas le dire trop ouvertement.

Monsieur Raoul se contenta de faire une moue… Ce que disait monsieur Claude était sans doute vrai. Mais il était également vrai que fournir des informations à un groupe était une des meilleures façons d'orienter subtilement son action dans la direction que l'on désirait.

— Il serait intéressé d'ailleurs à ce que vous le contactiez, reprit monsieur Claude.

— Il veut changer d'employeur ?

— Grand Dieu non !… Il aimerait simplement échanger avec vous sur les prochaines cibles des attentats terroristes et sur les mesures qu'il a prises pour les protéger.

Dans le regard de monsieur Raoul, il vit un mélange de surprise, d'incrédulité et de méfiance.

— Je sais bien qu'il est écrit dans nos statuts respectifs que nous sommes censés collaborer, dit-il, mais…

— Gonzague possède vraiment des informations dont il veut vous faire part.

— Et il veut quelque chose en échange.

— Probablement l'assurance que personne ne va marcher sur les pieds de personne.

WWW.CYBERPRESSE.CA, 6 H 31

> … CONTRE LE DANGER DE LA PESTE GRISE. LE CHEF DU PARTI, MAXIM L'HÉGO, A DÉCLARÉ QUE LES POLITIQUES IRRESPONSABLES DU GOUVERNEMENT ÉTAIENT LA VÉRITABLE CAUSE DE LA VULNÉRABILITÉ DES QUÉBÉCOIS À CETTE MALADIE. IL A ACCUSÉ LE PREMIER MINISTRE DE SE CACHER DERRIÈRE L'ÉPIDÉMIE MONDIALE ET LE TERRORISME POUR ÉVITER DE RÉPONDRE À LA POPULATION DES EFFETS DÉSASTREUX DE…

Paris, 12 h 32

Monsieur Claude n'avait pas encore pris de bière. À peine avait-il touché sa salade.

— C'est quoi, cette histoire de collaboration avec le Canada? demanda monsieur Raoul, après avoir avalé une bouchée de sandwich.

— Un ami canadien de Gonzague. Il s'appelle d'ailleurs Gonzague, lui aussi. C'est lui qui les a mis sur la piste du laboratoire. Il cherchait un savant qui avait disparu.

— Et pourquoi les trois laboratoires?

Monsieur Claude hésita un instant, se demandant jusqu'où il devait aller dans ses révélations.

— Le point commun, dit-il, c'est Maggie McGuinty. Elle dirigeait les trois laboratoires.

— Qu'est-ce qu'ils ont sur elle?

— Aucune idée. Rien d'officiel, en tout cas. Mais, pour ce que ça vaut, elle siège au conseil d'administration d'HomniFood et elle est sur la liste des Dégustateurs.

— Le groupe relié aux vidéos?

— Oui. Nos vis-à-vis britanniques…

— Lesquels?

— Le Yard et le MI5. Ils ont reçu l'ordre de cesser d'importuner les gens dont le nom apparaît sur la liste des Dégustateurs. De plutôt enquêter sur ceux qui sont à l'origine de ces diffamations.

— Vous pensez que ça devrait nous préoccuper?

— Si quelqu'un a les moyens d'exercer ce genre de pressions… et si c'est lié à ce qui s'est passé à Lyon…

— Vous pensez que votre ami Gonzague va se faire taper sur les doigts?

— Je ne sais pas… Mais ce sera intéressant à suivre. Quatre représentants des plus grosses fortunes françaises sont sur cette liste. Les quatre ont leurs entrées à l'Élysée.

— Pour Lyon, vous vous attendez à un *cover up*?

— Ils vont probablement essayer… Je pense que ça vaut la peine de s'intéresser à cette affaire. Discrètement, cela va de soi. Mais de près.

Monsieur Raoul opina légèrement de la tête.

— Et la femme que vous avez rencontrée avant de venir ici? demanda-t-il brusquement.

Cette fois, il fallait penser vite. Monsieur Claude savait que son successeur avait dissimulé un mouchard dans son ordinateur de poche, histoire de suivre ses mouvements. Cela faisait en quelque sorte partie des procédures standards. Mais il n'aurait pas cru qu'il le faisait suivre.

— Une Américaine, dit-il. C'est elle qui m'a mis sur la piste des bases en Normandie.

— CIA?

— C'est ce qu'elle m'a laissé entendre. Mais ils ont autant d'agences que de vedettes de cinéma, là-bas. Et ils n'arrêtent pas de les chambarder.

— Je devrais la faire suivre?

— À vous de juger... Elle m'a donné une nouvelle information. Une nouvelle installation sous-marine.

— À quel endroit?

— Les îles Anglo-Normandes.

— Ce n'est pas notre territoire. Pourquoi est-ce qu'elle nous donne l'information à nous plutôt qu'aux Britanniques?

— La première base était chez nous. La seconde est à quelques encablures de notre côte... Je me suis aussi laissé dire que ses relations avec les Britanniques n'étaient pas au beau fixe.

— Il n'est pas question d'autoriser une opération sur le territoire britannique.

— Je ne pensais pas à une opération officielle.

Monsieur Raoul rumina la réponse.

— Vous avez une idée de ce qui s'y trouve?

— Non. Mais si on veut découvrir des indices qui permettent de remonter à ceux qui ont construit la base de Normandie... il me semble que c'est l'occasion.

— Il faut que ce soit totalement étanche.

— J'ai songé à agir sans vous en parler. Mais je préfère être totalement ouvert: ça simplifie nos rapports... Cela dit, je comprends parfaitement que vous n'avez jamais entendu parler de cette opération.

— Vous allez utiliser quelle équipe?

— Deux ou trois anciens de l'agence… en plus de quelques connaissances parfaitement sûres qui viennent d'ailleurs…

— Je veux savoir chaque jour où vous en êtes.

— De toute façon, je ne me sépare jamais de l'ordinateur de poche que vous m'avez donné.

Monsieur Raoul sourit.

— Mesure standard, dit-il.

— Le contraire aurait été inquiétant.

— J'avais parié avec l'équipe technique que vous vous en apercevriez.

— Je n'y vois aucun inconvénient. Ça pourrait même s'avérer utile pour moi, s'il survenait des complications.

— Ne vous faites pas d'idée. Personne ne volera pas ouvertement à votre secours.

— Je comprends… Et si vous trouvez quoi que ce soit sur cette madame McGuinty, vous me le faites savoir. Mais il ne faut surtout pas attirer son attention.

— De quelle façon voulez-vous vous en servir ?

— Elle est probablement liée à ceux qui ont enlevé les savants… et à la multinationale pour laquelle ils étaient forcés de travailler.

Monsieur Raoul sourit.

— Celle qui doit sauver l'humanité ?

Il était difficile de parvenir à la direction de la DGSE sans développer un certain cynisme par rapport aux grandes déclarations humanistes des multinationales et des gens les plus fortunés de la planète.

— Je devrais pouvoir vous dresser un tableau plus complet de la situation d'ici quelques jours.

Le principe de Shéhérazade, songea monsieur Claude. Terminer une rencontre avec la promesse d'une révélation à venir. Ça entretient chez l'interlocuteur la conviction de son utilité.

GUERNESEY, 13 H 31

Norm/A examinait les résultats que lui avait présentés Jeeves. Trois sources s'étaient intéressées de façon plus particulièrement à HomniFood et, plus généralement, aux entreprises reliées à HomniCorp. Ces trois sources étaient par ailleurs les seules à avoir effectué des recherches spécifiques sur HomniCorp.

La première était une adresse IP appartenant à la NSA. Inutile de s'y attarder : c'était normal que la NSA s'intéresse à HomniFood, compte tenu de l'importance stratégique de l'entreprise.

Le deuxième utilisateur était plus mystérieux. Il n'y avait aucun moyen de remonter jusqu'à lui. Toutes les traces de ses requêtes disparaissaient dans un nœud du *back-bone* d'Internet, comme si elles étaient surgies de nulle part. Sans doute une autre agence de renseignements qui avait trouvé le moyen de faire croire au réseau que son serveur n'existait pas… Quand elle en aurait le temps, il faudrait qu'elle se penche sur cette affaire.

Le troisième utilisateur était le plus intéressant. Celui-là, elle avait réussi à l'infiltrer. Sa sécurité était de bon niveau, il avait visiblement eu recours à un expert, mais ce n'était pas suffisant pour l'arrêter.

Les informations recueillies par cet utilisateur étaient essentiellement de nature financière. Il suivait depuis des mois l'activité boursière du titre d'HomniFood ainsi que de plusieurs autres entreprises. C'était probablement un investisseur.

Norm/A prit le temps d'examiner plus en détail le contenu de l'ordinateur. Dans le dossier « HomniFood », le document intitulé « États financiers officiels (trafiqués) » attira son attention. Elle parcourut rapidement le reste du dossier et trouva un document intitulé « États financiers réels ».

Une vérification sur le site d'HomniFood lui confirma que les deux documents constituaient les deux volets de la double comptabilité de l'entreprise : les états financiers officiels, pour fins d'impôt et de divulgation au public, et les états financiers réels, dont les dirigeants de la compagnie avaient besoin pour gérer l'entreprise. Ce n'était décidément pas le genre de détail qu'on pouvait trouver avec Google.

Pouvait-il être le pirate qu'elle recherchait ? Peu probable : son ordinateur aurait été mieux sécurisé.

Elle examina rapidement le reste de son ordinateur : il n'y avait pas un seul logiciel de piratage. Sa seule préoccupation semblait être l'analyse financière des entreprises. Il était abonné à toutes sortes de lettres électroniques et de banques de données ainsi qu'à Bloomberg et à Reuters. La moitié du disque dur était allouée à une gigantesque base de données contenant des statistiques financières.

Sauf que ça n'expliquait pas comment il avait eu accès à la comptabilité secrète d'HomniFood. L'hypothèse la plus probable était qu'il avait fait appel à un *hacker*. Et, si c'était le cas, il avait certainement communiqué avec lui.

Elle consulta le dossier des courriels...

Les seuls qu'il semblait avoir reçus étaient de nature économique et financière. Aucune trace d'un éventuel *hacker*. Il n'y avait même aucun courriel personnel. Et l'ordinateur n'était branché sur aucun réseau. Comme s'il était dédié exclusivement à son travail financier et qu'il avait été soigneusement isolé du reste.

Se pouvait-il que le financier soit lui-même le *hacker* ? qu'il compartimente ses activités en utilisant des ordinateurs différents pour chacune d'elles ?... C'était possible. Mais alors, pourquoi ne pas avoir mieux protégé son ordinateur ?

Et pourquoi avoir transféré sur son portable un dossier qui avait été manifestement piraté ? C'était un sérieux accroc aux règles élémentaires de sécurité.

Elle retourna au dossier « HomniFood ». Plusieurs documents portaient sur les malversations alléguées de l'entreprise, notamment sur les savants enlevés et forcés de travailler dans trois de leurs laboratoires. Et puis, il y avait cette histoire de Dégustateurs d'agonies...

Se pouvait-il que ce soit la raison pour laquelle TermiNaTor avait écrit : « *You're fighting the wrong fight* » après son nom ? Se pouvait-il qu'il fasse réellement partie des U-Bots et que ce soit une invitation à discuter ?

La chose risquait d'être intéressante. Mais d'abord, elle voulait en savoir le plus possible sur ce financier. Et, si possible, sur le *hacker* qu'il avait employé.

PARIS, 14 H 49

Pour monter l'opération de sauvetage, monsieur Claude avait décidé de demander l'aide d'Ovidiu Matesco, un armateur d'origine roumaine, qui avait amplement profité des largesses de la DGSE à l'occasion de différentes opérations clandestines en Afrique.

La nationalité de Matesco variait au gré des années et des clients. La seule chose qui ne fluctuait pas, c'était la qualité des papiers attestant de cette nationalité.

La rencontre avait lieu au restaurant Doïna, rue Saint-Dominique. Un restaurant roumain. Matesco se faisait un devoir d'encourager ses compatriotes. Même si ce n'étaient que ceux du moment.

— Je vous croyais à la retraite, fit Matesco en riant.

Sous-entendu : si vous n'êtes plus en position de m'octroyer des contrats, pourquoi est-ce que je vous accorderais une faveur ?

— C'est ce que j'expliquais à monsieur Raoul avant d'accepter cette mission, répondit monsieur Claude. Que j'étais censé être à la retraite. Mais vous savez ce que c'est. Il y a les missions officielles, il y a les opérations clandestines... et il y a les autres. Celles dont personne ne doit jamais avoir entendu parler.

— Cette opération qui n'existe pas... elle aurait lieu à quel endroit, si jamais elle avait lieu ?

— Les îles Anglo-Normandes. Le chenal entre l'île de Burhou et Aurigny.

— Aurigny ?

— Alderney, fit monsieur Claude, lui donnant le nom anglais de l'île.

Le serveur vint récupérer les plats. Monsieur Claude avait à peine touché au sien.

— Ça va ? lui demanda le serveur, visiblement inquiet.

— Bien sûr que ça va, répondit Matesco sur un ton jovial. C'est l'estomac de mon ami qui lui fait des misères.

Une fois le serveur reparti, Matesco reprit, totalement sérieux :

— Une opération dans les eaux britanniques…

— Il n'y aura aucun matériel compromettant à bord.

— Et qu'est-ce qu'on va repêcher ?

— Si nous sommes chanceux, quelqu'un.

— Au fond de l'océan ?… Tout ça pour repêcher un corps ?

— C'est une femme. Elle est enfermée dans un caisson.

— Vous êtes sûr qu'elle est encore en vie ?

— Oui. Mais ça risque de ne pas durer. C'est pour ça que j'ai besoin du bateau aujourd'hui.

— Je ne peux pas… Le temps de trouver le personnel, l'équipement…

— Le personnel, je m'en occupe. J'ai seulement besoin du bateau. Et d'un minimum d'équipement.

Matesco réfléchit pendant un moment en regardant monsieur Claude. Puis il consulta son ordinateur de poche.

— Vous me prenez toujours par les sentiments, dit-il sans lever les yeux de son appareil. Une femme… Si j'avais uniquement des clients comme vous, je serais ruiné.

Il se leva et se dirigea vers la sortie.

Monsieur Claude attendit patiemment qu'il revienne en sirotant le café que venait de lui apporter le serveur. Un café poudreux à force d'être concentré et qui l'empêcherait de dormir pendant les deux prochaines semaines. Mais ça faisait partie du plaisir de se retrouver de nouveau sur le terrain.

— Quelques vérifications à effectuer, dit Matesco en revenant.

— Et alors ?

— Je n'ai pas de bateau assez près pour être là ce soir. J'ai dû en emprunter un… Il est à Cherbourg. J'ai pensé que ce serait un bon endroit pour vous.

— Je ne manquerai pas d'informer monsieur Raoul de votre précieuse collaboration.

— J'y compte bien ! Avec ce que ça va me coûter…

— Je suis certain que vous êtes en mesure de survivre à ces menus frais de représentation.

— Est-ce que vous pouvez au moins me garantir que je vais pouvoir récupérer le bateau ?

— C'est une opération sans risque.

— J'ai déjà perdu deux bateaux dans vos opérations sans risque !

Il fit un signe en direction du comptoir, montrant deux doigts.

Quelques instants plus tard, le serveur posait deux verres de tzuica devant eux.

— À nos affaires ! fit Matesco en levant le sien.

HEX-RADIO, 9 H 14

... LE RÉSEAU THÉBERGE S'EST INFILTRÉ EN FRANCE ! IL FAIT LA UNE DES MÉDIAS. IL A SUPPOSÉMENT AIDÉ À DÉMANTELER UN RÉSEAU DE TRAFIC DE SAVANTS. RIEN QUE ÇA ! ET IL A RETROUVÉ HYKES, LE GARS QUI AVAIT DISPARU DANS L'EXPLOSION DE SON LABORATOIRE !... IL L'A RETROUVÉ, MAIS IL PARAÎT QU'ON NE PEUT PAS LE VOIR. MONSIEUR EST TROP OCCUPÉ. UN PROJET EUROPÉEN TOP SECRET. LA JUSTICE CANADIENNE A JUSTE À PRENDRE SON MAL EN PATIENCE ! ON S'OCCUPERA DE LA JUSTICE QUAND MONSIEUR AURA LE TEMPS !... JE NE SAIS PAS SI C'EST MOI QUI EST BORNÉ, MAIS IL Y A DES CHOSES QUE JE NE COMPRENDS PAS. COMMENT UN FLIC À LA RETRAITE DU SPVM PEUT AIDER À DÉMANTELER UN RÉSEAU INTER-NATIONAL D'ENLÈVEMENT DE SAVANTS ? QUAND IL ÉTAIT ICI, IL N'ARRIVAIT MÊME PAS À ARRÊTER LES VOLEURS DANS LES ÉPICERIES !... APRÈS LES INFOS, J'EN PARLE AVEC NEWS PIMP.

OTTAWA, 9 H 27

L'ambassadeur Petrucci ne décolérait pas. Il arpentait le bureau du premier ministre Jack Hammer en l'engueulant.

— C'est quoi, cette idée d'envoyer un policier en France pour harceler un centre de recherche appartenant à HomniFood ? Une des entreprises les plus importantes pour le salut de l'humanité ! À quoi est-ce que vous avez pensé ?

— D'après les renseignements auxquels j'ai eu accès, ce sont des Français qui ont effectué l'opération.

— Sur la base d'informations provenant de votre inspecteur Théberge !

— S'il y avait vraiment un réseau d'enlèvement de savants… sans parler de ces Dégustateurs…

— Bien sûr qu'il y a des problèmes ! Toutes les grandes compagnies ont des squelettes dans leurs placards. On ne fait pas d'affaires sans casser d'œufs !… Mais depuis quand est-ce qu'on règle ce genre de problèmes sur la place publique ?… Discréditer une entreprise dont dépend le salut de millions de vies humaines ! Pouvez-vous m'expliquer à quoi ça peut bien servir ?

Il arrêta brusquement de marcher, fouilla dans sa poche, en sortit une boîte de cigares, en choisit un et l'alluma.

— On n'est pas censé… fit Hammer.

— Vous allez faire quoi ? M'arrêter ?

Une fois son cigare allumé, il recommença à marcher de long en large.

— Vous allez me mettre ce policier à l'ombre dans les plus brefs délais, reprit-il.

— Le problème, c'est qu'il n'est plus policier. C'est maintenant un civil.

— Je me fous qu'il soit civil, musulman, sourd-muet ou amateur de mots croisés ! Il a causé assez de problèmes comme ça. Vous allez trouver un moyen de le neutraliser.

Il aspira une longue bouffée de fumée, qu'il rejeta en direction de Hammer.

— Et vous allez prendre les moyens pour que les entreprises de l'Alliance et leurs succursales ne soient plus inquiétées !

Quelques instants après le départ de Petrucci, Hammer téléphonait à son homologue québécois.

— C'est quoi, l'idée d'envoyer des policiers en France par-dessus la tête du gouvernement ? Depuis quand la politique extérieure dépend des provinces ?

HEX-RADIO, 9 H 42

‖ — CE N'EST PAS LA PREMIÈRE FOIS QU'IL NOUS FAIT DES SURPRISES, LE THÉBERGE ! IL A DÉJÀ RÉSOLU LA FRAUDE DE SIX CENTS MILLIONS À LA CAISSE DE DÉPÔT. EN TOUT CAS, SUPPOSÉMENT RÉSOLU… ENSUITE, IL A ARRÊTÉ LES TERRORISTES QUI FAISAIENT DU TRAFIC D'ARMES PAR LES

RÉSERVES AMÉRINDIENNES. IL A DÉMANTELÉ UN CLUB DE VAMPIRES. IL A
MIS EN ÉCHEC UNE SECTE QUI FAISAIT CHANTER DES MINISTRES… TU
TROUVES PAS QUE ÇA FAIT PAS MAL BEAUCOUP POUR UNE SEULE
PERSONNE? SURTOUT UNE PERSONNE QUI A L'AIR DE SE POGNER LE CUL
ENTRE DEUX *STUNTS*?

— MOI, CE QUE J'AIMERAIS SAVOIR, C'EST OÙ IL PREND SES TUYAUX.

— IL TRAVAILLE PEUT-ÊTRE POUR UNE AGENCE DE RENSEIGNEMENTS
ÉTRANGÈRE… IL A PEUT-ÊTRE INFILTRÉ LE SPVM…

— SI C'EST ÇA, IL DOIT FAIRE DES MÉCHANTES PAYES.

PARIS, 15 H 53

La rencontre avait lieu au musée d'Orsay. En terrain
neutre.

Jessyca Hunter avait attendu vingt-trois minutes avant
de voir Skinner arriver au café du musée.

— Je commençais à croire que vous alliez me faire
faux bond, dit-elle en souriant.

— Le taxi est resté pris dans une manif.

Il s'assit en face d'elle.

— De votre côté, quoi de neuf?

— White Noise me demande de plus en plus de temps.

Au serveur qui arrivait, Skinner indiqua qu'il prendrait
uniquement une Badoit.

— Est-ce que vous avez eu le temps de vous occuper
de Théberge?

— Il a été aperçu à deux reprises dans Montparnasse.
Une fois dans Saint-Germain.

— Et les autres dont je vous ai parlé?

— Lucie Tellier est à l'hôtel Opéra Madeleine. Rien
sur Prose.

— Vous la surveillez?

— Il y a plus de vingt-quatre heures qu'elle n'a pas mis
les pieds à l'hôtel. Aussitôt qu'elle revient, quelqu'un va
la prendre en filature.

Skinner remercia d'un léger signe de tête le serveur
qui posait l'eau minérale devant lui.

Il prit une première gorgée.

— Avez-vous pensé à ma proposition? demanda
Jessyca Hunter.

— Avant de vous répondre, j'aimerais vous entendre sur ce qui s'est produit à Londres et à Lyon… Madame Cavanaugh qui se laisse piéger comme une débutante et qui mène les policiers – espérons que ce sont seulement les policiers – jusqu'à St. Sebastian Place…

Jessyca Hunter savait que Skinner prenait plaisir à insister sur la bourde de madame Cavanaugh. Mais elle avait besoin de lui pour un dernier travail avant de l'éliminer. Il fallait quelqu'un qui puisse approcher Fogg. Aussi, elle s'efforça de demeurer impassible.

— J'admets que ce n'était pas très fort, dit-elle.

— Le plasticage raté de l'édifice, poursuivit Skinner, les films des Dégustateurs qui se retrouvent sur Internet, la police qui trouve le moyen d'identifier plus d'une centaine de membres…

— Ils ont reconnu publiquement qu'il s'agissait des membres d'une fondation caritative. Qu'ils n'avaient rien à voir avec…

— Et puis, il y a cette histoire à Lyon, Bruxelles et Genève. Vous ne trouvez pas que ça commence à faire beaucoup ?

— Ce sont des détails, tout ça, répondit Hunter en affichant une certaine désinvolture. Des détails contrariants, certes, mais des détails… Compte tenu de ce qui se prépare, croyez-moi, ces sujets vont disparaître des médias dans le temps de le dire.

— Perdre les trois principaux laboratoires qui travaillaient sur le champignon tueur, j'ai de la difficulté à percevoir ça comme un détail.

Madame Hunter sourit et prit une gorgée de café sans cesser de regarder Skinner.

— La seule chose que nous avons vraiment perdue, dit-elle, c'est la salle d'exposition au sous-sol. Pour les laboratoires, on est déjà en voie de les récupérer.

— Si vous le dites…

Skinner trempa ses lèvres dans son verre.

— Mais j'aimerais quand même avoir un certain nombre de précisions sur le plan de vos acolytes avant de vous livrer ce que vous attendez de moi.

— Je devrais être en mesure de vous satisfaire, répondit Hunter en souriant. Mais d'abord…

CNN, 10 h 04

> … L'ENTREPRISE ENTEND SE SPÉCIALISER DANS L'AMÉLIORATION DE LA QUALITÉ DE L'AIR. R-PUUR METTRA EN MARCHÉ UN SYSTÈME DE PURIFICATION D'AIR AMÉLIORÉ, AUTANT POUR LE SECTEUR INDUSTRIEL QUE COMMERCIAL. LES CLIENTS AURONT LE CHOIX ENTRE QUATRE QUALITÉS D'AIR : SIMPLEMENT FILTRÉ, SUR-OXYGÉNÉ, SUR-OXYGÉNÉ PLUS ET SUR-OXYGÉNÉ SUPER. SELON LE PORTE-PAROLE DE L'ENTREPRISE, L'AIR EST LE PREMIER CARBURANT DE LA VIE. IL SERAIT INJUSTE QUE SEULS LES CASINOS — ET QUELQUES VEDETTES DE CINÉMA — AIENT ACCÈS À LA TECHNOLOGIE DE L'AIR SUR-OXYGÉNÉ. DES MODÈLES À UTILISATION DOMESTIQUE SERONT ULTÉRIEUREMENT…

PARIS, 16 h 07

— Parmi les détails contrariants que j'ai évoqués tout à l'heure, fit Hunter, il y a le fait que le calendrier devra être devancé. La grande transition sera amorcée plus rapidement que prévu.

— Et quel est l'avenir du Consortium dans ce grand plan ?

— Il deviendra l'interface entre le Cénacle et les territoires extérieurs. Les seules filiales qui demeureront seront White Noise, Brain Trust et Safe Heaven… Et Vacuum, bien sûr… Le Consortium deviendra ce qu'il serait déjà depuis longtemps, si ce n'avait été de l'obstination de Fogg : le bras opérationnel du Cénacle.

— Votre problème, c'est donc Fogg.

— Fogg et son réseau d'appuis.

— D'où mon utilité…

— D'où votre utilité… Et celle de l'Institut.

Cette fois, Skinner ne chercha aucunement à dissimuler sa surprise.

— J'imagine que vous avez quelques explications supplémentaires, dit-il.

Hunter rit franchement.

— J'ai eu la même réaction que vous, dit-elle. Ce qu'on m'a expliqué récemment, c'est qu'on avait encouragé Fogg à faire de l'Institut son obsession personnelle. Parce que, tant que l'Institut était là, c'était une épine à son pied. Il y consacrait du temps. Et ce temps, il ne le consacrait pas à achever la reprise en main complète du Consortium.

— L'Institut reste quand même un adversaire dangereux, non? Probablement beaucoup moins maintenant, mais quand même…

— Pour l'ancien Consortium, sans doute. Mais pas pour le nouveau. Désormais, tous les objectifs vont changer.

— Et si l'Institut fait tomber d'autres filiales? Ou même Fogg?

— Il nous aura simplement évité du travail. Mais ça m'étonnerait qu'il en ait le temps… C'est pourquoi il faut que nous en arrivions à une entente.

— Vous êtes certaine d'être en position de négocier?

— J'ai tous les pouvoirs pour le faire.

— Je croyais que vos compétences se limitaient à White Noise.

— Disons que mon statut a évolué… Comme le vôtre pourrait le faire. Vous pourriez être appelé à diriger le Consortium.

— Je pensais que c'était votre principale ambition de le diriger.

— J'aurai bientôt des fonctions, au Cénacle, qui m'accapareront totalement.

Skinner eut de la difficulté à dissimuler le mélange de satisfaction et de frustration qu'il ressentait. Hunter lui annonçait qu'il avait gagné la lutte pour la direction du Consortium, mais en même temps, elle lui expliquait que c'était un prix de consolation, qu'elle lui abandonnait le Consortium pour occuper de plus hautes fonctions.

— Bien, dit-il. Je vous écoute.

— Il faut d'abord que je vous explique ce qu'est le projet Émergence. Et ce qu'est l'Archipel.

WASHINGTON, 10 H 19

Le point de presse se déroulait sur la pelouse de la Maison-Blanche. Le porte-parole, Alexander Perez, désignait les journalistes autorisés à poser des questions comme s'il distribuait des récompenses aux élèves les plus méritants.

— Tom ?

Le reporter de Fox News s'empressa de poser sa question.

— Qu'est-ce que le Président pense des protestations contre les pouvoirs accordés aux entreprises de l'Alliance ?

— Le Président pense que la liberté d'entreprendre va de pair avec la liberté des individus, Tom. Il pense que l'État n'a pas plus de raisons de s'ingérer dans les usines que dans les chambres à coucher.

— S'il n'a pas de raisons de s'ingérer dans les usines, pourquoi est-ce qu'il les subventionne ?

La question avait l'air agressive, mais elle avait été plantée. Cela permettait au journaliste de paraître intransigeant tout en permettant au porte-parole de placer la réponse qu'il avait préparée.

— Je suis content de votre question, Tom. Ce que vous appelez des subventions, c'est simplement une opportunité d'affaires. Il ne s'agit pas d'investir de l'argent public dans une usine moribonde pour simplement prolonger son agonie et priver les travailleurs de l'occasion de se prendre en main. HomniPharm et HomniFood sont des entreprises prospères. La crème de la crème. Ce que nous achetons, avec ce que vous appelez des subventions, c'est du temps. L'argent épargné en impôts par ces entreprises va leur permettre d'atteindre leur but plus rapidement. Cela veut dire que le vaccin contre la peste grise sera disponible plus rapidement pour notre population. Cela veut dire que nous pourrons vaincre plus rapidement le champignon tueur de céréales et sauver les affamés de cette planète… Et tout ça va permettre aussi de sauver des fortunes en frais médicaux ! En plus de réduire le taux d'inflation !… Est-ce que cela répond à votre question, Tom ?

— Il y a quand même des gens que cela ne convainc pas.

— Je sais… Mais ce qui fait la richesse de notre pays, c'est précisément que les gens ont le droit de ne pas être d'accord et de critiquer le travail des élus.

Montréal, 10 h 48

Crépeau s'était arrêté sur le trottoir pour regarder une équipe de travailleurs installer une affiche publicitaire sur la façade d'un immeuble. Il ne pouvait lire qu'une question qui se détachait sur un fond de fumée grise.

Quelle est la dernière fois où vous avez respiré vraiment ?

La question l'intriguait.

Les ouvriers, attachés par des cordes au sommet de l'édifice, étaient en train de dérouler une lisière de bleu.

À la ceinture de Crépeau, le téléphone portable se mit à vibrer.

— Oui ?

— J'ai tenté en vain de vous joindre à votre bureau. Morne !…

Crépeau se mit en mode ping-pong. L'important était de retourner la balle sans se compromettre.

— Qu'est-ce que je peux faire pour vous ?

— Le PM est furieux.

— Grosse nouvelle ! C'est ce que vous m'avez dit la dernière fois qu'on s'est parlé. Et aussi la fois d'avant.

— Il s'est fait engueuler par Hammer.

— Est-ce qu'il veut déposer une plainte ?

Il y eut un silence au bout du fil.

— Une plainte… pourquoi une plainte ?

— Parfois, quand les gens sont furieux… il peut y avoir des voies de fait.

— Qu'est-ce que vous allez chercher là ? Ils se sont parlé au téléphone !

Le ton de Morne était devenu carrément impatient.

— Dans ce cas, je comprends mal ce que je peux faire pour lui. À moins qu'il y ait eu des menaces…

— C'est à cause de Théberge ! explosa Morne.

— Mais… il n'est pas ici !

— Justement ! Même quand il n'est pas là, il réussit à créer des problèmes !

— Je ne vois pas quels problèmes il peut avoir causés.
Il n'est même plus à l'emploi du SPVM et il a réussi à
faire débloquer deux enquêtes.

— Quelles enquêtes ?

— Il a identifié le cadavre qu'on a découvert dans le
crématorium et il a retrouvé un savant qui avait disparu.

— Vous savez où il est ?

— En France, s'il faut en croire les médias.

— Est-ce que c'est vous qui l'avez autorisé à contacter le GIGN, ou je ne sais quel paquet de lettres, et à
participer à une opération à Lyon ?

— Que je sache, les civils ordinaires n'ont pas d'autorisation à demander pour contacter qui ils veulent à
l'étranger. À moins que la loi ait été changée récemment.
Avec le gouvernement Hammer, on peut s'attendre à
tout…

Tout au long de l'échange, Crépeau avait conservé un
ton très calme, qui avait le don d'irriter encore plus Morne.

— Vous savez très bien que Théberge n'est pas un
civil ordinaire !

— Je suis d'accord avec vous. Le comportement de
mon ami Gonzague n'entre pas toujours dans la moyenne
statistique. Il se situe souvent aux extrêmes de la courbe
de distribution…

— Vous n'allez pas vous mettre à parler comme lui !

— Théberge est maintenant un civil. Et il est en France.
Je ne comprends pas comment ses agissements peuvent
être du ressort du gouvernement. Y a-t-il eu une plainte
des Français ?

— Je ne suis pas autorisé à vous donner de détails.
Sachez seulement que votre ineffable prédécesseur a
mis les pieds dans un truc international dont je ne peux pas
vous parler… La seule chose que je peux vous dire, sous
le sceau de la confidentialité, c'est que l'ambassadeur
américain a débarqué chez Hammer pour l'engueuler.

— Lequel a engueulé le PM, lequel vous a engueulé…
d'où votre appel pour maintenir vivante la chaîne des
engueulades.

— Arrangez-vous pour qu'il soit de retour au pays dans les quarante-huit heures.

— Je ne vois pas de quel droit...

— S'il n'est pas revenu, l'interrompit Morne, c'est Ottawa qui va s'en occuper.

Le visage de Crépeau perdit ses dernières traces de jovialité.

— C'est pour son bien que je vous dis ça, reprit Morne. Il n'a aucune idée dans quoi il a mis les pieds. Est-ce que vous avez un numéro où le joindre ?

— Il n'a pas laissé d'adresse ni de numéro de téléphone.

— Quand est-ce que vous l'attendez ?

— Aucune idée. Mais ça risque d'être assez long : il avait vraiment besoin de vacances.

— S'il peut créer autant de problèmes en vacances, je n'ose pas penser à ce qu'il pourrait faire en travaillant.

Après avoir raccroché, Crépeau jeta un œil à l'affiche. La bande bleue était maintenant complètement déroulée. On pouvait y lire, à la verticale sur un fond bleu parsemé de quelques nuages blancs effilochés :

R-PUUR

Malgré le jeu de mots évident, Crépeau se demandait quel produit pouvait bien vendre cette entreprise. Sans doute des purificateurs d'air. Quelque chose du genre... Après tout, ils ne vendaient quand même pas seulement de l'air.

RDI, 11 h 04

... S'EST DIT TRÈS HEUREUX QUE LA PLUPART DES GOUVERNEMENTS AIENT RÉAFFIRMÉ LEUR SOUTIEN À HomniFood COMME LEADER MONDIAL POUR DIRIGER LA GUERRE CONTRE LE CHAMPIGNON TUEUR DE CÉRÉALES. AFFIRMANT SE SATISFAIRE DES EXPLICATIONS DU PORTE-PAROLE DE L'ENTREPRISE SUR LE CARACTÈRE MARGINAL ET ISOLÉ DES INCIDENTS QUI SE SONT PRODUITS AU LABORATOIRE DE LYON AINSI QUE DANS DEUX AUTRES LABORATOIRES, LE PREMIER MINISTRE HAMMER...

PARIS, 17 H 11

Théberge descendit l'escalier menant de son appartement, situé au quatrième étage, jusqu'au rez-de-chaussée. Tout au long de la descente, il songea qu'il lui faudrait remonter toutes ces marches en fin de journée. Il était probable que la grève des ascensoristes ne serait pas réglée. Et, si jamais elle l'était, ce serait trop tard pour que l'ascenseur puisse être réparé.

Au moment où il sortait de l'édifice, son téléphone portable vibra: Crépeau voulait savoir quels orteils il était en train de piétiner. Puis il lui raconta la discussion qu'il avait eue avec Morne.

Théberge protesta qu'il n'avait rien fait, qu'il avait seulement accompagné un ami lors d'une opération et qu'il s'était contenté d'un rôle de témoin.

— Et ce qu'on peut voir dans les médias ? demanda Crépeau sur un ton amusé. *Le policier qui venait du froid… Le justicier des grands espaces canadiens… Un cousin canadien perce le mystère des Dégustateurs…* C'est partout sur Internet.

— Tu sais ce que c'est…

— J'ai l'impression qu'il va te falloir des explications un peu plus détaillées.

— Qu'est-ce que tu veux qu'ils fassent ?

— Selon Morne, tu as quarante-huit heures pour revenir. Sinon, c'est Ottawa qui s'en occupe.

— Ils ne vont quand même pas envoyer la GRC !

— Probablement pas, non. Mais ils peuvent faire jouer des contacts à Paris. Tu seras interdit de séjour sur le territoire français et réexpédié au Québec dans le premier avion.

— Donc, j'ai quarante-huit heures.

— C'est la version optimiste.

WASHINGTON, 11 H 29

Officiellement, le Federal City Bar n'ouvrait que l'après-midi. Mais Tate avait une entente avec le barman pour y rencontrer des invités en fin d'avant-midi, pendant que le personnel préparait la journée. Ça lui assurait un lieu discret, à l'abri des intrusions inopinées et des oreilles indiscrètes.

Il sortit du bar et se rendit dans un petit restaurant italien. C'était l'étape suivante de sa conférence de presse.

Théoriquement, le directeur de la NSA ne donnait pas de conférence de presse. Toutes les communications avec l'extérieur de l'agence étaient pilotées par un département spécialisé, dont la principale tâche était de ne dire que des banalités et d'en apprendre le plus possible en interprétant les questions des journalistes : que fallait-il savoir pour poser cette question ? Où avaient-ils appris ce qu'ils savaient ? Qui étaient leurs informateurs ? Où se situait ce sujet dans leur ordre de priorités ? Qui valait-il la peine de mettre sur écoute ?

Accessoirement, le service d'information de l'agence coulait des informations de nature à induire des services de renseignements étrangers en erreur, à faire dérailler des enquêtes ou à orienter les recherches des journalistes dans un sens désiré.

Cependant, il y avait des cas où un contact direct avec des journalistes était utile, que ce soit pour planter une information de façon confidentielle, pour négocier un compromis sur ce qui serait publié le lendemain ou simplement pour obtenir un délai de publication.

C'est pourquoi Tate avait imaginé ce nouveau style de conférence de presse : il parlait à quelques journalistes minutieusement choisis, il les rencontrait un par un, et c'est lui qui se déplaçait pour les rencontrer.

Ces conférences de presse itinérantes étaient exigeantes en termes de temps, mais elles étaient rentables. Les journalistes élus étaient heureux d'avoir un contact aussi privilégié, quasi exclusif, avec le directeur de la NSA. Cela se traduisait par une plus grande disposition aux accommodements ainsi que par une plus grande propension à partager les résultats de leurs propres enquêtes, notamment sur les autres agences de renseignements et sur la bureaucratie gouvernementale.

Au Federal City Bar, Tate avait rencontré un présentateur de CNN. Avec lui, il avait insisté sur le fait que les renseignements recueillis par la NSA avaient permis d'éviter plusieurs attentats contre des dirigeants d'entreprises. Il avait même fourni quelques noms. Mais il ne pouvait pas en dire plus. Même sous le sceau de la confidentialité. Il lui avait également parlé à mots couverts de savants américains dont on annoncerait sous peu la libération, en Europe. Sans rien préciser. En laissant au journaliste le soin de combler les blancs et de tirer ses propres conclusions… Il en déduirait probablement que la NSA, d'une façon ou d'une autre, avait été impliquée dans leur libération.

La personne avec qui il avait rendez-vous au restaurant italien se nommait Neil Crosby. C'était un des principaux reporters du *Washington Post*. Crosby l'attendait en révisant des notes dans un calepin de moleskine.

Ils commandèrent une bouteille d'eau minérale en guise d'apéro et Tate lui raconta, à peu de chose près, la même histoire que celle qu'il avait racontée à l'animateur de CNN. Puis il enchaîna sur un nouveau sujet: la difficulté d'agir parce que tout était contrôlé par la bureaucratie du Department of Homeland Security. À titre d'exemple, il lui mentionna la fameuse liste des gens qui fréquentaient le St. Sebastian Place.

— Officiellement, je ne peux pas te parler de ça, dit-il.

— Des ordres qui viennent d'en haut?

— Il faudrait poser la question à Paige. C'est lui qui a la haute main sur la sécurité du pays… Peut-être qu'il en sait beaucoup plus que ce qu'il dit sur la relation qu'il y a entre eux et les Dégustateurs d'agonies.

— Quel est le rapport avec la sécurité du pays? Je pensais que c'était un club de philanthropes qui se réunissaient dans ce bâtiment…

— Moi aussi, quand j'étais jeune, je croyais au père Noël.

— Et maintenant?

— Disons que je sais que la philanthropie est un *business*.

— Et qu'est-ce que Paige vient faire dans tout ça ?

— C'est à lui qu'il faut poser la question. Peut-être qu'il a des liens avec ces gens.

PARIS, 18 H 37

Théberge et Prose étaient dans l'ascenseur de l'hôtel du Louvre. Prose avait accepté de suivre Théberge même si ce dernier ne pouvait pas lui fournir l'identité de la personne qu'il allait rencontrer.

— Un autre espion ? avait demandé Prose.

— Quelque chose du genre.

— Il travaille avec votre ami ?

— Pas exactement. Mais son organisation a des buts similaires.

— Et vous ?

Il était inévitable que la question vienne, à un moment ou l'autre. Théberge hésita cependant avant de répondre.

— Dans l'exercice de mes fonctions avec le SPVM, je suis entré en contact avec certaines personnes… qui m'ont fourni épisodiquement des informations… lesquelles m'ont permis de faire débloquer certains dossiers.

— Qu'en termes laborieux la chose est dite !

Il n'y avait aucune agressivité dans le ton. Seulement une bonne dose d'humour. Théberge ne put s'empêcher de sourire. D'habitude, c'était lui qui faisait ce genre de remarques.

— Je sais, dit-il. Mais c'est difficile à expliquer… Avec le temps, une certaine confiance s'est développée.

— Vous connaissez cette organisation ?

— Seulement certains de ses buts. Ou, pour être plus précis, certains des ennemis qu'elle a combattus.

— Est-ce que c'est ça qui explique une partie de vos étonnants succès au cours des années ?

L'ouverture de la porte de l'ascenseur dispensa Théberge de répondre.

— Suivez-moi, dit-il.

La première chose que Prose remarqua en entrant dans la suite, ce fut l'omniprésence du bleu : rideaux, tapis, lampes, tapisserie, dossiers de chaise… même la vaisselle du petit déjeuner, sur la table, avait des dominantes de bleu.

Puis, il aperçut les jeux de go.

— Victor Prose, dit Théberge en guise de présentation.

— Et vous êtes un joueur de go, enchaîna Prose en serrant la main que Blunt lui tendait.

— Si c'est comme ça que Gonzague m'a présenté à vous…

— Votre ami l'inspecteur-chef Théberge a été très discret. Mais comme il y a deux jeux de go sur le bureau… Un, ç'aurait pu être décoratif. Ou pour passer le temps…

— Tandis que deux…

— Trois avec le jeu portable qui est sur la table du petit déjeuner.

Le joueur de go sourit.

— Si vos observations de la situation internationale ont la même acuité, j'ai hâte de vous entendre.

www.*LIBERATION*.FR, *18 H 45*

> … S'IL FAUT EN CROIRE LES RECHERCHES DU PROFESSEUR RANCIEUX. CERTAINES SOUCHES DU CHAMPIGNON DE LA PESTE GRISE RÉAGIRAIENT DE FAÇON QUASI EXCLUSIVE AUX CELLULES PRÉSENTANT DES PARTICULARITÉS GÉNÉTIQUES QUE L'ON TROUVE DE FAÇON PRÉFÉRENTIELLE DANS CERTAINES RACES. DES VOIX SE SONT AUSSITÔT ÉLEVÉES POUR DÉNONCER CES ALLÉGATIONS IRRESPONSABLES, QUI OUVRENT LA VOIE AUX INTERPRÉTATIONS LES PLUS DÉLIRANTES, QU'IL S'AGISSE DE PROFILAGE RACIAL, DE GUERRE GÉNÉTIQUE OU DE…

Paris, 19 H 26

Prose avait pris une vingtaine de minutes à présenter ses hypothèses au « joueur de go ». Cela se résumait à trois blocs de faits qui avaient des similarités structurelles.

Le premier était constitué des attentats des écoterroristes, tous articulés autour des céréales, de l'eau et de l'air, ce dont témoignaient les déclarations des terroristes eux-mêmes ainsi que celles de Guru Gizmo Gaïa.

Il y avait ensuite les attentats islamistes, qui précédaient chacune des vagues d'attentats écolos et qui visaient les piliers de la transmission culturelle de l'Occident.

Et puis, il y avait les entreprises, dont les activités étaient également liées aux céréales, à l'eau et à l'air. Ou, pour le dire autrement, aux trois éléments : la terre, l'eau et l'air.

— Et les prochains attentats écoterroristes ? demanda Blunt. Vous avez une idée ?

— Normalement, ça devrait être articulé autour du thème du feu. Le feu nucléaire, des feux de forêt... une vague d'incendies criminels...

— Plausible, se contenta de dire Blunt.

Il se leva et marcha dans la pièce, prit une pierre sur un jeu de go, la regarda, la redéposa au même endroit. Il semblait préoccupé.

— Mais il y a une chose qui m'intrigue, dit-il. Comment êtes-vous parvenu à ces conclusions ?

— La logique de leur récit, répondit Prose sans hésiter.

Sa réponse lui valut un haussement de sourcils de la part du joueur de go.

— Je suppose que c'est comme le go pour vous, reprit Prose. En posant ses pierres, votre adversaire vous raconte une histoire. Il vous révèle peu à peu comment il entend planifier la suite de la partie. Comment il entrevoit le reste de son déroulement. Comment les choses devraient se terminer s'il n'en tenait qu'à lui...

Prose vit un sourire apparaître sur le visage du joueur de go. Il acquiesçait d'un léger hochement de tête.

— Tout ce qui a un début, un milieu et une fin est une histoire, poursuivit Prose.

— Il y a quand même quelques incongruités, objecta le joueur de go. Les céréales, ce n'est pas exactement la terre. Les virus, ce n'est pas exactement l'air... Mais disons que c'est très près. Par contre, l'utilisation d'un thème écolo dans les attentats islamistes...

— Vous voulez parler des gaz neurotoxiques ?

— Par exemple...

— Je sais. Il reste des incohérences. Mais il n'y a pas de meilleure hypothèse.

— Et, selon vous, elle nous conduit où, cette hypothèse ?

— Tout ce que les terroristes ont fait, ils l'ont annoncé. Comme si c'était une sorte de déclaration d'intention. Et leur première annonce, ç'a été le cadavre carbonisé du crématorium. Henri Matton… L'inspecteur-chef Théberge m'a dit qu'il y en avait eu deux autres. Alors, il va fatalement y en avoir un quatrième.

— Fatalement… ?

— Pour prendre une analogie dans le domaine de votre ami l'inspecteur-chef Théberge, je dirais que l'individu ou le groupe auquel nous avons affaire ressemble à un *serial killer*. Il a un besoin maladif de jouer au plus fin, d'expliquer ce qu'il va faire en termes symboliques… Il rêve probablement de pouvoir dire : « Je vous l'avais dit ! Je vous avais prévenus ! Mais vous avez été trop bêtes pour comprendre ! »… Sauf que c'est un *serial killer* qui a choisi comme victime l'ensemble de l'humanité.

— Si on accepte votre hypothèse, le comble de l'arrogance… est-ce que ce ne serait pas… de présenter en personne cette hypothèse à ses adversaires ?… en se disant qu'ils ne le croiront pas ?

Prose resta un instant stupéfait. Puis il se mit à sourire.

— Celle-là, dit-il, je ne l'attendais pas… Vous croyez vraiment… que je pourrais… ?

— Disons que je préfère garder l'esprit ouvert.

REUTERS, 14 H 02

… A DÉNONCÉ COMME UN COMPLOT OCCIDENTAL LA DEMANDE DE CERTAINS GROUPES ACTIVISTES D'UNE ENQUÊTE APPROFONDIE SUR HomniFood. SELON L'AMBASSADEUR DE LA SIERRA LEONE, LA DEMANDE D'UNE ENQUÊTE INTERNATIONALE SUR LES TROIS LABORATOIRES DE L'ENTREPRISE EST UN SIMPLE PRÉTEXTE POUR RALENTIR LA LUTTE CONTRE LE CHAMPIGNON TUEUR DE CÉRÉALES. QUALIFIANT L'ENTREPRISE DE GÉNOCIDE PLANÉTAIRE, L'AMBASSADEUR A AJOUTÉ QUE CETTE OPÉRATION AVAIT POUR BUT L'ÉLIMINATION D'UN PLUS GRAND NOMBRE DE PAUVRES DANS LES PAYS EN DÉVELOPPEMENT…

Paris, 20 h 05

— Je vérifierais la date à laquelle sont apparus les cadavres carbonisés deux et trois, dit Prose.

— Vous pensez que les dates vont coïncider avec les dates des deuxième et troisième vagues d'attentats ? demanda Blunt.

Prose se contenta de hocher la tête avec une amorce de sourire.

— Et c'est la raison pour laquelle vous êtes convaincu que la dernière attaque va être concentrée sur le thème du feu ? reprit Blunt.

— Comme pour les cadavres, acquiesça Prose. C'est l'étape ultime.

Prose jeta un coup d'œil aux jeux de go, sur la table. Il se demanda si cela aidait son interlocuteur à se concentrer. Comme quand lui prenait un crayon pour réfléchir.

— Supposons que vous avez raison, dit finalement Blunt. Supposons qu'il nous raconte une histoire. Où est-ce qu'elle nous mène, cette histoire ?

— Si c'est comme le reste, il l'a sûrement déjà annoncé.

— Donc, il faudrait voir tout ce que ce mystérieux « il » a déjà dit ou publié. Analyser la valeur symbolique des gestes publics qu'il a posés…

— Exactement.

— Ce que vous dites suppose qu'il y a un seul esprit derrière toute cette entreprise.

— J'estime que c'est probable.

Blunt se leva de nouveau pour marcher dans la pièce. Prose remarqua qu'il se dirigeait instinctivement vers les jeux de go, prenait une pièce, la tournait entre ses doigts.

— Vous, qu'est-ce qui vous a mis sur la piste ? demanda le joueur de go. Comment en êtes-vous arrivé à vous intéresser à ça ?

— Un mélange de hasard et de déformation professionnelle. Je me suis toujours intéressé aux questions environnementales. Et quand les terroristes se sont mis à frapper, j'ai appliqué aux événements une grille d'analyse narrative… Repérer les personnages et leurs actions, leurs relations d'opposition et de soutien mutuel…

— C'est quand même assez particulier…

— Pas du tout. Le *story telling* est en train d'envahir la planète. Les discours politiques, la publicité… Même les *pitchs* de vente des entrepreneurs aux investisseurs… les analyses économiques… Tout est construit, tout est évalué en termes de *story telling*. Quelle est l'histoire que vous racontez ? L'exemple le plus frappant est le discours d'acceptation d'Obama. Il a réussi à tisser son histoire personnelle dans celle de la nation, dans celle des luttes de libération, dans celle du parti démocrate et dans celle du siècle…

— Et vous croyez que cette théorie peut s'appliquer ici ? fit Blunt, manifestement sceptique.

— On peut même analyser les théories scientifiques et les corpus législatifs en termes de *story telling*.

— Les théories scientifiques ?

— Il suffit de prendre n'importe quel corpus de faits, qu'il s'agisse d'événements, de faits de parole ou d'un mélange des deux, et de se demander ce qu'ils racontent… Quelle est la situation de départ ? Quels sont les intervenants ? Quelles sont leurs actions ? À qui s'adressent les discours ? Pour amener qui à faire quoi ? Quel est l'ordre temporel des interventions ?… Quels sont les événements qui ont déclenché des actions ? Où cela mène-t-il ?… Personnellement, j'ai simplement essayé de dégager la cohérence du texte d'un certain nombre d'actions et de déclarations. C'est ce qui m'a amené à croire qu'il y avait un acteur unique ou, du moins, une intention unique derrière tout ça.

FORT MEADE, 14 H 46

John Tate n'avait pas pris le temps de savourer son triomphe sur Paige. Il était certain que c'était temporaire. Il importait de profiter de l'occasion. Aussi avait-il appelé des contacts en Belgique, en Suisse et en France pour savoir exactement ce qui s'était passé dans les trois centres de recherche, histoire de compléter les renseignements recueillis par Spaulding.

Compter sur Blunt était une chose. Cesser d'utiliser les vastes moyens de l'agence en était une autre. Et l'élément le plus sous-estimé de ces moyens, en cette époque d'ordinateurs et de simulations virtuelles, c'étaient les bons vieux contacts.

Les contacts étaient un aspect de son travail que Tate n'avait jamais négligé. Il y consacrait régulièrement une portion significative de son budget discrétionnaire. Sa méthode préférée était les voyages de consultation : il invitait la personne avec qui il voulait entretenir un contact à une réunion dans un endroit soigneusement choisi – près d'un lieu de villégiature, dans une ville touristique, ou simplement à un club de golf sélect –, le tout sous couvert d'une consultation professionnelle.

L'idée, c'était de donner à la consultation un caractère plausible, qui faisait appel aux compétences de la cible, de sorte que celle-ci n'avait pas l'impression de se faire acheter. Si nécessaire, Tate poussait la rouerie jusqu'à laisser croire que c'était pour son propre bénéfice personnel qu'il avait choisi l'endroit. Pour profiter des menus avantages que le système lui offrait.

Au fil des années, ces contacts s'étaient multipliés. Dans certains cas, ils s'étaient transformés en relations privilégiées, lesquelles s'avéraient souvent fort utiles.

Le premier retour d'appel provenait d'un haut dirigeant d'Europol. Il avait pour Tate une information qui n'était pas encore dans les médias. Et quand on l'annoncerait, ce serait la catastrophe… Selon les rumeurs, il n'y aurait pas une mais trois souches de peste grise. Ceux qui avaient développé le virus en avaient sélectionné trois variétés, qui avaient des affinités particulières avec les Caucasiens, les Asiatiques et les Noirs. Dans les rapports de laboratoire, ils parlaient de peste brune, de peste jaune et de peste blanche.

Le dirigeant d'Europol lui dit qu'il lui confiait cette information malgré de fortes réticences, qu'il ne devait sous aucun prétexte mentionner son informateur, mais que ça lui paraissait trop grave pour être dissimulé, même si ce n'était pas encore confirmé.

Dans les secondes qui suivirent, Tate décida de ne pas diffuser l'information. Elle sortirait bien assez tôt. Ce qu'il craignait, c'était qu'une faction à l'intérieur des militaires s'en empare, soutenue par Paige et consorts, pour planifier une guerre raciale. Le tout, sous prétexte qu'il fallait se préparer au pire et tirer la première salve.

La seule personne à qui il imaginait pouvoir en parler était Blunt. C'était pour le moins ironique… Mais il hésitait à le faire.

AU LARGE DE BURHOU, 20 H 55

Le bateau arrivait en vue de Burhou.

On avait pris soin de faire un détour pour éviter la zone protégée. C'était la période de nidification des macareux et il aurait été stupide de risquer une intervention de la vedette chargée de faire respecter les limites de la zone d'interdiction.

Les plongeurs étaient déjà habillés. Il s'agissait de la même équipe qui avait exécuté la mission le long de la côte normande. Trois nouveaux spécialistes s'étaient joints à eux : deux en sauvetage sous-marin, l'autre en démolition.

Le plus difficile était de ne pas savoir. Le film montrant le caisson était flou. Il semblait n'y avoir aucune ouverture. Si c'était le cas, on en forcerait une. Ce qui posait d'autres problèmes. Entre autres, celui de retirer la personne du caisson sans la tuer au cours de l'opération.

On ne savait d'ailleurs pas dans quel état elle serait. Et encore moins si elle serait en mesure de collaborer. Si elle ne l'était pas, la situation serait encore plus compliquée.

Avant de plonger, le responsable de l'opération demanda à chacun des membres de vérifier la caméra fixée à son masque. Tout ce qu'ils verraient serait transmis sur le bateau. De la sorte, il pourrait mieux coordonner leur travail.

Tout serait également retransmis à Paris, ce qui permettrait à monsieur Claude de suivre l'opération en direct et de faire au besoin des commentaires.

Lévis, 16 h 41

L'image était saccadée. Un problème de transmission, avait expliqué Chamane. Mais il n'y avait pas à s'inquiéter. Les enregistrements originaux, eux, seraient impeccables.

Dominique vit le caisson apparaître puis disparaître dans l'angle de visée d'un plongeur. Celui-ci entra ensuite dans le périmètre éclairé. Puis il se dirigea vers la fenêtre.

Quand elle aperçut Claudia, assise à la table, Dominique poussa un soupir de soulagement. Elle était en vie. Mais elle paraissait plus affectée que ce que montrait l'enregistrement des Dégustateurs.

Le plongeur s'approcha et colla un tableau contre la fenêtre. Un seul mot y était écrit : « BLUNT ». Le plongeur n'avait aucune idée de ce qu'il signifiait. Mais on lui avait dit que cela devrait suffire à lui assurer la collaboration de l'occupante du caisson… si elle était en état de collaborer.

Sur l'écran, Dominique vit Claudia relever les yeux lorsque le plongeur cogna contre la vitre. Puis son visage s'anima : elle s'approcha de la fenêtre et se mit à pleurer.

« Elle a compris le message », dit le plongeur.

Presque au même moment, un autre plongeur lançait : « Aucune ouverture côté A. »

Le premier plongeur effaça « Blunt » sur le tableau. Au même instant, une autre voix lançait :

« Rien côté B et C. »

Le premier plongeur écrivit sur le tableau :

OUVERTURE PAR L'INTÉRIEUR ?

Claudia secoua la tête.

C'était la pire hypothèse. Le caisson avait été scellé. Il n'était pas destiné à être ouvert.

Brecqhou, 21 h 56

Comme chaque soir, Maggie McGuinty avait activé le réseau des Dégustateurs pour vérifier comment les choses se déroulaient à l'intérieur du caisson.

Malgré sa détermination, la prisonnière manifestait des signes de relâchement. L'inquiétude devait commencer à la ronger... Jusqu'où dureraient les réserves d'énergie? À quelle vitesse le caisson se refroidirait-il, sans chauffage?... Et puis, il y avait les réserves d'eau potable et de nourriture qui baissaient. Elle avait beau avoir une force de caractère hors du commun...

Quand elle aperçut Claudia, de dos, collée contre la fenêtre, qui faisait de grands gestes, Maggie McGuinty fut intriguée. La prisonnière semblait complètement affolée. Avait-elle déjà des hallucinations?

McGuinty activa les caméras extérieures. C'est alors qu'elle aperçut les plongeurs.

Que faisaient-ils là? L'avaient-ils découverte par accident?... Et si ce n'était pas le cas, comment l'avaient-ils localisée? Une fuite?... Était-ce un des membres de l'équipage qui avait installé le caisson?... Il aurait trop parlé au cours d'une virée dans les bars? L'information se serait rendue à une organisation qui avait les moyens techniques de récupérer le caisson?

C'était peu plausible. S'il y avait une fuite quelque part, c'était à un plus haut niveau. Et le plus haut niveau, c'était elle. Il fallait donc que ce soit un de ses subalternes... Quelqu'un voulait-il prendre sa place? Était-ce une manœuvre pour la faire mal paraître?

Heureusement, le caisson avait été fabriqué de manière à n'avoir aucune issue. La seule ouverture avait été fermée puis scellée après que Claudia eut été déposée, inconsciente, sur son lit.

S'ils essayaient de la sauver en perçant une brèche dans la vitre ou dans le caisson lui-même, ils se prépareraient une méchante surprise. Ça risquait de faire une finale intéressante pour le film. Même si ce n'était pas celle prévue.

Cette tentative de sauvetage, même si elle était vouée à l'échec, constituait néanmoins une autre brèche dans la sécurité. Rien pour améliorer l'opinion que Killmore avait d'elle.

FRANCE INTER, 23 H 03

— BIENVENUE À *UNE HEURE, UN LIVRE*, UNE ÉMISSION CONÇUE, PROPOSÉE, RÉALISÉE, MONTÉE ET ANIMÉE PAR VOTRE HUMBLE SERVITEUR, FABRICE DELAGNEAU. AUJOURD'HUI, J'AI L'IMMENSE PLAISIR DE RECEVOIR RENAUD DAUDELIN, AUTEUR PROLIFIQUE S'IL EN EST, MAIS TOUJOURS PERTINENT, DONT LES LIVRES, EN PLUS DE TÉMOIGNER D'UNE GRANDE QUALITÉ LITTÉRAIRE, PRENNENT À BRAS-LE-CORPS LES PROBLÈMES DE NOTRE TEMPS... RENAUD DAUDELIN, MERCI D'AVOIR ACCEPTÉ DE PASSER CETTE HEURE AVEC MOI.
— MERCI À VOUS, FABRICE DELAGNEAU.
— RENAUD DAUDELIN, SI J'AI BIEN SAISI LE PROPOS DE VOTRE NOUVEAU LIVRE, *L'ÂGE SALUTAIRE DES PANDÉMIES*, VOUS AFFIRMEZ QUE LES PANDÉMIES EN COURS, AINSI QUE CELLES À VENIR, SERONT L'OCCASION POUR L'HUMANITÉ D'ADVENIR À ELLE-MÊME. IL S'AGIT LÀ D'UN PROPOS QUI, AU-DELÀ DE SA PROVOCATION, NE MANQUE PAS DE SAVEUR. POUVEZ-VOUS ÉLABORER ?

PARIS, 23 H 06

F regardait les plongeurs ajuster la cabine de plongée en face de la fenêtre du caisson où était retenue Claudia.

L'appareil avait été conçu spécifiquement dans le but de réaliser de tels sauvetages. Une partie de la cabine se collait hermétiquement contre la paroi du lieu où il fallait aller. Un panneau se dégageait ensuite, permettant de découper une ouverture.

Une fois le sauvetage effectué, l'ouverture à l'intérieur de la cabine se refermait de façon étanche. Puis la cabine se décollait de sa cible et remontait.

Théoriquement, il ne restait donc qu'à découper une ouverture dans la paroi vitrée, à récupérer Claudia et à repartir.

FRANCE INTER, 23 H 08

— ... CES NOUVELLES MALADIES VONT FORCER LES HUMAINS À SURMONTER LEURS DIFFÉRENCES. À S'UNIR POUR SURVIVRE. FACE À LA PERSPECTIVE DE LA DISPARITION DE L'ESPÈCE, LES GENS N'AURONT PAS D'AUTRE CHOIX QUE

> D'ALLER À L'ESSENTIEL, QUI EST DE SURVIVRE. ET CETTE SURVIE PASSE PAR
> LA COLLABORATION DE TOUS. EN CE SENS, LES PANDÉMIES SONT LE CIMENT
> DE L'HUMANITÉ. ELLES LUI PERMETTENT DE REPRENDRE CONTACT AVEC
> ELLE-MÊME, DE SE REFORMULER ELLE-MÊME, DANS SON ENTIÈRETÉ,
> COMME PROJET.
> — AUTREMENT DIT, LES PANDÉMIES PLANÉTAIRES SONT CE QU'IL PEUT
> NOUS ARRIVER DE MIEUX?
> — C'EST SINCÈREMENT CE QUE JE CROIS.

BRECQHOU, 22 H 13

Quand Maggie McGuinty avait vu les plongeurs arrimer la cabine de plongée au caisson, elle avait eu la confirmation que la fin du film ne serait pas ce qu'elle croyait. Ils allaient attaquer le seul point faible de la prison.

Leur plan était simple. Descendre la cabine de récupération. L'arrimer au caisson. Récupérer la femme. Détacher la cabine. Puis remonter. Mais les plans les plus simples butent parfois sur des détails imprévus.

Madame McGuinty sourit.

Par chance, elle avait pris des mesures pour contrer la possibilité, infime mais réelle, que le caisson soit retrouvé avant la fin de l'expérience.

Finalement, la fin du film serait intéressante.

FRANCE INTER, 23 H 15

> — MÊME L'ÉPIDÉMIE DE TERRORISME EST UN ÉLÉMENT POSITIF. SANS LE
> VOULOIR, LES TERRORISTES RAPPELLENT À TOUT UN CHACUN QUE PERSONNE
> N'EST À L'ABRI. QUE LA MORT GUETTE. LES ATTENTATS RENFORCENT LE
> CLIMAT DE MORT DANS LEQUEL BAIGNE DE PLUS EN PLUS L'HUMANITÉ. ET
> CE CLIMAT EST L'ÉLÉMENT QUI VA PERMETTRE D'ENTREPRENDRE LA GRANDE
> MÉTAMORPHOSE QUI VIENT.
> — POUVEZ-VOUS NOUS DONNER UN EXEMPLE, UN SIGNE DE CETTE ÉDI-
> FICATION DE LA NOUVELLE HUMANITÉ DONT VOUS ANNONCEZ L'ÉMER-
> GENCE?
> — PARADOXALEMENT, LES HOMMES D'AFFAIRES ONT ÉTÉ LES PREMIERS À
> COMPRENDRE. REGARDEZ LA CRÉATION DE L'ALLIANCE MONDIALE POUR
> L'ÉMERGENCE. REGARDEZ DES INITIATIVES COMME CELLES D'HOMNIFOOD
> ET D'HOMNIPHARM. ELLES SONT EN VOIE DE DEVENIR DE VÉRITABLES PROJETS
> PLANÉTAIRES AU SERVICE DE L'HUMANITÉ.

Fond de l'océan, près de Burhou, 22 h 19

Le diamant avait entamé le verre de la fenêtre depuis quelques secondes à peine lorsque la surface de la vitre se mit à se fendiller. Les lézardes se propageaient à partir du point d'impact du diamant, s'élargissant sans cesse. L'homme releva son appareil. Le verre continuait de se fissurer. De plus en plus rapidement.

L'homme se jeta par terre en criant à son coéquipier d'en faire autant. Ce dernier n'eut pas le temps de bouger. Sous la pression de l'air contenu dans le caisson, qui était comprimé à une dizaine d'atmosphères, le verre de la fenêtre explosa. Une pluie d'éclats cribla le spécialiste en sauvetage qui était demeuré debout.

France Inter, 23 h 21

— ... objecteront qu'il s'agit là d'une simple évolution du capitalisme.

— C'est beaucoup plus qu'une évolution. L'émergence de ces nouvelles structures économiques va exiger la disparition des anciennes. C'est un ordre nouveau qui se met en place.

— Comment caractériseriez-vous cet ordre ?

— D'abord par un mot : corpocratie. Évidemment, c'est réducteur. L'ordre à naître, par rapport aux corporations que nous connaissons, est comme l'humain par rapport aux premiers mammifères.

— Vous pouvez quand même nous donner quelques indications.

— C'est toute la vie qui sera motivée par la liberté d'entreprendre. Vivre sa vie comme une entreprise est ce qui permettra de réunir toute l'humanité autour de valeurs identiques. Et la première de ces entreprises au profit de laquelle seront bazardées nos vieilles structures inefficaces, nos croyances désuètes, ce sera — c'est déjà — l'entreprise de survivre comme humanité. De ne pas disparaître de la planète.

Dubaï, 1 h 31

Ils occupaient quatre suites différentes de l'hôtel sous-marin, sur l'îlot artificiel en forme de palmier. Ils ne s'étaient jamais rencontrés en personne et il était peu probable qu'ils le fassent. Chacun était inscrit à l'hôtel sous un nom d'emprunt.

Dans un intervalle de cinq minutes, ils avaient reçu une mallette identique, qu'ils avaient reliée à l'un des multiples écrans plats qui couvraient les murs de leur suite.

Ils avaient tous apprécié les modalités de cette rencontre, qui leur permettaient de négocier sans avoir à s'exposer personnellement. Et sans avoir à renoncer aux dispositifs de sécurité dont ils avaient cru bon de s'entourer. Chacun pouvait conserver avec lui les gardes du corps et les armes qu'il jugeait utiles à sa protection. Les seuls contacts qu'ils auraient passeraient par le système de télécommunication.

Chacun leur tour, ils avaient demandé à Killmore pour quelle raison il n'était pas possible d'utiliser le même système en restant chez soi. Killmore leur avait tous fait la même réponse : il pouvait garantir la sécurité des transmissions sur de courtes distances. Pas d'un continent à l'autre. Et surtout pas en utilisant Internet !

Sur chaque écran, l'image était divisée en cinq : quatre carrés où apparaissaient les visages des quatre représentants des mafias et, au centre, dans un carré qui empiétait sur les quatre autres, le visage de Killmore.

— Messieurs, fit ce dernier, comme vous avez pu le constater, chacune de mes prédictions s'est réalisée. Les attentats ont eu lieu comme prévu, dans l'ordre prévu. Par voie de conséquence, l'appareil de sécurité de vos pays respectifs a détourné vers le terrorisme une grande partie de ses ressources. Sauf peut-être en Chine, où c'est l'agitation populaire et les pénuries qui ont accaparé l'armée du peuple.

Killmore fit une pause assez longue. Aucun des quatre représentants n'en profita pour prendre la parole. L'air impassible, ils se contentaient d'attendre la suite.

— Cela, je vous l'avais promis, reprit Killmore. Je m'étais engagé à accroître votre liberté de manœuvre de façon significative. Sans aucun engagement de votre part. De façon marginale, je vous ai également livré certains champs d'activité du Consortium. Madame Hunter s'est acquittée de cette tâche particulière.

Dans les quatre suites, il n'y avait toujours pas de réaction.

— Je sais que vous avez cherché à identifier les groupes terroristes responsables des attentats. Et je sais que vous n'avez pas réussi. Ce que je peux vous dire à leur sujet, c'est que l'ère du terrorisme achève. Pour la planète, la situation va se détériorer de façon encore plus radicale. Pour vous, par contre…

Killmore prit le temps de boire une gorgée d'eau avant de poursuivre.

— Pour vous, donc, c'est une occasion d'affaires comme vous n'en retrouverez jamais. Le terrorisme va disparaître parce que les structures d'ordre de la planète vont se dissoudre. Les guerres, les émeutes populaires, le banditisme et les catastrophes écologiques vont rapidement les liquider. Il n'y aura plus d'ordre contre lequel le terrorisme pourra s'exercer… Dans ce monde livré au chaos, les seuls qui auront les moyens de maintenir un minimum d'ordre dans les territoires qu'ils contrôleront, ce seront vos groupes. C'est à cela que je vous demande maintenant de vous préparer. Vous seuls aurez les moyens financiers, les hommes, les armes et la discipline nécessaires pour contrôler la population sur les territoires que vous déciderez d'occuper.

Killmore arrêta une nouvelle fois. Dans le regard des quatre hommes, il y avait maintenant un intérêt certain.

— Ce que vous nous décrivez, fit le représentant de la mafia américaine, c'est l'Apocalypse. La fin de l'humanité.

— Le terme est juste, répondit Killmore en souriant. Parfaitement juste. L'Apocalypse… Une apocalypse qui va se traduire par un retour à la barbarie. Un retour à la loi de la jungle, dans un monde où il n'y aura plus assez de nourriture, d'eau et de médicaments pour tous.

— Autrement dit, on va tous disparaître, répliqua brutalement le Mexicain. C'est ça que vous nous annoncez en rigolant : qu'on va tous être éliminés !

Killmore éclata ouvertement de rire. Puis, voyant la colère monter sur le visage des quatre représentants des groupes criminels, il se dépêcha d'ajouter :

— Tout le monde ne va pas disparaître. Vous, vous allez survivre. Dans un monde de barbarie, seuls les prédateurs auront leur chance. Et vous, vous êtes des super prédateurs. Parce que vous êtes des prédateurs intelligents. Organisés. Et surtout… impitoyables. C'est autour de vous que va s'organiser ce qui restera de vie sociale. Vous serez la dernière chance de l'humanité… Les gens, ceux qui resteront, vont non seulement s'incliner devant votre force, mais ils vont la bénir. Entre votre loi et le chaos, ils auront tôt fait de choisir.

— Est-ce que vous ne réglez pas un peu vite le sort des gouvernements ? demanda doucement le Chinois.

— La force des gouvernements vient de leur utilité. Plus les gens vont mourir de faim, plus les émeutes vont se multiplier, plus l'impuissance des États va éclater au grand jour… Croyez-moi, ils vont disparaître d'eux-mêmes. La Somalie est le modèle de ce qui nous attend.

— Et les militaires ? objecta le Mexicain. Qu'est-ce qui va les empêcher de prendre le pouvoir à la place des gouvernements ?… Ils sont beaucoup plus armés que nous !

— Jusqu'à maintenant, ça ne vous a pas empêchés de leur tenir tête ! répliqua Killmore, incapable de résister au plaisir de jouer avec leurs réactions… La plupart des armées ne sont pas équipées pour faire face à la corruption, au sabotage et à l'assassinat ciblé de la famille des soldats. Les soldats vont déserter par milliers… Mais vous avez raison. Les armées sont un problème…

L'Italien lui coupa la parole.

— Qu'est-ce qui va nous empêcher de disparaître, nous aussi, s'il n'y a plus de nourriture et qu'il y a de nouvelles épidémies ?

Sur les écrans, tous les regards étaient maintenant attentifs. Il était visible qu'ils partageaient tous la préoccupation de l'Italien.

— Je vois que j'ai eu raison de vous choisir, répondit Killmore sur un ton joyeux. C'est la vraie question. Pourquoi allez-vous durer alors que tout le reste va s'écrouler ? Pour une raison très simple : parce que vous en aurez les moyens… Maintenant, vous allez comprendre pour quelle raison je ne pouvais pas vous donner plus de détails avant que tout soit convenablement enclenché.

Cette fois, aucun des quatre ne tentait de masquer son intérêt.

— Vous allez conserver votre structure, reprit Killmore, parce que vous allez contrôler les moyens de la survie. Vous allez être les seuls à disposer des médicaments contre la peste grise. Vous allez également être les seuls à avoir un accès satisfaisant aux céréales et à l'antidote contre le champignon tueur. Et puis, avec un minimum de travail de votre part, vous devriez finir par contrôler une partie suffisante du pétrole de la planète pour subvenir à vos besoins… Je sais, le pétrole ne vous sera pas servi sur un plateau d'argent. Mais il faut bien que vous fassiez quelque chose pour mériter tout ce que je vous offre !… Des dossiers vous seront acheminés dans les prochaines heures, dossiers qui préciseront pour chacun les gisements et les raffineries dont vous pourriez le plus facilement prendre le contrôle… Sachant ce qui s'en vient, vous pourrez vous préparer en conséquence : délimiter les premiers territoires à occuper, réquisitionner des entrepôts pour recevoir les provisions, établir des structures de commandement, monter des opérations pour affaiblir les détenteurs du pouvoir et accélérer leur chute, recruter des agents à l'intérieur des forces armées…

— Mais vous ? demanda l'Italien. Vous allez faire quoi ?

— Jouir des fruits de mon travail et me retirer sur mes terres… Au sens métaphorique, bien entendu.

Puis il ajouta, avec une emphase caricaturale :

— Vous serez des dieux !

— Et vous, je suppose que vous projetez de régner sur les dieux, ironisa le Chinois.

— Il faut être réaliste. Même sur l'Olympe, il y a une structure hiérarchique !

MONTRÉAL, AUTOROUTE 40, 18 H 09

— Les remorqueuses en ont encore pour une heure.

Janvier Chateauvent était normalisateur de circulation. Officiellement, cette définition de tâche n'existait pas. Aucun poste officiel de cette nature n'était reconnu dans la convention collective de travail, pourtant inventive en matière de reconnaissance de particularités. Mais, lors des négociations précédentes, les parties s'étaient entendues pour que le texte du contrat de travail demeure muet sur cette forme d'expertise.

Officieusement, Janvier demeurerait le spécialiste informel de la normalisation. En cas d'accidents majeurs, on continuerait d'avoir recours à ses services pour coordonner le rétablissement de la circulation. Mais il n'était pas question de se lancer dans l'exercice périlleux de la description de cette compétence, avec toutes les répercussions que cela pouvait avoir sur la définition et l'échelle salariale des autres tâches.

— Des morts ? demanda Crépeau.

— Quatre.

— Des blessés ?

— Une vingtaine. Trois sérieusement.

Deux accidents sur l'autoroute métropolitaine. À quelques minutes d'intervalle. Un en direction est, l'autre en direction ouest. Au pire moment. Juste au début de l'heure de pointe, quand la circulation se densifie mais demeure encore relativement rapide.

Deux véhicules utilitaires sport s'étaient mis à zigzaguer et à frapper les véhicules à côté d'eux, provoquant des freinages d'urgence, des coups de volant pour les éviter. Puis ils s'étaient renversés... De nombreuses collisions secondaires avaient suivi. Entre d'autres voitures. Sous le choc, plusieurs s'étaient renversées. D'autres avaient été embouties avec violence par celles qui n'avaient pas eu le temps de freiner. Quelques-unes avaient pris feu... Tout s'était terminé par un carambolage qui avait complètement bloqué la circulation. Dans les deux sens de l'autoroute.

Les morts et les blessés avaient maintenant été évacués. On achevait de dégager la voie. Tout le trafic de
l'heure de pointe s'était déversé sur les voies secondaires, ce qui avait créé un énorme ralentissement dans
une grande partie de l'île. Il faudrait plusieurs heures
encore avant que la circulation redevienne normale.

— Je ne m'attendais pas à vous voir ici, reprit Chateauvent.

— Dans les véhicules qui ont causé les carambolages,
faudrait regarder sous le siège du conducteur. Il y a
probablement une canette vide.

Chateauvent fixa Crépeau comme s'il était un extra-
terrestre.

— C'est sur Internet, expliqua Crépeau.

— Quoi?!... Comment ça, sur Internet?

— Ce n'est pas un accident. C'est un attentat. Il faut
considérer tout le site comme une scène de crime.
L'équipe technique est en route.

WWW.LEMONDE.FR, 19 H 03

.... ONT PROVOQUÉ DES EMBOUTEILLAGES MONSTRES À PARIS, LONDRES
ET LOS ANGELES. DANS TOUS LES CAS, DES CONTENANTS DE MONOXYDE
DE CARBONE DOTÉS D'UNE MINUTERIE ONT ÉTÉ PLACÉS SOUS LE SIÈGE DE
CONDUCTEURS DE VÉHICULES UTILITAIRES SPORT. LORSQUE LES CONTENANTS
ONT LIBÉRÉ LEUR CONTENU, LES CONDUCTEURS ONT PERDU CONSCIENCE,
CE QUI A AMORCÉ LA CHAÎNE DES COLLISIONS...

LÉVIS, 19 H 38

Dominique avait de la difficulté à se concentrer. Son
esprit revenait sans cesse à Claudia.

Lorsque le hublot avait éclaté, la violence de la décompression avait projeté Claudia à travers l'ouverture. Son
crâne avait été fracassé contre le métal et elle s'était
écrasée contre le corps d'un des plongeurs, qui avait été
charcuté par les éclats de verre...

Dominique laissa son regard glisser vers une des trois
fenêtres panoramiques qui donnaient sur la cour arrière.
Ses yeux demeurèrent fixés pendant quelques instants
sur le buisson de fougères, à côté de la cascade, jusqu'à

ce qu'elle prenne conscience d'une silhouette à la périphérie de son champ de vision.

Agenouillé à côté de la bruyère, un homme avec un
large chapeau était en train de défendre les pas japonais
contre l'envahissement de la pervenche.

Dominique se précipita dans la cour.

— Qu'est-ce que vous faites là ?

— Votre jardin a besoin d'entretien, répondit tranquillement l'homme sans lever les yeux de sa tâche. Je
vous avais dit que je serais là quand il aurait besoin de
moi.

Puis il releva la tête pour la regarder. Le mystérieux
jardinier était Bamboo Joe.

— Claudia est morte, dit Dominique après quelques
secondes d'hésitation… Kim aussi.

— Je sais.

— Et ça ne vous fait rien ?!

— Je ne peux rien y changer, répondit doucement le
jardinier.

— Ce n'est pas une raison pour être insensible !

Dominique résista encore pendant quelques secondes,
puis sa rage se transforma en sanglots. Le jardinier se
contenta de la regarder en silence.

— Vous pourriez dire quelque chose ! fit brusquement
Dominique sans cesser de pleurer.

— C'est inutile. Vous avez besoin de pleurer.

— Qu'est-ce que vous en savez ?

— Vous vous reprochez leur mort. Vous vous sentez
coupable. Impuissante. C'est une voie sans issue.

— Parce que vous pensez que c'est à cause de moi !

— Non, répondit le jardinier sur le même ton paisible.
Je ne le pense pas… Mais vous, vous le pensez.

Dominique, qui avait presque réussi à contrôler ses
larmes, éclata de nouveau.

— Je viens à peine de prendre la coordination de l'Institut et je perds deux agents… Et ce ne serait pas à cause
de moi ?! C'était ma tâche de les protéger !

— De faire ce qu'il était en votre pouvoir pour les
protéger, corrigea le jardinier.

— Vous pouvez bien parler !... Vous disparaissez pendant des semaines et quand vous rappliquez, c'est pour me débiter des banalités en guise de consolation.

— Les banalités sont les seules choses qui consolent... parce qu'elles ont passé avec succès l'épreuve du temps.

— J'aurais dû pouvoir faire quelque chose.

— Ce n'est pas parce qu'on aime les gens qu'on peut faire quelque chose pour eux.

LIVRE 4

Les Bibliothèques crématoires

L'idée est de faire paraître cette nouvelle génération d'entrepreneurs comme les seuls sauveurs possibles d'une planète à la dérive, comme les seuls capables de guider l'humanité vers un monde qu'ils habitent déjà.

À l'image d'un monde enfoncé dans la lutte des classes, il faut substituer celle du paradis que représente un monde qui a de la classe… et vers lequel les grands décideurs nous précèdent pour nous indiquer la route.

Guru Gizmo Gaïa, *L'Humanité émergente*, 3- Le Projet Apocalypse.

JOUR - 1

MONTRÉAL, 2 H 04

Le bras gauche appuyé sur le bord de la portière, Jim Doiron somnolait derrière le volant en attendant un improbable client. Son taxi était garé le long de la rue Berri, juste un peu plus loin que la porte du terminus Orléans.

Encore cinq heures avant de pouvoir abandonner la voiture au chauffeur de jour. Après, il irait à son studio, le temps de terminer un contrat, puis il passerait chez lui manger un morceau. Il dormirait peut-être une heure ou deux. Ensuite il se rendrait chez un client qui voulait une photo de sa fille pour souligner la fin de son secondaire. Une photo spéciale. Pas comme les photos commerciales dans les écoles. Mais il ne fallait pas que ça coûte cher…

Doiron attendait dans le taxi. C'était le prix à payer, trois nuits par semaine, pour continuer sa difficile carrière de photographe. Dans une demi-heure, il partirait traquer les clients à la sortie des bars.

Le bruit de l'explosion le tira d'un rêve éveillé où il se faisait bronzer sur une plage, en compagnie d'une femme qui n'avait aucune ressemblance avec la sienne. Il pensa d'abord qu'une voiture venait de sauter. Puis il vit plusieurs plaques de verre tomber de la Grande Bibliothèque. À l'intérieur de l'édifice, une énorme tache de feu était en train de grossir.

Totalement réveillé, Doiron se dépêcha de sortir la petite Lumix qu'il traînait toujours dans sa poche, sélectionna la fonction vidéo et entreprit de filmer l'incendie qui se propageait.

Une seconde explosion se fit entendre, suivie d'une pluie d'éclats de verre. Presque au même instant, une autre boule de feu apparut à l'intérieur de l'édifice.

Des morceaux de verre firent brusquement irruption dans son champ visuel. Ils se dirigeaient vers lui à plusieurs centaines de mètres seconde. Doiron baissa par réflexe son appareil photo. Une fraction de seconde plus tard, son cerveau émettait l'ordre de reculer la tête. Mais les impulsions ne réussirent pas à mobiliser à temps les muscles concernés : un morceau de verre lui traversa le visage. La pointe ressortit à la base de la nuque.

Jim Doiron n'était plus en état de voir que la seconde explosion avait fait deux autres victimes, sur le trottoir, de l'autre côté de la rue. Ni que le feu se propageait rageusement à l'intérieur de la bibliothèque.

Il utilisa ses dernières énergies à essayer de prendre conscience qu'il était en train de mourir.

France Info, 8 h 03

... REVENDIQUANT L'ATTENTAT DU PÉRIPHÉRIQUE DE PARIS. LES TERRORISTES AFFIRMENT AVOIR CIBLÉ « LES PIRES POLLUEURS PARMI LA POPULATION ORDINAIRE », À SAVOIR CEUX QUI « PERSISTENT À UTILISER DES VÉHICULES PRIVÉS PLUTÔT QUE LES TRANSPORTS EN COMMUN » ET QUI LE FONT À BORD « DES VÉHICULES LES PLUS POLLUANTS »...

PARIS, 8 H 12

Chakib vit les deux hommes au moment où ils arrivaient sur lui.

Tout était pourtant prévu : le complice qui avait laissé la porte de service déverrouillée, la carte magnétique pour se déplacer dans la partie non publique de la bibliothèque, le plan détaillé des lieux pour le cas où sa mémoire lui aurait fait défaut… L'endroit où il devait faire exploser la bombe était même marqué sur le plancher avec une encre visible uniquement à l'aide de lunettes spéciales. Des lunettes qui étaient dans la poche gauche de son veston… Tout était prévu.

Sauf ça. Des policiers !

Ils l'avaient intercepté au moment où il mettait la main sur la poignée de la porte. Chakib ne s'était pas méfié parce qu'ils n'étaient pas en uniforme.

— On peut voir vos papiers ? demanda le plus jeune, sur un ton poli mais nerveux.

— Il y a un problème ?

Dans toute son attitude, Chakib s'efforçait de manifester un mélange de bonne volonté et de confusion. C'était connu : les savants étaient souvent distraits. Avec sa serviette de cuir noir à la main, son manteau usé, ses cheveux en broussaille et ses grosses lunettes de corne noire, il n'avait aucune difficulté à passer pour un chercheur.

— Contrôle de routine, fit l'autre policier. Tous ceux qui entrent ailleurs que par la porte principale sont contrôlés.

Il y avait une amorce de sourire sur le visage du deuxième policier, mais ses yeux demeuraient froids.

— Je comprends, répondit Chakib en mettant la main dans sa poche. On n'est jamais trop prudent.

Il fouilla un moment dans sa poche de pantalon, la ressortit vide.

— On dirait que j'ai encore oublié mon portefeuille, dit-il en regardant le plus jeune.

— Dans ce cas, il va falloir nous accompagner.

— Vous êtes sûr que c'est bien nécessaire ?

— C'est vous qui l'avez dit, on n'est jamais trop prudent.

— Bien sûr, bien sûr…

Il mit la main dans la poche de son manteau comme s'il continuait à chercher.

Puisqu'il était pris, il n'avait plus le choix. Il remplirait au moins une partie de sa mission. Et il mourrait en martyr.

À l'intérieur de sa poche, il trouva le boîtier, entra son doigt dans l'ouverture et l'enfonça jusqu'au fond.

En explosant, la bombe contenue dans sa serviette entama le mur extérieur de la bibliothèque. Elle causa toutefois des dommages relativement légers à l'intérieur.

Par contre, pour retrouver les morceaux des trois hommes qui avaient été déchiquetés par l'explosion, il faudrait plusieurs jours.

www.TOXX.TV, 2 H 38

… CONFIRME L'EXISTENCE DE PLUSIEURS VARIÉTÉS DU CHAMPIGNON RESPONSABLE DE LA PESTE GRISE, CHACUNE AYANT UNE AFFINITÉ AVEC UNE RACE HUMAINE PARTICULIÈRE…

GEORGETOWN, 2 H 43

John Tate dormait depuis moins de deux heures quand l'appel de son adjoint l'avait réveillé.

— L'attentat contre la bibliothèque du Congrès a échoué.

C'était la première phrase de Spaulding.

Il lui avait ensuite expliqué que deux terroristes avaient été interceptés alors qu'ils tentaient de s'introduire par une porte de service.

— Vous avez leur nom ? demanda Tate après avoir écouté pendant plusieurs minutes le compte rendu détaillé de Spaulding.

— Mieux que leur nom : on les a arrêtés. Ils n'ont pas eu le temps de se suicider.

— Tu les mets au secret.

— La version officielle, c'est qu'ils sont morts.

— Bien… Très bien.

Décidément, il avait de bons réflexes, songea Tate. Puis il sourit, réalisant qu'il s'était fait la même réflexion à plusieurs reprises au cours des derniers mois. Finalement, avec Spaulding, il avait fait un bon choix. Tout n'était peut-être pas en train de sombrer.

— Et si des journalistes veulent voir les corps? demanda Spaulding.

— Arrange-toi pour qu'ils en voient.

— Et qu'est-ce que je dis aux autres agences?

— *Black out* total. Pas un mot à personne avant qu'on les ait interrogés.

— Même pas à la DHS?

— Surtout pas à eux.

— Un instant. Il y a quelque chose qui entre…

Après un moment, la voix de Spaulding reprit:

— Un autre attentat déjoué. La Public Library de New York.

— Les terroristes?

— Deux morts. Un blessé… Mal en point.

— Mets-le au secret lui aussi. Et arrange-toi pour qu'il ne nous claque pas entre les doigts!

Après avoir raccroché, Tate réalisa qu'il ne servait à rien de retourner se coucher. Il ouvrit son ordinateur pour passer en revue l'actualité de la planète.

Quelques minutes plus tard, ce qu'il anticipait était confirmé: d'autres attentats avaient eu lieu. Montréal. Francfort. Lisbonne. Lausanne…

Par contre, des attentats avaient été déjoués à Londres et à Paris. Il y avait eu des victimes, mais la British Library et la bibliothèque François-Mitterrand n'avaient pas subi de dommages significatifs: les terroristes avaient été contraints de se faire exploser à l'extérieur des édifices.

Les événements ne confirmaient que trop bien l'analyse de Blunt. Moins de vingt-quatre heures après la dernière vague d'attentats écolos contre les automobilistes, les Djihadistes du Califat universel se manifestaient.

Si l'objectif était de créer un mouvement de panique en accumulant les attaques, c'était probablement réussi, malgré le fait que plusieurs attentats avaient échoué. Car, même ratés, ils rappelaient à la population qu'un autre attentat était toujours possible. Plus que possible, en fait : probable.

Il fallait qu'il discute rapidement de tout ça avec Blunt. Mais avant, il devait prendre des mesures pour contrer Paige. Ce dernier tenterait sûrement de s'accaparer le succès de l'opération.

Le premier coup de fil de Tate fut à un reporter de CNN. Le second pour The Mad Warden. C'était le surnom de celui qui contrôlait l'agenda du Président.

WWW.CYBERPRESSE.CA, 4 H 18

... ACCUSE LE CANADA D'ABRITER LES ENTREPRISES MINIÈRES LES PLUS NOCIVES SUR LES PLANS ENVIRONNEMENTAL ET SOCIAL. LES MENACES DE MORT VISENT LES DIRIGEANTS DES ENTREPRISES. LA LÉGISLATION CANADIENNE, DÉCRIÉE COMME UNE DES PLUS PERMISSIVES DE LA PLANÈTE...

Lévis, 4 h 27

Dominique s'était réveillée brusquement après quelques heures de sommeil. Elle n'arrivait pas à chasser le visage de Claudia de sa mémoire. Avoir été si près de la sauver !... Et avoir tout bousillé ! Tout ça parce que personne n'avait pensé à la différence de pression.

Bien sûr, elle avait des excuses. C'était logique de croire que la pression, à l'intérieur du caisson où elle était retenue prisonnière, était à atmosphère normale. Parce qu'il était logique de croire qu'il avait été scellé avant d'être immergé... Mais quelqu'un aurait quand même dû penser qu'il pouvait s'agir d'un piège. Quelqu'un aurait dû penser que l'air, à l'intérieur du caisson, pouvait avoir été élevé à une pression de plusieurs atmosphères. Comme dans une chambre hyperbare. Quelqu'un aurait dû penser aux effets d'une décompression brutale sur un organisme humain... Et ce quelqu'un, c'était elle.

Vers 3 heures 20, elle s'était résignée à se lever pour échapper à ses ruminations. Elle avait ouvert Pantagruel et parcouru les informations que le logiciel avait sélectionnées. La première était l'attentat à la Grande Bibliothèque de Montréal. Suivaient les attentats contre d'autres bibliothèques dans d'autres pays… Même pas vingt-quatre heures après les carambolages sur les autoroutes.

Les terroristes avaient une fois de plus démontré que leur cible était l'Occident. Exclusivement l'Occident. Ça ne simplifierait pas la gestion des rapports entre les diverses confessions religieuses à l'intérieur des pays. Ni entre les groupes ethniques.

La bonne nouvelle, c'était que plusieurs attentats avaient échoué. À Paris, New York, Londres et Washington, les terroristes avaient été tenus en échec. La collaboration avec Tate, le MI5 et les Français avait fonctionné.

Comme Prose l'avait prédit, les terroristes avaient frappé des bibliothèques. Et s'il avait raison pour les bibliothèques, il avait probablement raison pour le reste. Il y aurait une quatrième vague d'attentats écoterroristes. Elle serait placée sous le signe du feu. Et le feu le plus dangereux, c'était indubitablement le feu nucléaire.

L'Institut n'avait pas les moyens de prévenir ça. Aucune organisation n'avait les moyens de protéger à elle seule l'ensemble des centrales nucléaires de l'Occident. La solution était de généraliser l'expérience qui avait mené au succès des Français, des Américains et des Britanniques.

Elle commença à rédiger un message pour Blunt.

> Je pense qu'il faut prévenir les pays occidentaux que les centrales nucléaires seront les prochaines cibles des écoterroristes. Avec une brève explication de la logique des attentats telle que Prose la voit.

Puis elle ajouta une série de questions :

> Quoi de neuf sur les carambolages ?
> Quel lien vois-tu entre les différentes pistes : les Dégustateurs d'agonies, Homnicorp et ses filiales, les terroristes islamistes, les écoterroristes… ?
> Comment est-ce que les hypothèses de Prose cadrent dans tout ça ?
> Est-ce que le décodage des murales avance ?

HAMPSTEAD, 9 H 48

F était arrivée au début de la matinée. Monky était allé la chercher à l'aéroport. Elle prenait le petit déjeuner avec Fogg devant une fenêtre panoramique qui donnait sur le jardin, du côté droit de la maison.

— Je suis désolé de ce qui est arrivé à mademoiselle Maher et à son amie, dit Fogg. Je sais à quel point vous étiez proche d'elles.

F accueillit la déclaration avec un léger mouvement de la tête.

— Je sais que ce ne sont pas des sacrifices qui sont faciles à faire, reprit Fogg.

— Le plus difficile, c'est de ne même pas savoir si c'en vaut la peine.

Un silence de plusieurs minutes suivit. Les deux mangeaient lentement, absorbés par leurs pensées.

— L'alternance entre les deux séries d'attentats est de plus en plus rapide, reprit tout à coup Fogg. Les attentats écologiques et islamistes se chevauchent pratiquement…

— Et… ?

— Il ne nous reste plus beaucoup de temps.

— Avec le Consortium, vous en êtes où ? demanda F après un nouveau moment de silence.

— Je peux compter sur Daggerman. Hunter est manifestement du côté de « ces messieurs ». Pour ce qui est de Gelt, le directeur de Safe Heaven, il attend de voir de quel côté les choses vont pencher.

— Et Skinner ?

— Skinner…

Fogg répéta le nom comme si on lui demandait d'éclaircir un mystère.

— Théoriquement, dit-il, c'est notre allié le plus efficace… À la condition qu'il ne se retourne pas contre nous.

— Vous croyez que c'est encore un danger ?

— Moins qu'avant. Il n'a pas digéré la façon dont les commanditaires du Consortium ont parachuté à Vacuum des clients auxquels il doit obéir aveuglément et qui ont le droit de passer par-dessus sa tête pour s'adresser directement aux répartiteurs… Mais notre principal atout, ça reste sa rivalité avec madame Hunter. Juste pour le plaisir de l'éliminer, il se rangerait de notre côté !

— Qu'est-ce que vous pensez de la théorie de Blunt ?

— Les trois fins du monde ?… Les piliers de la culture occidentale ?… Jusqu'ici, on dirait bien que les événements lui donnent raison. Avec la nouvelle vague d'attentats islamistes…

— Ça veut dire que les attentats écolos vont bientôt recommencer.

— Probable.

— Et si on se fie à cette théorie de Blunt, c'est la dernière étape avant la fin.

— Avant l'apocalypse…

— Toujours pas d'idée de ce que c'est ?

— Non. Mais si on écoute ce que disent Guru Gizmo Gaïa et l'Église de l'Émergence…

AFP, 5 H 03

… LA PESTE GRISE A PRIS DES PROPORTIONS ÉPIDÉMIQUES DANS LES PROVINCES DU GUANDONG ET DU FUJIAN. LA SITUATION EST ÉGALEMENT CRITIQUE DANS LA RÉGION AUTONOME ZHUANG DU GUANGXI. LES RUMEURS SUR LE CARACTÈRE RACIAL DE L'ÉPIDÉMIE ONT ENTRAÎNÉ DES ÉMEUTES DANS PLUSIEURS VILLES DE LA CÔTE SUD, OÙ DES OCCIDENTAUX ONT ÉTÉ PRIS À PARTIE. ON COMPTE POUR L'INSTANT QUATRE VICTIMES OCCIDENTALES…

HAMPSTEAD, 10 H 07

Fogg sirotait lentement son thé en regardant F. Il avait l'air particulièrement satisfait de ce qu'il venait de lui dire.

— Et à la British Library ? demanda F.

— L'attentat a été évité. Quand les terroristes ont vu qu'ils allaient être interceptés, devant l'entrée centrale, ils se sont fait exploser.

— Au site de St. Pancras ?

— Oui… Pour l'instant, il n'y a rien eu à Collindale.

— En tout, combien d'attentats ont réussi ?

— Cinq.

Ils demeurèrent de nouveau plusieurs minutes silencieux, regardant le jardin. De temps à autre, l'un des deux prenait une gorgée de thé ou un sablé.

— Cette histoire de fin du monde, reprit Fogg, ça me rappelle une rencontre que j'ai eue avec Jill Messenger.

Puis il ajouta, en se tournant vers F:

— C'est la dernière représentante en date de « ces messieurs ».

— Celle que vous soupçonnez d'être plus qu'une représentante?

— Oui… L'autre jour, elle a fait une allusion au livre que j'avais écrit… Vous vous rappelez, *Pour une gestion rationnelle de la manipulation*?

F acquiesça d'un signe de tête.

— Elle a dit que c'était en dessous de la réalité, reprit Fogg après une légère quinte de toux. Que la plupart des gens n'avaient pas assez d'imagination pour concevoir ce qu'était vraiment l'apocalypse.

— Vous pensez que c'est ce qu'ils veulent faire? qu'ils veulent sérieusement tout détruire?

— Tout détruire, je ne suis pas sûr. Elle m'a fait une drôle de remarque… Elle m'a dit que c'était parce que les humains de l'île de Pâques n'avaient pas de prédateurs qu'ils s'étaient assoupis, qu'ils s'étaient laissés aller à consommer toutes les ressources de l'île, jusqu'à disparaître dans une forme monstrueuse de cannibalisme.

— Ils auraient pu décider d'être les prédateurs de l'humanité? Pour la stimuler?…

— Quelque chose du genre.

Une nouvelle pause dans la conversation leur permit d'achever leur petit déjeuner tardif.

— Vous avez revu Hurt? demanda F.

— Non.

— Ce n'est pas son genre d'abandonner.

— Si seulement on pouvait savoir tout ce qu'il a appris.

— Il ne sait peut-être rien de plus.

Fogg soupira.

— Possible, dit-il.

Il se leva, traversa la grande pièce de séjour et se dirigea vers la fenêtre qui donnait sur le parc, à l'arrière de la maison.

— Aujourd'hui, dit-il sans cesser d'observer le parc, je m'occupe de Safe Heaven. De votre côté, comment va l'opération de nettoyage ?

— Les préparatifs seront terminés dans deux ou trois jours.

— Et si nous n'avons pas deux ou trois jours ?

— Je vais me débrouiller avec ce que j'aurai.

BBC, 10 H 36

> ... LES BIBLIOTHÈQUES SONT DES ARMES DE DESTRUCTION MASSIVE. COMME LES MUSÉES. COMME LES ÉCOLES. ET COMME LES ÉGLISES. ELLES ABRITENT DES IDÉES QUI CORROMPENT L'ÂME DE NOS JEUNES. DES IDÉES QUI CRITIQUENT ET RIDICULISENT LA PAROLE DU PROPHÈTE. QUI INJECTENT LE POISON DU DOUTE DANS L'ESPRIT DES CROYANTS... IL FAUT DÉTRUIRE LES ARMES DÉMONIAQUES DES INFIDÈLES. TOUS LES MUSULMANS DOIVENT MAINTENANT SOUTENIR...

MONTRÉAL, 5 H 41

Crépeau regardait les pompiers circonscrire les derniers restes de l'incendie. Il n'y avait encore aucune conclusion officielle sur ses causes. Bien sûr, c'était criminel. Mais la nature précise des moyens utilisés restait à éclaircir.

Un témoin avait vu un tireur sortir par le toit d'une fourgonnette et pointer une arme vers la bibliothèque. Selon sa description de l'arme, les experts penchaient pour un M72 LAW. Mais comme il y avait eu deux tirs et que le M72 était à usage unique, ça créait un certain flottement... Y avait-il eu deux tireurs ? Le même tireur avait-il eu deux armes ?...

Ce qui était certain, par contre, c'était que les munitions employées contenaient du phosphore. À cause de la violence et de la rapidité avec lesquelles l'incendie s'était déclaré. Comme si les gicleurs avaient alimenté les flammes.

Autre certitude : il y avait au moins trois victimes. Et elles étaient toutes à l'extérieur de la bibliothèque. Deux jeunes qui passaient sur le trottoir. Des graffiteurs, s'il fallait en croire les bombes aérosol trouvées sur eux. Et un chauffeur de taxi.

Les trois avaient été tués par des éclats de verre. Sur la caméra du chauffeur de taxi, on avait même trouvé la vidéo de la deuxième explosion : le film de quelques secondes seulement se terminait par un gros plan de l'éclat de verre qui arrivait à toute vitesse vers la caméra.

En retournant à sa voiture, Crépeau fut abordé par Cabana, micro à la main, qui marchait à côté de lui en le mitraillant de questions.

— C'est quoi, cette fois-ci ? Des musulmans fanatisés ? Des écologistes hystériques ? Est-ce que vous avez une piste ? Qu'est-ce que vous allez faire ?

— L'enquête est en cours.

— Est-ce qu'il faut s'attendre à d'autres attentats ? Allez-vous fermer toutes les bibliothèques de la province par précaution ?…

— Je ne peux pas vous répondre.

— Allez-vous faire protéger les libraires ?

— Cabana, dégagez !

— C'est vrai que les terroristes ont mis Montréal sur leur liste à cause de l'inspecteur-chef Théberge ?

Crépeau arrivait à sa voiture. Il s'arrêta pour regarder Cabana dans les yeux.

— C'est quoi, cette idiotie ?

— Il y a des rumeurs. Ce serait à cause de ses liens avec des services de renseignements étrangers…

— Des rumeurs !

— C'est notre rôle de vérifier ce qui se dit. Pour départager les vraies informations des fausses. Vous ne pouvez quand même pas être contre ça !

Il regardait Crépeau avec un sourire narquois.

— C'est notre job, reprit Cabana. Éclairer le débat public ! Faire triompher la vérité !

— À votre place, je prendrais garde aux distributeurs de rumeurs que je fréquente.

— Est-ce que vous me menacez ?

— Pas du tout.

— C'est quoi, alors, cette remarque ?

— De la sollicitude. Je m'inquiète pour vous. J'ai peur qu'on vous utilise et qu'on vous laisse ensuite seul pour ramasser les morceaux. J'en aurais presque du chagrin.

PARIS, 12 H 17

Théberge s'était promené tout l'avant-midi dans les rues de Paris, ponctuant ses déambulations de haltes dans les cafés, écoutant ce que les clients disaient des attentats, buvant des décoctions qui allaient de pitoyables à carrément mauvaises. Pas étonnant que les Français boivent autant de cafés crème avec sucre ! C'était un réflexe de défense !

Un instant, il avait songé à rentrer chez lui, mais les ascensoristes étaient encore en grève. Il n'avait pas envie de se taper les quatre étages de l'escalier pour une heure de repos, puis de les redescendre… pour ensuite avoir à les remonter en soirée.

Plusieurs terrasses étaient fermées pour rénovations. À quelques endroits, on installait même des vitres anti-balles au-dessus des comptoirs pour séparer les barmans et les bouteilles des clients. Comme dans les banques pour protéger l'argent et les caissiers.

Sans qu'il sache pourquoi, cela lui rappela les anciennes Commissions des liqueurs, les ancêtres de la SAQ. À l'époque, les bouteilles de boisson étaient dissimulées derrière les comptoirs et les commis allaient les chercher. Pas question que les clients aient un rapport direct, même visuel, avec la marchandise.

— *Au moins, ils l'ont arrêté avant qu'il entre dans la bibliothèque.*

— *Manquerait plus qu'ils l'aient laissé passer. Avec la quantité de flics qu'il y a partout !*

— *Paraît qu'il avait seize ans…*

— *C'est une honte ! Ils utilisent des femmes et des enfants.*

> — *C'est comme nous : on achète des trucs que les multinationales fabriquent en exploitant des femmes et des enfants.*
>
> — *Tu délires, Marcel ! Ça n'a rien à voir !*

Le bruit des conversations enveloppait Théberge. Il y prêtait une attention soutenue mais distraite. L'image de sa femme revenait continuellement dans ses pensées. Pour une fois qu'ils étaient à Paris, ils étaient séparés !

> — *Moi, je fermerais les banlieues, le temps de faire le ménage.*
>
> — *Ça ne donnerait rien, ils sont partout.*

Théberge regarda sa montre : 12 heures 24. Il se leva, laissa l'argent sur la table et se dirigea vers la sortie.

En passant à côté d'une table, il entendit un homme dire à son voisin :

> — *T'as vu ? C'est le type du Canada.*

Théberge s'efforça de ne pas réagir, de manière à ne pas confirmer la déclaration du client.

> — *Tu te goures ! Qu'est-ce que tu veux qu'il vienne faire ici ?*

À plusieurs reprises au cours de l'avant-midi, Théberge avait cru surprendre des regards insistants. Il avait maintenant la preuve que ce n'était pas simplement le fruit de sa paranoïa.

Il sortit du café, tourna vers la droite et remonta la rue du Faubourg Saint-Antoine. Chemin faisant, il croisa un adepte de l'Église de l'Émergence. Sur sa pancarte, le message était à la fois énigmatique et lapidaire :

Le feu de la terre s'épuise
Le feu de la vie va disparaître

Théberge poursuivit son chemin. Le restaurant où Gonzague lui avait donné rendez-vous était tout près.

AFP, 12 H 30

> … LE PRÉSIDENT SARKOZY A PROMIS — ET JE CITE — « DES MESURES MUSCLÉES POUR ENRAYER CETTE VIOLENCE ABSURDE ET INHUMAINE ». EN RÉPONSE À UNE QUESTION, IL A PRÉCISÉ QU'AUCUNE DE CES MESURES NE VISAIT DE MANIÈRE SPÉCIFIQUE LA COMMUNAUTÉ MUSULMANE. IL A TOUTEFOIS AJOUTÉ QUE LA PAIX SOCIALE ET LA SÉCURITÉ DES CITOYENS ÉTAIENT LES FONDEMENTS INTANGIBLES, PÉRENNES ET IRRÉFRAGABLES DE SA POLITIQUE. ET QUE, POUR GARANTIR L'ORDRE PUBLIC, IL NE S'INTERDIRAIT AUCUN DES MOYENS QUE LA LOI MET À SA DISPOSITION…

PARIS, RESTAURANT L'AMI PIERRE, 13 H 03

Théberge était arrivé en même temps que son ami Gonzague. Le maître de salle leur avait attribué une table dans une petite salle au fond du restaurant. Pour la discrétion. Mais ça faisait peu de différence. Toutes les tables étaient proches les unes des autres et la majorité étaient déjà occupées par des habitués.

Au moment de desservir le potage, le maître de salle, qui faisait également office de serveur pour les clients privilégiés, se pencha vers Théberge.

— Excusez-moi si je suis indiscret, mais c'est vous, n'est-ce pas ?

— Je vous confirme que je suis bien moi, répondit Théberge, pince-sans-rire.

— Je vous présente Hervé, fit Leclercq en souriant. Hervé, mon ami Gonzague.

Théberge serra la main que lui tendait le maître d'hôtel. Ce dernier se pencha vers lui et lui dit à voix basse :

— Je veux parler du journal. Ils n'y sont pas allés avec le dos de la cuiller, dites !… « Le super flic du Canada »… « Le policier qui venait du froid »… « Super flic ou super espion ? »…

— Il ne faut pas croire tout ce qui est écrit dans les journaux, répondit benoîtement Théberge.

— Je sais. Mais comme vous êtes avec le colonel…

Leclercq décida d'intervenir pour clore la discussion.

— Mon ami Gonzague est ici à mon invitation, dit-il. Une consultation discrète… Officiellement, il est en vacances.

— D'accord. J'ai compris.

Le maître d'hôtel se dirigea vers la porte pour accueillir de nouveaux clients. Leclercq se tourna vers Théberge.

— Ton ami avait raison, dit-il. Leur cible était bien les bibliothèques.

— Il dit qu'il a trouvé ça avec des méthodes d'analyse littéraire ! C'est à se demander pourquoi on fait des enquêtes !

— Tu penses qu'il a aussi raison pour les prochains attentats des écolos ?

— Même s'il a raison, qu'est-ce qu'on peut faire ?

— L'armée a discrètement pris position pour protéger les centrales nucléaires. Plusieurs pays ont fait la même chose.

La conversation fut interrompue par l'arrivée du plat principal.

Quand il vit l'assiette de cassoulet, Théberge se dit qu'il y avait là assez de nourriture pour détruire le travail de plusieurs mois de régime.

— Vous n'êtes pas obligé de tout manger, fit le maître de salle. Vous pouvez vous garder un peu de place pour le dessert.

Leclercq lui assura que tout était parfait. Théberge se contenta de grommeler un acquiescement et prit une gorgée de vin.

— HomniFood a émis un communiqué de presse, reprit Leclercq après un moment. La compagnie s'engage à prendre en charge tous les frais de reconversion des trois laboratoires. La recherche va être réorientée vers la mise au point d'un produit capable de contrôler le champignon tueur. Une entente est déjà signée avec les trois pays concernés.

— Vous ne pouvez rien faire ?

— Officiellement, HomniFood est la victime. Elle s'est fait détourner trois laboratoires. Des années de recherche perdues… Et, malgré ça, elle est prête à investir des dizaines de millions pour tout redresser. Tu connais un élu qui refuserait ça ?

Puis il ajouta sur un ton dégoûté :

— C'est même présenté comme un effort humanitaire pour réparer les torts qu'ont pu causer les laboratoires ! Le porte-parole affirme que la compagnie se sent responsable. Qu'elle veut apporter sa contribution ! Malgré le fait qu'elle a été la principale victime !… Même les savants qui étaient séquestrés sont d'accord pour continuer à travailler pour eux ! À cause de l'importance humanitaire du projet.

Un assez long silence suivit. Théberge se concentrait sur son plat pour mieux profiter de l'expérience. Mais son esprit revenait sans cesse à l'affaire.

Quel était le but de tout ça ? Fallait-il prendre au sérieux les affirmations des terroristes ? Visaient-ils vraiment, pour l'un, la destruction de l'Occident et, pour l'autre, la fin de la civilisation technologique ?

C'était possible. Après tout, si Hitler avait disposé des moyens technologiques actuels, il n'aurait pas hésité à faire sauter la planète… Sans doute était-il inévitable qu'un jour, avec le progrès de la technologie, quelqu'un finisse par le faire… Il faudrait qu'il en parle à Prose. Ce qui l'amena à se dire qu'il devrait peut-être le faire protéger. Déjà, à Montréal, des éléments proches des terroristes s'étaient intéressés à lui. Était-ce pour l'empêcher de parler de ses théories qu'on l'avait intimidé et qu'il y avait eu la tentative d'assassinat ?

Théberge secoua légèrement la tête. La séquence des événements ne collait pas. On l'avait enlevé… après la tentative d'assassinat. Ce qui ramenait Théberge à sa première question : quel rôle Prose jouait-il dans cette histoire ?

HEX-RADIO, 8 H 02

— PLUS ÇA CHANGE, PLUS C'EST PAREIL ! TROIS AUTRES VICTIMES. LA MOITIÉ DE LA NOUVELLE BIBLIOTHÈQUE DÉTRUITE. LES POLICIERS ABANDONNENT LA VILLE AUX TERRORISTES… J'AI AVEC MOI MON COLLÈGUE CABANA. QU'EST-CE QUE T'EN PENSES, TOI, DU DERNIER ATTENTAT TERRORISTE ?

— CEUX QUI PENSENT ENCORE QU'ILS RESTENT À MONTRÉAL, ILS SONT MIEUX DE REVOIR LEUR GÉOGRAPHIE. TU SAIS OÙ ON VIT ?

— Euh...

— On vit à Kandahar. Kandahar, PQ !

— Tu as interviewé le directeur Crépeau. Qu'est-ce qu'il en pense, lui, de tout ça ?

— Qu'il ne peut pas répondre.

— Qu'il ne peut pas répondre...

— À toutes les questions que je lui ai posées, il m'a dit qu'il ne pouvait pas répondre.

— Il ne pourra pas dire qu'on l'a mal cité !

— Il paraît qu'il faut attendre. Qu'ils sont en train d'enquêter...

— Si tu veux mon avis, c'est pas d'une enquête de plus qu'on a besoin. C'est d'une purge. Faudrait nettoyer le SPVM de tout ce qui est associé au réseau Théberge.

Montréal, 9 h 17

Little Ben mangeait lentement, seul à sa table. La nuit avait été sans incident. Deux des journalistes étaient arrivés. C'était maintenant un rituel. Ils étaient cinq ou six à venir prendre le petit déjeuner tous les matins. Ils avaient adopté l'endroit.

Chaque jour, en mangeant, ils discutaient de l'actualité avec le mari de Margot, toujours fidèle au poste derrière le comptoir. L'atmosphère était détendue. Les questions agressives liées à Théberge avaient cessé – ce qui n'était pas étranger au fait que les journalistes du réseau HEX-Médias avaient déserté la place.

La conversation roulait sur l'attentat à la Grande Bibliothèque.

— Vous pensez qu'il va y en avoir d'autres ? demanda un des journalistes.

— C'est pas à moi qu'il faut demander ça, répondit le mari de Margot. C'est aux terroristes.

— Ils n'ont encore arrêté personne.

— Jusqu'à présent, quand ils les retrouvent, c'est parce qu'ils sont morts.

— Ça...

Il y eut une pause dans la conversation. Puis un des journalistes, qui venait de finir sa tasse de café, se tourna vers le comptoir.

— Le champignon tueur de céréales, vous pensez qu'ils vont réussir à trouver quelque chose contre ça ?

— Le problème, c'est pas de savoir s'ils vont trouver quelque chose ! répliqua un autre des journalistes. C'est de savoir s'ils vont le trouver avant que l'humanité ait disparu !

— Et le prix qu'ils vont le vendre aux survivants, ajouta le mari de Margot. Il ne faut pas oublier le prix !

Pendant que la discussion se poursuivait, Margot s'approcha de Little Ben et lui demanda de la suivre dans la pièce à l'arrière du restaurant.

Puis elle lui montra une enveloppe jaune.

— Je viens de la recevoir, dit-elle.

Le visage de Little Ben prit un air soucieux.

— Je n'ai vu personne s'approcher de la porte, dit-il.

— Elle était sur la banquette de la voiture, dans la cour arrière.

HAMPSTEAD, 14 H 35

Leonidas Fogg venait d'entrer dans les archives de Safe Heaven. L'accès clandestin qu'il avait fait installer lors de la révision du système informatique lui permettait de parcourir l'ensemble du réseau de la filiale à l'insu de son directeur.

L'informaticien lui avait parlé de *backdoor*, mais Fogg se représentait plutôt l'accès comme une immense porte principale : il avait accès à absolument tout ce qu'il y avait dans le réseau interne de la filiale.

Il lança une recherche pour repérer tous les transferts d'argent de plus d'un million au cours des douze derniers mois. Il effectua ensuite un tri par code de référence. Ces codes correspondaient aux utilisateurs autorisés à accéder au système de transferts automatisés de Safe Heaven.

Deux noms se démarquèrent : l'Arche et l'Archipel. Des milliards avaient été transférés par ces deux entités. À une quarantaine de destinataires. L'argent s'était accumulé dans ces comptes situés aux quatre coins de la planète. Fogg ne connaissait aucun de ces destinataires, qui étaient simplement identifiés sous le pseudonyme de Archipel 21, Archipel 09, Archipel 32…

Fait significatif, les transferts s'étaient accélérés au cours des dernières semaines. Son intuition ne l'avait pas trompé : quelque chose se préparait. « Ces messieurs » étaient probablement sur le point de mettre un terme aux activités du Consortium… Il fallait qu'il en parle à F.

Il lui envoya électroniquement les résultats de sa recherche ; il se rendrait un peu plus tard au bureau qu'il avait mis à sa disposition.

RDI, 10 h 02

> … ONT SACCAGÉ LES BUREAUX DE DEUX IMPORTANTES COMPAGNIES PÉTROLIÈRES. DANS LE NORD DU PAYS, DES GAZODUCS ONT ÉTÉ PRIS D'ASSAUT. LA FOULE DÉNONCE L'ENVOI DU PÉTROLE À L'ÉTRANGER ALORS QUE LA POPULATION N'A PLUS RIEN POUR SE DÉPLACER ET SE CHAUFFER. DANS UN GESTE D'APAISEMENT, LE GOUVERNEMENT A SUSPENDU LES EXPORTATIONS JUSQU'À CE QU'UNE ENTENTE…

HAMPSTEAD, 15 h 06

La porte n'était pas fermée.

Fogg entra discrètement et regarda F, qui semblait absorbée par la contemplation du parc sur lequel donnaient les deux fenêtres de la pièce.

— Toujours aussi satisfaite de votre bureau ? demanda Fogg.

F se retourna. Il y avait un sourire un peu triste sur son visage.

— Vous savez bien que c'est la pièce que je préfère, dit-elle.

Elle regarda de nouveau par la fenêtre. Au-delà de la galerie, on pouvait apercevoir la pelouse entourée de haies de cèdres. Au milieu du parc, un peu sur la droite, il y avait un vieux banc en bois que la mousse avait commencé à prendre d'assaut… comme à Massawippi.

— Ça ramène tellement de souvenirs, reprit-elle.

Fogg toussota, comme pour marquer un changement de ton dans la conversation.

— Vous avez examiné ce que je vous ai envoyé ? demanda-t-il.

F ramena son regard vers lui.

— Oui… Vous aussi, vous pensez que la fin approche ?

Sa voix était devenue anxieuse. Fogg répondit sur un ton plus léger, presque amusé.

— Vous allez finir par me convaincre de l'existence de la transmission de pensée.

Ignorant la remarque, F enchaîna :

— Ça veut dire qu'on n'a pas vraiment le temps de suivre cette piste.

— Par contre, vos amis de l'Institut…

F mit plusieurs secondes à répondre, comme si elle avait besoin de temps pour évaluer la suggestion.

— Vous avez raison, dit-elle. Je m'en occupe.

— Finalement, la création de l'Institut aura été, de bout en bout, une excellente chose…

Le visage de Fogg trahissait un certain amusement.

— Je suis d'accord, dit-elle.

— Pourtant, à l'époque… Vous n'avez pas été facile à convaincre.

— Disons que je manquais encore un peu d'expérience.

Fogg continuait de sourire, comme s'il se rappelait des événements heureux d'un siècle passé.

LÉVIS, RESTAURANT L'INTIMISTE, 12 H 51

Dominique avait ouvert son iPhone. Un écouteur dans l'oreille, elle vérifiait les informations sélectionnées par Pantagruel. Partout, les attentats islamistes faisaient la une.

À Rome, une bibliothèque avait été réduite en cendres. Par contre, celle du Vatican avait été épargnée : sans doute à cause des importantes mesures de sécurité qui avaient été prises. À New York, Washington, Londres et Paris, il n'y avait que des dégâts périphériques mineurs. À Lisbonne, par contre, et à Francfort…

Le serveur posa devant Dominique les crevettes sautées qu'elle avait demandées, puis il la dévisagea avec une certaine insistance.

— Il y a quelque chose qui ne va pas ? demanda Dominique.

— Non non, pas du tout, s'empressa de répondre le serveur, comme s'il se rendait brusquement compte de son comportement… C'est seulement… vos yeux…

Dominique réalisa alors qu'elle avait oublié de mettre des lentilles cornéennes pour masquer leur couleur naturelle, comme elle le faisait toujours quand elle sortait de la maison de sûreté.

Cela expliquait les regards que lui avait lancés le client à la table en biais avec la sienne. Elle l'avait surpris à deux ou trois reprises à l'observer avec une certaine insistance. Chaque fois que leurs regards s'étaient croisés, il avait rapidement détourné les yeux.

— C'est la première fois que je vois des lentilles cornéennes de cette couleur-là, reprit le serveur.

— C'est un essai, répondit Dominique, heureuse qu'il lui ait trouvé sans le savoir une porte de sortie.

— C'est… saisissant.

— Trop saisissant ?

Malgré le sourire de Dominique, le serveur s'empressa de se défendre :

— Ce n'est pas ce que je voulais dire !

— Il n'y a pas de mal. Je pense que c'est un essai que je ne poursuivrai pas.

Dominique ramena son attention vers le iPhone. Un instant plus tard, elle tombait sur une information qui la fit sourciller.

> Un scientifique hollandais affirme qu'il existe plusieurs types de peste grise. Chacun des types viserait une race différente.

Elle cliqua sur le lien pour lire tout l'article, qu'elle parcourut sans apprendre grand-chose de plus.

Des scientifiques avaient observé des différences dans l'ADN du champignon de la peste grise. Les différences provenaient de champignons prélevés sur des malades infectés au Vietnam et au Nigeria. C'était la seule donnée sur laquelle le journaliste s'était basé pour conclure à l'existence de variantes raciales.

Mais ça n'empêcherait pas l'information de se répandre sur Internet comme une traînée de poudre. Dans tous les pays, les groupes extrémistes y verraient un complot de génocide racial. Sans même réfléchir au fait que viser toutes les races, c'était viser l'ensemble de l'humanité… ce qui n'était pas particulièrement discriminatoire.

Il faudrait que des démentis soient publiés le plus rapidement possible. De la part de savants venant de tous les horizons. Et même là… Ça ne ferait qu'atténuer le problème. Car beaucoup y verraient une manipulation de plus. Ou même une preuve supplémentaire que les allégations initiales étaient vraies.

Une icône se mit brusquement à pulser dans le coin supérieur gauche de l'écran du iPhone. Dominique récupéra le message que l'ordinateur de son bureau venait de lui envoyer.

Il n'y avait qu'un seul mot :

Gonzague

Elle mit son iPhone en contact avec l'ordinateur du bureau, puis elle activa le logiciel de messagerie électronique, récupéra le message intégral envoyé par Théberge et lança le décryptement.

> Une quatrième enveloppe est arrivée chez Margot. Elle contenait un court message d'avertissement : « A force de vous entêter à rester dans le feu de l'action, vous allez finir par vous brûler. Pour l'humanité, il est trop tard. Mais vous pouvez encore penser à vous et à madame Théberge. »
> Je suppose que c'est lié à ma présence à Lyon. Dans la mesure où ça fait référence au feu, ça s'inscrit dans la théorie de Prose. Mais la menace reste très vague.

Et c'était sans doute ça, l'intention, songea Dominique. Cela lui rappelait les lettres d'intimidation que recevaient les danseuses poursuivies par leur ex-*pimp*. « Je sais où tu es… Je sais tout ce que tu fais… J'ai tout mon temps… À ta place, je ferais attention quand je sors… »

Des formules volontairement vagues, dont le seul but était de rappeler constamment la présence du harceleur. De prêter à toutes les interprétations et d'alimenter la paranoïa de la victime... Dans ce genre de message, c'était le fait de le recevoir qui était le message.

Il y avait aussi, dans la suite des envois, un côté mécanique qui laissait plutôt deviner le déroulement aveugle d'un plan qu'aucune contingence extérieure ne pouvait altérer...

Comme les précédents, le dernier message était arrivé en même temps qu'une nouvelle vague de terrorisme... On aurait dit une forme de déclaration de principes. De *statement*. Comme pour marquer les grandes étapes du déroulement du plan... Si tel était le cas, et si la théorie de Prose continuait de s'avérer, il fallait s'attendre à une quatrième vague d'attentats écoterroristes. Ce qui pouvait expliquer l'allusion au feu.

Cependant, ce que la théorie de Prose n'expliquait pas, c'était le choix de Théberge comme destinataire. Pourquoi lui envoyer ça?

La seule explication plausible, c'était qu'on voulait se servir de lui pour remonter jusqu'à l'Institut. Était-ce suffisant pour qu'on tente de le relancer jusqu'en Europe par l'intermédiaire de Margot? L'expéditeur espérait-il que Margot le lui ferait parvenir? Comptait-il sur ça pour le retrouver?...

Quand Dominique sortit du restaurant, le client qui l'avait dévisagée laissa plus d'argent qu'il n'en fallait sur la table, récupéra rapidement son paletot et sortit à son tour. Il avait un téléphone portable à la main.

RDI, 14 H 05

> ... CEUX QUI ONT MIS GAÏA À FEU ET À SANG SERONT FOUDROYÉS. JE VOIS LE FEU DU CIEL SE CONJUGUER À CELUI DE LA TERRE POUR RAVAGER LA PLANÈTE. JE VOIS DES VILLES DÉVASTÉES PAR DES INCENDIES. DES RÉCOLTES DÉTRUITES. JE VOIS DES NUAGES DE FUMÉE COUVRIR LES VILLES ET ASPHYXIER LES ENNEMIS DE GAÏA... JE VOIS LE FEU DE LA GUERRE SE RÉPANDRE PARMI LES NATIONS. JE VOIS LES ENNEMIS DE GAÏA RETOURNER LEURS ARMES CONTRE EUX-MÊMES. SE MASSACRER LES UNS LES AUTRES

POUR ACCAPARER LES DERNIÈRES GOUTTES D'EAU… LES DERNIERS BOIS-
SEAUX DE CÉRÉALES… LE JOUR EST PROCHE OÙ LES DERNIERS VESTIGES
DE L'ARROGANCE HUMAINE DISPARAÎTRONT DANS LES FLAMMES…

PARIS, 20 H 21

Poitras s'arrêta devant la librairie, le temps de lire le message qui avait été peint à grands coups de pinceau dans la vitrine. Tracé à la peinture rouge, il couvrait toute la largeur de la vitrine.

BRÛLEZ VOS LIVRES ! SINON, VOUS ALLEZ BRÛLER AVEC !

Difficile de savoir si la menace était réelle, songea Poitras. Il pouvait s'agir de jeunes qui profitaient des événements pour faire des coups. Mais il était également possible que ce soit une véritable menace. Les écoterroristes n'arrêtaient pas de recruter de nouveaux adeptes.

Être libraire devenait subitement un métier à risque !

En se tournant pour reprendre son chemin, Poitras trébucha sur une pierre qui traînait au milieu du trottoir et se tordit une cheville.

Le mouvement des bras qu'il fit pour préserver son équilibre lui fit presque échapper ses deux sacs. Celui qu'il tenait de la main gauche heurta la vitrine de la librairie avec un bruit assourdi.

L'espace d'un instant, il crut l'avoir brisée. Il s'imagina en train d'expliquer aux policiers français qu'il n'avait rien à voir avec le message. Que c'était par accident qu'il avait fracassé la vitrine avec sa bouteille de vin !

Heureusement, il n'y avait pas de mal : ni pour la vitrine ni pour la bouteille.

Poitras reprit la direction de l'appartement.

À son arrivée, il posa les sacs sur la table de la salle à manger et sortit la bouteille de vin pour l'examiner.

— Qu'est-ce qu'on boit ? demanda la voix de Lucie Tellier derrière lui.

— Un peu plus et on buvait de l'eau.

Tout en lui racontant ses mésaventures devant la vitrine de la librairie, il aligna les plats qu'il avait achetés les uns à côté des autres : sushis, couscous à l'agneau, riz au porc et au poulet, lasagne, bœuf bourguignon...

— Choisis ce que tu veux pour suivre l'entrée de sushis, dit-il.

Lucie Tellier déballa le couscous. Après les sushis, ça ferait un peu étrange, mais bon...

Poitras mit le couscous au four pour le réchauffer puis il rangea le reste des plats au frigo.

— Je pense que j'ai trouvé quelque chose qui va t'intéresser, dit Lucie Tellier. Comme il y avait pas mal de mauvaises nouvelles dans l'immobilier direct, j'ai regardé ce qui se passait dans les REITS.

— Et... ?

— Partout, c'est en train de tomber. Mais quand on regarde ça de plus près, c'est toujours lié à des régions assez concentrées.

— Ils vendent quoi ?

— Hôtels, édifices à bureaux, multirésidentiel... de tout.

Poitras rumina un instant la réponse.

— Partout sur la planète ? demanda-t-il.

— Les marchés développés. Mais surtout l'Europe et l'Amérique du Nord.

LCN, 10 h 02

> ... LA NOUVELLE INITIATIVE DU GROUPE AMERICANS FOR PEACE AND JUSTICE. L'OBJECTIF DE LA PÉTITION, LANCÉE AUJOURD'HUI SUR INTERNET, EST DE RECUEILLIR DIX MILLIONS DE SIGNATURES. LE GROUPE ENTEND FAIRE PRESSION SUR LE SÉNAT POUR LE FORCER À AMORCER UN PROCESSUS D'*EMPEACHMENT*. ALLÉGUANT QUE LE PRÉSIDENT EST INCAPABLE DE PROTÉGER LE PAYS CONTRE LE TERRORISME ET DE REMETTRE L'ÉCONOMIE SUR SES RAILS...

BRECQHOU, 14 h 05

Le regard de Maggie McGuinty se perdait au large de l'île. Sans que la chose soit officielle, elle était cantonnée dans ses appartements de Brecqhou.

Rien ne l'y obligeait. Mais Killmore avait exprimé l'avis qu'il était préférable qu'elle se fasse discrète. Les médias étaient sur sa trace. Ils voulaient qu'elle commente les incidents survenus dans les trois laboratoires. Et même si aucune accusation n'avait encore été portée contre elle, plusieurs corps de police désiraient lui parler.

Killmore avait ajouté qu'elle pouvait disposer des appartements qu'il lui avait octroyés aussi longtemps qu'elle le voulait.

Au fond, c'était la solution la plus simple. Elle demeurerait à l'écart du monde le temps qu'on fournisse aux médias et à la justice des coupables dont ils puissent se satisfaire. Au besoin, on trouverait même le moyen de mentionner que sa collaboration avait été cruciale pour arrêter les coupables. Son seul tort aurait été un excès de confiance envers de proches collaborateurs.

Pour le moment, toutefois, il valait mieux qu'elle évite toute apparition publique. Car ça risquait de compliquer les choses. Et quelle meilleure façon de se faire discrète que de demeurer à Brecqhou, une île privée où aucun média, aucun corps policier ne pouvait la relancer ?

Et puis, ce retrait de la vie publique était en soi une bonne chose, avait conclu Killmore en souriant : elle pourrait se consacrer pleinement à l'exposition qui marquerait le début officiel de l'Apocalypse. Il était essentiel que l'œuvre complète puisse être rendue publique selon l'horaire prévu, au moment où il diffuserait le manifeste intégral de Guru Gizmo Gaïa, *L'Humanité émergente*. L'événement marquerait le début officiel de l'Exode.

Maggie McGuinty ramena son regard vers l'ordinateur. La liste des expériences de dégustation couvrait l'écran.

LA MORT EN STÉRÉO	*LE MYSTÈRE DE LA TRINITÉ*
LE SÉCHOIR	*LES SABLES ÉMOUVANTS*
LE GEL DU CRI	*LES EMBALLEMENTS*
TROUVER LE VENT	*LA PRESSION DU VIDE*
LE FEU INTÉRIEUR	*LE BAPTÊME DE L'EAU*
ENTRE NOUS, LE COURANT PASSE	*LE VISAGE DE LA VÉRITÉ*

Parmi la liste des cent quarante-trois vidéos, elle devait en retenir neuf pour la grande exposition. Les autres seraient disponibles sur Internet dans les semaines suivantes. Elles apparaîtraient sur différents sites, en ordre soigneusement dispersé, de manière à ce qu'on ne puisse pas empêcher leur diffusion.

Sur les neuf vidéos retenues, cinq étaient entièrement réalisées, deux étaient en cours de montage et deux autres en cours de réalisation.

Elle cliqua sur *La pression du vide*. Un dossier s'ouvrit, qui contenait une longue liste d'enregistrements. Il y en avait pour plus de six jours. Il fallait faire un montage qui ramènerait le tout à deux heures… Elle ouvrit le premier document.

On y voyait Claudia, couchée sur un lit, se réveiller, regarder partout le temps de reprendre ses esprits, puis réaliser qu'elle était retenue sur le lit par des bandes de cuir. On la voyait ensuite hésiter lorsqu'elle s'apercevait que ses mains n'étaient pas complètement attachées. Puis, après avoir compris qu'elle était seule dans la pièce, elle défaisait l'attache d'une des premières bandes de cuir.

Maggie McGuinty appuya sur « Arrêt », recula au début de l'enregistrement et coupa presque toute la période où Claudia reposait sur le lit, inconsciente. La vidéo commencerait cinq secondes avant qu'elle ouvre les yeux.

Pendant qu'elle travaillait, McGuinty pensait à Killmore. À ce qu'il lui avait révélé de ses intentions. Elle comprenait maintenant pourquoi il tenait autant à cette exposition. Ce serait la signature de l'œuvre qu'il accomplissait à l'échelle de la planète. Une sorte de péda-gogie par l'art… C'était la tâche qu'il lui confiait. Une tâche de prestige. Et c'était probablement une position de prestige qui l'attendait dans la gestion de l'Archipel.

À la blague, il lui avait dit qu'elle serait l'équivalent de son ministre de la Culture. Son travail serait de rappeler à chacun que chaque mort était une petite apocalypse. Que l'apocalypse était la loi de la nature. Tout mourait. Seuls les êtres humains agonisaient. Parce qu'ils étaient conscients de leur mortalité. Malheureusement, l'espèce humaine, comme espèce, se croyait immortelle. Même quand elle était au bord de l'agonie. Ce qui l'empêchait de faire des choix rationnels.

Il avait ensuite conclu sur un ton beaucoup plus sérieux, presque passionné. Elle se rappelait clairement ses mots.

— La mort est la condition de la vie. La naissance est la mise en route d'un programme d'anéantissement dont l'échéance est variable mais l'aboutissement certain. Le processus même de la vie est l'apocalypse. La survie de la Terre exige la victoire de l'apocalypse sur l'obstination humaine à faire survivre l'intégralité de sa proliférante reproduction. Il faut rétablir la loi de l'apocalypse comme processus fondamental de la vie.

PARIS, 21 H 17

Blunt avait examiné les transferts massifs d'argent aussitôt qu'il en avait reçu la liste. Il avait alors découvert que les lieux de transfert correspondaient à environ la moitié des emplacements marqués par des points sur les quatre planisphères.

Dans presque tous les cas, il s'agissait de transferts identifiés par le code « Archipel ». La seule exception était une série de transferts dans une banque de Guernesey, qui avaient comme code de référence : « Arche ».

Il y avait manifestement là un réseau mondial. Et si les mots voulaient dire quelque chose, l'Archipel désignait probablement l'ensemble du réseau alors que l'Arche en était, tout aussi probablement, le centre de coordination.

Peu à peu, les éléments du casse-tête tombaient en place. Mais repérer les endroits était une chose, savoir ce qui s'y passait en était une autre. Et trouver un moyen d'intervenir en était une tout autre encore.

Normalement, sur un goban, une structure de pierres servait à délimiter un territoire que l'on voulait contrôler. Dans ce cas-ci, le territoire s'étendait à l'ensemble de la planète. Se pouvait-il que ce soit vraiment une tentative de contrôle de l'ensemble de la planète ?

S'il n'y avait eu que les multinationales du groupe HomniCorp, la chose aurait pu avoir un sens. Mais à quoi servait de prendre le contrôle d'un territoire, si c'était pour ensuite le saccager ?

Car il y avait aussi le terrorisme islamiste, qui était en train de mettre le feu aux poudres à l'intérieur des pays et entre les pays… Le terrorisme écolo, qui s'acharnait à provoquer une pandémie et une famine généralisée… À terme, on risquait l'effondrement des structures sociales…

Pour Blunt, le point d'attaque le plus sûr était Guernesey. Il était urgent de savoir ce qui s'y tramait. Il y avait même des chances que ce soit là que l'Arche soit cachée. Le problème, c'était les effectifs…

Pour régler ce problème, il avait bien une idée, mais avant, il décida d'envoyer un court message à Chamane :

> Texte codé des murales : vérifie si tu peux y trouver les mots « Arche », « Archipel » et « Apocalypse ».

WWW.FRIC.TV, 14 H 31

> … A ANNONCÉ AUJOURD'HUI QU'ELLE FERMAIT DEUX RAFFINERIES POUR UNE INSPECTION COMPLÈTE À CAUSE D'UN BRIS DANS LES PROCÉDURES DE SÉCURITÉ. LES DEUX RAFFINERIES NE DEVRAIENT PAS REPRENDRE LA PRODUCTION AVANT PLUSIEURS MOIS…

FORT MEADE, 14 H 43

Quand John Tate vit apparaître, sur l'écran de son ordinateur portable, l'icône signalant une communication en provenance de Blunt, il demanda à Spaulding de le laisser seul. Le contact avec Blunt ferait partie des informations qu'il lui communiquerait au moment de la passation des pouvoirs. Et si, à cause de jeux politiques, ce n'était pas lui qui obtenait le poste, cette information ne serait jamais transmise.

— J'allais t'appeler en fin de journée, fit Tate lorsque le visage de Blunt apparut à l'écran.

— D'après les médias, vous avez évité le pire.

— Ce qui commence à circuler dans Internet, c'est qu'on a été chanceux. Parce qu'on n'a pas réussi à les arrêter avant qu'ils agissent... J'ai l'impression que c'est une campagne pilotée par Paige pour neutraliser l'impact de ce qu'on a fait.

— Comment réagit le Président ?

— Je le vois tout à l'heure. Je veux prendre Paige de court : il est capable de lui présenter les choses comme si c'était un échec de la NSA et qu'on avait tout juste sauvé les meubles !

— Dans la population, comment ça se passe ?

— Les attentats sur les autoroutes ont mis le feu aux poudres. On a eu une autre dizaine d'attaques contre des mosquées. Heureusement, il n'y a toujours pas de victimes. Le Président est censé s'adresser à la population ce soir. La Maison-Blanche est en pourparlers avec la NFL pour retarder la diffusion de la partie de football pour que le Président puisse parler à huit heures.

— J'ai une autre information.

— Pour une fois que ce n'est pas une commande, ironisa Tate.

— C'est une information qui demande qu'on vérifie un certain nombre de choses.

— Je me disais, aussi...

— Je vais t'envoyer une liste d'endroits où il y a des banques. Je veux savoir quels sont les chefs d'État, les dirigeants de multinationales, les hauts fonctionnaires, les vedettes, les gens riches et célèbres qui se sont rendus à proximité de ces banques au cours des six derniers mois.

— Tu veux ça dans combien de minutes ?

— Ce sont presque tous des endroits où il faut accéder par avion ou par la mer. La plupart ont des aéroports à proximité. Les autres ont peut-être des héliports...

— Il y en a combien, de ces endroits ?

— Quarante-huit.

— Comment veux-tu que je fasse ça ?

— En y mettant du personnel. Quand on dispose de la plus grosse agence de renseignements...

— Cette liste de personnes, elle va me donner quoi ?

— Probablement le *who's who* de ceux qui sont derrière les attentats.

— Les attentats islamistes ? C'est du délire…

— Pas seulement islamistes. Tous les attentats.

Il y eut un silence.

— C'est vraiment du délire, reprit finalement Tate.

— Tu ne sais pas à quel point tu as raison…

— Je vais demander à Spaulding de s'en occuper.

— C'est vraiment urgent.

— Tu veux que je dise au Président que ses commandes personnelles sont sur *hold* ? s'impatienta Tate. Que celles d'un agent clandestin recherché par toutes les agences de la planète sont plus importantes que les siennes ?

— C'est probablement vrai.

— *Fuck !* Pour remonter le moral, toi !… Tu as d'autres bonnes nouvelles ?

— En plus de la possibilité d'attaques contre les centrales nucléaires ?

— Tu es sûr de ton coup ?

Cette fois, il y avait plus d'inquiétude que d'ironie dans le ton de Tate.

— Pas absolument, répondit Blunt. Mais il y a une chose dont je suis certain : c'est que ça va tourner autour du thème du feu.

— Tu ne veux quand même pas que je fasse surveiller toutes les centrales au charbon ?!… tout le réseau électrique ?!…

— Tu fais ce que tu veux. En Europe, tes petits amis ont donné la priorité au nucléaire.

FRANCE INTER, 21 H 08

... LA FOULE EN COLÈRE A DÉTRUIT UN IMPORTANT STOCK DE SEMENCES, ALLÉGUANT QU'ELLES ÉTAIENT EMPOISONNÉES, QUE ÇA FAISAIT PARTIE D'UN COMPLOT POUR ÉLIMINER L'ENSEMBLE DES AFRICAINS. COMME LA PESTE GRISE. COMME L'EMPOISONNEMENT DES PUITS…

BALTIMORE, 16 H 19

La famille Ryan était l'exemple même du patriotisme. Elle avait perdu un membre au cours de chacune des trois dernières guerres auxquelles les États-Unis avaient officiellement participé.

Joe, le plus vieux, était mort au Vietnam, dans un des souterrains truffés de pièges dont les Vietcongs avaient parsemé le pays. Il n'avait pourtant pas été victime d'un piège mais d'un manque de communication : son groupe avait été averti en retard que les avions américains s'apprêtaient à bombarder l'endroit. Il était mort enseveli, au troisième niveau de profondeur, alors qu'il se dépêchait de remonter à la surface, lorsque le réseau de souterrains s'était écroulé sous les bombes.

John, le deuxième fils de la famille, était mort des suites d'une maladie mystérieuse contractée lors de la guerre du Golfe. Malgré de multiples demandes adressées à l'armée, la famille n'avait jamais pu obtenir autre chose qu'un rapport sommaire des causes du décès : infection de nature inconnue. Rien sur l'éventuelle exposition du deuxième fils Ryan aux radiations des obus renforcés à l'uranium allégé. Rien sur sa possible exposition à des contaminants chimiques ou biologiques… Juste un rapport banal de quelques paragraphes.

Amy, elle, était infirmière. Elle avait fait partie des premières victimes de la guerre d'Irak. Le poste où elle travaillait avait été pris d'assaut et les renforts avaient tardé à arriver : il y avait trop d'urgences en même temps, il avait fallu effectuer des choix.

Dans la lettre que la famille avait reçue, on mentionnait son dévouement, son courage, son professionnalisme… mais on ne parlait pas des politiciens qui avaient refusé d'envoyer des troupes suffisantes pour une telle opération et qui étaient les responsables ultimes, par leurs décisions, de la mort de plusieurs milliers d'Américains.

C'est pourquoi Paul, le dernier enfant de la famille, avait décidé d'être un héros, lui aussi. Mais il choisirait sa guerre avec plus de discernement. Pas question qu'il aille sacrifier sa vie pour les intérêts pétroliers qui étaient derrière Bush et la guerre en Irak. Ni pour les intérêts de l'industrie militaire, qui avait fait bloc derrière Cheney.

Le véritable ennemi n'était pas à l'extérieur du pays. Il était à l'intérieur. C'était donc là qu'il entendait frapper… C'était pourquoi il s'était joint aux US-Bashers. Même s'il n'aimait pas le nom. Il se voyait plutôt comme un US-Savior…

Paul Ryan avait hésité plusieurs mois avant de prendre sa décision. C'était un jugement de la Cour suprême qui avait achevé de le convaincre. Après vingt ans d'appels et de délais, Exxon avait finalement eu gain de cause: elle ne paierait que vingt pour cent des dommages initialement imposés pour les dégâts causés par l'Exxon Valdez. C'était la preuve que la justice était au service des multinationales et de leurs lobbies. Même avec l'arrivée du nouveau président.

— D'accord, se contenta-t-il de répondre au téléphone.

On venait de lui donner le signal de procéder.

Pour sa première mission, ce qu'on lui demandait n'était pas compliqué. Il devait prendre possession d'une fourgonnette à un endroit qu'on lui indiquerait et aller faire le plein dans une station-service dont on lui fournirait les coordonnées.

Afin de réduire les possibilités d'être arrêté, il agirait pendant la nuit.

Hawaï, 16 h 10

Ils avaient voyagé incognito. Pour éviter les rumeurs, ils étaient arrivés séparément, dans des avions privés. La majorité d'entre eux occupaient des postes clés dans de grandes pétrolières. Pourtant, il ne s'agissait pas d'une réunion secrète des *Sisters*, nom sous lequel, depuis près d'un siècle, on désignait les grandes compagnies qui contrôlaient la production d'or noir de la planète.

Pour cette réunion dans une île volcanique de l'archipel d'Hawaï, seuls les représentants de certaines pétrolières avaient été invités. Ils comptaient pour près de la moitié des participants. Les autres étaient surtout des spécialistes en énergie nucléaire. S'y ajoutait un petit nombre d'experts en énergies alternatives : usines marémotrices, éoliennes…

Des rafraîchissements avaient été offerts : vin, bière, café, jus, champagne… La plupart avaient opté pour l'eau minérale. Quelques-uns pour le café.

Il ne manquait plus que Leona Heath.

Le bâtiment était construit sur un piton rocheux. Par la fenêtre panoramique de la salle, en surplomb, on apercevait un champ de lave qui descendait doucement vers la mer, agrandissant peu à peu le territoire de l'île.

Malgré la distance, on pouvait voir de courts jets de matière en fusion crever de façon sporadique la surface refroidie de la lave, bouillonner quelques instants, puis se figer.

La proximité du volcan rendait plusieurs des invités mal à l'aise. Mais personne n'avait osé le mentionner. L'arrivée de Heath apporta un soulagement visible. Plus vite on en aurait terminé avec la réunion, plus vite on pourrait repartir.

Leona Heath était une femme d'une quarantaine d'années, aux traits assez durs. Le feu de ses cheveux roux était mis en évidence par une coupe géométrique qui rappelait celle de son tailleur.

Dès son entrée, elle se dirigea vers la fenêtre panoramique. Pendant plusieurs secondes, elle parut absorbée dans la contemplation du paysage.

— Vous voyez ici comment a débuté la vie, dit-elle brusquement sans se retourner. Comment elle s'entretient. Les éléments sont purifiés et rejetés à la mer pour redémarrer la chaîne des associations…

Elle se tourna vers eux.

— C'est l'équivalent du processus dans lequel s'est engagée l'espèce humaine. Un processus que nous allons accélérer pour épargner à notre espèce des millénaires de stagnation.

Elle revint au centre de la pièce.

— Les opérations débutent demain. Normalement, vous savez déjà tous ce que vous avez à faire.

Des murmures d'approbation meublèrent le silence de quelques secondes qu'elle laissa volontairement se poursuivre à la suite de sa déclaration.

— Aussi, reprit-elle, je ne reviendrai pas sur les détails. J'aimerais simplement savoir si vous avez rencontré des problèmes imprévus.

Elle parcourut la salle du regard. Personne ne se manifesta : il valait toujours mieux paraître contrôler la situation et ne pas avoir été surpris en flagrant délit d'incapacité à prévoir une difficulté.

— Bien, reprit Heath. Je suppose que l'absence de nouvelles est une bonne nouvelle… Nous allons donc aborder les dispositions transitoires. La date de l'Exode a été devancée. Vous allez amorcer dès ce soir votre transfert dans l'Archipel.

— Et nos familles ? demanda un des invités.

— Vous les amenez avec vous, cela va de soi. Tout le personnel de service n'est pas encore en place, mais ce sera très viable. Convivial, même. Surtout par comparaison avec ce qui va se passer sur le reste de la planète !

— Demain, c'est un peu serré, commenta une autre voix dans l'assistance.

— Des avions ont été nolisés pour tout le monde. Des voitures avec chauffeurs sont prêtes à récupérer vos familles. Vous n'avez qu'à les appeler pour confirmer votre départ et leur indiquer le lieu où se trouvent vos proches… Par mesure de sécurité, vous serez dispersés sur plusieurs sites de l'Archipel. Une question de gestion de risque. Vous représentez l'essentiel de notre expertise en matière de carburants et d'énergie. Si jamais, cas improbable, il survenait une catastrophe quelque part…

— Il y a quand même une question à laquelle vous n'avez pas encore répondu, fit une autre voix. Comment allons-nous pouvoir contrôler les opérations sur le reste de la planète si nous sommes confinés dans l'Archipel ?

La femme sourit.

— Je pensais que la réponse était évidente : il n'y aura plus rien à contrôler sur le reste de la planète… Hormis les activités de notre filiale.

Elle fit une pause comme pour jouir de leur surprise. Puis son visage redevint sérieux.

— Il y aura bien sûr une période de transition. Pour le moment, nous avons des alliances avec plusieurs producteurs. Mais leur nombre ira en diminuant. Seuls survivront ceux qui auront prévu les meilleurs services de sécurité pour protéger leurs installations.

Elle s'arrêta de nouveau.

— Je peux déjà vous donner la liste de ceux qui survivront.

— Et les autres ? Comment pouvez-vous être certaine qu'ils vont disparaître ?

— La population va s'en charger, dit-elle en souriant. Pour ces choses, il faut toujours faire confiance au peuple… Leurs pétroliers vont être attaqués par des pirates. Des gens vont prendre d'assaut les pipelines. Des groupes écologistes vont saboter les raffineries, ce qui va provoquer des catastrophes… Au besoin, nous les aiderons discrètement.

Son sourire s'accentua.

— Plusieurs ouvriers vont cesser de se présenter au travail par crainte du danger. Il suffira de quelques rumeurs. Et de quelques accidents pour alimenter les rumeurs… À cause du manque de personnel qualifié, les responsables n'auront pas le choix d'employer des gens moins compétents. Les accidents vont se multiplier… Au fond, c'est comme pour le pompage. Le plus difficile, c'est d'amorcer le processus. Ensuite, il s'alimente tout seul… Ce n'est pas à vous que je vais apprendre cela.

MONTRÉAL, 17 H 44

Little Ben ne bougeait pas. Il attendait que Crépeau ait fini de ranger les papiers étalés sur son bureau.

Au bout de quelques instants, la plupart se retrouvèrent dans le panier OUT, sur un des coins du bureau. Le lendemain matin, la secrétaire les classerait.

Sur la plaque de verre qui protégeait le dessus du meuble, il ne restait plus qu'un seul dossier. Crépeau y jeta un bref coup d'œil, puis il le déposa dans le panier IN, à l'autre extrémité de la surface de travail.

Le directeur du SPVM prit ensuite un moment pour examiner la surface complètement dégagée du bureau. Un léger sourire apparut sur son visage.

Little Ben se demanda si cela traduisait la satisfaction d'avoir introduit un peu plus d'ordre dans le monde.

— Je vous écoute, dit Crépeau en ramenant les yeux vers Little Ben.

— J'ai parlé à Pascale de ce dont nous avons discuté.

— Laissez-moi deviner : elle n'était pas très heureuse de ma suggestion.

— Je ne l'ai pas présentée comme une suggestion. Plutôt comme une préoccupation.

— Et ?… L'idée des vacances ?

— Elle aurait l'impression de fuir… Mais comme elle a des recherches à faire pour son prochain livre, je lui ai suggéré de simplement modifier son horaire. D'aller immédiatement faire ses recherches de terrain au Brésil.

— Elle a accepté ?

— Elle part ce soir.

— Pour combien de temps ?

— Un mois. Peut-être un peu plus. Dans un premier temps, elle va à Manaus. Un de ses amis est guide là-bas. Il amène des touristes dans la jungle, voir des animaux sauvages. Parfois, ils rencontrent des tribus qui n'ont presque jamais eu de contacts avec notre civilisation.

— Des gens qui ne connaissent pas leur chance ! maugréa Crépeau.

Puis il demanda :

— Elle prépare un livre sur quoi ?

— Les effets de la proximité des villes sur ce qui reste de jungle, un peu partout sur la planète. Elle m'a dit qu'aux alentours de Manaus, il faut entrer plusieurs dizaines de kilomètres dans la jungle pour voir la véritable faune de l'Amazonie.

Crépeau poussa un soupir.

— Là-bas, elle devrait être à l'abri des médias.

Puis, après un autre soupir :

— Entre les bêtes de la jungle et celles de HEX-Radio, elle a probablement fait le bon choix.

Little Ben se leva.

— Vous ? demanda Crépeau. Vous allez aussi vous mettre au vert ?

— Pourquoi ?

— Maintenant que les autres sont partis, ils vont se tourner contre vous.

— Que voulez-vous qu'ils fassent ?

— Je ne parlais pas d'attaques physiques.

— Ce qu'ils peuvent raconter ne me touche pas. En fait, c'est un excellent prétexte à des exercices de sérénité créative.

Crépeau le regarda sortir sans lui demander ce qu'il entendait par « sérénité créative ». À sa manière, il était aussi insaisissable que Jones 23.

CBS, 21 h 02

... SI DIFFICILE QUE CE SOIT, IL FAUT FAIRE LE CONSTAT QUE NOUS SOMMES EN GUERRE. UNE GUERRE QUI N'A PAS ÉTÉ DÉCLARÉE UNIQUEMENT CONTRE NOUS, MAIS CONTRE L'ENSEMBLE DE L'OCCIDENT. J'AI DÉJÀ AVERTI NOS ALLIÉS DES DÉCISIONS QUE J'AVAIS PRISES ET QUE JE VAIS MAINTENANT VOUS COMMUNIQUER. À PARTIR DE CE SOIR, LE GOUVERNEMENT DES ÉTATS-UNIS SE RETIRE À L'INTÉRIEUR DE PÉRIMÈTRES DE SÉCURITÉ, SOUS PROTECTION MILITAIRE. TOUTEFOIS, PAR SOUCI DE DÉMOCRATIE, DES REPRÉSENTANTS DES MÉDIAS ACCOMPAGNERONT CHACUNE DES INSTANCES GOUVERNEMENTALES À L'INTÉRIEUR DES LIEUX PROTÉGÉS. LES MÉDIAS SERONT LES YEUX ET LES OREILLES DU PEUPLE. C'EST DE CETTE MANIÈRE QUE J'ENTENDS PROTÉGER À LA FOIS LES INSTANCES GOUVERNEMENTALES ET L'EXERCICE DÉMOCRATIQUE DU POUVOIR DES ÉLUS...

GEORGETOWN, 21 h 06

« Des médias *embedded* », songea Tate. Après l'armée, le gouvernement ! Ce serait quoi, la prochaine étape ? Des médias à l'intérieur des agences de renseignements ? Une téléréalité d'espionnage ?... Même si c'était lui qui avait suggéré cet expédient, et même s'il savait que c'était un mal nécessaire, il ne pouvait s'empêcher d'être mal à l'aise. Sans doute parce que cela entrait dans la logique ultra-sécuritaire des Paige et compagnie.

Tout en écoutant le discours du Président, Tate examinait le rapport qu'il avait apporté à la maison dans l'espoir de trouver le courage de l'étudier. Un rapport d'évaluation de la liste qui servait à filtrer les voyageurs aux frontières et dans les aéroports.

La formulation des conclusions était savamment alambiquée, de manière à protéger les rédacteurs de toute accusation de manque de patriotisme, mais le message était clair : la liste était bonne à jeter aux poubelles. Son utilité était en train de disparaître, son développement échappait à tout contrôle… Et pire, personne n'était en position de prendre en main sa gestion.

Tate releva les yeux du rapport et regarda le Président, à la télé. Il avait maintenant adopté un ton plus ferme. Presque guerrier.

> … DES MESURES SIMILAIRES SERONT PRISES POUR TOUS LES MINISTÈRES ET L'ENSEMBLE DES AGENCES GOUVERNEMENTALES. NOUS NE LAISSERONS PAS DES TERRORISTES COMPROMETTRE LE FONCTIONNEMENT DÉMOCRATIQUE DE NOS INSTITUTIONS. POUR L'INSTANT, LA PREMIÈRE TÂCHE QUE J'ASSIGNE À L'ENSEMBLE DE NOS SERVICES DE RENSEIGNEMENTS, C'EST DE DÉBUSQUER CEUX QUI, À L'EXTÉRIEUR DE NOTRE PAYS, RECRUTENT, ENDOCTRINENT, ARMENT ET SOUTIENNENT LES TERRORISTES DE L'INTÉRIEUR…

Même s'il regardait la télé, Tate continuait de penser au rapport. Dans un premier temps, le groupe d'évaluation soulignait l'inefficacité croissante de la liste des gens interdits de vol. À cause du nombre grandissant d'erreurs qu'elle contenait, elle causait une immense perte de temps pour ceux qui étaient chargés de l'appliquer. En plus, la multiplication des faux suspects était en voie de lui enlever toute crédibilité.

> … TOUT ATTENTAT SUR NOTRE SOL, OU CONTRE DES INTÉRÊTS AMÉRICAINS, QUEL QUE SOIT L'ENDROIT OÙ IL AURA LIEU, SERA SUIVI DE REPRÉSAILLES. ET TOUTE RIPOSTE CONTRE CES REPRÉSAILLES SERA SUIVIE DE REPRÉSAILLES DIX FOIS PLUS IMPORTANTES…

Tate étouffa un juron.

Le Président n'avait pas le choix. Il devait prendre la posture de l'homme fort. Déjà affaibli par les hausses d'impôt décrétées pour juguler la crise, contesté pour avoir donné une grande partie de cet argent à des institutions qui étaient à l'origine de la ruine du pays, critiqué en raison de la lenteur de la sortie de crise, il devait calmer le jeu. Il devait faire des concessions. D'abord aux républicains, qui martelaient leur opposition à tous ses projets. Mais aussi aux groupes de pression inspirés de la droite religieuse ultra-libérale, dont le mécontentement était alimenté par les médias. Même le Ku Klux Klan avait connu un regain de vigueur. Certains de leurs membres s'affichaient publiquement depuis quelques semaines. Leur rengaine, c'était que le pays s'enfonçait dans le chaos depuis qu'on avait élu un président noir. Dans le Sud, des croix avaient recommencé à flamber. Et, à chaque sortie publique du Président, des manifestants affichaient ostensiblement leurs carabines semi-automatiques, à la fois par mesure d'intimidation et dans l'espoir d'être arrêtés et de provoquer un incident.

… DES ZONES COMME LA RÉGION FRONTIÈRE ENTRE L'AFGHANISTAN ET LE PAKISTAN SERONT PARMI LES PREMIÈRES CIBLES DE CES REPRÉSAILLES…

Le Président savait très bien que ses déclarations seraient perçues comme une provocation par la majorité des musulmans. Il savait aussi que le pays n'avait pas les moyens de provoquer de nouveaux affrontements. Surtout pas avec les problèmes internes qui se multipliaient : manque de nourriture, milices, tensions interraciales, vandalisme… Mais il n'avait pas le choix. Il devait se rallier en partie au point de vue de Paige. La théorie de la main de fer dans un gant de fer… « Ils ne respectent que la force. Tout accommodement est interprété comme de la faiblesse. La menace et la vengeance sont le seul langage qu'ils comprennent »…

Au moins, le Président n'avait pas inclus La Mecque, Téhéran ou Médine dans la liste des cibles potentielles, comme le réclamaient Paige et l'aile radicale des militaires. Sans parler des médias qui les supportaient.

> ... POUR EMPLOYER UNE EXPRESSION POPULAIRE : « NO MORE MISTER NICE GUY ». ET NOTRE RÉPLIQUE NE SERA PAS QUE MILITAIRE. TOUT PAYS COLLABORANT AVEC LES TERRORISTES, OU FAISANT L'OBJET DE SOUPÇONS RELATIVEMENT SÉRIEUX DE COLLABORER AVEC EUX, SE VERRA EXCLU DES PROGRAMMES INTERNATIONAUX DE LUTTE CONTRE LA PESTE GRISE ET CONTRE LE VIRUS TUEUR DE CÉRÉALES. IL N'EST PAS QUESTION QU'ON S'ÉVERTUE À SAUVER CEUX QUI COMPLOTENT POUR NOUS ASSASSINER...

Cela équivalait à affirmer que les États-Unis contrôlaient HomniFood et HomniPharm – ce qui était loin d'être acquis, compte tenu du pouvoir qu'étaient en train de monopoliser ces entreprises. Et puis, même si cela avait été, tous les pays allaient se sentir visés par cette menace : amis comme ennemis. Il était facile d'imaginer ce qu'il adviendrait des offres américaines d'action concertée !

> ... CES DÉCLARATIONS NE SONT PAS DES PROMESSES. CE SONT DES CONSÉQUENCES QUI DÉCOULERONT INEXORABLEMENT DE TOUTE ATTAQUE CONTRE LES ÉTATS-UNIS ET LES INTÉRÊTS AMÉRICAINS. CELA DEVRAIT DONNER À RÉFLÉCHIR AUX ÉTATS QUI ABRITENT, SUPPORTENT OU SIMPLEMENT TOLÈRENT LES TERRORISTES SUR LEUR SOL...

Tate ramena les yeux vers le rapport.

La deuxième grande conclusion du groupe d'évaluation, c'était qu'une telle liste des interdits de vol était structurellement vouée à l'échec : dans l'atmosphère de suspicion où le travail de chacun était scruté de près, personne ne voudrait prendre le risque de ne pas inscrire sur la liste un individu présentant la moindre possibilité de danger... Il y avait aussi la compétition entre les agences : chacune se donnait des objectifs mensuels de terroristes potentiels à identifier pour ne pas paraître travailler moins que les autres.

> ... QUAND ON ACCEPTE LA DIRECTION D'UN ÉTAT, ON ACCEPTE LES RESPONSABILITÉS QUI VIENNENT AVEC ELLE. LES ÉTATS-UNIS SERONT UN AMI LOYAL DE LEURS AMIS ET UN ENNEMI IMPITOYABLE DE LEURS ENNEMIS...

Mais le pire, c'était que personne n'était en mesure d'assurer la gestion de la liste. Tout le monde savait qu'elle était de plus en plus inutile. Qu'elle comportait des centaines de milliers de noms qui n'avaient rien à voir avec le terrorisme. Mais qui risquerait d'enlever un seul nom? Si jamais cette personne devait plus tard être impliquée dans un attentat…

Mieux valait être trop prudent que pas assez.

CBS, 21 H 14

> … CHERS COMPATRIOTES, CE NE SONT PAS LÀ DES PAROLES QUE JE PRONONCE AVEC JOIE. MAIS JE LES DIS AVEC LA CONVICTION PROFONDE QU'IL S'AGIT D'UN GESTE NÉCESSAIRE. IL N'EST PAS QUESTION QUE L'AMÉRIQUE TOLÈRE LES AGISSEMENTS DE CEUX QUI MENACENT LA VIE DE SES CITOYENS, DE CEUX QUI VEULENT COMPROMETTRE LA SANTÉ DE NOTRE ÉCONOMIE, QUE CE SOIT SOUS DES PRÉTEXTES RELIGIEUX OU ÉCOLOGISTES. JE SUIS PERSUADÉ QUE L'AMÉRIQUE SORTIRA GRANDIE DE CETTE ÉPREUVE. QUE DIEU VOUS BÉNISSE TOUS! QUE DIEU BÉNISSE L'AMÉRIQUE!…

HAMPSTEAD, 2 H 43

Hurt venait d'entrer dans le bois entourant l'édifice à logements. Après s'être adossé à un arbre, il sortit le détecteur de son sac à dos et balaya lentement l'espace autour de lui.

Plusieurs signaux apparurent sur l'écran du détecteur. Il enregistra leur position et se déplaça vers l'un d'eux en tentant de se dissimuler le plus possible. Avec ses lunettes infrarouges, il voyait les faisceaux de lumière qui quadrillaient le parc, à environ vingt-quatre pouces du sol.

Il ne comptait pas inventorier d'un seul coup toute la superficie de la forêt autour de l'immeuble, mais ce qu'il apprendrait lui permettrait de dresser un début de carte : les jours suivants, il poursuivrait l'exploration. Jusqu'à ce qu'il ait une image complète du dispositif de sécurité.

Une dizaine de minutes plus tard, il avait trouvé deux détecteurs de mouvement, quatre émetteurs de rayons infrarouges et une caméra. Il décida de poursuivre en suivant une ligne imaginaire qui reliait trois des appareils de surveillance qu'il avait repérés.

Après quelques minutes, il déboucha dans une clairière qui se transformait progressivement en une sorte de parc. Au fond du parc, il y avait une maison. Le premier moment de surprise passé, il se mit à examiner de plus près l'aménagement du parc. Les haies, le banc au milieu de la pelouse, la galerie derrière la maison... Tout cela lui semblait familier.

Puis il reconnut l'endroit. C'était le jardin où le Vieux lui apparaissait dans ses rêves !

C'était impossible ! Ce jardin était à Massawippi. Et il avait été détruit ! Il n'existait plus que dans sa tête !

Immobile, Hurt examina attentivement les lieux. À la réflexion, il y avait peut-être de petites différences. Mais il ne pouvait pas en être sûr.

Profondément perturbé, il rebroussa chemin.

À l'intérieur, la voix de Nitro hurlait. Elle accusait F, le Vieux et l'Institut, tous confondus, de l'avoir manipulé.

LES ENFANTS DE LA FOUDRE

L'inféodation des grands groupes criminels doit s'effectuer en suivant un certain nombre de principes simples :
• favoriser l'émergence de groupes suffisamment forts pour contrôler des régions significatives ;
• alimenter la méfiance entre les groupes ;
• intégrer partiellement les hauts dirigeants de ces groupes aux activités du Cénacle, notamment en les faisant profiter de certains avantages (médecine, consommation de luxe…) ;
• contrer la lutte que les policiers et les agences de renseignements ne manqueront pas de leur livrer, de manière à rendre sensible l'utilité du Cénacle. Sur ce point, l'infiltration des milieux policiers et du renseignement par le milieu criminel doit être favorisée.

Guru Gizmo Gaïa, *L'Humanité émergente*, 3- Le Projet Apocalypse.

JOUR - 1

MONTRÉAL, 2 H 41

Hugo-Xavier Métivier-Roberge s'efforçait de respirer profondément. Ce n'était pas le temps de s'énerver.

Il gara son Hummer entre les pompes à essence, enleva les clés et recula dans son siège.

C'était le moment qu'il attendait depuis plusieurs mois. Ses parents parlaient souvent d'écologie et de capitalisme. Parfois, ils allaient jusqu'à participer à des manifestations. Des manifestations pacifiques, joyeuses, confortables… et qui n'apportaient rien, sauf une large dose de bonne conscience aux participants.

Lui, il allait agir. Il allait attaquer ceux qui brisaient des vies sur fond de saccage environnemental. Les exploiteurs n'avaient qu'à bien se tenir.

C'était durant un stage dans un collège américain que Hugo-Xavier avait découvert l'ampleur des problèmes environnementaux. Le père de l'étudiant chez qui il demeurait était un militant écologiste. Il lui avait prêté des livres. Pour la première fois, Hugo-Xavier avait pu mesurer l'étendue des dévastations causées par les pétrolières. On y relatait leurs magouilles pour mettre des dictateurs au pouvoir. Des dictateurs dont ils finançaient ensuite la sécurité en échange d'un monopole sur l'exploitation des réserves pétrolières du pays.

Une fois revenu chez lui, Hugo-Xavier avait pris conscience du saccage en cours dans la région des sables bitumineux. Puis des projets de forage dans le golfe du Saint-Laurent. Son indignation s'était accrue.

Une semaine plus tard, dans un café de l'aéroport de Montréal, il rencontrait le militant écologiste américain chez qui il était demeuré. Hugo-Xavier avait alors appris l'existence des US-Bashers : un groupe décidé à changer le monde en s'attaquant aux vrais responsables des problèmes environnementaux. Il avait accepté de participer à une action symbolique. Mais pas une sempiternelle manifestation. Une véritable action. Qui aurait, en plus, valeur de symbole.

Maintenant, il avait hâte que tout soit terminé. Il irait trouver ses parents et il leur dirait ce qu'il avait fait… Ses parents ! Ils lui avaient donné deux noms de famille, deux prénoms, deux appartements où il vivait en alternance, deux répertoires d'indignation – son père, le capitalisme ; sa mère, l'environnement –, mais pas un sou depuis qu'il avait dix-huit ans. Pour éviter qu'il soit gâté, disaient-ils. Ils ne voulaient pas le priver de la possibilité de se faire lui-même ! Touchante attention… Eh bien, il leur montrerait qu'il pouvait non seulement se tirer d'affaire seul, mais qu'il pouvait même les dépasser dans leur propre domaine !

Il mit l'embout du tuyau de la pompe à essence dans l'accès au réservoir du Hummer, puis il appuya sur le bouton « 40 $ » du mécanisme automatique d'alimentation.

Dès que l'essence arriverait dans le caisson spécial aménagé à l'arrière du véhicule, le mécanisme qui y était intégré s'enclencherait et neutraliserait le dispositif anti-refoulement de la pompe à essence : c'est dans l'autre sens que le liquide se déverserait. Le liquide contenu dans le caisson du Hummer serait alors poussé à l'intérieur de l'immense réservoir souterrain situé sous les pompes, où il amorcerait une réaction chimique. En moins de quelques minutes, le pétrole serait transformé en une sorte de mélasse totalement inutilisable, puis en un bloc solide. Il faudrait excaver, enlever le réservoir devenu irrécupérable et en installer un autre.

L'attentat serait pour le moins ironique, songea Hugo-Xavier. Ce serait par sa propre essence que la pétrolière serait neutralisée. Et tout ça, sans violence !

L'instant d'après, une gigantesque explosion creusait un cratère d'une dizaine de mètres de profondeur dans le sol. Des morceaux de l'auto, de l'asphalte ainsi que de la façade de la station-service furent éparpillés dans un rayon de plusieurs centaines de mètres. Manifestement, le militant qui avait servi de mentor à Xavier-Hugo ne lui avait pas tout dit…

Ironiquement, le corps de Hugo-Xavier fut coupé en deux par l'explosion et projeté dans deux directions différentes. Même après sa mort, il semblait être voué à la division.

REUTERS, 3 H 11

> … DE MÉDECINS SANS FRONTIÈRES. DIX-HUIT VILLAGES SERAIENT EN QUARANTAINE DANS LE SUD DE LA CHINE. L'ARMÉE AURAIT REÇU L'ORDRE DE TIRER SUR LES VILLAGEOIS QUI TENTERAIENT DE S'ENFUIR. DES CONTAMINATIONS SIMILAIRES DE PESTE GRISE EXISTERAIENT DANS LE NORD DE L'INDE ET DU PAKISTAN. SELON L'OMS, QUI A MAINTENU SON NIVEAU D'ALERTE À 5, IL SERAIT EXAGÉRÉ DE PARLER DE PANDÉMIE, PUISQUE LES CAS RECENSÉS JUSQU'À MAINTENANT RÉSULTENT DE CONTAMINATIONS VOLONTAIRES DE NATURE TERRORISTE ET QUE…

BRECQHOU, 8 H 29

Leona Heath examina le livre que Killmore avait laissé sur son bureau. Un roman de science-fiction. Pourquoi diable lisait-il ça?... Elle jeta un coup d'œil sur la quatrième de couverture.

Le texte décrivait une planète couverte de déserts. Sa seule richesse était une épice qui permettait aux peuples des autres planètes de voyager. Ses richesses étaient pillées et ses rares habitants traqués par ceux qui les exploitaient. Suivait une révolte des habitants de la planète pour récupérer le contrôle de l'épice.

Un genre de transposition de la situation du Moyen-Orient à l'échelle galactique, songea Heath.

L'arrivée de Killmore la surprit, le livre à la main.

— Vous vous instruisez? demanda Killmore sur un ton amusé.

— Ce n'est pas si bête: une bataille pour le contrôle de la substance qui assure les transports.

— Écrit avant le premier choc pétrolier! On ne lit jamais trop de fiction: ça aide à mieux comprendre la réalité!

Visiblement très satisfait de sa boutade, il afficha un large sourire.

Heath déposa le livre sur le bureau.

— Je vous ai apporté une chronologie détaillée des événements à venir, dit-elle. Pour chacun des pays où il y aura une intervention.

Elle enleva son collier, en détacha le pendentif en forme de disque et le tendit à Killmore.

Ce dernier le mit dans la poche gauche de son veston.

— Vous gardez toujours les raffineries pour la fin? demanda-t-il.

— C'est déjà le goulot d'étranglement du système. En plus, c'est ce qu'il y a de plus vulnérable et c'est long à reconstruire... Une fois les raffineries démolies, c'est tout le marché qui va imploser. Surtout si on a d'abord fait monter la tension en ralentissant la production de brut.

— Je sais, je sais...

Killmore tolérait mal la tendance de Heath à lui expliquer en détail des choses dont elle lui avait déjà parlé à plusieurs reprises.

— Ce que je veux savoir, dit-il, c'est si le système d'approvisionnement de l'archipel est fonctionnel.

— À quatre-vingt-cinq pour cent.

— Et l'état des réserves ?

— En moyenne, trois ans d'autonomie. Cinq pour les lieux les plus importants.

— Bien.

Killmore s'assit derrière son bureau.

— Les opérations financières ? demanda-t-il.

— Les ventes à découvert sur les pétrolières visées sont terminées depuis une semaine. Les options d'achat sur celles qui seront épargnées aussi… D'ici trois semaines, l'essentiel de la prise de contrôle sera terminé.

— Bien. Puisque tout semble en place, je ne vous retiendrai pas plus longtemps.

Heath prit le livre sur le bureau.

— Vous permettez ? demanda-t-elle.

— Bien sûr. Vous savez que je ne peux rien vous refuser.

Malgré le ton badin de la réponse, Heath ne se faisait pas d'illusions : Killmore était celui qui pouvait tout lui refuser. À commencer par l'existence. Tout au long des années au cours desquelles elle avait travaillé pour lui, elle avait fréquenté le Cénacle. Elle y avait vu des dizaines de personnes occuper momentanément le devant de la scène, être de toutes les réceptions, puis disparaître du jour au lendemain. Dans certains cas, ces personnes s'étaient avérées une menace ; dans d'autres, elles étaient devenues un maillon faible ; dans d'autres encore, elles avaient perdu leur utilité. Et puis, il y avait celles qui avaient simplement eu l'heur de déplaire à Killmore à cause d'une remarque maladroite ou d'un manque d'égards.

Comme elle sortait du bureau, Killmore la relança.

— Pour les prochaines semaines, ce serait bien que vous vous en teniez aux différents territoires de l'Archipel. Dans la mesure du possible, bien sûr.

— Vous craignez que la situation devienne rapidement explosive ?

— Exactement.

Puis il ajouta avec un sourire :

— Au sens littéral.

En fait, c'était seulement une partie de la réponse. Ce qui le tracassait le plus, c'étaient les trois perquisitions dans les laboratoires. En apparence, HomniFood avait admirablement récupéré la situation. Mais, quelque part, quelqu'un en savait déjà trop. Pas assez pour compromettre le projet, mais suffisamment pour créer des problèmes. Autant minimiser les apparitions publiques des personnes clés de l'organisation.

Paris, 9 h 47

Lucie Tellier avait choisi de se rendre à pied chez Poitras. C'était toujours un plaisir de marcher dans les rues de la capitale française. Surtout le matin, avant que la chaleur et la pollution aient eu le temps de descendre sur la ville.

Même si plusieurs cafés et petites épiceries de quartier avaient fermé par crainte du vandalisme et des émeutes, les rues n'étaient pas plus désertes qu'en juillet et août, quand la moitié des commerces de la ville fermaient pour un mois.

Toute à ses pensées, elle ne prêta aucune attention aux deux hommes qui la suivaient, l'un derrière elle, le second à sa hauteur sur le trottoir de l'autre côté.

Rue Rambuteau, elle rencontra un homme-sandwich de l'Église de l'Émergence. Son message était simple et direct, semblable à ceux qu'elle avait vus la veille :

Le feu de la terre va illuminer le ciel

« Le feu de la terre », songea-t-elle. Ça correspondait parfaitement aux attentats qui avaient eu lieu un peu partout en Occident au cours de la nuit : le pétrole, extrait de la terre et conservé sous terre dans d'immenses réservoirs, avait explosé. Les stations-service construites au-dessus des réservoirs avaient été détruites par de gigantesques explosions. Plusieurs édifices avoisinants avaient été touchés par les incendies. On comptait des dizaines de morts et des centaines de blessés.

Lucie Tellier se demanda si Poitras avait fait le lien. Puis elle sourit de s'être posé la question. Comme elle le connaissait, il devait déjà être en train de scruter les marchés pour voir de quelle manière les contrats à terme sur le pétrole et les titres boursiers d'énergie se comportaient.

WWW.TOXX.TV, 4 H 03

... ÇA SE BOUSCULE À L'ENTRÉE. LES MUSULMANS ONT PAS LE TEMPS DE SORTIR QUE LES ÉCOLOS ARRIVENT. UN ATTENTAT N'ATTEND PAS L'AUTRE. APRÈS LES BIBLIOTHÈQUES, LES STATIONS-SERVICE. AUJOURD'HUI, ON DIRAIT QUE TOUT LE MONDE A ENVIE DE FAIRE SAUTER QUELQUE CHOSE. C'EST QUOI, LA PROCHAINE ÉTAPE? ILS VONT PASSER DES STATIONS-SERVICE AUX RAFFINERIES DE L'EST DE LA VILLE? ILS VONT REMONTER À LA SOURCE?... SI C'EST ÇA QU'ILS VEULENT, REMONTER À LA SOURCE, ON PEUT LES AIDER. ON A JUSTE À ENVOYER DES AVIONS FAIRE SAUTER LEURS PUITS DE PÉTROLE, AU MOYEN-ORIENT. ET LES FAIRE SAUTER AVEC, TANT QU'À Y ÊTRE...

PARLANT DE REMONTER À LA SOURCE, EST-CE QU'ILS VONT ASSASSINER LES AUTEURS AVANT QU'ILS AIENT LE TEMPS D'ÉCRIRE LEURS LIVRES? COMME ÇA, PLUS BESOIN DE FAIRE SAUTER LES LIBRAIRIES!... MOI, À MON AVIS, C'EST LES TERRORISTES QU'IL FAUDRAIT ÉLIMINER À LA SOURCE. ON SAIT QUI ILS SONT. ON SAIT DANS QUELS MILIEUX ILS SE REPRODUISENT... QUAND T'ES PRIS AVEC DES FOURMIS OU DES GUÊPES, T'ESSAIES PAS DE LES ÉLIMINER UNE PAR UNE, EN FAISANT ATTENTION DE CHOISIR SEULEMENT CELLES QUI T'ONT DÉJÀ PIQUÉ: TU DÉTRUIS LE NID. C'EST LA MÊME AFFAIRE. C'EST JUSTE UNE QUESTION DE GROS BON SENS...

C'ÉTAIT *QUESTION DE BON SENS*, AVEC PHILO FREAK...

PARIS, 10 H 06

Sur l'écran, les courbes des tableaux étaient différentes, mais la conclusion qu'elles supportaient était la même: le pétrole était en hausse.

Les investisseurs avaient sûrement déduit des attaques contre les stations-service que c'était le début d'une nouvelle vague d'attentats. Tout le monde voulait s'assurer des stocks de pétrole au prix actuel pour les mois à venir: soit pour couvrir leurs besoins, soit dans l'espoir de pouvoir les vendre plus cher. Cette demande alimentait la rareté, qui alimentait la hausse des prix, qui alimentait la crainte de la rareté…

Au cours de sa carrière, Poitras avait connu plusieurs de ces emballements du marché. Le prix des matières premières y était particulièrement sujet, autant à la hausse qu'à la baisse. Mais, cette fois, il craignait que ce ne soit pas un épisode comme les autres.

Des rumeurs inquiétantes avaient commencé à circuler. Des rumeurs de soulèvement possible en Arabie Saoudite, d'agitation populaire et d'émeutes au Nigeria, de baisse de production au Venezuela… Dans le détroit d'Ormuz, la marine américaine avait été placée en état d'alerte… Tout cela pouvait déboucher sur une modification structurelle du marché de l'énergie. Et alors, plus aucun des anciens paramètres d'analyse ne tiendrait.

Un signal d'avertissement l'arracha à ses écrans.

« Chamane », songea Poitras.

Normalement, il aurait dû arriver plus tard, mais ses horaires étaient approximatifs par définition : souvent en retard lorsqu'il travaillait sur un sujet qui le passionnait et duquel il n'arrivait pas à s'extraire, il lui arrivait d'être largement en avance lorsqu'il était impatient de partager une de ses découvertes ou de travailler sur un nouveau problème.

Par la force de l'habitude, Poitras consulta l'écran vidéo relié à la caméra qui filmait en permanence les gens devant l'entrée de l'édifice. Ce fut le visage de Lucie Tellier qui lui apparut.

Il se dépêcha d'ouvrir.

Dix minutes plus tard, il lui avait montré tous les graphiques qu'il avait sélectionnés et elle lui avait exposé ses déductions sur la nature des attentats : à son avis, ce n'était pas tant le feu nucléaire que celui du pétrole auquel les terroristes faisaient référence.

— Ce sont les enfants de quoi, cette fois-ci ? demanda Poitras.

— Quelque chose en rapport avec le feu. Les bûchers, peut-être… Ou les enfants de l'Inquisition… les enfants de l'Holocauste… C'est quand même fou. On est habitués à la logique des terroristes au point de spéculer sur le nom du prochain groupe.

— C'est normal, répondit Poitras. Quand on est devant un danger qu'on ne peut pas éliminer, la seule façon de ne pas laisser la panique nous submerger, c'est de l'intégrer, de lui accorder une place raisonnable dans nos préoccupations.

Il n'ajouta pas que c'était ce qu'il faisait depuis des années, depuis le meurtre de sa femme et de ses enfants : prévoir le pire, l'assimiler au moyen d'une représentation la plus exacte possible. De cette manière, il empêchait le danger de le paralyser, d'avoir prise sur lui. En prime, il avait l'occasion d'être agréablement surpris lorsque le danger ne s'avérait pas.

C'était d'ailleurs la première chose qu'il avait faite lorsqu'il avait rencontré Lucie Tellier au I Golosi. À plusieurs reprises au long de la soirée, il l'avait imaginée sur le point de mourir. Il s'était demandé ce qu'il ressentirait s'il devait la retrouver morte le lendemain.

— À ton avis, la pénurie de pétrole pourrait être vraiment sérieuse ? demanda-t-elle.

— Le problème, c'est qu'on ne connaît même pas l'état réel des réserves mondiales. Tous les États producteurs mentent. Soit ils gonflent les chiffres de leurs stocks pour avoir des quotas de production supérieurs, soit ils atténuent leurs difficultés de pompage, soit ils passent sous silence les actes de sabotage… Et quand ils annoncent une augmentation de production pour les six prochains mois, tu regardes les chiffres, six mois plus tard, et il n'y a presque pas eu d'augmentation… Est-ce que c'est parce qu'ils ont menti ?… Ou parce qu'ils n'étaient pas capables d'augmenter leur production ?…

— Cette fois-ci, tu penses que c'est parti pour de bon ?

— En tout cas, ça paraît plus sérieux qu'après les *subprimes*, dit-il… Si jamais ils se mettent à faire sauter des pipelines ou s'ils bloquent le détroit d'Ormuz… Ce qui serait la chose logique à faire dans leur perspective…

De toute façon, songea Poitras, temporaire ou non, la crise risquait d'affecter de façon dramatique l'état de la planète, même si ce n'était qu'à court terme. Il fallait qu'il appelle Blunt.

Montréal, studio de HEX-TV, 6 h 23

L'animateur était debout derrière un comptoir. Tous les jours de la semaine, avec sa coanimatrice, il servait une ration de nouvelles concentrées et facilement digestibles à la partie de la population qui se réveillait au son de HEX-TV.

L'exercice dépassait rarement la revue des grands titres de la journée et il était entrecoupé de blagues, de fous rires, de *bloopers* et d'allusions humoristiques à leurs vies personnelles.

Contrairement à leur habitude, cette fois, les deux avaient l'air sérieux.

— On a des images de l'attentat, Julie?

— Notre collègue, Steve Toutant, est sur place, répondit la jeune femme en regardant l'animateur.

Puis elle se tourna vers la caméra.

— Steve, vous êtes là?

— Oui, Julie.

Sur le mur derrière elle, on voyait les images transmises par une caméra qui balayait du haut des airs la zone sinistrée. À la place où il y avait déjà eu des pompes à essence, il ne restait qu'un immense cratère. Toute la façade de la station-service avait disparu et le reste de l'édifice était carbonisé. Un peu plus loin, des débris difficilement reconnaissables jonchaient le sol, au milieu de carcasses de voitures renversées.

Pendant que la caméra balayait les lieux du sinistre, s'attardant aux débris et aux restes de voitures, la discussion entre les deux animateurs se poursuivait.

— C'est un véritable carnage, Julie. Tout a littéralement été soufflé par l'explosion.

— Est-ce qu'il y a eu des victimes?

— Au moins une, Julie. On a retrouvé les restes calcinés du préposé à la caisse de la station-service. Son corps était recouvert par les débris.

— Il y en aurait d'autres ?

— Pour l'instant, il n'y a aucune trace du conducteur de la voiture qui utilisait la pompe lorsque l'explosion est survenue.

— Comment sait-on qu'il y avait une voiture à la pompe ?

— Par la caméra du dépanneur, Julie. De l'autre côté de la rue. À travers la vitrine, on peut apercevoir la station-service.

Sur l'écran mural derrière les animateurs, la caméra montrait la vitrine fracassée du dépanneur.

— Que se passe-t-il, maintenant, Steve ?

— Les policiers ont établi un périmètre de sécurité. Ils sont en train de recueillir tous les restes qui ont été éparpillés par l'explosion. Il y en a encore pour plusieurs heures.

— Vous demeurez sur place ?

— Bien sûr, Julie. Je vous informe de tout nouveau développement.

L'image de la coanimatrice revint à l'écran mural. Elle regardait directement la caméra.

— C'était notre collègue, Steve Toutant, sur les lieux de l'attentat survenu cette nuit contre une station-service de Lachine.

PARIS, 12 H 31

Depuis qu'il était arrivé chez Poitras, trois heures plus tôt, Chamane n'avait pas cessé de travailler. Jusqu'à présent, il avait réussi à entrer dans la comptabilité d'une seule banque. Mais dix-huit protocoles de craquage étaient en cours, pour dix-huit autres institutions. Le but était d'évaluer combien d'argent s'était accumulé dans les comptes où Safe Heaven avait effectué des virements, quelle partie de ces sommes avait été réacheminée ailleurs, de savoir où cet argent était allé et, surtout, de mettre des noms sur les propriétaires de ces comptes.

Il avait utilisé comme porte d'entrée les comptes dans lesquels Safe Heaven avait viré de l'argent. Des logiciels travaillaient maintenant à évaluer les mécanismes de protection et à découvrir des failles. C'était une question de temps et de calcul. C'était aussi une question de chance. Le meilleur ami du *hacker* était toujours l'incurie des utilisateurs : des mises à jour de sécurité non effectuées, des mots de passe inscrits par défaut (identiques pour toutes les copies du logiciel produites) que les utilisateurs oubliaient de modifier, des pare-feu désactivés parce que ça simplifiait les opérations…

— Il faudrait que quelqu'un pense un jour à aller chercher de la bouffe.

— Je m'en occupe, fit Lucie Tellier en se levant. On ne va pas laisser notre génie en résidence mourir de faim !

Chamane se tourna vers Poitras. Il rayonnait.

— Enfin ! Quelqu'un qui reconnaît ma valeur !

— Les vrais génies sont censés mourir de faim parce qu'ils sont incompris, répliqua Poitras.

— L'activité cérébrale est ce qui consomme le plus d'énergie !

— À l'adolescence, je pensais que c'étaient les boutons et les hormones !

— Tu dis ça parce que tu es jaloux que j'aie l'air jeune… Apporte-moi ton portable pour la finance, que je vérifie la sécurité.

— Il n'est pas relié au réseau.

— Ordre de sa majesté Blunt premier !

— Il y a un problème ?

— On va le savoir.

— Tu es sûr que tu as le temps ?

Chamane jeta un coup d'œil à son ordinateur.

— Tout ce que j'ai à faire, pour l'instant, c'est attendre. Ça peut prendre deux minutes, ça peut prendre deux heures.

Onze minutes plus tard, Chamane fermait l'ordinateur portable de Poitras et rabattait l'écran. Il resta songeur un long moment. Puis il tourna son regard vers Poitras, l'air préoccupé.

— Ton ordinateur, tu le mets où, d'habitude ?

— Dans le bureau où j'ai Reuters et Bloomberg.

— Tu t'en es déjà servi pour les activités de l'Institut ?

— Jamais. Uniquement pour les transactions sur les marchés.

— Est-ce que ça t'arrive de l'emporter dans d'autres pièces ?

— Non… Le seul moment où je l'utilise ailleurs, c'est quand je vais au café et que je l'apporte pour faire la revue des informations sur Internet. Il y a un problème ?

— Deux problèmes.

Poitras avait rarement vu Chamane aussi sérieux.

— Problème numéro un, poursuivit Chamane : tout ce que tu fais sur l'ordinateur est automatiquement envoyé sur un serveur. Tout ce que tu écris, tous les mots de passe que tu utilises, tous les sites que tu visites, tout ce qui s'affiche à l'écran… tout est reproduit – et probablement archivé – sur un serveur qui est le miroir du tien. Ça, c'est le problème le moins grave.

Le regard de Poitras avait maintenant perdu toute trace d'amusement.

— Et l'autre problème ? demanda-t-il.

— Tout ce qui se dit dans la pièce où est l'ordinateur, tout ce qui entre dans le champ de la caméra peut être enregistré et transmis.

Poitras tourna les yeux vers l'ordinateur.

— C'est pour ça que je l'ai fermé, dit Chamane.

— Tu sais de qui il s'agit ?

— Le style de programmation est le même que celui du pirate qui a attaqué le réseau de l'Institut. Mais il manque sa signature.

— Est-ce que tu peux savoir ce qu'il a entendu ?

— Non. Mais j'ai eu une idée…

HEX-TV, 7 H 15

‖ … JE VOUS RAPPELLE NOTRE QUESTION DU JOUR : « PENSEZ-VOUS QUE LES MÉDIAS EXAGÈRENT LE DANGER DU TERRORISME ? » COMME D'HABITUDE,

> VOUS ACHEMINEZ VOS MESSAGES À NOTRE ADRESSE COURRIEL : TRIPLE
> DOUBLE V, MON-OPINION-À-MOI EN UN MOT ET SANS ACCENT, POINT
> HEXTV POINT COM... COMME CHAQUE JOUR, LES AUTEURS DES TROIS
> OPINIONS RETENUES SE VERRONT OFFRIR...

PARIS, 13 H 22

Lucie Tellier avait rapporté des plats tunisiens dont il ne restait presque rien. Ils étaient encore à table. Blunt s'était joint à eux quelques minutes plus tôt.

— Alors, c'est quoi, ton texte ? demanda Blunt.

Chamane consulta son iPhone et se mit à lire le texte qui y apparaissait.

> Ça n'a pas de sens de travailler pour des pourris comme tu le fais. Où est ton honneur de *hacker* ? Des compagnies qui provoquent des épidémies mondiales ! Des pénuries de céréales partout sur la planète ! Des attentats !... Et toi, tu travailles pour ça !
>
> Je ne peux pas croire qu'un vrai *hacker* fasse ça en connaissance de cause. Si tu ne me crois pas, vérifie trois choses : qui subventionne les attentats islamistes ; qui subventionne les attentats écolos ; sur quoi travaillent vraiment HomniFood, HomniFlow et HomniPharm... D'où vient leur argent. À quoi il sert...
>
> On est rendus aux stations-service. Après, je te prédis que ce seront les raffineries. Ensuite les centrales nucléaires !... Il faut que tu te décides pendant qu'il est encore temps.
>
> J'oubliais. Il y a probablement une quatrième entreprise qui va se manifester bientôt. Homni quelque chose... Ça devrait être liée au feu. Ensemble, ces entreprises ont décidé de détruire les conditions de la vie humaine sur la planète. C'est à ça que tu collabores.
>
> Chamane, TermiNaTor, RoadRunner

Chamane releva les yeux de son iPhone.

— Tu lui as envoyé ça ? fit Blunt.

— C'est la vérité, non ?

— Et s'il travaille vraiment pour eux ? Ils vont savoir qu'on est sur leur trace. Ils vont savoir ce qu'on sait... Ils vont prendre des mesures défensives et on va avoir encore plus de difficulté à les contrer.

— C'est un risque qu'il faut courir. Lui seul a les moyens de les arrêter rapidement.

— Et s'il travaille pour eux en connaissance de cause ?

— Je suis prêt à parier qu'il ne sait pas ce que préparent ceux pour qui il travaille.

— Il ne travaille peut-être pas volontairement pour eux. Ils le font peut-être chanter…

— Tu as autre chose à proposer ?

Poitras secoua la tête, à moitié découragé.

— Tu te rends compte que tu es prêt à jouer toutes nos chances d'arrêter cette catastrophe sur un coup de dé ? Si tu te trompes sur ton petit copain…

— C'est toi qui m'as donné l'idée. Quand tu m'as dit que la clé, c'était de contrôler les trois compagnies. HomniFood, Homni…

— Je ne vois pas le rapport, l'interrompit Blunt.

— Qui est le mieux placé pour les contrôler que la personne qui s'occupe de leur système de sécurité ?

— C'est bien beau, l'interrompit Lucie Tellier, mais comment vas-tu communiquer avec lui ?

— En laissant un message dans le programme de contrôle d'HomniFood.

— Et tu penses qu'il va vraiment se rendre compte de ce qui se passe et qu'il va décider de nous aider ?

— Cinq chances sur six.

— Qu'est-ce qui te fait croire que c'est une bonne évaluation ? demanda doucement Blunt.

— Parce qu'en matière de psychologie de *hacker*, c'est moi le plus compétent. D'après son style, on voit que c'est un artiste. En général, les artistes ne travaillent pas pour la mafia… Sauf les chanteurs *has been*, des fois. Mais ça, c'est autre chose…

Les trois le regardèrent un moment en silence, déconcertés par sa logique. C'était une version de Chamane à laquelle ils n'étaient pas habitués. Un Chamane qui semblait à la fois résolu, posé et sûr de lui – malgré le sourire amusé qui flottait sur ses lèvres. Comme s'il était fier de leur avoir joué un tour.

— D'accord, fit Blunt. Supposons qu'on est d'accord avec toi… Qu'est-ce qui te fait croire qu'il va le trouver, ton message? Et qu'est-ce qui te fait croire qu'il va te répondre?

— Parce qu'elle l'a déjà fait.

Un silence de stupéfaction suivit.

— Elle? fit Lucie Tellier.

— C'est une fille. Par l'ordinateur portable d'Ulysse, elle vient d'entendre toute notre conversation.

Poitras regarda un instant son ordinateur portable.

— Il n'est pas fermé?

— Il aurait fallu enlever la batterie. Il continue d'enregistrer même quand on le ferme. C'est un truc classique. Comme pour les téléphones qui ont l'air fermés.

— Tu veux dire que tu as…

Blunt ne termina pas sa phrase.

— C'était la meilleure stratégie, reprit Chamane. Elle me connaît de réputation. Elle sait que je ne ferais jamais un *stunt* pareil si ce n'était pas hyper crucial.

— Hyper crucial, répéta doucement Blunt. C'est sûr que si c'est hyper crucial…

— L'avenir de la planète, me semble que c'est assez pour être hyper crucial.

— Et t'as décidé que tu prenais l'avenir de la planète dans tes mains? ironisa Poitras.

— Geneviève et moi, on va avoir un enfant. Me semble que c'est normal que je me préoccupe du monde dans lequel il va vivre.

Poitras le regarda sans répondre. Puis Chamane se rendit compte de ce que cela touchait chez lui.

— Désolé, *man*…

Il lui mit la main sur l'épaule.

— Désolé…

FORT MEADE, 8 H 07

Tate prit le café de la main gauche et remercia la secrétaire d'un simple signe de tête. Il était vanné.

Un peu avant minuit, la veille, Spaulding était débarqué dans son bureau avec la liste des voyageurs qu'il lui avait demandée.

La première chose qui l'avait frappé en l'examinant, c'était le nombre inattendu de hauts responsables gouvernementaux qui, au cours des six derniers mois, avaient fréquenté les aéroports que lui avait désignés Blunt. C'était d'autant plus remarquable que plusieurs des aéroports étaient relativement secondaires.

Parmi les Américains, les deux noms les plus surprenants étaient ceux de Paige et de l'ancien vice-président des États-Unis. Sur la liste, ils tenaient compagnie à un quatuor de généraux quatre et cinq étoiles ainsi qu'à une brochette de directeurs de services de renseignements, dont celui de Paige. Les noms de Snow et de Bartuzzi n'y apparaissaient cependant pas.

Spaulding n'avait pas osé demander à Tate ce qu'il entendait faire de la liste et ce dernier s'était contenté de lui dire qu'il lui expliquerait tout ça sous peu.

— Pour l'instant, avait-il conclu, tu te contentes de la maintenir à jour.

Au moment où Tate croyait enfin sa journée terminée, la nouvelle de la première explosion avait déferlé dans les médias. Une heure plus tard, le bilan était de dix-sept stations-service, réparties sur l'ensemble du territoire américain. Au moins autant en Europe. Aucune revendication n'avait été rendue publique. Du moins jusqu'à maintenant. Mais cela ne changeait rien aux conclusions de Tate : s'il fallait une preuve supplémentaire pour corroborer les théories de Blunt, il l'avait. Le pétrole était la principale source de feu de la planète. Autant pour le chauffage que pour alimenter le parc automobile.

Tate avait suivi les informations à la télé durant une grande partie de la nuit, tout en répondant à de multiples appels téléphoniques. Puis, vers six heures trente, au moment où il allait partir chez lui pour tenter de récupérer un peu, il avait reçu un coup de fil. L'ancien vice-président des États-Unis. Ce dernier voulait le rencontrer... Il était prêt à venir à son bureau, à la NSA. Quand ?… Le plus tôt serait le mieux. Il pouvait être là dans une heure. Deux maximum.

Tate s'était alors étendu sur le divan de son bureau avec l'idée de réfléchir à la meilleure façon de faire face à la situation. Il s'était endormi en quelques secondes.

Il avait l'impression de venir à peine de fermer les yeux quand la secrétaire l'avait réveillé. Elle lui apportait son premier café de la journée.

— Qu'est-ce qu'il y a de nouveau à l'agenda depuis hier soir ? demanda-t-elle en ouvrant les rideaux de la fenêtre panoramique.

Tate prit une première gorgée de café comme s'il s'agissait d'un carburant susceptible de ranimer sa mémoire.

— Reportez toutes mes activités de l'avant-midi.

— Une nouvelle crise ?

— Pire. L'ex-VP nous paie une visite.

Montréal, 8 h 16

Crépeau examinait ce qui restait de la station-service. Les enquêteurs et l'équipe technique étaient déjà à pied d'œuvre. Sa présence sur les lieux était carrément inutile.

C'était du temps perdu. Du temps qu'il soustrayait à son vrai travail, qui était de diriger le SPVM. Quand un événement de la sorte survenait, c'était un véritable casse-tête de s'en occuper sans sacrifier les enquêtes en cours. Il y avait des limites à l'utilisation des heures supplémentaires. Des limites financières, mais aussi des limites humaines.

Malheureusement, les médias et le public n'auraient pas compris qu'il ne sacrifie pas au rituel. Aussi, il s'était fait un devoir d'aller sur les lieux et de paraître examiner minutieusement la situation, tout en essayant de ne pas nuire au travail de ses subordonnés. Quelle bêtise !… Pour se dédouaner auprès de sa conscience professionnelle, il se disait qu'il saisissait mieux le contexte en le voyant par lui-même. Que cela pouvait l'aider à avoir une meilleure évaluation des événements…

Et puis, il devait bien l'admettre, tous les prétextes étaient bons pour sortir du bureau.

Il vit Méthot s'approcher de lui. C'était un des enquêteurs qui avait le plus d'expérience. Il lui restait moins d'une année avant la retraite.

— Des chances que ce soit un accident ? demanda Crépeau.

— Du genre « le type qui s'allume une cigarette en faisant le plein » ?

— C'est vrai qu'avec tout ce qui s'est passé ailleurs…

— C'est rendu à combien ?

— Quand je suis parti de la maison, CNN annonçait dix-sept attentats juste aux États-Unis.

— On va sûrement voir débarquer l'équipe anti-terrorisme de la GRC.

Crépeau acquiesça d'un hochement de tête résigné. Cela signifiait que la GRC les laisserait faire le travail, qu'elle s'approprierait tout le crédit de l'opération en cas de succès et qu'elle rejetterait tout le blâme sur leur dos en cas d'échec.

— On a un témoin, reprit Méthot. Il n'a rien vu, mais il a entendu deux explosions presque simultanées.

— Le véhicule aurait explosé et aurait fait exploser le réservoir ?

— C'est ce qu'il y a de plus logique. On est en train de récupérer les morceaux du véhicule. Un Hummer.

— Et la victime ?

— On n'a encore rien trouvé.

Crépeau examina un instant la zone sinistrée.

— J'ai l'impression que les gens qui demeurent à proximité des stations-service vont mal dormir au cours des prochains jours, dit-il.

— Au moins, ils n'ont pas attaqué de raffinerie.

Crépeau regarda Méthot un moment.

— Tu penses ce que je pense ?

— Ce serait logique.

Crépeau jeta un dernier regard sur les lieux de l'incident.

— Il faut que j'y aille.

En arrivant au bureau, il trouverait une façon de faire protéger les raffineries de l'est de la ville. Parce qu'après les stations-service, logiquement, l'étape suivante dans l'escalade, c'étaient les raffineries. Il enverrait aussi un message à Lefebvre, l'ami de Théberge qui travaillait à Québec. Là-bas, ils avaient une raffinerie sur le bord du fleuve. C'était sur la Rive-Sud, mais Lefebvre saurait qui contacter. Et comment les persuader de prendre la menace au sérieux.

Azusa, 7 h 21

L'homme ouvrit la porte arrière de la fourgonnette, y prit deux boîtes de carton, les mit l'une sur l'autre et les transporta jusqu'à une Jeep Cherokee qui accusait plusieurs années de traitements rigoureux. Il revint ensuite à la fourgonnette, y déposa une enveloppe brune et referma la porte du véhicule.

Hussam al-Din baissa les jumelles et attendit que la Jeep ait quitté le stationnement du Americas Best Value Inn. Puis il activa à distance le verrouillage des portes de la fourgonnette.

C'était le dernier client de la région. Après un petit déjeuner au restaurant de l'hôtel, il prendrait l'autoroute 210 et se rendrait à l'aéroport. Quelqu'un d'autre s'occuperait de récupérer la fourgonnette et l'argent que contenait l'enveloppe brune.

Hussam al-Din aurait préféré livrer gratuitement les bombes au phosphore. La logistique aurait été plus simple. Mais cela aurait été suspect. Il aurait eu à répondre à des questions… Pourquoi faisait-il cela ? Pour le compte de qui travaillait-il ?… Tandis que s'il les vendait, la situation était claire : il les vendait pour faire de l'argent. C'était un motif que n'importe qui pouvait comprendre.

Heureusement, tout cela achevait. Dans quelques semaines, le monde aurait changé irrémédiablement. C'en serait terminé de la domination arrogante des Occidentaux. Et lui, il aurait contribué à cette libération. Il pourrait alors retourner chez lui et mener une vie normale.

Mais, pour l'instant, il devait se rendre à Houston. Le travail n'était pas terminé.

HAMPSTEAD, 13 H 49

Skinner et Daggerman regardaient Fogg, anxieux de savoir pour quelle raison il avait tenu à les rencontrer en personne. Ils étaient dans son bureau. À côté de chacun des fauteuils, sur une petite table, il y avait une tasse de fine porcelaine contenant du thé. Deux des tasses étaient presque vides. Celle de Fogg était encore pleine.

— Comme vous le savez, dit Fogg, la mise sur pied du Consortium a été financée par un groupe d'investisseurs désireux de demeurer anonymes. Au fil des ans, ils se sont très peu ingérés dans notre fonctionnement. Tout au plus m'ont-ils envoyé un émissaire à qui j'expliquais périodiquement le déroulement de nos opérations… Depuis quelques années, cependant, les choses ont changé. Au début, c'était insidieux. Puis c'est devenu de plus en plus clair. À mon avis, nous approchons du moment où le Consortium n'aura plus d'utilité à leurs yeux.

Il fit une pause. Les deux autres continuèrent de le regarder, attendant qu'il continue.

— Le choix est simple, reprit Fogg. Ou bien ils nous éliminent, ou bien on les élimine. Et si on choisit de les éliminer, il nous reste peu de temps.

— Qu'est-ce qui vous fait croire qu'il faut agir aussi rapidement ? demanda Skinner.

— Je pense avoir réussi à comprendre toute la portée de leur plan. Et, si j'étais à leur place, je supprimerais le Consortium et je traiterais directement avec les grandes mafias. C'est d'ailleurs ce qu'ils ont commencé à faire… Et quand ils ont réalisé que le Consortium devenait trop puissant, ils ont entrepris de sacrifier des filiales.

— Leur fameux projet de rationalisation, fit Daggerman.

— Exactement. Mais comme je n'avais pas le choix et que je n'avais pas de preuves de leurs intentions… Et puis, il y avait leur insistance pour que je m'occupe de l'Institut.

— Je croyais que c'était uniquement votre idée, fit Skinner.

— Ils m'ont demandé de régler définitivement le problème de l'Institut juste au moment où le sabotage a commencé dans les filiales. La coïncidence m'a frappé. Je me suis demandé si « ces messieurs » n'avaient pas eux-mêmes orchestré les fuites qui ont mené à la destruction de certaines filiales…

La surprise s'inscrivit sur les visages de Skinner et de Daggerman, mais aucun n'émit de commentaire.

— C'est à partir de ce moment, poursuivit Fogg après une légère pause, que j'ai résolu de m'intéresser en priorité à ce que le premier John Messenger avait un jour appelé « leur projet pour les prochains siècles ».

Pendant les huit minutes qui suivirent, Fogg leur exposa ce qu'il avait fini par comprendre de ce projet. De quelle manière le terrorisme s'y intégrait, qu'il soit islamiste ou écologiste. Quel rôle y jouaient les méga-entreprises qui étaient en train de se constituer sous la supervision de l'Alliance mondiale pour l'Émergence.

— Si ces organisations ont l'ampleur que vous dites, fit Daggerman, je ne vois pas très bien comment on peut les arrêter.

— Plus le temps passe, plus cela devient difficile. Mais il y a encore un moyen.

— Un instant, fit Skinner.

Il prit l'ordinateur de poche qui vibrait à sa ceinture et lut le message qui venait de lui parvenir.

— Deux bonnes nouvelles, dit-il en remettant l'appareil à sa ceinture.

Les deux autres se contentèrent de l'interroger du regard.

— Un message de madame Hunter. Ses agents ont réussi à suivre Lucie Tellier jusqu'à une adresse dans le Marais. Un édifice à logements.

— Vous pensez que c'est là que se cache Théberge ? demanda Fogg.

— On verra bien. Ils ont mis en place une surveillance et ils vont se procurer la liste des locataires.

— Et l'autre nouvelle ? demanda Daggerman.

— Ils ont également repéré la femme de Théberge…
Elle fréquente un groupe qui vient en aide aux femmes
en difficulté. Le seul ennui, c'est qu'elle ne semble pas
habiter avec son mari. Ils vont la suivre, elle aussi.

— Madame Hunter est décidément pleine de surprises.

— Puisque vous parlez de surprise, dit Fogg, moi
aussi, j'en ai une pour vous.

Il appuya discrètement sur un bouton fixé sous la
tablette de son bureau. L'instant d'après, F entrait dans
la pièce.

— Je vous présente la directrice de l'International
Information Institute, dit Fogg comme il aurait annoncé
le point suivant de l'ordre du jour.

Seuls ses yeux trahissaient son amusement.

— Vous la connaissez probablement sous le nom de F,
ajouta-t-il, toujours imperturbable.

TV5, 9 H 04

— J'AI LE PLAISIR DE M'ENTRETENIR AVEC MONSIEUR GEORGES-OCTAVE
DALPHOND, VICE-PRÉSIDENT POUR L'AMÉRIQUE DE R-PUUR. MONSIEUR
DALPHOND, AVOUEZ QUE VOTRE PUBLICITÉ, « NOUS VENDONS DU VENT »,
EST POUR LE MOINS PROVOCANTE.

— C'EST POURTANT LA VÉRITÉ. NOUS ALLONS INSTALLER DES CABINES
D'AÉRATION. NOS CLIENTS POURRONT Y PROFITER D'UN VENT D'AIR FRAIS
QUI LEUR PERMETTRA DE RESPIRER PLUS LIBREMENT.

— VOUS ENTENDEZ LES INSTALLER À QUEL ENDROIT ?

— DANS UN PREMIER TEMPS, NOUS VISONS LES GRANDES VILLES DE
L'EUROPE ET DE L'AMÉRIQUE.

— J'IMAGINE QUE CE NE SERA PAS GRATUIT.

— NOUS PRÉVOYONS UN TARIF À LA MINUTE. MAIS LES CABINES SONT
NOTRE PRODUIT HAUT DE GAMME. POUR CEUX DONT LES MOYENS SONT PLUS
LIMITÉS, IL Y AURA DES BORNES PUBLIQUES D'AÉRATION. CHACUN POURRA
Y BRANCHER SON MASQUE POUR QUELQUES MINUTES… LE TEMPS DE RE-
CHARGER SES BATTERIES, COMME ON DIT.

— UN MASQUE QU'IL DEVRA PAYER, JE SUPPOSE…

— LE COÛT EST MINIME, MAIS IL EST INÉVITABLE.

— JE NE SUIS PAS CERTAIN QUE CE SOIT ÉVIDENT POUR NOS TÉLÉSPEC-
TATEURS.

— IL Y AURA DES FORFAITS : PAR EXEMPLE, ON PEUT IMAGINER QUE LE
PRIX DU MASQUE SERA REMBOURSÉ PAR UN RABAIS SUR LES VINGT OU
TRENTE PREMIÈRES UTILISATIONS.

— On les trouvera où, ces masques ?

— Des distributeurs seront installés à proximité des bornes. Pour les collectionneurs, il y aura des masques griffés, qui seront un peu plus chers. On offrira également des masques aux couleurs de différentes équipes sportives.

— Craignez-vous l'opposition des groupes environnementalistes ?

— Pour quelle raison ?

— La nature de votre projet pose quand même une question fondamentale : est-ce qu'on peut considérer l'air comme un produit de consommation comme les autres, susceptible d'appropriation privée et de commerce ?

— À proprement parler, R-PUUR ne vend pas de l'air. Notre slogan le dit très bien. Ce que nous vendons, c'est du vent. Autrement dit, c'est le mouvement de l'air qui est notre fonds de commerce. Pas l'air lui-même… Nous vendons son mouvement. Sa propreté. Sa filtration.

— Vous jouez sur les mots !

— Pas du tout. Nous empruntons l'air à l'environnement, dans sa forme viciée, et nous le retournons à l'environnement sous une forme purifiée… Au total, l'ensemble de nos installations va fonctionner comme une immense usine de filtration délocalisée, éparpillée à la grandeur du continent… Le prix que paieront les usagers peut donc être vu comme une taxe, une taxe bénigne soit, une taxe volontaire, mais une taxe quand même, dont on peut être sûr qu'elle servira au nettoyage de l'environnement.

— À vous entendre, R-PUUR serait à ranger parmi les services publics !

— Vous avez raison… Je vais vous révéler un *scoop*, comme vous dites. Nous sommes sur le point d'intégrer à nos appareils un filtre capable d'éliminer les miasmes de la peste grise… Plus santé publique que ça, tu meurs !

Hampstead, 14 h 19

Les trois hommes écoutaient F depuis plusieurs minutes sans l'interrompre. Elle avait dressé le bilan de ce que l'Institut avait réussi à apprendre sur les intentions des gens qui se tenaient dans l'ombre derrière le Consortium.

— Ils sont pires que des malades ou des pervers : ce sont des idéalistes. Une variante planétaire de gardes rouges. La seule explication que je peux imaginer derrière l'ensemble de leurs actions, c'est qu'ils ont décidé de prendre le contrôle de la planète.

— C'est aussi ce que nous voulons, non ? ironisa Skinner.

— Non. Pas vraiment.

Le regard de Skinner se durcit. Mais il fit un effort pour ne pas répliquer.

— Ce qui a toujours intéressé le Consortium, reprit F, c'est de régir l'ensemble des activités criminelles ou simplement illégales de manière rentable. De gérer cette activité en offrant aux différents groupes des services uniformisés et de qualité. D'intervenir dans l'environnement criminel le moins possible et uniquement pour assurer un meilleur fonctionnement de l'ensemble.

— Et ce n'est pas ce qu'ils désirent ?

— Non. Ce qu'ils désirent, si on se fie à leurs actions, c'est une destruction complète des structures sociales. Leurs actions n'ont pas pour but d'instaurer des outils de contrôle, mais de briser les outils qui existent, tant ceux qui assurent le fonctionnement de la société légale que ceux qui permettent de coordonner les activités illégales. C'est l'humanité complète qu'ils risquent de faire régresser à l'âge de pierre en instaurant différents générateurs de chaos : une famine généralisée, une nouvelle forme de peste, une accélération du réchauffement climatique, une aggravation du manque d'eau potable… Avec, en prime, le déclenchement de plusieurs conflits… On a déjà des champignons qui détruisent les céréales, des champignons qui s'attaquent aux êtres humains… Ce sera quoi, la prochaine étape ? Des champignons nucléaires ?

Fogg avait un mince sourire. Les deux autres hommes la regardaient, légèrement déconcertés, mais en même temps impressionnés malgré eux par l'intensité de son argumentation.

— La question est simple, reprit-elle. Dans un tel contexte, quel pouvoir serez-vous encore capables d'exercer ? Serez-vous encore en mesure de faire de l'argent ?

— Ce sera la même chose pour eux, objecta Daggerman.

— Ils n'ont pas l'air de le croire. Ils pensent peut-être qu'en disposant d'un réseau de places fortes disséminées sur l'ensemble de la planète et qu'en s'alliant à ce qui restera des grandes mafias, ils vont pouvoir exercer leur domination sans avoir à passer par le Consortium.

Un long silence suivit.

— Vous avez des preuves de ça ? demanda Daggerman.

— Partielles. Mais suffisantes pour m'inciter à me joindre au Consortium.

— C'est un accès de *realpolitik* ? ironisa Skinner.

— Stratégie de survie. Le Consortium est l'organisation la mieux placée pour agir de façon rapide et décisive.

Fogg jugea bon d'intervenir.

— C'est un projet dont nous avons beaucoup discuté au cours des dernières années, dit-il.

— Alors, ça rimait à quoi, les actions pour amener l'Institut à se démasquer ? fit Daggerman.

— Il ne fallait surtout pas que « ces messieurs » soient au courant de cette alliance. Tant qu'ils nous croyaient en butte au harcèlement de l'Institut, nous paraissions moins menaçants.

— Sur le plan théorique, je dois admettre que c'est brillant, fit Daggerman.

— Et vos amis de l'Institut ? demanda Skinner en s'adressant à F.

— Ils peuvent s'avérer très utiles.

— Vous pensez vraiment qu'ils vont accepter de travailler pour le Consortium ?

— Rien n'oblige à ce qu'ils le sachent.

Puis elle ajouta avec un sourire :

— Je me charge d'eux.

— Et quand ils ne seront plus utiles ?

— Je viens de vous dire que je m'occupais de ce problème.

Skinner jugea prudent de ne pas révéler devant F l'information qu'il avait reçue la veille. On avait repéré Dominique Weber à Lévis. Et si jamais Fogg tardait trop à s'occuper de l'Institut, le moment venu, il le ferait lui-même.

FORT MEADE, 9 H 44

L'ex-vice-président des États-Unis entra dans le bureau de Tate quatorze minutes après l'heure du rendez-vous. C'était sa façon de souligner sa propre importance. Après tout, quand on avait été président, ou même vice-président, on gardait le titre à vie. Comme si le fait d'avoir été adoubé par le vote populaire, si manipulé qu'il ait été, haussait le récipiendaire au-dessus du reste de l'humanité de façon permanente. À ses yeux, l'élection l'avait fait accéder à un autre ordre d'existence, de plain-pied avec les stars de cinéma, les dieux de l'Olympe et les plus grands tueurs en série.

Tate lui offrit un simple café provenant d'un distributeur situé à trois locaux du sien. Ces joutes de statut, ça pouvait se jouer à deux.

— Alors, je vous écoute, dit-il quand ils furent assis de part et d'autre de la petite table qu'il y avait dans un coin du bureau.

— C'est une question un peu délicate.

— J'imagine. Pour que vous vous déplaciez en personne.

— En effet... Il semblerait que mon nom soit apparu sur certaines listes que vous avez compilées.

— Le vôtre et celui de centaines de personnalités importantes, l'interrompit Tate. C'est un peu normal quand on s'intéresse aux voyageurs qui ont pris l'avion et qui ont une stature internationale.

— Je peux savoir dans quel cadre cette liste a été constituée ?

— En suivant une piste sur les commanditaires des attentats.

— Je ne vois pas le rapport.

L'ex-vice-président réussissait plutôt mal à cacher sa contrariété. Tate dut faire un effort pour ne pas sourire.

— Selon une information que nous avons reçue, dit-il, ce serait un groupe de gens très riches et très influents qui seraient derrière les attentats.

— Vraiment ?

Cette fois, il avait l'air à la fois choqué et incrédule.

— Comme je vous dis, reprit Tate, c'est une piste. Je suis certain que vous serez d'accord avec moi : on ne peut pas se permettre de négliger la moindre piste.

— Évidemment…

L'ex-vice-président hésita un moment. Il paraissait avoir de la difficulté à trouver les mots pour formuler correctement ce qu'il voulait dire.

— Quelque chose vous tracasse ? demanda Tate.

— C'est la surprise. Je croyais que les responsables étaient connus. Comme ils n'arrêtent pas d'inonder les médias de déclarations de revendication…

— Les choses sont parfois plus compliquées qu'il n'y paraît.

— Ça, je veux bien le croire.

Il avait mis dans le ton de sa réponse une assurance légèrement désabusée qu'il voulait faire passer pour une forme de complicité. C'est d'une voix qu'il voulait amusée qu'il ajouta :

— J'essaie seulement d'imaginer la réaction du public ! S'il apprenait que la NSA pourchasse un mystérieux groupe de financiers et d'hommes d'État plutôt que de mettre toutes ses énergies sur les terroristes qui ont été identifiés…

Malgré le ton presque badin de la déclaration, il y avait clairement une menace implicite.

— Puisque nous sommes entre professionnels, répondit Tate, selon vous, qu'est-ce que la NSA devrait faire ?

— Je ne voudrais surtout pas vous dire comment exercer votre métier.

— Bien sûr.

— Néanmoins, puisque vous me le demandez… Je ne consacrerais pas trop de ressources à cette mystérieuse association qui me semble tout droit sortie d'une théorie du grand complot… Cela dit sans vouloir vous offenser.

— Je vous assure qu'il n'y a aucune offense, répondit Tate avec un sourire bienveillant.

— Remarquez, sur le fond, je suis d'accord avec vous : aucune piste ne doit être négligée. Mais, comme partout ailleurs, il est souvent nécessaire d'établir des priorités.

— Vous avez hélas raison. De nos jours, la négociation des priorités est le pain et le beurre de tout dirigeant, dans quelque domaine que ce soit.

L'ex-vice-président se leva.

— Je ne vous importunerai pas plus longuement. Je sais que vous avez beaucoup de travail.

— C'est normal d'expliquer ce qu'on fait à ceux que le public a élus et qui ont la responsabilité politique de l'appareil gouvernemental.

— Si tous les directeurs d'agence pensaient comme vous !

— Si vous avez d'autres questions, sur quoi que ce soit… Il ne faut surtout pas hésiter.

L'ex-vice-président fit un pas vers la sortie. Puis il se retourna.

— Puisque vous en parlez, il y a un détail qui a été porté à mon attention, l'autre jour. Est-il vrai que vos services ont ouvert une enquête sur HomniFood ? C'est une entreprise qui opère dans le domaine des…

— Une enquête est un bien grand mot, l'interrompit Tate. Chaque fois qu'une entreprise acquiert un intérêt stratégique pour les États-Unis, on vérifie discrètement qui la dirige, qui la contrôle… À quels intérêts les dirigeants sont reliés.

— Je comprends… Et les résultats sont satisfaisants ?

— Plus que satisfaisants, fit Tate.

Puis il ajouta avec un large sourire :

— Je dois admettre que j'avais également un intérêt personnel dans cette enquête. Possédant plusieurs actions de la compagnie…

Le visage de son interlocuteur s'éclaira à son tour.

— Vous aussi… Ce serait une bonne idée de se voir plus longuement avant la prochaine assemblée des actionnaires. On pourrait comparer nos notes.

— Ce sera avec plaisir. Si vous avez quoi que ce soit qui me permette d'améliorer les rendements de mes placements !

— Disons que je connais personnellement plusieurs des dirigeants de l'entreprise. C'est utile pour savoir quand acheter les titres, quand les délester… Quel type d'options utiliser…

Tate n'en revenait pas : l'ex-vice-président était quasiment en train d'admettre un délit d'initié.

— Ce qui m'a amené à limiter mes investissements, fit Tate, c'est que la majorité des actions sont détenues par un investisseur privé dont il n'y a pas moyen de connaître les intentions.

— Je ne peux pas croire qu'il y a des limites aux moyens d'enquête de la NSA !

— Malheureusement, dans bien des cas, rien ne vaut les réseaux que les gens des différents milieux tissent entre eux. Personnellement, j'ai un accès limité aux réseaux financiers.

— Écoutez, je ne peux pas être trop précis… Mais, à votre place, je n'hésiterais pas à investir dans cette entreprise. Tout comme dans HomniFlow et HomniPharm, d'ailleurs…

Puis il ajouta, après un moment de réflexion :

— Il faut qu'on reparle de tout ça. Si vous pouvez dégager un peu de temps dans votre agenda, je vous invite à dîner dans ma résidence de campagne.

— Ce serait un plaisir…

— C'est une petite île dans les Antilles. En avion, c'est une promenade de quelques heures. Juste le temps d'expédier un peu de travail pendant le vol pour calmer votre mauvaise conscience de prendre un peu de temps pour vous !

Après d'amples remerciements, Tate referma la porte derrière l'ex-vice-président. Puis il alla arrêter l'enregistreuse.

— Amateur, dit-il pour lui-même.

Il relut ensuite le courriel que Paige lui avait envoyé, juste avant l'arrivée de son visiteur.

Le directeur du Department of Homeland Security exigeait le transfert sous sa responsabilité des terroristes arrêtés par la NSA. Tate n'avait pas le choix d'obtempérer : c'était Paige qui avait la responsabilité de coordonner l'ensemble des activités antiterroristes.

Heureusement, il avait prévu le coup. Une équipe de l'agence aurait eu le temps de procéder aux premiers interrogatoires.

RDI, 10 H 32

> ... LES ENNEMIS DE GAÏA NE SE LIMITENT PAS AUX GRANDES CORPORATIONS. DES MILLIONS DE CONSOMMATEURS SONT COMPLICES. IL EST TEMPS DE FAIRE DES EXEMPLES. IL EST TEMPS QUE CHACUN RÉALISE QU'IL EST RESPONSABLE DE SA CONSOMMATION. L'ÉNERGIE APPARTIENT À TOUT LE MONDE. CEUX QUI L'ACCAPARENT LE FERONT DÉSORMAIS À LEURS PROPRES RISQUES ET PÉRILS. NOS INTERVENTIONS SERONT FOUDROYANTES. QUE LES CONDUCTEURS DE VÉHICULES UTILITAIRES SPORT, QUE LES PROPRIÉTAIRES DE PISCINES CHAUFFÉES, QUE LES GASPILLEURS D'ÉNERGIE EN TOUS GENRES SE LE TIENNENT POUR DIT ! LES ENFANTS DE LA FOUDRE LES POURSUIVRONT SANS RELÂCHE...

PARIS, 17 H 25

Blunt regardait avec attention les deux gobans affichés sur l'écran de son ordinateur portable. Une petite icône, qui représentait un ancien téléphone Marly 1941, pulsait doucement dans le coin supérieur gauche. C'était la seule indication que le logiciel de communication verbale était activé.

— J'ai revu les enregistrements de la perquisition à St. Sebastian Place, dit-il. Puis j'ai consulté la liste des livres qui ont été saisis.

— Tu en penses quoi ? répondit la voix de Dominique.

— Que c'est étonnant de trouver des livres de science-fiction rangés parmi un groupe d'essais politiques et philosophiques.

— Ils étaient peut-être simplement mal rangés.

— D'après la liste qui a été faite, il y avait seulement deux livres de science-fiction dans l'ensemble de la bibliothèque.

— Qu'est-ce que tu en conclus ?

— Ils n'étaient pas là par hasard.

— Tu parles de *Dune* et de la trilogie *Fondation*, d'Asimov ?

— Oui. *Fondation* raconte l'histoire d'une sorte de société secrète qui se donne les moyens de survivre à une période d'anarchie et de décadence, sans que personne ne le sache, de manière à pouvoir assurer la reconstruction de la civilisation une fois la période de chaos terminée.

— Et *Dune* ?

— C'est une allégorie sur la situation du Moyen-Orient. Un peuple opprimé et exploité, qui vit sur une planète désertique, a comme seule richesse l'épice, une substance qui alimente les vaisseaux spatiaux des autres planètes et leur permet de voyager. Les opprimés se révoltent, se libèrent et reprennent le contrôle de l'épice.

Pendant plusieurs secondes, aucun son ne se fit entendre dans la pièce. Extérieurement, Blunt paraissait toujours concentré sur sa partie de go.

— Autrement dit, reprit la voix de Dominique, ils se prépareraient à survivre à l'apocalypse…

— Une apocalypse qu'ils travaillent à accélérer.

— Ce qui implique le renversement de l'exploitation planétaire occidentale…

— Ça expliquerait le volet islamiste et le volet écolo.

— Et l'Arche… ce serait comme l'Arche de Noé ?

— Possible.

— Si c'est vrai, l'Archipel pourrait être un réseau d'arches qui couvre la planète.

— Ils ne peuvent pas espérer garder ça caché longtemps. Leur but ne peut pas être de survivre dissimulés pendant des siècles.

Une nouvelle période de silence suivit. Blunt posa une pierre blanche sur un des jeux de go. Puis, presque tout de suite après, une pierre noire.

— On n'a pas les moyens de surveiller tous ces endroits, reprit la voix de Dominique. Et encore moins d'intervenir partout.

— Une intervention sur l'ensemble des sites impliquerait la coordination de dizaines de gouvernements…

— Je vais en parler à F.

— S'il n'y a aucune autre possibilité, on pourra toujours se rabattre sur le plan de Chamane.

— Tu penses que ça peut marcher?

— Tout dépend de son évaluation de l'éthique des *hackers*.

— L'éthique des *hackers*… Si tu veux mon avis, on est mieux d'avoir un plan B.

GUERNESEY, 16 H 42

Norm/A était perplexe. Le petit spectacle que Chamane avait monté à son intention ne manquait pas de cran. Ouvrir son jeu de la sorte! Et forcer son client à le faire à son insu!… C'était plus que de la créativité. On était dans une nouvelle catégorie mentale qu'il restait à nommer!

Bien sûr, tout pouvait avoir été mis en scène à son intention. Mais les voix ne semblaient pas jouées. Et son appel aux valeurs des *hackers* était tout à fait dans la ligne de celles des U-Bots. Ça valait la peine de le contacter. Mais avant, elle avait tenu à jeter elle-même un œil aux activités du client pour qui elle travaillait.

C'était à cela qu'elle avait passé l'après-midi.

Jusqu'à ce jour, elle n'avait jamais cherché à comprendre la nature exacte des activités de l'entreprise qui l'engageait. Elle s'était contentée de rendre inviolables les réseaux, les VPN et les sites qui lui appartenaient. À l'occasion, elle avait infiltré ou saboté les sites de certains compétiteurs. Ou même leurs VPN. Mais rien de vraiment sérieux. Juste le genre de choses que les multinationales se font normalement entre elles…

Pour Norm/A, l'accès aux documents secrets d'Homni-Food n'était pas un problème. Aux yeux du système informatique de l'entreprise, elle était Dieu. Au sens littéral. Elle pouvait être partout, avoir accès à tout, décider de ce qui existait et de ce qui n'existait pas… Elle l'avait même créé! Un seul pouvoir lui manquait pour être vraiment divine : savoir tout. Le savoir total était là, virtuel, mais il fallait qu'elle le trouve. Et la clé, pour le trouver, c'était de poser les bonnes questions. De regarder aux bons endroits.

Tout au long de l'après-midi, alors qu'elle naviguait à travers les centaines de milliers de documents archivés sur le réseau, elle s'était demandé à plusieurs reprises si c'était cela, le problème de Dieu, si c'était là l'explication de son impuissance : il n'arrivait plus à contrôler son savoir virtuel. Il ne savait plus où étaient toutes les choses.

Une heure après le début de ses recherches, elle était tombée sur le premier document vraiment éclairant. C'était un courriel de Gravah. Il était archivé dans un dossier enfoui au vingt-huitième niveau hiérarchique.

> Une fois que les trois laboratoires seront récupérés par HomniFood, leur reconversion ne posera aucune difficulté : ils vont travailler exclusivement à la recherche de moyens pour neutraliser le champignon tueur de céréales. La recherche de nouveaux champignons tueurs est déjà transférée à trois autres laboratoires. Le retard sera tout au plus de deux mois.

Dix minutes plus tard, elle découvrait un autre courriel qui fixait le calendrier de fabrication d'un second champignon. Et d'un troisième. Le texte se terminait par une déclaration d'optimisme quant au respect de l'échéancier, compte tenu du fort potentiel mutagène des champignons.

Chamane avait donc raison. HomniFood n'était pas une multinationale comme les autres. Elle planifiait en toute connaissance de cause la mise au point de produits susceptibles de détruire une grande partie du stock alimentaire de la planète. Par comparaison, la rapacité et le cynisme habituel des multinationales faisaient figure d'incartades réglementaires bénignes.

Norm/A avait alors décidé d'examiner les archives d'HomniPharm.

Cette fois, la recherche avait été plus rapide, le système de classement de Windfield étant identique à celui de Gravah.

En parcourant les courriels archivés, elle avait découvert les mêmes allusions à des programmes de recherche visant à mettre au point des champignons susceptibles de provoquer des épidémies. Sauf que, cette fois, ce n'étaient plus les céréales qui étaient visées : c'était l'espèce humaine.

Elle avait ensuite ouvert la section des archives consacrée à la gestion du personnel.

Des dossiers y documentaient le rendement de chacun des chercheurs. D'autres établissaient des listes de besoins... Il y avait toutefois un dossier qui la laissa stupéfaite : celui du recrutement. Dans la liste des arguments susceptibles de convaincre les chercheurs de se joindre à la compagnie, certains étaient pour le moins surprenants :

- persuasion sexuelle
- persuasion financière
- persuasion au moyen de menaces contre la réputation
- persuasion incluant des préjudices
- persuasion incluant des préjudices sur des proches
- impossible à persuader : référer au responsable des contre-mesures.

Dans chacun des dossiers individuels, un certain nombre d'arguments étaient suivis d'un ou de plusieurs crochets.

Les trois laboratoires d'HomniFood qui avaient été perquisitionnés n'étaient pas une exception. Ces pratiques étaient répandues à la grandeur de l'organisation.

Quand Norm/A quitta son bureau de travail, sa décision était prise : elle parlerait à Chamane. Puis elle agirait. Elle avait une idée assez précise de ce qu'elle voulait faire. Mais avant, elle procéderait à une dernière vérification.

Après le thé, elle visiterait le site d'HomniFlow et celui d'HomniCorp.

www.toxx.tv, 12 h 06

... UNE AUTRE MAGOUILLE DE L'*ESTABLISHMENT*. SELON NOS INFORMATEURS À L'INTÉRIEUR DES SERVICES DE RENSEIGNEMENTS DES ÉTATS-UNIS, LES RESPONSABLES DES ATTENTATS TERRORISTES SONT CONNUS. CE SONT

TOUS DES AMÉRICAINS. ILS S'APPELLENT LES US-BASHERS. ILS SONT COMPOSÉS DE NON-MUSULMANS ET DE MUSULMANS NÉS AUX ÉTATS-UNIS. LEUR BUT EST DE DÉTRUIRE LES ÉTATS-UNIS. ILS SONT SUBVENTIONNÉS PAR DES PAYS ISLAMISTES. UN DES TERRORISTES A TENU UN JOURNAL DANS LEQUEL IL RACONTE TOUTE L'HISTOIRE DU GROUPE, DEPUIS SA FONDATION JUSQU'AUX DERNIERS ATTENTATS.

POURQUOI ILS NE LES ARRÊTENT PAS S'ILS LES CONNAISSENT ? POURQUOI ILS N'EN PARLENT MÊME PAS ?... C'EST SIMPLE : PARCE QU'ILS SERAIENT OBLIGÉS DE DÉMASQUER LEURS COMMANDITAIRES. ET PARCE QUE LEURS COMMANDITAIRES SONT DES AMIS DE NOS DIRIGEANTS. À CAUSE DU PÉTROLE... VOUS VOUS RAPPELEZ LE 11 SEPTEMBRE ? TOUS LES AVIONS CLOUÉS AU SOL ? MÊME CEUX QUI TRANSPORTAIENT DES ORGANES POUR LES GREFFES ?... TOUS LES AVIONS. SAUF UN. CELUI QUI A RÉCUPÉRÉ LES MEMBRES DE LA FAMILLE BEN LADEN AUX QUATRE COINS DES ÉTATS-UNIS ET QUI LES A EXPÉDIÉS DARE-DARE EN ARABIE... JE VOUS LE DIS, L'ÉLECTION N'A RIEN CHANGÉ. NOS SUPPOSÉS NOUVEAUX DIRIGEANTS CONTINUENT D'ÊTRE AUX ORDRES DES ARABES. ILS CONTINUENT DE LES PROTÉGER...

SALT LAKE CITY, 10 H 21

Michael Serano était un croyant humble et convaincu. Toute sa vie, il avait obéi scrupuleusement à sa conscience. En toutes circonstances, faire son devoir de croyant était le principe qui avait guidé sa vie. Aussi avait-il été étonné en entendant les messages des terroristes islamistes.

Sur le fond, bien sûr, ils avaient tort. L'Église de Jésus-Christ des Saints des Derniers Jours était la seule véritable Église. Mais il y avait quelque chose de respectable chez ces musulmans. Ils avaient la lucidité de voir où était l'ennemi. Et ils avaient le courage d'agir selon leurs convictions.

Les librairies de la ville diffusaient réellement la culture du démon. Non seulement au moyen de livres empoisonnés par la sexualité, la négation de Dieu et la raillerie à l'endroit des croyants, mais aussi, maintenant, avec de la musique qui incitait à la débauche et avec des films pornographiques.

Et personne ne faisait rien !

Toute la communauté était tiède. On parlait de tolérance. De respect de la liberté de pensée et d'expression. De démocratie... Mais plus personne ne parlait de vérité. De vertu.

Le Seigneur avait pourtant dit : « Je vomirai les tièdes ! »

La liberté à laquelle ils accordaient tant d'importance, c'était celle de corrompre les enfants. De ruiner à la base la vie morale du pays. Il était temps que quelqu'un intervienne. Que quelqu'un donne l'exemple. Bref, que quelqu'un fasse son devoir. Son devoir de citoyen. Et de croyant.

Bien sûr, ce serait mal vu. Plusieurs s'empresseraient de le condamner. Mais on ne faisait pas son devoir pour gagner des concours de popularité. On le faisait parce que c'était ce qu'il y avait à faire. Parce que c'était juste.

Aussi, c'est rempli de fierté et pénétré de l'importance de son geste que Michael Serano entra dans la librairie. Il se dirigea vers le fond du local et déposa discrètement par terre le sac qu'il tenait de la main gauche.

Pour la portée symbolique du geste, il le laissa juste à côté du rayon qui était surmonté de la pancarte « Érotisme », coincé entre le mur et le rayon.

Puis il sortit.

En retournant chez lui, il se dit qu'on mettrait sûrement l'attentat sur le dos des islamistes. La chose le rendait un peu mal à l'aise. Il aurait préféré ne pas mentir, revendiquer publiquement son acte. Mais cela aurait été de l'orgueil. L'important, c'était qu'il reste libre. Qu'il puisse faire d'autres gestes. Qu'il continue à faire son devoir.

À la longue, son exemple serait peut-être suivi.

TF1, 13 H 07

> … CES AGENTS DU GIGN ONT DONNÉ LEUR VIE POUR SAUVER LA FRANCE — QUE DIS-JE ? — POUR SAUVER L'HUMANITÉ. CAR C'EST L'HUMANITÉ ENTIÈRE QUI EST VISÉE PAR CES TERRORISTES. LEUR SACRIFICE NE SERA PAS OUBLIÉ. JE M'Y ENGAGE…

PARIS, 19 H 22

Après avoir procrastiné en prenant un café au coin de la rue, Théberge s'était résigné à affronter les quatre étages de l'escalier. Non seulement la grève des ascensoristes ne donnait aucun signe de vouloir se régler, mais celle du métro devenait de plus en plus inévitable. On l'annonçait maintenant pour le surlendemain.

Mais il n'avait pas le choix : il fallait qu'il contacte Dominique pour l'informer de ce que son ami Gonzague lui avait appris.

En ouvrant la porte de son appartement, il se trouva face à une vieille femme très mince, aux traits orientaux, qui le regardait en souriant.

Un instant, Théberge pensa qu'il s'était trompé d'appartement. Mais c'était impossible. Ses deux clés n'auraient pas ouvert la porte s'il n'avait pas été au bon endroit.

— Qu'est-ce que vous faites ici ?

— Vous êtes en avance, répondit la vieille femme. Je n'ai même pas eu le temps de refaire mon maquillage.

Pendant qu'il l'écoutait, Théberge remarqua les deux jeunes filles qui jouaient à un jeu vidéo dans la partie salon. Elles avaient branché une console à la télé et elles s'amusaient à un jeu où deux guerrières abattaient des monstres, un après l'autre, avec de gigantesques épées. Chaque mise à mort était accompagnée de gargouillements, de râles et de cris monstrueux. Par chance, le son de la télé n'était pas trop élevé.

— Quel maquillage ? demanda Théberge comme s'il réalisait à retardement ce qu'elle avait dit.

La vieille femme ignora totalement la question.

— Ne restez pas planté devant la porte, dit-elle en le prenant par le bras pour qu'il entre. Faites comme chez vous.

Théberge avança de deux pas.

— Qui est-ce ? demanda-t-il en désignant les deux jeunes filles, qui continuaient de jouer en les ignorant complètement.

La vieille femme leur jeta un bref regard, puis son attention revint à Théberge. Son sourire semblait s'être épanoui.

— Mes deux professeurs, dit-elle.

Son sourire prit une nuance d'amusement quand elle vit la perplexité de Théberge.

— Je leur enseigne quelques trucs de combat, poursuivit la vieille femme, et elles m'en apprennent énormément sur moi-même. Au net, je leur suis redevable.

— Et vous êtes ?

— Une vieille femme.

— Vous n'avez pas de nom ?

— Certains persistent à m'appeler Brise sagace. Mais c'est mauvais pour ma vanité.

— C'est elle qui va assurer ma protection, enchaîna brusquement une voix dans le dos de Théberge.

Il se retourna. Sa femme était sur le seuil de la porte. Elle le regardait en souriant.

— Tu vas être content, reprit-elle, je vais pouvoir demeurer avec toi à l'appartement et tu ne seras pas inquiet quand tu vas partir vaquer à tes occupations.

— Elle ? fit Théberge en regardant la vieille femme. C'est elle qui va te protéger ?

— En fait, répondit Brise sagace, ce seront surtout mes assistantes qui se chargeront du travail.

Elle se tourna vers les deux jeunes femmes.

— Comme vous le voyez, poursuivit-elle, elles ont commencé à s'entraîner.

— En jouant à des jeux vidéo ?

Théberge avait passé le stade de l'incrédulité. Il se demandait carrément si sa femme n'avait pas perdu l'esprit.

— L'armée américaine utilise des jeux vidéo depuis des années pour entraîner ses soldats, répliqua son épouse. C'est toi-même qui me l'as dit.

— De toute façon, c'est uniquement pour ranimer leur esprit guerrier, fit Brise sagace. Ce sont déjà des combattantes.

— Mais… ce sont des ados ! protesta Théberge.

— Comme les jeunes qu'on envoie en Afghanistan ! répliqua sa femme.

Puis elle ajouta, comme s'il s'agissait de rassurer un enfant inquiet sans raison :

— Tu peux leur faire confiance, Gonzague. Elles sont parfaitement capables d'assurer ma protection.

Théberge regarda longuement son épouse. Il comprit que son idée était faite. Sans qu'il sache comment, cette vieille femme et les deux ados l'avaient convaincue qu'elles pouvaient la protéger.

— Elles ne peuvent quand même pas rester ici vingt-quatre heures sur vingt-quatre, dit-il en désespoir de cause. Tu as vu la grandeur de l'appartement ?

— L'appartement d'à côté s'est providentiellement libéré, répondit Brise sagace. Nous y habiterons, ce qui permettra de surveiller votre appartement pour le cas où des visiteurs indésirables se manifesteraient.

Théberge la regarda. Puis il regarda les deux adolescentes, toujours occupées à leur jeu vidéo. Il les voyait de côté. L'une avait les cheveux violets et un piercing au sourcil gauche. L'autre avait les cheveux verts. Les deux portaient des combinaisons moulantes recouvertes d'un blouson : l'un aux couleurs des Packers de Greenbay, l'autre à celles des Cowboys de Dallas.

Les deux se tournèrent brusquement vers lui, comme si elles avaient senti en même temps qu'il les observait.

— C'est vous, tonton Théberge ? demanda celle aux cheveux violets.

Ce n'était pas une question.

— Il n'est pas convaincu, répondit celle aux cheveux verts.

— Normal.

— Mais il n'est pas de mauvaise foi.

— Évident.

— Il va finir par comprendre.

— Probablement.

Puis, comme si elles estimaient avoir réglé la question, elles se retournèrent simultanément vers l'écran et continuèrent à massacrer les squelettes qui sortaient de terre aussi vite qu'elles les abattaient.

Washington, 13 h 29

L'attention de Paige était partagée entre l'écran numérique, qui couvrait une grande partie du mur, et la manette de la console de jeu qu'il tenait entre ses mains.

C'était un des derniers gadgets des services techniques : l'hybridation entre les interfaces commerciales et la technologie de l'agence. Les responsables pouvaient suivre le déroulement des opérations comme s'ils étaient sur place. Et, grâce aux manettes, ils pouvaient agir sans passer par toute une chaîne d'intermédiaires.

Tate avait accepté de lui transférer la responsabilité des terroristes sans faire d'histoires. À peine avait-il protesté pour la forme. Il avait seulement insisté pour choisir l'endroit où aurait lieu l'échange… Sans doute avait-il compris qu'il ne servait plus à rien de s'opposer à lui.

Grâce à la caméra de l'hélicoptère, qui suivait le convoi à une altitude suffisante pour ne pas être repérée, Paige regardait sur l'écran la progression des quatre véhicules. Il vit le convoi sortir de l'autoroute et emprunter une route secondaire.

Le lieu de l'échange était huit kilomètres plus loin, sur cette route.

À côté de l'image visuelle, un diagramme permettait de suivre la progression du convoi : quatre rectangles se déplaçaient sur la ligne représentant la voie secondaire.

S'il fallait en croire les chiffres affichés sous le diagramme, la voiture contenant les prisonniers avançait à une vitesse de 116,8 kilomètres à l'heure. Deux voitures la précédaient. Une la suivait. Les quatre voitures étaient identiques, mais, à l'intérieur de chacune, les taches de chaleur variaient. Dans trois des limousines, il y en avait quatre : deux à l'avant, deux à l'arrière. Dans l'autre, il y en avait six : deux à l'avant, deux à l'arrière et deux sur la banquette du centre.

Sur le diagramme, les quatre rectangles représentant les véhicules arrivaient à proximité de deux flèches jaunes qui pulsaient, à la gauche de la route. Un peu en retrait, derrière les deux premières flèches, une troisième, de couleur orange, pulsait également.

Quand la voiture contenant les terroristes arriva à leur hauteur, les mains de Paige se crispèrent sur la console de jeu. Il passa en mode visuel.

Maintenant, il voyait la route comme s'il était en embuscade à une trentaine de mètres de la chaussée. Il prit une respiration et, juste au moment où le troisième véhicule entrait dans l'écran, il appuya sur un bouton de la manette.

Avec moins d'une seconde de décalage, les deux lance-roquettes furent activés. Une des roquettes atteignit le moteur, l'autre s'enfonça dans la porte de la banquette arrière. Sous l'impact, la voiture fut projetée de l'autre côté de la route. Elle était maintenant enveloppée d'une boule de feu.

Toutes les voitures s'étaient immobilisées. Déjà, des agents se précipitaient avec des extincteurs.

Paige appuya sur un autre bouton de la manette. Un missile guidé par la chaleur fut mis à feu et se dirigea vers la limousine qui brûlait.

L'opération avait été un succès. Personne ne douterait que ce soient les terroristes qui avaient éliminé leurs complices pour les empêcher de parler. L'emploi d'armes utilisant le feu, à cause de sa valeur symbolique, serait amplement souligné dans le message revendiquant l'attentat.

Le Department of Homeland Security, pour sa part, expliquerait qu'un camion lance-missiles, qui avait disparu d'une base militaire un mois plus tôt, venait d'être retrouvé à proximité des lieux de l'attentat.

Quant à l'équipe qui avait réalisé la mission, il n'y avait aucun danger de fuite. Personne ne parlerait. Car ils n'étaient pas seulement des militaires : ils appartenaient aussi à une organisation patriotique paramilitaire que Paige protégeait depuis des années : Freedom for America. Elle comptait plus d'une centaine de membres. Ce qui les réunissait, c'était la conviction que le pays était devenu trop mou, que la seule solution, avec les terroristes, c'était de les éliminer. Et tant pis s'il y avait des victimes collatérales : cela faisait partie du coût à payer pour garantir la sécurité du grand nombre et le mode de vie américain.

Paige pouvait maintenant se concentrer sur le rapport qu'il ferait au Président. Rapport dans lequel il ne manquerait pas de souligner que les terroristes étaient encore sous la responsabilité de Tate au moment où l'attaque avait eu lieu.

Ottawa, 13 h 48

Jack Hammer était furieux.

Comme à l'habitude, quand il était dans cet état, il débarqua dans le bureau de son principal conseiller, Gilmour Cheese, pour passer sa mauvaise humeur sur lui.

— Théberge est un ami de la France ! tempêtait Hammer en parodiant une voix haut perchée. Il n'est pas question qu'on lui crée des ennuis ! Et encore moins qu'on le mette dans un avion !

Cheese ne paraissait pas impressionné. Il se contentait de sourire de façon retenue. Il y avait longtemps que les colères de son ami ne l'inquiétaient plus. Les deux hommes avaient conclu un accord : Hammer se contrôlait en public, surtout en présence des médias. En échange, il pouvait se défouler sur lui et l'engueuler autant qu'il le voulait. À condition que ce soit en privé.

— Un mandat international ! poursuivit Hammer. Ils exigent un mandat international !

Cheese savait très bien de quoi Hammer parlait. Toute la discussion censément privée que le premier ministre venait d'avoir avec l'ambassadeur de la France avait été retransmise à son bureau.

Une requête qui aurait normalement été une formalité, compte tenu de l'échange de bons procédés que pratiquaient les deux pays, avait pris une tournure inattendue. L'ambassadeur avait expliqué à Hammer que la France ne pouvait pas accéder à sa demande de déclarer Théberge *persona non grata*. Il n'était pas question de le mettre dans le premier avion en direction du Canada.

Manifestement, Théberge avait là-bas de très hautes protections.

— Qu'est-ce que je vais pouvoir dire à Petrucci ?

— L'important, c'est de pouvoir lui montrer que tu prends l'affaire au sérieux.

— Je ne vais quand même pas déclarer la guerre à la France !

— Ce ne sera probablement pas nécessaire, répliqua Cheese, pince-sans-rire.

— On pourrait le faire enlever par les services secrets…

— C'est risqué. Visiblement, ce policier a là-bas des amis haut placés. Ils lui ont sûrement accordé une protection. Nos agents ne seront pas de taille.

— Les Américains pourraient s'en charger. Si je leur donne mon accord…

— Il faut que ce soient les Canadiens qui fassent un geste.

— Suggères-tu que je rappelle notre ambassadeur ? demanda Hammer sur un ton de dérision. Que je ferme leurs consulats ? Que je coupe nos relations diplomatiques ?

— Ça n'a pas besoin d'être aussi dramatique. Il y a toujours des programmes bilatéraux qui sont moins essentiels.

— Je ne vais quand même pas compromettre l'activité de nos entreprises en abolissant un programme de collaboration !

— Non, mais il y a la culture.

— Ça !…

— Tu coupes deux ou trois programmes qui subventionnent la venue de leurs artistes et tu leur laisses savoir que tu n'as pas le choix de donner des gages aux Américains. Ils vont en couper trois ou quatre en représailles. Tout le monde va être content…

— Et comment est-ce que je peux justifier ça dans les médias ?

— À côté de la peste grise et du champignon tueur de céréales, ça va passer inaperçu. Les médias ne vont pas s'y intéresser… Et s'ils en parlent quand même, tu nommes deux ou trois sénateurs-vedettes, ou controversés… tout le reste va disparaître de l'actualité.

Hammer s'arrêta de marcher de long en large dans la pièce, comme s'il voulait réfléchir. Son visage était moins rouge.

— Tu as probablement raison, dit-il.

Cheese s'abstint de répondre : « Comme toujours. »

CALGARY, 11 H 55

La réunion s'était achevée dans une atmosphère d'euphorie contenue. Ils s'étaient donné rendez-vous au Il Sogno, un des meilleurs restaurants italiens de la ville. Malgré le nom du restaurant, ce n'était pas seulement un rêve : ils avaient vraiment de quoi fêter.

Les dirigeants de Calgoil avaient entendu ce qu'ils désiraient entendre. Frederik Hallman, le consultant qu'ils avaient engagé, avait confirmé la faisabilité de leur projet d'expansion. Il avait même trouvé une banque prête à leur accorder le prêt et la ligne de crédit nécessaires. Leur seule exigence était que Calgoil devance le lancement du projet et qu'elle procède simultanément aux travaux sur les cinq sites.

C'était inattendu. La pratique courante des institutions financières était plutôt de ratatiner les projets qu'elles acceptaient à force de précautions : allongement du calendrier d'implantation, réduction des investissements initiaux, report des phases de développement…

Mais Hallman leur avait expliqué la situation particulière dans laquelle se trouvait la banque : elle n'avait aucun doute sur la rentabilité de l'ensemble du projet et elle disposait des capitaux nécessaires pour le financer dans sa totalité. Immédiatement… Dans quelques années, ce serait plus difficile : elle avait des engagements importants à moyen terme et elle aurait alors moins de capital disponible. Il serait dommage de sacrifier une partie du projet pour des raisons d'échéancier.

Les administrateurs avaient consenti de bon cœur à cette exigence.

Dans son véhicule, en se rendant au restaurant, Hallman prit le temps d'appeler son supérieur.

— C'est fait, dit-il.

— Ils ont tout avalé ?

— Dans un an, ils n'existent plus. BF va pouvoir les racheter pour une bouchée de pain.

Hallman ne connaissait pas l'identité de « BF ». À l'intérieur de la firme, cette société était connue uniquement sous cet acronyme. Son patron était le seul à communiquer avec eux. Mais cela ne le gênait pas. Depuis que leur entreprise de consultation faisait affaire avec BF, son salaire et ses différents bonus avaient augmenté au-delà de ses espérances. Car la firme recevait désormais une double rémunération : d'une part, elle se faisait grassement payer par les entreprises qui avaient recours à ses services pour se développer ; d'autre part, elle recevait un montant équivalent de BF, une société qui paraissait spécialisée dans les acquisitions hostiles et le rachat d'entreprises en détresse.

En plus, le travail était facile. La seule chose qui lui était demandée, c'était d'amener ses clients à utiliser les services d'une institution financière faisant partie de la liste que BF leur avait fournie – ce qui avait l'avantage supplémentaire de disposer de la partie la plus difficile de leur travail : le financement des projets.

LCN, 14 H 02

> ... ON S'ATTEND À CE QUE D'IMPORTANTS DISPOSITIFS DE SÉCURITÉ SOIENT DÉPLOYÉS CE SOIR, POUR LA MANIFESTATION DEVANT LES BUREAUX DE PROMISED LANDS DEVELOPMENT, L'ENTREPRISE QUI GÈRE LE TERRITOIRE DE TREMBLANT. COMPTE TENU DES MENACES PROFÉRÉES À L'ENCONTRE DES PROPRIÉTAIRES...

PARIS, 20 H 04

Dans son appartement de la rue Pommard, Victor Prose compilait des informations sur la qualité de l'air.

> *2007 : augmentation de 3,5 % des rejets de gaz à effet de serre, 0,8 % de plus que prévu. La proportion moyenne de gaz produit par la fabrication d'un objet diminue, mais la diminution est éclipsée par l'augmentation du nombre d'objets fabriqués.*

Le réchauffement déstabilise le méthane confiné dans le sous-sol de l'Arctique. Des milliards de tonnes de méthane risquent d'être libérées. Le méthane est un gaz à effet de serre vingt fois plus nocif que le gaz carbonique.

De temps à autre, il jetait un regard distrait à la télé, qui était syntonisée à une chaîne d'information en continu. Quand le visage de Sarkozy apparut à l'écran, Prose se détourna de l'ordinateur pour regarder la télé.

... FRANÇAIS, FRANÇAISES, DES TERRORISTES SE SONT ATTAQUÉS AUJOURD'HUI À LA MÉMOIRE COLLECTIVE DE LA FRANCE. À SON IDENTITÉ. FACE À CETTE MENACE, L'ÉTAT FRANÇAIS RÉAGIRA AVEC TOUTE LA DÉTERMINATION ET TOUTE L'ÉNERGIE QUE L'ON ATTEND DE LUI...

Prose coupa le son. La suite était prévisible : de nouvelles mesures répressives seraient promulguées, mais on les appliquerait avec modération et discernement !

Il ferma le dossier sur la qualité de l'air et amorça la tournée des sites d'information.

La Russie avait dénoncé le nouveau train de mesures décrétées par Washington. Cela équivalait, selon Moscou, à utiliser l'arme alimentaire et l'arme pharmaceutique contre tous les pays qui leur déplaisaient... Aux États-Unis, les attaques contre les musulmans se poursuivaient... À Genève, un groupe d'experts avait démenti l'existence de pestes visant des groupes raciaux particuliers ; des manifestants avaient toutefois interrompu la conférence de presse en accusant les experts d'être à la solde des Blancs et des capitalistes...

Victor Prose rabattit l'écran de son portable, découragé.

PARIS, 21 H 42

— Ça me prend des preuves ! fit la voix de Tate.

Blunt examina un instant le visage contrarié de l'Américain sur l'écran, puis il laissa son regard glisser vers la fenêtre, où il voyait déambuler les promeneurs, de l'autre côté de la rue Rivoli.

— Je ne peux pas aller voir le Président avec ce qu'on a, poursuivait Tate.

— La coïncidence est quand même étonnante. Statistiquement…

— Les statistiques ne sont pas des preuves. Tu me vois expliquer au Président, en présence de tous ceux qui veulent ma peau, que j'ai fait des recoupements entre deux listes : une de voyageurs américains qui ont été un peu partout sur la planète, l'autre de gens qui sont membres d'une sorte de club de bienfaisance, et que c'est sur ça que je me fonde pour conclure que l'ancien vice-président des États-Unis et divers dirigeants d'agences de renseignements font partie d'un complot terroriste planétaire ?

— D'accord, tu ne vas pas aller voir le Président.

Tate poursuivit sans l'écouter.

— Déjà que Paige a réussi à me mettre sur le dos la disparition des terroristes que j'avais arrêtés !

— Mais tu as vu comme moi que le trafic aérien s'est intensifié au cours des dernières vingt-quatre heures, non ?

— Oui.

— Je ne sais pas ce qui se passe dans l'Archipel, mais je suis prêt à parier que c'est quelque chose de majeur. La probabilité est de soixante-treize virgule trente-sept pour cent.

— Ce qui se prépare, c'est que Paige va prendre comme prétexte l'existence des US-Bashers pour renforcer les mesures de sécurité et augmenter son emprise sur le pays !

— C'est quand même toi qui as empêché les attentats contre les bibliothèques !

— Oui, mais les terroristes ont été éliminés pendant qu'ils étaient sous ma responsabilité.

— Tu penses que Paige est impliqué ?

— Il était le seul qui connaissait le lieu de la rencontre.

— Il connaissait le trajet ?

— Non. Mais il y avait seulement deux voies d'accès.

— L'essentiel, c'est que tu préserves ton pouvoir d'intervention. On va avoir l'occasion d'agir bientôt.

— Quelle probabilité ? ironisa Tate.

— Quatre-vingt-trois virgule quarante-six, répondit très sérieusement Blunt.

— Si ce n'est pas très bientôt, il n'y aura plus rien à faire. Du moins pour moi. Paige va tout contrôler… Ce midi, il a réclamé que je lui donne en priorité tout le temps satellite dont je dispose.

— Tu vas réellement lui céder le contrôle ?

— De tous les satellites qui existent officiellement.

— Les autres, il t'en reste combien ?

— Trois… C'est suffisant pour trianguler. Mais comme ils font le tour de la planète, je suis toujours à la merci de l'endroit où ils sont dans leur orbite.

Blunt demeura un moment sans répondre. Son regard se tourna de nouveau vers la fenêtre.

— Je suggère qu'on prépare une attaque sur trois plans, dit-il en ramenant les yeux vers l'écran. Je vais avoir besoin de toi pour les trois.

— Parce que maintenant, c'est toi qui diriges la NSA ! répliqua Tate avec une certaine brusquerie.

Blunt ne se laissa pas démonter.

— Il va falloir une action simultanée sur l'ensemble de la planète, poursuivit-il. Je suis le seul qui peut s'occuper de cette coordination.

— Je vois que j'avais tort de penser que tu croyais que la NSA était à ton service ! Ton domaine, c'est l'ensemble des services de renseignements de la planète !

Tout en continuant de regarder la caméra intégrée à l'ordinateur, juste au-dessus de l'écran, Blunt laissa un sourire apparaître sur son visage.

— J'ai quelques contacts avec des personnes haut placées dans un certain nombre de pays. Si on travaille de façon coordonnée…

— On peut savoir pour quand est le grand soir ?

— Il faut attendre que tout soit prêt.

— Je peux au moins savoir ce que tu proposes que je fasse ?

Blunt hésita un instant. Il n'était pas question qu'il révèle à Tate l'ensemble de son plan. Ni même, pour l'immédiat, l'ensemble de ce qu'il lui demanderait.

D'un autre côté, il y avait des préparatifs dont il fallait s'occuper.

— D'accord, dit-il. Mais il va falloir que tu me fasses confiance.

— Qu'est-ce que tu peux me garantir ?

— Que tu vas pouvoir neutraliser Paige. Et plusieurs de ceux qui sont derrière lui.

Tate hésitait encore.

— Peux-tu au moins me garantir qu'on a plus de chances de réussir que si on prend un billet de loto ? demanda-t-il par dérision.

— J'hésite à avancer un pourcentage de probabilité. Mais ça pourrait se situer entre…

— *Fuck !* Toi, pour la pensée positive !

HEX-RADIO, 16 H 06

> … AVEC VOUS POUR UN AUTRE RETOUR À LA MAISON. JE PARLE DE CEUX QUI ONT LES MOYENS D'Y RETOURNER. PARCE QU'AVEC LE PRIX DE L'ESSENCE, IL Y EN A QUI COMMENCENT À SE LOUER DES CHAMBRES EN VILLE. À COUCHER CHEZ DES AMIS. IL Y EN A QUI COUCHENT AU BUREAU ET RETOURNENT CHEZ EUX UN SOIR SUR DEUX… PARLANT DE ÇA, VOUS AVEZ APPRIS LA NOUVELLE ? SUR INTERNET, IL Y A LE NOM, LA PHOTO ET L'ADRESSE DES PRINCIPAUX DIRIGEANTS DES PÉTROLIÈRES. C'EST SUR DES AFFICHES *WANTED*, COMME POUR LES BANDITS DONT LA TÊTE EST MISE À PRIX, DANS LES WESTERNS… *WANTED. DEAD OR ALIVE*… C'EST SÛR QU'ON N'EST PAS D'ACCORD AVEC ÇA. MÊME SI C'EST UNE JOKE. PARCE QU'IL Y EN A QUI RISQUENT DE PRENDRE ÇA AU SÉRIEUX. MAIS AU PRIX OÙ EST RENDUE L'ESSENCE, LA VRAIE SURPRISE, C'EST QU'IL N'Y AIT PAS EU D'AFFICHES AVANT ! S'ILS CONTINUENT À FAIRE FLAMBER LES PRIX, C'EST EUX QUI RISQUENT DE FLAMBER…

PARIS, 23 H 37

Chamane examinait la carte que lui relayait le satellite. Il avait l'impression de manquer à son rôle de futur père en travaillant aussi tard, mais il se disait que c'était pour contribuer à ce que son enfant vive dans un monde meilleur. Et puis, le satellite ne passait au-dessus de Guernesey qu'entre 23 heures 15 et 0 heure 43.

Sur l'écran, la région délimitée par Blunt commençait à apparaître. Au centre de la zone ciblée, il y avait une vieille maison entourée de jardins. La résidence, d'allure raisonnablement cossue, tranchait sur les autres de la région uniquement par la grandeur du terrain qui l'entourait : il n'y avait aucun voisin à moins d'un kilomètre et le périmètre de la propriété était constitué de boisés qui l'isolaient complètement de l'extérieur.

La partie ouest du terrain donnait sur l'océan. Une petite marina y avait été aménagée. Pour le moment, aucun yacht n'y mouillait. Il était cependant possible qu'il y en ait quelques-uns dans l'immense hangar adjacent au quai.

Malgré l'intérêt de ces informations, Chamane aurait pu les obtenir avec Google ou n'importe quel outil équivalent. Ce qui rendait le satellite particulièrement précieux, c'était son équipement. Grâce à ses multiples appareils, il pouvait lire le sous-sol de l'endroit visé. On s'en était déjà servi pour repérer des ruines ensevelies dans le désert.

L'écran de l'ordinateur était divisé en deux. La première moitié montrait une représentation visuelle de la propriété. La seconde affichait un diagramme où la maison se découpait comme une forme noire sur fond blanc. Tout autour, différentes formes grises apparaissaient à mesure que les données enregistrées par le satellite étaient traitées.

Lorsque les dernières données du satellite furent intégrées au schéma, Chamane examina le résultat puis activa le logiciel de communication qui lui permettait de joindre Blunt.

LÉVIS, 21 H 38

Dominique avait reçu l'appel alors que le bulletin d'informations de RDI tirait à sa fin.

Blunt et elle avaient discuté un moment de l'actualité, particulièrement de la progression des attaques contre les musulmans et des attentats contre les stations-service. Blunt lui avait ensuite présenté un rapport détaillé de ce qu'il avait appris.

Il y avait la rumeur propagée sur Internet, comme quoi les responsables du détournement des laboratoires d'HomniFood seraient bientôt connus.

— L'ami de Théberge, qui est maintenant à la Direction centrale du renseignement intérieur, dit qu'ils prennent l'information au sérieux, fit Dominique. Même chose au MI5. Selon leurs analystes, ce serait HomniFood elle-même qui aurait coulé les noms aux médias.

— Veux-tu une prédiction ? La plupart des responsables vont être morts.

— Ou disparus.

— Il y a aussi du nouveau sur Guernesey. Chamane a découvert tout un réseau de constructions souterraines et de tunnels qui les relient à la résidence principale.

— On peut difficilement justifier une intervention sur cette base. Imagine que ce soient de vieux abris anti-nucléaires qui datent de la Guerre froide… ou des bunkers construits par les Allemands durant la Deuxième Guerre mondiale.

— De toute façon, je verrais mal une intervention avant qu'on en sache davantage sur les autres sites de l'Archipel.

— Sur ça, tu as du nouveau ?

— Tate m'a envoyé une première liste. Une sorte de *Who's Who* du monde politique, artistique et financier. Avec une bonne dose de militaires haut gradés.

— Ça ressemble de plus en plus à ce que tu craignais.

— Raison supplémentaire pour agir et mettre tous les atouts de notre côté. Il n'y aura pas de deuxième chance.

— Ce que j'aimerais, c'est être sûre d'en avoir une première.

— J'ai commencé à élaborer un plan.

— Est-ce que tu l'as modélisé sur un jeu de go ? répliqua Dominique avec une note moqueuse dans la voix.

— Bien sûr… Les territoires ne sont pas encore définis de façon aussi claire que je l'aimerais, mais je pense qu'on ne peut plus attendre très longtemps.

Blunt expliqua à Dominique le plan en trois points sur lequel il avait travaillé. Puis il revint sur la partie du plan dont elle aurait à prendre charge.

— La première chose, c'est Guernesey. Avec Moh et Sam pour coordonner et l'aide de votre ami au MI5.

— Il se rappelle sûrement l'épisode de St. Sebastian Place. Il ne voudra pas se compromettre dans une autre opération où il risque d'avoir à recoller des pots cassés.

— Ça dépend de l'enjeu.

— Qu'est-ce que tu proposes pour le convaincre ?

— L'arrestation du noyau des Dégustateurs d'agonies.

— On n'a pas de preuves qu'ils sont là.

— Des preuves circonstancielles.

— Ce ne sera pas assez.

— Dans ce cas, il faudra probablement prendre le risque de lui révéler une partie du plan d'ensemble.

— Y compris ce qu'on sait sur les deux formes de terrorisme et les compagnies de l'AME ?

— Tu jugeras ce qu'il faut que tu lui donnes. On ne peut pas se passer de son aide.

Puis il ajouta :

— Je vais faire la même chose avec Tate et les amis de Théberge.

Huit minutes plus tard, ils avaient fait le tour des préparatifs.

— Je te reviens dès que j'ai quelque chose de nouveau, dit Blunt.

— Si seulement on en savait plus sur HomniFood et les autres compagnies.

— Tu as raison, il y a de bonnes chances que ce soit la clé de toute l'opération.

— Quel pourcentage ?

— Soixante dix-neuf virgule vingt-trois, répondit Blunt sans hésiter.

Dominique ne put s'empêcher de sourire. Blunt : l'homme qui pensait par chiffres.

— Avec un écart type de combien ?

— Sept virgule soixante-six, répondit automatiquement Blunt, comme si la question allait de soi.

Puis il se reprit.

— J'oubliais un détail. L'ami de Théberge a réussi à découvrir l'identité des deux autres corps carbonisés. Il y en a un qui est un expert en désalinisation; l'autre est une sommité mondiale dans les maladies causées par les champignons.

— Un autre élément de preuve qui tombe en place.

— Mais on reste dans les preuves circonstancielles.

Après avoir raccroché, Dominique songea que Blunt n'avait pas prononcé une seule fois le nom de F. Était-ce parce qu'il s'en méfiait? parce qu'il tenait pour acquis qu'elle interviendrait à son propre niveau et qu'il était irréaliste de lui demander quoi que ce soit d'autre?… À moins qu'il ait un moyen de la joindre directement, sans passer par l'Institut?

Une chose était certaine, toute action serait doublement risquée. Non seulement le succès était douteux, mais leur principal avantage tenait à l'effet de surprise. Pour l'instant, l'ennemi ignorait l'ampleur de ce qu'ils savaient. Une fois cet avantage disparu, il y avait peu de chances que l'Institut, avec ses moyens limités, puisse faire grand-chose pour contrer les plans des terroristes et de ceux qui tiraient les ficelles derrière eux. Même en mobilisant l'aide d'alliés conjoncturels.

L'Exode marque le début véritable de l'Apocalypse. C'est le moment où le Cénacle va se retirer pour de bon dans l'Archipel, accompagné du deuxième cercle intérieur des Essentiels.

Guru Gizmo Gaïa, *L'Humanité émergente*, 4- L'Exode.

JOUR - 2

PARIS, 9 H 33

Dans la fenêtre qui se découpait au centre de l'immense écran de verre, les cartouches se succédaient, avec leurs séries de points et de traits verticaux superposés. On aurait dit un hybride de dominos et d'hiéroglyphes égyptiens. Chamane les faisait défiler un à un, dans l'espoir qu'il lui vienne une idée.

Debout à côté de lui, la main droite posée sur son épaule, Geneviève regardait l'écran. De la main gauche, elle se caressait lentement le ventre.

— Tu as digitalisé tout ce qu'il y avait sur les murales ? demanda-t-elle.

— Tout ce qui représente des quipus.

— Les points représentent des unités ?

— Probablement.

— Et les traits ?

— Logiquement, ça devrait être des multiples de l'unité. J'ai essayé en binaire... en base dix, en base douze... en hexadécimal...

— Il n'y a jamais plus de quatre points.

— Je sais. Ça voudrait dire que c'est en base cinq. Mais ça donne des chiffres qui n'ont pas de sens. Regarde...

Il entra quelques instructions au clavier. À l'intérieur du cartouche affiché à l'écran, les points et les traits furent remplacés par des groupes de chiffres.

— C'est sur ça que je bloque, dit-il. Le résultat est incohérent.

— Pourquoi ?

— Normalement, dans les quipus, le nombre dans la partie du haut est la somme de ceux du bas.

— Dans le haut, il y a peut-être des chiffres qu'il faut laisser en chiffres.

— C'est possible. Le problème, c'est de savoir lesquels.

Geneviève demeura songeuse un moment avant de déclarer :

— Si c'est comme dans les quipus, ça veut dire qu'en haut, c'est la même chose qu'en bas, mais autrement.

— Si on veut…

Chamane la regardait, intrigué. Il ne voyait pas où elle voulait en venir.

— Dans le bas, ça pourrait être une description de ce qu'il y a dans le haut.

— Ça se pourrait…

Un nouveau silence suivit. Chamane était étonné de voir Geneviève aussi absorbée par le décodage, elle qui fuyait habituellement tout ce qui ressemblait, même de loin, à un problème de mathématiques. De sa main droite, elle continuait de se flatter doucement le ventre. Elle paraissait totalement concentrée.

Un instant, Chamane se demanda si ça pouvait être un effet de la grossesse. Comme les goûts alimentaires étranges. Il se promit de vérifier sur Internet si les goûts intellectuels étranges faisaient également partie des symptômes répertoriés.

— S'il y a un message, reprit Geneviève, il est probablement en anglais.

— J'ai essayé avec des distributions de fréquences.

— Explique.

— En anglais, la lettre qui revient le plus souvent, c'est le « e » : dans douze virgule cinquante-six pour cent des cas… J'ai créé un tableau de fréquences d'apparition, dans les quipus, pour les chiffres de 1 à 26… J'ai même ajouté en complément les groupes de deux lettres et de trois lettres les plus fréquents…

Chamane, comme souvent quand il expliquait quelque chose, se laissait emporter. On aurait dit qu'il venait de faire une découverte majeure.

— Tu savais ça qu'en anglais les groupes de trois lettres qu'on rencontre le plus souvent sont « the », « and » et « ing » ?

— Palpitant, fit Geneviève avec un sourire amusé. Ça fonctionne ?

— Non. Ça donne du texte complètement illisible. Même en ajoutant d'autres grilles de décodage par-dessus le premier résultat.

L'enthousiasme de Chamane était retombé.

— Ça ne fonctionne ni en haut ni en bas ? demanda Geneviève.

— Non. J'ai essayé et…

Chamane s'arrêta brusquement au milieu de sa phrase.

— Donne-moi une minute, dit-il en se précipitant sur son clavier.

Quelques instants plus tard, il se tournait vers Geneviève.

— Tu avais raison ! dit-il.

Il l'embrassa sur le ventre.

— Ta mère est un génie ! ajouta-t-il en s'adressant au ventre légèrement rebondi de Geneviève.

— Je peux savoir en quoi je suis géniale ?

— J'avais essayé uniquement avec l'ensemble total des signes, sans distinguer le haut et le bas. Si je les distingue, ça change les distributions… Regarde !

Il sélectionna deux cartouches à l'écran, les déplaça dans une autre fenêtre et les agrandit. Dans la partie inférieure de chacun, à la place des trois groupes de chiffres, on pouvait maintenant lire des lettres : AL-AS-KA et DUER-NE-SEW. Dans la partie supérieure, par contre, le texte demeurait illisible.

— Alaska, fit Geneviève à voix haute. Mais l'autre mot…

— C'est juste un problème d'échantillon, fit Chamane sur un ton redevenu enthousiaste.

Il ouvrit une nouvelle fenêtre et il y entra plusieurs lignes d'instructions codées. Puis il appuya sur ENTER. L'instant d'après, DUER-NE-SEW devenait GUER-NE-SEY.

— Les fautes, dit Chamane, c'est parce que l'échantillon n'est pas assez grand. Mais on a probablement assez d'éléments pour corriger l'ensemble du code.

Quelques minutes plus tard, il avait terminé : il n'avait eu besoin de corriger que cinq lettres et il disposait d'une série de noms qui correspondait à tous les endroits identifiés par des points sur les quatre planisphères.

— Ça veut dire qu'il y a un code différent pour le haut, dit-il.

— Peut-être que ce sont des chiffres…

Avant que Chamane ait eu le temps de répondre, son écran devint noir. Puis un court texte s'afficha.

> Pas de panique. C'est seulement moi. La communication est sécurisée.

Le message s'effaça et fut remplacé par une icône représentant un téléphone.

— Elle est baveuse rare ! fit Chamane en souriant.

Il cliqua sur l'icône.

AGENCE FRANCE PRESSE, 9 H 51

… S'ÉLÈVENT À DIX-HUIT. TOUS LES CONDUCTEURS AVAIENT UNE GRANDE QUANTITÉ DE CO_2 DANS LEUR SANG. LE GAZ CARBONIQUE QUI S'EST ACCUMULÉ DANS LEUR VOITURE LEUR AURAIT FAIT PERDRE CONSCIENCE. DANS UN MESSAGE DIFFUSÉ SUR INTERNET, LES ENFANTS DE LA TEMPÊTE METTENT EN GARDE LES PROPRIÉTAIRES DE GROSSES CYLINDRÉES…

GUERNESEY, 8 H 55

Norm/A était installée dans son fauteuil de travail. Elle était une des rares personnes à pouvoir dire que, quand elle travaillait, elle s'enfermait dans sa bulle – au sens littéral.

Le fauteuil avait l'allure d'une sphère évidée dans laquelle une ouverture avait été pratiquée pour qu'on puisse s'y asseoir. Comme elle était pivotante, la jeune femme pouvait balayer, sans avoir à en sortir, la table en demi-cercle placée devant elle. Différents claviers étaient incrustés dans la table. Au-dessus de chaque clavier, un écran se découpait sur le mur circulaire de la pièce.

Subitement, la figure de Chamane apparut sur un des écrans. Norm/A se sentait un peu honteuse d'avoir recours à un déguisement informatique. À l'autre bout, ce que Chamane voyait maintenant, c'était une des affiches de Marilyn Monroe réalisée par Andy Warhol.

— J'ai procédé aux vérifications, dit-elle. Tu as raison. C'est encore pire que ce que tu dis. Je propose qu'on les élimine de la surface de la Terre.

Sur l'écran devant elle, elle vit le visage de Chamane accuser le choc de la surprise. Il ne devait pas s'attendre à un accord aussi rapide ni à une proposition aussi radicale.

— Tu veux faire ça comment ? demanda-t-il, visiblement peu enthousiaste.

C'était le problème avec les *hackers*, songea Norm/A. Du moment qu'on les sortait de leur univers de jeux et de violence virtuelle, ils étaient paralysés, incapables d'assumer les conséquences de leur pouvoir dans le monde réel.

La fille qui se tenait debout à côté de lui, par contre, n'avait pas du tout l'air prise de court. Malgré son air mignon et sa main sur son ventre qui soulignait un début de grossesse, il y avait sur son visage un sourire qui ne mentait pas.

— On envoie une copie de toutes les preuves qu'on peut trouver aux polices concernées, dit-elle. Puis on *crashe* tous leurs réseaux en même temps pour les empêcher d'effacer des dossiers avant l'arrivée de la police.

— *Crasher* tous leurs réseaux ? Avec la sécurité qu'ils ont ?

— Leur sécurité, c'est moi.

À l'écran, Chamane paraissait de plus en plus perplexe.

— *Chicken ?* demanda Norm/A sur un ton de défi amusé.

Elle vit le sourire de la fille qui se tenait à côté de Chamane s'élargir. Chamane, pour sa part, rougit.

— C'est pas seulement un problème de *hacker*, dit-il. Les gens dangereux, c'est ceux qui sont derrière tout ça.

— Si on élimine leurs entreprises, ils ne pourront pas faire grand-chose… Ensemble, on peut régler ça en deux jours max.

— Tu n'as aucune idée de ce à quoi tu t'attaques !

— Crois-moi, tout ce qu'il y a à savoir sur ces entreprises, je le sais ou j'ai les moyens de le savoir.

— Je veux dire… les entreprises, c'est énorme… mais c'est rien.

Chamane semblait de plus en plus mal à l'aise. Norm/A commençait à se demander si elle ne l'avait pas surestimé.

— Si tu as peur à tes fesses, dit-elle sur un ton moqueur, je peux m'en occuper toute seule. Ça va juste prendre un peu plus de temps.

— On n'est pas dans un *war game* ! explosa Chamane. On est dans le monde réel.

— C'est exactement ce que je dis.

— Dans le monde réel, qui, penses-tu, contrôle les entreprises ?

— Les dirigeants, les actionnaires…

— Et tu crois que ces gens-là contrôlent seulement des entreprises ?

— Qu'est-ce qu'ils contrôlent d'autre ?

— Des ministères, des médias, des services de renseignements…

— Tu ne veux quand même pas qu'on règle le sort de la planète ? ironisa la jeune femme.

— C'est à peu près ça.

Il avait répondu sur un ton posé. Comme s'il envisageait réellement de faire ce qu'il avait dit. En fin de compte, elle ne l'avait peut-être pas surestimé.

— Les entreprises, poursuivit Chamane, c'est la partie la plus visible, la plus facile à attaquer. Mais c'est seulement la pointe de l'iceberg.

— OK. C'est quoi le mystérieux pouvoir obscur derrière les entreprises ? Darth Vader ? La CIA ? La grande alliance des mafias ?… Le FMI ?

— Un peu tout ça.

À l'écran, Chamane avait l'air tout à fait sérieux.

— Je pense que ça mérite deux ou trois explications, répondit Norm/A après une pause.

Dans sa voix, il n'y avait presque plus d'ironie.

Ce fut au tour de Chamane d'hésiter avant de répondre.

— Je ne devrais pas te parler de ça, dit-il. Mais c'est trop important : il ne faut pas tout foutre en l'air par une attaque précipitée.

— De quoi est-ce que tu ne peux pas me parler ?

Cette fois, l'ironie avait complètement disparu de la voix de la jeune femme.

— Pour commencer, il faut que tu penses à te protéger.

— Tu n'as pas à t'inquiéter pour moi.

— Désolé, tu ne sais pas de quoi tu parles.

C'était la première fois que quelqu'un la traitait aussi clairement d'idiote. Même en termes polis. Pourtant, il n'y avait chez lui aucune agressivité. Ni le désir de jouer au preux chevalier, semblait-il. Simplement l'expression d'un énoncé qui lui paraissait incontestable.

Était-ce pour cette raison qu'il n'avait pas désactivé la caméra placée devant son ordinateur ? Pour lui donner l'occasion de mieux évaluer ses réactions ? de lire son non-verbal ?… Parce qu'il savait que ce qu'il avait à lui dire était difficile à croire ? qu'il voulait qu'elle ait tous les moyens à sa disposition pour évaluer sa sincérité ?

— Je vais t'envoyer des documents, reprit Chamane. Deux listes. Une de gens et une autre d'endroits situés un peu partout sur la planète. Vois si ça te dit quelque chose. Il faut chercher les liens qui existent entre les lieux, les compagnies comme HomniFood et HomniPharm, le terrorisme islamiste, le terrorisme écologiste, la peste grise, le champignon tueur de céréales et la liste des personnes… Je ne peux pas t'en dire plus. Sauf que tout ça est relié et qu'il faut un plan d'attaque global. Penses-y et contacte-moi demain. Mais je suis d'accord avec toi sur un point : on n'a plus beaucoup de temps.

Le visage de Chamane disparut de l'écran. Il venait de couper la communication.

Norm/A sourit et désactiva le logiciel qui lui avait permis de prendre le contrôle de l'ordinateur de Chamane.

Elle avait essayé de l'avoir à l'esbroufe et il n'avait pas réagi comme un *hacker* typique. De toute évidence, son but n'était pas de montrer qu'il était le meilleur, mais de la convaincre de travailler avec lui. Elle était impressionnée. Et elle avait hâte de voir les deux listes qu'il avait promis de lui envoyer. Sans doute les mettrait-il sur le site d'HomniFood pour qu'elle les récupère.

Subitement, une liste de noms apparut sur son écran. Dans le haut, il y avait quelques mots en caractères gras :

Voici la première liste.

Le sourire de Norm/A s'élargit. Finalement, il réagissait comme un *hacker*. Il avait besoin de prouver qu'il était le meilleur. Elle aurait dû se méfier quand il avait subitement coupé l'accès qu'elle avait à son ordinateur.

Heureusement qu'elle l'avait contacté à partir de son poste *high risk*, qui était complètement isolé du reste de son réseau.

Paris, 10 h 14

Sur le goban, les pierres poursuivaient leur occupation progressive des intersections. Blunt ne voyait toujours pas où son adversaire voulait en venir. Son propre style s'en ressentait. À plusieurs reprises, il avait joué des coups trop défensifs pour prévenir des menaces qui ne s'étaient pas concrétisées. Résultat : il se retrouvait avec un développement qui manquait de cohérence. On aurait dit une simple accumulation de batailles locales.

Après avoir longuement réfléchi, Blunt opta finalement pour un coup de consolidation. Il posa une pierre sur le goban, puis il se brancha sur le site de jeu pour inscrire son coup.

L'évolution de la partie le tracassait. Était-ce le signe qu'il n'arrivait plus à penser aussi clairement ? Pourtant, s'il y avait un moment où il avait besoin de toute sa lucidité…

Il fut tiré de sa réflexion par la vibration de son iPhone. Il y jeta un regard. Un message de Stéphanie :

a tu 1 tox ?

Le point d'interrogation rendait manifeste qu'il s'agissait d'une question. Mais c'était quoi, un tox ?… Il décida de remettre la réponse à plus tard.

Il avait à peine rangé son iPhone qu'une musique se faisait entendre en provenance de l'ordinateur : on aurait dit un chant primitif. L'image d'un chamane sibérien se matérialisa à l'écran. En équilibre sur une seule jambe sur un piquet de clôture, l'autre jambe remontée comme s'il était assis en position de méditation, les bras croisés, le personnage virtuel regardait fixement la caméra.

Blunt sourit et activa le logiciel de communication. Chamane avait encore profité d'un contrôle de sécurité pour tripatouiller son ordinateur !

— Tu manques de travail ? C'est pour ça que tu t'amuses à te faire de la publicité sur mon ordinateur ?

— C'est pas juste une image. J'ai caché un script de sécurité à l'intérieur. Si le chamane tombe en bas de son poteau, c'est que tu as une infiltration. Mais je t'appelle pour autre chose.

— Qu'est-ce qui se passe ?

— J'ai enrichi la liste que Tate t'a donnée.

Chamane expliqua de quelle manière il avait déchiffré la partie du bas des quipus de la murale. Les noms correspondaient aux quarante-huit endroits identifiés par des points sur les quatre planisphères.

— Et la partie du haut ? demanda Blunt.

— C'est probablement un autre code. Geneviève pense que c'est une forme résumée de ce qu'il y a dans la partie du bas… Comme pour les quipus traditionnels, le nombre du haut qui donne la somme de ceux du bas…

— Et… ?

— Ça ne donne rien de lisible. En plus, c'est presque aussi long que le texte du bas. Pour un résumé, ça fait curieux… De toute façon, résumer un nom, comment tu fais ça ?

— Tu continues de creuser ?

— Pour l'instant, j'ai autre chose de plus important. Norm/A vient d'appeler.

— Norma ?

— La pirate informatique. Elle veut que je travaille avec elle.

— Elle veut te recruter ?

Pour une rare fois, Chamane perçut de la surprise dans la voix de Blunt.

— Non. Elle veut que je l'aide à détruire HomniFood et les autres entreprises du groupe.

Un silence suivit la réponse de Chamane.

— Qu'est-ce que tu lui as répondu ? demanda finalement Blunt, sur un ton où il y avait une certaine appréhension.

— Je lui ai demandé un délai. Je voulais t'en parler avant.

— Un *hacker* qui veut prendre conseil avant de *crasher* un réseau… Qu'est-ce qui se passe ? T'as pris un coup de vieux ?

— Ça se peut… avec le bébé… C'est des responsabilités, *man*.

— Chamane qui parle de responsabilités !

— C'est mon nouveau *nick* : Kid Responsabilité.

— Ta pirate, comment elle veut faire ça, éliminer HomniFood ?

— Elle fait une copie de leur comptabilité, de leurs recherches secrètes, de leur banque de courriels, puis elle envoie ça aux polices concernées dans chaque pays.

— Elle a vraiment les moyens de faire ça ?

Blunt était sceptique.

— C'est elle qui a construit et qui supervise leur système de sécurité.

— Il faut que tu lui donnes une réponse quand ?

— Demain matin. Avec ce que je lui ai donné, le plus que je pouvais acheter, c'était vingt-quatre heures.

— Et qu'est-ce que tu lui as donné, exactement ?

La voix de Blunt était plus froide. Il avait posé la question en ralentissant son débit.

Chamane lui expliqua de quelle manière il l'avait lancée sur des pistes sans lui révéler les détails de ce qu'ils savaient.

— Autrement dit, tu lui en as assez dit pour qu'elle sache que tout est lié ? conclut Blunt.

— Oui. Mais elle va sûrement creuser de son côté. Et comme elle a des moyens qu'on n'a pas… elle va peut-être découvrir de nouvelles choses.

— Et si elle va raconter à ceux qui la paient tout ce qu'on sait ?

— T'as pas à t'inquiéter, elle n'est pas du côté sombre.

— C'est sûr, ironisa Blunt. Si tu affirmes qu'elle n'est pas du côté sombre, pourquoi est-ce que je m'inquiéterais ?

Blunt resta un moment silencieux.

— J'ai fait pour le mieux, reprit la voix de Chamane au bout de quelques secondes. Si on réussit à la mettre de notre côté, on peut avoir accès à tout ce qu'ils savent. À tout ce qu'ils font.

— Détruire les compagnies ne changera rien à ce qu'ils ont déclenché.

— C'est ce que je lui ai dit.

— Et ça ne changera pas beaucoup de choses à la situation de ceux qui sont derrière l'Alliance. Ils vont encore avoir les moyens de s'en tirer.

— Qu'est-ce que tu veux que je lui propose ?

Blunt resta de nouveau silencieux pendant un assez long moment. Il essayait d'évaluer les probabilités que la confiance de Chamane soit justifiée.

N'ayant pas eu de contact avec la pirate, il lui était difficile de se faire une opinion sur elle. Mais il connaissait Chamane. Et puis, comme ce dernier le lui avait déjà dit: en matière de *hacker*, c'était lui l'expert.

Sur ce point, il était difficile de ne pas lui donner raison. Il avait réussi à mettre sur pied et à maintenir en activité les U-Bots depuis plusieurs années. Et il se vantait à l'occasion qu'il avait non seulement recruté les meilleurs, mais qu'aucun n'avait fait défection: aucun n'avait choisi « le côté obscur de la toile ».

— D'accord, dit-il finalement. Puisqu'il faut lui faire confiance… Et que, de toute façon, elle en sait déjà assez pour contrer à peu près tout ce qu'on peut faire.

— Tu vas être surpris de ce qu'elle, elle peut faire.

Blunt ignora la remarque.

— Je suis en train de revoir un plan global pour les attaquer sur tous les terrains en même temps. Et dans ce plan, elle pourrait jouer un rôle. Son attaque contre les entreprises pourrait être cruciale. Mais pas comme elle le pense.

— Si tu veux qu'elle accepte de jouer un rôle dans un plan qui ne dépend pas d'elle, il va vraiment falloir que tu lui expliques le plan en détail… À moi aussi d'ailleurs, non?

Blunt poussa un soupir. Il imaginait ce qui serait arrivé à un informaticien employé dans une autre agence s'il avait eu ce genre d'exigence.

— Je suis parti de l'idée de Poitras…

Brecqhou, 9 h 44

Maggie McGuinty avait été prévenue une heure avant l'arrivée de Kristof Belcher. La veille, elle avait discuté de son cas avec Killmore. Ils étaient rapidement tombés d'accord: c'était un excellent candidat.

Elle l'accueillit à la porte centrale de la résidence principale de l'île.

— C'est très impressionnant comme endroit, dit Belcher.

Son regard prit la mesure de l'immense hall intérieur, qui montait jusqu'au quatrième étage et se terminait par un dôme de verre peint où était reproduite la coupole de la chapelle Sixtine.

— C'est un cadre approprié au rang de ceux qui sont appelés à le fréquenter… Vous êtes toujours d'accord avec la proposition qui vous a été faite ?

— J'en suis honoré. Prendre en main la gestion des approvisionnements de l'Archipel est un défi professionnel extrêmement stimulant.

— Je n'ai aucun doute sur vos capacités. Je suis certaine que vous remplirez de façon très satisfaisante le rôle qui vous est confié.

— Vous allez peut-être me trouver ridicule, mais je n'étais même pas sûr d'être invité comme simple résident dans l'Archipel.

— Parce que vous n'apparteniez pas au premier niveau de direction ?

— Il y a de ça…

— Vous vous sous-estimez.

Puis elle ajouta sur un ton plus froid :

— Et vous sous-estimez le Cénacle, non ?

Belcher accusa le coup. Son visage afficha un léger désarroi.

— La force du Cénacle, poursuivit McGuinty d'une voix redevenue amicale, c'est de voir au-delà des grades officiels et d'évaluer la véritable valeur des individus.

— Bien sûr, bien sûr…

Belcher était manifestement anxieux de manifester son accord pour effacer la mauvaise impression qu'avait pu laisser sa réponse précédente.

— Il ne reste qu'un détail à régler, reprit McGuinty. Je pense qu'on vous a avisé qu'on vous demanderait un service en échange de cette promotion. Je me trompe ?

— Non, non, pas du tout. J'ai effectivement été avisé…

— Je sais qu'on ne vous a rien dit de plus. Seules quelques personnes sont au courant des détails. Vous comprendrez pourquoi dans quelques instants…

McGuinty le prit par le bras et l'entraîna vers l'escalier central qui menait aux étages.

— Venez dans mon bureau, on sera plus à l'aise pour discuter.

Puis, après un instant, elle ajouta en se tournant vers lui :

— Vous n'avez aucune idée de ce qui va vous arriver. Nous allons faire de grandes choses ensemble… Nous allons étonner le monde !

TF1, 10 H 52

… A CONFIRMÉ QU'IL INTERROMPRAIT TOUTE LIVRAISON DE PÉTROLE AUX PAYS QUI COLLABORAIENT AVEC LES ÉTATS-UNIS. DÉNONÇANT LE COMPLOT QUE L'ÉTAT AMÉRICAIN MET EN ŒUVRE, PAR L'INTERMÉDIAIRE DES MULTINATIONALES, POUR AFFAMER LA PLANÈTE, IL A APPELÉ AU RENFORCEMENT DU PÔLE SUD-AMÉRICAIN. DU MÊME SOUFFLE, IL A ANNONCÉ QU'IL ABAISSAIT DE DIX POUR CENT LE PRIX DU PÉTROLE POUR TOUS LES PAYS DE L'AMÉRIQUE LATINE QUI ACCEPTENT DE PARTICIPER À LA NOUVELLE ALLIANCE ANTI-PAUVRETÉ…

BRECQHOU, 9 H 55

Maggie McGuinty avait une tasse de thé dans les mains. Debout devant une des immenses fenêtres, elle contemplait la mer. Kristof Belcher était à côté d'elle.

— En échange de cette nomination, dit-elle, la seule chose que le Cénacle vous demande, c'est de mourir.

Elle se tourna légèrement vers Belcher pour observer sa réaction. Pas de doute, elle l'avait surpris.

— Quoi ?!

— Une mort officielle, précisa-t-elle avec un sourire. Pour les médias… En réalité, vous serez dans l'Archipel.

— Et ma femme ? Mes enfants ?

Belcher était sincèrement inquiet.

— Tout cela est déjà prévu. Votre famille vous rejoindra.

Elle ajouta ensuite, avec un mélange de compassion réelle et d'humour :

— Nous n'allons quand même pas séparer les familles.

— Et je vais mourir comment ?

— En dénonçant vos complices.

— Quels complices ?

Cette fois, Belcher avait l'air dépassé. McGuinty s'empressa de le rassurer. Il y avait des limites à jouer avec lui. Elle avait besoin de sa coopération. Il ne fallait pas l'effrayer inutilement.

— C'est une mise en scène, dit-elle. Comme vous le savez, trois de nos laboratoires ont été détournés par certains éléments peu scrupuleux de notre organisation. Cela a nui considérablement à notre image corporative… J'imagine que vous êtes au courant ?…

— Bien sûr.

— Nous connaissons ces éléments. Nous avons des preuves de ce qu'ils ont fait. Mais un procès aggraverait le tort qu'ils ont causé à notre réputation. La population pourrait perdre confiance dans notre compagnie. Elle pourrait se dire qu'il reste peut-être des éléments corrompus parmi nous. Or, cela, nous ne pouvons pas le permettre. Car notre compagnie, nos compagnies, en fait, sont l'ultime rempart contre les dangers qui menacent l'humanité… Vous me suivez ?

— Je vous suis très bien. Mais je ne vois pas en quoi je…

— J'y viens.

Elle fit une pause, comme pour donner plus de poids à ce qu'elle allait dire.

— Nous allons orchestrer votre suicide. Vous allez laisser une note expliquant que vous regrettez ce que vous avez fait, que vous ne pouvez plus vivre avec cette culpabilité… Dans cette note, vous dénoncerez vos complices et vous indiquerez à quel endroit vous avez laissé les preuves de leur culpabilité.

— Je pensais que je ne mourrais pas…

— Dans le message que vous allez laisser, poursuivit McGuinty en ignorant la remarque, vous allez expliquer que la honte vous ronge. Que vous ne pouvez plus supporter de voir votre visage dans le miroir. Que vous aimeriez faire disparaître toute trace de votre existence.

Que c'est pour cette raison que vous avez choisi un mode de suicide aussi particulier.

— Et… ce mode de suicide… c'est… ?

— Vous plonger la tête dans un bac d'acide.

Belcher eut un haut-le-corps. Une expression de révulsion passa sur son visage.

— Je ne vais jamais faire ça !

C'était plus fort qu'elle, McGuinty ne pouvait s'empêcher de jouer avec lui. Elle attendit quelques secondes avant de répondre.

— Bien sûr que non, dit-elle en riant. Mais, pour le corps que nous allons nous procurer, cela ne fera aucune différence.

— Tout ça pour qu'on ne me reconnaisse pas ?

— Pas seulement…

C'était plaisant à gérer, cette cascade de révélations. Belcher était d'une naïveté étonnante, ce qui faisait de lui à la fois un interlocuteur parfait et un bon public.

— Il y a une autre raison. Si les responsables sont identifiés à l'entreprise, c'est mauvais pour notre image. Mais si ce sont des terroristes…

— Ce sont des terroristes ?

— Non. Ce sont effectivement de nos dirigeants. Mais s'ils sont retrouvés morts et qu'ils ont des tas de documents terroristes chez eux…

— Vous allez les tuer ?

— Ils sont déjà morts.

Belcher était sidéré.

— Votre décision ne changera rien à leur sort, poursuivit McGuinty.

— Vous voulez dire qu'ils ont été tués ? Sans procès ?

— Leur culpabilité était évidente. Il y avait plus de preuves qu'en aurait demandé n'importe quel jury.

McGuinty lui laissa digérer la réponse avant de préciser :

— En échange de notre promesse de prendre soin de leurs familles, ils se sont suicidés. Personnellement, j'ai été surprise qu'ils aient ce sursaut de dignité.

Belcher faisait des efforts pour tout assimiler.

— Donc, ils sont déjà morts.

— Complètement morts.

— Et ils vont passer pour des terroristes…

— Exactement.

L'esprit de Belcher semblait buter contre un mur.

— Mais moi… qu'est-ce que je viens faire dans tout ça ?

— Il faut le *clincher*… Le détail qui tue.

— Je ne comprends pas.

— Le détail qui frappe tellement l'imagination que ça enlève tous les doutes dans l'esprit du public.

— Et c'est ce que je dois faire ?

— Exactement.

— Pourquoi ne pas l'avoir fait avec les coupables ?

— Parce qu'il faut « un » coupable. Dans l'esprit du public, il ne peut pas y avoir trois chefs. Il faut qu'il y en ait seulement un.

— Vous auriez pu prendre un des trois.

— Probablement. Mais c'est mieux avec un quatrième. Celui qui fait l'unité des trois autres. Un dieu en trois personnes, je suppose…

Elle fit un geste de la main, comme si toute cette explication lui pesait.

— Ne me demandez pas pourquoi, reprit-elle. Nos experts en communication ont produit un rapport de quatre-vingt-trois pages sur la question. Si ça vous intéresse, je vous le ferai parvenir quand vous aurez emménagé dans l'Archipel…

— Et ma famille ? Quand elle va voir ce que les médias disent de moi…

— À ce moment, vous serez déjà avec elle dans l'Archipel. Vous aurez eu tout le temps de leur expliquer le rôle qu'on vous demande de jouer pour protéger l'avenir de l'humanité.

Belcher avait l'air secoué.

— Si je comprends bien, je n'ai pas le choix.

— On a toujours le choix.

— Je partirais pour l'Archipel quand ?

— Aujourd'hui. Un hydravion vous attend.

— Il suffit que je dise oui ?

— Que vous disiez oui… et que vous écriviez votre note de suicide.

— Je… je n'ai jamais fait ça.

— J'imagine, répondit McGuinty en riant. Mais ne vous inquiétez pas : le texte est déjà prêt. Il vous suffira de le recopier à la main.

— J'ai l'impression d'être condamné à l'exil.

— Effectivement… Vous allez être exilé dans la seule partie de la planète qui va demeurer habitable.

McGuinty lui adressa un sourire réconfortant.

— Il y a pire, non ?… Pensez à ce que vous allez apporter à votre famille.

CALIFORNIE, 2 H 17

Omer Gibson ne croyait pas à la révolution. Il ne croyait pas au grand soir où les patriotes, les armes à la main, reprendraient le contrôle du pays. Il ne croyait pas au grand ménage qui éliminerait les politiciens et tous les autres parasites.

Contrairement à plusieurs de ses amis libertaires, il ne croyait pas qu'on puisse quoi que ce soit contre eux. À toutes les époques, dans tous les pays, sous une forme ou sous une autre, il y avait toujours eu une élite qui trouvait le moyen d'accaparer le pouvoir et la plus grande partie de la richesse.

Cette idée, Gibson l'avait découverte quand il était au collège. Un article qu'il avait été obligé de lire. L'auteur y établissait à environ cinq pour cent le pourcentage de la population qui exerçait ce contrôle. Sans grande variation d'une époque à l'autre. Les révolutions ne servaient qu'à précipiter les changements dans la composition et le mode de sélection des cinq pour cent.

C'était probablement la chose la plus utile qu'il avait apprise durant ses brèves années d'étude. Et c'était pourquoi il jugeait dérisoires les complots de ses amis.

Pire, c'était un gaspillage de temps et d'énergie. Les politiciens étaient une calamité à ranger parmi la grêle, les tornades, les tremblements de terre, les accidents de la route et les épidémies de grippe… *Shit happens!*

Par contre, ça ne voulait pas dire que les gens étaient condamnés à ne rien faire. Certes, on ne pouvait pas compter sur l'État, on ne pouvait pas compter sur les riches et on pouvait encore moins compter sur les politiciens, qui étaient leurs chiens de garde… mais on pouvait compter sur soi, on pouvait compter sur les siens.

Omer Gibson dissimula la onzième bombe au phosphore dans un buisson. C'était la dernière. Le moment était idéal. On annonçait des vents chauds et violents pour les prochains jours. Cela alimenterait les incendies. Avec un peu de chance, ils deviendraient rapidement hors de contrôle et ils fusionneraient dans un incendie majeur.

Tous les pompiers disponibles, tous les travailleurs qui avaient de l'expérience dans la lutte contre les feux de forêt seraient appelés sur les lieux en catastrophe. Il n'y aurait pas de limite pour les heures supplémentaires. Ce serait un travail inhumain. Gibson irait à la limite de ses forces. Mais, avec les heures supplémentaires payées en double et en triple, avec les primes de risque, il gagnerait en quelques mois le salaire d'une année de travail. Un salaire qu'il n'aurait même pas réussi à faire en un an avec un emploi régulier. Surtout avec l'économie qui n'en finissait plus de sortir de la crise.

Gibson était un travailleur manuel. Il n'avait pas beaucoup d'éducation. Pour chaque emploi qui lui était accessible, il y avait cinq Mexicains et des tas de Latinos ou d'Asiatiques prêts à l'occuper pour un salaire moindre. Ce n'était pas avec ça qu'il aurait pu faire vivre sa famille. Tandis que comme pompier…

Bien sûr, les incendies de forêts et de broussailles qui ravageaient annuellement la Californie finissaient par toucher des zones habitées. Des personnes étaient obligées de quitter leurs maisons en catastrophe. Mais c'étaient des gens qui avaient les moyens de se payer des résidences de plusieurs millions dans des zones boisées. Des zones dont ils étaient les seuls à pouvoir profiter. Alors, Gibson n'avait pas trop d'états d'âme à ce sujet. C'étaient des riches. Ils avaient choisi de vivre dans des zones exposées aux incendies. Et ils avaient probablement des assurances qui leur rembourseraient tout. Alors, entre protéger des riches qui avaient décidé eux-mêmes de s'exposer au danger et nourrir sa famille, le choix était facile. Ce n'était d'ailleurs pas une question de choix, c'était une évidence…

Une fois rendu à son camion, il s'éloigna à une vitesse raisonnable sur la route secondaire qui menait à l'autoroute. Il eut le temps de s'y rendre et d'écouter la moitié du CD des *greatest hits* de Tammy Wynette avant que les bombes explosent.

À voir les feux se multiplier, chaque année, il était clair qu'il n'était pas le seul à avoir eu cette idée. Le mystérieux fournisseur qui lui vendait les bombes avait de toute évidence de nombreux clients. Mais Gibson n'avait jamais essayé de les identifier. Prendre contact avec eux, à supposer qu'il ait réussi à les trouver, aurait eu pour résultat de les rendre tous plus vulnérables. Ce qui faisait la force de cette résistance à l'intérieur du système, c'était qu'elle reposait sur l'initiative privée. À ce titre, elle échappait au radar des médias. Les autorités policières y consacraient des effectifs réduits… *Small is beautiful!*… Il avait déjà lu la phrase sur la couverture d'un livre. C'était ça, le secret de la force de l'Amérique. Tout le monde était libre d'améliorer son propre sort. À sa propre échelle.

Gibson se passa la main dans les cheveux. Dans une dizaine d'heures tout au plus, l'appel arriverait sur son portable. Pendant plusieurs semaines, sa famille ne le verrait plus. C'était le prix à payer pour pouvoir assumer le loyer et les factures d'épicerie. Pour procurer une vie décente aux siens.

Omer Gibson était un homme responsable. Sa famille pouvait compter sur lui. C'était même un patriote. Après tout, est-ce que ce n'était pas le *credo* du capitalisme : chacun est responsable de créer son propre emploi ?

Paris, 11 h 23

Brise sagace faisait de la broderie. De temps à autre, elle jetait un œil à ses protégées. Les deux jeunes filles avaient repris l'abattage de monstres là où elles l'avaient laissé la veille. Elles étaient arrivées deux heures plus tôt – après leurs quatre heures de méditation – pour prendre le petit déjeuner avec madame Théberge tout en élaborant le programme de la journée. Ensuite, elles s'étaient remises aux jeux vidéo.

— Encore à l'entraînement ? ironisa Théberge en prenant son paletot.

Il avait passé l'avant-midi dans la chambre, à regarder les informations à la télé, pour manifester sa relative désapprobation devant l'envahissement.

Brise sagace le regarda en souriant.

— Vous n'avez pas de raisons de vous inquiéter, dit-elle. Votre épouse est en sécurité.

« Protégées par deux ados qui passent leurs journées à jouer et à faire du patin à roues alignées », songea Théberge. Il enfila son paletot en retenant la réplique qui lui brûlait les lèvres. Protester n'aurait servi qu'à indisposer son épouse.

Cette dernière émergea du coin cuisine, un café à la main, et s'assit à la table, devant un journal ouvert à la page du sudoku.

— Tu devrais prendre exemple sur moi, Gonzague, dit-elle sans le regarder. J'ai beaucoup plus de raisons de m'inquiéter pour toi… Est-ce que je t'en parle sans arrêt ?

— Ce n'est pas la même chose. Moi, c'est mon métier.

— Ce que j'ai choisi de faire comporte aussi des risques. Pas énormes, je suis d'accord, mais…

Elle se tourna vers lui.

— … tu ne veux quand même pas que j'abandonne mes activités ? que je m'enferme parce que le monde extérieur est devenu trop dangereux ?

— Bien sûr que non !

Il avait donné la seule réponse qu'il pouvait. Mais une partie de lui aurait voulu répliquer que c'était effectivement l'unique attitude sensée : s'enfermer quelque part en attendant que la folie du monde se soit calmée.

En allant à la porte, il trébucha sur une paire de patins à roues alignées et faillit tomber.

— Je suppose que ça fait aussi partie de leur entraînement, grogna-t-il sans se retourner.

— Tu rencontres Gonzague à quel endroit ? demanda son épouse.

Anodine, la question était en fait une offre de rétablir le contact à un niveau de complicité tranquille.

— Au Chai... Après, je vais voir Prose.

— Tu reviens souper ?

— Normalement, oui.

Théberge appuya sur le bouton de l'ascenseur, se rappela qu'il était toujours hors d'usage et se tourna vers la porte de l'escalier.

À chaque marche qu'il descendait, il songeait que c'en ferait une de plus à monter, au retour.

Finalement, il déboucha sur le trottoir et prit la direction de la rue Falguières.

Aux abords de la bouche de métro, des dizaines de tracts jonchaient le sol. Théberge se pencha pour en ramasser quelques-uns. Après les avoir brièvement parcourus, il les mit dans sa poche.

REUTERS, 6 H 11

... EN MER DE CHINE. LE PÉTROLIER ARRAISONNÉ N'A PAS OPPOSÉ DE RÉSISTANCE SIGNIFICATIVE. FACE À UNE DEMI-DOUZAINE D'EMBARCATIONS MUNIES D'ARMES LOURDES, LE CAPITAINE CRAIGNAIT QUE LES PIRATES FASSENT SAUTER SON NAVIRE S'IL RÉSISTAIT. L'ÉQUIPAGE DU PÉTROLIER A ÉTÉ JETÉ À LA MER. SELON LE TÉMOIGNAGE DES SURVIVANTS, LES EMBARCATIONS DES PIRATES ÉTAIENT DÉGUISÉES EN...

PARIS, 12 H 48

Juste avant d'arriver au Chai de l'Abbaye, Théberge croisa un homme-sandwich de l'Église de l'Émergence.

L'individu était plus petit que tous les autres qu'il avait rencontrés. Les panneaux d'affichage avaient été raccourcis pour éviter qu'ils touchent par terre. Son visage, par contre, était aussi déterminé et son message tout aussi radical.

LE FEU DU CIEL VA ILLUMINER LA TERRE

Cet hurluberlu ne pensait quand même pas avoir le pouvoir de déclencher la foudre !

Théberge prit le temps de l'examiner. Avec son complet élimé, ses petites lunettes rondes cerclées de métal, ses joues creuses et ses yeux intenses, il ressemblait à l'archétype de l'intellectuel communiste fraîchement échappé de l'Allemagne de l'Est des années cinquante.

En entrant au café, Théberge parcourut la salle des yeux, repéra Gonzague et se dirigea vers lui. Comme il arrivait à sa table, une voix éclata dans son dos.

— Si c'est pas le Canadien !

Théberge se retourna en souriant et serra la main d'Olivier, le gérant de jour.

— Alors, toujours heureux de votre visite au pays des râleurs ? reprit ce dernier.

— J'ai l'impression de me retrouver au milieu des miens !

— Je vous apporte un rouge ?

Avant que Théberge ait le temps de répondre, le gérant ajouta :

— Allez, on vient de recevoir un petit Loire. Je vous l'apporte. C'est la maison qui l'offre !

Théberge s'assit devant Gonzague, secoua la tête puis il serra la main que son ami lui tendait.

— Tu es en train de devenir une célébrité locale, se moqua le Français.

— Mon épouse dirait plutôt que je suis en train de devenir un pilier de bar.

— À propos de ton épouse… Si tu veux que je lui procure une protection… quelque chose de discret…

— Elle a déjà pris des dispositions pour assurer sa propre sécurité.

Gonzague haussa les sourcils.

— C'est une longue histoire, se contenta d'ajouter Théberge en poussant un soupir.

Puis il mit la main dans la poche de son paletot et en sortit quatre tracts.

— J'ai trouvé ça par terre, à côté d'une bouche de métro.

Il les déplia et les aligna sur la table devant Gonzague. Chacun affichait un message différent.

UN LIVRE,
C'EST UN ARBRE QU'ON A TUÉ

BRÛLEZ LES LIBRAIRIES AUX HEURES D'AFFLUENCE,
ÇA FERA DES LECTEURS DE MOINS

UNE LIBRAIRIE,
C'EST UN CIMETIÈRE D'ARBRES MORTS

UN LECTEUR DE MOINS,
C'EST DES CENTAINES D'ARBRES EN PLUS

Gonzague semblait particulièrement intéressé par les tracts.

— C'est relié à un groupe particulier ? demanda Théberge.

— Il y a eu plusieurs attaques contre des librairies. Trop pour que ce soient uniquement des attentats des islamistes. Ça confirme ce que l'on craignait : les écolos ont repris la balle au bond.

Théberge resta silencieux un moment. Comme il venait pour parler, le verre de petit Loire se matérialisa devant lui.

— À votre santé ! fit le gérant.

Théberge leva le verre dans sa direction, salua d'un signe de tête.

— Santé !

Il prit le temps de déguster, d'exprimer son approbation en termes fleuris, d'assurer le gérant de sa reconnaissance plus qu'éternelle et d'ironiser avec lui sur le caractère conservateur des goûts du colonel.

Quand le gérant fut parti, Théberge prit une autre gorgée de vin, puis il demanda à Gonzague :

— C'est quoi, la nouvelle dont tu ne pouvais pas me parler au téléphone ?

— On en a trouvé un quatrième.

— Un quatrième quoi ?

— Carbonisé.

Théberge prit quelques secondes à décoder l'information.

— Tu veux dire carbonisé, noyé, mangé par les bactéries… le service au grand complet ?

— Le service au grand complet, confirma Gonzague, reprenant avec un léger sourire l'expression de Théberge.

HOUSTON, 7 H 06

Debout au coin de la rue, Hussam al-Din était absorbé par les manipulations qu'il effectuait sur son ordinateur de poche. Son complet noir Armani, ses cheveux méticuleusement coiffés, la Rolex à son poignet et ses lunettes Cartier laissaient deviner un homme d'affaires vraisemblablement prospère, immergé dans son monde d'informations en temps réel, d'analyses financières et de transactions électroniques. On aurait dit un habitué de Wall Street égaré à Houston.

L'image n'était pas totalement fausse. Hussam était effectivement en train de vérifier toute une série de virements bancaires. Dans la plupart des cas, il s'agissait uniquement de s'assurer que les bons montants avaient été transférés dans les bons comptes.

Sa vérification terminée, il se dirigea vers le McDonald's, commanda le premier trio qu'il aperçut sur le menu, paya, attendit qu'on ait fini de remplir son plateau et s'installa à une table.

Après avoir déposé son plateau devant lui, il prit le *USA Today* qu'il avait sous le bras et le déposa sur la table, à la gauche du plateau.

Quelques instants plus tard, il vit un client venir vers lui, un plateau chargé dans les mains, cherchant visiblement à quelle table s'installer. Hussam, qui n'avait pratiquement pas touché à son déjeuner, se leva et s'éloigna avec son plateau, abandonnant le journal sur la table.

L'homme déposa son plateau à la place qu'avait libérée Hussam, s'assit, prit le journal d'un geste naturel, l'ouvrit, vérifia que la grille de mots croisés était partiellement remplie, referma le journal, le plia et le glissa dans sa poche de manteau.

Hussam al-Din sortit du McDonald's sans un seul regard pour l'homme qui avait pris le journal. C'était une brillante idée de faire effectuer son travail par d'autres. Après tout, l'important, c'était de mettre les États-Unis à genoux. De poursuivre la destruction que la crise financière avait amorcée.

Trop longtemps, les Américains avaient pillé les ressources de son pays, maintenu au pouvoir une famille de débauchés et détruit l'âme de leur civilisation. Ce serait un juste retour des choses.

Et le plus ironique, c'était que le travail serait fait par les enfants gâtés de ce pays exploiteur. Des enfants élevés dans la ouate, qui s'émouvaient du sort des baleines, des singes et des grenouilles, alors que des millions d'êtres humains étaient acculés à mourir de faim après avoir passé leur existence dans des conditions infectes.

Une fois sur le trottoir, Hussam consulta de nouveau son ordinateur de poche pour mémoriser la photo du prochain client.

Il lui en restait six à rencontrer. Ensuite, il prendrait l'avion. Dans un peu plus de vingt-quatre heures, il serait de retour à Dubaï, où il reprendrait sa véritable identité.

Il avait beau se dire que ce n'était qu'un rôle, que cette précaution était nécessaire, il n'arrivait pas à s'habituer à utiliser des pseudonymes. Seul son vrai nom, Karim al-Rashid, lui procurait le sentiment d'être lui-même. Quand une mission l'obligeait à emprunter une fausse identité, il avait l'impression de moins exister.

Heureusement, tout cela serait bientôt terminé.

LVT-News Channel, 8 h 25

> ... LES DEUX INDUSTRIELS AMÉRICAINS. ILS ÉTAIENT DISPARUS DEPUIS
> DEUX JOURS, ALORS QU'ILS EFFECTUAIENT UNE VISITE D'AFFAIRES EN
> FRANCE. LEURS CORPS ONT ÉTÉ RETROUVÉS TÔT CE MATIN. ILS REPOSAIENT
> DANS DEUX CABINES D'UN SALON DE BRONZAGE FERMÉ DEPUIS UNE
> SEMAINE POUR RÉNOVATIONS. LE RÉGLAGE DES CABINES AVAIT ÉTÉ BLOQUÉ
> À LA POSITION MAXIMALE, CE QUI A EU POUR EFFET DE FAIRE LITTÉRALEMENT
> CUIRE LES DEUX HOMMES...

PARIS, 14 h 25

Jessyca Hunter regarda du début à la fin la vidéo qu'on venait de lui transmettre par courrier électronique. Une vidéo banale comme on en trouvait des milliers sur MySpace ou YouTube. Plus banale que la majorité d'entre elles, probablement. On y voyait une femme marcher dans les rues de Paris et entrer dans un édifice.

Il n'y avait pas d'erreur, c'était bien Lucie Tellier. Elle avait été suivie de son hôtel jusqu'à un édifice à logements en périphérie du Marais. Le locataire auquel elle avait rendu visite n'avait pas encore été identifié. Avec un peu de chance, ce serait Théberge.

Hunter avait la mémoire longue. Elle n'avait pas oublié le rôle que le policier avait joué dans l'échec qu'elle avait connu à Montréal. Si le Consortium, et particulièrement Fogg, avaient toujours vu Théberge comme un simple moyen de remonter à l'Institut, pour sa part, elle avait des comptes à régler. Et elle mettait un point d'honneur à toujours honorer ses dettes.

Ce serait une vengeance agréable. Surtout si elle réussissait à mettre également la main sur l'épouse de Théberge. Elle les confierait tous les deux à madame McGuinty. Aucun doute que celle-ci pourrait imaginer une manière créative de les intégrer à son exposition.

Hunter archiva l'enregistrement vidéo et syntonisa une chaîne d'informations financières. Dans quelques minutes, le PDG d'HomniFood amorcerait sa conférence de presse.

Comme elle avait encore un peu de temps, elle ouvrit le logiciel de courrier électronique : toujours pas de nouvelles de l'équipe qui pistait la femme de Théberge. Après l'avoir suivie jusqu'à un centre d'aide pour prostituées, ils avaient perdu sa trace. L'édifice communiquait avec plusieurs autres par la cour intérieure et elle avait manifestement quitté l'endroit en empruntant un autre chemin.

Mais ce n'était que partie remise. Tout le pâté de maisons était maintenant surveillé. À sa prochaine visite, madame Théberge ne leur échapperait pas. Et il y aurait une prochaine visite. Une des prostituées qui résidait dans la maison d'accueil le leur avait assuré.

Au moment où Hunter allait refermer le logiciel, un nouveau message arriva. L'enquête sur les locataires de l'édifice où s'était rendue Lucie Tellier progressait. Ils avaient déjà éliminé la plupart des résidents de leur liste. Il ne restait que sept appartements où Théberge était susceptible de se trouver. L'enquête se poursuivait.

Lorsque la tête de Steve Rice apparut à l'écran de la télé, elle se détourna de l'ordinateur et monta le volume.

CHERS AMIS, HOMNIFOOD A TOUJOURS EU À CŒUR DE MAINTENIR LES STANDARDS DE GOUVERNANCE LES PLUS ÉLEVÉS. À L'INTÉRIEUR DE NOTRE ENTREPRISE, LE DÉVOIEMENT DE NOS TROIS LABORATOIRES A ÉTÉ VÉCU COMME UN VÉRITABLE CATACLYSME. LE JOUR MÊME OÙ NOUS AVONS ÉTÉ FRAPPÉS PAR LA NOUVELLE, NOUS AVONS DÉPLOYÉ UNE ÉQUIPE DONT LA TÂCHE ÉTAIT DE METTRE TOUTES NOS INFORMATIONS ET TOUTES NOS RESSOURCES À LA DISPOSITION DES CORPS POLICIERS. AUJOURD'HUI, JE PEUX DIRE QUE...

Hunter sourit. La performance était remarquable. La sincérité suintait littéralement de Rice. Malgré sa propension naturelle au scepticisme, elle aurait été portée à lui faire confiance. C'était vraiment un grand comédien.

Son téléphone portable fit entendre trois notes brèves. L'équipe de surveillance qui s'occupait de madame Théberge !

Hunter sourit. C'était bien le diable si elle ne réussissait pas à mettre la main sur Théberge lui-même dans les vingt-quatre heures.

Houston, 7 h 39

Mark Gardner reposa dans son plateau la frite qu'il venait de prendre. Il avait mangé la totalité de son *cheeseburger* et plus de la moitié de ses frites. Son Coke Diet avait baissé des deux tiers. C'était suffisant comme effort pour entrer dans la peau de son personnage. Compte tenu de ce qu'il venait d'avaler, il en aurait pour le reste de la semaine à surveiller d'encore plus près son alimentation. Mais l'important, c'était la cause.

Il ouvrit le journal et regarda de nouveau la grille géante de mots croisés, dont une vingtaine de cases étaient remplies. Il lui suffisait de lire les lettres les unes à la suite des autres et d'y ajouter les chiffres encerclés pour obtenir un numéro de compte et son code d'accès. Avec l'argent qu'il y trouverait, il pourrait financer les deux prochaines opérations de son groupe.

Le jour où il était tombé sur Hussam al-Din, toutes les choses dont il rêvait étaient devenues possibles. Un Arabe avec une conscience écologique ! Qui voulait participer au combat pour sauver la planète !

Bien sûr, Hussam ne saisissait pas toutes les ramifications de la pensée écologiste. Par exemple, il ne comprenait rien à la complexe interdépendance des écosystèmes. Il fallait toujours tout lui expliquer. Mais il était de bonne volonté. À la limite de la bonne poire… Et il avait énormément d'argent. Il valait la peine de lui passer ses caprices. Comme cette paranoïa qui l'amenait à refuser toute apparition en public.

Gardner prit une dernière gorgée de Coke Diet, se leva, mit le journal sous son bras et sortit.

En se dirigeant vers sa voiture hybride, il avait un peu honte d'exploiter la naïveté de Hussam, son mystérieux mécène arabe, mais la défense de l'environnement était plus importante que ses états d'âme. Et puis, ces foutus Arabes étaient les principaux bénéficiaires de la pollution causée sur l'ensemble de la planète par le pétrole. Il était normal que ce soient eux qui paient.

Lévis, 8 h 44

Hugo Bouchard raccrocha le téléphone et resta un long moment immobile. Ce que venait de lui dire l'inspecteur-chef Lefebvre, du SPVQ, n'allait pas faciliter son travail à la raffinerie. Déjà, il était quasiment en guerre ouverte avec Gagné, le responsable de la production.

Normand Gagné avait l'appui tacite de la direction. Bouchard, lui, était responsable de la sécurité. Il dirigeait un département qui était vu comme un mal nécessaire. Un mal qu'il convenait de réduire à un niveau tolérable.

Quotidiennement, Bouchard affrontait Gagné et ses adjoints, qui voulaient toujours pousser la machine plus à fond, raffiner quelques centaines de barils de plus. Pas plus tard que la semaine précédente, il avait fallu qu'il insiste pour leur faire admettre qu'il n'était pas normal que des tuyaux courbent sous l'effet de la chaleur ! Qu'il pouvait y avoir un problème !

Le public ne soupçonnait pas le danger avec lequel flirtaient quotidiennement ces installations, ni, pour être juste, l'ampleur des mesures prises pour assurer la sécurité des travailleurs en cas « d'événements ». Il y avait même, un peu partout sur le site, des abris capables de résister à des explosions nucléaires. Enfin, peut-être pas à une frappe directe, mais si la bombe tombait un peu à l'écart, les réfugiés auraient leur chance.

Évidemment, ces mesures de sécurité impliquaient des coûts. Des coûts dont s'autorisait le responsable de la production pour pousser le système à la limite. « Si on dépense autant pour la sécurité, on peut prendre plus de risques. Pas grave si ça dérape, les travailleurs vont pouvoir se mettre à l'abri. »

Dans un tel contexte, Bouchard n'envisageait pas avec plaisir d'avoir à relayer à la direction le message de l'inspecteur-chef Lefebvre.

Compte tenu du sérieux et de l'urgence de la menace, le policier avait choisi de l'appeler directement. Même s'il n'avait aucune juridiction sur la Rive-Sud. Il y avait de bonnes chances que la raffinerie fasse partie des pro-

chaines cibles des terroristes, avait-il dit. En conséquence, il lui recommandait de hausser d'un cran toutes
les mesures de sécurité. Et aussi de contacter le Service
de police de la ville de Lévis pour demander son aide.
Lui-même allait téléphoner aux policiers pour leur donner
ces informations.

Le directeur de la raffinerie n'aurait pas le choix : il
faudrait qu'il en réfère au Texas, où résidaient les nouveaux propriétaires de l'entreprise. Ce qui voudrait dire
une corvée supplémentaire pour Bouchard. Car le
directeur n'aurait rien de plus pressé que de lui refiler le
dossier : ce serait à lui d'expliquer aux Américains que
les mesures de sécurité feraient augmenter les coûts et
baisser la production.

Et le pire, c'était que, si les mesures proposées étaient
efficaces et qu'il n'y avait pas d'attentat, on lui reprocherait son alarmisme. Et s'il y en avait quand même
un, on lui reprocherait son incompétence.

Décidément, gérer le risque n'était pas un métier
pour se faire des amis ! Il aurait dû prendre sa retraite
l'année précédente, quand il en avait eu l'occasion.

CNN, 9 H 02

> ... PLUS TÔT CET APRÈS-MIDI. LE REPRÉSENTANT DE LA CIA A DÉMENTI
> LA RUMEUR APPARUE SUR INTERNET COMME QUOI SON ORGANISATION
> CONNAISSAIT DEPUIS LONGTEMPS L'EXISTENCE DES US-BASHERS ET
> QU'ELLE LES A LAISSÉS SE DÉVELOPPER PARCE QUE CELA FAISAIT SON
> AFFAIRE...

PARIS, 15 H 22

Attablée dans un café, Jessyca Hunter surveillait les
gens qui passaient sur le trottoir, de l'autre côté de la rue.

Elle vit d'abord apparaître le membre avancé de
l'équipe de filature, celui qui marchait devant la cible.
Puis ce fut le tour de madame Théberge. Elle était accompagnée de deux jeunes Asiatiques en patins à roues
alignées qui évoluaient autour d'elle, tantôt la suivant,
tantôt la précédant. Elles n'avaient pourtant pas l'air de
prostituées ou d'« escortes ». Mais ça ne voulait rien

dire. Si elles travaillaient dans un réseau de luxe, elles n'auraient justement pas eu l'air de prostituées.

Un autobus s'immobilisa le long du trottoir, juste devant madame Théberge. Un instant plus tard, elle avait disparu derrière le véhicule, dont le côté était couvert d'une réclame géante pour R-PuuR :

AMÉLIOREZ LA PRODUCTIVITÉ DE VOS EMPLOYÉS

DIMINUEZ VOS COÛTS DE SANTÉ

R-PUUR... LA RESPIRATION NATURELLE REPENSÉE PAR LA SCIENCE

Au soulagement de Jessyca Hunter, madame Théberge reparut devant l'autobus. À part les deux jeunes Asiatiques, personne ne semblait la suivre. Cela voulait dire qu'elle n'avait pas de protection.

Il fallait cesser de tergiverser. Dans moins de cent mètres, elle arriverait au refuge. L'opération n'était pas compliquée. Il suffisait de l'enlever et de lui faire dire où se trouvait son mari.

Elle se pencha vers le micro dissimulé dans le sac à main posé sur la table.

— Allez-y !

Quelques instants plus tard, elle vit le trio de surveillance converger et se rapprocher de l'épouse de Théberge. Elle commença à filmer discrètement.

Les prochaines heures promettaient d'être intéressantes.

PARIS, 15 H 25

L'homme qui mit la main sur l'épaule de madame Théberge était déjà au sol lorsqu'il aperçut brièvement la jeune Asiatique aux cheveux violets. Mais il ne s'intéressait pas vraiment à elle. Il se préoccupait surtout de la douleur, de chaque côté de son cou, et du fait qu'il était incapable d'utiliser ses bras pour se relever.

Fidèle aux conseils que lui avait donnés Brise sagace, madame Théberge réprima tout désir d'intervenir. Elle se contenta de tourner la tête vers l'homme qui lui avait mis la main sur l'épaule et de le voir tomber après que l'une des deux gardes du corps de madame Théberge lui eut rabattu ses deux poings sur les clavicules.

Elle se retourna ensuite pour regarder derrière elle. Une femme était étendue par terre. Un autre homme cherchait maladroitement à se défendre contre les attaques de la patineuse aux cheveux verts. Puis sa résistance cessa brusquement. Il s'écroula au sol.

Juste à ce moment, une limousine s'immobilisa à leur hauteur et se gara le long du trottoir.

En quelques instants, les deux jeunes femmes récupérèrent leurs trois victimes et les transportèrent sur la banquette arrière. Ensuite, celle aux cheveux verts monta sur le siège du passager. L'autre accompagna madame Théberge, qui avait calmement repris sa route.

— On va faire une surprise à votre Gonzague, lui dit-elle en riant.

Puis elle recommença à se promener, tantôt en avant de madame Théberge, tantôt derrière elle, mais en maintenant entre elles une distance plus courte.

LCN, 15 h 25

> ... A DÉMENTI L'EXISTENCE DE VARIÉTÉS RACIALES DU CHAMPIGNON RESPONSABLE DE LA PESTE GRISE...

PARIS, 15 h 28

Hunter regarda la voiture conduite par une vieille femme s'éloigner.

C'était quoi, cette folie? Heureusement que la procédure prévoyait qu'il y ait toujours un témoin qui ne se mêlait pas de l'action. Cela lui avait permis d'assister à l'opération sans être repérée.

L'échec de l'enlèvement était contrariant, mais c'était une contrariété temporaire. Les visages des intervenants seraient intégrés aux banques de données. Puis identifiés. Les prochaines équipes sauraient à quoi s'attendre.

Pour l'instant, ce qui importait, c'était d'assurer sa propre protection. Pas question qu'elle retourne à l'appartement qui lui servait de centre d'opération: c'était là qu'elle avait rencontré l'équipe d'intervention. Inévitablement, ils se mettraient à table. C'était une question de temps avant que des gens de l'Institut ou leurs acolytes y débarquent.

Elle disposait probablement d'un délai d'une heure ou deux. Mais pourquoi courir ce risque ? La seule chose qu'elle aurait pu vouloir y récupérer, c'était l'ordinateur portable et il était protégé. Trois mauvais mots de passe et toute l'information serait détruite. En même temps qu'une partie de celui qui s'y risquerait. Toute tentative pour déconnecter le disque dur aurait le même résultat.

MONTRÉAL, SPVM, 10 h 19

Les quatre suspects avaient été placés dans quatre salles différentes. Ils avaient été surpris à incendier les locaux d'un concessionnaire de voitures au cours de la nuit. Leur visage avait été capté par les caméras de surveillance. Deux hommes et deux femmes. Les retrouver avait été facile.

Ils n'appartenaient à aucun groupe écoterroriste. Aucun lien ne les rattachait aux Enfants de la Foudre ni à aucun autre groupe du genre. Les perquisitions aux domiciles des suspects n'avaient rien donné. Aucun document compromettant, aucune fréquentation de sites extrémistes… Ils avaient seulement entendu les prophéties de Guru Gizmo Gaïa et ils avaient conclu qu'il était temps pour eux de faire leur part en faveur de l'environnement. C'était une initiative privée. Un acte posé au nom des générations futures.

Crépeau avait parlé à trois d'entre eux. Loin de nier les faits, ils revendiquaient avec fierté leur action. Ils avaient même hâte au procès à cause de l'exposition médiatique qu'ils auraient. Ce serait une occasion unique d'expliquer leur message à la population. Ils ne voyaient d'ailleurs pas ce que, en toute justice, on pourrait leur reprocher. Il n'y avait rien de criminel dans ce qu'ils avaient fait. Comme un des hommes l'avait déclaré : « Ce n'est pas du terrorisme, c'est de la légitime défense.

À travers nous, c'est la planète qui se défend contre l'agression de l'humanité. »

Ce qui sidérait Crépeau, c'était l'absolue certitude de ces jeunes d'être dans leur droit. D'avoir fait ce qui était juste. Chez aucun d'eux, il n'avait perçu le moindre doute. La raison et le bon droit étaient de leur côté. Et si lui ne le comprenait pas, c'était parce qu'il était trop vieux. Que son cerveau avait été lessivé durant des années.

— C'est normal, avait précisé une des jeunes femmes sur un ton presque compatissant. En plus de votre âge, il y a votre travail. Vous êtes forcément du côté de l'ordre établi. Vous ne pouvez pas faire autrement. Votre cerveau est cadenassé. Vous êtes figé dans de vieilles idées… Le problème, c'est qu'on ne peut pas attendre que votre génération ait disparu avant d'agir.

Crépeau s'était alors souvenu d'un reportage sur les khmers. Des jeunes de seize ans y affirmaient tranquillement que toutes les personnes de plus de quarante ans étaient irrécupérables. Que leur élimination était le seul moyen, pour leur peuple, de faire un grand bond en avant. Qu'ils n'avaient aucune haine contre ceux qu'ils allaient éliminer. C'était simplement nécessaire. Et ils feraient tout en leur pouvoir pour être à la hauteur de leur tâche historique.

Les trois jeunes qu'il avait interrogés affichaient la même confiance arrogante et tranquille. Le même genre d'assurance imperturbable qui avait animé les gardes rouges et les jeunesses hitlériennes…

Crépeau décida de ne pas interroger le quatrième suspect. De toute façon, ce n'était pas son rôle. C'était davantage par intérêt personnel qu'il les avait rencontrés. Pour essayer de comprendre. De prendre la mesure de ce qui se passait… Peut-être avaient-ils raison, songea-t-il. Peut-être était-il trop vieux pour comprendre.

Il emprunta un couloir qui menait dans une autre section de l'édifice. Là-bas, il y avait un suspect qui avait incendié une librairie. Un cocktail Molotov à travers

une vitrine préalablement fracassée par une pierre…
D'après le rapport, c'était également un environnementaliste. Lui, c'étaient les arbres qu'il avait décidé de défendre.

Crépeau secoua la tête. Si seulement Théberge pouvait revenir, qu'il puisse lui redonner son poste !

Paris, 16 h 37

Dans son appartement de la rue Pommard, Victor Prose passait en revue ses sites privilégiés. Il surveillait particulièrement les informations concernant le pétrole. Il avait déjà téléchargé le texte complet de quatre articles. Sur une feuille quadrillée, il avait noté :

annonce (par les Enfants de la Foudre) d'une série d'attaques qui viseront personnellement les dirigeants de pétrolières ;

compilation des attentats contre des stations-service dans l'ensemble des pays occidentaux ;

annonce d'une entente entre plusieurs pétrolières pour former HomniFuel, une entreprise qui sera sous le contrôle de l'Alliance mondiale pour l'Émergence ;

article qui recense les attaques contre les grandes infrastructures pétrolières : équipements portuaires, stations de pompage, raffineries…

Dans le dernier article, il avait appris que les attentats n'épargnaient pas le Canada : dans la région de Dawson Creek, des bombes avaient endommagé le pipeline d'Encana. Par le passé, il y avait déjà eu quelques incidents, mais rien de trop grave. Et depuis, les choses s'étaient calmées. Cette fois, les saboteurs semblaient mieux outillés : le tuyau avait été complètement sectionné.

Le carillon de la porte le tira brusquement de sa lecture. Sans doute Théberge…

Avant d'ouvrir, il vérifia quand même à travers l'œil-de-bœuf.

— Pour le pétrole, on dirait bien que vous aviez raison, fit d'emblée Théberge, aussitôt entré.

— J'ai commencé à suivre ça de plus près. Vous voulez un café?

Une fois qu'ils furent installés à la table du coin dîner et que Prose eut préparé deux cafés crème, Théberge lui demanda tout à trac:

— Ça vous intéresserait de travailler avec nous sur une opération?

— De l'espionnage?

— Du traitement d'information… J'ai pris l'apéro ce midi avec mon ami Gonzague. Il aimerait disposer d'un groupe personnel d'analyse. Quelque chose en dehors des structures officielles. Vous, moi, quelques analystes pour nous aider…

Prose paraissait peu enthousiaste.

— Je suppose qu'il faut signer une entente de confidentialité. Ce qui veut dire que je ne pourrai rien publier de ce que je vais découvrir.

— Je suis sûr qu'il y a moyen de s'arranger. Du moment que vous n'écrivez rien sur l'organisation elle-même.

Prose se réfugia un moment derrière sa tasse de café pour réfléchir.

— Vous auriez accès aux meilleures sources d'information, relança Théberge.

— Pour faire quoi?

— Comprendre la logique des interventions terroristes, voir comment elles s'inscrivent dans une analyse de la situation environnementale… découvrir ce qui se cache dans leurs messages, ce qu'elles annoncent… Le but, c'est de prévoir les futures attaques pour les prévenir.

— Je travaillerais pour qui?

— On travaillerait tous les deux directement pour Gonzague. Ce serait la seule personne avec qui on aurait un contact.

— Vous parliez d'analystes…

— Contact par Internet seulement. On leur envoie nos demandes par courriel et ils répondent le plus rapidement possible.

Dix minutes plus tard, Théberge et Prose sortaient ensemble de l'appartement. Comme ils se dirigeaient vers le métro, une équipe de trois hommes les prit en filature.

FRANCE INFO, 11 H 05

> ... JE RÉALISE MAINTENANT CE QUE NOUS AVONS FAIT. JE NE PEUX PLUS SUPPORTER MON VISAGE DANS LE MIROIR. IL FAUT QUE JE DISPARAISSE. MES COMPLICES SONT LIBRES DE LEURS CHOIX. MAIS, MORALEMENT, JE NE PEUX PAS NE PAS LES DÉNONCER. NOUS NOUS SOMMES LAISSÉ AVEUGLER PAR NOTRE POUVOIR. NOUS AVONS VOULU JOUER À DIEU...

HAWAÏ, 6 H 21

Ils étaient allongés sur le plancher de l'hélicoptère. Deux hommes et une femme. Leurs jambes étaient ligotées. Leurs mains attachées derrière le dos. De temps à autre, ils roulaient sur le plancher à cause des mouvements de l'appareil. Ils supportaient toutefois avec docilité l'inconfort de leur position. Le GHB qu'ils avaient absorbé les faisait flotter dans un monde ouaté, où les choses ne leur parvenaient que brouillées et amorties.

Heath les avait accueillis en personne à leur arrivée de Francfort. Ils avaient voyagé en jet privé disposant de tout le confort nécessaire pour compenser les inconvénients d'un aussi long voyage.

La première étape avait été le toast d'honneur dans la résidence de Heath. Ils avaient eu droit à une cuvée Cristal de Roederer. L'événement méritait d'être fêté : ils venaient prendre possession de leur appartement dans l'Archipel. Heath leur avait ensuite annoncé qu'elle avait une surprise pour eux. Une forme de rituel initiatique. Le plongeon argentin.

Intrigués, les invités l'avaient questionnée : est-ce qu'il fallait qu'ils plongent dans la mer ? Ce n'était pas dangereux, au moins ? Pourquoi argentin ?

— Vous verrez ! s'était contentée de répondre Heath.

Puis elle avait ajouté, juste avant de prendre une autre gorgée de champagne :

— Je ne veux pas gâcher votre surprise. Tout ce que je puis vous dire, c'est que c'est l'expérience d'une vie !

Ils avaient ensuite porté plusieurs toasts : à leur hôtesse, aux trois nouveaux résidents, à l'Exode qui commençait avec eux… Car ils avaient l'honneur d'être les trois premiers membres à être appelés à entrer dans l'ère nouvelle.

Heath fit signe au pilote de modifier le cap pour passer directement au-dessus du volcan. À condition d'être à une altitude suffisante, il n'y avait pas de réel danger. Surtout que le cratère central se contentait depuis plusieurs semaines de bouillonner doucement.

Heath ouvrit la porte latérale de l'appareil et poussa elle-même les trois corps pour qu'ils roulent jusqu'à l'extérieur. Somme toute, ils étaient chanceux : compte tenu de la hauteur, de la chaleur et des gaz qui s'échappaient du cratère, ils seraient probablement morts avant de toucher la lave en fusion. Leur mort serait rapide et la drogue atténuerait en partie leur angoisse. Tous n'auraient pas cette chance.

PARIS, 17 H 38

Théberge avait ramené Prose au Chai. Ils s'installèrent au bout du comptoir. Bruno, le gérant de soir, lui apporta une Météor sans qu'il la demande. Pour faire bonne mesure, il en déposa une autre devant Prose.

— Pour une fois qu'on a une célébrité dans la maison, dit-il sur un ton amusé.

— Faut quand même pas exagérer, se défendit Théberge.

— C'est aux frais de vos admirateurs. Il y a deux journalistes qui ont passé une partie de l'après-midi à vous attendre.

D'un signe de la tête, il lui montra deux hommes, à l'autre bout du comptoir. L'un des deux avait posé une caméra devant lui.

Une expression de contrariété passa sur le visage de Théberge. Le souvenir de sa dernière rencontre avec Cabana lui revint à la mémoire. Il n'allait quand même pas être poursuivi par des gratte-papiers jusque dans les cafés de Paris !

Les deux hommes s'approchèrent. Le premier avait un visage épanoui et le regardait avec un contentement sans retenue. On aurait dit un enfant qui venait de découvrir le bonbon perpétuel.

Il se tourna vers son acolyte à la caméra, un homme de grande stature au visage débonnaire, qui dévisageait Théberge avec une bienveillance évidente.

— Je te l'avais dit que c'était lui !

— Vous êtes vraiment le célèbre inspecteur Théberge ? demanda le deuxième. Le policier des grands espaces montréalais ?

— Mais puisque je te dis que c'est lui ! Le survivant des hivers polaires venu prêter main-forte à nos flics bleu blanc rouge et les sortir de l'impasse.

Il se dirigea vers Théberge.

— Monsieur, c'est un honneur de vous serrer la main.

Par réflexe, Théberge serra la main qu'on lui tendait. Puis celle du géant débonnaire. Si c'était ça, les journalistes français…

— Trois jours pour détruire un réseau terroriste installé à Lyon, c'est du jamais-vu ! Je reconnais là l'efficacité du nouveau continent… Mais excusez-moi, je ne me suis pas présenté. Amédée Pantin.

Théberge, submergé par l'enthousiasme de son interlocuteur, n'eut d'autre choix que de lui serrer encore une fois la main.

— Je vous présente mon collègue photographe, fit ce dernier en se tournant vers l'homme à la caméra. Antonin Arnaud.

Théberge serra la nouvelle main qui s'étirait vers lui.

— Alors, ces terroristes ? fit Pantin. Vous avez d'autres opérations en cours ?

Un micro avait fait son apparition dans sa main gauche. Il le maintenait devant le visage de Théberge.

— Je suis en vacances, répondit ce dernier. C'est tout à fait par hasard si…

— Écoutez-le faire le modeste!… Mais je comprends qu'il y a des choses que vous ne pouvez pas dire.

— Je vous assure…

— Entre nous, il en reste beaucoup, des terroristes?

— C'est une question que vous devrez poser aux autorités concernées.

— D'accord. Comme vous êtes ici à titre officieux, vous ne pouvez rien dire sans provoquer un incident diplomatique… Cette discrétion est toute à votre honneur.

Avant que Théberge ait le temps de répliquer, une cascade de bruits de déclencheur se fit entendre. Il se tourna vers le photographe, qui continuait de le mitrailler.

— Très bien, c'est ça… Continuez de me regarder dans les yeux! fit le photographe.

— Monsieur est un de vos adjoints du Canada? relança Pantin avant que Théberge ait eu le temps de réagir.

Son regard visait Prose, à sa gauche, qui regardait la scène sans rien dire, légèrement abasourdi.

— Non! protesta Théberge. Je vous dis que c'est une erreur. Je suis vraiment en vacances. J'en profite pour rencontrer des amis.

— Le super flic du Canada qui prend ses vacances à Paris juste au moment où le terrorisme explose! Et il est sur les lieux de la plus importante opération antiterroriste… C'est à se demander ce que vous faites quand vous n'êtes pas en vacances!

La rafale de clichés s'intensifia, empêchant Théberge de répondre. Pantin reprit avec le même enthousiasme.

— Qu'est-ce que vous pensez des menaces d'attentats contre les dirigeants des pétrolières?… Plus des trois quarts des auditeurs à qui nous avons posé la question pensent que c'est bien fait pour eux.

Pendant les dix minutes qui suivirent, Théberge fut bombardé de questions sur une foule de sujets: croyait-il que les marchés financiers allaient finalement se rétablir? Sarkozy posait-il les bons actes? Devrait-on déclarer un couvre-feu pour protéger les épiceries durant la nuit? Fallait-il interdire l'Église de l'Émergence?

Est-ce que des représailles contre les États islamistes étaient inévitables ? Quelles étaient les chances que les chercheurs découvrent un remède contre la peste grise ? Combien de millions de victimes y aurait-il avant qu'ils le trouvent ? Pensait-il que Laurent Ruquier allait trop loin dans ses émissions ? Pouvait-on se fier à HomniFood et à toutes ces grandes compagnies qui promettaient de sauver l'humanité ? Est-ce que le terrorisme était un coup des pétrolières pour faire augmenter le coût du gazole à la pompe ? Allait-on assister à une guerre entre les États-Unis et la Chine ? Quelle était sa ville préférée en France ? Était-ce vraiment risqué d'aller dans une librairie ? Son accent était-il un handicap dans son travail international ?… Que pensait-il des chances du PS de redevenir une part crédible ?

Parce qu'il ne voulait pas faire d'éclat, Théberge s'efforçait de répondre à chaque question. Ou, plutôt, il amorçait une réponse. Car il avait à peine formulé une ou deux phrases qu'il était interrompu par une nouvelle question sur un autre sujet.

Heureusement, après une dizaine de minutes, Bruno vint à son secours.

— Messieurs, faudrait le laisser respirer… Je pense que notre ami canadien a bien mérité de prendre un demi tranquille.

— Vous avez raison, concéda Pantin après une hésitation. Le repos du guerrier avant la prochaine bataille !

Tout au long de l'entrevue, il avait conservé le même enthousiasme euphorique. Comme s'il était à la fois ravi, amusé et honoré de parler à Théberge.

Le photographe en profita pour faire une dernière rafale de clichés. Puis il serra la main de Théberge. Pantin fit de même.

— L'heure de tombée, expliqua Pantin avant de partir. Je vous remercie de votre générosité. Vous ne serez pas déçu de l'article.

Théberge ne savait plus ce qui était le pire : être traité comme le repoussoir en chef par les journalistes de

Montréal ou être assimilé à une espèce de Chingachgook de l'espionnage par ceux de Paris.

Il avait à peine repris ses esprits qu'une main se posait sur son épaule.

— Je n'ai pas voulu t'enlever à tes admirateurs, fit Gonzague Leclercq en souriant.

Il tendit la main à Théberge, puis à Prose.

— Qu'est-ce que ça donne ? demanda anxieusement Théberge.

— Les trois Pieds Nickelés qui ont agressé ton épouse ? On est en train de les cuisiner... Tu veux qu'on passe les voir tout à l'heure ?

LÉVIS, 13 H 43

Dominique avait marché pendant près de deux heures sur la piste cyclable qui longeait le fleuve. À son retour, elle avait ouvert Pantagruel. Chamane avait trouvé le moyen de faire bricoler par un ami une nouvelle version du logiciel d'extraction d'informations. Dans sa nouvelle version, le logiciel permettait d'appliquer une grille d'analyse multicritère à l'information que diffusaient des milliers de sources. L'avantage de cette nouvelle version tenait au fait que le logiciel était maintenant paramétrable : d'une part, l'utilisateur pouvait donner un poids, de un à dix, aux sources elles-mêmes ; d'autre part, il pouvait aussi en donner un, toujours de un à dix, aux mots qu'il inscrivait dans les champs de recherche. Et la beauté de la chose, c'était que les poids pouvaient être nuancés jusqu'à trois décimales... Une demande spéciale de Blunt, avait expliqué Chamane avec un large sourire.

L'information qui apparaissait en tête de liste concernait HomniFood. Il s'agissait d'une déclaration du président de l'entreprise sur les laboratoires associés aux Dégustateurs d'agonies.

Elle cliqua sur le lien.

Une vidéo apparut à l'écran. On y voyait Steve Rice, en gros plan, faire une déclaration.

NOUS EN AVONS MAINTENANT LA PREUVE IRRÉFUTABLE : TROIS DE NOS LABORATOIRES ONT ÉTÉ DÉTOURNÉS DE LEUR MISSION PAR DES ÉLÉMENTS ASSOCIÉS AUX TERRORISMES. À L'INSU DE TOUS, ILS ONT CHERCHÉ À METTRE AU POINT DES CHAMPIGNONS CAPABLES DE DÉTRUIRE L'ENSEMBLE DU STOCK CÉRÉALIER DE LA PLANÈTE. ILS NE SONT PAS LES CRÉATEURS DU CHAMPIGNON TUEUR DE CÉRÉALES. MAIS ILS CHERCHAIENT À CRÉER UN CHAMPIGNON PLUS DESTRUCTEUR ENCORE, SUSCEPTIBLE DE RÉSISTER À TOUS LES TRAITEMENTS.

La dernière précision était habile, songea Dominique. Après avoir affirmé que l'entreprise ne savait rien, il la mettait à l'abri des poursuites éventuelles : le champignon tueur de céréales n'avait pas été créé dans ses locaux.

NOS SERVICES DE SÉCURITÉ ONT IDENTIFIÉ QUATRE RESPONSABLES. ILS AVAIENT MIS SUR PIED UN SYSTÈME DE CHANTAGE, D'INTIMIDATION ET DE CORRUPTION POUR CONTRAINDRE UN GRAND NOMBRE DE CHERCHEURS À TRAVAILLER À LEUR PROJET. UN TEL SYSTÈME SUPPOSE L'AIDE DE RÉSEAUX CRIMINELS ET MAFIEUX DISPOSANT DE VASTES MOYENS. POUR LE DIRE CRÛMENT, LES TROIS LABORATOIRES ONT FAIT L'OBJET D'UNE PRISE DE CONTRÔLE PAR DES ÉLÉMENTS DU CRIME ORGANISÉ LIÉS À DES GROUPES TERRORISTES.

Quatre responsables, c'était quand même peu pour expliquer le détournement de trois laboratoires. Mais avec l'aide d'organisations criminelles et de groupes terroristes, ça devenait beaucoup plus plausible. Ça expliquait que l'entreprise ait pu être bernée aussi longtemps. Et puis, avec ce qui se passait, tout le monde était prêt à voir la main des terroristes partout.

LES NOMS DES QUATRE RESPONSABLES ONT ÉTÉ COMMUNIQUÉS AUX AUTORITÉS POLICIÈRES. JE LEUR LAISSERAI LE SOIN DE DIVULGUER L'IDENTITÉ DES RESPONSABLES. POUR L'INSTANT, JE ME CONTENTERAI D'AJOUTER QUE LA RECONVERSION DES LABORATOIRES EST ACHEVÉE. LEUR SEULE MISSION SERA DÉSORMAIS DE LUTTER CONTRE LE CHAM-PIGNON TUEUR DE CÉRÉALES...

Légèrement déprimée, Dominique ferma l'extrait vidéo et ignora la suggestion de cliquer sur le lien qui lui aurait permis d'avoir l'intégralité de la conférence de presse. Elle y reviendrait plus tard.

La deuxième vidéo qu'elle fit jouer concernait une enquête réalisée pour une agence de presse internationale dans les principaux pays développés. Le résumé de l'article faisait quelques lignes : dans l'ensemble des pays, la fréquentation des bibliothèques publiques avait chuté de soixante-huit virgule deux pour cent et celle des librairies de cinquante-neuf virgule quatre.

Inutile d'aller dans les détails, songea Dominique. Il était clair que les terroristes avaient atteint leur objectif. L'intimidation fonctionnait. Ce qui était moins clair, c'était de savoir s'il s'agissait de l'objectif des terroristes islamistes ou de celui des écoterroristes.

NEW YORK, 14 H 18

Siaka Momoh consulta son BlackBerry, vérifia que le versement avait été effectué comme convenu, puis il se leva de son siège de l'Assemblée générale des Nations-Unies.

Son intervention fut brève. Elle tenait en deux points : réitérer la confiance de son pays en HomniFood et dénoncer le projet de résolution européen de mise en tutelle des entreprises de l'AME.

— Si des Occidentaux ont commis des crimes dans certains laboratoires, conclut-il, ce n'est pas à nous d'en payer le prix. Nous ne pouvons pas nous permettre le luxe de mettre des bâtons dans les roues d'HomniFood. Si on retarde la mise au point de remèdes contre le champignon tueur de céréales, si on multiplie les délais, c'est mon peuple qui va en payer le prix. C'est mon peuple qui va mourir. Et pas seulement le mien ! Tous les peuples de tous les pays pauvres d'Afrique, exploités pendant des siècles par les Occidentaux. Voter cette proposition, c'est déclarer la guerre à tous les pauvres de la planète. C'est accepter une forme à peine déguisée de racisme… Monsieur le Président, s'il faut choisir entre la vie des Africains et les exigences bureaucratiques de la morale occidentale, le choix est simple. Je choisis que les Africains puissent vivre !

Plusieurs des représentants africains applaudirent. Même s'ils regrettaient la véhémence de Momoh, ils partageaient ses préoccupations. Et puis, il aurait été politiquement suicidaire de ne pas applaudir quelqu'un qui défendait les Africains avec autant de fougue.

En se rassoyant, Siaka Momoh était satisfait. De sa performance, bien sûr. Mais surtout de l'argent qu'il avait reçu comme « encouragement à soutenir de façon musclée l'autonomie d'HomniFood ». Subitement, ses projets de coup d'État lui apparaissaient beaucoup plus réalisables à court terme.

CNN, 14 H 35

> … SEULEMENT QUATRE NOUVEAUX CAS DE PESTE GRISE. IL SEMBLERAIT QUE LA MALADIE SOIT MOINS CONTAGIEUSE QU'ANTICIPÉ, MÊME LORSQU'IL Y A EU CONTACT DIRECT AVEC UNE PERSONNE INFECTÉE. PAR AILLEURS, LES SPORES AURAIENT UNE DURÉE DE VIE MOINS LONGUE QUE CE À QUOI LES SCIENTIFIQUES S'ATTENDAIENT. UN GROUPE DE CHERCHEURS INDÉPENDANTS A TOUTEFOIS CONTREDIT CETTE AFFIRMATION, DISANT QUE CETTE PSEUDO-DÉCOUVERTE AVAIT SIMPLEMENT POUR BUT DE MINIMISER LA PANIQUE ET QUE LA POPULATION DEVAIT CONTINUER DE SE PROTÉGER, SURTOUT DANS LES ZONES…

PARIS, LOCAUX DE LA DCRI, 20 H 42

Les deux hommes et la femme qui avaient attaqué madame Théberge étaient assis sur des chaises droites dans de petites cellules contiguës. À part les chaises, le seul autre élément de mobilier était un miroir fixé au mur.

De l'autre côté du miroir, Théberge et Leclercq les observaient. Ils avaient laissé Prose chez lui, sous la protection discrète d'une équipe de la DCRI.

— Je ne pense pas qu'ils en sachent plus, fit Théberge.

— Tu as probablement raison. Ils ont été engagés pour faire le travail et on ne leur a rien dit d'autre. Mais tant qu'à les avoir sous la main… Ils savent probablement des choses sur d'autres affaires.

— On va à l'appartement ?

— J'ai une équipe en route pour préparer le terrain.

Leclercq fut interrompu par la sonnerie de son portable. Il écouta quelques secondes, puis il se tourna vers Théberge.

— L'appartement du XVIe est sécurisé, dit-il.

— Tu as prévenu l'équipe, pour l'ordinateur ?

— Oui. Personne ne va y toucher. Mais si jamais tu as besoin d'un spécialiste en décryptage…

— Je connais quelqu'un.

— Ici, à Paris ?

— Oui.

Leclercq regardait maintenant Théberge avec un sourire un peu moqueur.

— Après tout, si ton épouse dispose de gardes du corps entraînées au karaté et qui se promènent en patins à roues alignées… je suppose que c'est normal que tu aies, de ton côté, un expert en informatique !… Je vais finir par croire que tu as déménagé toute une équipe du Québec. Et que ton épouse travaille pour toi.

— Mon épouse a ses propres combats, répondit Théberge sur un ton mi-figue, mi-raisin.

Leclercq prit son paletot.

— Ils nous attendent là-bas, dit-il. Tu m'expliqueras en route ce que tu veux faire.

FORT MEADE, 14 H 56

John Tate releva les yeux du dossier. Paige réclamait son aide pour orchestrer un coup d'État au Venezuela.

— Le Honduras, ça ne t'a pas suffi ?

— Il est urgent de donner un signal clair à la communauté internationale, répliqua Paige. Il faut que tout le monde comprenne : on ne menace pas impunément les intérêts stratégiques des États-Unis. S'il fallait que d'autres pays se mettent à croire qu'ils peuvent se livrer au même type de chantage sans s'exposer à des représailles majeures…

— Les fanfaronnades de Chavez ne sont pas la pire menace, fit Tate. Juste aujourd'hui, il y a eu trois attentats contre des hauts dirigeants de sociétés pétrolières. C'est toute l'industrie qui est menacée.

— Qu'ils éliminent deux ou trois millionnaires du pétrole, on s'en fout. Ça va permettre aux écolos d'évacuer un peu de vapeur… De toute façon, aucun des trois n'était américain.

— Pour Chavez, il y aurait une solution plus simple, et beaucoup moins dispendieuse : cesser de l'écœurer et faire ami-ami avec lui.

— Tu oublies le portrait global.

— Ah oui… ?

— Le but, ce n'est pas seulement d'assurer notre approvisionnement en pétrole. C'est de contrôler l'approvisionnement mondial. Ça nous donne une arme majeure contre la Chine…

— Tu trouves vraiment qu'on a le temps de faire ça ?

— Si on cède à Chavez, ça va être l'enfer : tout le monde va se présenter avec ses exigences…

— De toute façon, je ne vois pas pourquoi tu as besoin de mon aide : tu as déjà récupéré tous les satellites.

— Exact ! Mais c'est toi qui as l'expertise… Disons que c'est plus simple de demander ta coopération que de rapatrier au DHS tout ton département de décryptage et d'interprétation.

Tate se leva et regarda Paige dans les yeux.

— Le Président est d'accord avec ça ?

— Le Président veut des résultats. Si ça prend quelques compromis…

— D'accord. Mais tu me signes un papier comme quoi l'opération est sous ta direction et que tu en assumes l'entière responsabilité.

— Si ça prend seulement un papier pour te faire plaisir !

QUÉBEC, HÔTEL DU PARLEMENT, 15 H 08

Maxim L'Hégo, le chef du PAUV-Québec, avait convoqué une conférence de presse pour dénoncer la politique du gouvernement en matière d'énergie.

— C'est tout le Québec qui est exposé à l'insuffisance énergétique. Les politiques irresponsables du gouvernement sont la véritable cause de la vulnérabilité des Québécois. Le premier ministre se cache derrière la pénurie mondiale et le terrorisme pour éviter de répondre à la population des effets désastreux de sa politique énergétique. Ce gouvernement nous ment !

Les journalistes se regardèrent. Entre eux, ils l'appelaient « Cases blanches ». Il avait perfectionné l'art de la cassette. Quel que soit le sujet dont il parlait, le texte était pratiquement le même. On aurait dit qu'il avait dans la tête un formulaire de discours avec des blancs. Il lui suffisait de remplir ces blancs avec quelques termes reliés au nouveau sujet pour obtenir sa déclaration.

— Si vous étiez au pouvoir, qu'est-ce que vous feriez ? demanda le journaliste de l'*HEX-Presse*.

— Si nous étions au pouvoir, la situation ne se serait pas produite. C'est l'incurie de ce gouvernement qui est responsable de cette situation.

— Pourtant, tous les pays font face à la hausse du prix du carburant. Est-ce que la situation mondiale n'aurait pas affecté le Québec, peu importe le parti au pouvoir ?

— Je refuse de répondre à une question hypothétique.

Les journalistes se regardèrent. C'était une autre de ses réponses favorites.

— Que pensez-vous de l'action gouvernementale pour contrer l'épidémie de peste grise ?

— Les politiques irresponsables du gouvernement sont la véritable cause de l'état déplorable de la santé des Québécois. Le premier ministre se cache derrière l'épidémie mondiale et le terrorisme pour éviter de répondre à la population des effets désastreux de sa politique en matière de santé…

La cassette était repartie.

PARIS, 21 H 17

Embusquée dans une Volvo dont les vitres arrière étaient teintées, Jessyca Hunter vit les visiteurs sortir du hall de l'immeuble où elle avait son appartement de travail. L'un d'eux avait un attaché-case à la main. Sans doute y avait-il mis l'ordinateur portable, car il n'y avait pas eu d'explosion et il était inconcevable qu'ils l'aient laissé sur place.

Il y avait déjà plusieurs heures qu'elle surveillait l'endroit quand elle les avait vus arriver. D'abord l'équipe de quatre dans une Citroën banalisée. Le signal d'intrusion relayé à son BlackBerry lui avait confirmé que c'était bien son appartement qui était la cible des mystérieux visiteurs. Puis, une heure plus tard, dans une autre Citroën, Théberge était arrivé, accompagné de quelqu'un de plus vieux que les membres de la première équipe. Sans doute un haut gradé.

Théberge et le nouveau venu n'étaient demeurés que quelques minutes à l'intérieur de l'appartement. Et maintenant, ils repartaient tous.

Les six hommes s'engouffrèrent dans les deux Citroën. Hunter les suivit, à bonne distance, jusqu'à la rue Vieille-du-Temple. Quand les deux voitures s'immobilisèrent, Hunter les dépassa, trouva un endroit pour se garer un peu plus loin et revint à pied vers eux.

Comme elle arrivait au Café des philosophes, elle vit les deux Citroën redémarrer. Elle hésita un moment. Qu'est-ce qui était préférable : retourner sur ses pas, récupérer la Volvo et tenter de reprendre la filature ou s'installer au café et surveiller les environs ?

Elle choisit la seconde solution. Si les voitures s'étaient arrêtées à cet endroit, c'était probablement pour y déposer ce qu'ils avaient saisi... ou parce que Théberge y était descendu.

Elle prit place à la terrasse et se commanda un chocolat chaud. C'était l'emplacement idéal pour surveiller les alentours et voir si quelque chose de particulier se développait. Peut-être même y apercevrait-elle le mystérieux contact de Théberge à l'Institut...

NEW YORK, 15 H 31

Confortablement installé dans un des bureaux de la délégation américaine à l'ONU, Paige suivait sur le moniteur télé le discours de l'ambassadeur des États-Unis.

L'essentiel du texte avait été rédigé par une équipe du Department of Homeland Security, mais l'ambassadeur avait la fâcheuse tendance à dévier de son texte pour exprimer des points de vue plus conformes à l'idéologie libérale répandue parmi ses électeurs.

> LES ÉTATS-UNIS ONT TRAVERSÉ AVEC SUCCÈS LA CRISE IMMOBILIÈRE, LA CRISE FINANCIÈRE ET ILS SONT EN VOIE DE VAINCRE LA CRISE ÉCONOMIQUE. ILS METTRONT EN ŒUVRE LES MOYENS NÉCESSAIRES POUR AFFRONTER VICTORIEUSEMENT CETTE NOUVELLE CRISE QUI NOUS FRAPPE, LA CRISE TERRORISTE...

Paige était fier de cette trouvaille. Exprimer les problèmes internationaux en termes de crise avait un double avantage : dramatiser la situation et l'exprimer dans un langage qui rejoignait la population.

Les gens étaient habitués au vocabulaire de la crise. Ils savaient que les crises avaient un énorme potentiel de destruction, mais qu'on pouvait en venir à bout à la condition de consentir des sacrifices et d'accepter la nécessité d'une autorité forte. La logique de la crise était une transposition sur les plans économique et social de celle de la guerre.

> ... LES CRISES SONT L'ÉQUIVALENT, SUR LE PLAN PLANÉTAIRE, DE POUSSÉES DE FIÈVRE. POUR GÉRER CES FIÈVRES, IL FAUT DES ESPRITS CALMES, COMPÉTENTS ET DÉTERMINÉS...

Le ton de l'ambassadeur traduisait ce calme et cette détermination. Quant à la compétence, elle allait de soi. Puisqu'il était ambassadeur et puisque les médias lui octroyaient ce temps d'antenne, il était nécessairement compétent.

Paige sourit.

C'était un des *a priori* de la logique des médias. Si on choisit d'accorder du temps d'antenne ou d'écran à quelqu'un, c'est qu'il le mérite. À moins qu'il soit déjà coupable et que sa simple apparition suffise à achever de le démoniser.

> … Aujourd'hui, la principale source de compétence se trouve dans les entreprises de l'Alliance. Ce sont elles qui disposent du savoir-faire qui nous permettra de vaincre les fléaux que sont la peste grise, le champignon tueur et le manque d'eau. Ce sont elles qui permettront à l'humanité de s'affranchir du manque d'énergie…

De cela, Paige était moins certain. Les entreprises de l'Alliance disposaient effectivement de la plus grande réserve de compétence, dans la mesure où elles avaient asservi le plus grand nombre de cerveaux. Mais il était loin d'être sûr que cette compétence suffirait à la tâche. Et même si elle était suffisante, il n'entrait pas dans les plans d'HomniFood et consorts de régler les problèmes rapidement. Leur intérêt était d'appliquer aux maux de l'humanité les solutions que les entreprises pharmaceutiques avaient déjà appliquées aux maladies des individus : pourquoi concentrer les recherches sur un remède qui guérit, et que le patient prend pendant une période limitée, alors qu'on peut les centrer sur des remèdes qui soulagent les symptômes et que le patient doit prendre durant le reste de sa vie ?

> … Certains utilisent comme prétexte les terribles événements qui sont survenus dans les trois laboratoires d'HomniFood pour dénigrer le travail de cette entreprise et de ses entreprises sœurs. Ils font circuler des rumeurs sur Internet comme quoi HomniFood et les autres entreprises de l'Alliance ne viseraient pas l'élimination du malheur et de la pauvreté, mais celle des malheureux et des pauvres…

D'un point de vue rationnel, c'était pourtant la seule attitude logique et cohérente, songea Paige. Il y avait trop de monde sur la planète. Mais il aurait été politiquement suicidaire de le dire. Cela équivalait à dire qu'on était trop nombreux dans un canot de sauvetage… Il y avait fort à parier que le porteur de cette mauvaise nouvelle serait le premier à être jeté par-dessus bord. S'il avait raison, ce serait un pas vers le salut collectif. Et s'il avait tort, il cesserait de perturber la tranquillité d'esprit des autres.

> ... LES NATIONS UNIES RECONNAISSENT DÉJÀ QUE LES ENTREPRISES DE L'AME SONT D'UN INTÉRÊT STRATÉGIQUE POUR LA SURVIE DE L'HUMANITÉ. POUR CETTE RAISON, ELLES BÉNÉFICIENT D'UNE EXEMPTION TOTALE ET GÉNÉRALISÉE D'IMPÔT À LA CONDITION QUE LEURS PROFITS SOIENT RÉINJECTÉS DANS LA RECHERCHE. LA PROPOSITION QUE JE PRÉSENTE A ÉGALEMENT POUR EFFET QUE LES POURSUITES JUDICIAIRES VISANT CES ENTREPRISES SERONT FILTRÉES PAR UN ORGANISME DE CONTRÔLE AVANT D'ÊTRE AUTORISÉES. IL NE SAURAIT ÊTRE QUESTION QUE DE TELLES ENTREPRISES QUI ŒUVRENT AU SALUT DE L'HUMANITÉ GASPILLENT UNE PARTIE DE LEURS RESSOURCES À SE DÉFENDRE CONTRE DES RÉCRIMINATIONS TATILLONNES ET INSUFFISAMMENT FONDÉES. C'EST POURQUOI JE PROPOSE DE METTRE SUR PIED UN ORGANISME DE CONTRÔLE QUI AURAIT LE POUVOIR D'ANALYSER, D'AUTORISER OU DE REFUSER LES POURSUITES JUDICIAIRES VISANT CES ENTREPRISES...

C'était l'élément clé de la proposition. Une fois qu'elle serait adoptée, les entreprises de l'Alliance seraient virtuellement à l'abri de toute poursuite. Il se passerait des années avant que la moindre action en justice soit autorisée. Et alors, il serait trop tard. L'Alliance aurait acquis une telle position dominante qu'elle serait au-dessus des lois.

L'humanité aurait enfin une forme de gouvernement efficace, à l'abri des récriminations des imbéciles, des revendications à courte vue et du harcèlement des frustrés du pouvoir, qui n'aspiraient qu'à prendre la place de ceux qu'ils critiquaient.

> ... CETTE POSITION, VOUS LE COMPRENDREZ FACILEMENT, VA À L'ENCONTRE DE CELLE AVANCÉE PAR CERTAINS PAYS EUROPÉENS. EUX PROPOSENT UNE MISE EN TUTELLE DE CES ENTREPRISES. NOUS RECONNAISSONS LA JUSTESSE DE LEUR DIAGNOSTIC. MAIS NOUS NE POUVONS PAS ÊTRE D'ACCORD AVEC LA SOLUTION QU'ILS PROPOSENT. NOUS NE POUVONS ÊTRE D'ACCORD AVEC UNE PROPOSITION QUI SOUMET L'EFFICACITÉ DE CES ENTREPRISES – CRUCIALE POUR L'AVENIR DE L'HUMANITÉ, JE LE RAPPELLE – AUX EXIGENCES MULTIPLES, SOUVENT ÉLECTORALISTES, D'UNE CENTAINE DE PAYS. CE SERAIT LA FAILLITE ASSURÉE. NOUS NE POUVONS PAS NOUS OFFRIR LE LUXE D'INTERMINABLES ARGUMENTATIONS. IL EN VA DE L'AVENIR DE NOS ENFANTS.

De nos petits-enfants. Nous ne pouvons pas faillir… Au fond, nous voulons la même chose. C'est uniquement sur les moyens que nous divergeons…

« Parfait », songea Paige. L'ambassadeur enfonçait le premier clou dans le cercueil de la proposition européenne sans pour autant attaquer ses auteurs ni ridiculiser leur position. Il respectait leurs principes et leurs intentions… D'autres États interviendraient pour enfoncer d'autres clous. À la fin, les Européens pourraient se rallier sans perdre la face.

BRUXELLES, 22 H 04

Le fond de l'air était frais, mais le chauffage rendait la terrasse du Café Métropole tout à fait confortable. Renaud Daudelin était assis face à la rue, adossé à la vitrine du café. À sa droite, à la même table que lui, Sharbeck observait les rares passants. Les deux hommes se parlaient à voix relativement basse sans se regarder.

Il y avait peu de danger que leur conversation soit surprise par des oreilles indiscrètes. La plupart des clients avaient choisi d'aller à l'intérieur. Seulement trois avaient préféré l'extérieur et ils étaient de l'autre côté de la terrasse.

— Votre éditeur va recevoir le programme de la tournée de promotion d'ici demain. Vous n'aurez pas beaucoup de temps libre…

— Ça ne pourrait pas attendre quelques jours ? Je suis vanné.

— Si vous aviez écrit ce livre, je pourrais comprendre, ironisa Sharbeck.

— Et qu'est-ce que vous pensez que j'ai fait !

D'accord, on lui avait fourni de longs textes bourrés de statistiques. On avait procédé pour lui à l'élaboration globale du livre. Mais c'était lui qui avait découpé les extraits à retenir parmi tout le matériel qu'on lui avait fourni, lui qui avait effectué le montage, lui qui avait réécrit plusieurs passages pour les rendre plus fluides… Ce n'était quand même pas rien.

— D'accord, vous avez apporté votre contribution. Mais de là à vous prendre pour un auteur !

Sharbeck tourna la tête vers Daudelin.

— Je n'ai aucune objection à ce que vous jouiez à l'auteur dans les médias. C'est même pour ça que vous êtes payé… Mais n'oubliez jamais qui vous a fait.

Il sortit un livre de la poche de son paletot et le tendit à Daudelin.

— Voici votre dernier-né.

Daudelin prit le livre, l'examina, constata que le titre avait été modifié. *Les énergies douces tuent* avait remplacé celui qu'il avait choisi : *Le Piège des énergies douces.* Un sous-titre avait également été ajouté : *Le salut par le pétrole.*

C'était le quatrième livre que son mystérieux commanditaire lui permettait de publier. Chacun avait été tiré à des centaines de milliers d'exemplaires. Leur sortie s'effectuait simultanément en plusieurs langues, dans une quinzaine de pays. Jusqu'à maintenant, le succès de librairie ne s'était pas démenti. Mais avec les derniers accidents… les librairies qui se vidaient de leurs clients…

— Inutile de vous inquiéter, répondit Sharbeck après que Daudelin lui eut fait part de ses préoccupations. Même si les ventes en librairie sont à la baisse, vos livres vont rejoindre leurs lecteurs. Plusieurs groupes et associations en achètent d'importantes quantités pour leurs membres. Sans compter que les ventes par Internet sont à la hausse…

Daudelin examina la quatrième de couverture et lut le court texte en exergue.

> *Les ravages environnementaux*
> *des énergies supposées douces :*
> *pourquoi nous les cache-t-on ?*
> *À qui profite la mauvaise image du pétrole ?*
> *Quelle partie de l'humanité*
> *veut-on sacrifier ?*

Une photo de Daudelin et une brève présentation de la carrière littéraire de l'auteur complétaient la couverture.

On le décrivait comme un penseur courageux qui osait aller à l'encontre des modes et des lieux communs. Qui méprisait la langue de bois et la rectitude politique. Qui ne se laissait pas intimider par les pontifes de la pensée unique.

Sharbeck se leva.

— C'est votre dernière tournée avant un bon moment. Après, vous allez avoir tout le temps de vous reposer… Vous pourrez même en profiter pour écrire les œuvres plus « personnelles » dont vous rêvez !

Brecqhou, 21 h 16

Maggie McGuinty sourit. Il s'était passé moins de six minutes entre le moment où elle avait envoyé la vidéo et celui où la figure d'un présentateur s'était affichée sur l'écran de l'ordinateur pour annoncer un bulletin spécial.

> … en primeur à TOXX News. Le nouveau clip des Dégustateurs d'agonies ! En téléchargement gratuit sur notre site ! Profitez-en avant que les censeurs sortent leurs couteaux et nous forcent à le retirer… On s'en reparle dans deux minutes…

Elle cliqua sur le lien au bas de l'écran. Une vidéo se téléchargea. Elle cliqua de nouveau pour le faire démarrer.

On y voyait, en écran divisé, l'intérieur de deux cabines de bronzage où reposaient deux corps parfaitement immobiles. Un bandeau recouvrait les yeux des deux hommes. On voyait ensuite, en accéléré, les corps rougir et se mettre à dorer à mesure que la cuisson avançait. Le plus étrange était qu'ils ne bougeaient pas.

Une voix d'enfant accompagnait la vidéo.

> Les dirigeants des pétrolières volent l'énergie de la planète. Ils accélèrent le réchauffement du climat. Par leur faute, toutes les formes de vie sont en danger. C'est maintenant leur tour de goûter aux conséquences du réchauffement. Les Dégustateurs d'agonies partagent le constat que font les Enfants de la Foudre : si on ne fait rien, la planète est foutue. L'humanité est entrée dans une phase irréversible

D'AUTODESTRUCTION. LE RÔLE DE L'ART EST DE TÉMOIGNER. DE
RÉVÉLER LA RÉALITÉ TELLE QU'ELLE EST VRAIMENT. NOUS CONVIONS
TOUS LES ESPRITS LUCIDES ET SOUCIEUX D'ESTHÉTIQUE À DÉGUSTER
LA MORT DE L'HUMANITÉ, UNE MORT À LA FOIS.

McGuinty arrêta la vidéo. Le lien entre les Dégustateurs
et les écoterroristes achèverait de brouiller les pistes. Et
cela préparerait les esprits pour la grande exposition
Internet qu'elle allait mettre en ligne après l'Exode.

Killmore serait satisfait de son travail.

PARIS, 22 H 25

Chamane parcourait la liste des dossiers contenus dans
l'ordinateur portable. Sur l'écran mural en face de lui,
un peu à sa droite, une fenêtre était ouverte. Une photo
composite intitulée Bill Jobs y faisait office de sauve-
écran. Elle prenait dix secondes pour transformer le visage
de Steve Jobs en celui de Bill Gates. Puis, après quelques
secondes, elle amorçait la transformation contraire. La
communication était uniquement en mode audio.

— Je sais que tu vas me dire que les utilisateurs sont
tous stupides et négligents, fit la voix de Blunt. Qu'ils ne
sont pas conscients du danger. Mais laisser son ordinateur
allumé, c'est un peu gros.

— Il était en mode veille. Trois mauvais mots de
passe de suite et une explosion détruisait le disque dur.

La voix de Blunt marqua une pause avant de demander :

— Seulement le disque dur ?

— Disons que j'aurais été un bout de temps sans faire
d'informatique… Mais ça, pas un mot à Geneviève !

Il y avait un sentiment d'urgence dans la voix de
Chamane.

— D'accord, pas un mot… Mais comment t'as fait ?

— Son propriétaire ne savait pas qu'il y avait moyen
de récupérer sa clé d'identification. En fait, il n'y a pas
grand monde qui est au courant de cette faille-là.

Chamane avait retrouvé le ton intense qu'il adoptait
inconsciemment quand il se mettait à expliquer un problème technique qu'il jugeait particulièrement intéressant.

— Quand on allume un ordinateur et qu'on entre le mot de passe, une des premières choses que l'ordinateur fait, c'est d'en mettre une copie dans la RAM. Il faut qu'elle soit disponible en tout temps pour accéder aux documents qui seront consultés. Et tant que l'ordinateur n'est pas éteint, il reste en mémoire dans la RAM.

— Donc, il faut éteindre l'ordinateur…

— Oui. Mais même si l'ordinateur est éteint, l'information contenue dans la RAM n'est pas détruite instantanément. Elle reste intacte au moins une seconde. Ensuite, elle se détériore progressivement… J'ai utilisé un logiciel qui permet de récupérer la clé de décryptement sur la RAM.

— Ça veut dire que tous nos ordinateurs portables…

— Oui.

— Et si on ferme l'ordinateur, ça règle le problème ?

— Ça dépend. Si la RAM est extraite de l'ordinateur et refroidie à -250 degrés, la détérioration des informations est ralentie et la clé demeure récupérable pendant deux heures… Et même si elle est en partie dégradée, il y a moyen de reconstruire les parties manquantes à partir des nombreuses clés dérivées qui sont aussi stockées dans la RAM.

— Est-ce que ça veut dire que tous nos ordinateurs sont vulnérables à ce genre de piratage ?

— En partie. Ceux qui ont des bombes électromagnétiques sont protégés si on essaie d'extraire physiquement la RAM ou d'accéder au disque dur. Mais la vulnérabilité demeure… La meilleure protection, c'est toujours de fermer complètement l'ordinateur et d'attendre une dizaine de secondes. Comme ça, on est sûr que tout est effacé.

— Il faudrait avertir Dominique et les autres.

— J'ai déjà envoyé des courriels à plusieurs reprises là-dessus.

— Tu es sûr ?

— J'ai recommandé à tout le monde de fermer les portables au lieu de les mettre en mode « veille » quand ils partent ou quand ils les transportent.

— Peut-être… Mais tu n'as jamais parlé du danger de récupérer les mots de passe.

— J'ai dit que la RAM était vulnérable !

Un silence suivit.

— Je ne voulais pas vous embêter avec des détails techniques, reprit Chamane.

— Tu as raison. Mais on va quand même faire un rappel.

— Je m'en occupe.

— Les dossiers que tu as récupérés, tu peux me les envoyer quand ?

— Tout de suite. Mais tu les prends sur le secteur protégé de ton portable. Au cas où il y aurait un virus qui m'aurait échappé.

— Il y a du danger ?

— Normalement, non. Mais pourquoi courir le risque ?

Après avoir expédié à Blunt une copie des dossiers récupérés sur le portable, Chamane afficha à l'écran la liste des hiéroglyphes représentant des quipus. Il n'y avait rien qu'il détestait comme de rester sur un échec. Et la partie supérieure des cartouches continuait de le narguer.

www.buyble.tv, 16 h 39

… LA CHINE EST EN TRAIN DE DEVENIR UN IMMENSE CAMP DE CONCENTRATION. TOUS LES GROUPES RELIGIEUX, TOUS LES DÉFENSEURS DES DROITS DE L'HOMME SONT PERSÉCUTÉS. LEUR RELIGION D'ÉTAT, C'EST LA POLLUTION. LA POLLUTION DE L'ENVIRONNEMENT, QU'ILS SACCAGENT AU POINT D'EMPOISONNER UNE GRANDE PARTIE DE LEUR PROPRE POPULATION. MAIS AUSSI LA POLLUTION DES ESPRITS, AVEC LEUR CENSURE D'INTERNET, LEUR RÉPRESSION, LEUR COMMUNISME QUI SE CACHE DERRIÈRE UNE APPARENCE DE CAPITALISME. IL FAUT QUE NOTRE GOUVERNEMENT AGISSE DE FAÇON ÉNERGIQUE. IL FAUT LEUR IMPOSER DES SANCTIONS COMMERCIALES. CESSER DE LEUR VENDRE NOTRE TECHNOLOGIE. RAPATRIER NOS ENTREPRISES. IL FAUT SOUTENIR LES GROUPES DISSIDENTS. DÉBUSQUER LEURS ESPIONS. ET, SURTOUT, IL FAUT LEUR EXPÉDIER DES BIBLES…
VOUS ÉCOUTEZ BUYBLE-TV, LA TÉLÉ QUI VOUS PERMET DE SAUVER LE MONDE UNE BIBLE À LA FOIS. LE PRIX DE CHAQUE BIBLE QUE VOUS ACHETEZ OU COMMANDITEZ SERT À FINANCER LA DIFFUSION D'UN POINT DE VUE CHRÉTIEN SUR L'ACTUALITÉ POLITIQUE…

Lévis, 16 h 43

Plus elle y réfléchissait, plus Dominique était étonnée que les terroristes persistent à s'en prendre aux livres alors que l'information circulait de plus en plus par les médias électroniques, en particulier par la télé et par Internet. Était-ce parce que les terroristes avaient besoin de ces médias qu'ils les épargnaient ? Les attaqueraient-ils à la fin de leur campagne d'intimidation, quand ils estimeraient avoir atteint leurs autres objectifs ? Est-ce que ce serait, en quelque sorte, leur chant du cygne ?…

Dominique fut tirée de ses réflexions par une icône qui se mit à sautiller dans le coin inférieur droit de l'écran. Au même moment, un thème musical se fit entendre : les premières notes d'une pièce de koto.

Elle activa le logiciel de communication vidéo. Après avoir entré les codes d'accès habituels, elle vit la tête de Blunt apparaître à l'écran.

— J'ai des nouvelles, dit-il d'emblée. L'adresse de plusieurs personnes qui tirent les ficelles derrière le Consortium.

Après quelques secondes, le temps de digérer l'information, Dominique lui demanda :

— Tu as eu ça comment ?

— Directement de l'ordinateur de Jessyca Hunter.

— Hunter !

— Elle-même.

— Tu as eu son ordinateur de quelle façon ?

Blunt lui raconta brièvement l'attaque contre madame Théberge et la capture de ceux qui l'avaient attaquée.

— Ils nous ont fourni l'adresse de l'endroit où ils se sont rencontrés, dit-il. Là-bas, on a trouvé un ordinateur. Il était en mode veille. On l'a apporté à Chamane et il s'est débrouillé.

— Les informations n'étaient pas encryptées ?

— Avec une clé de deux megs. Normalement, c'est inviolable. Mais Chamane a trouvé un truc.

— Un truc… ?

— Il va falloir prendre des mesures pour la sécurité de nos portables.

— Tu veux dire que nos ordinateurs sont vulnérables ?

— Pourraient l'être. Dans certaines conditions.

Blunt lui raconta comment Chamane avait procédé. Pendant qu'il parlait, Dominique songeait à toutes les fois où elle était sortie avec son portable pour travailler à l'extérieur de la maison de sûreté. La plupart du temps, elle se contentait de le mettre en état de veille.

Quand il eut terminé, elle revint au premier sujet qu'il avait abordé.

— Tu parlais d'adresses ?

— Une liste de plusieurs lieux qui font partie des quarante-huit décodés par Chamane sur la murale. C'était dans un courriel de madame McGuinty à Jessyca Hunter. Elle lui dit qu'en cas de difficultés, si la situation mondiale commence à devenir trop instable, elle peut se réfugier dans un de ces endroits… Dans un autre message, elle parle aussi du Cénacle. Elle promet à Jessyca Hunter de la faire accepter comme membre. Ça ressemble à une sorte de club très sélect.

— Donc, on a la liste de leurs refuges.

— D'une dizaine, en tout cas. Mais on n'a aucune preuve qui relie ces endroits aux terroristes.

— Ni à ceux qui les fréquentent ?

— Non. Chamane continue d'examiner le disque dur. Pour l'instant, l'autre élément intéressant qu'il a découvert, c'est qu'il est censé se passer quelque chose de majeur dans trois jours.

— Quelque chose comme quoi ?

— Ce n'est pas clair. Dans son message, McGuinty parle simplement de l'Exode, qui va marquer le début de l'Apocalypse.

Dominique rumina un instant cette information.

— On ne peut plus se permettre d'attendre et de travailler en ordre dispersé, dit-elle. Occupe-toi des amis de Théberge. De mon côté, je m'occupe de F.

— Tu penses pouvoir la joindre ?

— La joindre ne devrait pas être un problème. La convaincre de reprendre la direction active de l'Institut, par contre…

— Il faut que tu sois prête à assumer la coordination.

— Je sais.

— Qu'est-ce que tu penses de la version finale du plan ?

— Pour moi, ça va. De toute façon, nos choix sont limités. Ce que je me demande, c'est comment vont réagir les membres de la Fondation.

— Pas de doute, ils vont être surpris. Au moins autant que lorsqu'on les a recrutés… Tu as des nouvelles de Hurt ?

— Toujours rien.

Paradoxalement, c'était Hurt qui l'inquiétait le plus. Il était capable, en lançant une attaque précipitée, de forcer l'adversaire à devancer son calendrier. Et quelques jours de préparation de moins pouvaient faire la différence entre le succès et l'échec pour l'opération que préparait l'Institut.

Hampstead, 22 h 18

F et Fogg avaient procédé ensemble à la revue de la situation des filiales. Grâce à l'accès clandestin que Fogg avait conservé à leurs systèmes informatiques, ils avaient un portrait précis et à jour de leurs activités – même de celles dont les dirigeants étaient acquis à madame Hunter.

Ils en étaient maintenant à faire le tour des informations que F avait récoltées.

— HomniFood a transmis à la DCRI le nom des dirigeants responsables du détournement des laboratoires, dit F.

— Laissez-moi deviner : ils ont disparu.

— Aucune trace d'eux à leur résidence.

— Vous savez ce que les perquisitions ont donné ?

— Des documents qui accréditent les accusations contre eux. Le calendrier de recherche, des rapports d'avancement des travaux pour de nouveaux champignons tueurs… Mais rien d'utilisable scientifiquement.

— Rien qui incrimine HomniFood, je présume ?

Le sourire de Fogg disait clairement qu'il s'attendait à ce qu'elle confirme sa présomption.

— D'après les courriels qu'ils ont trouvés, répondit F, ce seraient de vulgaires criminels. Le truc qu'ils avaient imaginé, c'était de mettre au point un produit qui leur permettrait de rançonner l'ensemble de l'humanité. La seule chose qui les intéressait, c'était de faire de l'argent.

— Est-ce que ce n'est pas le rêve de toute multinationale ? ironisa Fogg.

— Le problème, c'est qu'ils ont créé le besoin, mais qu'on n'a toujours pas le produit.

— Les Français ont une piste ?

— Pas grand-chose à part ce que leur a donné Homni-Food. Les quatre seraient membres des Dégustateurs d'agonies.

— J'ai l'impression que nos amis d'HomniFood se sont un peu mélangés dans leurs histoires. Des criminels ordinaires qui font partie des Dégustateurs d'agonies…

— Ils ont trouvé plusieurs vidéos dans les ordinateurs des quatre dirigeants.

— Je n'en doute même pas !

LÉVIS, 17 H 39

Quand l'icône du logiciel de communication vidéo vira au vert, Dominique fut surprise : elle ne s'attendait pas à pouvoir joindre F aussi rapidement.

Après les salutations d'usage, réduites au minimum, Dominique lui expliqua par le détail les différents aspects du plan de Blunt. F l'écouta sans l'interrompre.

— À mon avis, conclut Dominique, il ne nous reste que deux ou trois jours.

— Je suis de ton avis.

— Pour avoir un minimum de chances de réussir, il faut que toutes les actions soient menées de façon coordonnée.

— D'accord avec ça aussi.

— Il faut que vous repreniez la coordination des opérations.

— Pourquoi ? Tu t'en tires très bien.

— Mais…

— Je me charge du nettoyage du Consortium, tu t'occupes du reste.

— Vous êtes certaine que c'est une bonne idée ?

— Penses-tu que je serais partie si je n'avais pas eu
une entière confiance en tes capacités ?

— Je n'ai jamais rien coordonné de cette ampleur.

— Fie-toi à ton instinct. Et à ceux qui t'entourent.

— Comment pouvez-vous être aussi sûre ?

Tout au long de la conversation, F avait conservé un
visage grave d'où était absente l'amorce de sourire
moqueur qui flottait habituellement sur ses lèvres. Malgré
le maquillage, des traces de fatigue étiraient ses traits.

— Si j'avais des doutes, répondit-elle avec un certain
agacement, ça voudrait dire que je t'ai mal préparée. Et
je sais que je t'ai bien préparée.

Dominique était loin de partager les certitudes de F.
Mais elle se voyait mal continuer à étaler ses états d'âme.
Manifestement, elles avaient toutes les deux plus im-
portant à faire.

— Pour Guernesey, demanda-t-elle, est-ce que vous
pouvez contacter votre ami au MI5 ?

— D'accord, je lui donne un coup de fil pour le prévenir. Mais tu l'appelles pour arrêter avec lui les détails
de l'opération.

Après avoir raccroché, Dominique ressentit un curieux
mélange d'indignation et de rancœur. C'était quoi, cette
idée de se limiter aux opérations contre le Consortium
et de lui laisser tout le reste ?

Pourtant, il était difficile d'imaginer une plus grande
preuve de confiance. F lui confiait la coordination générale de l'ensemble des opérations contre ceux qui
étaient derrière le Consortium, contre le terrorisme et
contre les entreprises de l'Alliance ?

N'empêche qu'elle se sentait trahie ! F était-elle en
train d'abandonner l'Institut ?… Lorsqu'elle était partie,
elle avait dit à Dominique que c'était sa mission la plus
importante. Puis elle avait ajouté en riant que c'était
probablement la dernière. Qu'à son âge, il était temps
qu'elle prenne sa retraite !

Dominique avait cru à une boutade. Maintenant, elle en doutait. Elle se demandait si ce n'avaient pas été des adieux déguisés.

Hampstead, 22 h 57

Après avoir fermé le logiciel, F se tourna vers Fogg, dont le visage affichait un sourire bienveillant.

— Qu'est-ce que vous en pensez ? demanda F.

— On peut lui faire confiance. Vous l'avez bien préparée.

— J'aurais aimé avoir un peu plus de temps.

— Soyez sans crainte, elle va faire ce qu'on attend d'elle.

F se leva et se dirigea vers la fenêtre qui donnait sur le parc, à l'arrière de la maison.

— Il nous reste deux jours pour reprendre en main le Consortium, dit-elle sans regarder Fogg.

— J'ai reconvoqué Skinner et Daggerman. Ils seront ici demain.

Fogg poussa un long soupir.

— Fatigué ? demanda F.

— Je suis au-delà de la fatigue. Tout ce travail, tous les jours. Ce contrôle total de soi… Il est temps que ça finisse. Je n'arrive plus à être ce que je devrais être.

— Il y a combien de temps que vous jouez ce rôle ? Trente-cinq ans ? Quarante ans ?… C'est une performance digne d'un oscar.

— Vous savez comme moi que ça ne pouvait pas être seulement un rôle. Ce type de personnage finit par dévorer l'acteur. Je me rappelle avoir vu, un soir, sir Lawrence Olivier se promener en plein milieu de la nuit, dans Londres, l'air hagard… J'ai appris par la suite qu'il jouait King Lear. Et qu'après la représentation, il lui arrivait souvent d'errer comme ça, parce qu'il n'arrivait pas à sortir de la folie qu'il avait jouée…

Fogg fit une pause.

— Moi, reprit-il, j'ai joué le même rôle pendant quarante ans. Concepteur puis directeur du Consortium !…

C'est sûrement un miracle que je sois encore relativement sain d'esprit.

Il fit un sourire de dérision avant d'ajouter:

— Pour ce que ça peut vouloir dire.

RDI, 18 H 03

> ... ANNONCE AUJOURD'HUI QUE LES PÉTROLIERS CIRCULERONT DÉSORMAIS EN CONVOIS ET QU'ILS SERONT SOUS LA PROTECTION DE NAVIRES DE GUERRE, DE MANIÈRE À NEUTRALISER TOUTE TENTATIVE DE PIRATAGE. CE DISPOSITIF, QUI N'EST PAS SANS RAPPELER LES CHARIOTS QUI SE RE-GROUPAIENT POUR S'AVENTURER DANS LE FAR WEST, A REÇU L'APPUI DE TOUTES LES GRANDES PÉTROLIÈRES...

DENVER, 17 H 41

Camron Banks regardait flamber la maison qui avait été la sienne pendant dix-huit ans. Sa construction avait fait la manchette des médias régionaux.

Même à l'échelle locale, le projet avait une certaine démesure. On aurait dit un croisement entre un ranch et une résidence chic de Malibu: quatorze kilomètres carrés de terrain et un édifice de cinquante-trois pièces avec quatre dépendances: la résidence des domestiques; une écurie; un casino privé avec salle de conditionnement physique, salon de massage et salle de réception; et une salle d'ingénierie pour contrôler l'ensemble du ranch.

Officiellement, son décès serait annoncé le lendemain. Son corps, méconnaissable, serait trouvé dans les dé-combres. Ce serait un attentat. Comme il était président d'une pétrolière, personne ne s'interrogerait un seul instant sur les raisons de l'attentat. Et sur son authenticité.

Par ce geste, la pétrolière qu'il dirigeait serait lavée de tout soupçon de collusion avec les terroristes. Elle quitterait le rang des pétrolières épargnées par les attentats, qu'on soupçonnait de les commanditer pour gonfler leurs profits avec la hausse du pétrole. Elle passerait dans le camp des victimes.

Quant à lui, sa vie publique était terminée. Du moins sous son apparence actuelle. Après un séjour de quelques années dans les refuges de l'Archipel, il reparaîtrait sous une nouvelle identité. Avec une nouvelle femme. De nouveaux enfants. Et il assumerait des fonctions importantes à l'intérieur du groupe HomniFuel.

C'était ce qu'il avait trouvé le plus difficile : le sacrifice de sa famille. Pour sa femme, qui approchait de la quarantaine, il lui avait été assez facile de se faire à l'idée. Malgré les souvenirs émus qu'il gardait de leurs premières années, il était personnellement rendu ailleurs, comme on dit. La perte serait aisément gérable.

Pour ses enfants, par contre, la décision avait été plus difficile à prendre. Rien ne pourrait jamais les remplacer. Même s'il en avait d'autres, ceux-là demeureraient comme un vide en lui… Mais il aurait été stupide de céder à la sentimentalité. D'une part, il y avait toujours le risque que les enfants apprennent plus tard ce qu'il avait fait et qu'ils ne comprennent pas les raisons pour lesquelles il n'avait pas eu le choix de sacrifier leur mère. Et puis, le sacrifice des enfants rendait l'événement encore plus convaincant.

La force de persuasion médiatique de l'attentat serait multipliée par l'horreur de voir une famille entière éliminée. L'indignation serait à son comble. Personne n'irait soupçonner un coup monté.

Pour l'avenir de son entreprise, pour la contribution qu'elle allait apporter à l'avenir de l'humanité, c'était le seul choix possible.

Il ouvrit son BlackBerry et envoya un court message :

> Chère Kaitlyn, prépare le champagne. Notre nouvelle vie commence ce soir.

PARIS, 5 H 32

Blunt avait passé la nuit à dresser l'inventaire des dossiers contenus dans l'ordinateur portable saisi au local de l'équipe de kidnappeurs. La première surprise avait été de réaliser à qui il appartenait. Certains des courriels entrants étaient adressés à Jessyca, d'autres à madame Hunter.

Il y avait là beaucoup d'éléments qui pourraient éventuellement servir de preuves de la culpabilité de madame

Hunter, dans des opérations tant de Meat Shop que de Brain Trust. Mais les informations utilisables à court terme étaient plus rares. L'une d'elles demandait toutefois une action urgente. Elle concernait l'édifice où demeurait Poitras.

Lucie Tellier avait été suivie jusqu'à l'immeuble. Hunter faisait surveiller l'endroit. Elle soupçonnait que Théberge s'y cachait. Elle avait entrepris une enquête sur l'ensemble des résidents et elle se préparait à rendre visite à tous ceux que l'enquête n'aurait pas éliminés de la liste des suspects.

Blunt activa son logiciel téléphonique, sélectionna le numéro de Théberge et lança la communication. La voix endormie et bourrue du policier lui répondit.

— Non, je n'ai pas commandé de pizza !

— C'est moi qui ai une commande, répliqua Blunt. Il faut que vous demandiez à votre ami de protéger un appartement.

— Quel ami ? Quel appartement ?

— Votre ami de la DCRI. L'appartement de Poitras. Il y a une équipe de Jessyca Hunter qui surveille l'édifice. Elle pense que vous y êtes caché. Ils sont sur le point d'agir.

Quelques instants et quelques précisions plus tard, Blunt raccrochait et retournait aux dossiers de l'ordinateur de Hunter.

La source d'informations la plus intéressante était la base de données de courriels : madame McGuinty était de loin la correspondante la plus assidue de Jessyca Hunter. Et, d'après le contenu de ses messages, il était clair que c'était elle qui dirigeait les Dégustateurs d'agonies. Malheureusement, il n'y avait aucune indication de l'endroit où elle se trouvait.

Une autre série de courriels était particulièrement digne d'attention : ceux que madame Hunter avait échangés avec un nommé Skinner. Il semblait maintenant être le plus haut dirigeant de Vacuum, la section « Action » de GDS.

Plus intéressant encore, il était clair que le harcèlement de Théberge avait d'abord eu pour objectif de se servir de lui pour remonter jusqu'à l'Institut. Cependant, le dernier courriel que Jessyca Hunter avait envoyé à Skinner disait clairement que l'Institut était désormais un facteur négligeable. Il serait neutralisé par d'autres moyens. Si elle continuait de poursuivre Théberge, c'était d'abord pour venger son échec de Montréal. Et si elle ne parvenait pas à des résultats rapides, elle abandonnerait la chasse jusqu'après l'Exode. Compte tenu de ce qui se préparait, il aurait été irresponsable de s'éparpiller. Ils devaient d'abord remplir leurs dernières tâches en préparation de l'Exode. Puis assurer leur sécurité.

Il restait deux jours à Skinner pour exécuter la partie du plan qu'elle lui avait confiée, écrivait Hunter. Elle voulait savoir de quelle façon il entendait s'y prendre. Un rendez-vous pour le lendemain était fixé, pour qu'ils puissent en discuter de vive voix. Au lieu habituel. Dès qu'il serait de retour de Londres.

La discrétion avec laquelle Hunter parlait de ce plan intriguait Blunt. Dans leurs courriels, elle et Skinner se contentaient de brèves allusions. Et puis, il y avait ce qu'ils appelaient l'Exode. Sans savoir exactement ce que le terme recouvrait, Blunt soupçonnait que ce moment marquerait un seuil, une transition assez importante pour que les membres du Cénacle jugent essentiel de se mettre à l'abri.

Blunt avait déjà expédié à Dominique une copie des dossiers récupérés sur l'ordinateur de Hunter. Il lui envoya un mot lui demandant de lire en priorité cette série de courriels. Cela semblait confirmer leurs appréhensions quant à l'urgence d'agir.

Puis il se leva et se dirigea vers la salle de bains. Il avait encore le temps de prendre une douche avant de se rendre à l'aéroport.

L'Arche est le vaisseau amiral de l'Archipel. C'est le lieu destiné à abriter le premier cercle des Essentiels : avant, pendant et après la période de transition. Y auront également accès les administrateurs principaux de l'Alliance.

L'emplacement de l'Arche sera gardé secret. Idéalement, il devrait être situé sur la Lune ou au fond des océans, le véritable pouvoir ne pouvant s'exercer qu'à distance, dans la sérénité, à l'abri des turbulences et de l'agitation des foules.

Guru Gizmo Gaïa, *L'Humanité émergente*, 4- L'Exode.

JOUR - 3

PARIS, 10 H 35

Jessyca Hunter referma son téléphone portable d'un geste rageur. L'équipe qui suivait madame Tellier venait de se faire cueillir. Même chose pour celle qui surveillait l'édifice où Théberge était probablement caché.

Il n'y avait pas moyen de savoir qui était intervenu, mais ce n'étaient pas les deux filles en patins à roues alignées. Des hommes dans la trentaine, avait dit le témoin. Peut-être le début de la quarantaine. Il avait ajouté qu'ils avaient le style des barbouzes des services de renseignements.

Il était temps de se mettre à l'abri. Sa vengeance attendrait. Dans quarante-huit heures, ce serait le début de l'Exode. D'ici là, il lui restait du travail. À commencer par s'assurer que Skinner s'acquitte correctement de la tâche qu'elle lui avait confiée.

Elle composa son numéro sur son portable. Comme toujours, Skinner répondit à la quatrième sonnerie.

— J'écoute, se contenta-t-il de dire.

— Il faut que ce soit fait demain.

— Je les rencontre cet après-midi.

— Ils seront tous là ?

— Tous ceux qui comptent.

— Si vous pouvez récupérer les codes de Fogg, c'est bien. Mais ce n'est pas indispensable.

— Dites à vos patrons qu'ils n'ont pas de souci à se faire.

— Comment allez-vous procéder ?

— Officiellement, la maison appartient à un dirigeant d'une pétrolière. C'est logique que les terroristes s'en prennent à lui et qu'ils incendient sa propriété.

— Aussitôt que vous avez terminé, vous venez me rejoindre à Paris.

— Est-ce que je vais enfin avoir le privilège de voir le paradis protégé que vous m'avez promis ?

Le ton de Skinner se voulait ironique et détaché, mais une certaine curiosité perçait dans sa voix.

— En temps et lieu, répondit Hunter. Commencez par remplir votre part de notre entente.

— Je dois dire que j'aime bien votre concept : un paradis fiscal qui est aussi un paradis.

BBC, 5 H 09

> … KRISTOF BELCHER, LE CERVEAU PRÉSUMÉ DU DÉTOURNEMENT DES LABORATOIRES DE LA MULTINATIONALE HOMNIFOOD, EST TOUJOURS PORTÉ DISPARU. LES CORPS CALCINÉS DE SON ÉPOUSE ET DE SES DEUX ENFANTS ONT ÉTÉ RETROUVÉS DANS LES DÉCOMBRES DE LA RÉSIDENCE FAMILIALE, À CHELTENHAM. DES INDICES LAISSENT CROIRE QU'UN GROUPE TERRORISTE SERAIT RESPONSABLE DE L'ATTENTAT. LES RECHERCHES SE POURSUIVENT POUR SAVOIR SI BELCHER A LUI-MÊME PÉRI DANS L'INCENDIE OU SI…

PARIS, 13 H 58

Chamane examinait le mélange de lettres et de chiffres qui s'affichait au-dessus de chacun des groupes de points et de traits.

— *Yes !*

Il se leva pour aller chercher Geneviève, qui entamait un chocolat chaud à la table de la cuisine.

— J'avais raison, dit-il. Tu es un génie !

Geneviève le regarda, incertaine.

— Viens voir, dit Chamane en la prenant par la main.

Il l'emmena dans son bureau et lui montra l'écran central au milieu de la plaque de verre.

Geneviève parcourut des yeux les cartouches affichés à l'écran puis regarda Chamane.

— C'est quoi ?

— La même chose, mais autrement.

— La même chose que quoi ?

— Les coordonnées géodésiques de chacun des quarante-huit endroits qui constituent l'Archipel. Avant, avec les points sur les cartes, on avait une bonne idée d'où ils étaient. Maintenant, on le sait de façon précise.

Geneviève jeta un bref coup d'œil à l'écran, secoua légèrement la tête et sourit.

— D'accord, dit-elle. Je suis un génie. Tu es un génie. Tout le monde est génial… Je peux aller terminer mon chocolat chaud dans la cuisine ?

Sans attendre la réponse, elle retourna sur ses pas en tenant la tasse de chocolat chaud entre ses mains, comme pour les réchauffer.

Chamane passa les minutes suivantes à construire une liste sur deux colonnes : à gauche, les quarante-huit noms des sites de l'Archipel ; à droite, sur la même ligne que chaque nom, les coordonnées géodésiques. Sans surprise, il y trouva celles de la mystérieuse résidence de Guernesey, dont le sous-sol abritait plusieurs constructions souterraines.

Il ouvrit ensuite le logiciel de communication. Comme il allait sélectionner le numéro pour joindre Dominique, son écran s'éteignit. Puis il se ralluma.

À l'intérieur d'une boîte de dialogue, à la droite, il y avait un message de Norm/A.

— OK. Je travaille avec toi. Mais uniquement avec toi. Aucun contact avec personne d'autre.

Chamane inscrivit sa réponse dans la boîte de dialogue.

— OK.
— Communication écrite pour l'instant. Je suis en transition. Je sécurise mon environnement.
— Tu seras opérationnelle quand?
— Une heure ou deux.
— Les systèmes de sécurité?
— Tout ce qui est relié au système central va être désactivé à partir de cinq heures.

Un symbole de boîte aux lettres apparut à la gauche de la boîte de dialogue. Puis une nouvelle phrase s'inscrivit.

— Un cadeau en gage de bonne volonté : la liste des prochains attentats. Si tu peux faire quelque chose…
— Où tu as pris ça?

Chamane cliqua sur l'icône pour ouvrir le document pendant que la réponse de Norm/A s'affichait dans la boîte de dialogue.

— Sur le réseau interne. Il n'est pas accessible de l'extérieur.
— J'ai un texte qui explique ce qu'il serait utile que tu fasses.
— Dépose-le dans la boîte aux lettres.

Chamane s'exécuta. Puis il formula une nouvelle question.

— C'est faisable en 24 heures?
— Je peux écrire un programme qui va sceller le contenu de leurs ordinateurs. C'est tout ce que je peux te garantir. Pour le reste, ça dépend. Je vais voir.
— Le plus urgent, c'est la prise de contrôle.
— Je regarde ça.

Chamane hésita avant d'écrire la question suivante.

— Qu'est-ce qui t'a décidée?
— La liste d'attentats. Et le projet Zéro-bit.

Au-dessus de l'Atlantique, 8 h 03

Blunt avait pris le vol AF022.

L'appareil était un Boeing 777. L'heure d'arrivée prévue était 10 heures 40. Pour l'instant, il n'y avait pas d'avis de retard.

Aucun des films présentés dans l'avion ne parvenait à l'intéresser. Il pensait à Kathy. À ses deux nièces. Et au genre de monde dans lequel elles vivraient si le plan qu'il avait conçu échouait…

La rencontre aurait lieu dans un hôtel de New York. C'était l'endroit où il était le plus facile pour tout le monde de se rendre. Il ne manquerait que Nahawa Sangaré, qui était en mission dans la République populaire du Congo. Elle ne pouvait pas se rendre à New York dans d'aussi brefs délais. Elle avait dit à Blunt qu'elle se ralliait par avance à la décision des autres.

Blunt se demandait comment ils réagiraient. Combien de temps il leur faudrait pour digérer ce qu'il allait leur apprendre.

Leur première réaction en serait une de déni. Les choses ne pouvaient pas être telles qu'il les leur décrivait. Puis, à mesure qu'ils se feraient à l'idée, ils penseraient probablement qu'il n'y avait rien à faire… Il faudrait qu'il leur révèle l'ensemble du plan. Un plan qui était en cours d'élaboration et dont plusieurs parties dépendaient de la bonne volonté de multiples intervenants.

Pour une des rares fois de sa vie, Blunt n'osait pas évaluer la probabilité que tous les éléments tombent en place en même temps, ce qui incluait que F et Dominique réussissent à mener à bien leurs propres opérations. Mais il n'avait pas d'autre solution que d'aller de l'avant… et d'obtenir la collaboration des dirigeants de la Fondation.

Puis son esprit revint à Kathy. À ses deux nièces… Même s'il réussissait, le monde dans lequel elles seraient appelées à vivre n'aurait rien de réjouissant. Tout au plus serait-il moins intolérable.

« Toute une motivation ! » songea-t-il avec une certaine dérision. En être réduit à rêver d'un monde simplement moins intolérable…

Lévis, 8 h 35

L'appel de Chamane l'avait tirée du sommeil dans lequel elle avait sombré quelques heures plus tôt.

À moitié réveillée, Dominique avait d'abord associé le signal du logiciel de communication à une alarme indiquant le début de l'Exode. Une courte période de confusion avait suivi : dans son esprit, l'Exode n'évoquait rien. Elle savait qu'elle devait agir, mais elle ne savait pas quoi faire. Elle essayait en vain de bouger. Son corps semblait aussi paralysé que son esprit.

Puis elle s'était réveillée pour de bon. Son rythme cardiaque devait avoisiner les 130. L'Exode… Le mot était resté dans son esprit.

Elle aperçut le signal lumineux dont les pulsations accompagnaient l'avertissement sonore.

Elle acheva de prendre pied dans l'univers réel, se rendit à la table de travail où elle avait déposé son ordinateur portable et elle activa le logiciel. Dans son esprit, l'Exode avait maintenant un sens précis : c'était la date à partir de laquelle les attentats s'arrêteraient – ce qui, paradoxalement, n'aurait rien de réjouissant. Parce que cela voudrait dire que l'objectif des terroristes aurait été atteint.

Il restait deux jours avant l'Exode.

— Elle accepte de nous aider, dit Chamane.

Puis, constatant l'absence de réponse de Dominique, il ajouta :

— Norm/A accepte de nous aider.

— Elle va faire quoi ?

— Pour commencer, elle m'a donné la liste des attentats qui sont prévus au cours des deux prochains jours. Je te l'envoie.

— Il y en a beaucoup ?

— Cinquante et un. Un peu partout sur la planète. Elle a eu ça sur le serveur du réseau interne de ses clients. Un réseau auquel je n'ai pas accès.

Une icône en forme d'enveloppe s'afficha dans le coin inférieur gauche de l'écran. Dominique ouvrit le document.

— C'est arrivé, dit-elle pendant qu'elle commençait à parcourir la liste.

— J'ai pensé que tu voudrais l'avoir le plus vite possible, fit Chamane. J'en ai aussi envoyé une copie à Blunt.

— D'accord, je m'en occupe. Qu'est-ce qu'elle accepte de faire, ta pirate ?

— Paralyser tous leurs systèmes informatiques. Empêcher qu'ils y aient accès. Ça peut se faire quand on veut à partir de demain.

— Autre chose ?

— J'ai déchiffré la partie supérieure des hiéroglyphes. Tu ne devineras jamais…

— Non. Je n'ai pas le temps.

— C'est vrai… Les coordonnées géodésiques des quarante-huit endroits. On sait exactement où sont les refuges de l'Archipel.

— Des indications sur ce qu'ils appellent l'Arche ?

— Rien.

Aussitôt l'appel terminé, Dominique revint au document sur les attentats. Dans la première section, il y avait une liste de noms de personnes ; chacun était suivi d'un nom de lieu. Dans la deuxième section, il y avait une série de noms de villes, suivis de mots qui revenaient à intervalles réguliers, comme s'il s'agissait d'un code : gouttes, pétrole, eau gazeuse…

Elle redécoupa le document en quatre parties. La première ne contenait que quatre éléments : deux noms de personnes et deux fois le même nom de ville : Montréal.

La deuxième contenait onze éléments. Dominique l'envoya à l'informateur du MI5. Ce fut Théberge qui hérita de la troisième. Elle contenait dix-sept éléments.

Chacun des documents envoyés était accompagné d'un court message suggérant ce qu'il convenait d'en faire.

Restait la quatrième partie. Il s'agissait des dix-neuf attentats prévus sur le territoire des États-Unis. Dominique se demandait comment éviter que la liste disparaisse dans les méandres de la bureaucratie ou soit rangée parmi les messages provenant d'illuminés.

Le plus simple aurait été de demander à Blunt de la transmettre directement à Tate. Mais Blunt était hors d'atteinte pour plusieurs heures encore. Et, ensuite, il en aurait plein les bras avec la Fondation.

Elle décida de rappeler Chamane.

Washington, 8 h 49

Helena Higgins entra dans la pharmacie et se dirigea vers l'étalage des produits destinés à ceux qui portaient des verres de contact.

Depuis un mois, elle avait de plus en plus de difficulté à porter les siens. Mais il n'était pas question qu'elle y renonce. Du moins, pas pendant qu'elle était au travail. Cela aurait été mal perçu. Helena travaillait comme réceptionniste. Et la réceptionniste, c'était la première image de l'entreprise que voyait le client. C'est pourquoi il était impensable qu'elle porte des lunettes. Elle aurait travaillé ailleurs que les choses auraient été différentes. Mais dans une clinique de correction de la vue par laser…

Helena avait réalisé juste avant d'arriver au bureau qu'elle avait oublié son flacon de liquide pour s'hydrater les yeux. Sans liquide, elle passerait la journée avec une sensation de brûlure qui irait en s'intensifiant. À la fin, elle aurait les yeux complètement rouges. Et ça, c'était encore pire que porter des lunettes. Alors, tant pis si elle avait quelques minutes de retard. Le détour par la pharmacie s'imposait.

Après avoir choisi un contenant grand format du produit qu'elle avait l'habitude d'utiliser – l'idée, c'était de le laisser au bureau –, elle se dirigea vers la caisse. Ces dernières semaines, sa consommation de liquide hydratant s'était accrue. Ses yeux toléraient moins bien les verres de contact. Même les verres souples.

Encore un mois à attendre. Elle aurait alors fini de payer ses dernières vacances de bronzage et terminé son sixième mois de travail. Elle serait alors admissible aux tarifs réduits que la clinique offrait aux employés. Elle pourrait s'offrir une chirurgie laser.

Après avoir payé, elle déposa son portefeuille sur le comptoir et, sans attendre, elle fit sauter le scellé du contenant. Elle l'ouvrit, rejeta la tête en arrière et se laissa tomber rapidement plusieurs gouttes dans l'œil.

Au lieu du soulagement attendu, elle sentit une brûlure comme si on lui avait versé du feu liquide dans l'œil.

Montréal, SPVM, 9 h 08

Crépeau entra dans son bureau et déposa le journal sur le bureau. Il l'avait parcouru pendant son trajet habituel en métro. Sept stations. Le temps de jeter un œil aux grands titres et de repérer quelques articles susceptibles de mériter une attention plus poussée.

À la une de l'*HEX-Presse*, il y avait une bannière sur cinq colonnes.

LE PÉTROLE AUX MAINS DES TERRORISTES

C'était malheureusement assez juste, songea Crépeau. Moins les autorités réussissaient à contrer le terrorisme, plus le prix de l'essence s'envolait. On dépassait le sommet atteint lors de la crise financière.

Le journal en profitait pour tirer toute une série de conclusions sur l'inefficacité du SPVM, l'ineptie de ses dirigeants et la mollesse du pouvoir politique qui hésitait à les remplacer. Comme si la vague mondiale de terrorisme dépendait du SPVM.

Crépeau sortit son ordinateur portable de sa mallette, le déposa sur le bureau et brancha le cordon d'alimentation. À peine avait-il soulevé le couvercle qu'une icône se mettait à pulser dans le coin gauche de son écran. Une icône qui avait la forme des anciennes boîtes aux lettres fixées sur des poteaux, celles que les gens plaçaient au bord de la route, dans les campagnes.

Il cliqua sur l'icône. Un message apparut.

> Voici des informations sur quatre attentats qui vont se produire dans les prochains jours au Canada. Je n'en sais pas plus. Je suggère de refiler les noms des deux personnes visées aux autorités fédérales. Pour les deux autres, décidez au mieux. J'aimerais vous en dire plus, mais c'est tout ce que j'ai.

Les renseignements sur les deux personnes étaient minimaux.

Tim Raleigh   Ottawa
John Applegate   Calgary

Les informations sur les deux autres attentats étaient encore plus vagues. Le nom de la ville, « Montréal », était suivi de deux indices : « pétrole » et « boissons gazeuses ».

Pour les deux premiers cas, la solution la plus simple, et probablement la plus efficace, était d'acheminer les renseignements à Trammel, au SCRS. Par contre, les deux autres posaient un problème : il ne pouvait quand même pas fermer tous les commerces où l'on vendait des boissons gazeuses ou du pétrole à la grandeur de l'île de Montréal. En même temps, il ne pouvait pas rester les bras croisés.

CNN, 9 H 31

> ... EN DÉPIT DES APPELS AU CALME, LES MANIFESTATIONS SE SONT MULTI-PLIÉES SUR LE CONTINENT AFRICAIN. À DES DIZAINES D'ENDROITS, DES FOULES SE SONT MASSÉES DEVANT DES AMBASSADES OCCIDENTALES POUR DÉNONCER LA PROPAGATION D'UNE MALADIE RACISTE VISANT À EXTERMINER LES NOIRS. LA FAUSSE CONFIRMATION, ATTRIBUÉE À HOMNIPHARM, DE L'EXISTENCE DE PLUSIEURS SOUCHES RACIALES DU CHAMPIGNON N'A RIEN FAIT POUR RÉDUIRE LA TENSION. PROPAGÉE SUR INTERNET, CETTE RUMEUR A OBLIGÉ L'ENTREPRISE À TENIR UNE CONFÉRENCE DE PRESSE POUR...

HAMPSTEAD, 14 H 31

La réunion avait lieu dans une pièce aux allures spartiates aménagée au sous-sol. La sécurité y était maximale. Personne d'autre que Fogg n'y avait jamais pénétré.

Ils étaient quatre. Les quatre mêmes qu'à la rencontre précédente. Fogg, F, Skinner et Daggerman. En fait, ils étaient cinq. Mais la cinquième personne ne comptait pas. Fogg l'avait présentée comme son dispositif de sécurité personnel. Un bouddhiste de combat !

Monky...

Ce dernier était debout à côté de la porte, immobile. Son regard, qui semblait embrasser les quatre participants autour de la table, se déplaçait légèrement de temps à autre, comme s'il ajustait la mise au point de sa vision sur un participant particulier.

— Je sais qu'une deuxième réunion aussi rapprochée a de quoi étonner, commença Fogg. Mais il y a urgence.

Il fit une pause puis il ajouta en se tournant vers F :

— Madame Dubreuil va vous expliquer les raisons de cette urgence.

F prit la télécommande qui était devant elle, sur la table, et fit apparaître une mappemonde sur l'écran mural.

— D'après nos meilleures estimations, les points rouges en surbrillance sont les endroits où comptent se retirer les personnes qui sont derrière le Consortium. Et elles comptent le faire d'ici deux jours.

Elle regarda sa montre.

— Depuis environ une heure, les services de renseignements de différents pays ont commencé à recevoir des informations précises sur ces lieux ainsi que sur les activités criminelles de certains de leurs futurs occupants. Pour le cas où certains entretiendraient encore des doutes, l'Institut a recueilli les preuves que ces gens ont commandité, sous une forme ou une autre, la très grande partie des attentats terroristes qui ont récemment secoué la planète. Autant le terrorisme à prétexte écologiste qu'islamiste. Ces preuves vont se retrouver entre les mains d'agences et de corps policiers qui ont les moyens d'agir.

Skinner et Daggerman la regardaient maintenant avec un mélange d'incrédulité et de méfiance. Comment l'Institut avait-il pu réunir de telles preuves ? Et pour quelle raison leur en parlait-elle si tout cela allait se retrouver entre les mains des forces de l'ordre ?

— Comme vous l'avez sûrement déjà compris, reprit-elle après une pause, il s'agit là d'une occasion extraordinaire pour le Consortium. Dans deux jours, grâce à l'Institut, nous allons être débarrassés de « ces messieurs », comme les appelle notre ami Fogg.

— Deux jours ? répéta Daggerman.

— C'est le moment où les différents intervenants vont déclencher les opérations.

— Partout à la fois ?

— Partout où ça compte. Le reste suivra en temps opportun.

— Est-ce que les gens qui sont derrière le Consortium ne sont pas également ceux qui manipulent les entreprises de l'AME ? demanda doucement Skinner. Ce n'est pas parce qu'on va supprimer un certain nombre de leurs pied-à-terre que…

— Je vois que madame Hunter vous a fait d'amples confidences, répliqua F avec une légère ironie.

Puis, avant que Skinner puisse répondre, elle ajouta sur un ton redevenu professionnel :

— Vous avez raison, ces entreprises sont une source de pouvoir considérable. Par contre, ce que madame Hunter ne pouvait pas savoir, c'est que ces entreprises vont leur échapper en même temps que leurs refuges.

Elle regarda Skinner directement dans les yeux avant de préciser :

— Leurs refuges, c'est ce qu'ils appellent l'Archipel.

— Autrement dit, vous nous annoncez que l'Institut va triompher sur toute la ligne.

La remarque venait de Daggerman, qui n'avait pas l'air enchanté par cette perspective.

— C'est à peu près ça, répondit F.

— Je ne vois pas en quoi une victoire totale de l'Institut est une bonne chose pour nous.

— J'allais faire la même remarque, dit Skinner… Et j'ajouterais que votre élimination, après ce que vous venez de nous apprendre, m'apparaîtrait comme le premier geste susceptible de rétablir la situation.

— C'est parce que vous ne saisissez pas le portrait global.

Le sourire de F ne désarmait pas. Fogg jugea quand même bon d'intervenir.

— Je pense que la moindre des choses est d'entendre toute l'argumentation de notre invitée avant de décider si nous en faisons notre collègue… ou si nous l'éliminons. Vous ne croyez pas ?

Daggerman et Skinner échangèrent un regard. C'était quoi, cette idée ? L'avoir comme alliée ponctuelle, à la limite, ça pouvait s'envisager. Mais en faire un membre de la direction du Consortium…

— On vous écoute, dit Daggerman d'une voix unie.

F jeta un regard à Fogg, puis elle reprit :

— Dans les prochains jours, il y aura un grand nombre d'attentats ratés. Quelques-uns réussiront sans doute, mais la plupart seront déjoués.

— Je suppose que c'est une autre initiative de l'Institut, ironisa Skinner.

— Exactement. C'est le troisième volet du plan global.

— Il y en a beaucoup d'autres ?

— Un quatrième, qui est en fait le prolongement du deuxième… Comme je l'ai mentionné tout à l'heure, « ces messieurs » téléguident les actes terroristes. Ça inclut la propagation de la peste grise et du champignon tueur de céréales. Ils entendaient rançonner la planète en vendant en exclusivité les produits permettant de les contenir.

— C'est quand même un plan brillant, lança Skinner.

— À mes yeux, un plan brillant est un plan qui réussit, répliqua F. Et ce plan-là va échouer. Ne serait-ce que parce qu'ils ne disposent pas, ou du moins pas encore, de ces produits.

— Toujours à cause de l'Institut ? fit Daggerman, dont l'ironie se dissimulait sous un ton faussement amusé.

— En partie. Mais surtout à cause de leur propre incompétence. Ils ont bêtement laissé leurs lubies per- sonnelles interférer avec leur travail… Je parle de ce club, les Dégustateurs d'agonies.

— Une autre chose que l'Institut va éliminer, peut- être ? suggéra Skinner.

— L'Institut n'aura plus tellement à intervenir dans ce dossier. Une liste de noms, qui couvre une bonne partie de ses membres, est déjà entre les mains de divers corps policiers… Ils n'attendent que l'occasion.

— Vous ne croyez pas que leur choix de se réfugier dans un endroit sûr est la solution la plus raisonnable ? demanda Daggerman. En période de fin de civilisation, disposer d'un observatoire à l'abri du chaos peut être intéressant… Il suffirait de se garder un endroit ou deux.

— Pour ça, nous n'avons pas besoin de l'Archipel, répliqua assez abruptement F. Nous avons le Consortium.

Elle les regarda à tour de rôle avant d'ajouter :

— Puisqu'il faut mettre les points sur les i…

Le visage de Skinner s'assombrit. Daggerman, lui, demeura impassible. Seul Fogg avait l'air de trouver la situation amusante.

— L'Institut est pour nous une bénédiction, poursuivit F. Il nous libère de tout ce qui entrave le développement du Consortium. La force de l'Institut a toujours été de faire effectuer l'essentiel de son travail par d'autres agences ou corps policiers. C'est un mode de fonctionnement viral. Le virus entre dans une cellule et trouve le moyen de détourner son fonctionnement pour le mettre à son service… Alors, ce que nous allons faire – ce que nous faisons déjà, en fait –, c'est appliquer à l'Institut sa propre médecine.

— Je ne vois pas en quoi le fait de laisser l'Institut démolir nos filiales nous a aidés.

— Pas n'importe quelles filiales. Uniquement celles dont l'élimination allait dans le sens de la rationalisation de nos activités. C'est sur cette rationalisation qu'il faut maintenant nous concentrer.

— Concrètement, ça veut dire quoi ? demanda Daggerman.

Ce fut Fogg qui répondit.

— Achever la liquidation des activités trop voyantes. Se concentrer sur les plus rentables à long terme et les moins sujettes à des représailles. Nouer des alliances avec les groupes criminels les plus stables dans chacune des régions de la planète.

— Il reste quand même une question à éclaircir, répliqua Skinner.

Il fixa F un moment avant d'ajouter :

— Je ne comprends toujours pas ce qui vous amène à choisir le Consortium. L'Institut est quand même votre création.

— Il vient un temps où les enfants doivent marcher seuls.

— C'est une boutade, ce n'est pas une réponse.

Sentant l'agressivité monter, Fogg jugea utile d'intervenir de nouveau.

— Madame Dubreuil et moi, nous nous connaissons depuis fort longtemps. Nous sommes ce que j'appellerais de vieux amis.

— Même après toutes les opérations qu'elle a menées contre vous, et donc contre nous ? l'interrompit Skinner.

Il était clair que Daggerman, malgré son silence, partageait son point de vue.

— L'Institut a contribué à nous rendre plus forts, répondit Fogg. Les éléments les plus faibles ont été éliminés. Les plus forts ont eu plus d'espace pour se déployer.

— Fogg touche ici à l'essentiel, enchaîna F. L'erreur de « ces messieurs » est la même que celle de l'Institut. Leurs idéologies respectives sont l'envers et l'endroit de la même erreur. L'un veut éliminer tout ce qu'il juge être source de désordre ; l'autre veut écarter toute forme d'ordre qui fait obstacle à son développement anarchique. Ce sont des purs. Ils sont le miroir inversé l'un de l'autre. Ils voient tout en termes de bien et de mal, de lutte à mort pour faire disparaître leur miroir inversé.

— Tout ça, ce sont des théories, objecta Skinner. Dans la réalité…

F lui coupa la parole.

— Au contraire, c'est la réalité. La réalité, c'est que le monde est gris. Il faut des structures d'ordre pour contenir certains excès. Et il faut des structures d'accueil pour en permettre l'expression canalisée. L'Institut et le Consortium ont besoin l'un de l'autre. Et, surtout, le monde a besoin des deux. Les structures de l'ordre légitime ne peuvent pas tout contrôler. Il reste toujours des marges. C'est à contrôler ce reste que peut servir le Consortium. Et il y a là une exceptionnelle occasion d'affaires pour nous, comme l'a déjà écrit Fogg. Surtout dans une période d'apocalypse comme celle que nous nous apprêtons à vivre.

— Pratiquement, ajouta Fogg, ça veut dire que Gelt conserve la direction de Safe Heaven, que Skinner va prendre la coordination du Consortium et que madame Dubreuil va s'occuper de Brain Trust.

— Et les autres filiales ? demanda Daggerman.

— Vous conservez GDS et sa sous-filiale Vacuum. Le reste est liquidé. Sauf peut-être White Noise : ça reste à voir. Mais avant, il y a un immense ménage à faire.

— Si tout se passe comme vous le dites, objecta Skinner, l'Institut va avoir le vent dans les voiles. Sa prochaine cible sera le Consortium. D'ailleurs, je ne comprends pas pourquoi ce n'est pas déjà inclus dans son fameux plan global.

— Pour une raison très simple, répondit F. Parce que les opérations contre le Consortium, c'est moi qui m'en occupe. Rien ne se fait sans que je le sache et que je l'autorise. Toutes les données concernant le Consortium sont dans mes dossiers personnels, auxquels personne d'autre n'a accès.

— Autrement dit, il faut vous faire confiance…

— Un minimum de confiance.

— Madame Dubreuil nous a quand même donné quelques gages de sa bonne foi, dit Fogg. Rien ne l'obligeait à nous révéler tout ce qu'elle a appris… Et puis, comme je le précisais tantôt, c'est une vieille amie. Je la connais depuis longtemps.

— Du point de vue des intérêts du Consortium, reprit F, et quoi qu'il arrive, l'Institut est moins pire que ce que mijotent « ces messieurs ». De tout temps, il y a eu une sorte d'*overworld*, qui dirigeait officiellement le monde, et un *underworld*, qui représentait tout ce qui échappe aux règles de l'*overworld*. Plus l'*overworld* est gouverné d'une façon impitoyable, avec la volonté que rien n'échappe à son pouvoir, plus l'*underworld* rétrécit et moins ceux qui le contrôlent ont de pouvoir. Par contre, avec un *overworld soft*, ce que défend l'Institut, l'*underworld* peut mieux se développer, ce qui favorise d'autant le pouvoir de ceux qui le contrôlent.

— Un *overworld soft* ? reprit Skinner avec dérision. C'est ça que vous nous proposez ?

— C'est ce qui permet le plus de stabilité. Et c'est ce qui favorise le mieux nos profits, quelles que soient les affaires qu'on fasse.

Elle s'arrêta un instant avant d'ajouter :

— Que vous le vouliez ou non, il est maintenant trop tard pour jouer la carte de Jessyca Hunter.

Skinner fit un effort pour se contrôler.

— Si je m'occupe de madame Hunter, dit-il, c'est parce que je suis le mieux placé pour le faire. Et si je ne lui laissais pas croire que je collabore avec elle, je ne serais pas aussi bien placé… Il faut croire que j'ai été efficace puisque, vous aussi, vous vous y êtes laissée prendre.

— Ce n'est pas une question de s'y laisser prendre, c'est une question de prudence. J'aimerais simplement vous entendre confirmer que vous allez effectivement vous occuper d'elle.

— Je la rencontre demain.

La suite de la discussion porta sur des questions plus techniques. Il s'agissait de déterminer les moyens par lesquels chacun prendrait le contrôle de la partie du Consortium qui lui était échue.

Intérieurement, F était loin de ressentir l'assurance qu'elle avait démontrée tout au long des échanges. Il suffisait qu'une seule des opérations de l'Institut échoue pour que son plan s'écroule. Et il ne restait que deux jours pour tout mettre en place.

Fort Meade, 9 h 53

Spaulding entra dans le bureau de Tate avec un air de triomphe.

— On a une piste, dit-il.

Tate le regarda, hésitant entre le sourire et le découragement.

— On a plusieurs centaines d'enquêtes en cours, dit-il finalement. Tu parles de quoi ?

— Les terroristes.

— Lesquels ?

— Les islamistes… J'ai pris sur moi d'autoriser l'opération sans en parler au DHS.

Malgré son âge et son expérience, Spaulding avait parfois l'enthousiasme juvénile d'une recrue.

— On sait quoi, exactement?

— Son nom : Hussam al-Din. L'endroit où il sera ce soir à vingt-deux heures : un hôtel de New York. Et sa mission : subventionner une vague d'attentats aux États-Unis.

— Vous avez une photo?

— Non. Seulement le numéro de la suite, à l'hôtel.

Une ombre passa sur le visage de Tate.

— On ne peut pas laisser passer un tuyau comme ça, reprit Spaulding.

— OK… Je suis d'accord.

— On va perquisitionner avec de faux insignes du NYPD. S'il n'y a rien, on les laissera se débrouiller avec la plainte.

C'était déjà mieux, songea Tate. Il avait prévu protéger ses arrières. Sauf que s'il se faisait prendre, ça créerait un beau bordel !

— Tu me donnes des nouvelles aussitôt que tu en as, dit-il. Quelle que soit l'heure.

Tate se replongea dans la lecture des informations à l'écran, ce que Spaulding interpréta comme une invitation à retourner à son bureau.

Sur le site de CNN, on annonçait en primeur la publication du journal secret tenu par un membre des US-Bashers. Un musulman né aux États-Unis, éduqué dans les grandes écoles et converti à l'islam à l'âge adulte. La première partie de son journal serait publiée le lendemain. D'autres extraits seraient publiés les jours suivants. Le cinquième jour, il y aurait des entrevues avec des proches et des amis. Les négociations pour la publication intégrale du journal étaient en cours. Le titre envisagé était :

JE SUIS UN PATRIOTE MUSULMAN
Le journal d'un Américain comme les autres

Par-delà la publication du document, ce qui était en jeu, c'était l'attestation de la présence de terroristes musulmans nés et vivant aux États-Unis. Plusieurs se dépêcheraient d'y voir une justification de leurs préjugés : ces terroristes *made in America*, avant d'être des Américains, étaient d'abord des musulmans – autrement dit, des Arabes. Les attaques sporadiques contre les musulmans risquaient de dégénérer en une chasse aux sorcières à côté de laquelle le délire de McCarthy ferait figure d'amusement pour cour de récréation.

Il fallait préparer un contre-feu : tout d'abord, marginaliser les terroristes, affirmer qu'il s'agissait d'esprits dérangés, facilement manipulables ; puis laisser courir la rumeur que la plupart des terroristes étaient connus et qu'ils avaient quitté les États-Unis ; ensuite, laisser entendre que la CIA et d'autres agences de renseignements étaient sur leur piste.

On pouvait aussi affirmer que plusieurs de ces « terroristes », particulièrement les simples exécutants, avaient été manipulés, qu'ils avaient été recrutés « sous faux pavillon » : on leur avait laissé croire qu'ils travaillaient pour une organisation américaine alors qu'ils travaillaient en réalité pour une organisation ennemie… Ce qui n'était d'ailleurs pas impossible : au cours des ans, des dizaines d'Américains avaient ainsi été compromis dans des opérations contre leur propre pays alors qu'ils pensaient faire leur devoir patriotique en rendant un service à la CIA.

Brusquement, l'écran de son ordinateur devint noir. Puis une phrase apparut :

> Je n'ai pas le temps d'établir une communication conventionnelle. Voici une liste qui répertorie dix-neuf attentats qui auront lieu dans les deux prochains jours sur le sol américain. Faites protéger au plus vite les treize personnes apparaissant sur la liste ; ça ne devrait pas vous poser trop de difficultés. Par contre, pour chacun des six endroits, il n'y a qu'un seul mot comme indice. À vous de voir.
> Blunt

Une icône représentant une enveloppe apparut dans le coin supérieur gauche de l'écran. Tate cliqua dessus. Un document PDF se téléchargea.

Aussitôt le téléchargement terminé, son écran retrouva l'apparence qu'il avait juste avant la réception du message. Rien ne semblait avoir été altéré.

Tate ouvrit le document. Il faisait dix-neuf lignes. Les treize premières commençaient par un nom de personne suivi d'une indication d'endroit relativement précise : une adresse, un nom de salle de spectacle, un hôtel…

Les six autres lignes étaient telles que Blunt les avait annoncées : un nom de ville suivi d'un ou deux mots : pétrole, boissons gazeuses.

On aurait dit un aide-mémoire composé par la personne responsable de coordonner ces événements.

Tate en était encore à apprivoiser l'idée qu'il lui faudrait prévenir dix-neuf attentats en quarante-huit heures quand son poste téléphonique se manifesta. Il tourna d'abord les yeux vers sa secrétaire, de l'autre côté de la baie vitrée : il lui avait explicitement demandé de retenir les appels. Elle lui fit signe de répondre.

Tate ramena son regard vers le téléphone. L'afficheur lui indiqua qu'il s'agissait de l'ancien vice-président des États-Unis.

Il décrocha.

— J'ai repensé à cette idée qu'on se rencontre dans un cadre plus relaxant, fit d'emblée l'ex-vice-président. Plus propice aux réflexions créatives.

— Si vous pensez à des vacances, ça tombe plutôt mal : on dirait que tous les esprits tordus de la planète ont décidé de prendre du service en même temps.

— Vous avez de nouvelles informations sur les terroristes ? Il y a de nouvelles attaques qui se préparent ?

Tate choisit d'éluder la question.

— La routine habituelle, dit-il. Mais en plus concentré.

— En ce cas, vous pouvez certainement vous libérer vingt-quatre heures. Comme je vous le disais, c'est à quelques heures d'avion. Il suffit que vous soyez libre à partir de dix-neuf heures, dans deux jours.

— Une pause de vingt-quatre heures serait sûrement la bienvenue. Je vais essayer de me libérer.

— Je vous envoie les détails par courriel.

Cinq minutes plus tard, Tate lisait le courriel de l'ancien vice-président. Leur destination était une île des Caraïbes. Un des quarante-huit endroits dont Blunt lui avait envoyé la liste. L'ex-vice-président passerait le prendre à bord de son avion personnel.

Tate décida de joindre immédiatement Blunt. N'obtenant pas de réponse, il lui laissa un message lui demandant de le rappeler.

C'était quand même curieux, ce simple message. Est-ce que Blunt voulait éviter de lui parler ?

PARIS, 16 H 43

Théberge avait marché de son appartement, dans Montparnasse, jusqu'à un bar à vin de la rue des Petits Champs : Aux bons crus.

Leclercq l'y attendait.

— Même pas foutus de faire fonctionner les métros, dit Théberge en s'assoyant.

— Tu exagères, il y en a près de la moitié qui roulent, protesta Leclercq en souriant.

Son ami canadien n'avait pas l'air sérieusement contrarié. Il soupçonnait même que ça lui plaisait d'avoir une raison de ronchonner. Qu'il s'agissait d'une sorte d'hygiène ou de rituel : dix minutes de ronchonnage par jour pour se nettoyer le cerveau des frustrations accumulées.

— J'ai fait protéger l'édifice dont tu m'as parlé, reprit Leclercq après que Théberge eut consulté la liste des vins sur l'ardoise. Il y avait cinq personnes en surveillance… On va les garder quarante-huit heures, mais on n'a pas grand-chose contre elles.

— Et madame Tellier ?

— On s'est occupé des personnes qui la suivaient. Il y a maintenant deux agents de la boîte qui la protègent.

Leclercq fit un signe au serveur, puis il enchaîna à l'intention de Théberge :

— Désolé de ne pas avoir pu venir plus tôt. J'étais pris dans une réunion sur la fusion des services.

— Je pensais que c'était fait.

— Sur papier. Mais il y a toutes sortes de pressions de l'Élysée et du ministère de l'Intérieur pour avantager certains groupes ou certaines sections, pour en éliminer d'autres, pour remplacer des responsables…

Théberge sortit une feuille de papier pliée de sa poche et la déposa devant Leclercq.

— Dix-sept attentats. Un peu partout en Europe. Ils devraient survenir dans les deux prochains jours. Douze contre des personnes. Cinq autres dans cinq villes différentes.

— Encore tes mystérieux amis ?

Théberge marmonna un acquiescement.

Leclercq déplia la feuille, parcourut la liste puis, tout en repliant la feuille de papier, se tourna vers le serveur qui arrivait.

— Je vais goûter à votre Chateauneuf, dit-il.

— Même chose, enchaîna Théberge.

— C'est parti ! fit le serveur en se dirigeant derrière le comptoir. Deux Chateaux pour le colonel et son ami canadien !

Théberge regarda Leclercq, l'air à la fois exaspéré et interrogateur.

— Tu es encore à la une du journal, expliqua ce dernier.

Il sortit le *Figaro* de sa serviette. On y voyait la tête de Théberge en gros plan ainsi que celle de Prose. Pendant que Théberge jetait un œil à l'article, Leclercq relisait la liste des attentats annoncés.

— Quarante-huit heures, dit-il. On peut probablement mettre les personnes à l'abri. Mais les villes…

— Pour ceux qui sont à l'extérieur de la France, tu sais probablement à qui envoyer l'information.

Leclercq dit que oui et il se leva.

— Tu m'attends un instant ?

Il appuya sur un bouton de son téléphone portable et se dirigea vers la sortie. Vingt secondes plus tard, il entrait dans la limousine qui se garait devant la porte du bar à vin.

Théberge en profita pour achever de lire l'article du *Figaro*. On parlait de lui comme du « flic de choc aux nerfs de glace ». Quant à Prose, il avait été bombardé « chercheur en environnements urbains globaux ». On faisait également allusion à son essai : *Les Taupes frénétiques*.

— C'est fait, dit Leclercq en se rassoyant. J'ai tout envoyé à un de mes adjoints. Il va s'occuper de ce qui est en France et envoyer les informations à des collègues dans les autres pays.

Théberge replia le journal et prit une gorgée de vin.

— Maintenant, dit-il, il faut que je te parle du plus important.

Leclercq haussa les sourcils. Qu'est-ce qui pouvait bien être plus important que de prévenir dix-sept attentats ? Il se contenta néanmoins d'attendre que Théberge poursuive.

— Je t'ai déjà touché un mot d'une organisation qui tentait de coordonner le crime organisé à l'échelle de la planète.

— Le Consortium...

— L'autre jour, avec ton ami de la DGSE, on a discuté des terroristes islamistes, des écoterroristes... d'Homni-Food... des Dégustateurs d'agonies...

Leclercq acquiesça d'un signe de tête.

— Eh bien, mes mystérieux amis, comme tu les appelles, ont maintenant la preuve que tout est lié.

— Tu es sûr qu'ils ne veulent pas sous-contracter toute la sécurité de la France ? ironisa Leclercq.

— Je sais que ça paraît un peu surréaliste. Mais ils ont l'avantage de travailler sur un seul dossier. Et de travailler dessus depuis des années.

— Disons... Qu'est-ce qu'ils proposent ?

— Ils ont identifié une partie des gens qui sont derrière tout ça et ils savent où ils vont se réfugier quand la situation sur la planète va devenir hors de contrôle. Ils ont élaboré un plan d'intervention global. Le problème, c'est qu'il reste seulement quarante-huit heures pour neutraliser tous ces joyeux adeptes de la malfaisance... Et ils n'ont pas les moyens de tout faire eux-mêmes.

— Pourtant, j'aurais cru… continua d'ironiser Leclercq.
Puis il ajouta sur un ton plus neutre :

— Donc, il reste quarante-huit heures.

Il avait répété l'information comme s'il s'agissait d'une incongruité supplémentaire qu'il s'agissait d'apprivoiser.

— Leur plan implique aussi les États-Unis et l'Angleterre. Ils ont un contact au MI5 et un à la NSA… Si tu es d'accord, je vais te fournir une adresse Internet où tout est expliqué en détail. Ça ne t'oblige à rien. La seule chose que je te demande, c'est de tout regarder avant de décider.

OTTAWA, 11 H 36

Ce n'était pas une bonne journée. Tim Raleigh devait se présenter à une commission parlementaire sur le réchauffement climatique.

Le président de CalGar Oil détestait ces pertes de temps. Il faudrait qu'il explique durant des heures, à des députés qui ne connaissaient rien mais qui tenaient à profiter de leur temps de caméra, les raisons pour lesquelles l'exploitation des sables bitumineux n'était plus une question de choix mais de survie.

Raleigh sortit de sa chambre et se rendit à l'ascenseur. Une fois dans la cabine, il appuya sur le bouton SS3.

Il avait probablement été choisi comme premier témoin parce que son entreprise n'était pas parmi les plus importantes. On avait dû estimer qu'il ne ferait pas le poids : il saurait moins bien se défendre et il serait moins dangereux de l'attaquer. Les députés voulaient sans doute se faire les muscles sur lui avant d'aborder des invités qu'ils pressentaient plus coriaces.

Raleigh sourit.

Ils auraient une désagréable surprise. CalGar Oil venait d'intégrer les rangs de l'Alliance. Elle ferait désormais partie du groupe HomniFuel. Autrement dit, il était sur le point de devenir intouchable. Tout était signé. Il ne restait que quelques jours de délai à écouler, le temps de conclure le règlement financier des multiples transactions impliquées par la prise de contrôle.

Quand il sortit de l'ascenseur, Raleigh se dirigea d'un pas alerte vers le fond du stationnement, où était garée sa voiture.

De toute façon, c'était seulement un mauvais moment à passer. Et, tant qu'à faire, il s'amuserait: il les enterrerait de détails techniques pour les obliger à continuellement demander des éclaircissements. Et le reste de la journée, il le passerait avec Sandee, sa nouvelle maîtresse. Tout cela aux frais de la compagnie. En fin de compte, la vie n'était pas si désagréable.

Au moment où il mettait la main sur la portière, un bruit le fit se retourner. Il eut à peine le temps de voir la boule de feu l'envelopper.

NEW YORK, 12 H 10

La réunion avait lieu dans une suite du Warwick Hotel. À l'exception de Nahawa Sangaré, qui avait prévenu de son absence, tous les membres de la Fondation étaient arrivés. Chacun leur tour, ils avaient été étonnés du luxe de l'endroit. Plus qu'étonnés, mal à l'aise. Alors qu'ils travaillaient quotidiennement à aider les gens les plus démunis, ils se retrouvaient subitement dans un hôtel de luxe au cœur de New York. Le prix de la location pour une seule journée devait représenter plusieurs fois le revenu annuel des gens dont ils s'occupaient.

— Une question de sécurité, avait expliqué Blunt.

Il avait jugé que les douaniers seraient moins pointilleux lorsqu'ils verraient où ils séjournaient. Avec la panique que suscitaient les attentats terroristes, tous les étrangers, et particulièrement ceux qui étaient noirs ou arabes, faisaient l'objet d'une attention obsessive. Un rien servait à justifier une cascade de mesures de contrôle, d'interrogatoires, de demandes d'explications sur leurs activités et sur leurs sources de revenu… Or, ils ne pouvaient pas se permettre que des membres soient retenus pendant vingt-quatre ou quarante-huit heures. Le temps était le vrai luxe qu'ils n'avaient pas les moyens de se payer. C'était pourquoi ils avaient tous voyagé en première classe et c'était pourquoi ils résidaient dans cet hôtel.

— Tous les terroristes voyagent en première classe et demeurent dans les Hilton, avait objecté Mendoza.

— C'est vrai, avait répondu Blunt. Mais les réflexes et les préjugés des douaniers américains ne sont pas en phase avec la réalité. Et puis, au moins, c'est clair que vous n'êtes pas des réfugiés économiques.

Ils étaient sept assis autour de la table ronde en bois laqué. Blunt avait récupéré la chaise qui était adossée au mur, à côté du buffet. Il avait ensuite posé devant lui une petite feuille où il avait écrit le nom des sept membres du conseil de la Fondation. Chaque nom était suivi de celui du dossier dont la personne était responsable.

Alain Lacoste	maladie
Masaru Watanabe	pauvreté
Sheldon Bronkowski	guerre
Ludmilla Matzneff	atteinte aux droits humains
Elena Cassoulides	dégradations de l'environnement
Genaro Mendoza	exploitation économique
Nahawa Sangaré	ignorance

Depuis le début de la réunion, Blunt n'avait pas eu besoin de la consulter. Comme si le fait d'écrire la liste avait rafraîchi sa mémoire.

Dans un premier temps, il leur avait résumé la situation, expliquant de quelle manière étaient liés, selon les informations que détenait l'Institut, l'ensemble des attentats terroristes, les manœuvres d'HomniFood, les Dégustateurs d'agonies, la peste grise ainsi que le champignon tueur de céréales. Il leur parla également de l'Archipel, qui semblait être un groupe de refuges disséminés sur la planète.

Il leur expliqua ensuite de quelle manière l'Institut entendait contrer ceux qui étaient derrière cette vaste offensive et qui se trouvaient aussi à être les véritables décideurs derrière le Consortium.

Un long silence suivit. Blunt en profita pour décréter une pause et servir un thé ou un café à ceux qui le désiraient.

À la reprise des discussions, ce fut Mendoza qui brisa la glace.

— Je ne vois toujours pas quel rôle nous pouvons jouer dans ce plan, dit-il.

— J'y arrive, répondit Blunt. Personnellement, vous n'aurez rien à faire. Du moins pour le moment. Pour ce qui est de l'argent de la Fondation, par contre…

Il leur expliqua en quoi il avait besoin de leur accord et ce que cela impliquait pour leurs activités futures.

— Jusqu'ici, dit-il en résumé, votre tâche a été de réduire les effets de certains maux en subventionnant des projets locaux, adaptés aux populations qui en étaient victimes. Il faut maintenant que la Fondation se concentre sur les problèmes globaux. Et qu'elle y consacre l'essentiel de ses ressources financières.

À mesure qu'il parlait, la mine de plusieurs des membres devenait soucieuse.

— Finalement, dit Watanabe, ça veut dire qu'on cesse toutes nos activités.

— Une grande partie, répondit Blunt. Mais on peut quand même…

Ludmilla Matzneff l'interrompit.

— Ce n'est pas seulement une question d'argent, dit-elle. Il y a aussi les moyens employés. Si on se met à magouiller comme eux…

— C'est vrai qu'il y a une question de principes, admit Blunt. Mais il y a aussi la question de la survie de l'humanité. La peste grise et le champignon tueur de céréales sont seulement les conséquences les plus visibles et les plus immédiates des interventions des terroristes… Imaginez ce que va être le climat politique de la planète si on les laisse aller au bout de leurs projets. Le protectionnisme des pays les plus riches, les limites sur les déplacements, sur le commerce de nourriture et de médicaments… les guerres pour l'eau… Je doute que ça facilite la réalisation de vos projets actuels.

— Sur ce point-là, il a raison, fit Bronkowski en s'adressant aux autres. On voit déjà une montée de l'agressivité entre les pays. Et encore plus entre les groupes ethniques à l'intérieur des pays.

— Qui dit guerre dit populations déplacées, enchaîna Blunt.

En parlant, il regardait Watanabe. Contenir et réparer les méfaits de la guerre était l'essentiel de son mandat.

— En plus de la guerre proprement dite, de la guerre entre les pays, poursuivit Blunt, ce sera la guerre de chacun contre chacun. Dans les situations de rareté, c'est inévitable, surtout s'il y a destruction des structures de maintien de l'ordre... Les groupes criminels vont proliférer... Ça signifie des populations déplacées, des droits humains bafoués, des conditions de vie insalubres, une augmentation de la mortalité infantile, des gens prêts à se laisser exploiter, à se vendre à n'importe quel prix pour survivre... et peu importe ce qui arrive à l'environnement !

À mesure qu'il énumérait les catastrophes appréhendées, Blunt parcourait du regard les membres de la Fondation.

— Ce n'est pas un peu alarmiste ? demanda Lacoste. À vous entendre, on n'a pas le choix.

— On a toujours le choix. Mais il y a habituellement des conséquences, quel que soit le choix qu'on fasse.

— Et si on n'accepte pas votre proposition, on aura la disparition de l'humanité sur la conscience ? C'est ce que vous dites ?

Avant que Blunt ait le temps de répondre, Bronkowski enchaîna :

— Comment pouvez-vous penser que la Fondation dispose de sommes suffisantes pour réaliser le plan que vous nous avez exposé ? Ça prendrait des dizaines de milliards ! Après la crise financière que nous avons subie...

— Nous avons des dizaines de milliards. Nous en avons des centaines... Et si je me fie à ce que me dit notre gestionnaire, nous en aurons probablement bientôt quelques milliers.

En les voyant sidérés, Blunt se rappela son propre ahurissement quand Poitras lui avait expliqué que la crise financière avait été une période faste pour la Fondation. Et que les profits allaient encore se multiplier avec la reprise… quand l'économie finirait par redémarrer pour de vrai.

Le financier lui avait ensuite servi une longue explication où il était question de produits dérivés, de stratégies défensives, de positions sur les matières premières et de prendre les spéculateurs à leur propre jeu… Blunt en avait retenu que la situation financière de la Fondation n'avait jamais été aussi bonne.

À moins qu'il survienne une catastrophe planétaire qui détruise l'ensemble de l'économie mondiale, avait précisé Poitras, il n'y avait pas à s'inquiéter. Or, une catastrophe planétaire, c'était précisément ce que les terroristes semblaient vouloir provoquer. C'était la raison pour laquelle Poitras avait imaginé cette opération financière qu'il avait présentée à Blunt et que ce dernier avait intégrée au plan de l'Institut. Il s'agissait de priver les terroristes de leur principal levier économique.

— Vous avez raison, reprit Blunt en s'adressant à Lacoste. Vous n'avez pas tellement le choix. Je suis désolé. Mais si on ne fait rien, tout le système financier mondial risque de s'écrouler avec le reste. Et vous perdrez alors l'essentiel de vos moyens.

— En somme, notre vrai choix, c'est de vous faire confiance ou non. À vous et à l'Institut.

— On peut le dire de cette façon, répondit Blunt.

Décidément, la discussion promettait d'être longue.

Il avait à peine terminé sa phrase que son iPhone vibrait. Ça signifiait un message d'une de ses nièces ou de Kathy : c'étaient les seules communications qu'il n'avait pas bloquées.

Il jeta un œil à l'appareil. Un message de Stéphanie ! Il avait oublié de lui répondre.

tan a 1 tox ?

C'était quoi, cette histoire de tox ? À moins qu'il s'agisse d'intox ?

Montréal, studio de HEX-TV, 13 h 11

Steve Lapierre et son invité étaient tous les deux derrière la table, réunis comme pour une discussion entre amis.

— ... une troisième victime à Montréal, fit Lapierre. Les trois se sont fait brûler un œil à l'acide. À l'acide !... Ils pensaient se mettre des gouttes pour les verres de contact ! Pour en parler, j'ai invité Guillaume Cadieux, un docteur en ophtalmo. Monsieur Cadieux, est-ce que ça fait aussi mal qu'on le dit, avoir de l'acide dans les yeux ?

Voyant l'air consterné du spécialiste devant la question, l'animateur s'empressa d'ajouter :

— Je veux dire, est-ce que c'est pire que ce qu'on pourrait penser ?

Le spécialiste s'efforça de conserver un ton professionnel.

— C'est difficile pour moi de savoir ce que les gens pensent. Chose certaine, ça me semble être une expérience difficile à décrire. Surtout de l'extérieur.

— Ça, c'est sûr...

Lapierre mit brusquement le doigt contre son oreille et redressa la tête pour bien montrer qu'il était désormais en communication avec un intervenant extérieur. Il écouta pendant plusieurs secondes en regardant droit devant lui, pour rendre manifeste qu'il s'était coupé de ce qui se passait en studio.

— On me dit à l'instant que nous avons un message des terroristes.

Puis, après une pause, il ajouta :

— Nous allons maintenant céder l'antenne à Claude Cliche.

L'instant d'après, une nouvelle figure envahissait l'écran mural derrière l'animateur et son invité.

— Vous écoutez *Les nouvelles qui clenchent*, avec Claude Cliche ! Je vous passe en primeur un nouveau message des écoterroristes.

La tête du présentateur fut remplacée par la reproduction d'un tableau d'Hieronymus van Aken représentant l'enfer. Pendant qu'une voix lisait un texte, la caméra effectuait un zoom sur le tableau et le parcourait à la manière d'un économiseur d'écran.

> CHAQUE JOUR, LA SOCIÉTÉ D'HYPERCONSOMMATION BRÛLE UNE PARTIE PLUS IMPORTANTE DES RÉSERVES DE LA PLANÈTE. ON A DÉPASSÉ LE SEUIL DE CE QUE LA PLANÈTE PEUT REPRODUIRE. IL NE SUFFIT PLUS DE PUNIR LES RESPONSABLES DES GRANDES COMPAGNIES. C'EST TOUTE LA POPULATION OCCIDENTALE QUI EST COMPLICE. C'EST ELLE QUI DOIT APPRENDRE QU'EN JOUANT AVEC LE FEU, ON FINIT PAR SE BRÛLER. DÉSORMAIS, TOUS LES PRODUITS DE CONSOMMATION SERONT ATTAQUÉS. MOINS LES GENS CONSOMMERONT, MOINS ILS SERONT SUSCEPTIBLES D'ÊTRE VICTIMES. NOUS, LES ENFANTS DE LA FOUDRE, NOUS ALLONS METTRE LE FEU À L'OCCIDENT.

La tête de Cliche revint à l'écran.

— ALORS VOILÀ, C'EST LA VIDÉO QUE HEX-TV A REÇUE PAR INTERNET. JE RETOURNE MAINTENANT L'ANTENNE À STEVE LAPIERRE ET À SON INVITÉ.

La tête de Cliche fut reléguée à l'écran mural, derrière un gros plan de Lapierre, puis elle disparut.

Lapierre se tourna vers son invité.

— Monsieur Cadieux, est-ce que je me trompe si je dis que les écolos sont passés à une nouvelle étape de leur plan ? qu'ils visent désormais monsieur et madame Toulemonde ?

— Comme vous le savez, je suis un spécialiste en ophtalmologie. Je ne suis pas un expert en terrorisme ou en politique internationale.

— C'est justement pour ça que votre avis nous intéresse.

BRECQHOU, 19 H 07

L'image finale de la vidéo se figea sur le visage grugé par l'acide de Kristof Belcher. L'impression était plus que saisissante : monstrueuse. Pas de doute que le clip aurait un succès fulgurant sur Internet.

Maggie McGuinty fit rejouer la vidéo pour vérifier une dernière fois qu'il n'y avait aucune trace trop visible de montage. On voyait Belcher s'adresser à la caméra et expliquer les raisons de son suicide. La caméra, qui le cadrait en plan américain, s'approchait progressivement de lui à mesure qu'il parlait, jusqu'à le cadrer en gros plan.

> Je réalise aujourd'hui toute l'horreur de ce que j'ai provoqué. Même si c'est par idéal que j'ai entrepris cette croisade. Je croyais sincèrement que la réduction de la population humaine était la seule façon d'assurer la survie de l'humanité. C'est pour cette raison que j'ai utilisé les trois laboratoires d'HomniFood à des fins criminelles. C'est pour cette raison que le champignon tueur de céréales et celui de la peste grise ont été mis au point. Je croyais servir l'humanité.
>
> Dans ma folie, j'ai même tué ma femme et mes enfants. D'abord parce qu'ils menaçaient de me dénoncer, mais aussi pour pouvoir me consacrer de façon exclusive à ma mission. Ironiquement, c'est ce geste qui m'a fait réaliser la folie qui m'habitait. Après les avoir tués, c'est comme si j'étais sorti d'une sorte de rêve éveillé. Comme si un voile s'était déchiré devant mes yeux. J'ai découvert la vérité. Je sais maintenant qu'aucune idée ne mérite qu'on tue ceux qu'on aime. Je réalise que la lutte entreprise par des compagnies comme HomniFood et HomniPharm est la seule qui a un sens. Qu'elle est notre seul espoir. Et je réalise l'ampleur des horreurs que j'ai commises. Pour l'humanité, il y a encore une chance. Mais pas pour moi.

La caméra, qui le montrait maintenant en gros plan, prit du recul.

Kristof Belcher se mit la tête dans un globe constitué de bandes de métal largement ajourées. Le globe était intégré à un dispositif incluant deux longs bras métalliques de chaque côté. Les bras métalliques faisaient un angle d'environ cent trente-cinq degrés par rapport à la table. Sous le globe, il y avait un récipient de liquide.

Belcher saisit dans ses mains la poignée par laquelle se terminait chacun des bras. En voix *off*, on pouvait maintenant l'entendre conclure sa déclaration.

> Je ne peux plus me regarder dans un miroir sans voir au fond de mes yeux tous les morts dont je suis responsable. Je n'ai plus qu'un désir : faire disparaître mon visage de la surface de la Terre.

Belcher rabattit brusquement les deux leviers de métal sur la table. Cela eut pour effet de plonger le globe où était enfermée sa tête dans le bac de liquide qui reposait sous le globe.

Un mélange de cris et de gargouillements se fit brièvement entendre. Le corps se contorsionna frénétiquement. La caméra fit un gros plan sur les crans d'arrêt qui retenaient les bras du mécanisme et empêchaient la victime de les relever.

Il y eut ensuite un fondu au noir qui accompagnait l'affaiblissement des bruits. Puis la tête de Belcher, rongée par l'acide, apparut durant cinq secondes sur l'écran.

Après un nouveau fondu au noir, un court texte en caractères blancs s'afficha.

> LES DÉGUSTATEURS D'AGONIES ONT PERMIS À KRISTOF BELCHER DE RÉALISER LA MORT QU'IL DÉSIRAIT. DANS CE FILM, NOUS N'AVONS ÉTÉ QUE LES FACILITATEURS : LA CONCEPTION ET LA RÉALISATION DE CETTE ŒUVRE LUI APPARTIENNENT. IL NE SAURAIT ÊTRE QUESTION DE S'APPROPRIER SON MÉRITE ARTISTIQUE.

McGuinty était particulièrement satisfaite de cette nouvelle production. Ce serait la dernière pièce de l'exposition. Comme plusieurs autres, elle serait distribuée en primeur sur Internet en prévision de l'Exode. Dans quelques minutes, en fait. Le temps que Killmore visionne le résultat final et donne son approbation.

Il ne restait qu'à insérer le titre au début de la vidéo.

Le visage de la vérité

LVT-TV, 13 H 02

> ... L'ÉTAT D'URGENCE A ÉTÉ DÉCLARÉ DANS PLUSIEURS PROVINCES DE L'INDE À LA SUITE DES ÉMEUTES DE LA NUIT DERNIÈRE. LE PREMIER MINISTRE A AFFIRMÉ QUE CES INCIDENTS AVAIENT COMME UNIQUE EFFET DE NUIRE AUX EFFORTS DU GOUVERNEMENT POUR ACHEMINER L'AIDE ALIMENTAIRE DANS LES RÉGIONS LES PLUS AFFECTÉES PAR LA FAMINE.
>
> TOUJOURS EN LIEN AVEC LA CRISE ALIMENTAIRE, LA COMPAGNIE HOMNIFOOD A TENU UNE CONFÉRENCE DE PRESSE À LAQUELLE PARTICIPAIENT SES TROIS COMPAGNIES SŒURS : HOMNIFLOW, HOMNIPHARM ET HOMNIFUEL. LE PRÉSIDENT D'HOMNIFOOD, STEVE RICE, A DÉCLARÉ QUE SON ENTREPRISE

AVAIT POUR SEUL BUT DE SAUVER LA PLANÈTE DE LA FAMINE ET D'AIDER SES COMPAGNIES SŒURS À LUTTER POUR LA SURVIE DE L'HUMANITÉ. « LOIN DE VOULOIR NOUS SUBSTITUER AUX DIRIGEANTS POLITIQUES DES PAYS, A DÉCLARÉ LE PORTE-PAROLE D'HOMNIFOOD, NOUS AVONS CHOISI DE FAIRE ALLIANCE AVEC EUX À L'INTÉRIEUR DE PARTENARIATS OÙ LES OBJECTIFS DE CHACUN… »

PARIS, 19 H 34

Poitras avait travaillé quatre heures d'affilée pour préparer les transactions qu'il devrait effectuer au moment d'amorcer la mise en œuvre du plan.

Depuis une dizaine de minutes, pour se détendre, il parcourait les nouvelles économiques et financières. La nouvelle marquante était celle du pétrolier incendié et coulé par des pirates dans le détroit d'Ormuz. Un autre pétrolier était retenu en otage.

La fermeture du détroit signifiait le blocage de quarante pour cent du trafic mondial de pétrole. Le prix du brut venait de monter à cent soixante-trois dollars le baril.

Pas de doute, les actions des pétrolières continueraient de monter, songea Poitras. Quant au Canada et au Venezuela, ils seraient en position idéale pour accélérer le développement des sables bitumineux.

Il décida d'abandonner les informations et de retourner à la préparation de l'abondante paperasse qu'exigeait la réalisation de son plan.

OTTAWA, 14 H 36

Jack Hammer avait choisi de se présenter lui-même à la conférence de presse quotidienne du gouvernement. C'est avec surprise que les journalistes le virent approcher du micro.

— Désolé de vous décevoir, dit-il avec un sourire presque narquois. Mon porte-parole a eu un problème de garderie.

Des sourires retenus lui répondirent.

— Tant qu'à être ici, dit-il, j'aimerais en profiter pour faire une annonce. Ça vous va ?

En guise de réponse, les doigts se crispèrent sur les enregistreuses miniatures. Personne ne voulait manquer sa déclaration.

Le premier ministre regarda un instant ses notes, puis il replia les deux feuilles et les glissa dans la poche intérieure de son veston.

— Vous n'êtes pas ici pour entendre de savantes élucubrations préparées par des fonctionnaires, dit-il. Ni des déclarations soigneusement formatées par mes conseillers en image.

Il sourit.

Dans l'assistance, personne ne savait qu'il souriait parce qu'il venait précisément de leur servir une déclaration minutieusement formulée et chorégraphiée par ses conseillers en image.

— La hausse du prix du pétrole peut sembler une tragédie, reprit Hammer. En fait, c'en est une pour la plus grande partie de la population mondiale. Mais, pour le Canada, c'est une opportunité. Nous sommes désormais à plus de quatre-vingts dollars au-dessus du seuil de rentabilité pour l'exploitation des sables bitumineux. Aussi, j'annonce que le gouvernement investira onze milliards de dollars dans le développement de nouvelles installations pétrolières. Cet investissement se fera en collaboration avec le secteur privé, qui investira le double de nous. Pour chaque dollar que le gouvernement fédéral investira, CanadaFuel investira deux dollars et trente-cinq sous.

Les journalistes se regardèrent les uns les autres.

— C'est quoi, CanadaFuel ? demanda le journaliste d'*HEX-Presse*.

— Une nouvelle entreprise affiliée au groupe Homni-Fuel.

— Vous voulez dire que le Canada va abandonner ses réserves de pétrole à l'entreprise privée ? demanda le journaliste du *Devoir*.

— On n'abandonne pas nos réserves, répondit Hammer, magnanime. On les développe avec eux.

— Le chef de l'opposition vous accuse déjà de brader les intérêts du pays. Quand il va apprendre ça…

Hammer sourit.

— Écoutez… Il faut bien qu'il dise quelque chose.

— Vous abandonnez quand même les deux tiers des profits à l'entreprise privée.

— En échange, elle va assurer la sécurité des installations et développer le savoir-faire nécessaire pour protéger l'environnement. Ce n'est pas rien… J'aurais cru que vous seriez heureux du tournant vert de mon gouvernement.

— Pourquoi ne pas avoir choisi Pétro-Canada ?

— Parce que CanadaFuel a des relations privilégiées avec d'autres entreprises qui appartiennent déjà à Homni-Fuel. Notamment celles qui exploitent des gisements en Alaska. Cela va permettre de créer des synergies.

— Le Canada est le seul pays qui n'a pas nationalisé ses réserves pétrolières.

— Il me semble que vous oubliez les États-Unis, objecta ironiquement Hammer.

— Je ne les oublie pas. Mais comme ils n'ont plus aucune réserve…

— Et l'Alaska ?

— La seule raison pour laquelle il leur en reste un peu là-bas, c'est parce que ces réserves étaient protégées par des lois environnementales… et que Palin n'a pas réussi à les faire abolir.

— Si vous le permettez, je n'entrerai pas dans ce jeu de procès d'intention.

Un journaliste du *Ottawa Post* leva la main.

— Toujours dans le domaine pétrolier, dit-il, est-ce vrai que la GRC était au courant de menaces contre la vie de Tim Raleigh ? Et, si oui, pour quelle raison n'a-t-elle rien fait pour le protéger ?

Le premier ministre parut surpris de la question. Il répondit sur un ton rempli de bonne volonté et de quasi-indignation.

— John, si vous êtes en possession d'informations démontrant que la GRC n'a pas pris au sérieux des menaces contre un citoyen, c'est une chose grave. Je vous demande de transmettre le plus rapidement cette information au ministre de la Justice.

Le journaliste en question, John Ray, expliqua qu'il n'avait pas de preuves formelles. Mais plusieurs indications laissaient croire que la GRC avait été informée de la menace pesant sur Raleigh. Et comme les Enfants de la Foudre avaient annoncé officiellement qu'il était une de leurs cibles…

Toujours souriant, Hammer réitéra sa suggestion que Ray se mette en contact avec le ministre de la Justice pour lui communiquer ses informations. Puis il mit fin à la rencontre, ajoutant qu'il aurait sous peu d'autres initiatives gouvernementales à leur annoncer.

Aussitôt de retour dans son bureau, son sourire disparut.

— C'est quoi, cette fuite sur Raleigh ? se mit-il à hurler à son chef de cabinet. Trouve-moi le ministre de la Sécurité publique et le commissaire de la GRC ! Je les veux dans mon bureau dans moins d'une heure !

NEW YORK, 18 H 16

Hussam al-Din préparait sa valise. Dans moins de vingt-quatre heures, il serait à Dubaï. Sa nouvelle résidence avait été redécorée selon ses instructions. Rien d'occidental. Il avait vu les photos. On aurait l'impression de se retrouver à l'intérieur de la version miniature d'un palais. Presque tous les éléments de décoration de l'architecture musulmane y avaient été intégrés : arcs et coupoles, colonnes, chapiteaux, voûtes à muqarnas, mosaïques de céramique, incrustations de pierres de couleurs différentes dans les murs, contraste entre briques glaçurées et non glaçurées… L'idéal, bien sûr, aurait été d'avoir un véritable palais, avec des pavillons dispersés à l'intérieur d'un réseau de jardins. Mais, pour l'instant, il n'en avait pas encore les moyens. Ce qui ne l'empêchait pas de commencer à faire des plans…

Des hommes armés surgirent dans l'appartement au moment où il allait prendre sa valise. Avant qu'il ait eu le temps de réagir, un pistolet et un fusil mitrailleur le tenaient en joue. Tous les membres de l'équipe d'intervention avaient les quatre mêmes lettres sur la poitrine et dans le dos : NYPD.

Hussam se dit qu'il devait s'agir d'une méprise. Ils ne pouvaient pas savoir quoi que ce soit à son sujet. Peut-être s'agissait-il simplement d'une perquisition aléatoire ? Il y en avait de plus en plus contre les étrangers dont le nom était à consonance arabe. Peut-être le responsable de la sécurité de l'hôtel voulait-il être bien vu de ses patrons ? Avec le sentiment anti-Arabes qui était en train de se développer dans la population, les autorités n'avaient pas le choix de montrer qu'elles prenaient tous les moyens à leur disposition pour prévenir une nouvelle catastrophe… Le pire qui pouvait arriver, c'était qu'on l'amène pour l'interroger. Dans vingt-quatre heures tout au plus, probablement avant, il serait libéré. Sans doute avec des excuses !

Hussam réalisa que la situation était plus grave qu'il le pensait quand les assaillants refusèrent de s'identifier et le menottèrent sans lui lire ses droits. Ils se mirent ensuite à fouiller ses valises et sa chambre sans se préoccuper des dégâts qu'ils pouvaient causer.

Quand ils découvrirent le DVD, dissimulé à l'intérieur d'une enveloppe qui le rendait indétectable aux dispositifs de sécurité à l'intérieur des aéroports, Hussam comprit qu'il était perdu. Ils savaient ce qu'ils cherchaient !

Il se mit alors à les engueuler en arabe.

— Vous êtes des porcs d'Infidèles. Votre règne est terminé. Vous ne pouvez plus rien faire. Il est trop tard. L'Occident va disparaître. La vengeance d'Allah est en marche. Seuls les vrais croyants…

Un coup de crosse dans la figure interrompit sa tirade.

RDI, 19 h 02

▌ … CES ATTAQUES, QUI SE SONT PRODUITES DANS PLUSIEURS PAYS,
▌ TOUCHENT MAINTENANT LES GOUTTES POUR LES YEUX ET LES OREILLES,
▌ LES DÉCONGESTIONNANTS À VAPORISER, LES BOISSONS GAZEUSES ET L'EAU
▌ EMBOUTEILLÉE. TOUTES LES MARQUES SEMBLENT VISÉES…

New York, 19 h 24

Tyler Paige avait choisi le Liberty Bar de l'hôtel Melrose comme lieu de rendez-vous. Le long mur de rayonnage rempli de livres donnait à l'endroit un cachet de sérieux qui gommerait le caractère mondain de la rencontre.

Percy Randall serait sensible à cette atmosphère, songea Paige. Cela situerait d'emblée leur échange sur un plan intellectuel. Ce seraient deux personnes informées qui partageaient des idées – et non pas un espion qui utilisait sans vergogne un journaliste complaisant pour couler des informations.

Paige avait bu la moitié de son verre de Black Label lorsque Randall apparut devant lui. Tout en lui souhaitant le bonjour, il fit un signe de la main au serveur.

— Alors, qu'est-ce qu'il y a de si important ? demanda Randall en s'assoyant.

— Ce coup-ci, tu vas avoir une promotion.

Paige se tourna vers le serveur qui arrivait.

— La même chose, dit-il en pointant le verre sur la table, devant Randall.

Le serveur répondit par un bref « Bien, monsieur » et retourna derrière le comptoir.

— J'aurais dû commander du champagne, reprit Paige, mais j'ai pensé qu'un scotch serait plus discret.

Randall le regardait sans comprendre.

— Je t'apporte un *scoop*, reprit Paige. Le *scoop* de ta carrière !

Il prit une gorgée de Black Label et continua de regarder Randall, s'amusant à le laisser languir.

— C'est quoi ? s'impatienta Randall. Ben Laden est une invention de la CIA ? Obama est un agent des communistes ?… La famille Bush au complet déménage en Arabie Saoudite ?

— L'hypothèse de la filière musulmane est confirmée, répondit simplement Paige.

Puis, après une pause :

— Les incendies sont d'origine criminelle.

Il trempa ses lèvres dans son verre et prit une petite gorgée. Il continuait d'observer Randall avec un sourire. Puis, comme il allait révéler une autre pièce du casse-tête, le serveur apparut à la table et déposa un verre de scotch devant Randall.

Paige le remercia et le regarda s'éloigner.

— De quels incendies tu parles ? demanda Randall.

— La Californie.

Paige huma longuement le liquide dans son verre avant d'ajouter :

— Ils ont retrouvé des restes de bombes au phosphore.

— Tu veux parler des incendies de forêt en Californie ?

Toute trace d'agacement avait disparu de la voix de Randall.

— Quelque chose me disait que tu serais intéressé, fit Paige.

— Vous avez des preuves de ça ?

— Il est hors de question de confirmer cette information, répondit sèchement Paige.

Puis son visage afficha un sourire roublard :

— Par contre, reprit-il, si tu nous demandes de la nier, nous refuserons. Comme nous refuserons de nier que les terroristes écolos servent de façade aux islamistes.

— Tu veux que j'écrive ça ?

— Tu écris ce que tu veux… Mais nous refuserons de confirmer ou de nier que les attentats sont pilotés en sous-main par des fondamentalistes islamistes. Et si tu affirmes qu'il s'agit d'une stratégie pour détruire les États-Unis, là, nous refuserons carrément de commenter.

— Tu es sérieux ?

— Ça te suffit, comme *scoop* ?

— Tu te rends compte ? Si je publie ça…

— C'est seulement la première étape.

— Quoi ?

— La prochaine, c'est les Chinois.

— Qu'est-ce qu'ils font, les Chinois ?

— Ce sont eux qui sont derrière les musulmans. Eux qui les manipulent.

— Dans quel but ?

— Pendant que les musulmans détruisent l'Occident, les Chinois mettent sur pied la grande coalition anti-occidentale – les Jaunes, les Noirs, les Sud-Américains… Mais ça, pas un mot pour le moment. C'est pour notre prochain rendez-vous… Santé !

Paige leva son verre et le vida.

— Je te laisse l'addition, dit-il. On se revoit demain pour la suite.

FORT MEADE, 20 H 43

Tate s'était promis d'avoir un horaire plus raisonnable. Au rythme des derniers mois, il ne pourrait pas tenir bien longtemps. Le surmenage risquait de l'amener à prendre de mauvaises décisions. Ou simplement à réagir trop lentement. À ne pas percevoir à temps un lien entre deux informations.

À dix-neuf heures, moment qu'il s'était fixé pour partir, il avait reçu les résultats de la perquisition menée à l'initiative de Spaulding dans un hôtel de New York : l'origine criminelle des incendies qui ravageaient la Californie était confirmée. Le suspect, identifié sous le nom de guerre de Hussam al-Din, était un terroriste isla-miste dont leurs dossiers n'avaient aucune trace. C'était lui qui avait fourni les bombes au phosphore pour allumer les incendies.

Spaulding exultait : il avait eu raison ; l'opération avait été un succès complet. Ça améliorerait la crédibilité de la NSA.

Tate, lui, était moins sûr qu'il y ait là matière à réjouis-sances. Il craignait les répercussions qu'aurait cette nouvelle quand les médias s'en empareraient.

Il était encore en train de ruminer la question quand il avait reçu un message de Petrucci, l'ambassadeur amé-ricain à Ottawa. L'identité de la victime de l'attentat était confirmée : c'était bien Tim Raleigh, le propriétaire d'une petite société d'exploitation de sables bitumineux, dans le nord de l'Alberta.

Au bout du fil, Petrucci avait pesté contre les autorités canadiennes pendant toute la durée de l'appel.

— Ils ne voulaient rien nous dire ! Ils ont été forcés de parler quand les médias ont sorti la déclaration des terroristes pour revendiquer l'attentat !

Un peu plus tard, il y avait eu un bilan des nouveaux attentats avec des produits contenant de l'acide. Une dizaine d'entreprises avaient déjà annoncé le rappel de leurs produits, ce qui provoquerait des pénuries jusque dans les hôpitaux.

Comme Tate allait quitter son bureau, son ordinateur portable se manifesta. Un message de Blunt.

— Tu te décides finalement à rappeler ! dit-il après avoir activé le logiciel de communication.

— J'ai besoin d'un avion.

— Avec deux sous-marins et une dizaine d'hélicop-tères, peut-être ?

— Il faut que je me rende immédiatement à Paris. J'ai raté mon vol.

— Je ne peux pas croire que l'Institut ne vous paie pas l'hôtel.

— L'opération dont je t'ai parlé va débuter dans moins de quarante-huit heures. Il faut que j'aille tout de suite à Paris pour coordonner deux ou trois choses.

— Deux ou trois choses... Une chance que l'infor-mation que je reçois de mes autres agents est un peu plus précise.

— Tu as eu le message d'une de mes collègues ?

— Je suppose que tu parles du courriel que j'ai reçu et qui était signé de ton nom.

— Oui. Tu t'es occupé de faire protéger les gens ?

— Ceux que j'ai pu localiser...

— Et les villes ?

— L'information a été distribuée. Les autorités locales ont déterminé les cibles les plus probables...

— Tu peux me faire prendre au Warwick Hotel ?

— À vos ordres ! répondit ironiquement Tate.

— C'est vraiment une question d'heures.

— D'accord. Et si jamais tu as le temps de me dire ce qui se passe…

— Tu me connais…

— Justement.

REUTERS, 21 H 04

… ANNONCÉE PAR HOMNIFUEL. CES SUPERPÉTROLIERS, QUI VOYAGERONT EN CONVOIS, BÉNÉFICIERONT DE LA PROTECTION D'UN PORTE-AVIONS ET DE DEUX CROISEURS. DES NAVIRES DE CROISIÈRE, DISPOSANT DE LEURS PROPRES MOYENS DE DÉFENSE, FERONT ÉGALEMENT LEUR APPARITION AU COURS DES PROCHAINS JOURS. ILS POURRONT SE JOINDRE AUX CONVOIS POUR PROFITER DE LEUR PROTECTION. CES NAVIRES, DONT LA CONSTRUCTION AVAIT ÉTÉ TENUE SECRÈTE, CONSTITUENT LA RÉPONSE DE L'INDUSTRIE AU PIRATAGE QUI PROLIFÈRE AU LARGE DES CÔTES DE LA SOMALIE ET DANS LA MER DE CHINE. CETTE PREMIÈRE EXPÉRIENCE DEVRAIT BIENTÔT ÊTRE SUIVIE PAR…

HAMPSTEAD, 2 H 17

Hurt était dans le bois entourant l'édifice à logements depuis plus de deux heures. Trouver l'équipement nécessaire n'avait pas été facile. Il avait dû utiliser plusieurs anciens contacts.

Avec les nouveaux contrôles qu'avait entraînés la montée du terrorisme, c'était de moins en moins évident de se procurer de l'équipement de pointe. Il avait quand même réussi à trouver ce qu'il voulait : un brouilleur de détecteurs de mouvement, un détecteur de rayons lasers, des lunettes à infrarouge, un neutralisateur de brouilleur d'ondes, un micro pour écouter ce qui se dit dans une résidence au moyen d'un laser dirigé sur une fenêtre…

Ce qui continuait de l'intriguer, c'était que l'édifice à logements n'était pas au centre du réseau de protection. C'était pourtant dans cet édifice que la voiture qu'il avait suivie était entrée.

L'autre maison, qui était incluse dans le périmètre de protection, était peut-être une dépendance de l'édifice à logements. Il y avait peut-être un passage souterrain entre les deux… Pour l'instant, c'était impossible à vérifier. Mais rien ne l'empêchait de commencer sa visite par la résidence.

Montréal, studio de HEX-Radio, 21 h 45

Assis devant le micro, News Pimp attendait que les pubs aient fini de rouler. Sur la feuille devant lui, il n'avait noté que quelques mots.

> *Théberge*
> *Pascale Devereaux*
> *rats*
> *Lost*
> *commission d'enquête*

Il se faisait confiance. Avec ça, il pouvait remplir le dernier bloc de l'émission. En impro, il était à son meilleur.

Contrairement à son habitude, il avait conservé le plus gros punch pour la fin. Juste avant d'entrer en ondes, il avait reçu un coup de fil de son mystérieux informateur. Il y avait un nouvel élément dans le dossier Théberge.

Le signal d'avertissement passa du vert au rouge.

— De retour à *Sur quoi on tape aujourd'hui ?*, avec News Pimp, en remplacement de Bastard Bob. Comme promis, le temps qui reste, on va le prendre pour un sujet qui n'en finit pas de nous écœurer. Je veux parler de Théberge. Le flic qui n'est plus flic, mais qui a l'air de continuer à contrôler les flics… J'ai un autre *scoop* pour vous. Un nouveau membre du réseau Théberge joue les filles de l'air !… Pascale Devereaux. Vous devinerez jamais pour où elle a pris l'avion. L'Amazonie !… D'après vous, pour quelle raison elle va là-bas ? Tous les autres ont débarqué à Paris… Est-ce que c'est pour mêler les cartes ? En tout cas, les rats ont l'air de quitter la chaloupe. Au rythme où ils disparaissent, on dirait un épisode de *Lost* !… Dans vos courriels, il y en a qui disent qu'il faudrait une commission d'enquête sur le réseau Théberge. Je veux vous entendre là-dessus. Mais avant, on écoute *Brainwash*, des Pistols Five…

Une fois le micro éteint, News Pimp poussa un soupir. Une fois de plus, il avait fait confiance à son informateur. Jusqu'à maintenant, il ne l'avait pas regretté. À vrai dire, ce qui l'inquiétait le plus, ce n'était pas qu'une information puisse se révéler fausse. C'était qu'il cesse d'en recevoir. D'une fois à l'autre, rien ne lui assurait que ce n'était pas la dernière.

NEW YORK, 21 H 57

La limousine était maintenant sur une autoroute. Elle se dirigeait vers un petit aéroport en banlieue de New York.

Blunt était seul sur le siège arrière. À l'avant, à côté du conducteur, il y avait un agent. C'était lui qui aurait pour tâche d'expédier les formalités aux douanes et d'aplanir toute difficulté susceptible de retarder son départ.

Indifférent au paysage qui défilait avec une rapidité largement au-dessus de la vitesse permise, Blunt était concentré sur son iPhone. Il venait d'activer le logiciel de communication.

La voix endormie de Chamane lui répondit.

— Ça ne pouvait pas attendre une heure ou deux ?

— Je prends l'avion pour Paris dans moins d'une heure, répondit Blunt. De ton côté, t'en es où ?

— Elle accepte de travailler avec nous.

— Et Poitras ?

— Tout devrait être prêt demain midi. L'ancienne présidente de la Caisse est chez lui pour l'aider.

— Bien. On va se réunir demain pour régler les derniers détails. Rendez-vous chez Poitras vers la fin de l'avant-midi.

Après avoir raccroché, Blunt poussa un soupir et regarda un moment par la fenêtre. Il fallait qu'il appelle Stéphanie. Les messages où il était question de tox ou d'intox le tracassaient. Pourvu que ce ne soit pas lié à une histoire de drogue. Bien sûr, ses nièces étaient majeures. Elles avaient le droit de faire les expériences qu'elles voulaient. Mais il y avait tellement de *trash* sur le marché…

Il avait encore un coup de fil à donner pour le travail. Tout de suite après, il tenterait de la joindre.

LÉVIS, 22 h 02

Après avoir installé sur le mur de son bureau les deux écrans plats géants qu'elle avait commandés, Dominique avait décidé de manger à L'Intimiste. Ce serait la dernière occasion avant un bon moment de manger à l'extérieur. À partir de demain, elle serait clouée chez elle jusqu'à la fin de l'opération.

Elle venait de terminer son canard confit lorsque l'écouteur dans son oreille gauche se manifesta. Un appel. D'après la tonalité, il provenait de Blunt.

Par réflexe, elle fit le tour de la salle des yeux pour s'assurer qu'aucun regard ne la fixait de façon trop insistante. Puis elle sortit son iPhone de son sac à main.

Elle accepta la communication et murmura à voix basse :

— J'écoute.

Blunt l'informa des derniers développements. Pendant qu'il parlait, elle prit deux petites gorgées d'Amarone.

Puis elle murmura :

— J'aviserai F dans les prochaines minutes.

Elle écouta ensuite pendant une trentaine de secondes avant d'ajouter :

— Aucun problème. À sept heures, je serai déjà levée depuis un certain temps.

Après avoir raccroché, elle entreprit de terminer tranquillement son verre. Pour les gens qui dînaient seuls, c'était une bénédiction, cette politique du restaurant de garder une sélection de bonnes demi-bouteilles.

Elle en était à repasser mentalement l'ensemble du plan lorsque la sommelière s'approcha.

— Quelque chose d'autre ?

— Non. Ce sera tout.

— Vous avez entendu la nouvelle ? Il paraît qu'ils ont découvert deux cas de peste grise à Montréal.

TVA, 22 h 09

|| ... LES FEUX DE FORÊT QUI RAVAGENT LA CALIFORNIE SE SONT INTENSIFIÉS AU POINT QUE PLUSIEURS SONT MAINTENANT HORS DE CONTRÔLE.

L'AUGMENTATION PRÉVUE DE LA FORCE DES VENTS, AU COURS DES PRO-
CHAINS JOURS, A INCITÉ LE GOUVERNEUR DE L'ÉTAT À DEMANDER L'AIDE DE
WASHINGTON. DES ÉVACUATIONS SONT PRÉSENTEMENT EN COURS DANS
PLUSIEURS MUNICIPALITÉS DES ENVIRONS DE LOS ANGELES...

MONTRÉAL, 22 H 18

Crépeau fut averti vingt-sept minutes après l'explosion.
Le temps de se rendre sur les lieux, dans l'est de la ville,
il recevait un appel de l'homme du PM.

— C'est quoi, cette histoire ? demanda Morne. Je
pensais que vous aviez fait surveiller les raffineries.

— Contre un missile, il n'y a pas grand-chose à faire.

— Un missile ?

— Un missile. On a retrouvé le camion à partir duquel
il a été tiré.

— Vous avez une piste ?

— Pour l'instant, on a seulement le camion.

Une demi-heure après son arrivée, Crépeau avait
appris que l'attaque avait eu pour cible un réservoir un
peu isolé, qui était plus facile d'accès à partir de la
route. Les dégâts seraient limités. L'impact sur le public,
par contre, serait dévastateur. C'était la preuve que les
terroristes pouvaient frapper où et quand ils le voulaient.

Les politiciens seraient déchaînés. Chacun se cher-
cherait un « angle » pour occuper de l'espace dans les
médias. Ce serait la chasse à la visibilité.

Les partis d'opposition seraient unanimes à imputer la
responsabilité des événements au premier ministre, si ténu
ou fantaisiste que puisse être le lien entre les événements
et ses décisions. Si on pouvait attribuer au gouvernement
la responsabilité des crises économiques et des tremblements de terre, pourquoi pas celle d'un attentat ?

Le premier ministre, pour sa part, protesterait qu'il
avait toujours respecté l'autonomie des forces policières.
Qu'il avait entièrement confiance en leur compétence.
Ce qui lui permettrait, sous le couvert d'un vote de confiance, de se distancer du problème et de se dissocier par
avance de tout échec.

— Vous pensez faire appel au fédéral ? demanda la voix de Morne.

— Ils seront avertis, répondit Crépeau. Comme chaque fois qu'un incident est relié au terrorisme.

— Le PM va vouloir faire une déclaration demain matin. Il me faut un canevas.

— On n'a rien.

— Soyez sérieux. Il ne peut pas dire qu'il ne sait rien.

— Même si c'est la vérité ?

— La population ne comprendrait pas. Les partis d'opposition lui tomberaient dessus. Il faut qu'il dise quelque chose.

— C'est ce que je craignais…

Morne insista pour que Crépeau lui soumette un projet de déclaration. Crépeau promit de faire ce qu'il pourrait. Morne lui assura que le premier ministre lui saurait gré de sa collaboration.

Crépeau interrompit la communication après s'être engagé à rappeler aussitôt qu'il aurait quelque chose de neuf. Mais il ne se faisait pas d'illusions : ou bien on retrouverait les auteurs de l'attentat dûment occis, comme aurait dit Théberge, ou bien il n'y aurait aucune piste.

Il se demandait laquelle des deux éventualités était la pire. Probablement la deuxième, conclut-il après un moment. Parce que la première fournirait à la population des coupables à détester. Et s'ils étaient morts, elle aurait l'impression que, d'une certaine manière, justice avait été faite. Tandis que dans le deuxième cas…

Un policier en uniforme tira Crépeau de ses réflexions.

— Il y a eu une autre attaque, dit le policier.

— Une autre raffinerie ?

— Une épicerie.

— Ils ont fait sauter une épicerie ?

Crépeau ne voyait pas quel intérêt pouvaient avoir des terroristes à faire sauter une épicerie.

— Ils ont défoncé un mur avec un bélier mécanique, expliqua le policier. Puis ils ont rempli trois camions.

— Ce ne sont pas des terroristes.

— Marché noir.

— Quand ça va se savoir, tout le monde va se précipiter dans les épiceries.

— Ce qui va accélérer la pénurie. Faire monter les
prix au marché noir...

BBC, 23 h 11

... LES RESTES DE Kristof Belcher. Selon le Yard, l'état du corps
confirme la mise en scène de sa mort présentée dans une vidéo
sur Internet. Des documents laissés dans l'entrepôt où le corps
a été découvert attestent qu'il était lié à un groupe terroriste ; ce
serait pour le compte de ce groupe qu'il aurait manipulé les
recherches effectuées dans les laboratoires d'HomniFood...

Hampstead, 4 h 39

Fogg relisait pour la troisième fois le calendrier des
opérations. Il n'avait dormi que quelques heures. Il dormait
de moins en moins. Peut-être à cause de l'âge. Peut-être
parce qu'approchait le moment de déclencher l'opération
la plus importante de sa carrière. Sans doute un peu des
deux.

Dans quelques jours, il recueillerait les résultats de plus
de quarante ans de travail. Ce serait l'œuvre de sa vie. Il
se rappelait les premières luttes entre le Grand conseil
des Cullinans et le Rabbin, les premières escarmouches
entre le Consortium et l'Institut, l'opération désastreuse
menée par Hurt en Thaïlande, les intrigues de Xaviera
Heldreth et Ute Breytenbach, les manœuvres de « ces
messieurs » pour miner son pouvoir à l'intérieur du Consortium... Sans compter sa propre lutte contre la maladie
pour demeurer opérationnel malgré ses problèmes de
santé... Il avait vu tant de morts, tant de vies gâchées...
Tant de gens victimes de leur irrationalité, de leurs intérêts à courte vue, de leurs croyances absurdes...

Heureusement, à travers toutes ces années, il avait su
qu'il pouvait compter sur F. Sur son travail incessant pour
faire de l'extérieur ce que lui ne pouvait pas faire de
l'intérieur. Il trouvait rassurant de la savoir près de lui
pour les derniers jours précédant le déclenchement de

l'opération finale… Ça aussi, c'était sans doute un effet de l'âge. Il ramollissait.

Une voix le tira brusquement de ses réflexions. Une voix précise et tranchante.

— *Les mains en l'air. Cette fois, c'est terminé.*

Fogg releva les yeux du document qu'il lisait avant que ses pensées se mettent à dévier sur tout ce qu'il avait traversé.

Hurt se tenait devant lui, un pistolet à la main.

C'était ironique, songea Fogg. Sans le savoir, il venait de voir l'essentiel de sa vie défiler devant lui alors qu'il ne savait même pas qu'il risquait de mourir.

— Je vois que vous n'avez pas perdu vos habitudes, dit-il doucement.

— *Je veux le nom de la taupe que vous avez à l'Institut !*

— Il n'y a pas de taupe. Du moins, pas à l'Institut.

— *Inutile de mentir. J'ai entendu madame Cavanaugh le dire.*

— Depuis quand croyez-vous tout ce que vous entendez ?

— *Vous pouvez arrêter vos raisonnements tordus. Ça ne prend plus.*

— Les choses ne sont pas toujours ce qu'elles paraissent. Qui, croyez-vous, a fourni à l'Institut les renseignements pour Shanghai ?

— *C'était une manœuvre pour m'éloigner. Parce que j'approchais trop du but.*

— Bien sûr… C'était beaucoup plus simple de vous envoyer à Shanghai que de vous éliminer quand vous étiez dans le parc sans savoir que vous aviez été repéré.

La voix de Fogg était maintenant un peu plus froide et ironique.

— Croyez-moi, reprit-il. Vous éliminer aurait été beaucoup plus facile.

— *Pourquoi vous ne l'avez pas fait ?*

La voix froide de Steel avait laissé la place à la voix plus agressive de Sharp.

— Parce que nous avions besoin de vous, répondit Fogg. Il fallait bien quelqu'un pour contrecarrer les plans de madame Hunter… Sans votre intervention, Meat Shop aurait ressuscité de ses cendres. Vous avez accompli un excellent travail. Votre ami Wang Li n'a eu que des éloges pour votre efficacité.

— *Je le savais! Lui aussi travaillait pour le Consortium!*

— Le Consortium n'est pas ce que vous croyez.

— *Le Consortium a fait tuer mes enfants!*

La voix de Nitro venait de prendre la relève.

— Pas le Consortium, répondit Fogg sur un ton qu'il voulait apaisant. Ceux qui sont derrière le Consortium. Nous avons un ennemi commun. Laissez-moi vous expliquer…

— *Il n'y a rien à expliquer.*

— Vous vous trompez…

— *Ça fait des années que je rêve de cet instant!*

— Si cela peut vous soulager de me tuer, faites-le. Mais attendez quelques jours… Je vous promets de me rendre volontairement à l'endroit que je vous désignerez pour que vous puissiez satisfaire votre besoin de vengeance.

— *Vous me prenez pour un imbécile?*

— Si vous me tuez tout de suite, vous jouez le jeu de vos véritables ennemis. Ce sont eux qui sont responsables de la mort de vos…

— *Taisez-vous!!!*

Depuis que Nitro avait pris la parole, Hurt était de plus en plus agité. Des larmes coulaient maintenant sur ses joues.

— *Vous les avez… fait vider. Vous les avez fait…*

Une voix de femme résonna brusquement dans la pièce.

— Hurt! Ressaisissez-vous!

Il pivota et il aperçut F, à sa gauche, qui tenait une arme braquée vers lui.

— *Je le savais! C'était vous, la taupe!*

— Cessez de dire des absurdités et déposez ce pistolet,
qu'on puisse avoir une discussion intelligente.

Hurt continuait de tenir Fogg en joue.

— *Vous avez fini de vous moquer de moi!*

— Si j'avais voulu me moquer de vous, je vous aurais
descendu au lieu de vous avertir.

— *C'est une erreur que vous n'aurez pas l'occasion
de refaire!* dit-il en tournant son arme vers F.

Comme il amorçait son geste, Fogg se leva et se précipita vers lui. Hurt ramena son pistolet vers Fogg et tira.

Touché à la poitrine, Fogg s'écroula par terre.

— S'il vous plaît, dit-il avec difficulté… Écoutez-la…

Puis un filet de sang s'écoula de sa bouche. Hurt tourna
les yeux vers F, qui le regardait sans ciller.

— Vous êtes un imbécile, dit-elle. Vous risquez de détruire plus de trente ans de travail.

— *Tant mieux!*

Elle secoua la tête, dégoûtée.

— Vous êtes vraiment irrécupérable.

Il écarta brusquement son pistolet vers un des ordinateurs et tira deux coups. Puis il le ramena vers F. Sur le
mur, plusieurs écrans de surveillance montrant différentes
pièces de la maison s'éteignirent.

— *Au contraire. Je n'ai jamais été aussi lucide! Aussi
sûr de ce que j'ai à faire!*

— Vous êtes vraiment un imbécile, répondit F sur un
ton glacial… Allez-y!

Avant de réaliser que les mots de F ne s'adressaient
pas à lui, il tomba par terre.

F le regarda.

— Un imbécile, répéta-t-elle avec une rage contenue.
Un stupide imbécile.

Elle s'adressa ensuite à Monky, qui était derrière Hurt,
de l'autre côté de la pièce :

— Occupez-vous de lui.

— Bien sûr, fit Monky d'une voix aussi calme que si
elle lui avait demandé de lui trouver un dossier dans les
archives ou de lui apporter un café.

Elle regarda de nouveau Hurt, étendu par terre, et secoua lentement la tête.

— Comme si tout n'allait pas déjà assez mal…

LVT News Channel, 23 h 58

… DÉMENTISSANT LES RUMEURS QUI COURENT SUR INTERNET, LES ENTREPRISES DE L'ALLIANCE ONT ÉMIS UN COMMUNIQUÉ NIANT TOUTE VOLONTÉ OU INTENTION DE CONTRÔLE DES RESSOURCES DE LA PLANÈTE. « HomniFood, HomniFlow, HomniPharm et HomniFuel ne sont QUE DES COMPAGNIES SŒURS QUI S'ENTRAIDENT », PRÉCISE LE COMMUNIQUÉ. « ELLES N'APPARTIENNENT À AUCUNE SUPER ENTITÉ ET NE CONSTITUENT PAS UN EMPIRE SECRET, COMME LE PRÉTENDENT CERTAINES LÉGENDES URBAINES. ELLES RESPECTENT L'AUTORITÉ LÉGITIME DES ÉTATS ET ELLES METTENT LEURS COMPÉTENCES À LA DISPOSITION DE CEUX QUI VEULENT TRAITER AVEC ELLES SUR UNE BASE D'AFFAIRES. LEUR SEUL OBJECTIF EST DE CONTRIBUER, PAR LES RECHERCHES QU'ELLES SUBVENTIONNENT, AU SALUT DE L'HUMANITÉ »…

> L'Archipel est un ensemble de lieux protégés, dissé-
> minés sur la planète, où sera abritée la population du
> deuxième cercle pendant la période de transition.
>
> Guru Gizmo Gaïa, *L'Humanité émergente*, 4- L'Exode.

GUERNESEY, 5 H 03

Malgré le mur de pierres qui ceinturait l'immense propriété, Moh et Sam n'eurent aucune difficulté à entrer dans le parc : il suffisait de prendre garde aux morceaux de métal aiguisés et aux tessons de bouteille cimentés sur le dessus du mur.

Les neuf hommes qui les accompagnaient étaient déployés en demi-cercle de chaque côté d'eux. Le petit groupe avançait vers la résidence principale. Selon les informations obtenues par Chamane, c'était là qu'était l'unique accès aux bâtiments souterrains.

Ils traversèrent le parc sans déclencher d'alarme. La porte en acier de la résidence, par contre, ne comportait ni poignée, ni serrure, ni mécanisme apparent de ver-rouillage. Le lecteur d'empreintes digitales qui permettait de l'ouvrir était abrité à l'intérieur de la porte et il n'était pas relié au reste du système de sécurité. C'était le seul obstacle que Chamane n'avait pas pu neutraliser. Ça et les fenêtres à l'épreuve des balles.

Sur un signe de Moh, deux des hommes fixèrent des cordeaux d'explosif à découpe directive sur tout le tour de la porte. Puis ils se dépêchèrent de rejoindre les autres, qui s'étaient déjà plaqués contre le mur de la façade.

Quelques secondes plus tard, une détonation se faisait entendre, suivie du bruit sourd de la masse d'acier qui tombait à l'intérieur. On aurait dit qu'une nouvelle porte avait été découpée au scalpel à l'intérieur de la plaque de métal.

Sam vérifia la caméra miniature fixée à sa chemise.

— On y va, dit-il.

Au pied de l'escalier central qui donnait accès aux étages, ils se séparèrent. Sam monta avec quatre des hommes. Les autres se dispersèrent au rez-de-chaussée par groupes de deux. Comme l'avait promis Chamane, aucune des portes n'était verrouillée. Il suffisait de les pousser pour les ouvrir.

Dix minutes plus tard, ils devaient cependant se rendre à l'évidence : à l'exception du personnel d'entretien, qui ne comprenait pas ce qui se passait et qui était visiblement perturbé par l'intervention, la résidence était déserte.

Restaient les souterrains.

REUTERS, 0 H 26

... A ÉTÉ FORTEMENT DÉNONCÉ PAR LE MINISTRE CHINOIS DE L'ÉNERGIE. « CES RUMEURS ONT ÉTÉ MISES EN CIRCULATION POUR DISCRÉDITER NOTRE PAYS, A DÉCLARÉ LE MINISTRE. ON VEUT S'EN SERVIR POUR JUSTIFIER UNE MAINMISE SUPPOSÉMENT INTERNATIONALE SUR DES RÉSERVES PÉTROLIÈRES DÉJÀ PROMISES PAR CONTRAT À LA CHINE. » LE MINISTRE A AJOUTÉ QUE TOUTE INITIATIVE POUR COUPER SON PAYS DE SES SOURCES D'APPROVISIONNEMENT EN ÉNERGIE SERAIT CONSIDÉRÉE COMME UN ACTE DE GUERRE ET TRAITÉE COMME TEL. CETTE MISE AU POINT, QUI VISAIT SANS LES NOMMER LES ÉTATS-UNIS...

HAMPSTEAD, 5 H 29

Monky entra dans la pièce et vérifia les liens qui retenaient Hurt. L'effet du tranquillisant s'était dissipé. La rage que ressentait Hurt, elle, s'était intensifiée.

— Je vais la tuer ! hurla-t-il en apercevant Monky. Je jure que je vais la tuer !

— Vous ne comprenez pas, fit paisiblement l'homme au col mao et au crâne rasé.

— Il n'y a rien à comprendre ! Elle a trahi tout le monde !

— Vous dites des sottises.

Hurt luttait pour libérer ses poignets retenus par des bandes de cuir contre les montants métalliques du lit. Sous l'effort, son corps se tordait par violentes saccades.

— Elle travaille pour le Consortium !

— Vous vous laissez emporter par les illusions de la maya.

— Je vous jure que je vais avoir sa peau !

— C'est une chose que je ne peux pas vous laisser faire.

Voyant que Hurt ne cessait de se débattre, il prit la seringue qui était sur le bureau, fit jaillir une goutte pour s'assurer qu'elle ne contenait pas d'air et il injecta le liquide dans le bras de Hurt.

— Ce n'est pas assez d'avoir tué mes enfants ? Vous allez me tuer, moi aussi ?... C'est ça que vous voulez ?

— Vous n'avez aucune idée de ce que je veux, répondit calmement Monky. Ni de la situation dans laquelle vous êtes.

— Parce que vous pensez que c'est difficile à comprendre ?

Monky se redressa, posa la seringue vide sur le bureau.

— Je veux simplement vous aider à ne pas aggraver votre karma. Même si, en dernière instance, c'est toujours à vous que le choix appartient.

— Vous ne m'aurez pas avec votre baratin... bouddhiste. Vous êtes... du côté des tueurs !

— Si votre karma le permet, nous reprendrons cette conversation quand vous serez plus calme. Plus ouvert à la compassion.

La voix de Hurt faiblissait. Il luttait pour ne pas sombrer.

— Je vous jure... je l'aurai...

Sa voix n'était plus qu'un souffle.

— Et je vous aurai... vous aussi.

Monky le regardait sans répondre, toujours aussi calme. Détaché.

Il attendit que la drogue eut fini de faire effet, puis il sortit de la pièce.

GUERNESEY, 5 H 42

Ils découvrirent l'accès du souterrain dans une biblio-thèque, au deuxième étage. Un ascenseur dissimulé derrière les rayons remplis de livres d'une étagère coulissante qui glissait dans le mur.

— Comme à St. Sebastian Place, fit Moh.

— Il fait peut-être une fixation sur les bibliothèques, reprit Sam.

Au sous-sol, ils trouvèrent ce qui ressemblait à un bara-quement militaire prêt à accueillir des gardes ou des soldats. Il y avait là une vingtaine de chambres à l'allure spartiate. Toutes étaient inoccupées.

Un couloir les amena à un autre bâtiment qui servait d'entrepôt : plusieurs pièces étaient remplies d'armes et de munitions ; les autres abritaient des réserves de nourriture.

— Il y a sûrement une autre entrée, fit Moh.

— Tu as raison. Ils ne peuvent pas avoir apporté tout ça par la bibliothèque.

En revenant sous l'édifice principal, ils découvrirent un bloc résidentiel qui semblait une réplique réduite des appartements du rez-de-chaussée, avec une cuisine, un salon et des chambres nettement plus accueillantes qui paraissaient habitées.

— Les quartiers des employés, fit Moh.

Sam était préoccupé.

— On n'a toujours pas trouvé l'entrée, dit-il.

Ils finirent par la découvrir au troisième sous-sol, sous les quartiers des employés. Il s'agissait d'une caverne naturelle aménagée, qui abritait un canal menant à la mer.

— Commode pour partir et arriver de façon discrète, fit Sam.

Moh et Sam remontèrent à la résidence principale avec un des hommes, laissant les autres poursuivre l'explo-ration des bâtiments souterrains. Leur idée était faite : à l'exception des employés, l'endroit était maintenant désert.

Comme ils sortaient de la résidence pour examiner les alentours, ils entendirent les battements d'hélices carac-téristiques d'un hélicoptère. À l'autre bout du domaine, un appareil s'élevait à partir du toit d'un édifice secondaire. Il s'éloigna rapidement en direction de l'intérieur de l'île.

Sam se tourna vers un membre du groupe d'intervention qui l'accompagnait.

— Essayez de voir où il va.

Ce dernier acquiesça d'un bref signe de tête. Il sortit un téléphone d'une de ses poches.

Reuters, 13 h 08

> … UN PROJET DE LOI QUI IMPOSERAIT UN GEL DU PRIX DE L'ESSENCE ET DES CÉRÉALES. DÉNONÇANT LES MESURES PROTECTIONNISTES DE SES VOISINS, QUI ONT INTERROMPU LEURS EXPORTATIONS DE BLÉ ET DE RIZ…

Guernesey, 6 h 11

Le groupe d'intervention n'avait eu aucune difficulté à investir les différents bâtiments souterrains. Au total, trois personnes avaient été interpellées, brièvement questionnées puis relâchées moyennant la promesse de ne pas quitter Guernesey : une cuisinière, une femme de ménage et un homme à tout faire. De ce côté-là, la récolte était maigre.

Même chose du côté de l'hélicoptère : l'appareil s'était posé à l'aéroport de Forest. Le pilote prenait un verre au bar de l'Aéroclub. Tout ce qu'on lui avait dit, c'était de décoller, de se rendre à l'aéroport et d'attendre à l'Aéroclub : un client arriverait, qu'il devrait amener à la résidence. Il ne connaissait pas le nom de l'homme qui lui avait donné cet ordre. Quand il s'adressait à lui, il l'appelait simplement « my Lord », comme tous les autres employés. La description qu'il en donna ressemblait à celle de Hadrian Killmore.

À part le dépôt de munitions, ils n'avaient rien trouvé pour justifier l'opération. Et encore… Peut-être le propriétaire de l'endroit avait-il tous les permis l'autorisant à posséder ce stock ?

— Il faut retourner à la bibliothèque, fit Sam.

Moh le regarda et acquiesça.

— Tu as raison, dit-il pendant qu'ils montaient l'escalier. S'il fait une fixation sur les bibliothèques…

Dix-sept minutes plus tard, ils avaient découvert une nouvelle entrée dérobée. Non pas dans la bibliothèque elle-même, mais dans une petite salle de lecture attenante. Un mur complet s'escamotait, révélant une pièce plus grande, qui était une sorte de bureau dont le mur principal était doté d'un écran de projection géant.

Le seul équipement visible était un ordinateur portable qui ne semblait lié à aucun autre appareil.

— On téléphone à Blunt, dit Sam.

UPI, 6 h 16

> … LES FOULES DE L'ASIE, DU MOYEN-ORIENT ET DE L'AMÉRIQUE LATINE SE SONT JOINTES AU MOUVEMENT DE PROTESTATION CONTRE LA PESTE RACIALE. SUR INTERNET, LES SITES ALIMENTANT LA CONTROVERSE CONTINUENT DE…

GUERNESEY, 6 h 17

Norm/A avait suivi une grande partie des opérations sur le réseau de caméras et de micros qui couvrait le parc et l'intérieur de la résidence. Au lieu de les désactiver, elle avait simplement coupé leur lien avec les dispositifs d'alarme.

Elle n'avait pas été trop surprise de voir Sam découvrir un ascenseur dissimulé dans la bibliothèque. C'était logique que Killmore veuille disposer d'un moyen de fuite à partir de ses appartements privés. Par contre, elle fut intriguée quand elle vit coulisser le mur de la salle de lecture. Malheureusement, il n'y avait aucune caméra dans les pièces dissimulées. Ni dans les souterrains. Ou, s'il y en avait, elles étaient sur un autre réseau.

Elle se demandait s'il y avait beaucoup de dispositifs que Killmore avait fait installer sans qu'elle en soit informée. Était-ce parce qu'il ne lui faisait pas entièrement confiance ?… Puis elle se souvint de sa marotte : ne jamais concentrer ses investissements dans un seul endroit, ne jamais utiliser un seul fournisseur.

Elle avait cru qu'il avait fait une exception pour elle. Après tout, il lui avait confié la gestion de l'ensemble du réseau… Elle découvrait maintenant que certains dispositifs échappaient à ce réseau. C'était sans doute pour cette raison qu'elle n'avait jamais rien trouvé sur l'Arche.

Quelques minutes plus tard, elle recevait un appel de Chamane.

Au-dessus de l'Atlantique, 6 h 20

Blunt avait été surpris par la proposition de Chamane, mais il avait raison : c'était la façon la plus rapide et la plus efficace de procéder.

Il rappela Sam.

— Prenez le portable et allez le porter à l'adresse que je vais vous donner… Non, ce ne sera pas nécessaire de prendre l'avion. C'est sur l'île… Oui. À Forest. Sur Les Nouettes Lane.

AFP, 2 h 05

… FONT ÉTAT D'UNE VAGUE D'ATTENTATS, AU PAKISTAN, CONTRE DES INTÉRÊTS INDIENS ET OCCIDENTAUX. L'IMPLICATION DES TOUT-PUISSANTS SERVICES DE RENSEIGNEMENTS PAKISTANAIS EST DÉNONCÉE PAR…

Guernesey, 7 h 08

Sam descendit de la voiture et se dirigea vers la maison. Il tenait un ordinateur portable dans la main gauche.

Il repéra la petite porte à bascule, dans le mur extérieur droit, l'ouvrit et déposa l'ordinateur sur le tapis roulant, qui se mit aussitôt en marche.

Puis il referma la porte et retourna à sa voiture.

Moins d'une minute plus tard, il recevait un message texte de Chamane sur son iPhone.

Colis bien reçu.

Rien de plus. Aucune indication de qui demeurait à cet endroit. Aucune indication de ce qu'il adviendrait de l'ordinateur et de ce qu'il contenait.

Comme au temps du Rabbin, songea Sam en souriant. Mais c'était quand même mieux. À l'époque, ne pas savoir pourquoi ils devaient faire telle ou telle chose était leur lot quotidien ; le brouillard, leur élément naturel. Les explications venaient uniquement lorsque l'opération était terminée. Quand elles venaient !… F et Blunt, eux, les laissaient beaucoup plus rarement dans le noir… ce qui, d'une certaine manière, rendait la chose d'autant plus déconcertante lorsque cela se produisait.

LÉVIS, 3 H 02

Le fauteuil dans lequel était Dominique se creusait de plus en plus sous son poids. Comme s'il se transformait en sables mouvants. Elle avait beau appuyer ses bras sur ceux du fauteuil pour s'arracher au siège, elle continuait de s'enfoncer. Lentement. Inexorablement.

Devant elle, une version androgyne de Fogg la regardait en souriant.

> *Il faut se résigner. L'Institut n'a plus d'utilité. Même F l'a compris. C'était stupide de croire que vous pouviez prendre sa relève.*

Dominique continuait d'être aspirée. Les mains agrippées aux bras du fauteuil, elle était maintenant enfoncée jusqu'à la poitrine.

Subitement, la figure de Fogg se mit à prendre progressivement les traits de F. Une F plus vieille, qui continuait de ressembler à Fogg. Et qui souriait du même sourire.

> *If you can't beat them, join them… join them… join them…*

À chaque répétition, la voix était plus criarde, plus stridente. Et le mouvement s'accélérait. Dominique était maintenant enfoncée jusqu'au cou. Elle ne s'accrochait plus aux bras du fauteuil que du bout des doigts. La pression sur sa gorge augmentait.

La dernière image qu'elle vit était le visage de F qui continuait de vieillir et qui ressemblait de plus en plus à un crâne. Un crâne qui continuait de lui sourire.

Assise dans son lit, Dominique respirait de façon rapide et saccadée pour reprendre son souffle. Le bruit qu'elle avait entendu à la fin de son cauchemar continuait de résonner dans la pièce.

Après un moment, elle comprit que c'était le signal d'avertissement du logiciel de communication téléphonique. Elle vérifia l'heure : 3 heures 04. Il y avait moins d'une heure qu'elle était allongée.

Pendant qu'elle se rendait à son bureau, les souvenirs de la veille lui revinrent à la mémoire. Elle se rappelait l'attaque contre la base de Guernesey, la découverte des installations souterraines, l'autorisation qu'elle avait donnée à Blunt d'envoyer l'ordinateur portable à la pirate informatique pour en accélérer le décodage…

Elle avait assisté à toute l'opération grâce aux caméras-micros que portaient Moh et Sam. Puis elle s'était couchée. Pour au moins trois heures, avait-elle espéré. Normalement, elle devait contacter Blunt à sept heures. Elle se demandait ce qui pouvait bien être aussi urgent.

RADIO FRANCE INTERNATIONALE, 9 H 05

> … NÉGOCIATIONS DIFFICILES À LA CONFÉRENCE INTERNATIONALE SUR LA SÉCURITÉ DES CENTRALES NUCLÉAIRES. LES DISCUSSIONS ACHOPPENT SUR LE PARTAGE DES COÛTS ENTRE LES ENTREPRISES QUI ONT CONSTRUIT LES CENTRALES ET LES PAYS QUI LES UTILISENT…

LÉVIS, 3 H 06

— J'ai activé uniquement la communication verbale, fit la voix en provenance de son ordinateur. Pour protéger votre identité.

— Je vous écoute, répondit simplement Dominique.

La voix de son interlocuteur lui était inconnue, mais son propriétaire semblait posséder toutes les autorisations requises. Autrement, le système aurait rejeté la demande de communication.

— Madame F m'a prié de vous informer des événements qui viennent d'arriver. Il y a quelques heures, Leonidas Fogg a été assassiné par Paul Hurt.

— Quoi !… Et Hurt ?

— Il n'a rien. Pour le moment, il est au repos forcé dans une chambre de la résidence de monsieur Fogg.

— Vous l'avez vu ?

— Madame F m'a demandé de voir à ce qu'il ne s'échappe pas, pour l'empêcher de créer de nouvelles interférences. La mort de Fogg va déjà compliquer sérieusement sa tâche.

— Quelle tâche ?

— S'occuper du Consortium, bien sûr. Comme elle l'avait prévu.

— Quand est-ce que je peux espérer faire le point avec elle ?

— Aussitôt qu'elle le pourra. Mais, comme je vous le disais, l'intervention de monsieur Hurt a créé toutes sortes de complications. Pour ce qui est de l'opération en cours, elle vous demande de la tenir informée de tout développement que vous jugerez pertinent. Je lui transmettrai vos messages sans délai et elle en prendra connaissance dès qu'elle le pourra. Elle fera de même de son côté.

L'homme parlait d'une voix calme qui, sans être froide, semblait exclure à peu près toute réaction émotive. N'y subsistait qu'une sorte de bienveillance discrète susceptible d'encourager la poursuite de la conversation.

— Vous êtes sûr qu'elle n'a pas le temps de me dire deux mots ?

— Elle a dû partir précipitamment. Une urgence. Plusieurs, en fait. Je lui ferai part de votre requête aussitôt qu'elle me contactera.

— Et c'est tout ? Il n'y a pas d'autre message ?

— Une dernière chose : avant de partir, madame F m'a demandé de vous redire que vous n'avez aucune raison de douter de votre compétence. Que vous vous tirerez très bien d'affaire toute seule.

Après avoir raccroché, Dominique resta un long moment immobile, à regarder son ordinateur portable sans le voir… Était-ce à cause de son rêve, à cause de l'état de malaise dans lequel il l'avait laissée, qu'elle était aussi troublée par ce qu'elle venait d'entendre ?

Ce que lui avait révélé la voix inconnue était plausible : c'était tout à fait dans la nature de Hurt d'avoir assassiné Fogg : il avait toujours vu en lui le responsable ultime de la mort de ses enfants. Et si F avait entrepris de manipuler ou même d'infiltrer le Consortium en utilisant Fogg, il était clair que la mort de ce dernier la plaçait dans une situation délicate : elle serait tout de suite soupçonnée d'avoir facilité le travail de Hurt… L'allusion finale à son manque de confiance avait par ailleurs toutes les apparences d'une remarque destinée à lui faire comprendre qu'elle n'était pas prisonnière du Consortium, qu'elle pouvait se fier au messager.

Mais pourquoi ne pas avoir pris deux minutes pour lui parler avant de partir ? Une urgence, avait dit la voix inconnue. Était-ce une urgence liée à sa propre sécurité ? Avait-elle été obligée de se mettre à l'abri de façon précipitée ?

Malgré tous ses raisonnements, Dominique continuait de ressentir le même malaise. Et l'image qui lui revenait sans cesse à l'esprit, c'était la dernière séquence de son cauchemar, quand le visage de Fogg se transformait en celui de F. Puis en crâne.

Paris, 9 h 23

Chamane avait apporté un grand sac de croissants, d'amandines et d'autres viennoiseries. Il était arrivé le premier, si on faisait exception de Lucie Tellier, qui avait dormi sur place. Avec Poitras, il mangeait dans la petite salle à manger attenante au coin cuisine.

— De ton côté, comment ça avance ? demanda Chamane entre deux bouchées.

— Tous les documents devraient être prêts dans une heure, répondit Poitras. Lucie m'a beaucoup aidé… Toi ?

— J'ai reçu un courriel de Norm/A avant de partir. Tout est prêt.

— Tu lui fais confiance ?

Chamane, qui venait de prendre une bouchée, s'arrêta de mastiquer et fixa Poitras. Puis il avala sa bouchée.

— On parle de *hacker*, *man*. De super *hacker*. Le *top* du *top*… Pas de financiers qui sabotent leur compagnie, ruinent leurs clients, encaissent un bonus d'un milliard ou deux et partent avec une montagne de *stock options*!… Non mais !

Il engouffra le reste de son croissant et prit une amandine, l'air offusqué. Poitras le regardait en s'efforçant de ne pas afficher un sourire trop amusé. Sur le visage de Chamane, l'indignation avait cédé la place à un vague sentiment de malaise.

— S'cuse, *man*. Mais tout le monde arrête pas de me demander si elle est OK… Pourtant, quand tu regardes les journaux, il y a pas mal plus d'hommes d'affaires véreux ou incompétents qui font des dégâts que de *hackers*… Et des dégâts pas mal plus graves. C'est quoi, le problème que le monde a avec les *hackers*?

— D'accord, fit Poitras. Tu dis qu'elle est OK, elle est OK. C'est juste que, vu l'ampleur de ce qu'on lui demande…

— C'est probablement une des raisons qui l'a fait accepter. Un contrat comme ça, pour un *hacker*, c'est le pied.

Au moment où Lucie Tellier entra dans la pièce, ils se turent.

— Il y a un os ? demanda-t-elle en voyant l'air contrarié de Chamane.

— Non, répondit Chamane. Il n'y a pas d'os… À part le fait que je n'arrive plus à dormir plus de trois heures par nuit, tout baigne.

— C'est à cause du bébé ? Geneviève a des problèmes ?

— Non. C'est pas à cause du bébé. C'est à cause de l'espèce de monde de fou dans lequel il va atterrir.

Voyant l'état d'esprit dans lequel était Chamane, elle jugea préférable d'amener la conversation sur un autre sujet.

— Finalement, l'opération à Guernesey ? demanda-t-elle en s'adressant à Poitras.

— Succès opérationnel, répondit ce dernier.

— Ça veut dire quoi ?

— Qu'ils ont pris possession des lieux, mais qu'ils ne savent pas encore ce que ça va donner… Jusqu'à maintenant, ils n'ont pas grand-chose. Ils attendent de voir ce que la pirate de Chamane va trouver dans l'ordinateur qu'ils ont saisi.

GUERNESEY, 9 H 58

Norm/A avait terminé l'inventaire du disque dur du portable. Elle savait maintenant qu'elle avait eu raison de faire confiance à Chamane. Non seulement la livraison de l'ordinateur s'était-elle déroulée comme convenu, sans que personne ne cherche à forcer l'entrée de sa demeure, mais ce qu'elle avait trouvé dans le portable justifiait entièrement l'opération contre les dirigeants de l'Alliance.

Elle était prête à contacter Chamane. Après une hésitation, elle décida de brouiller l'image visuelle. Il était encore trop tôt pour lui faire confiance à ce point.

— J'ai ce qu'il te faut, dit-elle en guise d'introduction, quand le visage de Chamane apparut à l'écran.

— Ta caméra est brisée ? demanda ironiquement Chamane.

— Pas brisée, prudente, répondit-elle en ponctuant sa réponse d'un petit rire.

Puis elle enchaîna sur un ton complètement sérieux :

— Sur l'ordinateur, il y a l'intégrale des vidéos des Dégustateurs d'agonies.

— Combien ?

— Cent vingt-trois…

— C'est complètement cinglé. On en avait déjà trouvé cinquante et un à Brecqhou.

— J'en ai regardé trois. En partie… Il a fallu que je me force pour ne pas tout effacer.

— Tu sais à qui appartient l'ordinateur ?

— Killmore. Je te mets tout ça sur un site FTP. J'espère que ça permettra à tes amis de le rayer de la carte, lui et les autres débiles de l'Alliance.

— C'est curieux qu'il ait laissé ça derrière lui.

— Il pensait l'avoir effacé. J'avais installé une double protection. Tout ce qui était effacé était conservé dans une partition invisible du disque dur puis transféré sur un site miroir. Le transfert n'a pas eu lieu parce que l'ordinateur n'était pas relié au réseau, mais la partition invisible, elle, était intacte.

— Tu te méfiais ?

— Dans ma situation, on ne prend jamais trop de précautions.

Puis, comme si elle voulait changer de sujet, elle ajouta brusquement :

— Il va falloir que tes amis modifient leurs plans, je pense.

— Tu as trouvé quelque chose d'autre ?

— La liste des actionnaires d'HomniCorp et de ses quatre principales entreprises. Il y en a plus de cinq mille. La plupart ont des actions subordonnées, si jamais ça te dit quelque chose.

— Tu as vraiment cinq mille noms ?

— Oui, mais ce n'est pas le plus important. Dans les quarante-huit endroits que tu as découverts, il y en a dont il faut s'occuper en priorité.

— Pourquoi ?

— La plupart des endroits ont des dispositifs de sécurité assez standard… Standard selon leurs critères, je veux dire. Pour n'importe quelle compagnie normale, ce serait proche de la paranoïa… Mais il y en a cinq où ça sort carrément de l'ordinaire.

— Lesquels ?

— J'ai les coordonnées pour quatre.

Elle hésita un instant, puis elle décida de ne pas lui révéler qu'elle avait déjà visité ces quatre endroits. Des voyages moitié-moitié : moitié-travail, moitié-plaisir. Ce n'était pas le moment de lui en parler. De toute façon, il aurait toute l'information dont il pouvait avoir besoin dans les documents qu'elle lui donnait.

— Pour le cinquième endroit, reprit-elle, j'ai seulement la liste du matériel de sécurité. Il y en a pour plusieurs centaines de millions. C'est de loin le plus important.

Ils ont des missiles, des systèmes radars, des liens satellite, des avions… Mais je n'ai aucune idée où c'est.

Elle prit ensuite une dizaine de minutes pour lui parler des autres documents qu'elle avait trouvés et de ce que ça révélait des activités de ses ex-employeurs. Elle termina en lui fournissant les coordonnées du site FTP sur lequel elle avait transféré tout le contenu de l'ordinateur portable.

— Je m'en occupe, fit Chamane. Et je t'envoie un courriel aussitôt qu'on est prêts pour la suite.

PARIS, 11 H 12

Chamane était sur le point de couper la communication lorsque la voix féminine qui sortait de l'ordinateur lui demanda :

— Ta copine n'est pas avec toi, aujourd'hui ?

— Elle se repose.

— C'est bien, fit la voix de Norm/A sur un ton convaincu. Quand on est enceinte, on ne prend jamais trop de précautions.

— C'est ce que je lui dis.

Une fois la communication terminée, Chamane pensa aux dernières remarques de Norm/A. Ce n'était pas dans le style d'un *hacker* de faire ce genre de commentaire personnel. D'entrer dans la vie privée des autres. Surtout quand ils ne se connaissaient pas vraiment.

Puis il se dit que c'était peut-être parce que c'était une fille… En tout cas, ça montrait qu'elle lui faisait confiance – dans la mesure où un *hacker* compétent peut se permettre de faire confiance à quelqu'un.

Il se tourna vers Poitras.

— C'est quoi, des actions subordonnées ?

— Des actions sans droit de vote, répondit Lucie Tellier. Ou qui ont un droit de vote limité.

Chamane réfléchit un instant.

— Ça voudrait dire que ceux qui ont des vraies actions contrôlent tout et que les cinq mille autres sont là par décoration ?

— Pas nécessairement par décoration. Ils se répartissent probablement une partie des profits. Ils peuvent même avoir un pouvoir de décision dans certaines circonstances particulières.

Chamane lança l'impression des documents qu'il venait de télécharger.

— Je vais essayer de lire ça avant l'arrivée de Blunt, fit Poitras.

BBC, 10 H 35

> ... DE NOUVELLES ATTAQUES CONTRE DES INTÉRÊTS CHINOIS. LE PREMIER MINISTRE BRITANNIQUE S'EST DIT PROFONDÉMENT CHOQUÉ PAR...

PARIS, 11 H 12

Théberge arriva en pestant contre le métro, enleva son paletot, le donna à Poitras et s'assit dans un fauteuil. Sans en avoir l'air, son regard parcourut la pièce. Il enregistra machinalement qu'il y avait de la place pour un maximum de six personnes : trois fauteuils en comptant celui dans lequel Lucie Tellier était assise et un divan à trois places au centre duquel Chamane s'était installé pour travailler. Devant lui, sur une petite table basse, il avait placé un ordinateur portable.

— Vous avez été conscrite, vous aussi ? dit-il en s'adressant à Lucie Tellier.

— Je n'aurais surtout pas voulu rater la finale, répondit-elle avec un sourire. Votre ami n'est pas avec vous ?

— Prose va arriver plus tard.

Le regard de Théberge fut attiré par les trois cadres sur le mur, en face de Chamane. Ils faisaient chacun un peu moins d'un mètre de hauteur et ils avaient un mètre de long. Des œuvres de peintres connus s'y affichaient, à intervalles irréguliers.

— Vous avez des caméras qui surveillent le Louvre et le Prado ? demanda-t-il à Poitras, qui revenait de ranger son paletot.

— Un cadeau de Chamane, expliqua Poitras.

Théberge promena de nouveau son regard sur la pièce.

— Je pensais qu'il y aurait plus de monde, dit-il.

— Plusieurs vont être présents par Internet, répondit Chamane sans lever les yeux de son ordinateur.

— C'est vrai, fit Théberge comme s'il se rappelait subitement une chose importante.

Il fouilla dans une de ses poches et sortit un papier qu'il donna à Chamane.

— Les coordonnées pour Gonzague, dit-il.

Chamane archiva l'adresse Internet dans son portable.

— Si Blunt vient en voiture, reprit Théberge, il risque d'être en retard. La ville est remplie de bouchons.

LCN, 6 H 02

> ... LA FRÉQUENTATION DES BIBLIOTHÈQUES PUBLIQUES ET DES LIBRAIRIES CONTINUE, ELLE AUSSI, DE DIMINUER. INTERROGÉE À CE SUJET, LA MINISTRE DE LA CULTURE A DÉCLARÉ QU'ELLE AVAIT CRÉÉ UN COMITÉ POUR FAIRE LE POINT SUR LA SITUATION ET PROPOSER AU GOUVERNEMENT DES PISTES DE SOLUTION SUSCEPTIBLES DE...

PARIS, 12 H 04

Blunt était assis à la place centrale sur le divan. Théberge, Lucie Tellier et Prose occupaient les trois fauteuils. Chamane était assis par terre, le dos appuyé au mur. Il avait laissé son ordinateur portable sur la petite table, en face de Blunt, et il avait un ordinateur de poche semblable à un iPhone dans les mains.

Les reproductions d'œuvres d'art avaient déserté les cadres. Sur le premier écran, elles avaient été remplacées par la figure de Tate. Gonzague Leclercq et monsieur Claude partageaient le deuxième. Moh et Sam, le troisième. Ils étaient accompagnés de Finnegan, leur contact au MI5, qui les avait rejoints à Guernesey pour participer à la réunion.

Blunt commença par une précision sur les modalités de la rencontre.

— Pour des raisons de sécurité, dit-il, votre liaison télé ne vous permettra de voir personne d'autre que moi. Par contre, tout le monde pourra entendre ce que chacun dit.

La remarque visait principalement Tate, à qui l'idée
d'une communication aveugle, même partielle, ne plaisait
pas.

Blunt cessa de fixer la caméra intégrée à l'écran de
l'ordinateur portable ouvert devant lui. Son regard glissa
vers la feuille qu'il avait posée sur la table, à la droite
de l'ordinateur.

Guernesey

Entreprises de l'Alliance

Consortium

4 centres

Personnes à neutraliser : 25

Suspects : 5000

Seconde vague

— En préambule, fit Blunt, je tiens à vous dire que
les preuves continuent de s'accumuler sur les liens entre
les différentes formes de terrorisme, les entreprises de
l'Alliance, le Consortium et ceux qui l'ont créé. Le plan
que je vais vous exposer tient ce lien pour acquis.

Il fit une pause comme s'il attendait une question.
Aucune ne vint. Il jeta un bref regard à l'écran du portable
où apparaissait le visage de Dominique, puis il enchaîna.

— Je vais d'abord vous rendre disponible une série
de documents vidéo. Nous les avons trouvés dans un
bunker souterrain à Guernesey. Vous allez recevoir par
courriel, d'ici quelques instants, l'adresse du site FTP où
vous pourrez les télécharger ainsi que les mots de passe
pertinents.

Il fit un signe à Chamane, qui s'activa sur son ordinateur de poche.

— Deux agents de l'Institut ont dirigé l'opération,
assistés par un groupe d'intervention du MI5. Il s'agit de
l'un des quarante-huit endroits apparaissant sur la liste
qui vous a été transmise. Selon toute apparence, l'endroit
appartenait à un des membres haut placés des Dégustateurs d'agonies. On y a découvert un nombre encore

plus grand de vidéos. Les personnes qui étaient sur place ont malheureusement pu s'enfuir. Le MI5 est sur leur piste.

Blunt regarda Chamane, qui lui fit un signe affirmatif de la tête.

— Les courriels sont partis, annonça Blunt.

Puis, après une pause, il ajouta :

— Ce qui nous amène à notre deuxième sujet : les entreprises de l'Alliance.

LÉVIS, 6 H 11

Dominique écoutait Blunt expliquer de quelle manière il entendait déjouer le pouvoir des gens derrière le Consortium. Dans un premier temps, il allait neutraliser leur pouvoir financier. Pour cela, il fallait s'emparer des quatre entreprises de l'Alliance.

— Qu'est-ce que vous voulez dire par « vous en emparer » ? demanda la voix de Tate. Vous n'allez quand même pas faire débarquer des équipes de commandos dans toutes leurs succursales !

— Bien sûr que non, répondit la voix amusée de Blunt. On va les acheter.

Dans une des fenêtres ouvertes sur l'écran mural, Dominique vit le visage de Tate demeurer figé pendant plusieurs secondes.

— Vous voulez faire une OPA ? demanda finalement Tate, incrédule.

— Tout est prêt. C'est une affaire de quelques minutes.

— Avez-vous une idée de la quantité de procédures et de la tonne de paperasses que ça va exiger ?... Et je ne parle même pas de l'argent que cela va prendre !

— En fait, on n'achète pas les quatre entreprises directement... On achète son actionnaire majoritaire : Homni-Corp.

— C'est une compagnie privée !

— Ce qui simplifie les choses. HomniCorp a une structure de propriété très particulière. Cinq personnes détiennent quarante-cinq pour cent des parts, mais elles ont la majorité des votes. Vingt personnes se partagent le reste des actions votantes. Et cinq mille ont ce que mon bon ami Poitras appelle des « grenailles »... Ça ne fait donc que vingt-cinq personnes à convaincre.

— Et vous les avez convaincues ?

— Oui... même si elles ne le savent pas encore.

— Qu'est-ce que vous avez manigancé ?

— Ces personnes vont apprendre la nouvelle de la vente en même temps que tout le monde, quand on rendra publique la composition du nouveau conseil d'administration d'HomniCorp et de ses quatre entreprises.

Dominique aussi avait d'abord été incrédule quand Blunt lui avait expliqué le plan concocté par Poitras et Chamane. Puis, après avoir admis que le plan était théoriquement faisable, elle s'était interrogée sur son réalisme : tout dépendait de la collaboration de la Fondation et de la bonne volonté d'une super *hacker* dont l'Institut ne savait presque rien, hormis le fait qu'elle avait réussi à pénétrer leurs défenses, mais qu'elle avait toute la confiance de Chamane.

Tout cela n'avait rien de très rassurant pour une nouvelle coordonnatrice qui avait cru occuper la fonction par intérim et qui se voyait propulsée à la tête d'une opération complexe, aux dimensions planétaires...

Une fois admise la faisabilité du plan, la question la plus inquiétante lui était apparue : comment empêcher que quelqu'un leur fasse le même coup et que les quatre entreprises leur échappent ?

— En rendant tout public, avait répondu Blunt. Leur talon d'Achille, c'est le secret dont ils ont entouré les entreprises. Nous, on fait le contraire. En plus, on endosse exactement la fausse image publique qu'ils essaient d'imposer. On fait ce qu'ils ont promis de faire. Personne ne verra le moindre changement d'orientation. Personne n'aura la moindre raison de soupçonner un changement de propriétaires. Pour le public, ce sera comme si rien n'avait changé dans les entreprises de l'Alliance.

Dominique était demeurée sceptique. Des opérations financières de cette envergure, ça impliquait des contrats d'actionnaires, des actes de fiducie, des comptes bancaires et des signatures autorisées, toutes sortes de déclarations et de documents officiels… Il y avait certainement des institutions publiques impliquées. Plusieurs personnes au courant de certains aspects de ces secrets.

— C'est justement la beauté de la chose, avait répondu Blunt. Au début, j'ai eu la même réaction que toi. Poitras m'a expliqué que tous les documents corporatifs des entreprises ont été enregistrés par Internet, dans des paradis fiscaux garantissant le secret bancaire… Si tu possèdes les codes et que tu as accès aux dossiers informatiques, c'est toi le propriétaire.

— Je pensais que ça n'existait plus, le secret bancaire.

— Ce qui a été négocié, c'est un engagement à le lever lorsqu'un autre pays en fait la demande pour des raisons judiciaires ou fiscales.

Commode, songea Dominique. Les pays peuvent choisir qui ils poursuivent et qui ils laissent profiter des paradis fiscaux…

Elle s'arracha à ses réflexions et se concentra sur la rencontre. Manifestement, plusieurs des participants étaient en train de faire un cheminement similaire au sien, posant à peu près les mêmes questions, à peu près dans le même ordre.

— Et les propriétaires de cette mystérieuse compagnie, demanda la voix de monsieur Claude, vous les connaissez tous ?

— Tous, répondit Blunt. Vous trouverez la liste sur le site dont vous avez reçu l'adresse il y a quelques instants.

GEORGETOWN, 6 H 17

Tate avait préféré prendre la communication chez lui, à l'abri des regards potentiellement indiscrets des employés de l'agence. Tout en continuant de suivre la réunion, il ouvrit le document que Blunt venait d'envoyer aux participants de la rencontre. Il lut sans surprise les cinq premiers noms : il s'agissait de Lord Killmore et des quatre dirigeants des entreprises de l'Alliance : Jean-Pierre Gravah, Hessra Pond, Larsen Windfield et Leona Heath.

Par contre, quand il commença à lire les vingt suivants, il ne put retenir un commentaire.

— Vous vous rendez compte des gens qu'il y a sur cette liste ?

— C'est ce qui m'amène au prochain point, répondit Blunt à l'écran. En plus des cinq actionnaires de contrôle, il y a un certain nombre de personnes dont il faut s'occuper dès les premières heures de l'opération : ce sont les vingt qui se partagent le reste des actions votantes. Parmi elles, cinq sont pour vous, Tate.

— Vous voulez qu'on les élimine ?

Tate semblait sincèrement étonné de la demande. Non pas que la NSA n'ait jamais éliminé d'ennemis des États-Unis, mais de se le faire demander de la sorte, en public pour ainsi dire. Et par Blunt !

— Seulement les empêcher de nuire pendant quelques jours, répondit Blunt avec un sourire. Par la suite, ils seront trop heureux de collaborer pour s'épargner une mise en accusation publique… ou simplement pour obtenir une réduction des charges portées contre eux.

— Et les quinze autres ?

— Vos homologues français et britanniques, aidés de quelques collègues européens, s'en chargeront. Plus précisément…

Pendant que Blunt répartissait le travail, Tate continuait de regarder la liste. C'était trop important pour qu'il s'occupe de ça seul. Même en se limitant aux cinq noms. Il lui fallait de l'aide.

— Pour ce qui est des cinq mille autres actionnaires, poursuivait Blunt, ils ne sont pas en mesure de créer de problèmes. Et ils seront probablement trop heureux de se faire discrets aussitôt qu'ils sentiront le vent tourner.

— On dirait le Forbes 500 multiplié par 10, fit Tate.

— Les grosses fortunes ont à peine la majorité, reprit Blunt. Il y a vingt et un pour cent d'hommes politiques et de hauts fonctionnaires, quatorze pour cent de militaires et de membres des services de renseignements, trois pour cent de vedettes et d'artistes de premier plan et onze pour cent d'hommes de science et d'intellectuels.

— Vous avez des preuves de leur implication ?

— Rien qui va au-delà d'une participation aux dividendes et à des assemblées d'actionnaires... Pour ceux-là, l'essentiel, c'est qu'ils ne soient pas informés des opérations que nous allons réaliser. À mesure que le plan va se dérouler, ils devraient êtres amenés à se compromettre... ce qui facilitera notre travail au cours de la dernière phase.

PARIS, 12 H 25

— Et ton fameux Consortium ? demanda Tate à l'écran.

— Nous avons quelqu'un qui s'en occupe, se contenta de répondre Blunt.

Sur l'écran de l'ordinateur, il vit Dominique esquisser une moue. Un court message apparut en surimpression à l'écran.

> Parler de ça le moins possible.

Blunt esquissa un infime signe de tête. Ça ne lui plaisait pas, l'idée de laisser dans le brouillard cette partie du plan. Et si ça ne lui plaisait pas, ça plairait encore moins aux autres. Mais il n'avait pas le choix de faire confiance à F. Elle leur avait simplement dit qu'elle s'en occupait, sans plus de précisions.

La bonne nouvelle, c'était que le nettoyage semblait avoir débuté. Fogg était mort, s'il fallait croire le message que Dominique avait reçu. Mais F paraissait contrariée par le fait. Que pouvait-elle bien avoir en tête ?

— Vous ne pouvez pas être plus précis ? demanda Tate.

— L'élimination du Consortium est complémentaire à notre prise de contrôle de l'Alliance. En plus de le priver de son pouvoir financier, on coupe son principal accès à des moyens d'action « musclés ». C'est tout ce qu'il vous importe de savoir pour le moment...

Le *need to know*. C'était un argument qu'ils pouvaient admettre. À contrecœur, bien sûr. De façon temporaire. Mais ça donnait un sursis à Blunt.

— Comme nous n'avons pas beaucoup de temps, reprit-il, j'aimerais que nous nous concentrions maintenant sur le reste du plan, qui va requérir l'essentiel de votre collaboration. Des objections ?

Personne ne répondit. Blunt enchaîna :

— Sur le site FTP, il y a une liste de quarante-huit endroits répartis sur l'ensemble de la planète. Les coordonnées géodésiques de chacun des endroits ont été validées.

— Je ne vois pas comment on peut attaquer tous ces endroits en même temps, fit le représentant du MI5. C'est une opération monstre.

— Nous n'attaquerons pas partout. Seulement les quatre sites qui sont en tête de la liste. Le premier est situé dans les Alpes, le deuxième sur le bord de la côte d'Irlande et le troisième à Hawaï. Quant au quatrième, en plus des coordonnées, il y a un numéro d'immatriculation. Il s'agit d'un avion. Les coordonnées sont celles de l'aéroport où sa présence est signalée le plus souvent. Je pense que la répartition des trois premières cibles va de soi. Pour ce qui est de la quatrième…

Dix minutes plus tard, tout était réglé. Tate s'occuperait également de l'avion. Pour la deuxième vague, qui concernerait les quarante-quatre lieux secondaires de l'Archipel, Blunt rédigerait une proposition de répartition des cibles.

Malgré leurs doutes sur leur capacité à « traiter » autant d'objectifs simultanément, ils étaient intéressés à prendre connaissance de la proposition.

Pour gagner leur adhésion, Blunt leur avait promis qu'ils pourraient se rendre maîtres de tous les sites où ils interviendraient sans rencontrer de résistance significative. Mais il avait refusé de leur révéler par quel moyen il comptait réussir ce tour de force. Tout comme il avait négligé de leur parler de l'Arche, qui semblait être le refuge le plus lourdement armé de l'Archipel. Un refuge dont il n'avait aucune idée de la localisation.

CNN, 6 H 45

> … ATTENTATS ONT EU LIEU AU COURS DE LA NUIT : DEUX AUX ÉTATS-UNIS, UN AU CANADA ET UN EN ANGLETERRE. UN NOMBRE PLUS IMPORTANT D'ATTENTATS ONT CEPENDANT ÉTÉ DÉJOUÉS. UN PORTRAIT DÉTAILLÉ DE LA SITUATION, PAYS PAR PAYS, SERA PRÉSENTÉ À NOTRE BULLETIN D'INFORMATIONS DE SEPT HEURES. DANS UN COMMUNIQUÉ QU'ILS VIENNENT DE RENDRE PUBLIC EN EUROPE, LES ENFANTS DE LA FOUDRE REVENDIQUENT L'ENSEMBLE DES ATTENTATS. POUR JUSTIFIER L'URGENCE D'AGIR DE MANIÈRE AUSSI RADICALE CONTRE LE RÉCHAUFFEMENT CLIMATIQUE, ILS INVOQUENT DES ÉTUDES SECRÈTES COMMANDÉES PAR LES MILITAIRES, QUI TIENNENT POUR ACQUIS QUE LE RÉCHAUFFEMENT SERA ENCORE PLUS RAPIDE QUE CE QUI EST OFFICIELLEMENT ADMIS PAR LES SCIENTIFIQUES…

BRECQHOU, 11 H 47

Hadrian Killmore fulminait. Lui, Hadrian Killmore, obligé de s'enfuir comme un vulgaire criminel traqué par la police !… Enfin, pas exactement la police. Plutôt des agents des services spéciaux, d'après ce qu'il avait pu apercevoir d'eux. Sans doute le MI5 ou le MI6… Il finissait par s'y perdre, dans tous ces numéros.

Killmore s'était aperçu de leur présence par chance : après être sortis de la partie boisée du parc, ils venaient vers la résidence. Il avait à peine eu le temps d'activer à distance la commande d'effacement du disque dur de son ordinateur portable, puis de donner l'ordre au pilote de l'hélicoptère de décoller et de se rendre à l'aéroport de Forest. Avec un peu de chance, cela créerait une diversion.

Il avait ensuite pris l'ascenseur pour le sous-sol. De là, il avait gagné l'accès dérobé à la mer et utilisé le yacht de plaisance pour se rendre à Brecqhou.

Pour le moment, le danger était écarté. Mais Killmore ne se sentait pas en sécurité. Il avait ressenti l'intrusion comme une sorte de viol. Pire : comme une faille dans l'ordre des choses. Déjà, la perte de St. Sebastian Place l'avait affecté plus qu'il n'aurait cru. Les gens dans sa situation n'avaient pas à subir ce genre de choses.

Que s'était-il passé? Pourquoi les systèmes d'alarme n'avaient-ils pas fonctionné? Les espions avaient-ils trouvé le moyen de tout désactiver?... À moins qu'ils aient eu un complice à l'intérieur? Et s'ils en avaient un à Guernesey, ils pouvaient aussi en avoir un à Brecqhou.

Comment avaient-ils fait?

Il n'en avait aucune idée. Mais son instinct lui disait qu'il devait s'éloigner de Brecqhou. De toute façon, sa tâche était à peu près terminée. Il n'avait qu'à devancer de vingt-quatre heures son départ pour l'Arche.

Il fit venir madame McGuinty à son bureau.

— Où en êtes-vous? demanda-t-il quand elle entra.

— Officiellement, tout est prêt. Mais il y a deux dégustations dont j'aimerais revoir le montage.

— J'aimerais que vous me fassiez une copie à jour de tout ce que vous avez.

— Si vous voulez. Mais il n'y a pratiquement aucun changement par rapport à la dernière version que je vous ai donnée.

— Je ne vous demande pas s'il y a des changements, je vous demande une copie à jour. Je passerai la prendre à votre bureau aussitôt qu'elle sera prête.

McGuinty ravala la protestation qui lui était immédiatement venue à l'esprit. Ce n'était pas le temps de se mettre Killmore à dos.

— Bien, se contenta-t-elle de dire.

— J'ai aussi du travail pour vous, reprit Killmore sur un ton plus amène. Vous allez demeurer ici pendant mon absence. J'ai besoin d'une personne de confiance sur place.

— Mais… je pensais que l'Exode…

— C'est un travail de deux ou trois jours. Une fois votre travail terminé, vous venez me rejoindre dans l'Arche.

— Qu'est-ce que je dois faire?

Killmore ne voulait pas lui dire qu'elle n'aurait rien à faire. Qu'il voulait seulement se servir d'elle comme appât pour voir qui viendrait le relancer sur l'île.

— Rien n'est encore décidé, dit-il. Tout dépend de la façon dont les choses vont évoluer. Je vous contacterai.

Après avoir signifié son congé à madame McGuinty, il alla devant la fenêtre et contempla la mer.

Les gens avaient tendance à oublier que la plus grande partie du globe était recouverte d'eau. Ils avaient pris des siècles à s'affranchir de leur petit bout de terre, à découvrir la planète. Et quand ils l'avaient fait, ç'avait été le début d'une nouvelle ère. Ils avaient alors mis cinq siècles à réaliser que la Terre était un endroit clos. Qu'elle était un globe. Ils avaient construit des réseaux pour l'enserrer. Réseaux de transports, réseaux de communication… réseaux d'échanges de marchandises et de matières premières… d'énergie…

La phase d'expansion était terminée. Il fallait maintenant apprendre à exister de façon globale. À dominer l'ensemble des réseaux. Ce qui, paradoxalement, exigeait d'abord un recul. Il fallait que l'humanité subisse une cure d'amaigrissement. Et qu'elle apprenne à redevenir nomade. Les dirigeants parcourraient l'Archipel et le reste des survivants seraient disséminés sur les continents.

De penser à ce qu'il allait accomplir, sa colère d'avoir dû s'enfuir de Guernesey tomba. Plus rien ne pouvait arrêter le projet. L'Apocalypse était en marche. Et lui, il serait aux premières loges pour assister à la plus grande mutation de l'histoire de l'humanité. Ou bien elle deviendrait un organisme, avec un véritable système nerveux central pour contrôler son comportement, ou bien elle disparaîtrait. Dans ce cas, elle passerait le flambeau à ce qui adviendrait après elle. Peu importe ce qui adviendrait. Il fallait faire confiance à la vie.

Boston, 7 h 42

Leona Heath avait commandé des crêpes fraises-framboises. Elle avait presque terminé son assiette lorsqu'elle vit entrer Curtis Fergessen. Ce dernier la connaissait sous le nom de Paulie Oyster, une écrivaine mineure mais raisonnablement cocktailisée qui compensait la maigreur de ses redevances littéraires en écrivant des textes de circonstance pour une société de relations publiques spécialisée dans les événements culturels chics.

— C'est la première fois que je viens ici, dit Fergessen en s'assoyant devant Heath.

Il semblait mal à l'aise.

— Thornton's est un de mes endroits préférés, répondit Heath sur un ton avenant.

Ce n'était pas faux. Mais elle évita de préciser que c'était probablement la dernière fois qu'il y venait.

Un serveur apparut à côté de la table.

— Juste un Coke, fit Fergessen.

Le serveur repartit après lui avoir jeté un bref regard désapprobateur.

— Vous avez regardé la dernière partie des Bruins ? demanda Heath.

Fergessen parut déconcerté par la question.

— Euh… non.

— J'ai développé une théorie sur le sujet. Nous, les gens de Boston, nous sommes trop bon public. Regardez les Red Sox, les Celtics, les Patriots !… Pas des mauvaises équipes. Mais nous les soutenons quoi qu'il arrive. Résultat ? Elles n'arrivent presque jamais à gagner de championnat. Et quand elles en gagnent un, elles se plantent l'année d'après. Elles ne sont pas capables de construire de dynastie. Elles ne fournissent pas l'effort qui les mettrait dans une classe à part. Et pourquoi ? Parce qu'elles savent que le public va continuer d'assister aux matchs.

Fergessen la regardait, sans saisir la raison de cette tirade qui ne semblait liée à rien. Surtout que les Patriots, les Red Sox et les Celtics, au cours des dernières années… On était quand même loin du fond du baril.

— Je vous sens perplexe, fit Heath en souriant.

— Je ne comprends pas vraiment… pourquoi vous parlez de ça.

— Parce que c'est une question de feu intérieur. Sans ce feu, on ne réalise rien de grand. On se contente d'exceller dans l'ordinaire.

Fergessen regardait Heath, attendant la suite de l'explication.

— Vous avez ce feu, reprit Heath. Pour sauver votre fille, vous êtes prêt à sortir des ornières et à tout risquer… Sur un plan différent, les gens que je représente agissent de même. Pour assurer à leurs investisseurs une rentabilité de premier niveau, ils n'hésitent pas à utiliser des moyens créatifs… qui sortent du ronron réglementé dans lequel est en train de s'enliser l'industrie du placement. On a eu l'époque des fraudes imbéciles, on nage maintenant en pleine réglementation imbécile. Le retour du balancier…

— Vous avez le contrat d'assurance ? demanda brusquement Fergessen.

— Vous êtes sûr que vous ne voulez pas un bagel ? répondit Heath. Ils les servent avec des œufs brouillés et du bacon. Vous pouvez aussi ajouter du fromage.

Fergessen la regarda, interdit.

— Bien sûr que j'ai le contrat, reprit Heath. Il est dans le journal.

Les yeux de Fergessen se portèrent immédiatement sur le *Boston Globe*, que Heath avait posé sur la table, à la droite de son assiette.

— Vous pouvez aussi prendre le journal, ajouta Heath. Il est à la veille de devenir une pièce de collection.

Insensible à l'ironie sur les déboires du *Globe* et sa possible fermeture, Fergessen revint au sujet qui le préoccupait.

— Il est bien au nom que je vous ai indiqué ? demanda-t-il.

— Je ne vois pas très bien à quoi aurait servi de le mettre à un autre nom, répliqua Heath, pince-sans-rire.

Puis, après quelques secondes, elle sourit.

— Il n'y a pas de souci à vous faire, dit-elle. Tout est en ordre.

— D'accord, fit Fergessen après avoir feuilleté rapidement le journal pour repérer les papiers.

— Je peux compter sur vous ? demanda Heath.

— Vous pouvez compter sur moi.

Fergessen prit une gorgée de Coke, se leva et partit, laissant Heath en tête à tête avec ses crêpes fraises-framboises.

Quand Fergessen avait appelé la compagnie d'assurances, une semaine plus tôt, on lui avait dit que son
ancienneté ne lui donnait pas accès à la couverture fa-
miliale. Il travaillait pour l'entreprise depuis seulement
dix mois. Il aurait fallu qu'il travaille depuis un an et un
jour pour que sa fille soit admissible.

Le lendemain, Curtis Fergessen avait rencontré Paulie
Oyster. Elle semblait tout connaître de sa situation. La
chose l'avait inquiété, mais Oyster lui avait rapidement
proposé un arrangement qu'il n'avait pas pu refuser. Il
y avait moyen de faire soigner sa fille. Elle allait lui
trouver un contrat d'assurance qui couvrirait tous les frais
médicaux. En échange, Fergessen lui rendrait un service.
Presque rien. Juste lui fournir les codes de sécurité pour
accéder par Internet au système de contrôle du port méthanier.

Heath entendait les publier le lendemain dans différents
médias. Ce serait la panique dans la ville. On annoncerait
la fermeture préventive du port. La Bourse réagirait avec
son exagération habituelle. Le cours du pétrole monterait.
Celui de certaines entreprises liées au pétrole également.
D'autres, dépendantes du pétrole, verraient leur cours
tomber. Et les commanditaires de Heath, à cause des
positions de marché qu'ils avaient prises, engrangeraient
des profits.

Techniquement, cela revenait à participer à une fraude.
Mais Curtis Fergessen n'avait pas d'état d'âme quant à
la moralité de son geste. Que quelques millions passent
d'un millionnaire à un autre de façon plus ou moins légale,
c'était un faible prix à payer pour sauver la vie de son
enfant.

FORT MEADE, 7 H 46

Tate avait parcouru à plusieurs reprises les documents
que Blunt lui avait envoyés. Il en ressortait deux urgences.
La première, c'était les cinq individus qu'il devait neutraliser. Il avait bien une idée sur la façon de le faire, même
s'il hésitait à procéder sans d'abord se couvrir. Mais le

temps pressait. Il décida finalement d'appeler l'ex-vice-président. Il le fit à partir d'une ligne confidentielle qui échappait à la politique d'enregistrement automatique des appels de l'agence.

— John ! fit l'ancien vice-président. J'espère que vous n'appelez pas pour vous décommander !

— Non, au contraire. J'ai encore plus hâte de vous voir. Mais j'aimerais proposer une modification à notre rencontre. J'aimerais que quatre autres personnes assistent à la réunion.

Il y eut un court silence à l'autre bout de la ligne avant que la voix reprenne, sur un ton jovial un peu forcé.

— Vous n'avez quand même pas quatre maîtresses, John ?

— Non, pas du tout, répondit Tate en s'efforçant d'adopter le même ton… J'aimerais que vous, vous ameniez ces gens.

— Je ne comprends pas.

— Le secrétaire à la Défense Shane Browning, le général Leslie Grove, le révérend Boswell et Clyde Levitt.

— Vous voulez dire « le » Clyde Levitt ?… Comme dans Levitt Media ?

— Lui-même. Je suis tombé sur certaines informations qui, je crois, vont vous intéresser tous les cinq au plus haut point.

— Si vous me disiez de quoi il s'agit…

— Je préfère que nous abordions le sujet quand nous serons ensemble. Si cela peut vous rassurer, j'ai fait en sorte que personne d'autre n'ait accès à ces informations. Je suis persuadé que nous n'aurons aucune difficulté à nous entendre.

Après avoir raccroché, il fit venir Spaulding dans son bureau et il lui expliqua qu'il fallait monter une opération clandestine. Il avait vingt-quatre heures pour tout préparer et être sur place pour diriger personnellement l'opération. À Hawaï.

À la question de savoir quelle serait la cible, Tate se contenta de répondre par un énigmatique : « ceux qui

soutiennent Paige… et qui sont impliqués dans le terrorisme ».

Spaulding semblait se demander s'il avait bien compris.
Tate poursuivit sur un ton égal, comme s'il s'agissait
d'une opération ordinaire :

— Tout est enterré sous plusieurs couches de prête-
noms et de compagnies enregistrées dans des paradis
fiscaux, mais l'info est solide. On saisit tous les documents
et les ordinateurs qu'on trouve et on prend les prisonniers
qu'on peut.

— On en fait quoi ?

— Tu leur trouves une planque, le temps qu'on avise.

Puis il ajouta avec un sourire d'encouragement :

— Dis-toi que ça va te simplifier sérieusement la vie
de ne plus avoir Paige dans les pattes.

— Parce que vous êtes sûr que Paige…

— Fais-moi confiance. À partir de demain, Paige ne
sera plus en mesure de créer des problèmes à qui que ce
soit.

Une fois Spaulding parti, Tate songea qu'une des
choses les plus intéressantes qu'il avait apprises, c'était
la confirmation par Blunt que l'Institut était encore opérationnel. Ce qui plaçait Blunt lui-même dans une drôle
de position. Il avait hâte d'entendre ses explications.

Mais inutile de précipiter les choses. Pour l'instant, il
y avait les urgences. Il décrocha de nouveau le téléphone
et appela The Mad Warden. Ensuite il contacterait Kyle.

PARIS, 14 H 04

Skinner marchait sur les Champs-Élysées en direction
du Hilton Arc de Triomphe. Sa décision était arrêtée.

Au début, il avait feint d'accepter la mission que lui
avait confiée Fogg. Pour cela, il avait laissé croire à madame Hunter qu'il envisageait de se ranger de son côté.
À certaines conditions. Le but était de se servir d'elle
pour infiltrer les dirigeants du Cénacle.

Madame Hunter n'avait pas tardé à répondre à l'ouverture qu'il lui avait faite. Elle lui avait laissé entendre

que Fogg serait bientôt dépassé par les événements. Et remplacé. Que l'avenir du Consortium passait par elle. Elle et les gens qui la soutenaient. Les véritables maîtres du Consortium. Il serait sage de se ranger de leur côté.

Skinner s'était montré intéressé. Et il l'était réellement. Ce que lui offrait Hunter était mieux que ce que lui proposait Fogg. Mais il avait dit qu'il voulait réfléchir avant de décider. En réalité, il voulait prendre le temps de voir comment tourneraient les choses.

Comme gage de sa bonne foi, Hunter exigeait une seule chose de Skinner : éliminer Fogg. Ce qu'il aurait dû faire la veille. Toutefois, ce que Skinner avait appris au cours des dernières semaines l'avait fait revenir à sa première position. L'organisation qui contrôlait le Consortium prenait l'eau de partout. Fogg avait manœuvré brillamment pour lui opposer l'Institut. Même si le groupe auquel appartenait madame Hunter survivait, il serait considérablement affaibli... Skinner estimait maintenant avoir de meilleures chances avec Fogg, même s'il ne l'avait jamais beaucoup aimé. Il avait eu raison de ne pas précipiter sa décision.

Skinner fut tiré de ses pensées quand il faillit heurter un homme-sandwich de l'Église de l'Émergence. Le message sur sa pancarte disait :

Ceux qui vivent
du feu de la terre
périront par
le feu de la terre

Skinner sourit. Il suffisait de changer quelques mots pour que la formule s'applique à Hunter. Celle qui avait vécu par la trahison allait périr par la trahison. Car il ne pouvait plus atermoyer. Il fallait qu'il l'élimine avant qu'elle réalise qu'il la menait en bateau.

Il commencerait bien sûr par profiter de la rencontre pour en apprendre le plus possible. Puis il la tuerait.

Un peu avant d'arriver à l'hôtel, il la joignit sur son téléphone portable.

— Je serai en retard de quelques minutes, dit-il. J'ai dû traverser une manif.

— J'ai tout mon temps, répondit Hunter.

Skinner sourit.

« J'ai tout mon temps ! »… Les illusions que les gens se faisaient !

WWW.LEMONDE.FR, 8 H 33

… LA PUBLICATION DU JOURNAL PERSONNEL D'UN MEMBRE DES US-BASHERS SUSCITE DE NOMBREUSES RÉACTIONS. DANS UN ARTICLE INTITULÉ *TERROR MADE IN USA*, LE JOURNALISTE MET EN DOUTE L'EFFICACITÉ DES INSTITUTIONS AMÉRICAINES POUR INTÉGRER LES IMMIGRANTS. S'INQUIÉTANT DU NOMBRE DE MUSULMANS QUI PERSISTENT À PRATIQUER LEUR RELIGION ET À SE TOURNER QUOTIDIENNEMENT VERS LA MECQUE POUR SAVOIR QUOI PENSER…

ASNIÈRES, 15 H 36

Gonzague Leclercq avait été appelé sur les lieux à cause du statut de la victime : c'était un des écologistes les plus réputés du pays. Et à cause du message que les auteurs du crime, un groupe antiécologiste, avaient rendu public sur Internet.

La race humaine a le droit de prendre tous les moyens pour survivre. On ne fait pas d'omelettes sans casser d'œufs. Laissez faire de l'argent et gérer la production à ceux qui savent le faire. Contentez-vous d'être entretenus par les autres et de dire merci. Encore beau qu'on vous tolère !

Les Humains d'Abord

À l'intérieur de la DCRI, son rôle dans la lutte contre le terrorisme était suffisamment connu pour que l'information remonte jusqu'à lui, ce qui expliquait sa présence sur les lieux – ça et les images diffusées sur Internet en accompagnement du message.

En direct, le spectacle était encore plus dérangeant. L'homme était mort englué dans du pétrole brut. Son corps avait été disposé sur une chaise dans une position grotesque. Au mur, derrière lui, il y avait une immense reproduction d'oiseaux morts englués dans du pétrole brut. C'était un cliché qui remontait à l'époque de l'*Exxon Valdez*. La victime l'avait utilisé sur la couverture de son dernier livre. La position du corps de l'écologiste reproduisait celle de l'oiseau.

Malgré la revendication explicite par le groupe anti-écologiste, Leclercq ne pouvait pas se défaire de l'idée que l'attentat était relié aux autres. Cette façon de mettre en scène le cadavre, de médiatiser l'attentat, de lui donner une valeur symbolique en le reliant à l'engagement de l'auteur…

Il se tourna vers les deux membres de la DCRI qui l'accompagnaient.

— Faites-moi suivre tous les rapports sur les progrès de l'enquête.

Un grognement affirmatif lui répondit.

Leclercq retourna à la limousine.

À la rigueur, il pouvait comprendre que des gens développent avec certains animaux un rapport affectif assez similaire aux sentiments que l'on peut éprouver pour un être humain. Que ce soit parce qu'ils jouaient un rôle de prothèse physique (les chiens guides) ou affective (les animaux de compagnie pour les personnes seules), ou simplement en vertu d'une bienveillance généralisée envers tout ce qui était vivant…

Mais que cette bienveillance envers les vivants se transforme en une haine des êtres humains… ça dépassait ses capacités de compréhension.

Ottawa, 10 h 18

Les débats exaspéraient Jack Hammer. Il détestait cette manie qu'avait l'opposition de passer en revue tous les aspects des projets de loi, de questionner tous les détails. Mais il n'avait pas le choix d'en passer par là : la modification de l'encadrement légal des agences de sécurité faisait partie d'une entente secrète avec Washington. La loi devait être adoptée. Et, pour l'être, elle devait passer l'étape des trois lectures.

— La parole est au chef de l'opposition, fit le président.

— Monsieur le Président, le gouvernement n'a pas le pouvoir d'abdiquer sa responsabilité de maintenir l'ordre et de la déléguer à des sous-traitants. C'est anticonstitutionnel, monsieur le Président. Je demande le retrait pur et simple du projet de loi.

Des protestations éclatèrent dans les rangs des députés du parti au pouvoir, rapidement contrées par des éclats de voix en provenance des banquettes de l'opposition.

— La parole est au premier ministre, fit le président.

Hammer se leva.

— Monsieur le Président, dit-il avec une naïveté exagérée, je ne sais pas si le chef de l'opposition l'a remarqué, mais nous sommes au milieu d'une crise. Les actes de terrorisme se multiplient. Les forces de l'ordre ne suffisent plus à la tâche. Elles ne peuvent pas être partout. Elles ne peuvent pas protéger tous les endroits menacés par les terroristes. Il faudrait tripler, quadrupler les effectifs…

— Qu'est-ce que vous attendez pour le faire ? lança le chef de l'opposition.

Il s'interrompit avant que le président intervienne.

— Il faut être réaliste, reprit le premier ministre sur un ton caricaturalement raisonnable, à la limite de la moquerie sirupeuse. Il y a une limite au fardeau fiscal que l'on peut imposer aux citoyennes et aux citoyens du Canada… Si des entreprises sont prêtes à assumer les coûts de sécurité pour protéger leurs installations et leur personnel, ce serait irresponsable de refuser. Imaginez les économies pour les contribuables !

— Vous encouragez la prolifération des milices, protesta le chef du NPD. Qui va superviser la formation de ces polices privées ? Qui va pouvoir garantir qu'il n'y aura pas d'abus ?… Ça va être l'anarchie !

— Monsieur le Président, le chef du quatrième parti dit n'importe quoi et son contraire. Notre projet de loi vise précisément à éviter l'anarchie. Nous allons fixer un cadre à l'intérieur duquel vont pouvoir opérer les polices d'entreprises.

— Et si des citoyens s'estiment lésés par ces milices, qui va les protéger ?

— Monsieur le Président, répliqua Hammer avec un sourire, je ne comprends pas le chef du quatrième parti. Il semble oublier que nous n'abolissons pas le système judiciaire. Les polices privées ne remplacent pas les forces de police traditionnelles : elles s'y ajoutent. Quiconque se sent lésé pourra déposer une plainte.

— Vous rêvez en couleurs !

Le président se leva.

— Décorum, messieurs…

— Et ses rêves vont se transformer en cauchemar pour les autres !

— Décorum !… La parole est maintenant au chef du Bloc québécois.

— Monsieur le Président, je voudrais savoir comment un citoyen peut penser avoir des chances de gagner un procès contre une milice de multinationale. Elles ont des agences de renseignements à elles, monsieur le Président. Elles ont des budgets qui dépassent celui de plusieurs pays, monsieur le Président. Si on leur donne en plus le droit d'avoir leur police… Ce sera quoi, la prochaine étape, monsieur le Président ? Est-ce qu'elles vont pouvoir lever des impôts ? imposer des droits de douane sur leur territoire ?… Les Canadiennes et les Canadiens ont le droit de le savoir, monsieur le Président. Est-ce que le gouvernement va leur sous-contracter toute l'administration du pays ?

Des remarques et des huées fusèrent des deux côtés de la Chambre.

— Décorum ! fit le président après s'être levé. Décorum !

Une fois un calme précaire rétabli, il reprit son siège.

— Monsieur le premier ministre, dit-il.

— Monsieur le Président, le locataire perpétuel des banquettes de l'opposition me décourage un peu. Il semble tenir pour acquis que les chefs d'entreprises sont des bandits. Qu'ils sont les ennemis de la société. Je voudrais lui rappeler que nous faisons face à une menace terroriste sans précédent. Les dirigeants d'entreprises comme HomniFood et HomniFuel sont nos véritables héros.

— Des héros comme Bernard Madoff, peut-être. Ou Kenneth Lay, Hank Gruberg… Lee Kun-hee…

— Vous n'avez pas le droit d'insulter l'ensemble de la communauté d'affaires à cause de quelques malheureuses exceptions.

— Et la crise financière dont on ne finit pas de sortir, monsieur le Président ? C'est qui, qui l'a provoquée, monsieur le Président ?

Le chahut recommença. Le président se leva.

— Décorum, messieurs !

— Vous rêvez d'un monde à la Monsanto ! lança le chef du NPD.

— Et vous, vous rêvez d'un monde de fonctionnaires sans imagination qui vivent sur le BS ! lança le ministre de la Sécurité intérieure. On a vu ce que ça a donné en Ontario !

— Vous, le fondamentaliste chrétien, retournez avec vos amis créationnistes et foutez-nous la paix !

— Décorum !… Décorum !…

PARIS, 16 H 43

Jessyca Hunter regardait le corps de Skinner sur le plancher. Il en était à ses dernières convulsions. Si elle avait oublié une question importante, il était maintenant trop tard pour la poser : il n'était plus en état de répondre. En fait, il n'était plus en état de faire quoi que ce soit. Pas même de respirer ni de maintenir les battements de son cœur.

Un autre qui avait cru pouvoir la manipuler ! C'était fou, cette manie qu'avaient les hommes de se croire supérieurs à cause de deux ou trois différences anatomiques marginales… C'était fou, mais c'était drôlement pratique. Ils finissaient tous par commettre une faute, par négliger leur protection.

Deux heures plus tôt, Skinner l'avait rencontrée dans le hall d'entrée du Hilton Arc de Triomphe. Il voulait lui proposer un marché, disait-il. Ils pourraient déjeuner sur place. Le repas était déjà commandé dans sa suite.

Il était possible que ce soit un piège, avait songé Hunter. Elle avait alors réalisé qu'elle ne pourrait jamais lui faire vraiment confiance. Tôt ou tard, il faudrait qu'elle l'élimine. Préférablement plus tôt que plus tard.

Après avoir hésité, elle avait quand même décidé d'accepter son invitation. Ils avaient parlé pendant près d'une heure.

Ensuite, entre le dessert et le café, Skinner s'était absenté pour aller aux toilettes. Tout ce qu'elle avait eu à faire, c'était de verser un dérivé du GHB dans son verre de vin.

Hunter n'avait pas planifié d'utiliser le GHB, ça faisait simplement partie de la trousse qu'elle gardait constamment avec elle : du GHB, un pulvérisateur de poivre de Cayenne déguisé en bâton de rouge à lèvres, un minuscule pistolet qui tenait dans un étui à lunettes, du vitriol dans un atomiseur de parfum… Quand elle avait vu l'occasion, elle l'avait saisie.

Jessyca Hunter était étonnée que le directeur de Vacuum ait commis ce genre d'imprudence. La sécurité, c'était pourtant son domaine d'expertise.

Par contre, elle n'avait pas été vraiment surprise d'apprendre que Skinner avait prévu l'éliminer au terme du repas. Pour cela, il comptait utiliser un poison neurotoxique. C'était dans la logique du personnage. Elle avait eu la chance de le battre de vitesse.

Une fois drogué, Skinner n'avait fait aucune difficulté pour répondre à ses questions. Hunter avait alors appris avec étonnement qu'il avait non seulement réussi à retrouver l'endroit où se cachait l'Institut, à Lévis, mais que F elle-même était chez Fogg depuis plusieurs jours. Et quand il lui avait expliqué le plan de Fogg pour jouer le Cénacle et l'Institut l'un contre l'autre, elle avait été impressionnée.

Même si elle ne connaissait pas tous les détails du plan, elle était certaine que ce vieux roublard de Fogg ne s'était pas contenté de prendre ses désirs pour des réalités. S'il avait un plan, c'était forcément un plan qui avait des chances de succès.

Que faire? Ou bien elle s'empressait d'avertir madame McGuinty de ce qu'elle venait d'apprendre, ou bien…

Ou bien elle se taisait et elle attendait de voir comment les choses allaient tourner. Si le plan du Cénacle réussissait, sa relation avec madame McGuinty lui assurerait une place de choix dans l'organisation. Et si Fogg parvenait à ses fins, elle serait une des rares survivantes parmi les dirigeants du Consortium. Elle serait en position de force pour lui succéder.

Car Fogg n'était pas immortel. D'ailleurs, il ne serait peut-être même pas nécessaire de le pousser vers la tombe: la nature semblait être sur le point de s'en charger.

Une fois Skinner éliminé, ses seuls adversaires seraient Gelt, le directeur de Safe Heaven, et Daggerman. Autrement dit, rien de très sérieux: un financier et une sorte de courtier… Ils se rangeraient probablement tous les deux derrière elle pour éviter un affrontement. À moins que Daggerman ne mette un contrat sur sa tête. Lui, à la réflexion, il serait sans doute prudent de l'éliminer rapidement.

Il y avait aussi F. Celle-là, c'était probablement la plus dangereuse. Plus vite elle disparaîtrait, mieux ce serait. S'il y avait une priorité, c'était bien elle. Par chance, elle savait où elle se trouvait.

Mais avant, il y avait un détail à régler. Elle prit le cellulaire de Skinner, entra le code de déverrouillage qu'il lui avait donné et composa un message texte qu'elle envoya à la troisième adresse affichée dans la liste des contacts.

> Si vous n'avez pas de nouvelles de moi d'ici deux
> jours, faites-la disparaître et rasez la maison.

Hunter jeta ensuite un dernier regard à Skinner, par terre. Puis elle mit le téléphone portable dans sa poche et se dirigea vers la porte. Elle le jetterait dans la Seine en retournant à son hôtel.

Désormais, quoi qu'il arrive, les choses ne pouvaient pas mal tourner. Pour la planète, peut-être. Sûrement, même. Mais pas pour elle.

RDI, 11 h 22

> — LA CONFÉRENCE DE PRESSE VIENT DE SE TERMINER, PIERRE-LUC. LES POLICIERS DE LÉVIS ONT EXPLIQUÉ QUE C'EST À LA SUITE D'UN APPEL DU DIRECTEUR CRÉPEAU, DU SPVM, RELAYÉ PAR L'INSPECTEUR-CHEF LEFEBVRE, DE LA VILLE DE QUÉBEC, QU'ILS ONT ÉTÉ PRÉVENUS DE LA POSSIBILITÉ D'UN ATTENTAT. ILS ONT RAPIDEMENT DÉPLOYÉ DU PERSONNEL AUTOUR DE LA RAFFINERIE, CE QUI LEUR A PERMIS D'ARRÊTER LES TROIS ÉCOTERRORISTES.
> — L'ATTENTAT CONTRE LA RAFFINERIE DE LÉVIS AURAIT DONC ÉTÉ ÉVITÉ GRÂCE À UNE INFORMATION DU DIRECTEUR CRÉPEAU, DU SPVM ?
> — C'EST CE QUE M'A CONFIRMÉ L'INSPECTEUR-CHEF LEFEBVRE, QUI A REÇU L'APPEL DU DIRECTEUR CRÉPEAU IL Y A DEUX JOURS.
> — EH BIEN ! IL FAUT CROIRE QUE LES RELATIONS MONTRÉAL-QUÉBEC NE SONT PAS TOUTES COMME LE RACONTENT LES MÉDIAS !

WASHINGTON, 11 h 41

Tate avait donné rendez-vous à Kyle dans une des maisons de sûreté de l'agence. Avant que le président du Joint Chiefs of Staff arrive, il avait mis hors fonction tous les systèmes d'enregistrement et il avait activé un brouilleur qui assurerait la discrétion de leur conversation.

Lorsque Kyle arriva, Tate lui expliqua les précautions qu'il avait prises. Kyle hocha la tête en signe d'assentiment, ouvrit la mallette qu'il avait apportée et mit en fonction son propre brouilleur.

Tate se contenta de sourire.

— Deux précautions valent mieux qu'une ! fit Kyle. Je suis certain que tu es d'accord.

— Plus que tu le penses !

Pendant l'heure qui suivit, Tate brossa à grands traits un portrait de la situation. Il termina par les cinq personnes dont il devait s'occuper.

— Tu comprends pourquoi j'ai absolument besoin de toi ? dit-il en guise de conclusion.

— Même si on décapite leur mouvement, ça n'arrêtera pas ce qui est en marche.

— Ça va au moins empêcher de nouvelles initiatives qui pourraient empirer la situation.

Kyle réfléchit un moment avant de répondre.

— On ne peut pas prendre ça tout seuls sur nos épaules, dit-il.

— Je sais. Voici ce que je propose.

MONTRÉAL, SPVM, 12 H 04

Sur les conseils du porte-parole du SPVM, le directeur Crépeau avait accepté de rencontrer deux journalistes. Ils avaient été choisis à cause de leur sérieux. Leurs questions seraient tout sauf complaisantes, mais ils ne seraient pas de mauvaise foi. Un article paraîtrait le lendemain matin dans *Le Devoir* et l'entretien serait présenté le soir à la télé nationale.

Crépeau s'était octroyé une once de gros gin pour s'aider à avoir une attitude plus détendue.

La première question vint du journaliste du *Devoir*.

— Monsieur Crépeau, pouvez-vous confirmer que c'est vous ou votre service qui avez transmis à l'inspecteur-chef Lefebvre les informations qui ont mené à l'arrestation des terroristes qui voulaient faire sauter la raffinerie de Lévis ?

— C'est moi.

— Personnellement ?

— Oui.

— D'où teniez-vous ces informations ?

— De mon ex-collègue, l'ex-inspecteur-chef Théberge.

Il y eut quelques secondes de flottement avant la question suivante.

— L'inspecteur-chef Théberge est-il encore à l'emploi du SPVM ?

La question venait du journaliste de Radio-Canada.

— Non.

— Mais alors…

— Mon ex-collègue possédait, et possède encore, un réseau de contacts éminemment précieux. Quand il a eu connaissance de cette information, il me l'a aussitôt transmise.

— Est-ce que vous avez également accès à ce… réseau ?

— Non. Je veux dire… ce n'est pas un réseau formel, structuré… C'est une façon imagée de dire qu'il a beaucoup de contacts, dans beaucoup de milieux.

— Vous parlez d'informateurs dans des groupes criminels ?… dans des réseaux terroristes ?

— Je n'ai aucune idée de ce que sont ces contacts… Si j'avais à émettre une hypothèse, je penserais plutôt à des amis dans des services de police étrangers… peut-être dans une ou deux agences de renseignements…

— Comme la CIA ?

— Je vous ai dit déjà que je n'avais aucune idée de ce que pouvaient être ces contacts.

Un silence suivit cette déclaration. Le journaliste du *Devoir* en profita.

— Ça ne vous gênait pas de transmettre une information dont vous ne connaissiez pas l'origine ?

— Je fais confiance à Gonzague. Et je suis certain que les dirigeants de la raffinerie sont très heureux, aujourd'hui, que je lui aie fait confiance… Malgré la façon dont il a été traité dans les médias.

— Vous croyez qu'il n'a pas été traité correctement ?

— Je vous laisse en juger.

Le journaliste de Radio-Canada reprit l'initiative de l'entrevue.

— Ce qui m'intrigue, c'est que vous ayez pu prévenir l'attentat de la raffinerie de Lévis, mais pas celui dans l'est de Montréal.

— C'est simple, on n'a pas eu d'information spécifique comme quoi elle était visée. On a quand même déployé des effectifs pour la protéger, comme pour toutes les autres, mais il n'y a pas grand-chose à faire contre un missile.

— Sauf l'empêcher d'entrer sur notre territoire.

— Cette question relève de la GRC et des autorités fédérales. Je suis certain que leur porte-parole se fera un plaisir de répondre à vos questions sur ce sujet.

Le journaliste du *Devoir* profita de l'hésitation de son collègue pour reprendre la parole.

— J'aimerais revenir à l'inspecteur Théberge.

— L'ex-inspecteur-chef Théberge, vous voulez dire ?

— Bien sûr… Plusieurs personnes de son entourage semblent avoir disparu. Victor Prose, Lucie Tellier… Vous savez ce qui leur est arrivé ?

— Tout ce que je peux vous dire, c'est qu'elles ne sont pas placées sous la protection de la police, qu'elles ne font l'objet d'aucun mandat d'amener et que, par conséquent, le SPVM n'a aucune raison d'être informé de leurs déplacements.

— Et personnellement ?

— Je n'ai pas la moindre information quant à l'endroit où se trouvent ces personnes.

— Qui pourrait le savoir ?

— Aucune idée.

— Cela ne vous intrigue pas ?

— Par les temps qui courent, j'estime que la planète nous fournit une ample provision de sujets d'étonnement. Des sujets autrement plus graves que les déplacements impromptus de personnes parfaitement libres de leurs mouvements.

WASHINGTON, 13 H 58

La rencontre devait durer dix minutes : le Président avait un horaire particulièrement chargé. Aussi, Tate décida d'utiliser une approche-choc.

— Monsieur le Président, on a dans les mains une crise à côté de laquelle la dernière crise financière fera figure de note de bas de page dans les manuels d'histoire. En résumé, il y a sept choses que vous devez savoir. Un : le terrorisme islamiste et le terrorisme écolo sont tous les deux manipulés par les mêmes gens. Deux : ces gens contrôlent également HomniFood, HomniFlow et les autres entreprises de l'Alliance. Trois : ce sont ces compagnies qui ont lancé l'épidémie de peste grise et de champignons tueurs de céréales. Quatre : ces gens sont environ cinq mille et ils occupent des postes de pouvoir dans des gouvernements, des médias, des agences de renseignements et des multinationales un peu partout sur la planète. Plusieurs sont également membres des fameux Dégustateurs d'agonies. Cinq : ils ont un réseau de refuges qui couvre la planète en prévision de l'apocalypse qu'ils préparent. Six : plusieurs Américains éminents font partie de ce groupe, qui se définit lui-même comme l'élite de l'humanité ; certains font même partie de votre administration ; il y a aussi un général cinq étoiles, le propriétaire d'une chaîne de médias qui a contribué largement à votre caisse électorale… et un des leaders religieux les plus charismatiques du pays.

Tate fit une pause.

— Vous avez annoncé sept éléments, fit calmement le Président. Vous en avez mentionné six.

— Le septième, c'est le plan pour faire face à la situation. Un plan dont nous pourrions être partie.

— Dirigé par qui ?

— Pas par les États-Unis.

— Par quel pays ?

— Il n'est pas… dirigé par un pays.

Devant le regard insistant du Président, il ajouta :

— Je sais que ça paraît difficile à croire. Et je vous jure que je ne suis pas sous l'effet de substances illicites.

Le Président se tourna vers Kyle.

— Je corrobore tout ce qu'il a dit, fit Kyle. Et je ne suis pas non plus sous l'effet de… substances.

— Et ce n'est pas parce que vous avez tous les deux servi sous l'ancienne administration ? fit le Président.

— Je vous jure que ce que Tate…

Le Président l'interrompit d'un geste et sourit légèrement.

— Laissez.

Puis, sur un ton redevenu froid et efficace :

— J'imagine que vous avez la liste des gens impliqués dans cette… conspiration ?

Tate déposa une feuille devant lui.

— Ce sont les vingt personnes les plus importantes, dit-il. Les cinq premières ont la citoyenneté américaine.

Le Président parcourut la feuille des yeux.

— Je vois que mon nom n'y apparaît pas, dit-il. C'est déjà ça !

— Je pense que nous allons avoir besoin de plus de dix minutes, fit Tate. C'est pour ça que je vous ai présenté les choses de façon un peu abrupte.

— J'apprécie la concision… À part vous deux, qui est au courant ?

— Ici, aux États-Unis, personne. À part Bartuzzi et Snow. Ils ont eu droit à une version expurgée.

— Et ailleurs ? demanda le Président.

— Je ne suis pas sûr. Quelques-uns en Grande-Bretagne, en France…

— Nous disposons de combien de temps ?

— La première phase du plan sera déclenchée dans moins de vingt-quatre heures. Des opérations prépara-toires auront lieu un peu plus tôt.

— D'accord. Vous avez trente minutes pour m'ex-pliquer tout ça.

CNN, 14 H 02

… LA MOITIÉ DE LA VILLE DE BOSTON EST PRÉSENTEMENT EN VOIE D'ÊTRE ÉVACUÉE À CAUSE D'UNE MENACE D'ATTENTAT CONTRE LE PORT MÉTHANIER. DES TERRORISTES SE SONT EMPARÉS DES CODES DE SÉCURITÉ DE L'USINE DE TRAITEMENT DU GAZ. ILS MENACENT DE LA FAIRE SAUTER SI LE GOUVERNEMENT NE DÉCRÈTE PAS UN ARRÊT DE TOUTES LES ACTIVITÉS DE RAFFINAGE SUR LE TERRITOIRE AMÉRICAIN D'ICI QUARANTE-HUIT HEURES…

WASHINGTON, 14 H 27

Le Président avait écouté la présentation de Tate sans émettre le moindre commentaire. L'exposé avait duré vingt-sept minutes. Tate avait couvert à la fois la nature du complot mis au jour, le plan qu'avait préparé Blunt ainsi que le rôle et l'origine de l'Institut.

Lorsqu'il eut terminé, le Président se leva et marcha dans son bureau pendant près d'une minute.

— Puisque vous aimez les choses précises, dit-il finalement, j'ai cinq questions pour vous. Voici la première : si j'ai bien compris, vous ne connaissez pas tous les détails de ce plan ?

— Non.

— Deuxième question : à court terme, il y aurait deux urgences : neutraliser les deux bases d'Hawaï et du Nevada… et disposer des cinq personnes qui sont sur la liste ?

— C'est ça.

— Troisième question : vous proposez que je vous donne carte blanche, en échange de quoi vous me tenez informé et vous vous engagez à prendre tout le blâme en cas de complications ?

— Oui.

— Vous vous rendez compte que c'est précisément le genre de magouilles que j'ai toujours dénoncées ?

— Rien ne vous empêche, une fois l'opération terminée, de rendre publiques les mesures que vous avez cru nécessaire de prendre.

— Quatrième question : vous faites confiance à ce point aux gens qui ont élaboré ce plan ? Au point de l'accepter même si vous ne connaissez pas tous les détails ?

— Ils m'ont donné à plusieurs reprises des preuves de leur efficacité. Ce sont eux qui m'ont fourni l'identité des personnes qui allaient être la cible d'attentats… Il y a présentement quatre tentatives qui ont été déjouées. Par ailleurs, je sais que des gens qui occupent des positions similaires à la mienne, en France, en Allemagne et en Angleterre – et sans doute ailleurs –, leur font également confiance pour d'autres opérations incluses dans le plan.

Le Président rumina la réponse pendant quelques instants.

— Cinquième question, fit-il. Qu'est-ce que vous envisagez de faire pour ces cinq personnes ?

— Je suggère que nous n'entrions pas dans ce type de détails.

— En fait, intervint Kyle, cette partie de l'opération est déjà en cours… Mais je peux donner un coup de fil pour l'interrompre. Si vous préférez adopter une autre approche…

— Vous pouvez également choisir de vous concentrer sur les problèmes plus macros et nous laisser régler les détails, intervint Tate.

— Quel type de problèmes macros ?

— Comment interrompre l'escalade, dans les médias et dans l'opinion publique. Parce que ça nous mène directement à une guerre avec la Chine… Il faudrait aussi effectuer le nettoyage qui s'impose dans l'armée et contacter votre homologue chinois pour lui expliquer la situation. Lui fournir le nom du général chinois qui est impliqué dans le même complot que le général Leslie Grove… Une autre tâche urgente, c'est de réduire la tension avec les musulmans pour limiter les incidents dans nos villes.

— Ce qui m'inquiète le plus, dit le Président, c'est cette épidémie de peste grise. Êtes-vous sûr qu'ils vont pouvoir fournir un antidote ? Quand je pense à mes enfants…

— Si la prise de contrôle des entreprises de l'Alliance se déroule comme prévu… et s'ils trouvent le laboratoire où sont effectuées les recherches sur le champignon…

Le Président resta silencieux un bon moment.

— D'accord. Je vous donne carte blanche pour quarante-huit heures. Et vous me tenez informé le plus souvent possible des développements en cours.

BRECQHOU, 19 H 53

Moh et Sam étaient impressionnés par l'efficacité des hommes du MI5. À l'aide de données satellite, ils avaient pu découvrir qu'un yacht avait quitté la résidence de Killmore au moment de l'attaque. Mieux encore : en fouillant dans les enregistrements des heures suivant son départ de l'île, ils avaient pu suivre son trajet jusqu'à la petite île de Brecqhou.

Officiellement, l'île était encore la propriété de riches milliardaires britanniques, même s'ils n'y habitaient plus, lassés de leurs querelles avec le Seigneur de Sercq.

Brecqhou était maintenant louée à une entreprise anglaise qui appartenait à une autre entreprise, elle-même enregistrée dans un paradis fiscal.

En Angleterre, les milliardaires de Brecqhou n'étaient pas exactement du menu fretin. Avant d'autoriser le groupe d'intervention à investir les lieux, Finnegan avait senti le besoin de se couvrir en téléphonant à son supérieur, lequel avait jugé préférable d'appeler le directeur du MI5.

L'autorisation avait ensuite redescendu les échelons hiérarchiques. Au total, cela avait pris plus de deux heures. Deux heures de perdues. Heureusement, sur les dernières images satellite, le *Rapa Nui* était toujours amarré au pied de la falaise où trônait la résidence principale de l'île.

Les deux hélicoptères réquisitionnés à l'aéroport de Forest s'étaient posés sans encombre dans la cour de la résidence principale de Brecqhou, sur le haut de la falaise. Le groupe d'intervention ne rencontra aucune résistance quand il investit la place. En moins de trente minutes, les agents du MI5 avaient fait le tour des pièces et trouvé six personnes : cinq employés affectés à l'entretien et Maggie McGuinty.

Une fois de plus, Killmore semblait leur avoir échappé. Ni les employés ni madame McGuinty ne savaient où il était.

— Il y a sûrement une bibliothèque quelque part, fit Moh.

Ils en découvrirent trois : une qui couvrait le mur entier d'un salon, une autre dans un bureau et une troisième dans la chambre de Killmore. Ce fut la troisième qui leur permit de comprendre de quelle manière Killmore avait une fois de plus disparu. Un ascenseur les amena dans un sous-sol situé au niveau de la mer.

Pourtant, ils n'avaient vu aucune embarcation quitter l'île. La seule explication était qu'il avait dû utiliser un sous-marin de poche.

— Tu n'as pas l'impression qu'il a trop regardé de films de James Bond ? demanda Moh.

— Au moins, il n'y a pas de requins.

Bloomberg TV, 20 h 06

> ... EN UKRAINE. À LA SUITE DE CETTE DÉCOUVERTE, LE PRIX DU BLÉ A
> CONNU UNE HAUSSE BRUTALE. LE CHAMPIGNON TUEUR DE CÉRÉALES,
> DONT ON CROYAIT L'ÉPIDÉMIE CONTENUE, SEMBLE CONNAÎTRE UNE NOUVELLE
> PHASE D'EXPANSION. EN DEUX JOURS, C'EST LE QUATRIÈME NOUVEAU
> FOYER D'INFESTATION QUI EST SIGNALÉ...

Brecqhou, 20 h 35

Des six personnes appréhendées, cinq avaient été
relâchées. On leur avait simplement demandé de ne pas
quitter l'île au cours des prochaines vingt-quatre heures.
La sixième personne était madame McGuinty. Moh et
Sam l'avaient amenée dans le grand salon du premier
étage.

— Où pensez-vous que Killmore soit parti ? demanda
Sam.

— Je vous l'ai déjà dit, répondit la femme, je n'en ai
aucune idée. Lord Killmore est une pure relation d'affaires
qui a eu l'amabilité de me recevoir dans cette résidence
secondaire pour quelques jours.

— Quel genre d'affaires traitez-vous avec Lord
Killmore ?

— Je n'ai toujours pas aperçu le moindre mandat. Je
ne vois donc pas pour quelle raison je répondrais à vos
questions.

— Et si je vous montrais des courriels, plutôt ? Ceux
que vous échangiez avec Lord Killmore quand vous vous
occupiez du laboratoire de Lyon ? Ça vous suffirait ?

Maggie McGuinty ne réussit pas à dissimuler complètement sa surprise.

— Il y a aussi ceux que vous lui avez expédiés pour
le tenir au courant des progrès de votre exposition.

La femme fit une pause avant de répondre.

— Qu'est-ce que vous voulez ? demanda-t-elle d'une
voix froide, avec une pointe d'ironie.

— Savoir où est Killmore.

— Je vous l'ai dit, je n'en ai aucune idée. Il m'avait
prévenue qu'il devait partir, mais comme son yacht est

encore amarré au quai… Je croyais qu'il était dans ses appartements.

— Est-ce que vous pouvez le contacter ?

— C'est lui qui doit me contacter dans quelques jours pour me dire où le rejoindre.

— S'il est sur un des refuges de l'Archipel, je doute qu'il vous appelle. Dans vingt-quatre heures au plus tard, toutes les personnes présentes dans ces refuges seront arrêtées.

Sam observait avec intérêt les réactions de madame McGuinty. Malgré les révélations qu'il lui avait assénées, elle continuait de garder une certaine contenance.

— Je ne sais pas de quoi vous voulez parler, dit-elle.

— Je parle des quarante-huit endroits répartis sur la planète que vous appelez probablement l'Archipel.

— Si vous parlez des clubs Med…

— Je parle de clubs Med pour milliardaires, multi-millionnaires à la rigueur, et certains de leurs petits amis… Les endroits où ils entendent se réfugier dans les prochains jours.

La contenance de madame McGuinty commençait à se fissurer. Elle changeait progressivement de tactique, passant du déni au défi et à la dérision.

— Si jamais une telle chose existait, vous ne pourriez pas intervenir partout.

— Nous sommes au courant des vraies activités d'HomniFood et des autres entreprises de l'Alliance. Nous savons que ce sont leurs laboratoires qui ont mis en circulation la peste grise et le champignon tueur de céréales.

— Et alors ?… Il y a trop de gens importants impliqués. Trop de gens riches et haut placés… Vous ne pourrez pas les arrêter.

— Possible. Mais les foules vont exiger des coupables. J'imagine que la responsable des Dégustateurs d'agonies serait à leurs yeux une excellente candidate… Tenez-vous vraiment à faire partie des personnes sacrifiées ?

PARIS, 21 H 48

Théberge était seul dans le salon avec Chamane. Poitras et Lucie Tellier étaient retournés dans le bureau pour revoir une dernière fois les transactions qu'ils avaient préparées. Quant à Blunt, il s'était isolé dans la salle à manger avec son jeu de go : il avait besoin de réfléchir.

Même Prose s'était absenté pour acheter des journaux. Chamane avait eu beau lui dire qu'il pouvait trouver tout ce qu'il voulait sur Internet, Prose avait tenu à sortir. Vingt-quatre heures enfermé, c'était le plus qu'il pouvait supporter. Et puis, un journal sur un écran, ce n'était pas vraiment un journal.

Théberge consultait des sites d'information sur l'actualité québécoise à partir de l'ordinateur portable de Chamane.

— Vous pouvez le prendre, avait dit ce dernier. Ce qui reste à faire, je peux le faire sur mon iPhone.

En découvrant qu'il y avait eu des cas de peste grise à Montréal, Théberge pensa tout de suite aux gens dont il était proche : Pascale, Graph, Margot et son mari… Faisaient-ils partie des victimes ? Se pouvait-il qu'on continue d'attaquer ses amis pour l'atteindre ?

Il décida de téléphoner à Crépeau.

— Tu n'as jamais appelé aussi souvent que depuis que tu es à la retraite, fit Crépeau.

— Je sais. La retraite, t'as pas idée comme c'est épuisant.

— Tu devrais revenir travailler. Tu pourrais te reposer.

— J'y pense.

— Quand on choisit de devenir un héros, il faut accepter ce qui vient avec.

— C'est quoi, ces balivernes ?

— Avec ta photo dans les revues françaises, sur les sites Internet des journaux, à la télé…

Théberge grogna quelques protestations, puis il lui demanda de lui parler des trois cas de peste grise.

Crépeau le rassura : aucune des personnes qu'il connaissait n'avait été visée. Les trois victimes faisaient partie d'un groupe de touristes qui avaient effectué un voyage aux États-Unis. Curieusement, aucun autre membre du groupe n'était atteint pour le moment – ce qui, d'une certaine façon, était rassurant : cela signifiait que la maladie n'était pas aussi contagieuse que les médecins le craignaient.

Théberge apprit également que l'attentat contre la raffinerie de Lévis avait été évité. Celui dans l'est de Montréal, par contre, avait réussi en partie : un seul réservoir avait été atteint, mais toute la raffinerie avait été fermée et les environs évacués.

— Les noms que je t'ai communiqués ? demanda Théberge.

— Un des deux a été victime d'un attentat. La GRC a réussi à mettre l'autre à l'abri.

BBC, 15 H 57

> … ANNONCE QUE DEUX ATTENTATS TERRORISTES CONTRE DES PERSONNALITÉS ÉMINENTES DU PAYS ONT ÉTÉ DÉJOUÉS. LE YARD REFUSE DE DONNER PLUS DE PRÉCISIONS POUR LE MOMENT, MAIS IL PROMET QUE D'ICI QUELQUES JOURS…

PARIS, 21 H 59

Théberge avait à peine raccroché que Prose revenait avec une brassée de journaux sous un bras, un sac dans l'autre. Il mit délicatement le sac sur la table, à côté du portable.

— J'ai pensé à vous, dit-il à Théberge.

Après avoir déposé les journaux, il sortit deux bouteilles de vin du sac.

— Côte Rôtie Guigal 1998, fit Théberge en examinant une des bouteilles. On devrait y survivre.

— Je me suis dit que la nuit risquait d'être longue, reprit Prose. Que ça méritait une forme d'encouragement.

Blunt arriva dans le salon une dizaine de minutes plus tard et jeta un œil aux deux bouteilles de vin.

— Je vois que vous n'avez rien oublié, dit-il.

Comme il s'assoyait dans un fauteuil, Lucie Tellier et Poitras arrivaient à leur tour.

— La fermeture du détroit d'Ormuz continue de faire monter le prix du pétrole, dit Poitras.

— Il est à combien ? demanda Blunt.

— Un peu en haut de deux cents… Il y a des gens qui font des tonnes d'argent.

— Les pétrolières font toujours de l'argent, répliqua Chamane sur un ton désabusé.

— Je ne parle pas des pétrolières. Je parle de ceux qui ont acheté des *call* à soixante, soixante-cinq ou soixante-dix dollars… Ceux qui leur ont vendu les options sont maintenant obligés de leur vendre le pétrole à ce prix-là, quitte à l'acheter à plus de deux cents… Mais le plus étrange, c'est qu'ils ne l'aient pas vendu quand le prix est monté à cent vingt… ou cent cinquante.

— Ils savaient que le prix allait continuer de monter, conclut Chamane.

— Et qu'il allait y avoir d'autres attentats, ajouta Blunt… Est-ce qu'on peut suivre la piste de l'argent ?

La question s'adressait à Poitras.

— Je vais avoir besoin d'aide.

En disant cela, il regardait Chamane.

— Chaque fois qu'il y a un problème, fit ce dernier, on appelle le département des miracles.

— On verra ça plus tard, reprit Blunt. Pour le moment, j'ai besoin de savoir où vous en êtes.

— On a revérifié tous les documents qui ont été transmis par F, répondit Poitras. Si Chamane et son amie pirate sont capables de faire les miracles qu'il dit, ce sera la plus grande opération financière jamais réalisée.

— Pourquoi est-ce que tout le monde doute toujours de ce qu'on peut faire ? protesta Chamane. Est-ce que je pose des questions sur la valeur des documents que vous voulez transférer un peu partout sur la planète ?

Chamane avait essayé de donner un ton ironique à sa question, mais on sentait une réelle frustration.

— Personne ne remet en doute vos compétences, à toi et à ta collègue, crut bon d'expliquer Blunt sur un ton apaisant. C'est seulement que ça paraît surprenant qu'on puisse faire tout ça en aussi peu de temps.

— *Man*, il va falloir que le monde se réveille ! On vit à l'ère des ordinateurs et des satellites…

— Si tout est prêt, l'interrompit Blunt, on va procéder à minuit. Minuit heure de Greenwich. On peut faire ça ?

— Sûr qu'on peut faire ça ! On peut aussi le faire à minuit trois minutes et huit secondes…

— Et quand tu vas lancer l'opération, ça va prendre combien de temps ?

— Le temps d'envoyer un message à Norm/A et qu'elle appuie sur « Enter ».

— Ce n'est quand même pas instantané, fit Poitras.

— Non, ça devrait prendre au moins six ou sept secondes.

— D'accord, fit Blunt, désireux de mettre un terme à la discussion. Tu peux envoyer le message à Norm/A. Dis-lui de faire « Enter » à minuit.

Sans répondre, Chamane prit son iPhone, fit défiler deux pages d'icônes et appuya sur l'une d'elles qui avait la forme d'une tête de pirate.

— Ça y est, dit-il.

Puis il ajouta, voyant dans les regards la question que plusieurs n'osaient poser :

— Ça s'appelle programmer. Mon iPhone a envoyé un message à mon ordinateur, qui va envoyer un message à Norm/A pour lui confirmer que les dossiers qu'on a préparés sont OK. Elle sait déjà sur quel site installer chacun. À minuit, elle va appuyer sur Enter et son programme à elle va s'exécuter.

Chamane regarda Blunt.

— Maintenant, je peux aller dormir ?

— Je pense que c'est une bonne idée, fit Blunt.

Chamane se dirigea vers la porte.

— Si vous avez besoin d'un autre miracle au cours de la nuit, dit-il sans se retourner, vous savez où me joindre.

Quand il fut sorti, Blunt se tourna vers Théberge et Prose.

— Je vous ai demandé de rester parce que je trouve utile d'avoir un regard extérieur. Quelqu'un qui est assez informé pour comprendre ce qui se passe, mais sans être absorbé par le travail quotidien…

Un léger bourdonnement se fit entendre. Blunt consulta son iPhone. Un message de Mélanie :

ta u mon msg?

Blunt tapa une brève réponse.

Quel message?

Il mit ensuite son iPhone à sa ceinture.

— Alors, je vous écoute, reprit-il. Qu'est-ce que vous pensez de tout ça ?

Les deux hommes se regardèrent.

— Qu'est-ce que vous ne contrôlez pas ? demanda Prose.

— On ne contrôle pas les actions des hommes politiques et des militaires, répondit Blunt. On ne contrôle pas les réactions des foules et le jour sous lequel les médias vont présenter l'information.

— Ni la façon dont les marchés financiers et l'économie vont réagir, ajouta Poitras.

— Ni ce qui sera rendu public, ajouta Blunt. Ni les incidents qui peuvent se produire pendant les opérations…

Il fut interrompu par un nouveau bourdonnement du iPhone.

Jt twitté. T la kan ?

Que pouvait-il lui répondre? Après avoir hésité quelques secondes, il écrivit simplement :

Suis toujours pas sur Twitter. Je te rappelle.

Puis il remit le iPhone à sa ceinture.

— Vous ne contrôlez pas non plus la façon dont les gens de l'Archipel vont réagir, fit alors Théberge.

— C'est vrai, répondit Blunt. On va couper une grande partie de leurs moyens financiers et criminels, mais on ne sait pas tout ce qu'il peut leur rester.

— Et vous ne savez rien de l'Arche, reprit Prose. Ni ce qu'elle est, ni où elle est, ni ce qui s'y trouve.

Théberge regarda Blunt avant d'ajouter :

— J'espère que vous ne comptiez pas sur nous pour vous remonter le moral…

Ce dernier fut dispensé de répondre par l'arrivée d'un nouveau message :

Ten fo 1
Toulmnd na 1

www.toxx.tv, 16 h 33

> … QUE TOUS LES INCENDIES DE FORÊT QUI ONT RAVAGÉ LA CALIFORNIE SONT D'ORIGINE TERRORISTE. ÇA FERAIT PARTIE D'UNE STRATÉGIE GLOBALE POUR DÉTRUIRE LES ÉTATS-UNIS. D'APRÈS UN RESPONSABLE HAUT PLACÉ DANS LES SERVICES DE RENSEIGNEMENTS AMÉRICAINS, ILS AURAIENT ARRÊTÉ L'HOMME QUI A VENDU LES BOMBES AU PHOSPHORE AUX TERRORISTES…

WASHINGTON, 16 H 35

Percy Randall savourait le plaisir toujours ambigu de se regarder à la télé. Autant il était flatteur d'appartenir à la classe des gens qui existent vraiment, la classe de ceux qui passent à la télé, autant il craignait chaque fois qu'un geste ridicule, qu'un mauvais angle de caméra, qu'un tic, qu'un bredouillement vienne affecter de façon négative son image.

> — MONSIEUR RANDALL, AVEZ-VOUS LA CONFIRMATION OFFICIELLE DE CETTE INFORMATION ?
> — NON. ILS ONT FAIT LEUR TRUC HABITUEL. QUAND ILS VEULENT QU'UNE INFORMATION SORTE SANS EN PRENDRE LA RESPONSABILITÉ, ILS REFUSENT DE CONFIRMER, MAIS ILS REFUSENT DE DÉMENTIR.

L'image revint au chef d'antenne, qui se tourna vers la caméra à sa droite.

> — NOUS TOURNONS MAINTENANT NOTRE ATTENTION VERS LES SOU-BRESAUTS DU MARCHÉ PÉTROLIER…

Randall sourit. Le chef d'antenne continuait d'utiliser le vieux truc qu'il avait adopté au début de sa carrière : se tourner vers une autre caméra en disant « Nous nous tournons maintenant vers… »

Randall prit une gorgée de scotch et regarda vers l'entrée du bar. Toujours pas de nouvelles de Paige. Il consulta son BlackBerry : pas de message… Pourvu qu'il ne lui fasse pas faux bond !

Les informations que Paige lui avait promises sur l'implication des Chinois avaient emballé toute l'équipe à la réunion de production. Le chef d'antenne lui avait accordé le premier segment du bulletin de nouvelles, avec le tiers du segment en gros plan sur lui. Suivrait, douze minutes plus tard, une table ronde de quatre minutes pour approfondir le sujet avec un spécialiste de la Chine et un militaire expert en stratégie…

Paige avait maintenant plus d'une demi-heure de retard. Peut-être n'avait-il pas aimé sa prestation ? Il avait eu largement le temps de la voir puisqu'elle repassait à tous les bulletins d'informations depuis celui de midi.

Randall prit la dernière gorgée de scotch qui restait dans son verre. Comme il reportait son regard sur la télé, le chef d'antenne s'interrompit brusquement ; un technicien entra dans le champ de la caméra pour lui remettre un papier.

Encore un truc pour dramatiser, songea Randall. Le message aurait pu apparaître sur un des deux écrans de télé incrustés dans son bureau. Il aurait également pu lui être soufflé à l'oreille.

Le chef d'antenne prit quelques secondes pour lire. Puis il regarda la caméra.

J'APPRENDS À L'INSTANT QU'UN ACCIDENT MAJEUR EST SURVENU. UN AVION PILOTÉ PAR LE PROPRIÉTAIRE DE LEVITT MEDIA, CLYDE LEVITT, AURAIT EXPLOSÉ EN VOL. LE RÉVÉREND BOSWELL, LE GÉNÉRAL LESLIE GROVE, LE CHEF DU DEPARTMENT OF HOMELAND SECURITY, TYLER PAIGE, AINSI QUE L'EX-VICE-PRÉSIDENT DES ÉTATS-UNIS, COMPTERAIENT PARMI LES VICTIMES. LE GROUPE SE RENDAIT À L'UNE DES RÉSIDENCES DE LEVITT, DANS LES ANTILLES, POUR PARTICIPER À UNE SÉANCE DE TRAVAIL DE TROIS JOURS SUR LES MOYENS SUSCEPTIBLES D'AMÉLIORER LA LUTTE CONTRE LE TERRORISME…

Un serveur vint demander à Randall s'il désirait un autre verre. Ce dernier répondit que oui sans quitter la télé des yeux. Si Paige était mort, ça voulait dire qu'il n'aurait plus d'autres informations. Son entrevue en premier segment était à l'eau.

Il fallait qu'il réfléchisse. Il y avait sûrement un moyen de tout sauver.

> ... Bien qu'il soit trop tôt pour formuler une hypothèse, il est clair que celle d'un attentat terroriste est la première qui vient à l'esprit...

— C'est ça ! ne put s'empêcher de dire Randall à voix haute.

Il allait raconter ses derniers moments avec Paige, exposer ce qu'il avait commencé à lui dire sur l'implication des Chinois dans le terrorisme !

C'étaient peut-être eux qui l'avaient éliminé pour l'empêcher de parler. Et s'ils étaient prêts à sacrifier tous les gens qui voyageaient avec lui pour le faire taire, c'était que les révélations qu'il aurait pu faire étaient vraiment dévastatrices.

Pour se protéger, il prétendrait se contenter de relater ce que Paige lui avait dit. De toute façon, qui pourrait le contredire ? Et, au besoin, il embellirait. Il pourrait même étirer les révélations sur deux ou trois jours. Il faudrait qu'il voie avec la production...

Finalement, c'était encore mieux que si Paige lui avait fait ces fameuses révélations : il demeurait entièrement libre de ce qu'il allait dire et de la manière dont il allait traiter son sujet.

Fort Meade, 17 h 11

Spaulding déposa sur le bureau de Tate un projet de communiqué sur l'accident d'avion. Il importait de contrer le plus rapidement possible les rumeurs sur l'origine terroriste de l'explosion. Sans exclure tout à fait l'hypothèse de l'attentat, pour ne pas avoir l'air de vouloir l'enterrer à tout prix, le communiqué expliquait que la piste privilégiée par les enquêteurs était celle d'un bris mécanique, possiblement lié à une erreur humaine commise par l'équipe d'entretien.

Après avoir lu le communiqué, Tate le redonna à Spaulding.

— OK… Des nouvelles de Boston ?

— Les terroristes ont accordé un délai supplémentaire de vingt-quatre heures pour donner le temps au gouvernement de répondre à leur demande.

— C'est dans leur intérêt que ça se prolonge. Avec la moitié de la ville évacuée, ils font la une de tous les médias… Qu'est-ce que disent nos *hackers* à nous ?

— Ils pensent pouvoir court-circuiter le contrôle des terroristes sur le fonctionnement de l'usine. Mais ça va prendre un certain temps.

— Est-ce qu'il y a danger que ça fasse tout sauter ?

— Paraît que non… Mais il y a un autre problème.

— Quoi encore ?

— Comme ils sont obligés de tout fermer, ça va prendre une ou deux semaines pour redémarrer l'usine.

— Je me fous qu'elle reste fermée jusqu'à la fin du prochain siècle ! La seule chose qui importe, c'est qu'elle n'explose pas… Cette idée, aussi, de construire un port méthanier dans une zone habitée !

— Le département de l'Énergie dit que ça va mettre une pression supplémentaire sur nos réserves.

— Le département de l'Énergie est contrôlé par des multinationales qui veulent extraire jusqu'au dernier cent de n'importe quel investissement, peu importe ce qui arrive ensuite… Dis à nos *hackers* d'agir aussitôt qu'ils sont prêts.

Tate fut interrompu par la sonnerie du téléphone. Il écouta quelques secondes, se contenta de répondre « Entendu », puis il raccrocha.

— The Mad Warden, dit-il. On est convoqués à dix-neuf heures. Réunion restreinte du NSC.

— On ?

— Tu viens avec moi. C'est déjà réglé avec le Président.

Puis il ajouta avec un sourire :

— Il faut bien que tu fasses ton entrée dans le grand monde un jour ou l'autre !

Sur l'Atlantique, 17 h 36

Killmore était resté moins d'une heure dans le sous-marin de poche. Au large de Saint-Malo, il était monté à bord du yacht qui allait l'emmener jusqu'à l'Arche.

Quand il apprit que l'avion de Levitt avait explosé, il sut tout de suite que ce n'était pas un accident. L'élimination de cinq des vingt personnes de la direction du Cénacle était un contretemps significatif. Mais il ne servait à rien de gaspiller temps et énergie à regretter ce qui ne pouvait être changé. Il fallait plutôt voir de quelle manière il pouvait tirer parti des événements.

Il prit le téléphone et appela Heath pour lui communiquer ses instructions.

— Le plus rapidement possible, dit-il avant de raccrocher.

Puis il murmura pour lui-même :

— J'ai hâte de voir comment ils vont se débrouiller avec ça.

Fox News Channel, 17 h 43

... Le Président serait sur le point d'autoriser un certain nombre d'opérations aériennes. Une rumeur persistante veut que La Mecque soit parmi les premiers objectifs visés par les représailles, de même que certaines installations pétrolières chinoises. Les zones tribales, à la frontière du Pakistan et de l'Afghanistan, feraient également...

Guernesey, 23 h 11

Le lieu ressemblait à un aréna miniature. Il y avait des petits espaces avec fauteuils, en gradins, tout le tour de la scène. On aurait dit une piste de cirque. Un simple cordon attaché à des poteaux, comme dans les files d'attente, séparait le public du spectacle.

Au-dessus des fauteuils, tout le tour de la pièce, des loges surélevées dotées de vitres opaques permettaient à certains membres privilégiés de voir le spectacle sans être vus.

Sam inspectait les lieux avec Finnegan, le responsable du MI5. L'adresse de ce local était la première information que leur avait donnée Maggie McGuinty. Elle était demeurée à Brecqhou, sous la surveillance de Moh.

À l'étage, ils n'avaient rien trouvé de particulier : une cuisine, quelques chambres et un immense salon pour justifier les réceptions qu'on y donnait. Au sous-sol, c'était autre chose. Il y avait d'abord cette pièce, qui permettait aux membres d'assister en direct aux « dégustations ». Elle était maintenant vide.

Plusieurs des loges étaient également vides. La dernière qu'ils visitèrent était la loge VIP. En plus de la fenêtre permettant de voir les « dégustations », elle était dotée d'un écran mural géant et d'une discothèque contenant plus d'une centaine de « dégustations » enregistrées sur DVD.

Sam en mit un dans l'appareil. Un titre apparut sur l'écran :

Entre nous, le courant passe.

L'écran vira au noir pendant plusieurs secondes, puis l'image d'un couple enlacé, complètement enveloppé de bandelettes, apparut à l'écran. Ils reposaient sur un lit. Des mouvements à la surface des bandelettes témoignaient qu'ils étaient encore vivants. Ou, du moins, qu'ils bougeaient encore.

Suivit un gros plan sur des fils qui émergeaient des bandelettes à la tête et aux pieds.

La réalité est souvent électrisante. Mais nous oublions parfois d'inverser la polarité, tellement nous sommes ligotés dans nos habitudes.

La voix était celle de Maggie McGuinty.

Sam et Finnegan regardaient la scène, anxieux de voir la suite, pressentant que ce qui suivrait n'était pas une simple mise en scène esthétique.

Le sexe est ce qu'il y a de plus électrisant, ce qui nous pousse au-delà de nous-même. Mais ce n'est pas tout le monde qui a la force de supporter son intensité.

Subitement, les deux corps se mirent à vibrer. De plus en plus fortement. Sam arrêta l'appareil et se tourna vers Finnegan.

— Je pense qu'on en a assez vu.

Paris, 0 h 47

Inutile de perdre du temps à courir à l'autre bout de Paris, avait dit Blunt. C'est pourquoi Prose se retrouvait dans une chambre de l'hôtel du Louvre. Si jamais il y avait une urgence, il ne serait pas à la merci des métros – ou de la grève des métros – et des bouchons de circulation. L'hôtel était à une quinzaine de minutes à pied de chez Poitras.

Aussitôt qu'il était arrivé, Prose avait essayé de dormir. Mais il n'y avait rien à faire : tout l'univers qu'il découvrait se bousculait dans sa tête. Une question lui revenait sans cesse à l'esprit : comment était-il possible de rendre compte d'une situation aussi complexe dans une œuvre littéraire ? Si le roman avait entre autres comme pouvoir de rendre compte d'une époque, comment pouvait-il le faire à une époque où la moindre situation locale se trouvait enchevêtrée à mille autres, elles-mêmes déterminées, souvent à l'insu de leurs acteurs, par un réseau mondial d'autres situations locales ?

Après avoir tourné pendant une demi-heure dans son lit, il s'était levé pour regarder la télé. C'est onze minutes plus tard, en zappant d'un poste à l'autre, qu'il tomba sur la fin de la déclaration des Djihadistes du Califat universel.

… DE MANIÈRE À DÉMONTRER QUE NUL N'EST À L'ABRI DE LA VENGEANCE D'ALLAH. OÙ QU'ILS SE CACHENT, LES CROISÉS OCCIDENTAUX ET LEURS ALLIÉS SIONISTES SERONT FRAPPÉS. ILS SERONT FRAPPÉS AUSSI SÛREMENT QUE LES PALESTINIENS IMPUISSANTS QUI REGARDENT TOMBER LES BOMBES ISRAÉLIENNES. LEUR CIVILISATION IMPIE SERA DÉTRUITE. SEUL L'ISLAM EST CAPABLE DE CONSTRUIRE UNE CIVILISATION QUI RESPECTE LA PLANÈTE, LES ÊTRES HUMAINS ET LA VOLONTÉ D'ALLAH.

Prose écouta le reste de la déclaration des terroristes avec une perplexité croissante. C'était quoi, cette fusion des écologistes et du fondamentalisme islamiste ? Une façon supplémentaire de brouiller les pistes ?

> … Ces cinq personnes sont les premières victimes. D'autres suivront. Aucun avion n'est à l'abri du bras vengeur du djihad. Aucun navire. Aucun véhicule…

Les victimes étaient les cinq Américains qui apparaissaient sur la liste des vingt administrateurs secondaires les plus importants d'HomniCorp. Il y avait peu de chances que ce soient des terroristes qui les aient fait disparaître.

L'hypothèse la plus probable était qu'il s'agissait d'une opération américaine. Ce qui voulait dire que les gens de l'Alliance avaient réagi au quart de tour pour imposer leur interprétation de l'événement. Pour l'utiliser à leurs propres fins… C'était une brillante opération de spin.

Prose décida d'appeler à la chambre de Blunt.

HAMPSTEAD, 23 H 38

F avait passé la journée à assimiler tout ce qu'elle pouvait des archives de Fogg. Alternant les phases de travail avec de brèves interruptions pour manger un morceau et prendre des informations de Monky, elle avait réussi à se tracer un portrait assez précis de la stratégie que Fogg avait élaborée.

La priorité, c'était de disposer, dès les premières heures, des principaux opposants parmi les dirigeants du Consortium. Daggerman et Gelt ne posaient pas vraiment de problème : le premier vivait pratiquement cloîtré chez lui et le second avait un horaire dont la précision relevait de l'horlogerie suisse. Skinner et Hunter, par contre, semblaient insaisissables. Il fallait qu'elle trouve un moyen de les amener à un endroit précis, à un moment précis. Si possible en même temps.

Le plus simple était de les convoquer à une réunion en se faisant passer pour Fogg… même s'il y avait déjà eu beaucoup de réunions en très peu de temps.

En arrivant dans la cuisine, elle vit Monky qui prenait un thé.

— Quoi de neuf? demanda-t-elle.

— Les opérations de Guernesey et de Brecqhou ont réussi. À un détail près : Killmore s'est échappé.

Monky l'informa ensuite rapidement de la manière dont Tate avait choisi de disposer du problème des cinq dirigeants dont il avait la responsabilité.

— Une solution typiquement américaine, se contenta de dire F.

— Jusqu'à maintenant, les personnes ciblées par les terroristes ont réussi à échapper aux attentats. En tout, il y en a eu onze de déjoués. Les autres ne se sont simplement pas produits.

— À Boston ?

— *Statu quo*.

— Notre opération commence toujours à minuit ?

— Pour les préparatifs. L'opération elle-même débute à cinq heures. Dominique a envoyé une confirmation il y a quelques minutes.

F ouvrit le réfrigérateur, se versa un verre de jus et revint s'asseoir à la table.

— C'est quand même étrange de se retrouver après si longtemps, dit-elle.

— Nous ne sommes plus les mêmes personnes, dit Monky.

Puis il ajouta avec un léger sourire :

— En tout cas, moi, je suis quelqu'un d'autre.

— Il me semble qu'il y a un poète qui a déjà dit ça.

— Peut-être qu'il se pressentait déjà dans la peau d'un trafiquant d'armes…

Guernesey, 23 h 59

Norm/A travaillait depuis plusieurs heures dans son fauteuil bulle. Normalement, la dernière vérification n'aurait pas été nécessaire. Mais c'était le genre d'opération qu'on ne pouvait pas réussir à moitié. Si Killmore découvrait trop rapidement la cause de la faille dans la sécurité de ses systèmes informatiques, ce serait sa sécurité à elle qui serait compromise.

Elle relut une fois encore le message de Chamane, comme si elle voulait s'assurer hors de tout doute qu'elle avait correctement lu.

Il lui donnait bien le feu vert pour lancer l'opération.

Elle fit afficher une fenêtre d'accès sur l'écran principal, entra le code de sécurité et appuya sur « Enter ». Les substitutions d'adresses s'effectuèrent dans les différents systèmes.

Au début, personne ne s'apercevrait de quoi que ce soit. Il se passerait des heures, peut-être même un ou deux jours, avant qu'ils réalisent que quelque chose clochait. Le déclencheur, ce serait le moment où ils tenteraient d'utiliser l'argent déposé dans leurs comptes.

Norm/A rédigea ensuite un message pour Chamane.

> Tout est en place pour les deux premières étapes.
> Les codes ont tous été changés à minuit. Comme convenu, j'ai utilisé le même code aux quatre endroits visés dans la première phase.
> A+

Après avoir envoyé le message, elle fut submergée par la réalisation que son existence allait changer de façon radicale. En tapant quelques instructions sur son clavier, elle avait abandonné son passé derrière elle. Ce n'était pas la première fois qu'elle y songeait, mais c'était désormais inéluctable.

D'une certaine manière, c'était une trahison. Killmore lui avait toujours procuré ce dont elle avait besoin. Au cours des années, il avait veillé sur elle. Il avait vu à ce qu'elle ne manque de rien. Il s'était assuré qu'elle ait accès aux équipements informatiques les plus sophistiqués, parfois même à du matériel militaire classé secret.

C'est pourquoi, sans remettre le moindrement en question sa décision, elle ne pouvait s'empêcher d'éprouver le sentiment de le trahir. Elle allait précipiter la ruine de l'homme qui lui avait permis d'être ce qu'elle était.

Sans compter que, pour la première fois de sa vie, elle serait laissée complètement à elle-même pour s'occuper de sa vie.

CNN, 19 H 06

> … A DÉJOUÉ UN NOUVEL ATTENTAT. COMME LES FOIS PRÉCÉDENTES, LA PERSONNE VISÉE ÉTAIT MEMBRE DE LA HAUTE DIRECTION D'UNE ENTREPRISE PÉTROLIÈRE. UNIQUEMENT AUX ÉTATS-UNIS, ON EN EST MAINTENANT À SEPT ATTENTATS DÉJOUÉS…

HAMPSTEAD, 0 H 07

Ils étaient toujours assis à la table de la cuisine. La discussion avait bifurqué sur Hurt. Monky avait toujours la même attitude de sérénité bienveillante, mais il refusait d'admettre le bien-fondé des arguments de F.

— C'est une question de confiance, dit-il.

— C'est exactement mon avis : il va me faire confiance.

— Je pense que vous commettez une erreur.

C'était la première fois que Monky s'opposait de la sorte à ce qu'elle voulait entreprendre. Jusqu'à maintenant, il s'était cantonné dans un rôle d'assistant hyper efficace et quasi invisible, se matérialisant presque uniquement lorsque sa présence était requise.

— Vous exagérez, dit F.

— Hurt est dangereux. Vous risquez de compromettre l'opération à cause de lui. Il est préférable de neutraliser le danger qu'il représente.

F le regardait sans répondre.

— Vous avez une mission à mener à terme, reprit Monky. Vous ne pouvez pas vous permettre d'être distraite. Et vous ne pouvez pas courir le risque qu'il provoque un nouvel incident.

— D'accord, je vais y penser.

F regarda sa montre, se leva et se dirigea vers le bureau de Fogg. La discussion avec Monky lui avait fait oublier l'heure. Elle était en retard de sept minutes. Ça ne tirait pas à conséquence, mais elle préférait respecter à la lettre le plan établi.

Dans un premier temps, elle envoya un courriel à Daggerman en utilisant l'ordinateur de Fogg. La signature électronique s'appliquerait automatiquement et authentifierait le message.

> Le plan débute ce soir à minuit. La première étape consiste à couper l'accès de « ces messieurs » à Vacuum : bloquer toute nouvelle commande ; interrompre les contrats en cours ; donner ordre aux opérateurs de cesser séance tenante leurs opérations et de se retirer. Pour les détails, contactez F : je lui ai demandé de superviser tous les aspects techniques de cette partie des opérations.

D'avoir utilisé le nom de Fogg ramena F à la tristesse qu'elle avait refoulée pour effectuer les tâches que l'opération exigeait. Les gens n'en finissaient plus de mourir autour d'elle. Gunther, Kim, Claudia… et maintenant Fogg.

Ce qu'elle et Fogg avaient pensé réaliser ensemble, elle devrait l'achever seule. Ironiquement, il avait connu le même sort que le Rabbin : il était mort juste avant de voir le projet de sa vie se réaliser…

Curieusement, ce qui lui vint à l'esprit, c'est un souvenir de son enfance, à l'époque où elle étudiait chez les religieuses. Elle avait lu une histoire romancée de la Bible. Une illustration montrait Moïse, sur le point de mourir, qui apercevait la terre promise du haut d'une montagne et qui savait qu'il ne pourrait jamais y entrer.

Était-ce le sort de tous ceux qui rêvaient de refaire le monde ? Ou simplement de l'améliorer un peu ? Était-ce ce qui allait lui arriver, à elle aussi ?

Le signal en provenance du téléphone, dans l'autre bureau, la tira de ses réflexions. Probablement Daggerman qui appelait.

Il fallait se remettre au travail.

WASHINGTON, 19 H 14

Le Président, accompagné de Tate et de la secrétaire d'État, arriva avec une dizaine de minutes de retard. Il amorça la réunion en faisant le bilan de l'accident d'avion qui avait tué l'ancien vice-président des États-Unis. Pendant qu'il exposait les faits, il évita soigneusement de regarder Tate et Kyle.

Le sous-secrétaire à la Défense, qui remplaçait son patron décédé dans l'accident, enchaîna aussitôt en disant qu'il s'agissait d'un acte de guerre et qu'il fallait une riposte immédiate.

— Contre qui ?

La question venait de Kyle.

— On ne va pas se raconter d'histoires, répondit le sous-secrétaire. On sait très bien qui est derrière les terroristes écolos et les islamistes.

— J'ai l'impression que vous prenez trop souvent vos informations à la télé, ironisa Tate.

— Quand nos agences de renseignements ne nous renseignent pas, on prend notre information où on peut.

— À tout hasard, répondit calmement Tate, j'ai demandé qu'on prépare la liste des attentats que nos renseignements nous ont permis de déjouer au cours des dernières vingt-quatre heures. Grâce à la collaboration du FBI et de la CIA, cela va de soi. Il y en a maintenant sept.

Avant que le sous-secrétaire à la Défense ait le temps de répondre, Tate ajouta :

— Je vais demander à monsieur Spaulding de vous envoyer la liste après la réunion. Il va ajouter le nom des autres personnes que nous protégeons parce qu'elles apparaissaient sur la même liste des cibles prioritaires des terroristes.

— Mais… comment se fait-il que ce ne soit pas connu ?

— Parce qu'on espère piéger d'autres terroristes… et que ça ne servirait à rien d'alarmer la population.

— Vous voulez dire que vous utilisez ces personnes comme appâts ?

— Il veut dire que ces personnes sont protégées, intervint Bartuzzi, de la CIA. Et que ceux qui les approchent sont interceptés.

— C'est dommage que vous n'ayez pas réussi à protéger aussi bien la ville de Boston.

— Il y a de bonnes chances que le problème de Boston soit derrière nous avant la fin de notre réunion, répliqua Bartuzzi.

— Je ne savais pas que la CIA avait l'autorité pour mener des opérations à l'intérieur du pays !

— Nous travaillons en collaboration sur ce projet, fit Snow. Et je peux confirmer que l'opération de récupération de l'usine est en cours.

— Et pourquoi l'adjoint de Paige n'est pas ici ? Il me semble que c'est du DHS que relèvent toutes les opérations relatives à la sécurité du pays.

Tate se tourna vers le Président, qui fit un léger hochement de tête avant de prendre la parole.

— Monsieur Tate a accepté d'assumer l'intérim, dit-il. Jusqu'à nouvel ordre, c'est lui qui dirige le Department of Homeland Security.

Le sous-secrétaire à la Défense regardait le Président, bouche bée.

— Nous sommes en temps de crise, reprit ce dernier. Plus encore que certains d'entre vous le pensent. J'ai choisi la personne qui me semblait la plus appropriée pour remplir ce poste au pied levé.

Tous les regards se concentrèrent sur Tate. Kyle était celui qui souriait le plus. L'appui qu'il avait donné à Tate, plus tôt dans la journée, pourrait bien s'avérer une des meilleures décisions de sa carrière.

— Et maintenant, messieurs, fit le Président, je pense que nous avons des problèmes plus importants que des querelles bureaucratiques de territoire.

Un silence embarrassé suivit.

— Je dois admettre que Tate a obtenu des résultats probants, reprit le Président. Mais nous sommes loin d'être tirés d'affaire. Juste aujourd'hui, il y a eu cinq nouvelles victimes de produits piégés à l'acide. La liste des entreprises qui sont contraintes de retirer leurs produits des tablettes continue de s'allonger. Le prix du pétrole bat tous ses records antérieurs. Les agressions contre la communauté musulmane se multiplient. Les médias réclament des interventions musclées et les terroristes ajoutent de l'huile sur le feu en revendiquant l'attentat contre l'ancien vice-président. Le seul point positif, c'est qu'on parle moins des cas de peste grise, qui continuent de s'additionner mais en nombre trop restreint pour intéresser les médias. Quant au problème de l'eau et des céréales, c'est passé au rayon des chiens écrasés parce que, heureusement pour nous, ça touche surtout les pays en voie de développement… Pour le moment.

Cette fois, le silence qui suivit n'était pas embarrassé : il résultait plutôt de l'impact qu'avait eu la présentation en raccourci du Président.

Ce dernier en profita pour faire apparaître une liste sur l'écran du mur en face de lui, à l'autre bout de la salle.

Vingt-cinq noms y apparaissaient.

— Voici les vingt-cinq principaux responsables de nos problèmes, fit le Président.

Il y avait d'abord un bloc de cinq noms, dont le premier était celui de Lord Killmore. Suivaient les dirigeants des quatre grandes entreprises de l'AME.

— Je dois vous signaler que ces individus n'assument pas tous officiellement la direction de leur entreprise, précisa Tate. Deux ont choisi une solution à la Poutine et se sont retranchés dans des fonctions périphériques de conseillers, de manière à continuer de diriger l'entreprise dans l'ombre.

La seconde partie de la liste contenait vingt noms ; elle commençait par celui des cinq victimes de l'accident d'avion.

— Je pense que cette information situe dans une perspective différente l'accident d'avion dont nous avons parlé au début de la réunion, conclut le Président.

Il fit une pause.

— Il existe également une liste de cinq mille noms de personnes occupant des postes haut placés, un peu partout sur la planète… Comme il ne s'agit pas de responsables majeurs, des ententes seront prises avec ces personnes, ententes qui varieront en fonction de la collaboration qu'elles apporteront au règlement de ce problème.

Son regard s'attarda quelques secondes sur le sous-secrétaire à la Défense.

— Je pense qu'il ne serait pas constructif de détruire ce qui reste de confiance, dans la population, envers la classe dirigeante du pays… Je laisse maintenant le soin à monsieur Tate de vous brosser un portrait plus détaillé de la situation. Et de ce qu'il est possible de faire. Monsieur Tate, vous avez vingt minutes.

WWW.BUYBLE.TV, 19 H 31

> … Qu'est-ce qu'on attend ? Les terroristes font sauter des raffineries comme ils veulent. À Montréal, dans le golfe du Mexique… partout… Même une plate-forme dans la mer du Nord ! C'est clair que c'est une attaque contre l'Occident ! Une attaque qui vient d'un groupe d'écolos illuminés, qu'ils disent. Mais avez-vous déjà vu des illuminés être aussi organisés ?… Des sources dans les services de renseignements affirment que les écolos sont financés et manipulés par des islamistes. Ça serait logique quand on regarde ce qu'ils attaquent. Ils veulent nous détruire en détruisant notre économie. En nous faisant mourir de faim. En nous rendant malades. En nous privant de pétrole pour nous chauffer… Ils empoisonnent nos produits et mettent de l'acide dans nos médicaments… Ils sont même prêts à détruire la planète pour nous détruire ! Qu'est-ce que le gouvernement attend ?!… À chaque attentat, on rase une ville arabe ! Et, pour commencer, on rase La Mecque ! Œil pour œil, dent pour dent ! C'est écrit dans la Bible… Ils nous reprochent d'être corrompus, de ne même plus être capables de défendre notre religion… Ben, *fuck*, on va la défendre, notre religion ! Et on va appliquer à la lettre ce que dit la Bible !…

WASHINGTON, 19 H 52

Lorsque Tate s'interrompit, les autres participants à la réunion se regardèrent un moment, personne n'osant prendre la parole le premier.

Kyle décida de briser la glace.

— Personnellement, j'endosse entièrement l'analyse présentée par le directeur de la NSA… et du DHS.

Une discussion d'une dizaine de minutes suivit. La principale difficulté de tous les participants portait sur le même point : pouvait-on s'inscrire dans un plan que les États-Unis ne contrôlaient pas complètement ?

Voyant que le débat menaçait de s'enliser, le Président trancha en faveur de Tate :

— À mes yeux, le plan exposé par Tate a plusieurs défauts. Mais il a une qualité importante : il n'y a pas, à courte échéance, d'autre plan disponible. La question sur laquelle j'aimerais vous entendre, c'est comment on peut désamorcer les mouvements de panique et d'hystérie dans l'opinion.

— Pourquoi on ne présenterait pas les attaques contre les quatre cibles comme des représailles contre les vrais auteurs du terrorisme ? suggéra Bartuzzi. Ça soulagerait le besoin de vengeance des gens. Ça redirigerait leur agressivité à l'extérieur du pays, mais ailleurs que sur les Arabes et la Chine.

— Ce n'est pas à ça que s'attendent les gens, objecta le sous-secrétaire. Ils ont déjà des coupables en tête. Dans les médias, on leur a vendu la théorie de la conspiration : ils veulent des conspirateurs.

— Et si on utilisait, nous aussi, la théorie de la conspiration ? fit Bartuzzi.

Tous le regardèrent.

— Si on leur offrait une théorie de la conspiration au deuxième degré ?… On leur présente un groupe de conspirateurs qui ont utilisé la fascination naturelle des gens pour la conspiration pour leur proposer de faux coupables.

— Pouvez-vous monter une histoire cohérente, le plus près possible de la réalité, qu'on pourrait commencer à diffuser demain ? demanda le Président.

— Il faut d'abord décider du coupable.

— Prenez les vrais coupables, fit Tate : des industriels et des financiers véreux. Après la dernière crise financière et économique, tout le monde est prêt à les condamner pour tous les maux de la planète. Il faut seulement qu'on évite de les identifier à HomniFood et aux autres entreprises.

— Et pourquoi ? demanda Snow.

— Parce que nous allons les récupérer à notre profit.

Tate regarda sa montre avant d'ajouter :

— Ça va d'ailleurs commencer dans moins de cinq heures… Je disais donc qu'on va les récupérer et qu'on va les réorienter en fonction de l'image publique qu'elles se sont fabriquée : leurs immenses ressources seront « vraiment » mises au service de la reconstruction.

— Ça, c'est quelque chose que j'aimerais qu'on m'explique en détail, dit la secrétaire d'État.

Tate résista à la tentation de répondre : « Moi aussi ». Il se contenta de sourire et de dire :

— Ces informations sont de nature opérationnelle et il est préférable qu'elles demeurent secrètes quelques jours encore, le temps que l'opération soit terminée.

En lui-même, il aurait aimé être aussi convaincu qu'il s'efforçait de le paraître. Pourvu que les machinations complexes de Blunt réussissent.

— Par contre, se dépêcha-t-il d'ajouter pour amener la discussion sur un autre sujet, j'ai une information qui risque de vous intéresser grandement. Vous avez évidemment tous entendu parler des Dégustateurs d'agonies. Eh bien…

Hawaï, 16 h 47

Leona Heath ferma la télé et prit une gorgée de rhum. Le feu du liquide dans sa gorge ne réussit pas à dissiper sa mauvaise humeur.

Que les autorités américaines aient décidé de protéger certains dirigeants d'entreprises, ça pouvait s'expliquer. Mais, pour empêcher un aussi grand nombre d'attentats, il aurait fallu qu'ils protègent tout le monde. Et ça, ils n'avaient pas les moyens de le faire. Il fallait donc qu'ils sachent qui protéger. Ce qui voulait dire qu'il y avait une fuite.

Tous ces ratés allaient compliquer la tâche d'Homni-Fuel. Plusieurs des entreprises qui devaient être intégrées avaient prévu des conseils d'administration au cours des semaines à venir. Ils devaient se prononcer sur la vente de leur compagnie. Les gens qui auraient dû être éliminés avaient tous une chose en commun : ils s'opposaient à la vente. Dans plusieurs cas, ça remettrait en cause le résultat du vote.

Le problème ne serait pas insoluble. Aucun problème ne l'était. Mais Heath aurait préféré que tout soit bouclé avant l'Exode. Elle aurait aimé ne plus avoir à sortir de l'Archipel pour terminer ces dossiers.

Et Skinner qui n'avait toujours pas retourné son appel…

Heath finit son verre d'une gorgée, se concentra un instant sur la sensation de brûlure iodée qui se propageait jusque dans sa gorge, puis elle regarda sa montre.

La réception commençait dans une dizaine de minutes. Il était temps d'y aller. Elle avait lieu sur la terrasse qui surplombait le volcan. Une trentaine de personnes avaient été invitées. Elles occupaient – ou occuperaient bientôt – les postes les plus importants dans HomniFuel. C'était pour cette raison qu'elle avait organisé cette fête somptueuse : il était important qu'elles se sentent reconnues.

À la fin du dîner, elle leur annoncerait que leur attente était terminée : l'Exode débutait dans vingt-quatre heures. Si leurs préparatifs pour intégrer l'Archipel n'étaient pas achevés, il était urgent de s'en occuper. Après l'Exode, la situation se dégraderait rapidement dans les territoires extérieurs.

Ce serait le début d'une nouvelle ère, songea Heath. Désormais, sa vie se passerait à voyager d'un îlot de l'Archipel à l'autre. À diriger HomniFuel par communication satellite. Et à regarder se dérouler l'Apocalypse… Tout cela en sachant qu'elle avait été l'une des principales responsables de cette nouvelle phase de l'évolution humaine.

> L'Archipel peut être conçu comme une sorte de jardin
> d'acclimatation où seront maintenus et se reproduiront,
> pendant la période de transition, les détenteurs des
> principales compétences humaines, qu'elles soient
> d'ordre scientifique, technique, administratif ou artis-
> tique.
>
> Guru Gizmo Gaïa, *L'Humanité émergente*, 4- L'Exode.

JOUR - 5

SUR LA CÔTE D'IRLANDE, 5 H 02

Pendant que l'équipe de terre approchait de la modeste résidence sur le bord de la côte, les SAS plongeaient vers la base sous-marine, dont les photos satellite avaient à la fois confirmé l'existence et la localisation.

Des hélicoptères patrouillaient un kilomètre derrière eux. Ils formaient un demi-cercle dont le point central était la base sous-marine, au pied de la falaise. Chaque appareil était en contact radio avec le navire qui avait amené les SAS. Le navire était équipé d'instruments qui lui permettaient de détecter tout sous-marin, quelle que soit sa taille, dans un rayon de plusieurs kilomètres.

LES ALPES FRANÇAISES, 6 H 07

Gonzague Leclercq avait rencontré le nouveau directeur de la DGSE, monsieur Raoul, en compagnie de monsieur Claude. La rencontre avait eu lieu à la résidence de ce dernier.

Les échanges avaient été brefs et n'avaient porté que sur un seul point : qui aurait le crédit de l'opération ? Une opération conjointe était la seule solution, mais il fallait décider de la manière dont elle serait présentée aux autorités – et accessoirement au grand public – une fois qu'elle serait terminée.

Monsieur Raoul avait proposé une gestion conjointe jusqu'à l'étape finale des caméras. Pour le nouveau directeur de la DGSE, c'était une façon de démontrer qu'il était un homme de collaboration, qu'il faisait passer le bien de la nation avant les guerres de territoire. Pour Gonzague Leclercq, c'était une manière de montrer qu'il pouvait être à la fois un homme de terrain, puisqu'il avait codirigé une opération cruciale pour les intérêts de l'État, et un homme de compromis, puisqu'il avait pu s'entendre avec un service rival et avec diverses agences extérieures : MI5, NSA… Dans les négociations en cours à l'intérieur de la DCRI sur les suites de la fusion, cela lui donnerait un avantage.

Pour l'opération, la DCRI avait fourni l'essentiel des équipes terrestres. La DGSE s'était occupée d'assurer une couverture aérienne : au total, quatre hélicoptères attendaient l'ordre de décoller pour couvrir une zone formant un cercle de cinq kilomètres autour de la montagne.

Gonzague Leclercq et monsieur Claude assistaient tous les deux de loin à l'opération. À travers leurs jumelles, ils pouvaient suivre la progression des équipes qui montaient vers la caverne où était abrité l'objectif.

Pour l'instant, tout se déroulait sans accroc. Déjà, deux équipes avaient confirmé la présence de dispositifs de sécurité qui n'avaient pas réagi à leur présence. Le code diffusé par leurs émetteurs semblait fonctionner.

HAWAÏ, 18 H 11

Le bateau passa à côté de la mine flottante sans qu'elle se déclenche. Chacune des embarcations était équipée d'un émetteur qui diffusait le même code en continu. Cela avait pour effet de désamorcer temporairement les bombes dans un rayon de vingt-cinq mètres.

Six hommes-grenouilles plongèrent au moment où les embarcations longeaient la falaise. Leur mission était de repérer tout accès sous-marin à l'île et, le cas échéant, de s'en rendre maître.

Les quatre embarcations continuèrent jusqu'à une petite plage. Les onze hommes qui restaient descendirent. Ils appartenaient tous aux SEALS. Chacun était muni d'un émetteur miniature qui diffusait en permanence le même signal que les embarcations.

Tout au long de leur progression sur le flanc accidenté de la montagne, ils découvrirent plusieurs dispositifs de défense plus ou moins dissimulés : mitrailleuses, bombes… Aucun ne se déclencha à leur approche.

Tout au sommet, ils pouvaient apercevoir l'immense construction.

Carson City, 22 h 14

Les trois voitures s'étaient approchées de l'aéroport en prenant des voies différentes. Pendant que deux des équipes se dirigeaient vers l'appareil pour prévenir tout départ précipité, la troisième se rendit au bureau de la sécurité.

À cette heure du soir, il n'y avait qu'un gardien. Après une réaction initiale prévisible, « Vous viendrez demain quand le bureau sera ouvert », il se laissa rapidement convaincre de collaborer : appeler le responsable de la sécurité chez lui, en fin de soirée, c'était nettement moins dangereux que de faire face à une accusation d'obstruction à une enquête liée à la sécurité nationale.

Sur la côte d'Irlande, 5 h 28

L'équipe de terre, composée d'agents du MI5, ne rencontra aucune résistance. Les codes de sécurité que diffusaient leurs émetteurs personnels avaient manifestement désactivé les défenses qui auraient dû leur interdire l'accès aux bâtiments.

Leur découverte la plus troublante fut une bombe, dans le sous-sol, qui avait la puissance nécessaire pour détruire l'ensemble du complexe d'habitation ainsi qu'une bonne partie du terrain où il était situé. C'est toute une partie de la falaise qui aurait été précipitée dans la mer.

De leur côté, les SAS réussirent à entrer dans la base sous-marine sans rencontrer davantage de résistance. L'endroit était désert.

HAWAÏ, 18 H 32

En arrivant près de la résidence, les membres du groupe d'intervention commencèrent à entendre plus distinctement les bruits de la fête. Par chance, elle se tenait de l'autre côté, sur la terrasse qui surplombait le volcan, et non pas sur celle qui faisait face à la mer. Les images satellite l'avaient confirmé.

Le responsable du groupe jeta un dernier coup d'œil sur son ordinateur de poche pour vérifier que la terrasse du côté de la mer était toujours déserte, puis il donna l'ordre de commencer l'assaut.

SUR LA CÔTE D'IRLANDE, 5 H 39

Les hommes de l'équipe d'intervention durent se rendre à l'évidence : l'endroit était désert. Absolument désert. Il n'y avait pas de personnel de sécurité. Ni de personnel d'entretien. Personne.

Tous les dispositifs de sécurité, toutes ces armes omni-présentes que les codes de sécurité diffusés par leurs émetteurs avaient neutralisés, tout ça ne servait à protéger personne.

HAWAÏ, 18 H 42

Les SEALS n'avaient pas rencontré d'opposition digne d'être mentionnée. Quatre gardiens de sécurité avaient été désarmés avant de réaliser ce qu'il leur arrivait. Manifestement, ils se fiaient aux défenses automatisées qui protégeaient l'endroit et ils prenaient leur tournée de surveillance pour une formalité. Une sorte de parade destinée à procurer un sentiment de sécurité aux occupants et à impressionner les hôtes.

Après avoir fait méticuleusement le tour de la résidence et avoir disposé du reste du personnel, autant le personnel d'entretien que ceux qui s'occupaient de la réception, les SEALS prirent position près des accès qui menaient à la terrasse.

Ils entrèrent en action au moment où la musique s'interrompait pour permettre à Heath d'adresser la parole aux invités.

Les cris et l'agitation cessèrent en quelques minutes. Une opération à risque presque nul, avait expliqué le chef de la mission. Une fois parvenus à l'intérieur, personne ne serait véritablement en état de leur résister.

Il s'avérait qu'il avait raison. Jusqu'à maintenant, l'opération était un succès.

Leona Heath, leur cible principale, était adossée à la rampe de pierres qui ceinturait la terrasse. Elle avait levé les mains et regardait la scène avec un regard furieux. Lorsqu'elle vit un des membres du groupe d'intervention venir dans sa direction, elle se retourna brusquement et sauta dans le vide.

Le SEAL qui s'approchait d'elle se précipita vers l'endroit où elle avait disparu. Il s'attendait à ce que Heath ait plongé dans les flots de lave à moitié solidifiés. Mais, là où elle avait basculé, il y avait une corniche d'une dizaine de mètres qui surplombait le volcan. La chute était d'à peine deux mètres.

La corniche semblait déserte. Le SEAL regarda un instant la corniche, se tourna vers le chef de groupe et lui fit signe qu'il allait sauter. Le chef de groupe se figea un instant, puis il se dit qu'il y avait une bonne raison : aucun des membres de son équipe n'était suicidaire.

Le SEAL se laissa tomba sur la corniche en position accroupie, son arme à la main, prêt à intervenir. La corniche était déserte. Dans le mur de la résidence, il y avait une porte.

LES ALPES FRANÇAISES, 6 H 46

La première équipe venait de franchir la rampe de la terrasse. Gonzague Leclercq donna l'ordre de plastiquer l'immense baie vitrée qui bloquait l'accès à l'intérieur de la caverne.

Hawaï, 18 h 51

Les gens avaient été regroupés dans une des salles de réception afin d'être interrogés. Personne n'avait la moindre idée de l'endroit où se trouvait Heath et les recherches entreprises dans la maison n'avaient rien donné.

Quelques instants plus tard, le chef du groupe fut contacté par un homme-grenouille. Il eut à peine le temps de se rendre à une fenêtre, du côté opposé à la terrasse. Il vit un yacht, qui s'éloignait à toute vitesse de l'île, être pulvérisé par une puissante explosion.

Heath ne pouvait pas savoir que le code de sécurité avait été modifié. La première mine qui avait détecté sa présence à l'intérieur de son rayon d'action avait explosé.

Les hélicoptères, qui s'étaient rapprochés maintenant qu'il n'y avait plus aucun danger de donner l'alarme, ne repérèrent aucun corps flottant à la surface. Ce qui ne prouvait rien. Simplement qu'il n'y avait pas de preuve de quoi que ce soit.

Les Alpes françaises, 6 h 53

Jean-Pierre Gravah sortit de l'ascenseur, regarda à l'extérieur par la caméra de surveillance et résista à la tentation de fuir. Tous les environs étaient certainement quadrillés par des patrouilles. Ses chances de s'en tirer étaient au mieux de cinquante pour cent. Il n'était pas question qu'il joue sa vie à la roulette.

Les attaquants n'avaient déclenché aucun des dispositifs de sécurité. Cela pouvait s'expliquer de deux façons. Ou bien le système avait mal fonctionné, ou bien ils disposaient des codes d'accès. Dans le deuxième cas, cela voulait dire qu'il y avait une fuite dans l'organisation. Quelqu'un qui avait accès au contrôle du système de sécurité… Ce n'était quand même pas Killmore ! Puis il se rappela que Killmore n'avait pas accès au système de sécurité de chacune des bases. Les systèmes étaient autonomes. Leur seul point commun, c'était… celle qui les avait conçus.

Mais il ne servait à rien, pour le moment, de chercher à découvrir des coupables. D'abord survivre. Pour cela, il n'avait pas le choix : il fallait qu'il coupe la piste. Il s'en voulait même de ne pas avoir réagi plus tôt.

Il ouvrit le boîtier enfoncé dans le roc où se trouvait le bouton d'appel de l'ascenseur. À l'intérieur, il y avait un autre bouton. Il l'enfonça et il le tint enfoncé pendant dix secondes.

Au moment où il le relâcha, un bruit assourdissant se fit entendre. Des tonnes de roc écrasèrent la cabine de l'ascenseur. C'était ce qui était prévu.

Par contre, les rochers qui dévalèrent la pente et qui s'entassèrent devant la porte qui menait à l'extérieur, ça, ce n'était pas prévu. Ni la faille qui lézarda le plafond de la pièce où Gravah se trouvait. Ni le roc qui se mit brusquement à tomber dans la pièce lorsque le plafond céda.

Il avait réussi au-delà de ses espérances. Ce n'était pas de sitôt qu'on retrouverait sa trace.

CARSON CITY, 22 H 55

Le responsable du groupe d'intervention téléphona à son supérieur, qui l'avait mis en communication avec Kyle. Il se demandait de quelle façon le général accueillerait ce qu'il avait à lui dire.

— L'appareil a été saisi, dit-il.

— Et Windfield ?

— Aucune trace de lui nulle part. Il a enregistré un plan de vol pour 7 heures 30 demain matin.

— Vous avez une adresse ?

— Celle qu'il a déclarée à l'aéroport. J'ai envoyé une équipe. Il n'y a personne. D'ailleurs, il n'y a pratiquement rien dans l'appartement. Même pas de télé. Rien dans le frigo. Ça donne l'impression qu'il s'en sert seulement pour dormir.

— Il est peut-être dans un hôtel.

— J'ai une équipe qui est en train de faire le tour. Pour l'instant, ça n'a rien donné. J'ai aussi une équipe à l'intérieur de l'avion, qui l'attend.

— Je veux être informé sans délai si vous avez quoi que ce soit de nouveau.

LES ALPES FRANÇAISES, 7 H 02

Monsieur Claude et Gonzague Leclercq venaient de recevoir l'information. Il y avait eu deux morts. La partie arrière de la caverne s'était écroulée sous l'effet d'une explosion. Il n'y avait pas moyen de savoir si c'était à cause d'un dispositif de sécurité indépendant du système central ou si quelqu'un avait déclenché manuellement l'explosion. On ne pouvait pas savoir non plus si cette éventuelle personne était morte dans l'explosion ou si elle s'en était servie pour masquer sa fuite.

— Ce qui reste de la caverne risque de s'écrouler, dit Gonzague. Il faut évacuer.

— S'ils pouvaient mettre la main sur des documents, des ordinateurs, fit monsieur Claude…

Gonzague Leclercq jeta un bref regard à monsieur Claude, acquiesça d'un hochement de tête et ramena son téléphone portable à son oreille.

— Évacuation dans une minute, dit-il. Récupérez ce que vous pouvez comme documents papier ou matériel informatique et regroupez-vous au plus vite sur la terrasse extérieure de la caverne. Les hélicos partent.

À peine avait-il terminé que monsieur Claude sortait son propre téléphone.

— Équipe deux, quatre et sept. Code rouge.

Les trois appareils se dirigèrent aussitôt vers la falaise pour procéder à l'évacuation.

LONDRES, 6 H 18

Daggerman avait travaillé une partie de la nuit avec F pour exécuter le plan de Fogg. Il s'agissait de priver les gens du Cénacle de leurs moyens d'intervention en coupant tous leurs contacts avec Vacuum.

Il avait d'abord cru s'en tirer en déléguant l'ensemble du travail à Skinner, mais ce dernier ne répondait ni à son téléphone ni aux courriels. Comme il n'était pas question de mettre ce travail dans les mains d'un subalterne, il avait dû s'en occuper lui-même.

Daggerman avait été impressionné par la quantité de contrats en cours qui étaient commandités par « ces messieurs » dans l'ensemble des filiales. Et plus impressionné encore par le fait que Fogg avait réussi à les repérer à travers les multiples faux commanditaires sous lesquels ils étaient dissimulés. C'était à croire qu'il savait exactement ce qui se passait dans chacune des filiales et qu'il avait accès aux mêmes informations que leurs dirigeants. Avec le même degré de détail.

Cette pensée l'avait laissé mal à l'aise : si c'était vrai pour les autres filiales, c'était aussi vrai pour la sienne. Automatiquement, il se mit à passer en revue ses principaux collaborateurs, se demandant lequel servait d'informateur à Fogg.

Une fois le travail avec F terminé, Daggerman avait renoncé à se coucher. Son cerveau refusait de se mettre sans transition à *off*. Comme par réflexe, il s'était dirigé vers sa bibliothèque et il avait ouvert *The Decline and Fall of the Roman Empire*. Le marque-page était à la fin du chapitre XVII. Le rythme des phrases de Gibbon avait l'étrange propriété de pouvoir le calmer, quelles que soient les circonstances.

A people elated by pride, or soured by discontent, is seldom qualified to form a just estimate of their actual situation.

On aurait dit la phrase écrite pour les Américains, et non pas pour les sujets de Constantin !… Il continua à lire.

The subjects of Constantine were incapable of discerning the decline of genius and manly virtue, which so far degraded them below the dignity of their ancestors ; but they could feel and lament the rage of tyranny, the relaxation of discipline and the increase of taxes…

Daggerman dormait dans son fauteuil lorsque le maître d'hôtel du soir vint le prévenir qu'il avait des visiteurs.

— Des messieurs de Scotland Yard, dit-il. Il semble qu'ils aient besoin de votre aide.

Genève, 7 h 13

Jean-Pierre Gelt buvait son premier chocolat chaud de la journée. Il était en robe de chambre et il prenait connaissance des nouvelles financières sur l'ordinateur portable qu'il gardait dans la cuisine.

Le bruit discret du carillon de la porte le tira de sa lecture et lui arracha une moue de contrariété. Normalement, Hugo s'en serait occupé. Mais il avait pris congé la veille pour rendre visite à ses vieux parents, à Lausanne. Il devait revenir par le train qui entrait en gare à 10 heures 04.

Gelt vérifia que sa robe de chambre n'avait pas de faux pli et que le cordon était bouclé de façon convenable à sa ceinture, puis il se rendit à la porte avec un sentiment confus de malaise. Il se donnait à lui-même l'impression d'un domestique. Mais il y avait certainement urgence. Personne de civilisé ne viendrait le relancer chez lui à cette heure sans une raison sérieuse. Et, dans le quartier où il habitait, les gens non civilisés étaient filtrés, avec discrétion bien sûr, mais avec efficacité, à la fois par la police et par quelques agences privées. Il n'avait donc pas le choix de répondre. Surtout que, s'ils insistaient et sonnaient une deuxième fois, ils risquaient de réveiller son épouse.

Sur le perron se tenait un individu qu'il connaissait bien, le sous-directeur Droz, de la police fédérale ; il dirigeait la section des crimes économiques. Ou plutôt de leur répression. Il avait eu affaire à lui à trois reprises. Chaque fois à propos de clients susceptibles de poser un problème à sa banque. Un homme qu'il ne connaissait pas accompagnait le sous-directeur : un homme dans la quarantaine, qui ressemblait beaucoup plus à un policier que Droz, même s'il était lui aussi habillé en civil.

— Nous avons besoin de votre aide, Herr Gelt, fit Droz. De façon urgente. Vous comprenez bien que, sans cela, nous ne nous serions jamais permis de vous déranger à cette heure.

— Je vous en prie, entrez.

Gelt referma la porte et se tourna vers Droz.

— Qu'est-ce que je peux faire pour vous ?

— Nous aimerions que vous nous accompagniez à votre banque.

— À ma banque ?

— Nous avons des raisons de croire que l'un de vos clients est lié à un groupe terroriste. Nous avons besoin d'examiner ses comptes.

— Mais…

— Nous avons choisi de procéder avant l'heure d'ouverture, sans que le personnel de la banque soit au courant. Nous avons pensé que vous apprécieriez… Il n'y a pas de raison que la réputation de votre banque soit entachée par le comportement douteux de l'un de ses clients.

— Non seulement j'apprécie, répondit Gelt, mais je vous remercie. Vous n'avez pas idée à quel point les rumeurs…

Puis, comme s'il réalisait tout à coup les implications de la demande des policiers :

— Je vous prie de m'attendre un instant. Je m'habille et je reviens.

Pendant qu'il montait à l'étage, Gelt se demandait lequel de ses clients pouvait bien s'être compromis avec des terroristes. Ils étaient pourtant triés sur le volet. Il était essentiel qu'ils soient au-dessus de tout soupçon. Parce que sa banque ne pouvait pas être victime du moindre scandale. Ni même du plus petit soupçon de scandale. C'était sa couverture. Toute sa façade de respectabilité était reliée à cette banque. C'était elle qui lui assurait sa position dans la bonne société genevoise. Elle qui faisait qu'on ne pouvait pas le soupçonner d'être le grand argentier du Consortium.

Londres, 6 h 19

Voyant Daggerman sortir de chez lui escorté par un groupe de sept hommes, Jessyca Hunter pensa d'abord qu'il s'agissait d'une forme extrême de protection rapprochée. Puis elle remarqua la façon dont l'un d'eux lui tenait le bras droit.

Fogg avait-il envoyé une équipe l'enlever ? Mais pourquoi l'enlever ? Fogg n'avait pas l'habitude des demi-mesures. S'il avait des doutes à son sujet, il l'aurait plutôt fait éliminer sans avertissement.

Par ailleurs, Daggerman était l'appui le plus sûr de Fogg... Quelque chose clochait. À commencer par la présence d'un groupe aussi imposant. Si Fogg avait voulu l'éliminer, il aurait envoyé un spécialiste, pas une équipe de foot ! Et il ne l'aurait pas fait enlever pour qu'on le liquide ailleurs. À moins de vouloir le faire disparaître sans laisser de traces... Mais, même dans cette hypothèse, il y avait trop de monde.

Et puis, ils n'avaient pas l'air d'une équipe d'éliminateurs. Ils étaient trop... parfaits. On aurait dit des athlètes professionnels s'efforçant de passer inaperçus en tenue de ville. Ils avaient cet air scandaleusement en forme des gens qui sont payés pour s'entraîner tous les jours. Comme s'ils étaient tous passés par le même moule.

La réponse jaillit brusquement dans son esprit. Elle était décidément stupide de ne pas y avoir pensé tout de suite. Un commando d'élite. Probablement des agents du MI5... ce qui voulait dire que le Consortium avait été infiltré. Ou encore que c'était la façon dont Fogg entendait se débarrasser de Daggerman... Mais ça n'avait pas de sens. Il connaissait beaucoup trop de choses pour être remis aux policiers. Fogg avait-il entrepris de liquider le Consortium pour se tirer avec tous les milliards de l'organisation ?

Elle n'avait pas le choix, il fallait qu'elle en ait le cœur net. Et il y avait un seul endroit où elle pouvait trouver une réponse.

WASHINGTON, 5 H 41

Tous les membres de la réunion restreinte du National Security Council avaient passé la nuit à la Maison-Blanche, à suivre le développement des différentes opérations. Seul le Président s'était absenté durant trois heures trente pour dormir. Deux cycles, avait-il dit. C'est ce qu'il me faut pour demeurer fonctionnel.

Il revenait à l'instant.

— Où en est-on ?

— Sur les vingt dirigeants de premier niveau, dix-sept ont été neutralisés.

— Vous voulez dire liquidés ?

— Ça dépend. Les Britanniques ont adopté une approche semblable à la nôtre. Toutes leurs cibles ont été éliminées. Les Allemands, par contre, se sont fait un point d'honneur de les capturer vivants. Quant aux Français, c'est moitié-moitié : si ce n'est pas trop compliqué, ils les prennent vivants, sinon…

— Au total ?

— Treize éliminés, quatre capturés, trois manquants.

— Et les attentats ? demanda le secrétaire d'État.

— Deux autres ont été déjoués. Et si je compte ceux qui ont été évités ailleurs…

Tate regarda son ordinateur de poche, fit apparaître une page. Puis une deuxième.

— On en est maintenant à trente-quatre… Il reste encore dix-sept cibles en suspens.

Il consulta de nouveau son appareil.

— Désolé, reprit-il. Il n'y a rien de neuf.

Dans la salle, il y avait un certain malaise. Personne n'aimait particulièrement dépendre des informations que Tate recevait d'une troisième partie pour se faire une image globale de ce qui se passait à l'échelle de la planète.

— Des nouvelles d'Hawaï ? demanda Kyle.

— Rien de neuf depuis le dernier message de Spaulding. Ils ont arrêté plus d'une trentaine de personnes. Je parle seulement des invités. Mais Heath semble avoir disparu dans l'explosion de son embarcation.

— Et Carson City ? demanda le président.

Cette fois, ce fut Kyle qui répondit.

— Toujours rien. L'avion a été saisi, mais Windfield est introuvable.

Le Président se tourna vers Tate.

— On en a pour combien de temps à attendre ?

— Sûrement plusieurs heures… Le temps que les Britanniques analysent ce qu'ils ont trouvé, que les Français examinent les lieux de l'explosion… De notre côté, il faut faire le tour de ce qu'on a découvert à Hawaï.

— Alors, la solution est simple : on se revoit à midi. On travaillera quand on aura quelque chose à partir de quoi travailler… Entre-temps, essayez de dormir un peu.

— Et s'il se produit quelque chose ?

— Je vous ai dit d'essayer de dormir, pas de débrancher votre cellulaire.

CNN, 6 H 02

... A TENU À PRÉCISER QUE LA RUMEUR SUR L'ORIGINE AMÉRICAINE DES TERRORISTES EST UNE STRATÉGIE DE DÉSINFORMATION EMPLOYÉE POUR AUGMENTER LA TERREUR ET SEMER LA DIVISION ENTRE LES AMÉRICAINS. DE LA MÊME MANIÈRE, LEUR REVENDICATION D'UN ATTENTAT CONTRE L'AVION DE L'ANCIEN VICE-PRÉSIDENT DES ÉTATS-UNIS EST UNE FABRICATION DESTINÉE À RENFORCER L'ILLUSION DE LEUR PUISSANCE. EN RÉALITÉ, IL S'AGIT D'UN ACCIDENT. UN ACCIDENT QUI POURRAIT AVOIR ÉTÉ CAUSÉ PAR…

PARIS, 12 H 48

Le crime avait été signalé par une femme de chambre. Après avoir frappé à la porte, elle était entrée avec sa carte magnétique. Il était midi cinq. Normalement, le client aurait dû être parti.

Par précaution, elle avait d'abord communiqué avec la réception. Ils avaient téléphoné à la chambre sans obtenir de réponse. Encore un Américain qui avait quitté sa chambre sans prévenir, tenant pour acquis que l'empreinte de sa carte de crédit le dispensait de signaler son départ. Pour le savoir-vivre, il faudrait repasser !

Mais voilà, Skinner n'avait plus aucun savoir-vivre. Au sens littéral. Il était allongé sur le plancher dans la position où l'avaient surpris ses derniers spasmes. Les cris de la femme de chambre n'eurent aucun effet sur lui. Pas plus que les exclamations de la superviseure des femmes de chambre, venue constater qu'il y avait effectivement un cadavre dans la pièce.

Par la suite, l'information avait remonté la chaîne hiérarchique jusqu'au gérant de l'hôtel, chacun venant constater l'existence du cadavre *de visu* avant d'aviser son supérieur.

Trente-quatre minutes plus tard, Gonzague Leclercq arrivait sur les lieux, suivi de Théberge et de Prose. L'équipe technique était déjà à pied d'œuvre.

— C'est quand même surprenant qu'il ait loué la chambre sous son propre nom! fit Leclercq.

— Il devait croire qu'il n'y avait aucun risque.

— Un règlement de comptes interne?

— Aucune idée. Il va falloir en parler à mes amis.

Un des membres de l'équipe technique montra à Leclercq un BlackBerry dans un sac de plastique.

— C'était dans la poche d'un des paletots, dans l'armoire.

— Vous avez relevé les empreintes?

— Oui.

Leclercq prit le sac et le tendit à Théberge.

— Tu donneras ça à tes amis, dit-il.

— Tu es sûr? répondit Théberge, étonné.

— Ils connaissent déjà leurs codes. Ça leur donne une longueur d'avance… Assure-toi seulement qu'ils m'envoient une copie des résultats.

L'ARCHE, 14 H 59

Killmore avait fait aménager ses appartements sur le modèle de ceux de St. Sebastian Place. Cela incluait la fresque racontant de façon illustrée le projet auquel il avait consacré sa vie. Mais, pour le moment, il n'avait aucune pensée pour cet environnement qu'il avait mis des années à concevoir. Il venait de prendre un appel de l'un des principaux membres du Cénacle, le général Li. Le Chinois semblait à la fois inquiet et contrarié.

— Des rumeurs circulent. Des hauts gradés seraient sur le point d'être arrêtés.

— Je ne vois pas ce qui vous inquiète, répondit Killmore sur un ton léger. Votre service anticorruption a l'habitude de faire un exemple ou deux par mois, question de s'assurer que les autres n'exagèrent pas.

— Cette fois, il ne s'agit pas de corruption mais de trahison. De conspiration avec l'ennemi pour provoquer une guerre.

— Je vois…

— Il y a une fuite quelque part.

— Ça m'étonnerait. Mais je suis d'accord avec vous : inutile de prendre des risques. Réfugiez-vous immédiatement dans l'Archipel, vous et votre famille.

— C'est ce que je voulais faire. Mais, pour cela, il me faut de l'argent.

— Il me semble que le Cénacle a été particulièrement généreux à votre égard… Je ne vois pas où est le problème.

— Le problème, c'est que je n'ai plus accès à mon compte ! Les transferts interbancaires ne fonctionnent pas. Et comme j'y avais concentré l'essentiel de ma fortune…

Killmore mit quelques secondes à réagir. Dans toute l'histoire du Cénacle, aucun incident n'avait jamais affecté les comptes de premier niveau gérés par Safe Heaven. Gérés de manière ségrégée à l'extérieur du système général, c'étaient même les seuls qui avaient été épargnés par la débâcle qu'avaient provoquée les attaques de l'Institut.

— Vous me donnez un instant, que je vérifie un détail, fit Killmore.

Il entra sur le site de Safe Heaven et vérifia rapidement la situation du compte. L'argent y était toujours et les autorisations semblaient fonctionner.

— Vous me dites que vous ne pouvez pas accéder au compte ?

— Je peux y accéder, je peux même faire des transactions, mais l'argent ne se rend jamais dans les comptes où je veux le virer.

Il ne servait à rien de faire perdre la face au général en l'interrogeant sur les erreurs de manipulation qu'il avait dû faire. Ces détails seraient réglés plus tard par des techniciens.

— Si votre compte est bloqué pour une raison que j'ignore, dit Killmore, utilisez le nouveau compte dont je vous envoie à l'instant les coordonnées par courriel. C'est un de mes comptes personnels. Prenez l'argent dont vous avez besoin. Nous procéderons plus tard aux ajustements appropriés.

C'était quand même étrange, cette histoire, songea Killmore après avoir raccroché. Le général était-il en train d'essayer de l'escroquer?... Il devait pourtant savoir qu'il ne pouvait pas rester en Chine. Ce serait beaucoup trop risqué. En fait, très bientôt, ce serait l'ensemble de la planète, à l'exception de l'Archipel, qui deviendrait un territoire trop risqué.

Le bon général ne s'imaginait quand même pas pouvoir se réfugier dans l'Archipel après avoir floué le responsable du Cénacle!

WWW.*LIBERATION*.FR, 20 H 04

> ... DES RUMEURS DE COUP D'ÉTAT EN ARABIE SAOUDITE. UN GROUPE DE MILITAIRES AURAIT PRIS LE CONTRÔLE DU PALAIS ROYAL. LE ROI AURAIT CEPENDANT RÉUSSI À ÉCHAPPER AUX INSURGÉS. CES DERNIERS ONT ÉMIS UN COMMUNIQUÉ DISANT QU'ILS ENTENDAIENT TRAQUER LE SOUVERAIN EN FUITE ET LE JUGER POUR TRAHISON. ILS LUI REPROCHENT D'AVOIR VENDU À VIL PRIX LES RICHESSES DU PAYS AUX AMÉRICAINS. UN EMBARGO SUR LES LIVRAISONS DE PÉTROLE À DESTINATION DES ÉTATS-UNIS AURAIT ÉTÉ DÉCRÉTÉ...

LONDRES, 13 H 15

Moh et Sam ne pensaient pas se retrouver un jour dans un des locaux les plus secrets du MI5. Du moins, pas à titre de collègues.

Le sous-directeur Finnegan, qui était le principal contact de l'Institut à l'intérieur du MI5, les avait invités à se joindre à lui. Ce serait plus simple que de se téléphoner sans arrêt pour se tenir mutuellement informés.

Sam avait été surpris de se voir offrir un thé d'excellente qualité.

— Je m'attendais à une atmosphère plus spartiate, dit-il.

— Nos conditions salariales le sont, répondit Finnegan en souriant. Sur le reste, par contre, il y a moyen d'en arriver à des accommodements… Surtout quand on désire recruter quelqu'un.

— J'imagine.

C'était la deuxième fois que Finnegan abordait par la bande le thème du recrutement. Cette fois-ci, l'allusion était encore plus claire.

— Où c'en est, sur la côte d'Irlande ? demanda Moh.

Finnegan se tourna vers un ordinateur massif qui occupait le centre de son bureau. Après quelques secondes, il revint à Moh.

— Sur place, ils n'ont rien trouvé de plus. Par contre, le ministre a décidé de quelle manière il présenterait la chose : ce seront des dissidents de l'IRA, rejetés par leur propre organisation à cause de leur extrémisme. Ils ont pris la cause écologiste comme couverture… Ça vous laisse toute la latitude que vous avez demandée.

Sam acquiesça d'un hochement de tête. La seule chose importante était de pouvoir présenter plus tard l'ensemble des terroristes comme manipulés par un même groupe. Pour le reste, l'idéal était d'utiliser le folklore local : l'IRA en Irlande, l'ETA en Espagne…

— Qu'est-ce que vous pensez de l'accord avec McGuinty ? demanda Sam.

— Je ne vois pas comment vous auriez pu en tirer davantage.

— Vous allez gérer ça de quelle façon ?

— Au début, les politiques voulaient qu'on garde la totalité de l'information pour nous.

Cela n'avait rien de surprenant. La liste confirmée des deux cent cinquante-huit membres des Dégustateurs d'agonies, assortie de vidéos prouvant leur implication, donnerait à son propriétaire une prise sur des gens haut placés dans une vingtaine de pays. La tentation serait grande d'utiliser l'information comme moyen de chantage plutôt que pour traduire ces personnes en justice.

— Comment avez-vous fait ?

— Pour les amener à partager l'information ? J'ai mentionné que vous aviez participé à la perquisition du laboratoire secret de McGuinty, que vous aviez déjà transmis la liste à vos supérieurs et qu'un moyen de chantage détenu par plusieurs organisations, ça ne pouvait pas être très fiable. Mieux valait s'entendre pour partager entre tous les intervenants.

— Ils vous ont cru ?

— Ils avaient déjà de la difficulté à croire que j'aie pu obtenir la liste. Surtout après l'avoir parcourue… Personnellement, ce qui m'a étonné, c'est que madame McGuinty ait accepté aussi rapidement de nous révéler le lieu de son atelier personnel.

— Elle avait peur qu'on finisse par tout découvrir. Ça l'aurait laissée sans aucune monnaie d'échange.

Les trois hommes restèrent silencieux un moment. Puis Finnegan se leva de son bureau.

— C'est quand même difficile à imaginer, dit-il. Des gens aussi brillants. Aussi habitués aux joutes de pouvoir… Et pas un seul ne s'est douté qu'ils étaient filmés durant leurs… dégustations.

Il fit un geste de la main pour souligner son impuissance à comprendre.

— L'illusion de la toute-puissance est souvent un effet du pouvoir, fit Sam.

— Sans doute, répondit Finnegan.

Il enchaîna ensuite rapidement, comme s'il était anxieux de changer de sujet.

— Vous savez ce qui se passe du côté des Américains ?

— Rien de plus que tout à l'heure. Ils n'ont toujours pas retrouvé le corps de Heath et ils n'ont aucune idée de l'endroit où se trouve Windfield. Ils pensent qu'il a été averti d'une façon ou d'une autre et qu'il s'est dépêché de jouer les filles de l'air.

L'ARCHE, 15 H 37

Le général Li avait rappelé. Il ne parvenait pas davantage à utiliser le compte auquel Killmore lui avait donné accès. Il avait dû se débrouiller autrement. Il était furieux et il entendait régler ça à la prochaine rencontre de la direction du Cénacle.

Par la suite, Killmore avait reçu des appels paniqués de deux autres membres. Tous leurs fonds paraissaient gelés. Quand ils accédaient à leur compte pour transférer des fonds, tout semblait fonctionner. Puis, quand ils essayaient de récupérer l'argent dans leur nouveau compte, ils recevaient comme message : « Fonds insuffisants ». C'était comme si le transfert n'avait jamais été effectué.

Killmore avait alors accédé au site de Safe Heaven pour vérifier les transactions. Elles avaient été autorisées et les transferts étaient tous enregistrés comme effectués. C'était comme si les fonds avaient disparu au cours du transfert.

Tant qu'il n'y avait eu que le général chinois, il avait pu soupçonner une tentative d'arnaque. Ou une maladresse. Mais il y avait maintenant trois membres qui éprouvaient le même problème.

Il tenta de joindre l'informaticienne. Aucune réponse. Mais ça, c'était presque dans l'ordre : elle détestait parler au téléphone. Presque autant que d'être regardée. Elle préférait de loin les courriels, ce qui lui permettait de répondre à son rythme.

Killmore décida de confier le dossier à McGuinty. Elle était à proximité de l'informaticienne. Ça lui prendrait quelques heures tout au plus pour la contacter... Mais elle non plus ne répondait pas. Et ça, ce n'était pas du tout dans l'ordre des choses.

Par ailleurs, il n'avait toujours pas de nouvelles de trois autres des cavaliers. Seule madame Pond avait prévenu qu'elle arriverait sous peu.

Est-ce que c'était tout le système de communication qui avait flanché ?... Heureusement, les communications avec les autres sites de l'Archipel n'avaient pas été affectées.

Hampstead, 14 h 53

Hunter avait observé les allées et venues autour de l'édifice à logements pendant plusieurs heures. Elle en avait profité pour écouter les informations.

Dans les médias, on commençait à faire mention des succès obtenus par les autorités contre les terroristes. Il y avait d'abord tous ces attentats ratés. Il y avait aussi les rumeurs sur Internet que rapportaient la radio et la télé. Des rumeurs sur des opérations d'envergure. On parlait de l'Irlande, de Hawaï…

Elle-même avait assisté à l'arrestation – à ce qu'elle croyait être l'arrestation – de Daggerman. Et elle savait que Gelt n'était plus joignable, ce qui signifiait soit qu'il s'était mis à l'abri pour la durée des opérations en cours, soit que Fogg avait décidé de l'éliminer lui aussi… Autant de raisons qui justifiaient les précautions qu'elle avait prises ainsi que la visite surprise qu'elle avait décidé de rendre à Fogg.

Il était temps d'y aller.

Quand elle arriva dans le garage, elle ouvrit la fenêtre de sa voiture et composa un code sur le clavier numérique. Au lieu que ce soit la barrière à sa gauche qui se lève, ce fut la section du mur devant elle qui s'escamota.

Elle entra dans le tunnel et conduisit à vitesse réduite jusqu'au garage de Fogg. Après être descendue de voiture, contrairement à ce à quoi elle s'attendait, aucune voix ne lui demanda de s'identifier lorsqu'elle arriva à la porte. Les caméras n'entrèrent pas en action.

Deuxième surprise : la porte n'était pas verrouillée.

L'endroit était-il abandonné ?

BBC, 15 h 03

… CONFIRME LA DÉCOUVERTE DU LABORATOIRE PRINCIPAL DES DÉGUS-TATEURS D'AGONIES. SIX NOUVELLES VICTIMES AURAIENT ÉTÉ TROUVÉES SUR PLACE. LES AUTORITÉS REFUSENT POUR LE MOMENT D'EN DIRE PLUS. ELLES ENTENDENT PAR AILLEURS PROCÉDER AVEC UNE GRANDE PRUDENCE DANS CETTE ENQUÊTE À CAUSE DES CONSÉQUENCES QUE POURRAIT AVOIR UNE FAUSSE ACCUSATION POUR LA OU LES PERSONNES CONCERNÉES…

HAMPSTEAD, 15 H 17

— Si ce n'est pas monsieur Hurt !

Hunter regardait l'homme allongé sur le lit. Tous ses membres étaient retenus par des courroies de cuir.

— *C'est vous qu'ils ont chargée de me tuer ?* lança la voix sarcastique de Sharp. *Ils n'ont pas le courage de le faire eux-mêmes ?*

— Je ne suis pas ici pour vous tuer… Du moins, pas encore ! Je ne savais même pas que Fogg avait réussi à vous capturer.

— *Fogg est mort !*

— Vraiment ?

Cette fois, il y avait un réel étonnement dans la voix de la femme.

— *C'est moi qui l'ai tué*, répliqua une voix plus brutale.

Une autre personnalité venait de prendre le contrôle, songea Hunter.

— Si c'est le cas, vous méritez une médaille, dit-elle.

— *Et je vais faire la même chose avec vous !*

— Vous n'êtes guère en mesure de faire des menaces, il me semble.

Dix minutes plus tard, à force de l'aiguillonner, elle avait réussi à apprendre qu'il avait vraiment tué Fogg, que F avait pris sa place, qu'elle était aidée par un homme au crâne rasé revêtu d'un habit noir à col mao et qu'il n'y avait probablement personne d'autre dans la place. Elle avait également appris que Hurt – ou qui que ce soit qui ait pris le contrôle à l'intérieur de lui – brûlait de régler son compte à F.

— Vous êtes une véritable mine d'informations, dit-elle en sortant un pistolet de la poche de son veston. Vous ne croyez pas qu'il est temps de passer à l'action ?

— *Je le savais !*

— Vous ne savez rien.

Pas de doute, son état s'était détérioré. C'était la partie la plus irrationnelle de lui qui avait pris le contrôle. Il ne voyait plus que son besoin de vengeance. La situation pouvait avoir des avantages, mais il serait dangereux à manipuler.

— J'ai un marché à vous proposer.

— *Vous ne tirerez rien de moi.*

— Nous avons un ennemi commun. Si je vous libérais, on pourrait s'en occuper ensemble.

Hurt hésita quelques secondes avant de répondre.

— *Pourquoi je vous ferais confiance ?*

— Parce que Fogg et F m'ont trahie, moi aussi. Ils m'ont obligée à diriger Meat Shop alors que je voulais travailler dans les finances. Ils ont modifié l'orientation de la filiale et ils ont choisi de privilégier le vol d'organes, alors que c'était supposé se faire sur une base volontaire.

— *Fogg et F vous ont obligée…*

— Qui d'autre aurait pu le faire ? Ce sont eux qui dirigent l'Institut et le Consortium, non ?

Voyant l'air incrédule de Hurt, elle ajouta :

— Je pensais que vous l'aviez compris. Ils ont créé l'Institut pour éliminer les concurrents du Consortium.

Hurt la regardait fixement. Son regard était troublé. Hunter jugea qu'il était temps de ramener la discussion sur le sujet où il était le plus vulnérable.

— C'était censé être un simple bureau de courtage, dit-elle. Un individu désire vendre un organe, un autre désire en acheter un : on les met en contact. Au passage, on collecte une prime. Tout le monde est heureux… Mais ils ont bousillé la filiale en imposant la collecte sauvage… les vols d'organes, les enlèvements… puis les organes de condamnés à mort vendus par des trafiquants chinois…

— *Et vous, vous n'avez rien à faire dans tout ça ?* lança brutalement Hurt.

— Bien sûr que si. Je n'ai pas eu le choix de me ranger à l'avis de la direction… Mais nous avons maintenant l'occasion de corriger la situation et de venger les torts qui nous ont été causés. Moi, la destruction de ma filiale… Vous, les torts que vous avez subis il y a longtemps, bien avant que je fasse partie de l'organisation… Comme je vous disais, nous avons un ennemi commun.

— *Donc… vous me libéreriez pour que je vous aide ?*

— En gros, c'est ça.

— *Et quand le travail sera terminé, vous allez m'éliminer, je suppose ?*

— Je suis certaine que vous êtes en mesure de prendre soin de vous… Comme je prendrai soin de moi.

Paris, 16 h 36

Ils étaient retournés au salon. Chamane occupait le grand divan. Poitras, Prose et Blunt occupaient les fauteuils. Théberge était rentré chez lui. Dans le bureau, Lucie Tellier suivait les soubresauts des cours du pétrole.

Blunt ouvrit son iPhone qui venait de vibrer.

— Oui ?

Après avoir écouté pendant une trentaine de secondes, il ajouta :

— D'accord. Je te tiens au courant.

Il désactiva la communication.

— C'était Sam, dit-il en remettant l'appareil dans sa poche. Ils n'ont pas réussi à découvrir d'où venait l'appel chez McGuinty. Ils savent seulement qu'il a été relayé par satellite depuis la région de la pointe de l'Afrique.

Il se tourna vers Chamane.

— Ça avance ?

Au mur, sur l'écran du milieu, un tableau était en voie de se constituer. Ligne par ligne.

Chaque ligne comprenait une indication d'heure, une indication de lieu, un numéro de compte, un mot de passe, un montant en dollars américains. Au bout de chaque ligne, il y avait l'adresse Internet à partir de laquelle la tentative de transaction avait été effectuée.

— C'est la vingt-deuxième, fit Chamane.

— À l'heure qu'il est, ils ont sûrement compris qu'ils avaient un problème.

— Sûr, mais ils ne peuvent rien faire… C'est le même principe qu'avec les systèmes de sécurité. Ils travaillent sur un site fantôme.

— En langage clair, ça veut dire quoi ? demanda Prose.

— Le site auquel ils ont accès est un site miroir du vrai site. Une sorte de double virtuel. Il se comporte exactement comme le vrai site tant qu'on reste à l'intérieur. Mais tous les messages destinés à l'extérieur passent par un serveur qui se contente de les archiver et qui fait croire au site qu'ils ont été transmis.

— Pour quelle raison vous dites que c'est comme les systèmes de sécurité ?

— Parce que ça s'est passé de la même manière. Norm/A a construit un logiciel identique au logiciel de contrôle, qui réagit de la même manière, donne les mêmes confirmations aux utilisateurs… mais il ne contrôle plus rien. Au moment de l'attaque, elle a juste eu à changer une adresse dans les ordinateurs. Ensuite, elle a éteint tous les systèmes et personne ne pouvait s'en apercevoir… Tous ceux qui voulaient entrer dans le système pour vérifier se retrouvaient sur le site fantôme, où tout avait l'air normal.

— Je suppose que c'est la même chose que vous avez faite pour la prise de contrôle des entreprises.

— Pas exactement, mais c'était le même principe.

Chamane était tout enthousiaste de pouvoir expliquer les détails techniques de l'opération.

— On a préparé tous les documents avec les mêmes formats, dit-il, regroupés dans les mêmes dossiers. Et quand tout a été prêt, on n'a eu qu'à substituer les dossiers dans les archives électroniques des banques où ils étaient conservés.

— Ils vont sûrement s'apercevoir que les documents ont été modifiés.

— Mais ils ne pourront rien faire, dit Poitras. Pour une fois, les paradis fiscaux et le secret bancaire vont jouer contre eux.

Voyant que Prose n'avait pas l'air de saisir, il ajouta :

— Tous ces comptes, ces documents, les compagnies elles-mêmes et leurs conseils d'administration, tout ça a été créé par Internet. Tout s'est fait à distance. Aucun employé réel de ces banques ne les a jamais rencontrés. Pour eux, les propriétaires légitimes, ce sont ceux qui ont les codes d'accès.

— Et on a changé tous les codes d'accès, compléta Chamane.

Prose se tourna vers Blunt.

— Il y a une autre chose que je ne comprends pas. Pour quelle raison avoir attaqué uniquement quatre de leurs bases ?

— Pour la même raison qu'on a bloqué l'accès à leurs fonds.

Prose réfléchit un instant.

— Pour voir vers qui ils vont se tourner ?

— Et surtout : où ils vont aller.

RADIO FRANCE INTERNATIONALE, 11 H 01

> ... SELON CE QU'A APPRIS NOTRE REPORTER, JEAN-MICHEL STROUSSE, LA VAGUE D'ATTENTATS DÉCLENCHÉE PAR LES TERRORISTES AURAIT JUSQU'À MAINTENANT FAIT TROIS VICTIMES SUR LE TERRITOIRE DE LA COMMUNAUTÉ EUROPÉENNE. PAR CONTRE, PLUS DE VINGT-DEUX AUTRES ATTENTATS AURAIENT ÉTÉ DÉJOUÉS. TOUTES LES PERSONNES VISÉES...

HAMPSTEAD, 16 H 05

Quand Monky arriva dans le bureau de Fogg, il y avait eu trois détonations. Son esprit analysa rapidement la situation.

Jessyca Hunter était étendue sur le sol, près de la porte. Le trou qu'elle avait dans le front laissait peu de doutes sur son état.

F était affalée dans son fauteuil. Elle respirait avec difficulté. Son regard était fixé sur lui. Sa main droite était plaquée contre sa poitrine. Du sang coulait entre ses doigts.

À genoux à côté du bureau, prostré, Hurt se tenait le bras droit. Il marmonnait à voix basse, sur un ton monocorde, des propos incompréhensibles.

Monky ramassa rapidement les armes par terre et se dirigea vers F. C'était celle qui avait le plus besoin d'aide.

— Dominique... murmura-t-elle.

Son regard se troubla. Chaque mot lui coûtait un effort.

— Protégez... Dominique.

Un peu de sang s'échappa de la commissure de ses lèvres.

Washington, 13 h 04

Le comité restreint du National Security Council était réuni dans la même salle. À la demande du Président, une personne de plus s'était jointe à la réunion : la responsable de l'information de la Maison-Blanche.

— On vous écoute, fit le Président en regardant Tate.

Le directeur de la NSA fixa un instant la feuille qu'il avait placée devant lui. Puis il leur dressa de mémoire un tableau des opérations en cours.

Quand il eut terminé, le sous-secrétaire à la Défense lui demanda ce qu'il comptait faire des personnes qui avaient été arrêtées à Hawaï.

— J'imagine que vous ne referez pas le coup de Guantanamo, fit le Président avant que Tate ait eu le temps de répondre.

— Ce ne sera pas nécessaire, répondit Tate avec un sourire ironique à l'endroit du sous-secrétaire.

Il pointa une télécommande vers le fond de la salle.

— Cœurs sensibles s'abstenir, dit-il.

L'instant d'après, une image troublante apparaissait à l'écran. On y voyait cinq personnes couvertes de glace dont le corps semblait s'être figé au milieu d'un mouvement. Leurs visages avaient une expression horrifiée et les cinq semblaient être en train de crier.

— Ça s'appelle *Le gel du cri*, fit Tate.

La caméra recula ensuite jusqu'à montrer l'ensemble de la salle où elles étaient exposées. À l'extérieur du cordon qui délimitait l'espace d'exposition, des spectateurs circulaient lentement pour mieux les examiner sous tous les angles.

La caméra exécuta un zoom sur plusieurs d'entre eux pour les prendre en gros plan ou les montrer en petits groupes en train de discuter.

Le sous-secrétaire regardait Tate sans comprendre.

— Je ne vois pas le rapport, dit-il.

— Ces personnes ont été gelées vivantes, répondit Tate. Elles ont été persuadées de garder la pose le temps que la drogue les paralyse complètement. Puis elles ont été gelées.

Le visage du sous-secrétaire alternait maintenant entre Tate et l'écran.

— Personne ne peut accepter de faire ça, dit-il.

— Tout dépend de la menace. Il y en a un qui a accepté de subir ça pour éviter que son épouse ait à subir la même chose. Un autre a voulu protéger ses enfants… À la fin de l'enregistrement, la responsable du projet répond aux questions du public et elle explique en détail chacun des cas.

Personne n'osait plus parler.

— J'ai reçu ça il y a deux heures, reprit Tate. Toute la séquence a été filmée par l'équipe de madame McGuinty. C'est elle qui était la cheville ouvrière des Dégustateurs d'agonies.

— Et je suppose que les spectateurs… ?

C'était Bartuzzi qui avait parlé.

— Exactement, répondit Tate.

— Il y en a combien ?

— Sur l'ensemble des vidéos qu'on a reçues, on a pu reconnaître vingt-sept des trente-deux personnes détenues à Hawaï. Nous avons aussi le témoignage de madame McGuinty ainsi que des preuves de leur présence à plusieurs des expositions privées des Dégustateurs… Je pense qu'ils ne protesteront pas trop si on les garde à l'abri des médias et de la fureur du public.

Il fit disparaître le film de l'écran.

— Je ne comprends pas que des gens civilisés… puissent agir de la sorte, fit le sous-secrétaire.

— La haute direction des nazis était constituée de gens très civilisés, ironisa Tate.

— Nous avons dans notre pays des gens qui s'affichent comme civilisés et qui ont recommencé à faire brûler des croix, renchérit le Président… Ou à se présenter avec des armes semi-automatiques aux assemblées publiques auxquelles je participe, sous prétexte que c'est leur droit constitutionnel.

Puis, après une pause, il ajouta :

— Bien. Je présume que ça clôt ce point pour le moment.

— Toujours rien à Carson City ? demanda Snow.

— On a l'avion et on a son appartement près de l'aéroport, répondit Kyle. Mais il n'y a pas de traces de Windfield.

Le Président se tourna vers Tate.

— Si on passait à la prochaine étape de votre plan ?

Tate expliqua de quelle manière les États-Unis et plusieurs pays européens s'étaient réparti les interventions. Il négligea de préciser que les opérations auraient lieu à l'initiative de certaines agences de renseignements sans que toutes les autorités politiques en soient informées. Et il ne précisa pas davantage qu'on ignorait toujours où était le mystérieux refuge, surnommé l'Arche, qui semblait être le centre de direction de l'Archipel.

— Le coup de pied dans la fourmilière, dit-il pour conclure. L'opération que nous venons d'effectuer, c'était le coup de pied. Maintenant, nous attendons que les fourmis sortent et qu'elles courent se mettre à l'abri.

— Ça n'aurait pas été plus simple de les cueillir ? demanda le sous-secrétaire. Toutes ces opérations aux quatre coins de la planète. Imaginez la publicité !

— Si tout se passe comme prévu, nous n'aurons probablement pas besoin de tirer un seul coup de feu. Et nous aurons une preuve supplémentaire de leur culpabilité du fait qu'ils se seront rendus dans ces lieux.

L'Arche, 1 h 37

Killmore avait vérifié le système informatique de l'Arche. Il n'y avait rien trouvé de défectueux. Mais le fait demeurait qu'il avait perdu contact avec les entreprises de l'Alliance, avec les filiales du Consortium et avec leurs dirigeants. Par contre, les sites de l'Archipel continuaient de répondre. Il avait parlé à plusieurs responsables et les gens commençaient à arriver.

Ce fut l'appel de Windfield qui lui donna le premier indice sur les raisons de ses problèmes. Des agents fédéraux avaient arraisonné son avion. Ils avaient également perquisitionné son appartement près de l'aéroport. Lui-même s'en était tiré. Dans moins d'une heure, il prendrait un vol en direction du Cap. De là, il trouverait un moyen de rejoindre l'Arche.

Deux des quatre cavaliers seraient donc au rendez-vous. Gravah et Heath, pour leur part, n'avaient toujours pas donné de nouvelles. Il était raisonnable de croire que leurs bases respectives avaient subi le même genre d'attaque.

Une dizaine de minutes plus tard, Killmore avait la confirmation de ses soupçons : les médias commençaient à diffuser des informations sur une attaque concertée, dans différents pays, contre plusieurs bases terroristes. On mentionnait les îles Anglo-Normandes, Hawaï, la côte d'Irlande et les Alpes françaises sans donner plus de précisions.

Ça ne faisait plus de doute : il y avait eu une fuite. Une fuite majeure. Mais rien n'était encore joué. D'une part, aucun média ne faisait référence à l'Arche ni aux autres lieux de l'Archipel : il semblait bien que seules les bases des quatre cavaliers avaient été visées, en plus de son refuge personnel à Guernesey. On avait voulu frapper la tête.

La première personne à qui il avait songé était Fogg : ça expliquerait pourquoi il ne pouvait plus joindre le Consortium, pourquoi les opérations commandées à Vacuum paraissaient interrompues et pourquoi les comptes avaient été bloqués. Mais Fogg ne pouvait pas avoir manigancé ça tout seul. Il lui avait fallu l'aide de quelqu'un qui connaissait bien le Cénacle. Qui connaissait ses réseaux...

Est-ce que ça pouvait être un des quatre cavaliers ?... Peu probable. Si l'un d'eux avait tenté de faire un putsch pour s'emparer du Cénacle, il n'aurait pas commencé par tenter de le détruire... Quelqu'un du comité de direction ? Ils étaient tous en route pour un des refuges de l'Archipel...

Qui d'autre connaissait suffisamment l'organisation pour donner à Fogg les informations dont il avait eu besoin ? McGuinty ?... Elle ne répondait pas, elle non plus. Mais c'était probablement parce qu'elle avait été appréhendée à Brecqhou. Et puis, de toute façon, elle ne connaissait pas les bases des quatre cavaliers… Qui d'autre pouvait bien avoir trahi ?

C'est alors qu'il comprit. C'était trop simple. Une seule personne avait accès à tous les réseaux : celle qui les avait créés.

Pour elle, c'était sans doute un jeu d'enfant de les neutraliser. Mais il ne voyait pas pour quelle raison elle aurait agi de la sorte. Sauf qu'elle n'avait pas répondu à son dernier message…

Autant ne pas courir de risque.

Killmore ouvrit l'étui de son BlackBerry et mit l'appareil en fonction : après avoir pris des dispositions pour régler le problème de l'informaticienne, il passa les vingt minutes suivantes à effectuer des appels aux quatre coins de la planète.

— Ils n'ont encore rien vu, dit-il pour lui-même en replaçant l'appareil dans l'étui à sa ceinture.

Les autorités auraient beau arrêter qui elles voudraient, ça ne pourrait rien changer à l'évolution de la planète. L'Apocalypse était en marche. Il venait même de donner un nouveau tour d'écrou.

Il avait rarement été aussi satisfait d'avoir pris comme règle de prévoir des réseaux de relève indépendants pour tous les systèmes importants de l'organisation.

Montréal, SPVM, 14 h 15

Crépeau avait hésité avant de prendre l'appel. Les politiciens semblaient croire que plus ils lui donnaient de coups de fil, et plus ils donnaient d'entrevues aux médias, plus ça faisait avancer les choses.

Quand il entendit la voix de Théberge, il sentit un soulagement mêlé de plaisir.

— Tu m'annonces que tu reviens ? dit-il en blaguant.

— Je prends l'avion ce soir.

— Sérieux ? Je disais ça…

— Il faut que je te voie en arrivant. Demain, on va avoir une grosse journée. Peux-tu convoquer les journalistes quelque part en après-midi ?

— Tu veux donner une conférence de presse ?

— Rassure-toi, je vais te laisser la vedette.

Crépeau jeta un œil à la copie du jour de l'*HEX-Presse* sur son bureau. On pouvait y lire, sous sa propre photo et celle de Théberge :

Et la démocratie ?… Théberge chef d'une police parallèle qui contrôle le SPVM ?

Plus bas dans la page, un encadré posait une question qui allait dans le même sens :

Le SPVM contrôlé par des services de renseignements étrangers ? Théberge, un agent qui travaille pour qui ?

— Il va falloir que tu aies des informations drôlement convaincantes, dit Crépeau, si tu veux renverser le climat de paranoïa qui s'est développé.

— Fais-moi confiance. Les vitupérateurs débridés et autres adeptes de la calomnie malfaisante n'ont qu'à bien se tenir.

Après avoir raccroché, Crépeau était perplexe. D'une part, ça faisait plaisir de voir que Théberge avait recouvré sa verve. Cela voulait dire qu'il était en meilleure forme. Par contre, il voyait mal quelles révélations Théberge pourrait faire, qui seraient susceptibles d'empêcher la conférence de presse de déraper en un procès public contre lui.

PARIS, 22 H 48

Blunt avait passé près d'une heure à discuter avec Dominique. Cette dernière lui avait appris le décès de F et de Jessyca Hunter. Une rencontre entre Hurt et les deux femmes qui avait mal tourné, semblait-il. Pour le moment, il était difficile d'en savoir plus.

Sur place, un agent de l'Institut que Dominique ne connaissait pas, et qui ne s'était pas nommé, disait avoir pris la situation en main. Il s'était d'abord assuré que Hurt ne serait plus en mesure de nuire, ni à lui-même ni aux autres. Il avait ensuite appelé Dominique à Lévis pour la mettre en garde. Avant de mourir, F lui avait demandé de la protéger. Sans doute parce qu'elle pensait qu'elle courait un danger particulier. Mais elle n'avait pas eu le temps de préciser de quoi il s'agissait.

Dominique était plus ébranlée qu'elle ne voulait l'admettre, songea Blunt. C'était perceptible dans sa voix. La principale chose qui l'empêchait de craquer, c'était probablement l'urgence de la tâche à accomplir. Mais, en même temps, cela lui mettait un poids supplémentaire sur les épaules.

Dominique lui apprit ensuite que le mystérieux agent de l'Institut lui avait envoyé les dossiers sur lesquels F travaillait au moment de sa mort. Il y avait là un bilan détaillé des activités du Consortium, particulièrement de la section « action » de General Disposal Service : Vacuum. Elle entendait s'en occuper personnellement.

Avant de raccrocher, Blunt s'était entendu avec Dominique pour lui envoyer quelqu'un qui assurerait sa protection. Il appela immédiatement Théberge. Ce dernier lui dit que des membres de l'escouade fantôme se rendraient chez elle. Elle en connaissait déjà plusieurs, cela faciliterait les choses. Entre-temps, son ami Lefebvre, de Québec, lui enverrait une équipe. À titre non officiel. Les policiers resteraient avec elle jusqu'à ce que l'escouade fantôme soit prête à prendre la relève.

À peine Blunt avait-il eu le temps de raccrocher et de s'asseoir devant son jeu de go pour réfléchir qu'il recevait un appel de Tate. Ce dernier voulait l'informer de ce qui s'était passé à Carson City ainsi que des décisions qui avaient été prises.

— Ce soir, le Président va s'adresser à la nation, dit-il.

— Qu'est-ce qui l'a décidé à se prononcer publiquement ?

— Les vidéos que tu m'as envoyées ont justifié à ses yeux l'opération à Hawaï. Pour lui, c'était le plus gros risque. Les informations qui ont permis d'éviter plusieurs attentats ont également beaucoup aidé. Mais le déclencheur, c'est quand on a commencé à voir les gens qui apparaissent sur la liste des cinq mille prendre l'avion vers différents points de l'Archipel.

— Son intervention va aider à accélérer le mouvement.

— C'est ce qu'il espère. Il a ajouté que si mes mystérieux amis ont besoin de quoi que ce soit, y compris d'un emploi…

— Ça fait plaisir de se savoir apprécié. Mais, pour l'instant, c'est plutôt de repos que j'aurais besoin.

— Aucun problème pour te donner une semaine ou deux de vacances !

— On verra… répondit Blunt en riant.

— Tu as découvert où est l'Arche ?

— Non.

— C'est peut-être sur un bateau… comme Noé.

— Sûr. Avec un couple de chaque espèce pour repeupler la Terre après l'Apocalypse.

RDI, 19 H 00

… AU SOMMAIRE CE SOIR : UNE SÉRIE D'INTERVENTIONS SPECTACULAIRES CONTRE DES BASES TERRORISTES ; DES RUMEURS DE PURGE DANS L'ARMÉE CHINOISE ; LE RÉSEAU DES DÉGUSTATEURS D'AGONIES NEUTRALISÉ ; ET, EN FIN D'ÉMISSION, UNE ENTREVUE EXCLUSIVE AVEC MAGELLA CRÉPEAU, LE DIRECTEUR DU SPVM.

SUR LA SCÈNE INTERNATIONALE, LA JOURNÉE A ÉTÉ MARQUÉE PAR…

WASHINGTON, 20 H 01

Le Président avait choisi d'apparaître dans un complet sombre avec une chemise bleue sans cravate. Ses conseillers en image n'aimaient pas tellement l'idée, mais il avait balayé leurs objections en disant qu'il ne voyait pas pour quelle raison il maintiendrait une image à la Wall Street, alors qu'il avait passé la dernière semaine à travailler dix-huit heures par jour, le plus souvent en bras de chemise, pour réparer les dégâts des hommes en complet-veston. Ce n'était pas une mauvaise idée que les Américains réalisent que leur Président bossait comme eux et qu'il ne passait pas sa vie avec un uniforme de banquier sur le dos. Surtout avec la réputation que Wall Street et les banquiers avaient acquise au cours des dernières années.

— Chers concitoyens américains, comme vous le savez, nous vivons des temps de crise. Personnellement, je viens de quitter une réunion qui est quasi permanente parce que j'ai jugé essentiel de vous informer des principaux développements en cours… Tout d'abord, je veux vous annoncer une bonne nouvelle : la menace qui planait sur la ville de Boston a été neutralisée. Les autorités ont repris le contrôle de l'usine de transformation du méthane, les lieux ont été sécurisés et les failles du système informatique colmatées.

Le Président fit une pause pour consulter le texte devant lui. Il ramena ensuite son regard vers la caméra. Il avait éliminé le recours à un télésouffleur, cette fois en accord avec ses conseillers en image, parce qu'il lui semblait plus naturel d'improviser à l'aide de quelques notes sur chacun des sujets qu'il allait aborder.

— Pour l'instant, nous avons rétabli la situation. Mais je comprends les habitants de Boston de ne plus vouloir prêter flanc à ce type de menace. Je m'engage à ce que, d'ici la fin de mon mandat, des mesures soient prises pour permettre la fermeture définitive du terminal méthanier, dont la simple existence fait peser une menace continue sur la ville, monopolise un énorme budget de sécurité et impose des contraintes à la circulation.

FORT MEADE, 20 H 04

Tate écoutait le discours à la télé en compagnie de Spaulding. Pour l'instant, il jugeait la performance du Président remarquable. Mais il en était encore aux bonnes nouvelles.

Dans le coin inférieur gauche de l'écran, un chiffre noir sur fond blanc indiquait « 87 ». C'était le niveau d'approbation de l'enquête d'opinion en continu que réalisait, pendant toute la durée du discours, une importante firme de sondage.

La firme travaillait en exclusivité pour la NSA, laquelle partageait ensuite les résultats avec l'équipe présidentielle.

… VU LES CIRCONSTANCES, JE N'AURAIS JAMAIS CRU QUE NOUS POURRIONS RÉALISER AUTANT EN SI PEU DE TEMPS. GRÂCE AU TRAVAIL DE NOS AGENCES DE RENSEIGNEMENTS, PAS MOINS DE DIX-HUIT ATTENTATS ONT ÉTÉ ÉVITÉS. DES ATTENTATS CONTRE DES CITOYENS AMÉRICAINS. IL S'AGIT DE CITOYENS EXEMPLAIRES QUE LES TERRORISTES AVAIENT CHOISI D'ÉLIMINER À CAUSE MÊME DE LEURS QUALITÉS… MALHEUREUSEMENT, TOUS LES ATTENTATS N'ONT PAS PU ÊTRE ÉVITÉS. DEUX DE NOS COMPATRIOTES…

Dans le coin de l'écran, le chiffre tomba brusquement à 83.

PARIS, 2 H 07

Blunt avait retardé le moment de se mettre au lit pour entendre en direct le discours du Président, même si cela équivalait à limiter sa nuit de sommeil à cinq ou six heures. Le lendemain matin, il devait se rendre en Angleterre pour rencontrer Moh et Sam à la résidence de Fogg.

… LES ATTENTATS N'AURAIENT PAS PU ÊTRE ÉVITÉS SANS L'AIDE DE NOS AMIS EUROPÉENS. SANS EUX, SANS LES RENSEIGNEMENTS QU'ILS NOUS ONT PROCURÉS, BEAUCOUP PLUS DE VIES AMÉRICAINES AURAIENT ÉTÉ SACRIFIÉES PAR LES TERRORISTES. AU NOM DU PEUPLE DES ÉTATS-UNIS, JE TIENS À LES REMERCIER. ET JE TIENS À LEUR ASSURER QUE L'AMITIÉ QU'ILS ONT MANIFESTÉE À NOTRE ÉGARD SERA PAYÉE DE RETOUR. LES ÉTATS-UNIS NE SONT PAS UN PEUPLE INGRAT. JE VOUS LE DIS : SI VOUS AVEZ UN JOUR BESOIN DE NOUS, NOUS SERONS LÀ. COMME VOUS AVEZ ÉTÉ LÀ POUR NOUS…

Blunt appréciait la manœuvre : il préparait son auditoire à un plan qui exigerait une collaboration internationale. Il le préparait également à l'idée que les pays étrangers présentés comme boucs émissaires par les médias n'étaient pas forcément les vrais terroristes.

LÉVIS, 20 H 13

Dominique écoutait le discours du président des États-Unis en compagnie de l'inspecteur-chef Lefebvre, l'ami de Théberge. Il avait tenu à venir en personne, en compagnie de deux policiers à la retraite, le temps que l'équipe de Montréal arrive.

> ... LA CONTRIBUTION DE NOS AMIS EUROPÉENS NE S'EST PAS LIMITÉE
> À NOUS PRÉVENIR QUE DES ATTENTATS SE PRÉPARAIENT CONTRE PLU-
> SIEURS DE NOS CITOYENS. ILS NOUS ONT AVERTIS DE L'EXISTENCE DE
> DEUX BASES TERRORISTES SUR NOTRE TERRITOIRE. L'UNE À HAWAÏ,
> L'AUTRE AU NEVADA... JE VOUS DIRAI UN MOT TOUT À L'HEURE DE CES
> TERRORISTES, QUI NE SONT PAS CE QU'ON IMAGINE TROP FACILEMENT.
> POUR L'INSTANT, JE VEUX QUE VOUS SACHIEZ QUE DES ATTAQUES CONTRE
> CES BASES ONT ÉTÉ LANCÉES À MINUIT HIER SOIR, HEURE DE
> WASHINGTON...

L'ARCHE, 3 H 16

Hadrian Killmore écoutait le discours avec un sourire ironique.

— Cause toujours, murmura-t-il pour lui-même. Dans moins de vingt-quatre heures, tu vas voir que tu es loin de contrôler la situation.

> CES ATTAQUES ONT ÉTÉ COURONNÉES DE SUCCÈS. TOUTES LES BASES
> TERRORISTES SONT TOMBÉES SOUS LE CONTRÔLE DES FORCES DE
> L'ORDRE DES DIFFÉRENTS PAYS ET PLUSIEURS ALLIÉS DES TERRORISTES
> ONT ÉTÉ FAITS PRISONNIERS... CE QUI M'AMÈNE À VOUS PARLER DE CES
> TERRORISTES.
> QUI SONT-ILS ? CONTRAIREMENT À CE QUE PLUSIEURS D'ENTRE NOUS ONT
> CRU, ET CE QUE PLUSIEURS CONTINUENT DE PENSER, CONTRAIREMENT À
> CE QUE LES MÉDIAS ONT PU LAISSER CROIRE ET CONTRAIREMENT À CE
> QUE LES TERRORISTES EUX-MÊMES ONT VOULU NOUS FAIRE CROIRE, IL
> NE S'AGIT PAS D'ISLAMISTES RADICAUX... QUI SONT DONC CES TERRO-
> RISTES ?... D'ABORD ET AVANT TOUT, DES HOMMES D'AFFAIRES. DES
> HOMMES D'AFFAIRES CORROMPUS ASSISTÉS PAR QUELQUES HAUTS
> FONCTIONNAIRES, PAR QUELQUES MILITAIRES AVEUGLÉS D'IDÉOLOGIE ET
> PAR QUELQUES COLLABORATEURS DANS LES MÉDIAS.
> QUE VOULAIENT-ILS ? PROVOQUER UNE CRISE. POUR GAGNER DE
> L'ARGENT. ILS VOULAIENT PLONGER LA PLANÈTE DANS LE CHAOS. DANS
> UNE SITUATION PIRE QUE CELLE PROVOQUÉE PAR LA CRISE ÉCONOMIQUE
> ET FINANCIÈRE. POURQUOI ? PARCE QUE C'ÉTAIT UNE OCCASION D'AF-
> FAIRES.
> HEUREUSEMENT, CES HOMMES D'AFFAIRES CORROMPUS SONT L'EX-
> CEPTION. C'EST L'ASSISTANCE D'AUTRES HOMMES D'AFFAIRES QUI NOUS
> A AIDÉS À VOIR CLAIR DANS LEURS MAGOUILLES. ET À LES CONTRER.

— Tu peux toujours rêver ! fit Killmore pour lui-même. J'ai hâte de voir ce que tu vas leur dire demain.

Pas une fois, le Président n'avait parlé de l'Arche. Pas une fois, il n'avait mentionné l'Archipel. D'ailleurs, selon ses informations les plus récentes, tous les sites de l'Archipel continuaient à accueillir leurs futurs résidents.

Demain serait une date mémorable dans l'histoire de l'humanité. La naissance de la communauté élue qui survivrait à l'Apocalypse et qui guiderait par la suite l'humanité nouvelle hors du chaos.

Les vieilles religions n'étaient pas si folles. Elles avaient bien vu que les hommes ne pouvaient pas se guider seuls. Qu'ils avaient besoin de dieux… Sauf qu'elles avaient refusé de se rendre à l'évidence : il n'en existait pas. Du moins, pas encore. Car c'était ça, l'histoire de l'humanité : la longue fabrication de tout ce qui manquait à l'homme. Et qu'est-ce qui lui manquait le plus ? Des dieux.

Laissés à eux-mêmes, les humains s'enfermaient dans un cercle de violence et de contre-violence, chacune appelant la suivante. Seuls des dieux pouvaient se poser au-dessus des humains et interrompre cette chaîne. Seuls des dieux pouvaient pacifier les hommes. Sans eux, la violence était vouée à dégénérer à l'intérieur de tous les milieux, entre tous les groupes.

L'Archipel serait le royaume des dieux qui sauverait les humains. Il leur imposerait un rapport pacifié à la nature. Des rapports pacifiés entre eux. Ce serait une tâche de longue haleine. Et lui, Hadrian Killmore, régnerait sur cet Olympe. Il serait le premier des dieux.

WASHINGTON, 20 H 21

Le Président regarda ses feuilles pour bien marquer la transition. Il allait aborder le dernier point de son exposé.

— Nous savons de source sûre que les terroristes ont comme double objectif de pousser notre pays à une guerre interne et à une guerre externe. Une guerre civile contre les musulmans et une guerre externe contre la Chine. À cette fin, ils ont répandu des rumeurs sur Internet. Ces terroristes ont entrepris une guerre non seulement pour détruire notre pays, mais pour coloniser nos esprits. Ils ont exercé des pressions sur certains membres des médias pour qu'ils reprennent ces rumeurs. Pour qu'ils les renforcent. Ils ont même développé des liens privilégiés avec certains journalistes. Certains animateurs… C'est pourquoi je vous mets en garde. Méfiez-vous des discours et des supposées informations qui alimentent la haine contre les musulmans et contre les Chinois, pour ne nommer qu'eux.

C'était maintenant le point le plus délicat. Il ne voulait pas fournir de noms, pour ne pas déclencher de chasse aux sorcières ; mais il ne voulait pas non plus passer le point sous silence. Il importait de désamorcer à l'avance la contre-attaque qui ne manquerait pas de survenir, et qui serait d'autant plus forte s'il ne disait rien.

— Comme les enquêtes sur ce sujet ne sont pas encore terminées, je ne vous en dirai pas plus pour le moment. Mais j'ai jugé important que vous soyez informés de la situation. Je sais que je peux faire confiance au peuple américain pour lire et écouter avec discernement ce que lui présentent les médias.

C'était ce qu'il avait trouvé de mieux. D'un côté, il évitait les accusations de paternalisme en affichant sa confiance dans le discernement de la population ; d'un autre côté, il mettait les médias dans la position de se signaler eux-mêmes comme des cibles potentielles aux yeux de la population s'ils s'opposaient trop crûment à ce qu'il disait.

— Chers concitoyens américains…

> Il n'est pas indispensable que les îles de l'Archipel
> soient géographiquement des îles, mais elles doivent
> avoir une nature insulaire : être difficiles d'accès par
> voie terrestre à cause d'obstacles naturels, être acces-
> sibles surtout par voie maritime ou aérienne…
> À cause de leur nature de refuge, elles doivent égale-
> ment pouvoir être isolées facilement de l'extérieur et
> disposer de ressources qui les rendent indépendantes
> de leur environnement.
>
> Guru Gizmo Gaïa, *L'Humanité émergente*, 4- L'Exode.

JOUR - 6

L'ANCIENNE-LORETTE, 0 H 34

L'avion que Gonzague Leclercq avait nolisé se posa
à L'Ancienne-Lorette trois minutes plus tôt que prévu.
Théberge avait choisi l'endroit pour minimiser le risque
d'être reconnu. Il préférait que personne ne sache qu'il
était de retour avant la conférence de presse.

Le passage aux douanes se déroula sans incident
jusqu'au moment où le douanier voulut confisquer le foie
gras que Théberge avait rapporté de Paris. C'était de la
nourriture, disait-il ; il fallait protéger le public des maladies importées d'Europe.

— C'est une question de sécurité nationale, expliqua le
douanier. Nous sommes le rempart des Canadiens contre
les épidémies et les infections qui arrivent de l'étranger.

Il avait adopté le ton légèrement condescendant des
spécialistes qui tâchent de se mettre au niveau du public
ignorant tout en étant persuadés qu'une distance infran-
chissable continue de les séparer.

— Vous comprenez, conclut-il, ils n'ont pas les mêmes règles d'hygiène que nous, là-bas.

— Heureusement ! répliqua Théberge. Eux, ils n'essaient pas d'assassiner tous leurs producteurs de fromage ! Je parle de ceux qui font autre chose que du plastique supposément comestible !

Un sourire amusé apparut sur le visage du douanier.

— Je vois que vous aimez l'humour, dit-il.

Puis il ajouta sur un ton exagérément sérieux :

— Il est clair que vous ne comprenez pas bien la menace que représente l'importation de contaminants et de pathogènes sur le territoire canadien. Par conséquent, il va falloir que j'examine en détail tous vos bagages.

— Espèce de dolichocéphale atavique ! Comment faut-il vous le dire pour que vous le compreniez ? Vous n'avez aucune raison de saisir ce foie gras.

— C'est de la viande. L'importation de la viande est formellement interdite.

— Elle est cuite, elle est en conserve et la date d'expiration est dans un an et demi.

— Et alors ? Ça reste de la viande !

Le douanier avait maintenant l'air de s'amuser. Il ne faisait plus aucun effort pour dissimuler son plaisir.

Théberge le regarda avec un mélange de découragement et de frustration.

— Vous devriez demander votre transfert au MAPAQ ! dit-il. L'hystériose, c'est leur spécialité.

Des traces d'agacement apparurent sur le visage du douanier.

— Qu'est-ce que vous voulez dire ?

— Que pour le délire idéologique au service des grands producteurs industriels qui veulent assassiner les terroirs, ce sont des champions ! Vous savez ce que ça veut dire, MAPAQ ?

— Je sens que vous allez m'éclairer.

— Milice des Amateurs de Plastique Alimentaire Quétaine !

— Est-ce que vous mettez en doute ma conscience professionnelle ?

— Je mets en doute votre connaissance des règlements que vous avez à appliquer.

— Parce qu'en plus, vous voulez me montrer comment faire mon métier !

— Rassurez-vous, je n'ai pas la prétention d'allumer le feu de la connaissance dans le trou noir qui vous sert de cerveau !

Sans dire un mot, le douanier s'éclipsa en emportant les boîtes de foie gras. Il revint quinze minutes plus tard.

— Vous avez fini par comprendre ? lui lança Théberge dès qu'il l'aperçut.

— Pour les boîtes, il est possible que vous ayez raison. Mais ce n'est pas clair. Il faut que j'attende le retour de mon supérieur pour en référer à lui.

— Il revient quand ?

— Demain matin.

— Vous n'allez quand même pas me garder ici à ne rien faire en attendant son retour !

— Rassurez-vous, nous n'allons pas rien faire.

Son sourire s'élargit.

— Étant donné votre attitude, il est très possible que vous ayez, à votre insu, d'autres objets qui représentent un danger pour la santé publique. Je n'ai donc pas le choix : je suis obligé de fouiller tous vos bagages. Et de vous fouiller.

— C'est de l'abus de pouvoir.

— Et vous, vous n'avez pas abusé du vôtre, peut-être ? Un policier que tout le monde cherche, qui se cache en Europe au moment où les médias commencent à soulever des questions embarrassantes à son sujet, et qui rentre en douce, au milieu de la nuit, par un aéroport secondaire ?

— Je n'ai rien fait d'illégal.

— Je ne demande qu'à en avoir la preuve.

Il avait de plus en plus l'air de s'amuser.

— C'est un don naturel ou un talent que vous avez cultivé ? répliqua Théberge.

— De quoi voulez-vous parler ?

— Du niveau de bêtise que vous avez atteint !

— Je sens que vous allez regretter ça…

— Si j'avais voulu passer inaperçu, croyez-vous que j'aurais voyagé à bord d'un avion nolisé par le gouvernement français ?

Le douanier jeta un œil à son dossier et s'aperçut que Théberge avait raison. Le détail lui avait échappé. Mais ce n'était pas une raison pour se laisser bousculer.

— En vertu des pouvoirs que m'accorde la loi sur la répression du terrorisme, je peux saisir tous vos bagages, dit-il sèchement. Et je peux vous faire arrêter.

Madame Théberge, qui avait assisté à l'échange sans dire un mot, toussota légèrement :

— Il a raison, Gonzague.

Son mari la regarda, abasourdi.

— Vous devriez écouter votre femme, se dépêcha d'ajouter le douanier. Elle me semble une personne plus rationnelle que vous.

Théberge l'ignora et répondit à sa femme :

— Tu sais comme moi que c'est tout à fait légal !

— Je ne parle pas de ça. Il faudrait prévenir les policiers. Ton ami, l'inspecteur-chef Lefebvre, il doit en avoir assez de faire le pied de grue. Lui qui a eu la gentillesse de venir nous chercher avec une limousine.

— Vous parlez de l'inspecteur-chef Lefebvre ? demanda le douanier avec un flottement dans le regard.

Puis, après une hésitation :

— Celui du SPVQ ?

— Évidemment, répondit madame Théberge comme si elle ne concevait même pas qu'on puisse se poser la question.

— Et pourquoi vous attendrait-il avec une limousine ?

— Parce qu'on a une réunion à Montréal tôt demain matin, coupa Théberge. Avec le directeur du SPVM, un représentant de la SQ et un agent du SCRS. Ils se réunissent expressément pour me rencontrer. Je sens que je vais avoir du plaisir à leur parler de vous.

LCN, 1 H 02

> ... DÉNONCE LES BONUS FARAMINEUX QUE SE SONT DONNÉS LES DIRI-
> GEANTS DE WALL STREET ALORS QUE L'ÉCONOMIE DE LA PLANÈTE REPLONGE
> DANS LA CRISE À CAUSE DU TERRORISME. PAR AILLEURS, LES CONTRÔLES
> DOUANIERS SÉVÈRES MIS EN PLACE PAR LES GOUVERNEMENTS POURRAIENT
> FAIRE BAISSER LE PIB MONDIAL DE TROIS À QUATRE POUR CENT DE PLUS
> QUE...

AUTOROUTE 20, 1 H 08

Le véhicule avait immédiatement pris la direction de Montréal. Il était conduit par un ami de Lefebvre, un retraité de la Sûreté du Québec qui opérait un service de limousines.

Crépeau était assis face à Théberge et à son épouse. Comme prévu, il avait fait le voyage à Québec pour revenir avec eux à Montréal. Cela permettrait aux deux hommes de planifier leur journée du lendemain.

— Je ne comprends toujours pas que tu sois revenu aussi vite, fit Crépeau.

— Je n'allais quand même pas manquer le plus divertissant !

Puis son visage redevint sérieux.

— Dominique ?

— Trois membres de l'escouade fantôme sont sur place. Lefebvre leur a offert d'envoyer une équipe pour les relever de temps en temps. Ils ont répondu que ça leur ferait plaisir d'avoir de la visite, mais qu'ils ne bougeraient pas de la maison.

Théberge hocha la tête. C'était prévisible. Ils avaient tous eu l'occasion de voir le travail que Dominique avait effectué au Palace. Pendant des années. Si elle avait besoin d'eux, pas question qu'ils laissent à d'autres le soin de l'aider.

Par la suite, Crépeau eut droit à un compte rendu, légèrement épuré, des événements que Théberge avait vécus et de ce qu'il avait appris. Il lui expliqua également ce qu'il entendait faire le lendemain.

— Tu es sûr de tes informations ? lui demanda Crépeau lorsqu'il eut terminé.

— Rassure-toi. J'ai tout ce qu'il faut.

Pendant la dernière demi-heure du voyage, les deux hommes dressèrent des plans pour leur prochaine saison de pêche. Ils se promirent d'augmenter la fréquence de leurs expéditions, histoire d'en profiter pendant qu'il restait du poisson, et de retourner au moins une fois à la Romaine, pendant que la rivière existait encore.

LOS ANGELES, 4 H 22

Dick Warren n'avait plus qu'une heure trente pour terminer le topo qu'il allait présenter sur Fox News. Son billet devait être en ligne à six heures. Neuf heures, heure de New York.

Il relut le début de son texte.

Les informations sortent au compte-gouttes. Les autorités prétendent que les opérations contre les bases terroristes ont été couronnées de succès. Selon ce qu'elles affirment, plusieurs des terroristes seraient morts et plusieurs auraient été arrêtés.

C'était une bonne entrée en matière. Cela faisait le tour de l'information donnée par les autorités, mais avec assez de nuances pour suggérer qu'on ne pouvait pas vraiment s'y fier : « au compte-gouttes », « prétendent », « selon ce qu'elles affirment »… Tout ça et l'emploi du conditionnel (« seraient morts », « auraient été arrêtés ») rendraient l'ensemble des informations suspectes sans que le journaliste puisse être soupçonné de mauvaise foi : c'était seulement de la prudence, de la conscience professionnelle.

Mais elles refusent de dire qui sont les terroristes. Les bases qu'elles ont prises d'assaut sont toujours interdites aux médias. Et il n'y a pas moyen de savoir quelles suites les autorités entendent donner à ces événements. Pourquoi tout ce mystère ?

Non seulement ce que disaient les autorités n'était pas certain, mais il y avait des choses qu'elles ne voulaient pas révéler. Le texte suggérait qu'elles voulaient les garder secrètes. C'était encore mieux. Il n'y a rien comme le sentiment que les autorités cachent des choses pour alimenter la méfiance et la paranoïa du public. Par ailleurs, la charge négative de termes comme « prises d'assaut » et « interdites » se refléterait sur les autorités, auxquelles les termes étaient associés.

Le public a le droit de savoir.

Ça, c'est toujours *winner*, songea Warren. Se faire le porte-parole des droits du public.

Pourquoi est-ce qu'on ne dit rien des terroristes qui sont encore en liberté ? Combien ont réussi à s'enfuir ? Il faut des réponses à ces questions que se posent les gens ! On ne pourra pas nous demander indéfiniment des actes de foi. Est-ce que la situation est pire que ce qu'on imagine ? Est-ce pour ça qu'on nous cache une partie de la vérité ?

Le glissement était un peu gros. Le passage du « ne pas tout dire » à « cacher une partie de la vérité » était pour le moins rapide. Mais il n'avait que quelques minutes pour passer son message. Il fallait aller au but le plus rapidement possible. Et puis, c'était formulé sous forme de questions. Et c'était précédé de questions vraiment inquiétantes sur les terroristes en liberté… Pour la plupart des gens, ça passerait comme dans du beurre.

Il fallait maintenant écrire la suite. Warren se pencha de nouveau sur son clavier.

Contrairement à ce que les politiciens veulent nous laisser croire, ce n'est pas faire le jeu des terroristes que de dire la vérité au public… Il est facile de remplacer un bouc émissaire par un autre. On nous dit que les musulmans et les Chinois sont gentils. Que les hommes d'affaires sont les méchants… Où sont les preuves ?

Warren relut ce qu'il venait d'écrire. Il était particulièrement satisfait du choix des termes « gentils » et « méchants ». Ces adjectifs rendaient naïve, presque infantile, l'opposition qu'il mettait dans la bouche des politiciens.

La question finale, « Où sont les preuves ? », laissait supposer qu'il n'y en avait pas. Autrement, pourquoi les demander ?… Ça aussi, c'était bien. Mais il y avait encore quelque chose qui le tracassait.

Il relut de nouveau le paragraphe et changea « les politiciens » pour « certains politiciens ». Ça faisait plus mesuré. On ne pourrait pas lui reprocher de généraliser de manière abusive. Et ça aurait le même effet : jouer sur le préjugé selon lequel tous les politiciens mentent. Même si le préjugé était présenté de façon atténuée : il avait remplacé « mentent » par « veulent nous laisser croire ».

Il se remit à son clavier.

Aux dernières nouvelles, il n'y a pas eu de communiqué de Wall Street pour revendiquer les attentats. Et Wall Street n'a pas envoyé de tanks pour disperser des manifestants comme à Tienanmen…

Excellent. Sous couvert de défendre Wall Street, il renforçait les préjugés contre les musulmans et les Chinois. Restait maintenant à conclure avec une formule forte.

Les pires terroristes sont ceux qui font régner la terreur sur les esprits.

Non, pas ça. Trop pontifiant. Il biffa la phrase.

Et si le vrai terrorisme, c'était celui qui s'attaque à la vérité ?

C'était déjà mieux. La « vérité », c'était une valeur qui rejoignait tout le monde, alors que « les esprits »… Mais il manquait une transition.

Warren regarda sa montre. Il lui restait un peu plus d'une heure. Ce serait plus que suffisant pour terminer le texte.

RDI, 7 H 39

> ... LA CHINE ACCUEILLE FAVORABLEMENT LES PROPOS DU PRÉSIDENT AMÉRICAIN. UN ÉMISSAIRE SPÉCIAL DE BEIJING SE RENDRA DANS LES PROCHAINES HEURES À WASHINGTON POUR DISCUTER « D'INTÉRÊTS COMMUNS AUX DEUX PAYS ». INTERROGÉ SUR LA NATURE DE CES INTÉRÊTS, ET PLUS PRÉCISÉMENT À SAVOIR SI ÇA INCLUAIT LE PROBLÈME DU TERRORISME, LE PORTE-PAROLE DU PARTI COMMUNISTE CHINOIS S'EST CONTENTÉ DE DÉCLARER QU'AUCUN SUJET N'ÉTAIT *A PRIORI* EXCLU...

L'ARCHE, 11 H 53

Quand la lumière du témoin lumineux s'éteignit, marquant la fin de l'enregistrement, Guru Gizmo Gaïa arracha le masque de latex qui lui recouvrait la tête. Il détacha ensuite le cordon doré qui retenait une bure rouge sang contre son corps et il se débarrassa de ses sandales.

Puis il se regarda dans le miroir, comme s'il voulait se rassurer sur l'image qu'il verrait. C'était bien la sienne : celle de Hadrian Killmore, autrefois Lord de l'ex-empire britannique et désormais maître de l'Archipel.

Ça lui faisait un peu de peine de se séparer de son personnage : il l'avait bien servi. Comme lui-même avait bien servi le personnage. À chaque étape, Guru Gizmo Gaïa avait annoncé avec exactitude ce qui arriverait. En cela, il était fidèle à la règle que Killmore avait toujours suivie d'annoncer clairement et publiquement tout ce qu'il ferait.

Mais c'était le dernier tour de piste du personnage. *Exit* Guru Gizmo Gaïa.

L'esprit de Killmore revint aux informations qu'il avait entendues un peu avant d'enregistrer le message... Les imbéciles ! Ils triomphaient dans les médias, annonçant que les bases terroristes avaient été liquidées ! Ils croyaient pouvoir contrecarrer ses plans !...

Maintenant qu'il avait annoncé publiquement ses intentions, il allait y donner suite. Il allait leur balancer tout le bouquet final d'un seul coup. Cela créerait un sentiment de confusion. Les gens auraient l'impression que les événements échappaient à tout contrôle. Un *remake* planétaire du syndrome de Bagdad !... Ce serait alors amusant de voir les justifications et les tentatives médiatiques de rattrapage des politiciens.

Killmore remit son complet-veston, s'examina de nouveau dans le miroir pour s'assurer qu'il était complètement redevenu lui-même et il se rendit à son bureau.

Il avait plusieurs coups de fil à donner.

HAMPSTEAD, 11 H 27

Moh et Sam arrivèrent à la résidence de Fogg accompagnés de Finnegan. Ils furent accueillis par Monky.

— Qu'est-ce que vous avez fait de Hurt? demanda Sam.

— Un sédatif.

— Où est-il?

— Dans sa chambre. Vous pouvez le voir quand vous voulez.

— Et vous, vous êtes qui? demanda Moh avec une certaine brusquerie. Vous faites quoi?

— Je suis un consultant. Je travaille pour Jones, Jones & Jones.

— Et vous vous appelez? reprit Sam.

— Dans mon existence actuelle, certaines personnes m'appellent Monky. Mais vous pouvez m'appeler Jones 61.

Moh et Sam se regardèrent. Ils étaient au courant de la manière dont maître Guidon avait recyclé les Heavenly Bikes. Mais c'était la première fois qu'ils rencontraient un membre qui n'avait pas simplement un numéro au bout du nom de Jones.

— Mon cas est particulier, fit Monky comme s'il avait suivi leur raisonnement.

Finnegan, lui, ne suivait pas du tout.

— C'est quoi, cette histoire?

— On vous expliquera plus tard, répondit Sam.

Puis il demanda à Monky de leur montrer l'endroit où le drame s'était produit. Ce dernier les conduisit au bureau de Fogg.

Les deux corps étaient maintenant étendus sur des divans.

— Vous savez ce qui s'est passé? demanda Sam.

Monky raconta succinctement sa course vers le bureau de Fogg après avoir entendu les trois coups de feu ; l'état dans lequel il avait trouvé Hurt et F ; la demande que F lui avait faite de protéger Dominique ; la décision qu'il avait prise de déplacer les corps…

— Je ne pouvais quand même pas les laisser par terre, dit-il en conclusion.

— En analysant la scène, on aurait pu avoir une idée de ce qui s'est passé, répliqua Finnegan avec humeur.

— Avant de déplacer les corps, j'ai filmé la pièce sous tous les angles, répondit Monky, comme si la chose allait de soi.

Il tendit une barrette de mémoire à Finnegan.

— Tout est là-dessus, dit-il. La seule autre chose à laquelle j'ai touché, c'est l'ordinateur. J'ai envoyé à la coordinatrice de l'Institut tous les documents sur lesquels F travaillait.

Sam se tourna vers Finnegan.

— Vous pouvez trouver une équipe discrète pour s'occuper des corps ?… analyser la pièce pour des indices ?

En guise de réponse, Finnegan sortit son téléphone portable et se retira dans un coin de la pièce.

— Je n'arrive pas à croire qu'elle est morte, dit Moh à voix basse.

— Moi non plus, répondit Sam.

— Logiquement, on aurait dû mourir avant elle.

Sam secoua lentement la tête.

— Je suis trop vieux pour ça, dit-il.

Ils regardaient le corps de F en silence depuis plusieurs secondes lorsque Monky se rappela à leur attention.

— Je pense que vous devriez jeter un coup d'œil aux dossiers sur lesquels elle travaillait.

— D'accord, répondit Sam. Mais je voudrais d'abord que vous nous parliez de F. De ce qu'elle faisait ici.

LÉVIS, 7 H 11

Dominique était déjà devant son ordinateur lorsque l'appel de Sam arriva. Elle terminait le café que lui avait préparé un des membres de l'escouade fantôme, un policier maintenant retraité qu'elle avait rencontré à plusieurs reprises quand elle travaillait au Palace.

— C'est assez incroyable, tout ce qu'il y a dans les dossiers que Monky m'a envoyés, dit-elle.

— Je les ai parcourus brièvement, répondit Sam.

— On a un tableau détaillé de toutes les activités du Consortium. On peut les rayer de la carte.

— Vous voulez que j'envoie une copie à Blunt?

— Je m'en occupe. Parlez-moi plutôt de Hurt.

— Il est toujours sous sédation.

— Qu'est-ce que vous comptez faire de lui?

— J'allais vous demander votre avis.

— Ça aussi, je préfère en parler à Blunt… Pour en revenir au dossier, avez-vous une idée de la façon dont elle a pu avoir accès à tout ça?

— Elle avait pris la place de Fogg. C'est du moins ce que dit Monky.

— Comment elle a pu faire ça?

— Toujours selon Monky, elle aurait commencé à travailler avec lui. Puis, quand il est mort, elle aurait pris sa place.

— Elle aurait infiltré le Consortium?

— Ça, c'est moins clair. Monky affirme qu'elle et Fogg travaillaient ensemble sur un projet commun. Et quand Fogg est mort, elle aurait décidé de poursuivre le projet seule.

— Vous vous rendez compte de ce que ça peut vouloir dire?

— Ou bien elle avait infiltré le Consortium, ou bien elle avait retourné Fogg…

— Ou bien c'est Fogg qui l'avait retournée.

— Ce sont les trois possibilités.

— Vous, qu'est-ce que vous en pensez?

— Je ne l'imagine pas trahir l'Institut. Moh est d'accord avec moi là-dessus… Mais je suis incapable d'expliquer comment elle a fait pour occuper cette position.

— Si elle était le chef du Consortium, je comprends pourquoi elle a pu avoir accès à l'ensemble des dossiers de l'organisation.

— La question, c'est : qu'est-ce qu'elle voulait en faire ?

PARIS, 16 H 22

Victor Prose trouvait déroutante la facilité avec laquelle les amis de Théberge l'accueillaient parmi eux. Bien sûr, il était conscient d'en connaître plus qu'eux sur la plupart des aspects du saccage de la planète par l'humanité. Et puis, ils appréciaient ses remarques sur les répercussions concrètes des attentats terroristes sur l'environnement. Il était pour eux une source intéressante d'informations. Mais il n'en revenait quand même pas de pouvoir participer aussi librement à leurs réunions. Après tout, c'étaient des espions, genre, comme auraient dit ses étudiants !

— Vous n'êtes pas seulement un expert en saccage planétaire, lui avait dit Blunt, réutilisant l'expression que Prose lui-même avait utilisée en boutade pour décrire son champ de compétence, vous êtes aussi un regard extérieur.

C'était d'ailleurs la raison pour laquelle Blunt lui avait demandé de s'installer au même hôtel que lui : pour qu'il puisse participer plus facilement aux réunions impromptues. Et c'était la raison pour laquelle ils revoyaient maintenant ensemble la nouvelle déclaration de Guru Gizmo Gaïa.

Revêtu d'une bure rouge ceinturée d'un cordon doré, le prophète était debout devant un paysage volcanique.

— Une approximation de ce qui se passe sur Mercure, avait dit Chamane.

Et il avait ajouté que c'était une projection sur une toile de fond, derrière le guru, d'un paysage tiré d'un jeu vidéo. Il se rappelait l'avoir vu, mais il ne savait pas où.

Les savants jouent avec la vie. Ils veulent forcer Gaïa à produire jusqu'à l'épuisement de toutes ses ressources. Et ils pensent pouvoir l'empêcher de se protéger… Ces savants qui tuent la vie, je les vois mourir par centaines. Gaïa va trancher net le fil de leur existence. Ma vision est de plus en plus claire. À partir de minuit temps universel, Gaïa va arrêter

leur cœur de battre. Partout sur la planète. Ils vont
mourir, ceux qui mettent la science au service de la
mort ! Ils vont mourir, ceux qui veulent contrer la
volonté de Gaïa…

Blunt mit la vidéo sur « Pause ».

— Et alors ? demanda-t-il.

— Ceux qui jouent avec la vie… et qui menacent
leurs projets… Je dirais les équipes qui travaillent à
trouver un remède contre la peste grise.

— Il faut faire protéger le personnel d'HomniPharm…

— … ceux qui essaient de venir à bout du champignon
tueur de céréales.

— … et d'HomniFood.

Après avoir consulté Prose du regard, Blunt redémarra
l'enregistrement.

… Je vois les céréales se dessécher sur pied. Les
foules affamées se jeter sur les dernières céréales et
les dévorer, anéantissant la semence des récoltes à
venir… Je vois d'immenses glaciers être précipités
dans la mer. Je vois l'océan monter. Des pays être
submergés. D'autres se couvrir de glace… Je vois la
peste grise se répandre sur les cinq continents. Je
vois les machines de la civilisation s'arrêter faute
de carburant… Je vois les derniers hommes ne plus
savoir où aller et se disputer le peu de terre qui
reste…

Prose fit signe à Blunt d'arrêter l'enregistrement.

— Vous avez vu quelque chose ? demanda Blunt.

— Il reprend les principales cibles des terroristes.
Logiquement, ça voudrait dire qu'il va y avoir d'autres
attentats contre les mêmes cibles.

— C'est ce que nous pensons.

— Pourquoi un nouveau message, si c'est la même
chose qui continue ? Son *pattern*, jusqu'à maintenant,
c'était de faire des annonces pour inaugurer les nouvelles
vagues d'attentats.

— Peut-être parce qu'il veut contrer l'impression que
les terroristes sont en train de perdre la partie : tous les

médias parlent de leurs attentats ratés et des attaques réussies contre leurs bases.

— Vous pensez qu'ils vont provoquer une nouvelle explosion dans l'Antarctique ?

— Les Américains disent qu'il n'y a pas de danger. Tous les pays ont accepté d'éloigner leurs bateaux et leurs sous-marins.

Prose avait l'impression qu'un élément important lui échappait. Mais il ne parvenait pas à savoir quoi.

— Il a toujours prédit ce qui allait arriver, dit-il.

— Ils ont également vérifié pour l'Arctique.

— Et le Groenland ?

— Aussi.

— Et « sur » le Groenland ?

Blunt le regarda fixement.

— C'est de la glace qui est complètement hors de la mer, reprit Prose. Pour faire monter le niveau des océans…

LÉVIS, 11 H 38

Dominique avait informé Blunt de sa discussion avec Sam et des documents qu'elle avait reçus.

— Il y a des milliers de dossiers. Tous regroupés par pays où les opérations se sont déroulées. On a un panorama complet des activités du Consortium au cours des dernières années. Avec les dates, le nom des cibles et des opérateurs, le nom des superviseurs locaux des filiales… C'est gigantesque. Avec ça, on devrait pouvoir liquider ce qui reste du Consortium.

— C'est probablement ce qu'elle avait en tête.

— Monky affirme qu'elle et Fogg travaillaient ensemble sur un projet commun. Qu'après la mort de Fogg, elle a décidé de continuer seule.

— Elle et Fogg ? Ensemble ?

— Je me suis demandé si leur but n'était pas de prendre le contrôle du Consortium… Pour eux-mêmes, je veux dire.

— Et de se débarrasser de leurs commanditaires en utilisant l'Institut ?

— Ça expliquerait tout le travail qu'elle a fait avec Fogg pour les paralyser… Ils ont annulé des centaines d'opérations que le Cénacle avait commandées à Vacuum par toutes sortes d'intermédiaires.

— Pour l'instant, l'important n'est pas de savoir ce qu'elle voulait faire. Ce qui compte, c'est ce qu'on peut faire de tout ça.

— Il reste une dizaine d'opérations qui n'ont pas été annulées.

— Le plus simple, c'est d'envoyer les dossiers aux autorités locales dans les pays concernés.

— Ça, je peux m'en occuper. Mais le reste ?

— On n'a pas le choix d'en parler à Tate et aux autres.

— Tu as raison.

Après un moment, elle ajouta :

— Pour F, tu penses qu'on va savoir un jour la vérité ?

— Si jamais Hurt redevient fonctionnel… On saura peut-être ce qui s'est passé.

REUTERS, 12 H 03

… CES DEUX NOUVELLES EXPLOSIONS DE PESTE GRISE EN AMÉRIQUE DU SUD. CELA FAIT SUITE À LA DÉCOUVERTE DE NOUVEAUX FOYERS D'INFECTION EN AFRIQUE, EN ASIE DU SUD-EST ET AU MOYEN-ORIENT. POUR LE MOMENT, L'EUROPE ET L'AMÉRIQUE DU NORD SONT ÉPARGNÉES. IL N'EN FALLAIT PAS PLUS POUR ACCRÉDITER LES RUMEURS SELON LESQUELLES TOUTE L'HISTOIRE DES TERRORISTES SERAIT UN COUP MONTÉ POUR DISSIMULER LA VÉRITABLE GUERRE, LA GUERRE RACIALE QUE MÈNE L'OCCIDENT CONTRE LE RESTE DE L'HUMANITÉ. LES EXPLOSIONS DE VIOLENCE SE SONT MULTIPLIÉES DANS LES PAYS OÙ…

PARIS, 19 H 14

Blunt s'était chargé de l'organisation de la conférence téléphonique. Y assistaient : Tate, Leclercq, monsieur Claude, Finnegan et Dominique.

Dans un premier temps, Blunt exposa les conclusions auxquelles il était parvenu en discutant avec Prose. Tout le monde tomba rapidement d'accord pour que le personnel scientifique travaillant pour les entreprises de l'Alliance soit protégé.

Après l'explication du possible danger qui pesait sur le Groenland, le MI5 accepta de se charger du dossier et de contacter ses homologues du Danemark.

Pour le danger d'une explosion de peste grise sur les cinq continents, par contre, personne ne voyait comment on pouvait endiguer un tel fléau. Tout au plus pouvait-on maintenir en alerte des équipes d'intervention qui se précipiteraient vers les nouveaux foyers d'épidémie aussitôt qu'ils seraient découverts. Heureusement que les procédures d'intervention avaient été rodées avec le SRAS et la grippe porcine.

— J'ai maintenant quelque chose qui va vous surprendre, fit Blunt. Un tableau détaillé de toutes les opérations du Consortium, à la grandeur de la planète.

— Finalement, ce n'est pas un mythe, ironisa Tate.

— Non seulement ce n'est pas un mythe, mais c'est un des principaux instruments des terroristes.

— On en a déjà plein les bras, dit Finnegan. S'il faut s'occuper de ça en plus…

— Il y a une solution, répondit Blunt. Distribuez les dossiers à différentes agences autour de vous, à différents corps policiers. Ça leur permettra de se mettre en valeur et ça vous méritera pas mal de reconnaissance.

Voyant leur réticence, il ajouta :

— De toute façon, chacun est libre d'agir comme il veut. Pour ma part, il me reste à vous faire part d'un dernier détail.

Il leur montra un petit livre. Sur la couverture blanche, il n'y avait que le titre, *L'Humanité émergente*, et le nom de l'auteur, Guru Gizmo Gaïa.

— On l'a trouvé dans les appartements personnels de Killmore, à Brecqhou. Si on avait besoin d'une autre preuve qui relie le guru à Killmore et au terrorisme…

Une fois la réunion terminée, Blunt jeta un regard à son jeu de go. Il avait besoin de réfléchir de façon parallèle. Sans se concentrer directement sur les questions qui le préoccupaient.

Dans la partie qu'il jouait sur Internet, c'était à son tour de poser une nouvelle pierre. Mais plus la situation se développait, moins il comprenait le plan de son adversaire. Cela l'amenait à jouer des coups de simple réaction, en réponse à des menaces qui ne se concrétisaient pas, et qui semaient l'anarchie dans le développement de sa propre position.

Comment pouvait-il jouer aussi mal ?

S'il fallait que sa planification des opérations s'avère aussi incohérente…

Montréal, 14 h 06

Crépeau entra dans la salle de conférence de presse le dernier. Il avait été précédé de Rondeau et de Grondin. Dans le fond de la salle, des agents de la SQ et du SCRS, habillés en civil, attendaient discrètement, debout, les bras croisés.

Quand Rondeau s'approcha du micro, les murmures diminuèrent.

— Chers petits nécrophages, je vous avertis tout de suite : si vous êtes indisciplinés, vous serez privés de *scoop*. La conférence de presse sera interrompue et les informations seront diffusées en primeur sur Internet.

— Vous ne pouvez pas faire ça ! lança Cabana.

— Depuis quand êtes-vous contre la démocratie directe ? répliqua Rondeau avec une fausse candeur caricaturale. Il me semble que c'est votre cheval de bataille. Au lieu d'avoir un accès privilégié à l'information, vous y aurez accès en même temps que tout le monde. Ce n'est pas merveilleux ?

Rondeau parcourut ensuite la salle du regard. Les journalistes hésitaient entre l'étonnement et l'incrédulité. Ils étaient plus habitués à ses frasques de langage et à ses grossièretés déguisées en maladresses qu'à ce type de provocation ironique, qui ne tentait même pas de se dissimuler derrière les conséquences de sa maladie.

— Si vous demeurez syphillisés, reprit Rondeau, vous en apprendrez encore plus que vous espérez. Les points à l'ordre du jour sont : les dessous de l'affaire de l'homme carbonisé au crématorium ; l'identité de celui qui a téléguidé tous les attentats de Montréal ; les raisons cachées de la campagne de presse contre l'ex-inspecteur-chef Théberge et ses proches… Et, en prime : tout ce que vous avez toujours voulu savoir sur la manipulation des journalistes et que vous n'avez jamais osé demander… Nous allons évidemment garder ce dernier point pour le dessert.

Il fit une nouvelle pause pour prendre la mesure des réactions.

— Je passe maintenant la parole à notre bien-aimé dictateur Crapaud.

De rares sourires accueillirent la déclaration. Pour l'instant, la seule chose qui les intéressait, c'était ce que le directeur du SVPM était censé leur apprendre.

Crépeau changea de place avec Rondeau.

— Je serai bref, dit-il. Le mystérieux cadavre qui a été retrouvé au crématorium était le premier d'une série de quatre.

— Pourquoi on n'a pas entendu parler des autres ? l'interrompit News Pimp.

Après avoir posé sa question, il regarda brièvement autour de lui avec un air satisfait.

— C'était ma phrase suivante, répondit Crépeau sur un ton égal… Les autres cadavres ont été retrouvés à Genève, à Lyon et à Bruxelles. Il a fallu un certain temps pour que les autorités fassent le lien.

— Autrement dit, vous n'êtes pas vite vite, renchérit News Pimp.

— Par contre, poursuivit Crépeau en ignorant la nouvelle interruption, nous avons pu établir que les attentats ont été mis en scène par les responsables des différentes vagues d'attentats terroristes. Chaque cadavre marquait le début d'une nouvelle vague. Et chacun témoignait lui-même des quatre vagues : la terre, l'eau, l'air et le feu. Autrement dit la famine, la noyade, la contamination par les virus dans l'air et la crémation. Ce sont dans l'ordre les fléaux qui ont frappé la planète : le champignon tueur de céréales, l'empoisonnement de l'eau et la fonte des glaces, la peste grise et les attaques pour détruire les sources d'énergie.

Les journalistes se regardèrent un moment avant que vienne la première question.

— Si j'ai bien compris, fit le représentant de *The Gazette*, vous prétendez qu'il y a une logique globale derrière l'ensemble des attentats ?

— Vous avez bien compris.

— Et vous prétendez que ceux qui les ont organisés ont fait des victimes qui symbolisaient ce qu'ils allaient faire ?

— Oui.

— Vous ne trouvez pas ça un peu délirant ? demanda Cabana.

Crépeau le regarda et son sourire s'élargit.

— Pas un peu délirant, dit-il en mettant l'accent sur « un peu ». Très délirant. C'est le terme le plus précis pour décrire ces attentats : un délire. Avec toute la logique à la fois admirablement rigoureuse et parfaitement folle qui caractérise un délire.

— Ça veut dire que vous connaissez les terroristes ? fit un autre journaliste.

— Ça veut dire que j'en connais quelques-uns. Mon ami Théberge en connaît un plus grand nombre et d'autres personnes en connaissent plus encore. Pour l'instant, je vais m'en tenir aux faits qui sont pertinents pour les enquêtes qui relèvent du SPVM. D'autres feront des révélations plus globales en temps et lieu.

— Autrement dit, il faut vous croire sur parole ? ironisa Cabana.

— Les preuves seront déposées au moment des procès. Ce qui m'amène à notre deuxième point : les attentats qui sont survenus à Montréal.

— Si vous les passez tous en revue, on n'est pas sortis d'ici avant demain matin, lança News Pimp.

— Vous parlez des attentats islamistes ou de ceux des écolos ? demanda un autre.

— À proprement parler, répondit Crépeau, ce n'étaient ni des musulmans ni des écologistes. Tous les attentats ont été planifiés et commandités par le même groupe. Ici et à l'échelle de la planète.

— Vous vous êtes converti à la théorie du complot? fit News Pimp.

— Je me contente de répéter en d'autres termes ce qu'a déclaré le président des États-Unis. À Montréal, le représentant de ce groupe s'appelait Skinner. C'est lui qui a orchestré les attentats. Et c'est lui qui s'est occupé personnellement du harcèlement contre Victor Prose.

— Vous l'avez arrêté? demanda une voix.

— Il est décédé. L'ex-inspecteur-chef Théberge a vu son cadavre.

— C'est commode, reprit News Pimp sur un ton moqueur. On trouve un mort et on lui fait tout endosser.

Malgré le ton amusé, on devinait qu'il y avait plus qu'une blague dans cette boutade.

— Qui nous dit qu'on peut faire confiance à Théberge? lança un autre. Avec tout ce qui circule à son sujet…

— Très bonne question, fit Crépeau. Je vais vous laisser en débattre avec le principal intéressé.

Sous le regard médusé des journalistes, Théberge sortit de derrière le rideau, au fond de la salle, et se dirigea vers le micro, que Crépeau lui céda sans aucun commentaire.

— Laissez-moi d'abord partager avec vous l'indicible joie que j'ai à me retrouver en votre présence, dit Théberge. Je pense en particulier à News Pimp, à mon ami Cabana, à tous mes amis de HEX-Médias… Pour rien au monde, je n'aurais voulu qu'ils ratent cette conférence de presse. J'ai pour eux, et aussi pour vous tous, le *scoop* de votre carrière… Ou du moins de l'année, soyons modeste. Vous n'allez pas seulement rapporter les événements, vous allez y participer. Vous allez être aux premières loges de l'histoire qui se fait.

Les journalistes se regardaient, de plus en plus intrigués. Comment Théberge pouvait-il avoir l'air aussi en forme? C'était à croire que les événements passés avaient cessé de l'affecter… On aurait presque dit qu'il croyait contrôler la situation!

LA PREMIÈRE CHAÎNE, 14 H 11

> ... UN NOUVEAU MORCEAU S'EST DÉTACHÉ DU FRONT NORD DE LA PLAQUE DE GLACE WILKINS. PLUS DE SIX MILLE KILOMÈTRES CARRÉS ONT ÉTÉ LIBÉRÉS DANS LA MER, OÙ ILS VONT PROGRESSIVEMENT SE FRAGMENTER. MÊME S'ILS SONT INCAPABLES DE RELIER CET ÉVÉNEMENT AVEC CERTITUDE AUX ATTENTATS RÉCENTS, LES SCIENTIFIQUES ESTIMENT QUE...

MONTRÉAL, 14 H 13

Impassible, Théberge attendit que le silence s'installe avant de reprendre.

— Ce que je peux maintenant vous dire, c'est que le réseau terroriste qui opérait à Montréal était sous la direction de Skinner et de quelques autres personnes. Ce réseau a été en grande partie neutralisé. Cependant, certains collaborateurs des terroristes sont encore en liberté. Pour le moment...

— Vous les connaissez ? lança une voix.

— Bien sûr !

— Alors, qu'est-ce que vous attendez ?

— Rassurez-vous, ce sera fait d'ici quelques instants. Mais d'abord, une précision : je traiterai des deux derniers points simultanément. Ma démission du SPVM et mon voyage en Europe avaient le même motif : participer à une enquête secrète sur le réseau terroriste avec des collègues français, britanniques et suisses. Accessoirement, cela a permis à mon épouse et à mes amis d'être moins harcelés par les médias.

— On fait notre travail, répliqua Cabana.

— On ne peut pas poser seulement des questions qui font votre affaire, ajouta un journaliste de l'*HEX-Presse*. La presse doit demeurer indépendante.

— C'est bien mon avis. Ce qui m'amène à notre quatrième point. Les terroristes, dans le but de remonter jusqu'à certains de mes amis qui travaillent dans les services de renseignements, ont lancé une campagne médiatique contre moi. Ça leur permettait également de nuire à l'efficacité du SPVM, ce qui leur laissait davantage de liberté pour leurs petites manigances.

— C'est ridicule ! fit Cabana. Personne ne peut contrôler l'ensemble des médias !

Il avait été le seul à protester, mais il était manifestement le porte-parole de tous les journalistes.

— Bien sûr que non, fit Théberge en souriant. Ce n'est pas nécessaire de les manipuler tous. Seulement quelques-uns qui font les bonnes révélations initiales au bon moment. Qui lancent le mouvement... Ensuite, ça s'alimente tout seul : personne ne veut être en reste et rater sa part de grands titres.

— C'est du pur délire ! s'exclama News Pimp. Moi, j'en ai assez entendu. Je m'en vais.

Il se leva. Pendant qu'il se dirigeait vers la sortie, Théberge s'empressa de lui dire :

— À tout hasard, je vous signale que les sorties sont gardées par les agents de la SQ et du SCRS. Le *scoop* que je vous ai promis, c'est l'arrestation en direct de trois collaborateurs des terroristes.

— C'est honteux ! s'écria News Pimp. Vous ne pouvez pas me retenir ici ! Je vais vous poursuivre !

— Sans doute, sans doute... concéda Théberge comme s'il prenait acte d'une calamité mineure mais inéluctable. Mais nous avons les montants qui ont été versés, les lieux, les dates, les numéros de chèques et les numéros de compte. Nous avons aussi les textes qui ont été fournis aux journalistes et qui ont été reproduits presque textuellement dans les médias en échange de sommes appréciables... Nous avons des copies des directives qui ont été fournies à ces trois journalistes pour guider leurs interventions. Nous avons même des photos d'eux avec ceux qui les manipulaient et des enregistrements de leurs conversations.

Il regarda l'assemblée maintenant silencieuse.

— À ce moment-ci, reprit Théberge, j'aimerais vous faire une courte confession. Madame Devereaux a eu droit, au cours de l'avant-midi, à une sorte d'avant-*scoop*. J'ai pensé que c'était une juste compensation pour le harcèlement qu'elle a subi au cours des ans.

Un silence suivit.

— Comme vous l'avez peut-être deviné, reprit Théberge, trois de ces collaborateurs des terroristes sont présents dans cette salle. J'imagine que vous voulez connaître leurs noms avant que le SCRS procède à leur arrestation ?

LYON, 1 H 08

Bertrand de la Halle se promenait dans la ville depuis plus d'une heure. Jusqu'à maintenant, il avait fait trois arrêts d'environ quatre minutes dans deux des quartiers les plus huppés.

Il immobilisa son véhicule le long du trottoir, en biais avec une résidence cossue, laissa tourner le moteur et prit la boîte qui était sur le siège du passager. À l'intérieur, il y avait un mécanisme que Bertrand de la Halle ne connaissait pas. Tout ce qu'il savait, c'était qu'il devait l'activer en tournant le bouton vers la droite, attendre trois minutes, puis désactiver l'appareil, refermer la boîte et repartir.

C'était son cinquième et dernier arrêt. Il rapporterait ensuite la boîte chez lui et il la dissimulerait au sous-sol pendant quelques jours. Un homme passerait alors la récupérer.

Bertrand de la Halle ne savait pas pourquoi on lui demandait de faire ce pèlerinage nocturne à travers la ville. Il ne savait pas qui habitait ces résidences. Il ne savait pas à quoi pouvait bien servir cette boîte.

Tout ce qu'il savait, c'était que ses dettes de jeu seraient effacées.

Il ne savait pas par qui. Il ne savait pas comment on avait su qu'il avait besoin d'argent. Il ne savait pas pourquoi on l'avait choisi, lui plutôt qu'un autre.

Et il ne savait pas qu'il allait mourir, dans moins de quinze minutes, dans l'explosion de son véhicule.

Bertrand de la Halle était un homme qui savait peu de chose, à l'exception du fait qu'il n'aurait plus à se soucier de ses dettes.

Ce en quoi il avait tout à fait raison.

Genève, 1 h 11

Le policier se releva et fit un signe négatif de la tête à son confrère. Bruno Chappuis n'aurait plus jamais de problèmes cardiaques.

— Il est mort.

Autour du défunt, il n'y avait aucune trace de violence. Rien pour indiquer que la mort était suspecte. Sauf que c'était le troisième habitant de la ville à mourir chez lui en moins de deux heures. Sans raison apparente.

Pour l'instant, il n'y avait aucun lien entre les trois victimes. Mais les coïncidences rendaient les policiers méfiants.

Même si le corps ne semblait avoir subi aucune blessure autre que celle due à sa chute, il était trop tôt pour se prononcer. Il faudrait attendre le rapport du médecin légiste. On pouvait toutefois deviner que la mort n'avait pas été instantanée. L'homme était sorti de sa chambre, s'était effondré dans le corridor en renversant une petite table, s'était traîné jusqu'à l'escalier qu'il avait déboulé, avait tenté de se redresser en s'accrochant à une lampe avant de s'écrouler pour de bon.

Sa main gauche était encore crispée sur le pied de la lampe quand les policiers étaient arrivés. Ils avaient été alertés par l'épouse de la victime, qui avait entendu la lampe se fracasser malgré les bouchons qu'elle mettait pour dormir.

Il y avait eu comme un bruit d'explosion étouffée. Sans doute l'éclatement des ampoules de la lampe.

Bruxelles, 1 h 27

Le médecin au chevet de Hans Wauters le considérait comme une sorte de miraculé. Il était incroyable qu'il ait pu survivre à un tel dérèglement de son stimulateur cardiaque. Pendant trois minutes, son cœur avait été soumis à des impulsions qui auraient détruit la très grande majorité des cœurs humains.

Selon son épouse, la crise avait débuté à 12 heures 16 minutes et 23 secondes. Quand il s'était redressé brusquement dans le lit en se tenant la poitrine, elle avait machinalement regardé l'horloge digitale sur la table de chevet. Elle avait tout de suite appelé un médecin avec le téléphone de la chambre.

Après un temps qui lui avait paru une éternité, le corps de son mari s'était brusquement relâché. Ses traits s'étaient détendus et il avait cessé de se tenir la poitrine. Il s'était mis à respirer profondément, comme pour reprendre son souffle.

Il était alors 12 heures, 19 minutes et 31 secondes.

Les deux policiers qui étaient auprès de Hans Wauters le considéraient également comme une sorte de miraculé, mais pour une autre raison: des six individus qui avaient eu ce type d'attaque cardiaque au cours de la nuit, il était le seul à avoir survécu.

Autre coïncidence: les cinq autres travaillaient, eux aussi, dans un laboratoire d'HomniFood.

PARIS, 1 H 49

Gonzague Leclercq s'était rendu chez monsieur Claude, lequel avait averti le directeur de la DGSE de cette visite.

Monsieur Raoul n'avait émis aucune réserve: si cette collaboration permettait à l'organisation de participer à une opération aussi payante politiquement que le raid contre la base des terroristes, tant mieux. Surtout qu'il avait déjà dans ses cartons, toujours à cause des contacts de monsieur Claude, les attaques contre les bases secondaires des terroristes, prévues pour dans moins de quarante-huit heures, ainsi que le démantèlement de multiples réseaux criminels, dont il avait accepté de se charger avec la Gendarmerie nationale.

Sa seule réserve, en fait, tenait aux effectifs de plus en plus nombreux qu'exigeaient toutes ces opérations.

Aussitôt Gonzague Leclercq arrivé, les deux hommes s'étaient mis en communication avec Blunt. Ce dernier leur confirma que le bilan des attaques contre les scientifiques s'élevait jusqu'à maintenant à vingt-trois, incluant celles qui avaient eu lieu aux États-Unis, en Grande-Bretagne et en Australie. Dans tous les cas, il s'agissait d'individus travaillant directement, ou en sous-traitance, pour des entreprises de l'Alliance.

Chaque fois, la mort avait été causée par un mauvais fonctionnement du stimulateur cardiaque de la victime. Un mauvais fonctionnement déclenché par l'utilisation d'une fréquence radio.

— Ce n'est pas la première fois que le procédé est utilisé, dit Blunt. Le Consortium y a déjà eu recours. Mais c'est la première fois qu'il est employé à une aussi grande échelle.

— Ça veut dire qu'ils ne sont pas aussi paralysés que vous sembliez le croire, fit monsieur Claude.

— Non, admit Blunt. Ils avaient probablement prévu des équipes dormantes, en dehors du contrôle du système central.

— Dans l'opinion, l'impact sera catastrophique, dit Leclercq. Tout l'effet positif de l'annonce de la destruction de leurs bases risque de disparaître.

— C'était probablement l'objectif visé, ajouta monsieur Claude.

— Probable, dit Blunt. On ne peut plus se permettre d'attendre trop longtemps pour lancer l'opération.

— Vous savez où est l'Arche ?

— Pas encore.

— Et les communications qui ont été repérées dans le sud de l'Afrique ?

— Les Américains n'arrivent pas à trouver l'endroit précis : les signaux viennent de différents endroits le long de la côte.

— Ils opèrent probablement à partir d'un bateau.

— Possible. Mais comme c'est la route des pétroliers, c'est facile pour eux de se dissimuler en empruntant cette route le temps d'envoyer leurs messages puis de rentrer au port.

Un silence suivit.

— Plus on attend pour lancer l'opération, dit monsieur Claude, plus on va cueillir de monde.

— C'est exactement la réponse que Tate m'a donnée. Il m'a demandé de reporter l'opération à minuit demain soir, heure de Washington.

— Ça veut dire six heures du matin pour nous.

— Êtes-vous capables de vivre avec ça? demanda Blunt.

Leclercq et monsieur Claude se regardèrent.

— Plus on attend, répondit finalement Leclercq, plus il y a de chances que les politiques s'en mêlent et qu'ils ordonnent des actions symboliques pour avoir l'air de contrôler la situation.

Monsieur Claude approuva en hochant légèrement la tête.

— Ils peuvent démettre de leurs fonctions les principaux dirigeants des agences de renseignements, ajouta Leclercq. Les mettre en tutelle… Ou encore exiger qu'on abandonne tout pour monter une opération à grand spectacle qui ne servira à rien.

— Sauf à bien faire paraître les dirigeants, compléta monsieur Claude. Vous connaissez les réflexes des hommes politiques, dans ces circonstances-là.

— Je devine…

— Ils se dépêchent de trouver quelqu'un à sacrifier pour éviter de couler eux-mêmes, reprit Leclercq. Et comme le directeur de la Police nationale a l'oreille du ministre, c'est facile de comprendre qui va écoper.

— La DCRI et la DGSE, conclut Blunt.

Puis, après quelques secondes, il ajouta d'un ton résolu:

— Je vais faire un peu de tordage de bras pour qu'on ramène ça de vingt-quatre heures. Ça veut dire minuit ce soir pour eux et six heures, heure de Paris, demain matin.

RDI, 20 h 11

... DE CE BULLETIN SPÉCIAL. IL SEMBLE QU'UNE DES PROPHÉTIES DE GURU GIZMO GAÏA SOIT EN TRAIN DE SE RÉALISER. AU COURS DES DERNIÈRES HEURES, C'EST PLUS D'UNE VINGTAINE DE SCIENTIFIQUES, DANS HUIT PAYS DIFFÉRENTS, QUI SONT DÉCÉDÉS À LA SUITE DE MYSTÉRIEUSES ATTAQUES CARDIAQUES. LA PLUPART DE CES SAVANTS TRAVAILLAIENT POUR LES ENTREPRISES HOMNIFOOD ET HOMNIPHARM. C'EST PAR COURRIEL

QUE GURU GIZMO GAÏA A CONTACTÉ PLUSIEURS MÉDIAS POUR LES INFORMER DU LIEN QUI EXISTAIT ENTRE TOUS CES ÉVÉNEMENTS. PAR LA MÊME OCCASION, IL A AJOUTÉ CRAINDRE QUE SES AUTRES VISIONS SE RÉALISENT ET IL A INVITÉ LES PAYS OCCIDENTAUX À MODIFIER LEURS PRATIQUES AVANT QUE LA PLANÈTE N'AIT D'AUTRE CHOIX QUE D'ÉLIMINER L'ESPÈCE HUMAINE POUR EMPÊCHER LA VIE DE DISPARAÎTRE TOTALEMENT DE LA TERRE.

GUERNESEY, 1 H 26

Fidèle à son habitude, Norm/A n'avait dormi que quelques heures avant de se relever pour se mettre au travail. La nuit était le moment où elle travaillait le mieux.

Son premier geste fut de faire le relevé des arrivées dans l'Archipel. Le total s'élevait maintenant à 3269. Au cours des douze dernières heures seulement, il y en avait eu près de 1900. Le mouvement s'accélérait.

Elle regarda ensuite les grands titres sur les sites d'information et tomba sur les accidents qui avaient frappé plusieurs scientifiques. Curieusement, aucune directive en ce sens n'avait été émise à partir des systèmes qu'elle supervisait. Et Chamane lui avait assuré que l'accès de Killmore au Consortium avait été coupé… Ou bien il s'était trompé, ou bien il y avait un autre réseau qu'elle ne connaissait pas…

Cela pouvait expliquer pourquoi elle n'arrivait pas à entrer en communication avec le système de contrôle de l'Arche… Killmore avait-il eu recours à un autre informaticien ?

Le plus simple aurait été d'en discuter avec Chamane. Mais elle avait à son endroit des sentiments ambigus.

D'une part, elle était de plus en plus portée à lui faire confiance : il avait un mélange d'intelligence et de naïveté qui désamorçait ses mécanismes de défense. Elle avait spontanément envie de lui parler, de savoir ce qu'il pensait… Et puis, il avait une copine qui attendait un enfant. Ce n'était pas un de ces *nerds* des anciennes générations de *hackers* pour qui l'univers se limitait au Coke, aux pizzas, aux groupes de jeux en ligne, aux sites pornos et à comparer la grosseur de leurs processeurs.

Par contre, le simple fait qu'il désamorce ses mécanismes de défense la rendait mal à l'aise. Il était peut-être temps de reconsidérer sa décision de renoncer à avoir des amis. Mais elle ne se sentait pas prête.

Un signal lumineux et sonore la tira brusquement de ses pensées. Quelqu'un essayait d'entrer dans la maison par effraction.

Automatiquement, la fenêtre de commande d'un jeu vidéo apparut sur l'écran central devant le fauteuil bulle. Le décor du jeu reproduisait minutieusement la maison.

Dès le moment où la présence d'un intrus avait été détectée, toutes les lumières de l'appartement s'étaient éteintes, à l'exception de celles de la pièce où elle était, et les caméras à infrarouge avaient été activées.

Norm/A entreprit de manipuler les commandes du jeu et découvrit rapidement les intrus. Ils étaient deux. Ils étaient entrés par la porte arrière, qu'ils avaient forcée au moyen d'un laser. Ils avaient découpé un rectangle autour de la serrure magnétique.

Il faudrait qu'elle revoie ce détail, songea Norm/A. Une solution simple serait de prévoir une porte en acier dont tout le pourtour serait pourvu de pennes qui entreraient dans le cadrage, lui aussi en acier…

De qui pouvait-il s'agir ? Étaient-ce des associés de Chamane ?… C'était peu plausible. Mais elle ne pouvait pas en exclure totalement la possibilité… Est-ce que ça pouvait être quelqu'un envoyé par Killmore ? Comme pour les scientifiques ? Était-il en train d'effacer ses traces ?… Si jamais il soupçonnait le rôle qu'elle avait joué dans la destruction de ses bases…

Elle reporta son attention sur les deux hommes. Ils étaient munis de lunettes d'amplification lumineuse et se déplaçaient avec précaution, mais sans difficulté.

Elle appuya sur une touche du clavier.

Une lumière aveuglante envahit la pièce où les deux hommes se trouvaient. Puis, une fraction de seconde plus tard, l'obscurité revint. Les deux hommes continuaient d'avancer, mais plus lentement. Cela voulait dire que leurs lunettes avaient la possibilité de s'ajuster aux variations brusques de luminosité. Mais il y avait une limite à cette capacité.

Elle appuya sur de nouvelles touches du clavier.

Cette fois, ce fut une lumière stroboscopique qui illumina la pièce. Au bout de trente secondes, les deux hommes enlevèrent simultanément leurs lunettes et se protégèrent les yeux avec les mains.

Elle éteignit toutes les lumières. Après une hésitation, au lieu de retourner sur leurs pas, les deux hommes reprirent leur progression. Ils ne lui laissaient pas le choix.

Norm/A choisit une arme dans le répertoire du jeu. Inutile de les tuer : ils auraient peut-être des choses intéressantes à raconter.

Elle fixa le viseur sur chacun d'eux à tour de rôle et appuya sur une touche du clavier. Les deux hommes s'écroulèrent.

Elle mit le jeu en mode « veille ». Elle aurait pu tuer les intrus, ce qui lui aurait sans doute donné un jour ou deux de délai pour trouver un nouveau domicile, mais ça impliquait de quitter un endroit auquel elle tenait. Et puis, ce ne serait pas simple de se construire un autre refuge de cette qualité.

Après avoir longuement pesé le pour et le contre, elle contacta Chamane. Pour la première fois depuis très longtemps, elle devrait dire à quelqu'un qu'elle avait besoin d'aide.

FORT MEADE, 20 H 48

Sur l'écran mural, qui affichait une mappemonde, un nouveau point rouge venait d'apparaître.

Tate suivait la progression des points sur la carte. Trente-six crises cardiaques. Une seule victime avait survécu. À Bruxelles. Un miracle, disaient les médecins. C'était grâce à cette victime qu'on avait découvert la façon dont les autres avaient été tuées.

Des stimulateurs cardiaques piégés. Trente-six scientifiques avec des stimulateurs cardiaques piégés.

Jusqu'à maintenant, les États-Unis avaient été relativement épargnés. Seulement quatre décès. La plupart avaient eu lieu en Europe… Mais, dans les médias, l'impact serait aussi grand qu'ailleurs. Ce serait la preuve que les terroristes pouvaient frapper où ils le voulaient. En toute impunité.

Les messages du guru dans les médias le proclamaient déjà.

Malgré l'heure qu'il était à Paris, il décida d'appeler Blunt.

Paris, 2 h 57

Blunt venait de s'endormir lorsque l'appel de Tate le tira du lit. Il rêvait qu'il était empêtré dans une partie de go, que sa position croulait de partout, que les règles du jeu avaient changé, qu'elles continuaient de changer, qu'il ne connaissait pas les nouvelles règles et que sa vie dépendait du résultat de la partie.

Malgré la fatigue, il était heureux de se retrouver dans le monde réel. La situation n'y était guère plus reluisante, mais les règles du jeu étaient relativement connues et il y avait moyen d'agir.

— Où tu en es avec les attentats ? demanda Tate.

— Quand je me suis couché, c'était à 32.

Blunt ouvrit une autre fenêtre sur son portable, examina le tableau qui y apparaissait.

— Moi, j'en suis à 36, répondit Tate.

— Moi aussi, fit Blunt après quelques secondes.

— Tu as du nouveau sur la raison des attentats ? À part le fait que c'était annoncé par le guru…

— Ce sont tous des employés d'HomniFood et d'HomniPharm.

— Ça, je le sais déjà.

— En interviewant le survivant, on a appris qu'il avait eu un malaise cardiaque peu de temps après avoir commencé à travailler pour l'entreprise. Ils lui ont alors implanté un stimulateur cardiaque à titre de précaution. Aux frais de l'entreprise. Ils ne voulaient pas courir le risque de perdre du personnel clé.

— Ils ne peuvent quand même pas avoir prévu ça…

— En fouillant dans les dossiers médicaux des victimes, on a découvert le même *pattern* partout : problèmes cardiaques peu après la date d'engagement, implantation d'un stimulateur aux frais de l'entreprise…

— Ils auraient provoqué des accidents cardiaques chez tous ces employés pour leur implanter un stimulateur ?

— Ce n'est pas la première fois que je vois quelque chose du genre, fit Blunt. La dernière fois…

Il ne termina pas sa phrase.

— Il faut prévenir tout le monde ! dit-il subitement. La dernière fois, les stimulateurs étaient piégés.

— On le sait qu'ils sont piégés.

— Je veux dire piégés pour exploser si on tente de les enlever.

CNN, 21 H 01

> … DES AVIONS AURAIENT SURVOLÉ LA RÉGION ET RÉPANDU UNE POUDRE BRUNE AU-DESSUS DES RIZIÈRES. DES INCIDENTS SIMILAIRES ONT ÉTÉ SIGNALÉS DANS TOUTES LES RÉGIONS DE LA PLANÈTE. TANTÔT, IL S'AGISSAIT DE CHAMPS DE BLÉ, TANTÔT DE CANOLA, TANTÔT DE RIZIÈRES… À LA SUITE DE CES RUMEURS, LE PRIX DES CÉRÉALES A FAIT UN BOND SPECTACULAIRE SUR LE MARCHÉ À TERME, ATTEIGNANT…

PARIS, 3 H 15

Après avoir terminé ses appels à Leclercq et à Finnegan, Blunt rappela Tate.

— Il y en a eu trois d'enlevés, dit-il. Et ils n'ont pas explosé. Par mesure de sécurité, ils vont faire retarder les autres autopsies.

— Aucune explosion ici non plus, répondit Tate. Deux autopsies ont déjà été pratiquées. Les autres sont suspendues jusqu'à nouvel ordre.

— Les Allemands achèvent de démonter un des stimulateurs. Si on tient pour acquis qu'ils sont tous sur le même modèle…

— Qu'est-ce qu'ils ont trouvé ?

— Un minuscule relais sensible aux ondes radio couplé à un régulateur de courant. Quand il y a une émission soutenue à une certaine fréquence, ça débloque le mécanisme. Ensuite, une émission sur une autre longueur d'onde provoque un emballement du régulateur.

— Ça veut dire qu'ils ont pu les exécuter à distance.

— D'après les techniciens, il n'y a aucune difficulté à ce qu'un émetteur soit efficace à quatre ou cinq cents mètres.

— Sais-tu combien il reste de gens qui ont cette cochonnerie dans le corps?

— Non, mais on sait où chercher: toutes les victimes travaillaient sur la peste grise ou sur le champignon qui détruit les céréales.

— Tu veux dire…

— Exactement.

— Ils veulent paralyser la recherche sur les deux fléaux.

— D'après les premières estimations, les travaux pourraient être retardés d'un an ou deux.

— C'est… malade!

— Efficace, en tout cas. Il faut devancer l'attaque contre l'Archipel.

— Plus on attend, plus on va en cueillir.

— Plus on attend, plus les nouvelles de la mort des scientifiques vont faire la une des médias. Plus la panique va augmenter…

— Il faut que je consulte une ou deux personnes.

— Ce soir. À minuit. J'ai l'accord de tous les autres.

GUERNESEY, 2 H 32

Moh et Sam descendirent du petit avion et entrèrent dans la limousine qui les attendait. Cette fois, Finnegan ne les avait pas accompagnés: il ne restait plus beaucoup de temps avant l'attaque finale et il voulait être sur place pour surveiller le déroulement des opérations. Le MI5 avait accepté de superviser la prise de contrôle de quatorze bases de l'Archipel.

Finnegan avait délégué son principal adjoint pour accompagner Moh et Sam. Ses consignes étaient simples:

— Tu fais absolument tout ce qu'ils te demandent, sans poser de questions, sans regarder les coûts et tu oublies tout ce que tu verras.

À son retour, il lui expliquerait les raisons de cette opération en apparence peu importante et comment elle s'inscrivait dans l'opération antiterroriste qui était sur le point d'être lancée à la grandeur de la planète.

◆

Sur l'écran, Norm/A vit la limousine s'immobiliser devant la maison. Trois hommes en descendirent. L'un d'eux était celui qui lui avait livré l'ordinateur portable.

Ils se dirigèrent vers la porte principale et attendirent qu'elle s'ouvre. C'était parfait, ils respectaient les consignes.

Elle leur ouvrit la porte et alluma la lumière dans le corridor de l'entrée. Les trois hommes s'avancèrent jusqu'à la deuxième porte à droite, où ils s'arrêtèrent.

Cette nouvelle porte s'ouvrit devant eux. Une autre lumière s'alluma. Ils traversèrent un salon, puis une bibliothèque remplie de livres d'informatique à gauche et d'albums de géographie à droite.

Ils ne touchèrent à rien et se rendirent au fond de la pièce. Une autre porte s'ouvrit sur un corridor.

Jusqu'à présent, ils continuaient de respecter scrupuleusement les consignes, suivant l'itinéraire prescrit, sans toucher à rien. Finalement, elle avait probablement eu raison de faire confiance à Chamane. Par prudence, elle conserva quand même le jeu vidéo activé. Mieux valait être prête à toute éventualité.

◆

Quand la lumière s'alluma, ils découvrirent le premier corps. Moh se pencha, vérifia son pouls et releva les yeux vers Sam.

— Inconscient.

Trois minutes plus tard, ils transportaient le deuxième corps dans la limousine. Les portes s'étaient ouvertes devant eux. Les lumières s'étaient allumées à leur arrivée puis éteintes à leur départ. Tout s'était déroulé exactement comme prévu.

Avant de partir, Moh et Sam échangèrent un regard. Leur réaction était la même. Cette perfection mécanique dans l'exécution rendait encore plus intrigant le mystère dont s'entourait l'occupant de cette maison.

— Vous avez souvent des missions de ce genre ? demanda l'agent du MI5 qui les accompagnait.

— J'admets que c'est un peu frustrant, répondit Sam.

Aucun agent n'aimait ce genre de travail à l'aveuglette, où il ne savait rien et où tous ses gestes étaient téléguidés.

PARIS, 3 H 53

L'appel de Tate surprit Blunt devant son jeu de go. Pour se changer les idées, il s'était replongé dans la partie qu'il jouait sur Internet.

Pas besoin de chercher très loin d'où lui était venue l'image d'une partie de go totalement incohérente dans son rêve. Il n'y avait qu'à voir son jeu. Pour ce qui était du sens dont son rêve avait chargé cette image, par contre…

— C'est d'accord, fit Tate. Demain. Six heures, heure de Paris.

— Ça va faciliter la tâche de beaucoup de monde.

— Tu es sûr de pouvoir tout bloquer ?

— Tout à fait sûr. Enfin, disons quatre-vingt-dix-neuf virgule huit cent soixante-treize pour cent.

En lui-même, Blunt était loin d'avoir cette assurance. Il n'y avait qu'à imaginer ce qui se serait passé si l'attaque contre l'amie de Chamane avait réussi.

— As-tu une idée du nombre de personnes qui sont déjà dans l'archipel ? demanda Tate.

— La dernière fois que j'ai parlé à l'agent qui s'occupe de tenir le compte, il y avait un peu plus de quatre mille arrivées confirmées.

— Tu ne sais toujours pas où est l'Arche ?

— Les recherches sur la côte sud de l'Afrique n'ont rien donné.

— C'est peut-être un bateau !

— J'imagine mal un yacht avoir la dimension des autres sites de l'Archipel. Et comme nous savons qu'il y a eu des dépenses de sécurité qui ont coûté plusieurs centaines de millions…

— J'ai récupéré le contrôle des satellites. La région d'où sont venus les signaux est surveillée en permanence. On devrait…

Tate s'arrêta au milieu de sa phrase, puis s'exclama :

— C'est quoi, cette folie ?

— Qu'est-ce qui se passe ?

— Une série d'explosions au Groenland… Tu m'avais dit qu'ils le surveillaient.

— Le MI5 les a prévenus et leur a offert de les aider. Mais les politiques danois en faisaient une question de souveraineté nationale. Ils étaient censés discuter la question aujourd'hui au cabinet.

— Ils vont pouvoir en faire une question de bordel national.

— À mon avis, ça va devenir une question de bordel international. En ne protégeant pas les glaciers, c'est toute l'humanité qu'ils exposent aux conséquences de la montée des océans.

— Je me branche sur les satellites pour voir de quoi ça a l'air.

> Chacune des îles de l'Archipel fonctionnera comme
> un îlot de résistance à la barbarie dans laquelle som-
> breront inévitablement de grandes parties de la planète.
> On peut les voir comme une armada d'arches de Noé
> qui assurera la survie de l'humanité sur la mer tumul-
> tueuse que deviendra la planète pendant la rationali-
> sation de l'espèce humaine.
>
> Guru Gizmo Gaïa, *L'Humanité émergente*, 4- L'Exode.

JOUR - 7

LÉVIS, 1 H 32

Il y avait quarante-trois minuscules taches au plafond. Couchée dans son lit, Dominique les avait comptées méthodiquement. À plusieurs reprises. Il n'y avait rien à faire, elle ne parvenait pas à dormir. Son esprit revenait sans cesse à F.

Elle n'arrivait pas à croire qu'elle ait pu trahir l'Institut. Pas après tant d'années… À moins qu'elle ait été une taupe. Que sa mission ait été d'utiliser l'Institut pour exécuter le travail du Consortium, comme le croyait Hurt.

Par contre, ça pouvait expliquer qu'elle l'ait choisie comme successeure plutôt que de confier la tâche à quelqu'un de plus expérimenté. Blunt, par exemple… Avait-elle préféré quelqu'un de plus manipulable ? de moins susceptible de découvrir son double jeu ?

Ça ne tenait pas debout. Après tout, c'était elle qui avait fondé l'Institut ! Elle ne l'avait quand même pas fondé avec l'intention, dès le départ, d'en faire un instrument du Consortium !… Et si elle n'avait pas trahi l'Institut, la situation était tout aussi incompréhensible.

Comment pouvait-elle travailler à un projet commun avec Fogg? Comment pouvait-elle poursuivre seule un projet élaboré avec lui?... Une fois Fogg mort et les liens du Consortium avec ses commanditaires tranchés, que pouvait-il bien lui rester à faire? Et, surtout, comment pouvait-elle espérer se maintenir à la tête du Consortium sans provoquer une fronde des filiales? Ce n'était sûrement pas en faisant arrêter deux ou trois directeurs qu'elle allait régler le problème...

Un cognement discret à sa porte la tira de ses réflexions. Jutras, un des membres de l'escouade fantôme, venait la prévenir. Les détecteurs de mouvement avaient perçu la présence de deux intrus sur le terrain de la résidence. Il lui demandait de se retirer dans les pièces de sécurité, au sous-sol.

— Ce sera plus facile de travailler si on vous sait en sécurité, fit Jutras.

Dominique accepta de mauvaise grâce. Elle détestait le rôle de spectatrice auquel on la confinait.

BBC, 7 H 03

... À L'INITIATIVE DE L'ÉGLISE DE L'ÉMERGENCE. UNE RÉUNION DE PLUS DE MILLE PERSONNES A EU LIEU À HYDE PARK, HIER SOIR. CETTE CÉLÉBRATION DE LA PLANÈTE, QUI A COMMENCÉ PAR L'ÉCOUTE D'UN DISCOURS DE GURU GIZMO GAÏA...

LÉVIS, 3 H 17

Une équipe du SPVQ était venue chercher les deux agresseurs. Les policiers s'assureraient qu'on prodigue les premiers soins à celui qui était blessé et ils garderaient les deux hommes en cellule jusqu'à ce que des agents du SCRS aillent les récupérer. Ce serait tout au plus une question d'heures, avait dit Trammel.

Dans la cuisine, les trois membres de l'escouade fantôme prenaient un café. Tous les systèmes de surveillance étaient demeurés activés. Rien ne garantissait qu'il n'y aurait pas une deuxième attaque. Même si c'était improbable. Du moins dans les prochaines heures.

— Ce n'était même pas du sport, dit Jutras en s'adressant à Dominique. Ils n'avaient aucune chance.

— C'est le but de l'existence des systèmes de sécurité, non ?

— C'est quand même dingue, tout le matériel de sécurité que vous avez, reprit Jutras. Et les corridors protégés à l'intérieur des murs ! Je pensais que ça existait seulement dans les films !

Dominique sourit. Elle se rappelait leur incrédulité quand ils avaient ouvert la porte de la remise, au sous-sol, et qu'ils avaient réalisé la quantité d'armes et de matériel de sécurité qui y était entreposée.

— Au SPVM, pour avoir la moitié de ce matériel-là, poursuivit Jutras, il faudrait remplir des papiers pendant six mois. Et encore, on n'aurait même pas le dixième de ce qu'on demande.

Dominique devait faire des efforts pour maintenir son attention sur la conversation. Jusqu'à maintenant, elle avait réussi à garder sa contenance. Mais elle commençait à encaisser le choc.

Quand elle avait accepté de travailler pour F, elle savait que ce n'était pas sans danger. Mais elle avait préféré croire qu'il s'agissait d'un danger théorique. Elle serait cantonnée à du travail d'analyse et de planification, dans un lieu secret et retiré. Rien de vraiment inquiétant... Bien sûr, il y avait eu Massawippi. Mais l'attaque avait d'abord eu des motifs personnels. Xaviera Heldreth voulait venger la mort de Ute Breytenbach. Aujourd'hui, la plupart des protagonistes de l'époque n'existaient plus. Alors, un peu naïvement sans doute, elle avait cru que la situation avait peu de chances de se reproduire.

— Ça va ? demanda Jutras.

— Ça va, répondit Dominique en lui adressant un sourire presque convaincant.

Jutras hésita quelques secondes. Impossible que les événements ne l'aient pas affectée. C'était elle qu'on était venu assassiner. Mais il était inutile de précipiter les choses : si elle n'était pas prête à en parler, mieux valait ne pas insister.

— Vous croyez vraiment qu'ils peuvent remettre ça ?

— Je ne pense pas. Mais pourquoi courir le risque ? Si vous restez dans la chambre de sécurité, au sous-sol, ça m'étonnerait qu'ils puissent vous atteindre.

— Vous pensez sérieusement que je vais m'enca-baner au sous-sol ? répliqua Dominique avec plus de vigueur qu'elle l'aurait voulu. Si vous êtes là, c'est pré-cisément pour que je n'aie pas à vivre enfermée et que je puisse poursuivre mes activités !

Les trois hommes la regardaient sans répondre, surpris par l'éclat de cette réaction à retardement.

— Désolée, fit Dominique après un moment.

Puis elle ajouta, sur un ton calme mais déterminé :

— Pas question que je me laisse enfermer.

Fort Meade, 4 h 23

Tate analysait les rapports en compagnie de Spaulding. Partout, les opérations se déroulaient comme prévu. Les mécanismes de surveillance et de sécurité obéissaient aux nouveaux codes implantés à minuit. Les groupes d'assaut avaient pu en prendre le contrôle en quelques secondes et les désamorcer.

Au même moment, toutes les portes des sites de l'Ar-chipel s'étaient verrouillées. Seules les équipes d'assaut avaient les codes permettant de les ouvrir. Les sites étaient brusquement devenus des prisons. Plus de quatre mille personnes étaient piégées à l'endroit même qu'elles avaient cru le plus sûr.

Tate se tourna vers Spaulding.

— Qu'est-ce que disent les avocats ?

— Que c'est compliqué, que le travail va être long et que leurs honoraires n'en finiront pas de grimper !

L'allergie de Spaulding aux avocats était connue.

— D'accord. Et plus précisément ?

— Ça va dépendre de ce qu'on va trouver sur place.

— Et le fait qu'ils aient tous décidé de se retirer en même temps dans des lieux protégés ? que ça coïncide avec l'intensification des attaques ?…

— Ça reste des preuves circonstancielles. Il faudrait pouvoir prouver que c'est un réseau. Vous avez une idée où on pourrait trouver ce genre de preuves ?

— Logiquement, ce serait dans l'Arche...

— Si cet endroit existe.

Tate poussa un soupir.

— Au moins, dit-il, on a deux cent cinquante-huit personnes dont on peut démontrer l'appartenance aux Dégustateurs d'agonies.

PARIS, 11 H 35

Le fauteuil bulle occupait la plus grande partie de l'écran. Au centre du fauteuil, un visage dont les yeux transperçaient l'écran. Ses mains étaient posées sur le clavier. Une n'avait que trois doigts. L'autre en avait quatre en incluant le pouce.

— Tout s'est passé comme je l'avais demandé, fit la voix de Norm/A. Ils ont récupéré les deux hommes et ils sont partis sans rien examiner.

— Je te l'ai dit, répondit Chamane : on peut faire confiance à mes amis.

— Tu as de drôles d'amis pour un *hacker* !

— Leur spécialité à eux, c'est tout ce qui est à l'extérieur des ordinateurs. On se complète.

— Tu sais ce qui va leur arriver ?

— Les deux hommes qui étaient chez toi ? Ils vont sûrement être interrogés. Après...

— Il n'est pas question que j'aille témoigner en Cour.

— Je suis certain que ce ne sera pas nécessaire, dit Chamane.

Puis il se dépêcha d'amener la conversation sur un autre sujet.

— L'opération est un succès complet ! À six heures précises, tous les mécanismes de défense ont été éteints et toutes les portes des quarante-huit complexes se sont verrouillées.

— C'est normal, c'est ce qui était prévu.

La jeune femme semblait ne pas comprendre qu'il puisse s'étonner qu'un programme informatique ait fait exactement ce pour quoi il était construit.

— Je sais. Tu as découvert quelque chose sur l'Arche ?

— Non.

— Tu penses toujours que c'est à partir de l'Arche qu'il va déclencher Zéro-bit ?

— Ça serait logique.

GUERNESEY, 10 H 38

Norm/A sentait le malaise de Chamane. Comme la plupart des gens, il ne savait probablement pas comment réagir à son infirmité. C'était à elle d'aborder le sujet.

— Comment va Geneviève ? demanda-t-elle.

La question sembla prendre Chamane de court.

— Bien… bien… Pourquoi ?

— Elle n'a pas de problèmes avec sa grossesse ?

— Non. Pourquoi elle aurait des problèmes ?

— Il n'y a pas de raison. Je voulais seulement savoir.

Puis elle ajouta sur un ton convaincu :

— Dis-lui de faire attention à elle et au bébé… Tu promets de lui dire ?

— Oui, bien sûr. Mais…

— Je suis un exemple de ce qui peut arriver quand on ne fait pas attention.

— Ce n'est pas parce qu'il te manque deux ou trois doigts…

— Je n'ai pas de jambes non plus. Il y a des parties de mon corps où je ne sens rien. Il faut que je surveille tout le temps ce que je mange… Dis-lui de faire attention.

Tout cela avait été énuméré sur un ton neutre. Sans récriminations, sans aucune trace de tristesse ou de rancœur. Un simple constat.

Puis elle ajouta avec une gaieté un peu forcée :

— Heureusement, mon cerveau n'a subi aucun dommage.

— Promis, je vais lui dire, répondit la voix de Chamane.

Norm/A se demandait jusqu'où elle devait aller. Elle craignait par-dessus tout de paraître s'apitoyer sur elle-même. En même temps, c'était rare que ça lui arrivait de pouvoir être ouverte et honnête avec quelqu'un. De pouvoir tout dire… Autant aller jusqu'au bout.

— Les enfants avariés ne sont pas très populaires, dit-elle. À ma naissance, j'ai été confiée à une entreprise. Pour mon bien. Des gens qui faisaient des recherches pour améliorer les conditions de vie des infirmes. Par chance, ils se sont aperçus que j'avais des possibilités. Je veux dire que mon cerveau avait des possibilités. À cinq ans, j'ai été prise en charge par Killmore. Il m'a adoptée. Il a tout payé pour moi. Il m'a procuré les meilleurs médecins, les meilleurs traitements… Les meilleurs professeurs… Plus tard, les meilleurs équipements…

— Tu t'es sentie utilisée ?

— Être utilisée n'est pas un problème. Les gens n'adoptent jamais des enfants par grandeur d'âme. Ils le font toujours pour satisfaire un besoin. Ce qui est logique. Parfois, ce sont des besoins qui les honorent. Parfois, c'est pour des besoins morbides.

— Est-ce que tu veux dire que tu te sens moche parce que tu es en train de le remercier en démolissant tout ce qu'il a construit ?

Norm/A sourit. Il n'était pas si bête, finalement. Seulement un peu constipé malgré ses extravagances de surface. Avec le temps, ça finirait par s'arranger. Geneviève avait de la chance.

— Je sais ce qu'il a fait pour moi. Et même si je sais que ses projets sont pires que criminels, j'éprouve un sentiment de dette.

— Pour lui, tu étais seulement un investissement !

— Toutes les relations sont des investissements. Mais mon sentiment de dette ne change rien à la décision que j'ai prise de vous aider, toi et tes amis. Je sais que c'est la seule chose à faire.

Puis, après une pause, elle ajouta sur un ton plus doux, à peine ironique :

— Au fond, toute cette conversation, c'est pour t'offrir d'investir en moi... Un investissement réciproque, évidemment.

AGENCE FRANCE PRESSE, 12 H 03

... REFUSE DE COMMENTER L'INFORMATION SELON LAQUELLE LE GOUVERNEMENT DU DANEMARK AURAIT ÉTÉ PRÉVENU DE LA MENACE TERRORISTE VISANT LE GROENLAND ET QU'IL AURAIT NÉGLIGÉ D'AGIR POUR DES RAISONS D'ÉCONOMIES BUDGÉTAIRES. DANS SA DÉNONCIATION, LE DÉPUTÉ DE L'OPPOSITION DEMANDE UNE ÉVALUATION INTERNATIONALE DES CONSÉQUENCES DE LA CATASTROPHE. DISANT CRAINDRE QUE...

PARIS, 15 H 47

Blunt avait pris place à bord du train en direction de Londres. Pour passer le temps pendant le voyage, en plus de son jeu de go, il avait apporté de la lecture. Le curieux livre que Moh et Sam avaient trouvé dans la résidence de Brecqhou.

C'était un petit livre au titre énigmatique : *L'Humanité émergente*. L'auteur était Guru Gizmo Gaïa.

Blunt en était à sa deuxième lecture.

Dans un monde sans repères, l'Arche sera une île de stabilité au milieu du chaos. Le point nodal du cercle dont le centre est partout et la circonférence nulle part. La nouvelle île de Pâques. Une île de Pâques ultra-moderne. Autosuffisante. Le centre qui arpente le monde pour lui donner sens et structure. Qui éclaire de sa présence le chaos environnant. Une île qui montre à la planète la voie de l'autosuffisance.

« Une île », songea Blunt en relevant les yeux du livre. Une île qui régit et structure le monde autour d'elle...

Il se souvint alors du nom du yacht qui avait été aperçu quittant l'île de Brecqhou : le *Rapa Nui*... L'Arche était-elle vraiment un bateau ? Si c'était le cas, c'était nécessairement un bateau immense ! Une nouvelle île de Pâques flottante.

Rien de tel n'avait été décelé par les satellites.

Hampstead, 13 h 24

Monky les avait accueillis à tour de rôle en les remerciant d'être venus. D'abord Moh et Sam. Puis Blunt.

Ce dernier le reconnut immédiatement. Le fameux adjoint de Horcoff.

Monky sourit.

— Quand nous aurons un moment, j'aurai des choses intéressantes à vous raconter, dit-il.

Puis il s'adressa à l'ensemble du groupe.

— Dominique sera en communication télé avec nous. Ce que j'ai à vous montrer est ma dernière tâche. F m'avait demandé de m'en occuper le plus rapidement possible si elle venait à mourir, mais au moment où cela perturberait le moins les opérations en cours. Je pense que le moment est opportun.

Sans paraître remarquer leurs regards étonnés, il les emmena dans une salle où il y avait un écran au mur. Devant l'écran, Hurt était attaché sur une chaise fixée au sol.

Quand il aperçut Blunt et les deux autres, il se mit à hurler.

— Je le savais ! Vous êtes tous complices !… Je vais vous tuer ! Tous !… Je vais vous écraser !

Il se tordait sur la chaise pour tenter d'échapper à ses liens.

Monky s'accroupit devant lui.

— Je m'adresse à Steel, dit-il sur un ton très calme. Est-ce que Steel m'entend ?

Les autres surveillaient la scène avec un certain étonnement. Après une dizaine de secondes, Hurt se calma.

— *Je vous écoute*, fit la voix froide de Steel. *Mais je ne pourrai pas garder le contrôle très longtemps.*

— Si vous écoutez calmement le film que je veux vous montrer, ensuite je vous laisserai aller. Sans condition. C'est une promesse.

— *Et eux ?*

Hurt avait tourné la tête en direction de Moh et de Sam. Et de Blunt.

— Personne ne m'a jamais empêché de tenir une promesse, répondit Monky sans même regarder les autres.

Le visage de Moh se durcit. Sam souleva légèrement les sourcils. Seul Blunt ne manifesta aucune réaction.

— C'est un message qui vous est d'abord destiné, reprit Monky. F l'a enregistré à votre intention pour le cas où elle mourrait. Elle voulait que vous sachiez la vérité.

— *Elle veut manipuler les autres même après sa mort*, ironisa Sharp.

Monky sourit.

— F avait raison, dit-il sur un ton très doux. Vous êtes vraiment un imbécile... Mais ça ne fait rien. Vous avez toutes les excuses.

Hurt semblait avoir été touché par la voix, par le calme de Monky. Celui-ci se releva, prit une télécommande et démarra l'enregistrement.

Le visage de F apparut à l'écran. Elle regardait fixement la caméra et semblait un peu nerveuse.

Hurt, cet enregistrement est d'abord pour vous. Si vous l'écoutez, c'est que je suis morte...

Un sourire affleura sur le visage de la femme.

...ou que vous avez cambriolé mes appartements!...
Il ne faut pas me regretter. C'est déjà beau que j'aie vécu aussi longtemps.

Elle parlait de sa vie et de sa mort sur un ton serein. Comme s'il s'agissait simplement d'un détail technique à expliquer.

Mon histoire a commencé il y a plus de trente ans. À l'époque, j'étais comme vous : je n'avais aucune idée dans quoi je mettais les pieds. J'étais l'assistante d'un vieux rabbin formé à l'école du Mossad. Il avait pris ses distances avec son pays parce qu'il avait découvert un ennemi qui, loin de menacer seulement Israël, représentait un danger pour l'ensemble de l'humanité. Une organisation qui traversait les frontières... Il a mené avec succès une attaque contre la partie la plus visible de cette organisation :

un groupe de gens qui voulait contrôler le commerce
mondial du diamant.

Hurt semblait moins sur la défensive, comme s'il se
laissait prendre par l'histoire. Le haut de son corps s'avançait maintenant vers l'écran.

Même à l'intérieur de ce groupe, plusieurs ignoraient
qu'il y avait derrière eux un groupe plus puissant
encore. Qui exerçait le véritable pouvoir dans
l'ombre. Un groupe dont il aurait été illusoire de
prétendre venir à bout par des méthodes tradition-
nelles… Et puis, à l'époque, le Rabbin était mourant.
C'est pourquoi il a mis sur pied deux projets. Deux
projets qui allaient poursuivre son œuvre après sa
mort. Deux projets qui devaient se développer
indépendamment l'un de l'autre, puis concerter
leurs efforts dans la phase finale : l'Institut et le
Consortium.

Dans la salle, le silence était maintenant absolu. Tout
le monde avait les yeux rivés à l'écran.

J'ai été choisie pour créer et diriger l'Institut ; Fogg,
le Consortium. Je devais m'occuper de monter une
organisation chargée de mener la lutte extérieure ;
il avait pour tâche de monter une structure d'infil-
tration… L'Institut avait également comme fonction
secondaire de valoriser l'existence du Consortium
en l'attaquant sans relâche, de sorte que ça faisait
un pare-feu commode pour les gens qui détenaient
le vrai pouvoir… Évidemment, j'ignorais tout de ce
plan et je n'en ai été informée que bien des années
plus tard. Par Fogg… Lui, il avait été choisi avant
moi. Parce qu'il avait une tâche de plus longue
haleine.

Moh regarda Sam. C'était quoi, cette histoire ? Sam
sourit et murmura :

— C'est le Rabbin.

Moh hésita puis sourit. Sûr ! Il n'y avait que le Rabbin
pour inventer une histoire aussi tordue. Une histoire qui

s'étendait sur des décennies et où tout le monde était manipulé tout en ayant l'impression d'être libre.

> *Vous savez maintenant que ces gens que le Rabbin avait identifiés sont le Cénacle. Le Cénacle est le nouveau nom de ceux qui s'appelaient autrefois le Grand Conseil des Cullinans... Le nom a changé, les personnes ont changé, mais l'objectif est demeuré le même : contrôler la planète. Et, avec l'arrivée de Killmore, ce délire a pris une nouvelle forme : recréer l'humanité sur des bases qu'il juge plus écologiques... Au sens strict, ces gens se prennent pour des dieux. Ils veulent recréer l'humanité selon leurs désirs. Et ils veulent régner sur cette nouvelle humanité.*

Hurt était maintenant tendu. Il avait des tics nerveux. Le contrôle de Steel semblait tout de même se maintenir.

> *S'il s'agissait d'un film, on pourrait écarter ce scénario comme une fabulation grotesque, comme un simple délire paranoïaque. Malheureusement, la paranoïa existe également dans la réalité. Et elle peut frapper les groupes autant que les individus. En l'occurrence, elle a frappé un groupe qui dispose probablement du plus important capital financier de la planète. D'où la difficulté de le contrer.*
>
> *Ma tâche, malgré toutes ses difficultés, a été la plus facile. Je devais monter une organisation conçue selon une structure en réseau, qui établirait des contacts privilégiés, au niveau intermédiaire, avec les principaux services de renseignements et qui interviendrait de façon décisive dans un certain nombre de secteurs de l'activité criminelle. C'est ce que nous appelions, par commodité, « les excès ».*
>
> *Fogg, lui, devait mettre sur pied une organisation criminelle qui en vienne à servir de bras armé aux dirigeants du Cénacle. Cela impliquait d'abord qu'il réussisse à se faire remarquer d'eux. Qu'il se fasse accepter. Puis qu'il se rende indispensable. D'où son travail dans les organisations internationales ; puis, une fois leur confiance acquise, son*

projet de Consortium. Il l'a établi pour les séduire en exploitant leur principale vulnérabilité : leur besoin de tout contrôler. Sur papier, l'idée d'une organisation qui contrôlerait les marges de la société – autrement dit, tout ce qui échappe à l'emprise des lois et des institutions – ne pouvait que leur plaire.

Nos deux projets ont réussi. Mais, dans les deux cas, le succès a été partiel. L'Institut a connu des hauts et des bas. Quant à Fogg, il est toujours resté une partie du Cénacle qui se méfiait de lui. Par ailleurs, notre contrôle sur nos organisations respectives était loin d'être parfait. Fogg n'a pas réussi à contrer certaines initiatives de ses collègues qui visaient l'Institut. C'est ce qui explique le drame de Bangkok, où vous avez perdu vos enfants… l'attaque de Massawippi, où Gunther a été tué…

LCN, 8 H 44

▌ … DE LA FOULE EN COLÈRE. LE PREMIER MINISTRE A PROMIS DES MESURES RAPIDES POUR RÉGLER LE PROBLÈME QUE CONSTITUE LA HAUSSE DU PRIX DES ALIMENTS POUR LES CLASSES MOYENNES ET POPULAIRES…

HAMPSTEAD, 13 H 46

Maintenant, Hurt pleurait. Des larmes coulaient sur ses joues sans qu'il paraisse s'en apercevoir.

Je sais qu'aucune perte ne peut se comparer à aucune autre. Et qu'aucune explication ne peut les compenser. Mais je veux que vous sachiez maintenant qu'ils ne sont pas morts pour rien. Ni eux, ni les autres membres de l'Institut qui ont payé de leur vie le travail que nous faisons.

Quant à moi, je n'ai pas toujours réussi à vous contrôler autant que je l'aurais voulu. Si vous vous souvenez bien, même au début, je n'étais pas très favorable à l'idée de vous confier la mission de Bangkok. J'aurais préféré utiliser des intervenants locaux. Mais je me suis laissée convaincre. Vous

vouliez achever ce que vous aviez commencé. Avoir
su ce qui allait se produire... De toute façon, c'était
une faiblesse de ma part de modifier des plans pour
accommoder un agent. La personne qui est respon-
sable de la mort de vos enfants, ce n'est pas vous,
c'est moi. De la même manière que je suis respon-
sable de ne pas avoir trouvé un moyen de vous
éloigner de Londres, ce qui vous a donné l'occasion
de tuer Fogg... Heureusement, je devrais réussir à
mener l'opération à terme sans son aide.

Hurt pleurait maintenant à chaudes larmes. Son corps
tremblait comme s'il était en proie à une tension intérieure trop forte. Monky s'approcha et lui mit doucement
la main sur une épaule.

— C'est presque fini, dit-il.

Ce manque de contrôle sur nos organisations res-
pectives inquiétait Fogg, surtout quand il est devenu
évident que l'étape finale approchait. C'est pourquoi
il m'a contactée plus tôt que prévu. Collaborer plus
étroitement était le seul moyen d'accélérer le
processus et d'être prêts à intervenir à temps. C'est
aussi pourquoi, il y a quelque temps, je suis partie
de Lévis pour aller travailler directement avec lui.
Sa santé était vacillante et plusieurs directeurs de
filiales commençaient à manœuvrer pour prendre
sa place... Je n'avais pas le choix de l'aider.

J'en reviens à vous... Après Bangkok, il était devenu
clair que vous aviez à l'intérieur de vous des secrets
qui sortaient au compte-gouttes. Probablement parce
qu'ils étaient liés à des souvenirs extrêmement
pénibles...

Votre ami Chamane vous a beaucoup aidé. Nul doute
qu'il puisse continuer à le faire. Ce que je crois, c'est
qu'il y a encore, enfermées dans votre inconscient,
des informations susceptibles d'être utile dans
notre lutte contre le Cénacle. C'est la raison pour
laquelle ils vous ont poursuivi de façon aussi impi-
toyable. Votre existence leur posait un dilemme :

d'un côté, ils n'osaient pas vous éliminer, parce
qu'ils ne savaient pas ce que vous aviez appris et
qu'ils espéraient découvrir d'où venaient les fuites ;
mais, en même temps, ils avaient peur de ce qui
était emprisonné à l'intérieur de votre esprit et que
vous pouviez révéler…

WWW.LEMONDE.FR, 13 H 51

… A FAIT TROIS MORTS ET PLUSIEURS DIZAINES DE BLESSÉS QUAND DES MANIFESTANTS ONT ENVAHI LES LOCAUX OÙ SONT CONSERVÉES LES RÉSERVES ALIMENTAIRES D'URGENCE. LA POLICE A PROCÉDÉ À PLUSIEURS ARRESTATIONS ET UN COUVRE-FEU A ÉTÉ DÉCRÉTÉ POUR LE RESTE DE LA SEMAINE.

HAMPSTEAD, 13 H 52

Hurt sentit qu'un phénomène étrange se passait en lui. Ses personnalités devenaient transparentes les unes aux autres. Comme si chacune avait une vue panoramique du groupe. On aurait dit un ballet de miroirs dans lesquels flottaient des personnages.

Hurt lui-même se percevait comme l'ensemble de cette mosaïque de points de vue. Il n'était qu'un regard. Un point de vue qui se déplaçait parmi les plaques de verre. Elles s'illuminaient légèrement lorsqu'il y attardait son regard : il pouvait alors savoir de quelle personnalité il s'agissait ; il pouvait voir les autres comme elle les voyait. Puis, aussitôt qu'il en détachait son attention, elle redevenait transparente.

Au centre, il y avait un espace sombre qui faisait office de cimetière. Des plaques de verre opaques étaient alignées comme des pierres tombales… Ses personnalités endormies. Il savait qu'elles n'étaient pas vraiment mortes. Qu'elles ne disparaîtraient jamais. Elles étaient seulement endormies. Profondément endormies. Il faudrait un cataclysme pour les réveiller. Et, avec le temps, elles deviendraient plus lourdes. De plus en plus lourdes.

Les autres personnalités gravitaient autour d'elles. Avec les années, sans doute, d'autres iraient les rejoindre.

Le centre s'alourdirait de ces nouvelles plaques de verre devenues opaques. Les personnalités restantes ressentiraient plus fortement l'attraction du centre. Leurs évolutions se limiteraient à un espace plus restreint.

Hurt avait l'impression de voir à la fois ce qu'il avait été, ce qu'il était et ce qu'il allait devenir. Le tout réuni dans un seul processus.

Seul le Vieux manquait à l'appel. Justement celui qu'il avait toujours ressenti comme une présence extérieure. Même s'il savait que c'était impossible.

— Cessez de vous apitoyer sur vous-même, fit brusquement la voix du Vieux. Vous n'avez absolument plus besoin de moi.

— Mais vous êtes venu?

— Il faut se dire au revoir convenablement.

— Qu'est-ce qui me dit que vous n'êtes pas le rêve d'un de mes avatars? d'une de mes personnalités?... Est-ce pour ça que j'entends seulement votre voix?

Subitement, Hurt se retrouva sur le banc du jardin, derrière la maison de Massawippi. Cet endroit, qu'il avait d'abord vu en rêve et qu'il avait par la suite découvert dans la réalité, était le lieu où il avait rencontré le plus souvent le Vieux.

— C'est impossible, dit Hurt. Cet endroit n'existe plus.

Le Vieux le regardait en souriant.

— Il va exister aussi longtemps que vous pourrez le recréer dans votre esprit.

Hurt regardait le jardin et la maison. Les deux avaient été détruits dans l'attaque qui avait coûté la vie à Gunther, le mari de F.

— Comme cadeau de départ, reprit le Vieux en souriant, je vais vous révéler une dernière chose.

Hurt était de retour dans l'espace sombre, au milieu de ses personnalités. Au centre, il y avait maintenant une plaque de verre de plus.

— C'est votre douleur, dit le Vieux.

La voix semblait maintenant venir de l'intérieur de lui.

— La douleur d'avoir perdu vos enfants, d'avoir vu mourir Gabrielle, d'avoir tué F par aveuglement... Cette douleur ne vous quittera pas. Elle ne peut pas vous quitter. Mais elle demeurera désormais au cœur de vous-même sous cette forme. Engourdie dans le souvenir. Vous pourrez la visiter à votre gré. Pour l'apprivoiser sans qu'elle vous blesse.

— C'est ça, votre cadeau ?

Le Vieux éclata de rire.

— Non. Ça, c'était un extra pour cultiver mon personnage de vieux sage.

Puis sa voix redevint sérieuse.

— Approchez-vous du centre et regardez les plaques de verre sans vous laisser arrêter par la surface.

— Je ne peux pas faire ça.

— Pourquoi pas ? En rêve, on peut faire tout ce qu'on veut.

Hurt s'approcha et fixa les plaques de verre opaques.

— Concentrez-vous sur la quatrième, insista la voix.

C'était la plus sombre. La plus ancienne, aussi. Hurt en était sûr. Sans savoir pourquoi.

— Ce n'est pas un concours, fit le Vieux. Vous pouvez vous détendre.

Hurt continua de fixer la plaque de verre. Puis, subitement, des signes se mirent à apparaître à sa surface. On aurait dit une ancienne tablette couverte d'hiéroglyphes. Sauf que le texte était parfaitement lisible.

CNN, 9 H 40

> ... UNE ÉMEUTE S'EST PRODUITE CETTE NUIT À WASHINGTON, DANS UN QUARTIER POPULAIRE. UN ÉDIFICE À LOGEMENTS A ÉTÉ INCENDIÉ PAR LA FOULE QUAND LA RUMEUR A CIRCULÉ QUE CERTAINS DES RÉSIDENTS ÉTAIENT ATTEINTS DE LA PESTE GRISE. PLUSIEURS PERSONNES, SOUPÇONNÉES À TORT D'ÊTRE CONTAMINÉES PAR LE CHAMPIGNON PORTEUR DE LA MALADIE, ONT ÉTÉ GRIÈVEMENT BLESSÉES...

HAMPSTEAD, 14 H 43

Quand Hurt reprit conscience, il était étendu sur un lit. Au-dessus de lui, les visages perplexes de Blunt et de Monky le regardaient.

— Qu'est-ce qui s'est passé ? demanda Hurt sur un ton très calme.

— C'est ce que nous aimerions savoir, répondit Blunt.

— Vous avez perdu connaissance, ajouta Monky. Vous êtes inconscient depuis près d'une heure.

— Elle a raison, dit brusquement Hurt. F a raison. Il y a en moi des choses que j'ignorais.

Il se redressa dans le lit.

— Je peux avoir de quoi écrire ?

Radio France Internationale, 9 h 46

‖ … manifestation monstre prévue ce soir à Paris devant l'Élysée. La récente augmentation du prix des carburants pétroliers…

Hampstead, 14 h 48

Sous le regard intrigué de Blunt et des autres, Hurt alternait entre des périodes pendant lesquelles il gardait les yeux fermés pour retrouver l'espace intérieur où reposaient les plaques de verre, et des périodes où, réveillé, il écrivait les phrases qu'il avait lues.

Après un peu plus d'une demi-heure, il tendit à Blunt ce qu'il avait écrit.

Paris, 16 h 34

Chamane relisait le texte affiché à l'écran mural.

L'Arche sera à la fois le signe de la Nouvelle Alliance avec la vie et le protecteur des nouvelles sources de la vie. L'Arche sera le lieu où se décide ce qui vit et ce qui meurt. L'Arche sera l'ADN de la nouvelle cellule qui régulera la vie de la planète.

Autour de l'Arche évoluera la constellation des instruments de la cellule : les lieux qui entreposent de l'énergie, les lieux qui contrôlent les interactions avec l'Extérieur, les lieux où sont élaborés et réparés les dispositifs de l'Arche… les lieux responsables des communications…

L'Arche flottera sur l'Océan de la vie, centre mobile, informant l'Archipel, contrôlant son évolution,

guidant ses interventions dans le monde extérieur
comme le cerveau guide l'organisme.

Le texte s'achevait par un paragraphe totalement incompréhensible. Une sorte de dessin suivit le texte : un carré blanc couvert de traits horizontaux de différentes longueurs et de différentes épaisseurs. Les traits étaient un peu plus épais au centre et ils étaient disposés pour former un ensemble plus ou moins équilibré géométriquement.

Il décida d'appeler Blunt.

— Si tu veux mon avis, dit-il d'emblée, il en a fumé du bon.

— À l'exception du dessin, ça reproduit des pages d'un livre qu'on a trouvé chez Killmore, à Brecqhou, répondit Blunt.

— Alors, ils sont deux à en avoir fumé du bon.

— D'autres commentaires constructifs ?

— À mon avis, il faut chercher un bateau.

— Tu as une idée du nombre de bateaux qu'il y a sur la planète ?

— Tu peux éliminer les bateaux isolés, c'est un groupe de bateaux : l'Arche et sa constellation d'instruments.

— À part les navires militaires, il y a seulement les pétroliers qui voyagent en convois.

— Avoir deux ou trois pétroliers à sa disposition, ça peut avoir des avantages.

— Tu resterais, toi, sur un pétrolier ?

— Ça peut être un pétrolier aménagé…

— On y a pensé. Mais il faudrait des semaines pour tout vérifier. On n'a pas des semaines. Chaque jour qui passe, ils provoquent de nouveaux désastres. Les manifestations se multiplient et les politiciens sont de plus en plus nerveux.

— Donne-moi une heure.

— Tu as pensé à quelque chose ?

— Je vais regarder le dernier paragraphe.

— Celui qui est incompréhensible ?

— Oui… Ça me dit quelque chose.

Le texte que Hurt avait découvert en lui était en langage clair, à l'exception du dernier paragraphe, qui semblait codé.

Hurt lui-même ne savait pas ce que c'était. Il se rappelait seulement être tombé sur le livre, au cours de la mission à Bangkok. Il avait rapidement tourné les pages, à la recherche d'un indice. Il ne savait pas comment il avait pu retenir le texte. Et encore moins ce que pouvait vouloir dire le dernier paragraphe.

RDI, 11 h 03

... L'ARRESTATION DE TROIS JOURNALISTES, EN PLEIN MILIEU D'UNE CONFÉRENCE DE PRESSE, CONTINUE DE FAIRE DES VAGUES. ALORS QUE CERTAINS Y VOIENT DU HARCÈLEMENT À L'ENDROIT DES JOURNALISTES QUI SONT CRITIQUES DU TRAVAIL DES POLICIERS, D'AUTRES SOULÈVENT DES QUESTIONS SUR LA GRANDE VULNÉRABILITÉ DES JOURNALISTES À LA CORRUPTION, DANS UN CONTEXTE OÙ LEURS CONDITIONS DE TRAVAIL SE DÉGRADENT AVEC RÉGULARITÉ.

LE MINISTRE DE LA JUSTICE A PAR AILLEURS CONFIRMÉ QUE DES ACCUSATIONS SERAIENT PORTÉES CONTRE LES TROIS JOURNALISTES ARRÊTÉS ET QUE D'AUTRES CAS ÉTAIENT PRÉSENTEMENT À L'ÉTUDE...

HAMPSTEAD, 16 h 11

Blunt était assis dans le petit salon du sous-sol avec Hurt. Monky, Moh et Sam montaient la garde à l'étage supérieur. Compte tenu des attaques contre Dominique et l'amie *hacker* de Chamane, il y avait toutes les raisons d'être prudent. Jessyca Hunter n'était manifestement pas la seule à vouloir liquider les gens du Consortium.

Hurt était assis dans un fauteuil et il commençait à avoir les yeux cernés. Pourtant, Blunt ne l'avait jamais vu aussi paisible. L'expérience qu'il venait de vivre semblait lui avoir redonné le plein contrôle de lui-même.

Depuis une dizaine de minutes, ils échangeaient, sur un rythme lent, de brèves phrases sur le mode « question-réponse ».

— Les autres personnalités sont encore là ? demanda Blunt.

— Oui. La plupart sont désactivées, mais elles sont encore là.

— Désactivées ?

— Endormies.

— Elles pourraient se réveiller ?

— Oui. Mais ça prendrait quelque chose d'extrêmement dramatique pour qu'elles le fassent.

— Et celles qui ne dorment pas ?

— Elles veillent.

— Elles pourraient intervenir ?

— Elles le pourraient.

— Est-ce qu'elles pourraient prendre le contrôle ?

— Si les circonstances l'exigeaient.

— C'est censé me rassurer ?

— Si elles prennent le contrôle, ce sera avec mon accord. Du moins, ce ne sera pas malgré moi.

Blunt méditait encore la dernière réponse lorsque le logiciel téléphonique de son ordinateur de poche se manifesta.

— J'ai trouvé ! fit la voix de Chamane.

— Tu as trouvé où est l'Arche ?

Blunt mit l'appareil en mode haut-parleur pour que Hurt puisse entendre.

— Je suis le Champollion des temps modernes, reprit Chamane. J'ai trouvé la pierre de Rosette.

— Tu connais Champollion ?

— *Man*, Champollion est le précurseur des *hackers* !… Ce que j'ai trouvé, c'est vraiment comme la pierre de Rosette. Le dernier paragraphe reprend le texte du début. En comparant les deux, on obtient une clé de décodage.

— C'est logique, intervint Hurt. J'avais arrêté de feuilleter quand je suis tombé sur du texte que je ne comprenais pas.

— Devine ce que j'ai réussi à traduire en utilisant le code ? demanda Chamane.

— Je te l'ai déjà dit, c'est inefficace de jouer aux devinettes.

— Moi, je fais ça pour t'aider à entretenir ton cerveau. À ton âge…

— D'accord, d'accord… qu'est-ce que tu as traduit ?

— La partie de la murale que je n'arrivais pas à traduire.

— Et… ?

— Il y a quelques phrases et une série de noms de bateaux… Enfin, je pense que ce sont des noms de bateaux. Mais ce n'est pas tout. L'espèce de dessin, à la fin, c'est le plan d'une escadre de bateaux !… L'Arche est une escadre de bateaux !

FORT MEADE, 13 H 46

Tate avait convoqué Kyle et Spaulding pour une réunion d'urgence. Il leur tendit une feuille dès leur arrivée.

— Lisez d'abord ça.

Rapa Nui est l'Arche, au centre de l'Archipel. Il est lui-même un archipel.

Le cœur de l'Arche est le Maké-Maké. Il peut s'auto-suffire pendant sept cents nuits et sept cents jours. Il permet aux Tangala Manu de prendre leur envol.

De chaque côté du cœur sont les porteurs du feu qui alimente le cœur. Ils sont au nombre de quatre : Moaï 1, Moaï 2, Moaï 3 et Moaï 4. En cercle autour des Moaïs sont les rongorongo, qui transportent au loin les messages et les foudres de Maké-Maké.

Le Hango Roa se tient juste derrière le Maké-Maké. S'y regroupent les Halu Matu'a de l'Archipel pour rencontrer le Maké-Maké.

Kyle releva le premier les yeux du texte.

— C'est censé nous dire quelque chose ?

— Ce sont des termes de la langue rapanui. La langue des habitants de l'île de Pâques.

Spaulding savait que son patron prenait plaisir à les faire languir.

— D'accord, dit-il. C'est en rapanui… Ça veut dire quoi ?

— Ça décrit ce qu'est l'Arche. Regardez la traduction des termes au bas du texte.

Paris, 22 h 31

Prose, Blunt, Moh et Sam étaient réunis dans la pièce pour la présentation. Monky était resté en Angleterre avec Hurt. Dominique assistait à la réunion par téléconférence. Chamane avait fait apparaître une liste sur l'écran mural.

— Voici ce que ça donne, dit-il.

Rapanui	*nom du peuple et de la langue des habitants de l'île de Pâques. Pourrait vouloir dire : « la grande lointaine ».*
Maké-Maké	*principal dieu de la mythologie rapanui.*
Moaï	*nom des géants sculptés dans la pierre.*
Rongorongo	*écriture que l'on a retrouvée sur des tablettes dans l'île de Pâques. Vingt-six tablettes ont été retrouvées.*
Hango Roa	*chef-lieu de l'île de Pâques.*
Rano Ranaku	*carrière d'où est tirée la pierre servant à sculpter les Moaïs.*
Halu Matu'a	*premier roi de l'île de Pâques.*

— Si vous remplacez les noms par leurs significations, fit Chamane, et que vous interprétez dans un sens imagé, vous avez là une description d'une escadre de bateaux. Au centre, un porte-avions, d'où s'envolent des hommes-oiseaux. Juste derrière lui, le navire de luxe où les dirigeants de l'Archipel rencontrent le maître de l'Arche. Autour du porte-avions, quatre superpétroliers. À la périphérie, vingt-six bâtiments équipés d'armements et de moyens de communication variés.

— Ça existe, ce genre de flotte ? demanda Prose.

— Il y en a une qui vient de dépasser la pointe de l'Afrique, répondit Blunt. Tate l'a repérée par satellite.

— Il y a combien de navires ? demanda Prose.

— Exactement ce que dit le texte dont parle Chamane. Un porte-avions, quatre superpétroliers, vingt-six petits navires de guerre et de transport…

— J'aurais dû y penser…

Tous les regards se tournèrent vers Prose.

— Son lancement a été annoncé par HomniFuel, dit-il. Une flotte de pétroliers accompagnée de navires armés. Pour se protéger contre les pirates… C'est le déguisement parfait.

— Parfait, acquiesça Blunt.

— Qu'est-ce qu'on fait ? demanda Sam.

— On attend, répondit Blunt. Pour l'instant, tout est dans les mains de Tate, de Finnegan et des Français.

— Et s'ils résistent ? fit Sam. Avec les moyens qu'ils ont…

— Je sais…

Blunt pensait au projet Zéro-bit, dont Chamane lui avait parlé. Il n'y avait toujours aucune preuve que le projet avait été implanté. Mais, s'il l'avait été, et si c'était ce que l'amie de Chamane croyait…

— Pourquoi on ne communique pas avec eux ? demanda brusquement Chamane. Peut-être qu'il y a moyen de discuter.

Tous les regards se tournèrent vers lui.

— Tu connais un moyen de communiquer avec eux ? demanda Blunt.

— Peut-être.

Il fit apparaître une ligne de symboles à l'écran.

27°09s109°26w

— C'était à la fin du texte, dit-il. Comme si c'était une sorte de signature.

— On dirait des coordonnées de longitude et de latitude, fit Blunt.

— Ce sont celles de l'île de Pâques.

Il fit ensuite apparaître une adresse Internet à l'écran.

www.27d09s109d26w.org

Le site consistait en une page blanche au milieu de laquelle il y avait une icône de téléphone. Chamane cliqua sur l'icône. Une boîte de dialogue apparut. Il y inscrivit les coordonnées de longitude et de latitude.

— Comme il n'y a pas d'autre indication pour le mot de passe, dit-il, ça devrait fonctionner.

UPI, 16 h 49

> … SE SONT REGROUPÉS DE FAÇON APPAREMMENT SPONTANÉE DEVANT LA PORTE DE BRANDEBOURG POUR MANIFESTER LEUR SOUTIEN AUX THÈSES DE GURU GIZMO GAÏA. ILS DEMANDENT AU GOUVERNEMENT DE DÉCRÉTER UNE RÉDUCTION IMMÉDIATE DE SOIXANTE-QUINZE POUR CENT DE L'ÉMISSION DES GAZ À EFFET DE SERRE. LE GROUPE S'EST ENSUITE ÉBRANLÉ EN DIRECTION DE…

L'ARCHE, 23 h 54

Hadrian Killmore se préparait à regagner sa chambre pour la nuit quand la demande de communication s'afficha à l'écran. Après avoir vérifié le mot de passe, il activa le logiciel de communication téléphonique.

Il était anxieux de savoir lequel des deux cavaliers manquants avait survécu. Eux seuls avaient le mot de passe pour le contacter par ce moyen.

— J'aimerais parler à Hadrian Killmore, fit une voix qu'il ne connaissait pas.

Killmore resta quelques secondes bouche bée. C'était quoi, cette mauvaise blague ?

Puis il se ressaisit.

— Je peux savoir qui demande monsieur Killmore ? dit-il.

— Horace Blunt. Est-ce que vous êtes Hadrian Killmore ? Lord Hadrian Killmore ?

Killmore songea à interrompre la communication, mais il brûlait de savoir comment Blunt avait pu découvrir le site Internet qui servait de relais avec l'Arche.

— Monsieur Blunt, fit-il sur un ton cordial. On m'a dit que vous étiez une personne remarquable. Que me vaut cette surprise ?

— J'ai un marché à vous proposer : vous annulez les actes de terrorisme que vous avez ordonnés et votre arrestation se fera sans violence.

— Je suppose qu'il y a un bâton derrière cette carotte… qui est pourtant bien rachitique, soit dit entre nous.

— Si vous refusez, l'Arche sera détruite.

Ainsi, Blunt savait qu'il se trouvait sur l'Arche. Ou, du moins, il le présumait. Il décida de le faire parler pour gagner du temps pendant qu'il affichait une série de documents sur l'écran de quarante-deux pouces auquel était relié son portable.

— Il faut d'abord s'entendre sur qui sont les terroristes, dit-il. Ceux qui détruisent la planète et terrorisent par anticipation les générations futures ? Ou ceux qui veulent empêcher le massacre ?

Il ouvrit un premier document pour vérifier. Il contenait des milliers de lignes d'instructions.

— Empêcher un massacre par un massacre plus grand, répondit Blunt. J'ai de la difficulté à voir la logique.

— Les structures sociales actuelles sont des dinosaures : lourdes, brutales et incapables de s'adapter. Nous avons besoin d'un événement qui soit l'équivalent de la comète qui a fait disparaître leurs prédécesseurs. Il faut libérer de l'espace. Permettre à l'équivalent social des mammifères de prospérer... L'humanité doit réduire sa taille. Les espèces atteintes de gigantisme sont vouées à la disparition. Il faut qu'elle se dote d'un système de coordination global qui soit l'équivalent du cerveau pour l'individu.

À l'écran, l'ensemble des documents avaient été décryptés. Killmore lança le programme de reconstruction. Chacune des parties de chacun des documents serait intégrée à l'intérieur d'un immense programme.

— Je suppose que l'Arche et l'Archipel sont ce cerveau, fit la voix de Blunt sur un ton ironique.

— Seulement son amorce. Ses premiers neurones, si on peut dire... Vous pourriez vous joindre à moi. Il m'est avis que nous aurions des conversations stimulantes.

Paris, 23 h 09

— Discuter en regardant l'humanité être décimée, répondit Blunt, ce n'est pas l'image que je me fais d'une occupation stimulante.

Il interrogea Chamane du regard. Celui-ci fit non de la tête. Il n'avait pas encore réussi à remonter à l'origine du signal.

Sur l'écran, Chamane tapa quelques mots pour Blunt.

Il change continuellement de relais.

— Pas décimée, reprit la voix de Killmore. Régénérée. Autrement, on s'en va à la catastrophe.

— Je connais votre théorie sur l'île de Pâques, répondit Blunt.

— Vraiment?

— *L'Humanité émergente*… Un petit livre écrit par ce qui doit être un de vos auteurs préférés.

— Très beau livre. Un peu bref, mais il va à l'essentiel. Je l'aurais écrit moi-même que je n'en serais pas plus fier!… Ce n'est pas comme ces best-sellers qui déciment nos forêts!

— Il a un seul défaut: les faits sur lesquels il repose sont faux.

— Là, vous m'étonnez.

— Le dépeuplement de l'île n'a pas résulté uniquement de la nature prédatrice de ses habitants. Ils ont eu l'aide de deux des pires excès du capitalisme: la déportation de la moitié de la population vers le Pérou pour effectuer des travaux forcés, et l'élevage industriel du mouton par le Chili, ce qui exigeait le confinement des habitants dans une petite partie de l'île… Évidemment, c'est moins romantique. Et ça supporte moins bien votre thèse!

— L'absence de prédateurs, pour une espèce, se traduit toujours par une prolifération incontrôlée qui est néfaste à l'ensemble du biotope.

— C'est parce qu'ils ont affronté des prédateurs contre lesquels ils ne pouvaient pas se défendre que les Pascuans ont presque disparu. Pas parce qu'ils manquaient de prédateurs! Et vous, vous voulez reproduire l'expérience à l'échelle de l'humanité!

— Vous soulevez là une question académique intéressante. Mais il est malheureusement trop tard pour en discuter.

Blunt jeta un regard à Chamane, qui secoua de nouveau la tête. Il avait l'air furieux.

— Il me reste quelques instructions à donner, fit Killmore, et la victoire de Gaïa sera irréversible.

— Nous savons où vous êtes, lança abruptement Blunt.

— Vraiment ? Et vous vous contentez de discuter ?… À mon avis, vous voulez surtout gagner du temps.

Blunt jeta un regard à la carte qui se modifiait en continu à l'écran. On y voyait trois triangles approcher d'un regroupement de bâtonnets légèrement renflés dans leur milieu. Au bas de l'écran, un chronomètre énumérait les secondes : -145, -144, -143…

— Nous avons décodé la murale, reprit Blunt. C'est de cette façon que nous avons découvert le site Internet et le code d'accès.

— Astucieux. Mais je ne vois pas ce que cela va vous donner.

— Tous les sites de l'Archipel sont maintenant sous notre contrôle.

— Vous bluffez.

— Vérifiez par vous-même.

REUTERS, 18 H 15

> … UN PROJET DE LOI QUI IMPOSERAIT UN GEL DU PRIX DE L'ESSENCE ET DES CÉRÉALES. DÉNONÇANT LES MESURES PROTECTIONNISTES DE SES VOISINS, QUI ONT INTERROMPU LEURS EXPORTATIONS DE BLÉ ET DE RIZ…

L'ARCHE, 0 H 16

Killmore dut se rendre à l'évidence : il avait perdu le contact avec l'Archipel. Il regarda ensuite sur l'écran, où le programme achevait de se reconstituer.

Puis il éclata de rire.

— Finalement, dit-il, vous allez être un plus grand terroriste que moi ! En neutralisant l'Archipel, vous privez l'humanité de la seule transition plus ou moins ordonnée qu'il lui restait. Grâce à vous, on va avoir la comète, mais sans les abris pour les petits mammifères… Ironique, n'est-ce pas ?

— Vous pouvez encore tout arrêter.

— Au contraire, vous me montrez la voie. J'étais trop timide. Il faut être radical… Si j'arrête, ce sont les autres qui vont continuer. Tous ces petits inconscients qui brûlent le bois de leur maison pour se chauffer en se disant que, quand il n'y aura plus de bois, eux ne seront plus là. *So, what's the problem ?*

— Nous savons que vous êtes sur le Maké-Maké. Que vous êtes entouré des quatre Moaïs.

— Vous êtes décidément rempli de surprises ! Mais je vais quand même devoir interrompre notre conversation.

À l'écran, un cercle rouge apparut. À l'intérieur, il était écrit : *Program completed*.

Paris, 23 h 18

Blunt avait les yeux rivés à l'écran. Les trois triangles venaient d'entrer dans le cercle où évoluait le regroupement de bâtonnets.

— Vous refusez la discussion ? demanda-t-il sur un ton qui paraissait à la fois surpris et offusqué.

— Il ne faut pas le prendre personnel. Ce n'est pas la discussion avec vous que je refuse : c'est l'existence même de la planète sur laquelle elle se tient. Dans sa forme actuelle, évidemment. Pas en soi.

Puis il ajouta en riant :

— Il faut vous faire à l'idée. Dans quelques instants, nous n'aurons plus aucun moyen de communiquer.

Pendant qu'il écoutait Killmore, Blunt appuya sur un carré bleu dans l'écran tactile.

— Une dernière question, je vous prie, dit-il.

— D'accord, une dernière question… Et c'est parce que je vous aime bien ! J'apprécie les gens qui me désennuient.

L'Arche, 0 h 19

— Pourquoi le Grand Conseil des Cullinans a-t-il évolué de cette façon ? demanda Blunt.

Killmore éclata de rire.

— Là, vous m'impressionnez vraiment !

Il jeta un regard à l'écran. Au centre du cercle rouge, le mot Zéro-bit avait remplacé « *Program completed* ».

— Vous allez devoir vous contenter d'une explication sommaire, fit Killmore… Disons que le Grand Conseil était un regroupement de gens riches, imbus de leur supériorité et désireux d'exercer le plus grand pouvoir. Des sortes de Bush ou de Cheney, mais avec une dimension planétaire.

Tout en l'écoutant, Blunt avait les yeux rivés sur le diagramme vidéo. Les trois triangles étaient maintenant presque au cœur du cercle.

— Puis Whisper est venu. Lui, il avait une vraie vision : utiliser le pouvoir à une fin plus noble que son simple exercice. Une fin plus noble que le simple plaisir d'amasser de l'argent et de contrôler les autres : faire émerger le cerveau collectif de l'humanité ! J'ai traduit cette vision dans un projet opérationnel.

Killmore appuya sur l'écran, au centre du cercle rouge, où le mot « Zéro-bit » avait commencé à clignoter.

— Maintenant, il faut vraiment que je vous quitte.

À l'écran, le mot « Confirmation » avait remplacé « Zéro-bit ». Il cliqua sur le mot.

Paris, 17 h 20

Chamane était en communication simultanée avec Norma/A et plusieurs des U-Bots. Ils surveillaient le trafic sur les autoroutes du Net. L'ensemble des données recueillies par le groupe était compilé par Chamane et représenté sur une mappemonde couverte de lignes représentant les principales artères du Net. L'épaisseur des lignes indiquait la densité du trafic.

Leur tâche était également de repérer les cibles qui seraient attaquées. Ce seraient des sites cruciaux pour les échanges internationaux. En tête de liste venaient la Bourse de New York et de Londres, celle de Chicago pour les denrées, les principales agences d'information, les banques de données de certains ministères des pays du G8, plusieurs grands médias… La liste n'était pas exhaustive, mais Norm/A n'avait pas pu faire mieux. Sa discussion avec Killmore remontait à plus de quatre ans et elle n'avait jeté qu'un œil rapide sur le tableau des points d'attaque qu'il lui avait montré. Par ailleurs, Killmore pouvait très bien avoir modifié la liste depuis. Ou même avoir abandonné le projet. Même si ça cadrait parfaitement avec sa volonté de désorganiser la planète pour la plonger dans le chaos.

Au début, Blunt ne croyait pas que cette partie du plan, l'attaque contre des sites particuliers, constituait un danger important. Il avait fallu que Chamane lui rappelle la quantité de *hackers* qui travaillaient maintenant pour le crime organisé ou pour des États qui s'adonnaient à la guerre informatique. Avec un tel réservoir de main-d'œuvre, il n'était pas impensable que Killmore ait pu se recruter une armée personnelle. Et il n'était pas non plus impensable que cette armée dispose d'une force de frappe suffisante pour réaliser un tel plan. Au moins en partie.

Sur la mappemonde, différents points se mirent à gonfler, dont celui qui était situé sur la pointe de l'Afrique. Puis les lignes qui en partaient se mirent à épaissir.

— Ça y est, dit Chamane en regardant Blunt.

FORT MEADE, 17 H 20

Tate regardait la progression des trois appareils sur l'écran. Il écoutait depuis le début la conversation de Blunt avec Killmore.

Quand il entendit Chamane dire « Ça y est », il ouvrit un micro et dit simplement : « Go ». Même si les trois avions n'étaient pas encore tout à fait à la distance idéale. Il n'y avait plus un instant à perdre.

— Premier colis livré, fit brusquement une voix.

— Deuxième colis livré, fit presque simultanément une autre voix.

Tate tourna les yeux vers un autre écran qui montrait une image satellite de la flotte de Killmore.

— Troisième colis livré, fit une autre voix.

L'instant d'après, la lumière d'une série d'explosions masquait l'image de la flotte.

Lorsque les explosions cessèrent et que la flotte redevint visible, elle semblait intacte.

L'Arche, 0 h 21

Tous les écrans et tout le matériel informatique de la pièce s'éteignirent.

Les génératrices d'urgence prirent la relève. Les lumières se rallumèrent, mais les écrans restèrent noirs. La plupart des programmes avaient été effacés par la forte décharge magnétique à laquelle les ordinateurs avaient été soumis.

Dans son fauteuil, Killmore n'avait pas perdu son sourire. Zéro-bit n'avait pas seulement une composante informatique. Il avait eu le temps d'envoyer les messages pour activer la deuxième composante.

Paris, 23 h 21

Chamane se tourna vers Blunt. Il souriait.

— Ça fonctionne, dit-il.

Sur l'écran devant lui, les points et les lignes qui avaient gonflé étaient en voie de retrouver une épaisseur normale.

— À quelle sorte de dégâts faut-il s'attendre ?

— Probablement pas grand-chose. L'attaque n'a duré que quelques secondes. Les explosions ont probablement bousillé l'ordinateur qui la commandait.

Fort Meade, 17 h 21

Tate avait suivi la discussion entre Blunt et Chamane. Ça voulait dire que les bombes à fort rayonnement magnétique avaient fait le travail. Les navires de l'Arche étaient maintenant sans moyens de communication. Tout au plus pouvaient-ils disposer de transmetteurs traditionnels. Ça voulait également dire que toutes leurs armes reposant sur un contrôle par ordinateur étaient devenues inopérantes.

Restait à les arraisonner. Et à voir ce qu'il leur restait d'armes pour se défendre.

La voix de Blunt l'arracha à l'écran.

— Tate ?

— Oui ?

— On en est où, sur le deuxième front ?

— Tous les endroits les plus névralgiques sont protégés.

C'était le deuxième volet du plan Zéro-bit : la destruction des infrastructures physiques du Net. Une attaque contre les principaux nœuds et les principales lignes à très haut débit du réseau.

Personne ne savait si Killmore avait donné suite ou non à cette partie du plan. Et, si c'était le cas, s'il avait eu le temps d'envoyer le signal de le mettre en action. D'ici quelques heures, on devrait savoir à quoi s'en tenir.

WWW.CYBERPRESSE.CA, 19 H 15

LE MANITOBA NE RÉPOND PLUS !… À 19 HEURES 04, CE SOIR, PRESQUE TOUTES LES COMMUNICATIONS INTERNET AVEC LE MANITOBA ONT ÉTÉ COUPÉES. UNE EXPLOSION A DÉTRUIT UN NŒUD CENTRAL DE L'AUTOROUTE INFORMATIQUE SITUÉ À WINNIPEG ET…

ÉPILOGUE

GÉRER L'APOCALYPSE

Dans un monde sans repères, l'Arche sera une île de stabilité au milieu du chaos. Le point nodal du cercle dont le centre est partout et la circonférence nulle part. La nouvelle île de Pâques. Une île de Pâques ultra-moderne. Autosuffisante. Le centre qui arpente le monde pour lui donner sens et structure. Qui éclaire de sa présence le chaos environnant. Une île qui montre à la planète la voie de l'autosuffisance.

Guru Gizmo Gaïa, *L'Humanité émergente*, 4- L'Exode.

PLUS TARD

ÉTRETAT, 12 H 35

Les rares fois où Monky prenait le temps de se regarder dans le miroir, il avait de la difficulté à réconcilier l'image qu'il voyait avec le souvenir de ce qu'il avait été. Étrangement, il se sentait plus jeune. Comme si l'individu qu'il se rappelait avait été un de ses ancêtres.

C'était l'effet normal de la vie disciplinée qu'il menait, lui avait dit Jones Senior. La vieillesse était le poids du moi qu'il fallait traîner. Un moi qui gonflait avec l'âge. Et que le corps s'épuisait à remorquer d'une journée à l'autre, d'une heure à l'autre…

Limiter l'enflure du moi, en changer souvent avant qu'il ait le temps de gonfler, soulageait le corps. Cela lui permettait d'être en meilleure santé. De s'user moins vite. Il pouvait même se régénérer en partie. Au point de paraître plus jeune.

Plus tard au cours de la journée, Monky ferait une expérience que lui avait conseillée Jones Senior. Il se replongerait pendant quelques heures dans un ancien moi. Pour sentir la différence.

Ensuite, il retournerait au bureau central de Jones, Jones & Jones, au Québec.

Jones Senior ne lui avait pas donné la raison de ce voyage, mais il était probable que l'expérience de Monky arrivait à son terme. Le temps était venu d'endosser un nouveau moi…

Il laissa son regard se perdre dans les vagues, au bas de la falaise. Puis, après quelques instants, il remonta jusqu'à l'horizon, où le ciel et la mer se confondaient.

Il pensait avec un mélange de curiosité et d'appréhension à l'expérience que lui avait suggérée Jones Senior. Il craignait un peu de se retrouver englué plus qu'il ne l'aurait voulu dans cet ancien moi. C'était pour cette raison qu'il était allé se promener sur la falaise. Pour se laisser imprégner par l'immensité de la mer. Comme antidote à l'étroitesse de l'enfermement du moi, c'était souverain.

Les falaises, la plage, la mer émeraude étaient également soumises à l'usure du temps. Un jour, elles disparaîtraient. Il n'y aurait plus de traces d'elles. Ou si peu. Plus de traces de l'Aiguille creuse, qui avait alimenté son imagination pendant son enfance. Plus de traces de ces falaises. Tout cela disparaîtrait. Mais à un rythme tellement plus lent… Pour un être humain, un temps qui coulait aussi lentement, c'était presque l'équivalent d'un temps immobile.

Bien sûr, c'était aussi une illusion que de croire à cette immobilité du temps de la mer et des falaises. Mais c'était une illusion réconfortante. Et, surtout, une illusion qui avait l'avantage de faire paraître futile le temps hystérique de l'agitation humaine.

RDI, 8 H 04

> … SUR LA SCÈNE LOCALE, L'ARRESTATION SPECTACULAIRE DE JOURNALISTES PENDANT UNE CONFÉRENCE DE PRESSE CONTINUE DE SUSCITER DE VIVES RÉACTIONS…

Paris, 15 h 09

Monsieur Claude ne s'attendait pas à voir monsieur Raoul aussi démonstratif.

Bien sûr, la rencontre avait lieu dans le même bureau austère et fonctionnel que la fois précédente. L'habillement de monsieur Raoul avait la même sobriété et il s'exprimait sur le même ton posé, avec des mots mesurés qui donnaient l'impression d'avoir été choisis avec une grande méticulosité. Mais tout cela s'effaçait devant deux détails. Il y avait d'abord la présence d'une bouteille de champagne et de deux coupes sur le bureau du directeur de la DGSE. Et puis, surtout, il y avait ce sourire qui flottait sur le visage de monsieur Raoul.

— Du bon travail, dit ce dernier sur un ton où il y avait de réelles traces de satisfaction.

Il versa du champagne dans les deux coupes, en tendit une à monsieur Claude, prit l'autre.

— Mes informateurs étaient assez bien renseignés, admit modestement monsieur Claude.

Ils burent une gorgée. Monsieur Raoul posa son verre, se tourna vers un des deux portables qui étaient sur son bureau et appuya sur quelques touches.

— Il est temps que nous ayons une conversation privée, dit-il.

— Vous avez coupé l'enregistrement automatique ?

— Si je veux savoir ce que vous pensez vraiment, c'est indispensable, non ?

Monsieur Claude attendit simplement qu'il poursuive. Il n'était pas utile de préciser que cela permettait au directeur de la DGSE de dire des choses qui ne pourraient jamais être retenues contre lui. Chacun savait que l'autre le savait.

— Connaissez-vous l'identité de vos mystérieux informateurs ? reprit monsieur Raoul.

— La seule personne que je connaissais est décédée pendant l'opération.

Une ombre de contrariété voila un instant le regard de monsieur Raoul.

— Croyez-vous qu'ils vont reprendre contact avec vous ?

En lui-même, monsieur Claude devait admettre qu'il n'en avait aucune idée. Mais il ne servait à rien d'amoindrir son utilité future aux yeux de monsieur Raoul.

— C'est assez probable, dit-il.

— Si cela se produit, vous avez carte blanche… L'agence verra à mettre à votre disposition les moyens nécessaires aux mesures que vous jugerez utile de prendre… Dans les limites d'une certaine raisonnabilité, évidemment.

Monsieur Claude se contenta d'un hochement de tête et de tremper les lèvres dans sa coupe de champagne.

— Vous saviez que le Cénacle avait des réserves de pétrole dissimulées partout sur la planète ? demanda monsieur Raoul.

— Je n'ai pas suivi de façon très étroite les résultats de toutes les opérations.

— Des plateformes de forage désaffectées, des superpétroliers supposément mis au rancart, d'immenses réservoirs sur des îles désertes, des puits de pétrole fermés transformés en lieux d'entreposage… Sur un des navires de l'Arche, ils ont découvert d'énormes quantités de matériel biologique : sperme, ADN, cellules souches, ovules… Chacun des membres de l'Archipel avait une réserve à son nom !

Monsieur Claude comprenait que monsieur Raoul tenait à lui exprimer clairement sa reconnaissance. Et il le faisait en lui offrant ce qui avait, dans leur milieu, la plus grande valeur : de l'information.

— À compter de demain, reprit monsieur Raoul, vous pourrez suivre tout ça à partir de chez vous. L'autre portable qui est sur le bureau est pour vous. Vous disposez maintenant d'un accès sans restriction au réseau.

Bien sûr, cela ne voulait pas dire qu'il aurait accès à tout, songea monsieur Claude. Il ne fallait pas être naïf. Il y avait toujours des informations et des opérations que le directeur écartait des banques de données de l'agence et conservait sur son ordinateur personnel pour être le seul à y avoir accès. C'était souvent lié à des magouilles de politiciens qui avaient mal tourné ou qui menaçaient de mal tourner... Mais monsieur Claude appréciait le geste à sa juste valeur : son successeur lui octroyait le plus haut niveau d'accès aux informations de l'agence.

— Évidemment, reprit monsieur Raoul, si vous découvrez quoi que ce soit, ou simplement si quelque chose vous intrigue, sentez-vous totalement libre de communiquer avec moi. Votre ordinateur dispose d'un lien direct avec mon bureau.

En guise de remerciement, monsieur Claude inclina la tête et prit cette fois une véritable gorgée de champagne.

Fécamp, 15 h 21

En marchant vers le cimetière, Blunt n'arrivait pas à détacher son esprit des événements récents. Le pire avait probablement été évité. Des actes de terrorisme surviendraient sans doute encore, par une sorte d'effet d'entraînement ou d'imitation. Ou simplement parce que les causes de frustration, la recherche de boucs émissaires et la séduction des solutions simplistes n'auraient pas disparu avec l'élimination du Cénacle. Mais, au moins, la source de financement des attentats s'était tarie et le centre de coordination n'existait plus.

Blunt avait abandonné sans regret la direction du reste des opérations au groupe composé de Tate, de Finnegan et des deux Français. C'était la première étape vers la dissolution de l'Institut. Ou, plus précisément, sa mutation.

Car ce n'était pas seulement Claudia qu'ils allaient enterrer. C'était toute une étape de leur vie. Plus question de traquer des terroristes aux quatre coins de la planète. Désormais, ce qui resterait de l'Institut serait au service de la Fondation nouvelle version. La version Alliance. Et le maître mot serait prévention : comment assurer la sécurité des équipes de recherche, comment assurer la sécurité des systèmes et du personnel…

FRANCE INFO, 15 H 25

… ONT ARRAISONNÉ UNE FLOTTILLE DE PÉTROLIERS APPARTENANT À HOMNIFUEL. LES TERRORISTES AVAIENT L'INTENTION DE LES FAIRE EXPLOSER CONTRE LES TERMINAUX PÉTROLIERS DE L'ARABIE SAOUDITE ET DES ÉMIRATS DU GOLFE. LES FORCES D'INTERVENTION ONT REPRIS LE CONTRÔLE DE TOUS LES BÂTIMENTS, À L'EXCEPTION DE CELUI QUI SERVAIT DE CENTRE DE COMMANDE AUX TERRORISTES. CES DERNIERS ONT PRÉFÉRÉ SE FAIRE EXPLOSER ET COULER LEUR NAVIRE PLUTÔT QUE DE…

FÉCAMP, 15 H 27

Blunt fut le dernier à arriver au cimetière. Monky, Dominique, Moh, Sam et Poitras l'y attendaient. Seul Chamane était demeuré à Paris pour assurer la liaison avec Norm/A pendant les opérations de nettoyage. Il restait, ici et là dans l'Archipel, des ordinateurs qu'il fallait pénétrer, des systèmes informatiques qu'il fallait trouver le moyen de déverrouiller. Or, Norm/A ne voulait avoir affaire à personne d'autre que Chamane. Et comme son expertise était essentielle…

L'urne contenant les cendres de Claudia était posée sur l'herbe. Le trou était creusé. Elle serait inhumée à côté de Kim. Son nom était déjà gravé sur la pierre tombale. Une autre pierre de granit rose, un peu plus grande que la précédente, pour qu'on puisse y graver les deux noms.

Blunt regarda Dominique. Elle avait les yeux rivés sur l'urne funéraire. Il était clair qu'elle n'arrivait pas à se pardonner la mort de Claudia et de Kim. C'était sans doute pour cette raison qu'elle avait aussi facilement accepté un poste dans l'équipe de direction de l'Alliance. Pour se déculpabiliser en effectuant une sorte de bénévolat à l'échelle planétaire.

Il jeta ensuite un regard à Monky. Son visage avait changé. Il paraissait avoir vieilli de dix ans. On aurait dit qu'il était accablé par un tourment intérieur. Était-ce la mort de Claudia qui l'affectait de la sorte ? Celle de F ?

— Ça va ? lui demanda Blunt.

— C'est toujours une expérience particulière de se percevoir comme un survivant, répondit-il. Ça donne l'impression de se survivre à soi-même.

Puis son visage sembla se détendre. Le début d'un sourire apparut sur ses lèvres.

Monky réentendait la voix de Jones Senior dans sa tête. « Dans ce monde, disait-il, il n'y a pas de survivants »… La phrase avait été suivie d'un rire tonitruant !

Jones Senior le lui avait souvent répété. Survivre est un but futile et stupide. Ce monde-ci tuait tout le monde. Indifféremment. On pouvait cependant se poser la question : pour quoi survivre ? Et si on trouvait un but, on remplaçait son moi par ce but. C'était une façon d'être dans le monde sans y être. Et moins on était dans le monde, moins le monde nous tuait par avance. Plus la vie était vivante. Et, paradoxalement, plus on augmentait ses chances de survivre… pour un certain temps.

Blunt observait le changement sur le visage de Monky. Maintenant, il souriait. Et il semblait avoir rajeuni.

— Ça va mieux ?

— Par définition ! répondit Monky avec un léger sourire.

— Il y a quelques instants, vous paraissiez beaucoup plus affecté.

— Vous avez raison, je me laissais aller.

— Et… ?

— Je me suis souvenu d'une vérité fondamentale assez simple. Une vérité qui est à la portée du moindre plombier.

Blunt le regardait, perplexe, attendant la suite de l'explication.

— Fuir, c'est bon pour un robinet.

Voyant que Blunt ne réagissait pas, il ajouta :

— C'est une citation assez connue.

— Et au-delà du jeu de mots, ça veut dire quoi ?

— Il y a la réalité… et il y a les mondes imaginaires dans lesquels la vie aurait pu mieux nous traiter.

— Je ne vois toujours pas le rapport avec le robinet.

— Dans les mondes imaginaires du regret et de la rumination des injustices subies, la vie s'écoule dans le vide.

Blunt aurait aimé savoir ce qui s'était passé à l'intérieur de Monky. Quelqu'un capable de contrôler son humeur à cette vitesse, ce n'était pas banal. Il aurait aimé pouvoir faire la même chose. Surtout quand il pensait à la tâche qui attendait l'humanité. Quand il imaginait le monde dont hériteraient ses deux nièces et qu'il sentait le découragement monter en lui.

La cérémonie fut brève. Les participants partirent ensuite rapidement, laissant à l'employé du cimetière le soin de replacer le gazon et d'éliminer toute trace d'un enterrement récent.

Paris, 16 h 14

Victor Prose regarda son ordinateur avec méfiance. Chamane lui avait pourtant expliqué que le Net serait fonctionnel, qu'il serait simplement ralenti par les attentats contre ses infrastructures. Mais il hésitait.

Comme pour gagner un peu de temps, il relut au hasard deux ou trois courriels. Puis il décida de faire confiance à Chamane. Il envoya à Jannequin tous les courriels qu'il avait échangés avec sa fille. Sur l'ensemble, il y en avait plus de trente dans lesquels Brigitte parlait de sa famille, de son désir de les revoir et de son malaise à reprendre contact.

Il avait quand même laissé les autres. Cela leur donnerait un aperçu de ce qu'avait été la vie de leur fille pendant ces trois années passées au Canada. Ils pourraient également y lire entre les lignes l'amitié qui s'était développée entre eux, surtout au cours des derniers mois, jusqu'à ce que l'attentat au laboratoire y mette fin.

Prose descendit ensuite prendre le métro pour se rendre au Chai de l'Abbaye. C'était sa dernière soirée à Paris, du moins pour un certain temps, et il voulait graver l'endroit dans sa mémoire.

La veille, il avait été déjeuner avec Poitras et Lucie Tellier dans un restaurant italien. Puis il avait dîné au Florimond en compagnie de Gonzague Leclercq. Ils y avaient porté plusieurs toasts à la santé de Théberge en compagnie du maître de salle et du cuisinier.

Son estomac commençait à protester contre la rigueur de ce traitement, mais il serait toujours temps de se mettre au régime en arrivant au Québec. Pour le moment, ses dernières agapes germanopratines, comme aurait dit Théberge, étaient l'équivalent de la madeleine de Proust : au cours des prochains mois, elles hanteraient son esprit et raviveraient sa mémoire.

MONTRÉAL, 16 H 46

Magella Crépeau entra dans le bureau du maire sans être annoncé. Pendant la première minute, il écouta l'édile municipal lui expliquer qu'il avait une journée très chargée, que ce serait préférable qu'ils disposent rapidement de ce qui l'amenait. Bien sûr, il comprenait que c'était nécessairement une matière sérieuse, il savait que le directeur du SPVM ne se pointerait pas à l'improviste sans avoir une raison valable, mais son horaire était vraiment, mais vraiment très chargé.

— Je serai donc bref, avait répondu Crépeau. Je suis au courant de vos prêts occultes avec une banque située dans un paradis fiscal. Je suis au courant des pots-de-vin que vous avez reçus pour les contrats de travaux d'aqueduc. J'ai même l'enregistrement de votre conversation au Toqué. Vous avez quarante-huit heures pour démissionner. Sinon, tout sera rendu public. Si vous démissionnez, on pourra négocier des accommodements raisonnables.

Puis il sortit.

Il était maintenant trop tard pour retourner au bureau. Pour ce qu'il avait à faire, il pouvait attendre au lendemain. Il décida de rentrer chez lui.

Tout au long du trajet, il souriait. Il pensait aux deux dossiers que Théberge avait laissés sur son bureau en guise de cadeau de départ.

— Fais-toi plaisir, avait-il dit.

Le premier dossier concernait le maire. Il venait de s'en occuper.

Le lendemain, il s'occuperait de l'informateur des terroristes à l'intérieur du SPVM.

RADIO FRANCE INTERNATIONALE, 23 H 35

... A ANNONCÉ QUE TROIS INDIVIDUS ONT ÉTÉ INTERROGÉS RELATIVEMENT À LA SÉRIE D'EXPLOSIONS QUI A PROVOQUÉ D'IMPORTANTES FISSURES DANS LE GLACIER DU GROENLAND. LE PORTE-PAROLE DE LA POLICE A TOUTEFOIS REFUSÉ DE DIRE S'ILS ÉTAIENT CONSIDÉRÉS COMME SUSPECTS. EN RÉPONSE À UNE QUESTION, IL A PRÉCISÉ QU'IL ÉTAIT BEAUCOUP TROP TÔT DANS L'ENQUÊTE POUR SAVOIR SI DES ARRESTATIONS ÉTAIENT IMMINENTES, CONTREDISANT AINSI UNE DÉCLARATION DU PREMIER MINISTRE FAITE QUELQUES MINUTES PLUS TÔT SUR UN AUTRE RÉSEAU...

L'Arche sera à la fois le signe de la Nouvelle Alliance avec la vie et le protecteur des nouvelles sources de la vie. L'Arche sera le lieu où se décide ce qui vit et ce qui meurt. L'Arche sera l'ADN de la nouvelle cellule qui régulera la vie de la planète.

Guru Gizmo Gaïa, *L'Humanité émergente*, 4- L'Exode.

QUELQUES JOURS PLUS TARD

AU-DESSUS DU QUÉBEC, 14 H 45

Tout au long du voyage, Blunt avait rejoué sa dernière partie de go sur le logiciel de son iPhone. Tout était tellement clair! Tellement évident! Comment avait-il pu ne rien voir?

Poser la question, c'était y répondre. Par aveuglement.

Il n'avait rien vu parce qu'il n'avait pas regardé. Il avait été victime de préjugés. Au lieu de voir la partie, il avait vu son adversaire. Ou, plutôt, ce qu'il croyait être son adversaire. Il avait joué contre l'idée qu'il se faisait de lui.

Il sélectionna le logiciel de courriel et relut le message qu'il avait reçu la veille.

Excusez-moi du désagrément que cette partie de go a pu vous causer. Pendant que j'étais en voyage, mon fils a utilisé mon identité pour amorcer une partie avec vous. À sa décharge, je tiens à mentionner qu'il n'a que douze ans. Compte tenu de son âge, je n'ai pas renoncé à en faire un vrai joueur.

J'ai examiné la partie et je ne peux que vous remercier de vous être efforcé de rendre le jeu intéressant malgré les gaffes que mon fils a accumulées. Vous pouvez être assuré que cette

> situation ne se reproduira plus. Si l'expérience
> ne vous a pas trop indisposé, je demeure dis-
> ponible pour entreprendre une nouvelle partie
> au moment qui vous...

Blunt fut interrompu dans sa lecture par une hôtesse.

— Votre iPhone est bien en mode « avion » ?

— Oui. Ne vous inquiétez pas.

Elle lui répondit par un bref sourire et poursuivit sa vérification auprès des passagers.

Blunt rangea l'appareil dans sa poche.

Comme il n'avait qu'un sac pour tout bagage, il réussirait probablement à prendre sa correspondance pour Québec. Il serait chez Dominique avant dix-huit heures.

Les autres étaient déjà rendus. La plupart étaient arrivés la veille. De son côté, il avait dû effectuer un détour par Washington. Une rencontre avec Tate. Ils avaient mis deux jours à revoir ensemble toutes les opérations qui découlaient des perquisitions dans l'Archipel, tous les dossiers que Dominique lui avait remis concernant les activités du Consortium.

Son principal rôle avait été de faciliter les rapports de Tate avec Finnegan et les Français. Deux jours de négociations quasi ininterrompues à tenir compte à la fois des nécessités opérationnelles, des intérêts de chacune des organisations et des contraintes politiques des différents gouvernements ! Il en avait plus qu'assez. Malgré l'offre explicite que lui avait faite Tate, il n'était plus question qu'il travaille pour lui.

À la dernière minute, pour acheter la paix, il avait néanmoins accepté que Tate l'appelle de temps à autre pour lui demander son avis sur une situation donnée. Rien de plus. Le travail de terrain, c'était fini.

Une fois à l'aéroport, pendant qu'il se rendait prendre sa correspondance pour Québec, Blunt passa en revue ses courriels sur son iPhone. Il n'y avait qu'un seul message. De Kathy.

> Une de tes femmes est enceinte. Un cadeau
> serait de mise.

Il n'y avait aucune autre précision.

Ce n'était quand même pas Kathy ! Pas à son âge… Blunt fit immédiatement le lien avec les mystérieux messages de Stéphanie. Il avait fini par avoir une traduction claire de la question : sa nièce voulait savoir s'il avait un tuxedo. Était-ce elle qui était enceinte ? Ou sa sœur ?…

Les deux avaient un copain, mais ce n'étaient que des copains. À moins que les choses aient changé pendant tous ces mois qu'il avait passés à courir entre la France, l'Italie, l'Angleterre et les États-Unis…

Comment pouvait-il trouver un cadeau s'il ne savait pas même pour qui il était ?

LÉVIS, 20 H 43

Théberge avait cuisiné pendant la plus grande partie de l'après-midi. Son épouse et Lucie Tellier, accompagnées de Dominique, avaient fait une longue marche le long de la piste cyclable. À leur retour, Victor Prose et Ulysse Poitras étaient arrivés. Théberge avait alors débouché une première bouteille de Sancerre.

— À la victoire de l'à peu près correct sur le carrément débile ! avait-il dit.

La remarque faisait suite à une discussion qu'il avait eue plus tôt avec Dominique. Elle lui avait expliqué le travail qu'elle faisait au sein de l'Alliance avec les anciens dirigeants de la Fondation.

— On ne se bat contre rien. On ne désire rien éliminer. On veut simplement que les gens vivent mieux…

— Vous n'aurez pas le choix d'éliminer un certain nombre de débilités, avait objecté Théberge.

— On ne veut rien éliminer, on veut construire. C'est le problème majeur des Américains de tout voir en termes de guerre : guerre au terrorisme, guerre au cancer, guerre au décrochage scolaire… C'est leur vieux réflexe religieux.

Théberge avait répliqué qu'il n'était pas nécessaire d'être religieux pour vouloir éliminer un tueur en série ou un violeur d'enfants. Qu'il était souvent nécessaire de voir les choses en termes de bien et de mal pour agir. Même si on savait que c'était une simplification.

Dominique avait répondu qu'il avait peut-être raison, mais que ça ne faisait plus partie des choses qu'elle voulait faire.

Ça ferait quand même partie de ce qu'elle devrait faire, avait répliqué Théberge. On ne pouvait pas organiser la sécurité des laboratoires de recherche et d'entreprises présentant un intérêt aussi stratégique sans identifier les ennemis potentiels qu'il fallait contrer.

— C'est probable, avait-elle répondu.

Puis, avec un sourire qui débordait de mauvaise foi assumée, elle avait ajouté :

— Mais ça, c'est Blunt qui s'en occupe.

Ils en étaient à la deuxième bouteille de Sancerre quand le taxi de Blunt était entré dans la cour de la résidence.

— En toute simplicité, avait déclaré Théberge en présentant les entrées froides. Un mélange d'avocat et de crevettes marinées dans une huile aux herbes et au jus de lime, le tout assaisonné à la coriandre.

Le reste du repas était marqué au coin de la même « simplicité ». Crème de tomates aux poivrons rouges – des tomates, des poivrons, c'est difficile de se tromper… Souris d'agneau – il y a seulement à les laisser cuire lentement – accompagnées d'un risotto au parmesan relevé d'un infime soupçon de truffe – suffit d'avoir du bon risotto, du bon parmesan, de bonnes truffes et de prendre le temps de remuer… Une assiette débordante de fromages – il y a seulement à les acheter et à leur laisser prendre la température de la pièce… Des poires au vin préparées la veille – ça se fait tout seul…

Pendant le repas, malgré leurs efforts pour parler d'autre chose, la conversation revint sans cesse sur les suites que les autorités avaient décidé de donner à toute cette affaire.

L'existence du Consortium serait totalement occultée. Les rapports du Cénacle avec les compagnies de l'Alliance seraient réduits au détournement des trois laboratoires par des éléments terroristes. Quant aux terroristes eux-mêmes, ce seraient seulement quelques groupuscules écolos et islamistes manipulés par une poignée de comploteurs hyper riches. Les noms des comploteurs n'étaient pas connus, car les pays et les agences de renseignements en étaient encore à négocier qui serait sacrifié et qui serait épargné : il fallait de gros noms, pour satisfaire le public et rendre plausible le financement d'autant d'attentats, mais il n'en fallait pas trop, pour éviter de donner l'impression que c'était l'ensemble de la classe la plus riche qui était corrompu. Déjà qu'avec la crise financière et économique…

Et puis, chaque personne épargnée était un investissement : on pourrait compter sur elle pour financer un parti politique, se prononcer en faveur ou contre un projet de loi, parrainer des causes sociales ou culturelles…

— Une fois encore, le brave public est roulé dans la farine ! conclut Théberge. Et il faudrait se réjouir parce qu'on lui épargne d'être ensuite plongé dans l'huile bouillante pour être pané !

Sur ce, il prit une gorgée de Grognolo. Un vin particulièrement bien adapté à son humeur, souligna son épouse.

— Le problème, dit Poitras, c'est que personne ne pourra jamais aller contre la vérité officielle. Une fois que tout le monde s'entend pour donner la même version des faits, que tous les médias la répètent…

— Celui qui voudrait dire le contraire aurait tout au plus quelques minutes dans les médias, enchaîna Lucie Tellier. Il n'aurait pas le temps d'expliquer grand-chose. Le public ne pourra jamais savoir ce qui s'est passé.

Elle prit à son tour une gorgée de vin et reposa son verre sur la table un peu plus brusquement qu'elle l'aurait voulu.

— Il y aurait un moyen, fit Prose.

Des regards sceptiques se tournèrent vers lui. Il prit une gorgée de vin avant de poursuivre.

— Ce qui est censuré dans la réalité, on peut le mettre dans un roman. C'est toujours à ça qu'a servi la fiction : contourner la censure. Celle des États et du pouvoir, celle de nos peurs… celle de notre inconscient.

— Tu es sérieux ? demanda Dominique.

— Sûr. Il n'y a que la fiction qui peut dire la vérité. Parce qu'elle s'occupe du sens plutôt que de la description méticuleuse et inutile du moindre détail… laquelle n'a pas de fin.

Blunt le regardait, intrigué.

— Tu te rends compte du problème qu'aurait ton romancier ? objecta Poitras. Expliquer un monde global où tout est interrelié… avec des milliers d'intervenants, des dizaines et des dizaines d'institutions… des tas de médias qui racontent tout et n'importe quoi… Une histoire qui se passe partout sur la planète en même temps… Comment tu peux faire entrer ça dans un roman ?

— Je sais… Ce n'est pas simple.

WWW.CYBERPRESSE.CA, 15 H 22

… A RENDU PUBLIQUE, CET APRÈS-MIDI, À PARIS, LA COMPOSITION DU CA DE HOMNICORP, LA COMPAGNIE QUI CHAPEAUTE HOMNIFOOD ET LES TROIS AUTRES ENTREPRISES DE L'ALLIANCE. DANS LE BUT D'ASSURER UNE PLUS GRANDE TRANSPARENCE ET DE RASSURER LA POPULATION, LES MEMBRES DU CONSEIL ONT DÉCIDÉ DE RENDRE ACCESSIBLE, SUR LE SITE INTERNET DE L'ENTREPRISE, LA COMPOSITION DU CONSEIL D'ADMINISTRATION. DES INFORMATIONS SUR LE PARCOURS PROFESSIONNEL DE CHACUN DES MEMBRES SONT ÉGALEMENT DISPONIBLES… CE QUI FRAPPE, À LA LECTURE DE CES DOCUMENTS, C'EST LA FORTE IMPLICATION DE SEPT DES MEMBRES, DEPUIS DES ANNÉES, DANS DES PROJETS DE NATURE SOCIALE ET HUMANITAIRE.

SELON LE PRÉSIDENT DU CONSEIL, ULYSSE POITRAS, CES SEPT MEMBRES, EN VERTU DE LEUR PARCOURS PROFESSIONNEL, SERONT LES GARDIENS DES ORIENTATIONS ET DE LA GOUVERNANCE DE L'ENTREPRISE…

BEAUMONT, 23 H 49

Ils étaient sur le bord de la plage et ils parlaient à voix basse pour ne pas déranger les gens dans les chalets derrière eux.

— Pour moi, c'est ici que tout a commencé, dit Blunt. J'étais venu pour une fête qui a lieu une fois par année…

Il fit un geste de la main vers la plage.

— Les hommes-grenouilles sont sortis du fleuve là, là et là.

Il raconta ensuite de quelle façon il avait été recruté par F. Comment les choses s'étaient enchaînées.

Ils parlèrent pendant plus d'une heure, après quoi ils retournèrent à Lévis. Blunt dormirait chez Dominique. Prose irait s'installer pour quelques semaines dans l'ancienne maison de Hurt; il voulait se plonger dans l'atmosphère de l'endroit pendant qu'il consulterait les documents que Dominique acceptait de mettre à sa disposition.

— Est-ce que j'ai une chance de pouvoir parler à Hurt? demanda Prose.

— Qui sait? Avec Hurt, j'ai renoncé aux prévisions.

— Vous, qu'allez-vous faire?

— Je vais rester deux ou trois jours, le temps d'assister à la cérémonie pour F. Ensuite, je vais retourner en Italie.

Puis, après une pause, il ajouta:

— C'est un pays qui nous convient, à moi et à Kathy. Elle dit que je deviens quelqu'un d'autre quand je suis là-bas.

— Comme Hurt?

Blunt sourit.

— Non. Pas à ce point-là.

> L'Arche flottera sur l'Océan de la vie, centre mobile,
> informant l'Archipel, contrôlant son évolution, guidant
> ses interventions dans le monde extérieur comme le
> cerveau guide l'organisme.
>
> Guru Gizmo Gaïa, *L'Humanité émergente*, 4- L'Exode.

QUELQUES MOIS PLUS TARD

QUÉBEC, RESTAURANT LE TOAST, 12 H 52

Prose avait choisi le restaurant sur les conseils de Dominique. « Un des meilleurs de Québec. Une des plus belles terrasses. »

— J'ai lu votre proposition, dit l'éditeur. *Les Gestionnaires de l'apocalypse*. J'aime assez le titre. Ça sonne bien. Mais… vous ne trouvez pas que c'est un projet un peu vaste ? Comment dire… ?

Il hésitait comme s'il cherchait comment formuler la suite. Il prit une gorgée de vin, à la fois pour se donner le temps de réfléchir et se concentrer sur le goût magnifique du Batàr 1996.

— Vous êtes sûr que c'est faisable ? demanda-t-il finalement.

— J'admets que c'est assez compliqué, répondit Prose. Il faudrait une série de romans.

— Ce n'est pas seulement une question de longueur. Il faut trouver une forme qui permette de rendre compte de la complexité des interactions. Du fait que ça se passe partout en même temps sur la planète.

Prose sourit.

— C'est une question à laquelle j'ai beaucoup réfléchi. La solution, je pense, c'est de faire un montage très syncopé des scènes, avec des actions qui se passent aux quatre coins de la planète.

— Ça ne fera pas trop émietté ?

— Je vais vous répondre en utilisant une comparaison. Le roman traditionnel a une esthétique qui se rapproche de celle du jeu d'échecs : une domination totale des pièces maîtresses, le héros et ses quelques associés. Le reste est marginal. Des pions... J'envisage un roman dont la forme serait à mi-chemin entre celle du jeu d'échecs et celle du jeu de go. Une sorte d'hybride : une bonne partie du roman est concédée aux pièces maîtresses (comme aux échecs), mais beaucoup d'espace est accordé à l'ensemble des pièces et aux liens qu'elles tissent entre elles (comme dans le jeu de go).

— Sur des centaines de pages ? Vous allez perdre les lecteurs.

— Pour faciliter les choses, je présente les scènes dans un ordre chronologique strict. Aucun *flash-back*, aucun *flash-forward*. On suit l'ordre de l'action, mais en changeant de lieu pour suivre les différents acteurs. La seule concession importante au morcellement autre que l'émiettement des scènes, c'est qu'il pourrait y avoir des trous de plusieurs mois, ou même de plusieurs années, entre deux grandes parties qui se suivent.

— Et vous allez tenir ça pendant combien de pages ?

— J'ai calculé qu'il faudrait dix romans.

Une île en Grèce, 20 h 03

Moh et Sam regardaient avec plaisir les restes du repas. De leur table, ils voyaient la mer.

— Vous êtes sûr de n'avoir aucun regret ? demanda Sam.

— Aucun, répondit le vieil homme. J'ai un deuxième hôtel sur une autre île. Je suis trop vieux pour continuer à courir d'un endroit à l'autre.

Puis il ajouta avec un sourire :

— Si je m'ennuie trop, je viendrai vous voir... Comme client, tiens ! Ce sera à mon tour de me faire servir.

— Alors, c'est d'accord. Nous irons signer les papiers demain.

Il leva son verre d'ouzo. Les trois hommes firent cul sec.

Comme ils posaient leur verre, un homme entra dans l'auberge et vint s'asseoir à leur table. Finnegan.

— Je n'allais pas manquer ça, dit-il en français.

Le vieil homme le regarda, regarda Moh et Sam.

— C'est un ami, dit Sam en anglais.

— Il paraît que vous avez une chambre de libre, reprit Finnegan, cette fois en anglais.

Le visage du vieil homme s'illumina. Il se dépêcha d'aller à la cuisine.

— Je n'ai pas encore renoncé à vous recruter, dit Finnegan en souriant.

Il était revenu au français.

— Nous sommes à la retraite, répondit Sam.

— Ça peut s'arranger.

— Il est hors de question que nous quittions cette île.

Moh se contentait de laisser parler Sam. Il était meilleur que lui pour discuter avec les technocrates. Mais son expression ne laissait aucun doute sur ce qu'il pensait de la proposition de Finnegan.

— Je n'ai jamais pensé à vous demander une telle chose, protesta ce dernier.

Il regarda autour de lui.

— C'est un endroit magnifique, reprit-il. Isolé… Si vous acceptiez de simplement donner votre avis sur certaines questions… d'accueillir de temps à autre dans votre auberge un agent qui a besoin de récupérer, à l'abri de l'agitation du monde…

— Pour qu'on se retrouve avec un commando d'agents ennemis qui viennent s'occuper de votre pensionnaire et qu'ils saccagent tout sur leur passage?… Y compris vos honorables serviteurs?

— On peut vous offrir tout le matériel de sécurité que vous voulez.

Le vieil homme revenait avec un verre vide et une nouvelle bouteille. Finnegan fit un large sourire en voyant le verre qu'il posait devant lui.

— Il va de soi que je ne vous demande pas une réponse immédiate, dit-il en français.

Il vida son verre.

— Il faut toujours bien traiter son premier client, dit le vieil homme en s'adressant à Sam. Surtout si c'est un ami. Ça porte chance.

QUÉBEC, RESTAURANT LE TOAST, 13 H 10

— Commercialement, c'est suicidaire, expliqua l'éditeur en déposant son verre de Batàr. Il y a beaucoup de lecteurs qui vont attendre que la série soit terminée avant d'acheter le premier livre. Sans compter ceux que la longueur va décourager… Il faudrait ramener ça à quatre romans. Et encore, c'est trop.

Ils s'arrêtèrent de discuter pendant que le serveur retirait les assiettes quasi immaculées qui avaient contenu le risotto au homard.

— Pour alléger, j'ai pensé à trois autres romans, reprit Prose. Je veux dire, avant de commencer le cycle proprement dit. Pour présenter certains des personnages principaux. Dans chacun, il y a une histoire complète. Mais on découvre des éléments qui seront utilisés plus tard dans les romans suivants.

— Déjà, j'aime mieux ça… Vous pensez à des romans de quelle ampleur ?

— Autour de trois ou quatre cents pages pour le premier. Ensuite, on verra… Selon les besoins de l'histoire.

— Jusqu'à maintenant, vous avez surtout pratiqué la forme courte. Avec une écriture et des thèmes plutôt subjectifs.

— Je sais. Il faut que je trouve une nouvelle forme d'écriture… Peut-être une forme hybride. Avec des scènes qui seraient de courtes nouvelles qui s'intégreraient à l'ensemble… Peut-être, aussi, des développements analogues à des essais…

— Là, vous risquez vraiment de perdre tout le monde !

SUR UN LAC AU NORD DE SEPT-ÎLES, 13 H 15

Les deux Gonzague pêchaient dans la même embarcation. Dans l'autre, Lefebvre et Crépeau avaient pris charge d'Albert, l'ami de Gonzague Leclercq.

Ce dernier avait prévenu Théberge qu'il emmènerait un ami, mais il ne lui avait rien dit de plus. Théberge avait eu la surprise de reconnaître Albert, le client râleur du Chai de l'Abbaye.

— Un de mes anciens adjoints à la retraite, avait dit Leclercq. Il s'amuse à jouer les indicateurs. Ça lui donne un prétexte pour promener son personnage dans les cafés de Saint-Germain.

— J'espère que je ne vous ai pas trop choqué, avait ajouté Albert en tendant la main à Théberge.

Ils étaient au camp de pêche de Théberge depuis trois jours. Tous les soirs, ils mangeaient la truite qu'ils avaient pêchée pendant la journée, accompagnée du chablis qui avait refroidi dans le lac.

Les premiers jours, les discussions avaient roulé sur l'actualité. Leclercq avait informé les autres de ce qui était en train de se dérouler en Europe. Plusieurs des personnes impliquées dans les réseaux de Killmore s'en tireraient, mais il y aurait « un nombre significatif de coupables dans chacun des pays impliqués ». C'était l'expression sur laquelle les politiques s'étaient finalement entendus, laissant aux fonctionnaires le soin de préciser la portée quantitative de ce « significatif ».

Par la suite, les conversations avaient pris un tour plus personnel.

— Qu'est-ce que tu vas faire, maintenant que tu es à la retraite ? demanda Leclercq.

— Comme la plupart des autres : je vais ruminer les affaires les plus dérangeantes que je ne suis pas parvenu à résoudre. Je vais me demander ce que je n'ai pas fait que j'aurais dû faire, ce que je n'ai pas vu que j'aurais dû voir, ce que je n'ai pas compris…

— Tu parles de tes clients de l'hôtel ?

— Entre autres.

Gonzague Leclercq était un des rares à qui Théberge avait parlé de l'hôtel, cet endroit dans sa tête où résidaient les victimes dont il n'avait pas pu découvrir le meurtrier.

— Tu t'entretiens souvent avec eux ?

— Non… Mais je me souviens de leur voix, à l'époque où je leur parlais plus régulièrement.

Théberge, le policier qui parle aux morts !… La nouvelle avait été reprise pendant des mois par les médias. Tout ça parce qu'il trouvait commode de discuter à haute voix avec les victimes. Que ça lui permettait de les apprivoiser, de se mettre dans leur peau et d'essayer de comprendre ce qui leur était arrivé.

— Tu sais que ce n'est pas vraiment une occupation, je suppose.

— C'est ce que dit mon épouse.

— Elle a peur de te voir traîner toute la journée à la maison ?

— Elle voudrait que je me trouve quelque chose.

Théberge fit une moue avant d'ajouter :

— Tu me vois, gardien de sécurité ?

Québec, restaurant Le Toast, 13 h 21

— C'est une idée intéressante, fit l'éditeur. Mais il y a plein de romans qu'on a assassinés à force d'y entasser des idées intéressantes. Le danger, c'est d'en faire trop.

Prose jugea prudent de ne pas répondre qu'il voulait inclure dans le roman un personnage atteint du syndrome de personnalité multiple, des agents secrets bouddhistes, un policier atteint du syndrome de la Tourette, une secte fondée sur la théorie des cordes et quelques autres éléments du genre auxquels il avait songé. Inutile d'effrayer l'éditeur potentiel.

— Je n'ai pas le choix de donner la parole aux discours collectifs, reprit-il, ce sont eux qui ont le haut du pavé. Et les médias sont le meilleur moyen de le faire.

— Les gens zappent déjà leur télé quand ils tombent sur des informations. Imaginez dans un roman !

— Ce seraient de brefs passages. Quelques lignes. Parfois un peu plus…

— Ça va donner un roman encore plus émietté.

— Et plus réaliste ! Dans la vie réelle, on est sans cesse interrompus par des courriels, des appels téléphoniques, des SMS… On est bombardés par la pub et les télés ouvertes partout… Partout, il y a des écrans qui nous submergent de messages…

— C'est justement ce que les gens essaient de fuir.

— Pas sûr. Regardez tous ceux qui sont rivés à Internet… rivés à leurs consoles de jeu… à leurs Black-Berry… Au fond, c'est aussi un roman sur l'infiltration du quotidien par les médias, par les écrans de toutes sortes. Les médias sont devenus le maillage de fond sur lequel se tisse la vie des gens… Ils connaissent mieux les personnages de téléromans que leurs voisins !

— Résultat : vous allez renforcer la propagande des médias !

— On peut faire un montage qui rend évidente la propagande : on a un extrait d'un média, on coupe et on voit la réaction d'un des personnages.

— Un genre de *reaction shot* ?

— Si on veut. On peut aussi juxtaposer le discours officiel et ce que disent les mêmes personnes en privé… Juste le fait de faire dire explicitement par un personnage l'idéologie qui sous-tend son comportement et qui reste habituellement sous-entendue…

Prose s'interrompit et recula sur sa chaise pour laisser plus de place au serveur, qui déposa devant lui un râble de lapin au boudin noir.

Plus conservateur, l'éditeur avait choisi une entrecôte Angus.

C'était pour le moins ironique, songea Prose. Ils discutaient dans une des meilleures tables de Québec d'un roman qui porterait sur la faim et la misère qui menaçaient de ravager la planète.

Subitement, il avait moins faim.

Sur un lac au nord de Sept-Îles, 13 h 26

Leclercq travaillait pour sortir une prise de l'eau.

— C'est quoi? Un monstre?

— Au moins quatorze ou quinze pouces, répondit Théberge.

— Ça fait combien, en centimètres?

— Trente-trois, trente-cinq…

Quatre minutes plus tard, le pronostic de Théberge était confirmé. La truite que Leclercq avait sortie mesurait dix-neuf pouces.

— Quand mes amis de Paris vont voir ça!

Tous les soirs, Leclercq demandait qu'on le photographie avec les prises de la journée.

— J'ai quelque chose pour tes amis qui rêvent des grands espaces sauvages du Québec! fit Théberge. Après-demain, on va à la Romaine.

— La rivière dont tu m'as parlé?

— La dernière grande rivière naturelle du Québec. Tu es chanceux, tu fais partie des rares privilégiés qui vont la voir avant qu'ils la dénaturent avec des barrages.

Un silence de plusieurs minutes suivit. Plus aucun poisson ne mordait. La truite que Leclercq avait sortie de l'eau aurait été la dernière de son espèce que ça n'aurait pas fait de différence. Le lac semblait maintenant désert. Mais comme ils n'étaient pas là seulement, ni même d'abord, pour pêcher…

— Donc, fit Leclercq, tu n'as pas encore pris de décision pour ta retraite.

— Rien qui presse.

Une autre période de silence suivit.

— Moi, fit Leclercq, j'ai été approché par trois multinationales.

— Qu'est-ce que tu vas faire?

— Le salaire est bon. Mais…

— Ne viens pas me dire que t'as des principes, ironisa Théberge.

— Non. Pas des principes. Mais ce serait bien de travailler à autre chose qu'à la défense de ceux qui ont déjà trop d'argent…

Un autre silence suivit, marqué par une fausse alerte. Théberge pensait avoir une prise, mais c'était une canette de bière. Il le prit comme une insulte personnelle. Quelqu'un était venu jeter une canette vide dans son lac… Même s'ils étaient une vingtaine à profiter d'une concession sur ce lac.

— Tu devrais peut-être parler à Blunt, dit Théberge.

— De quoi ?

— C'est lui qui s'occupe de la sécurité des entreprises de l'Alliance. Je sais qu'il se cherche un remplaçant.

— Ça reste une multinationale.

— Mais c'est probablement ce qu'il y a de moins mauvais sur le marché.

— Toi, ça ne t'intéresse pas ?

— Je ne veux plus travailler dans une organisation. Je ne veux plus avoir à composer avec des politiciens, une hiérarchie, des médias… soigner une image publique…

Puis, après une pause de plus d'une minute, il ajouta :

— Finalement, je suis peut-être mûr pour une vraie retraite.

— Et si tu étais simplement mûr pour faire des choses qui t'intéressent ?

— Le problème, avec les choses qui m'intéressent, c'est qu'elles m'amènent toujours à me heurter à la bêtise. La bêtise militante dans toute sa ravageuse efflorescence !

— Voilà ! Tu l'as trouvée, ta nouvelle carrière ! Avec un style comme le tien, c'est évident !

— Quoi ? Personnage de roman ?

— Presque… Tu pourrais tenir une chronique dans un journal ou à la radio… Leur remettre la monnaie de leur pièce !

— Tu me vois annoncer ça à mon épouse ?… Devine mon nouveau métier… Pourfendeur de bêtises patentées ! Contempteur de calembredaines bien pensantes !

Le sourire qui était apparu sur son visage disait néanmoins qu'il n'avait pas totalement écarté l'idée. Ne serait-ce qu'à titre de fantasme à entretenir.

Aix, 19 h 39

Geneviève avait accouché depuis une semaine. Des jumeaux. Un garçon et une fille. Toute la famille était dans le jardin de leur nouvelle propriété, en banlieue d'Aix.

Geneviève avait insisté pour qu'ils élèvent leurs enfants en Provence. Dans une ville qui avait encore, malgré ses problèmes, une échelle humaine. Poitras les avait aidés à trouver l'endroit de leurs rêves, à négocier l'achat et, surtout, à éviter les deux ou trois ans de délai qu'il fallait uniquement pour régler la signature des différents papiers légaux.

À côté d'eux, il y avait une curieuse voiturette motorisée qui tenait de la pape-mobile, de la chaise roulante et du véhicule lunaire. C'était ce que Norm/A utilisait pour se déplacer à l'extérieur de chez elle.

C'était la première fois qu'elle se rendait dans un environnement qu'elle ne contrôlait pas. Mais elle avait tenu mordicus à faire le voyage. Geneviève et Chamane avaient aménagé une grande pièce, au rez-de-chaussée, pour la durée de son séjour.

Ils espéraient la convaincre de venir s'installer à proximité. Maintenant qu'elle et Chamane allaient travailler ensemble pour la nouvelle Alliance.

— Ce serait commode, fit Geneviève. Et pas seulement pour le travail.

Norm/A sourit. Elle jeta un regard au bébé que Geneviève avait mis dans ses bras.

— Je vais y penser, répondit-elle sur un ton très sérieux.

— Poitras s'occuperait de toutes les démarches.

— C'est vrai que pour voir les enfants…

Maintenant qu'il la connaissait mieux, Chamane comprenait les remarques que Norm/A lui avait faites pour que Geneviève fasse attention à elle pendant sa grossesse. Elle-même, avec ses différentes infirmités, était une illustration des problèmes qui pouvaient survenir.

Ironiquement, même ce qui était normal, chez elle, n'était pas normal. Son quotient intellectuel était de 165 et son visage était une réplique quasi exacte de celui de Norma Jeane Mortenson. Plus connue sous le prénom de Marilyn.

Pour les jumeaux, ce serait une marraine unique.

Québec, restaurant Le Toast, 13 h 51

— C'est un *serial killer*, fit Prose en posant son couteau et sa fourchette dans l'assiette. Mais transposé sur le plan de l'humanité. Ce ne sont pas seulement des individus qui sont assassinés, comme on pourrait le croire au début de l'histoire; c'est l'humanité, c'est toute la planète qui est attaquée par les logiques d'intérêt. Au fond, c'est un roman sur la manipulation, sur l'exploitation de nos vulnérabilités, autant individuelles que collectives.

L'éditeur immobilisa sa bouchée au-dessus de son assiette et fixa son regard sur Prose.

— Ça devient vraiment très compliqué, dit-il.

— Pas compliqué, répliqua Prose. Complexe.

L'éditeur prit sa bouchée.

— Ou mieux, reprit Prose : le roman va être un processus de complexification. Imaginez une série de romans conçus comme des poupées russes. Chacun englobe d'une certaine manière les précédents, pousse les enjeux un peu plus loin.

— C'est très didactique. À vous entendre, on dirait presque une version « médias » des dialogues de Platon !

— C'est parce qu'on en parle de façon abstraite. Qu'on parle de structures.

Il prit une gorgée de Rockburn Pinot noir.

— Mais vous avez raison, reprit-il : ça reste un danger. Surtout si j'introduis des fragments d'essais ici et là.

Paris, 19 h 57

La réunion du conseil d'administration venait de se terminer. Poitras prenait un verre dans son bureau en compagnie de Dominique, qui avait accepté le poste de secrétaire exécutive d'HomniCorp. Ils faisaient un bilan informel de la réunion.

— Pour le champignon tueur de céréales, dit Poitras, c'est uniquement une question de délais. Ça va faire mal, il va probablement y avoir des millions de morts, mais les récoltes devraient finir par remonter à un niveau suffisant.

— Seulement des millions de morts, fit Dominique.

C'était surréaliste, cette façon d'estimer que les choses finiraient par s'arranger parce que les morts se compteraient seulement par millions. « Gérer l'apocalypse », avait dit Blunt.

— Par contre, reprit Poitras, pour la peste grise…

— Tant que ce n'est pas transmissible par voie aérienne et que le contact de personne à personne n'est pas trop contagieux…

— Il suffirait d'une mutation…

— C'est déjà ça pour plusieurs virus.

Les deux restèrent silencieux pendant un moment.

— Tu vas toujours en Italie avec Lucie Tellier ? demanda Dominique.

— On va rencontrer Blunt. Il faut discuter des changements à apporter à notre système de sécurité.

— L'Italie, à deux, c'est romantique.

Dominique souriait de façon amusée.

— C'est ce qu'on dit, répondit Poitras en s'efforçant de paraître entrer dans le jeu.

Il se demandait si un voyage en Italie, dont la moitié serait consacrée aux affaires, serait suffisant pour mettre un terme à la valse-hésitation qui caractérisait ses rapports avec Lucie Tellier. En fait, il se demandait surtout s'il parviendrait un jour à atténuer suffisamment la brûlure qu'avait laissée dans sa mémoire l'image de sa femme et de ses enfants assassinés.

QUÉBEC, RESTAURANT LE TOAST, 14 H 06

— Il y a un détail qui me chicote, fit l'éditeur en regardant s'éloigner le serveur avec leurs assiettes vides. Vous dites que c'est basé sur la réalité…

— Mais ça reste une fiction.

— Vous n'avez pas peur des poursuites ?

— Je ne veux pas décrire exactement ce qui s'est passé. Je veux inventer une histoire qui reprenne le plus possible d'éléments de la réalité, mais que ça reste une fiction. L'important, c'est que l'histoire permette de comprendre la logique qui est à l'œuvre derrière les événements.

— Quand les gens vont voir votre nom, il y en a qui vont faire le lien.

— Pas si j'utilise un pseudonyme.

— Ça va quand même finir par se savoir.

— Pas si c'est un vrai prête-nom. J'ai un ami à Lévis. Il est prêt à assumer le rôle public de l'auteur. Et moi, je vais pouvoir écrire tranquille.

— Il fait quoi, votre pseudo ?

— C'est un prof de philo. Il est aussi spécialisé dans les questions de retraite et de placements.

— Vous pensez que les gens vont vraiment y croire ?

— Après les premiers romans, il pourrait écrire une sorte d'autobiographie littéraire. Pour mieux planter son personnage d'auteur.

— Une autobiographie que vous écririez ?

— Bien sûr. De toute manière, les autobiographies sont toujours romancées.

VENISE, 20 H 09

Blunt et Kathy marchaient lentement dans les rues de Venise. Leur réservation, au restaurant, était pour vingt et une heures.

— Je suis retourné sur la plage à Beaumont.

— Qu'est-ce que ça t'a fait ?

— Je ne sais pas.

Elle lui lança un bref regard de côté. C'était bien lui !… Quand il s'agissait de décrire ce qu'il ressentait, on aurait dit que son cerveau partait en vacances.

— J'ai revu les événements dans ma tête, reprit Blunt. Mais c'était presque comme si c'était arrivé à quelqu'un d'autre… Comme si c'étaient des souvenirs d'un film.

Après un moment de silence, il ajouta :

— Une chose est sûre, je suis maintenant quelqu'un de différent. Je me sens plus… apaisé.

— C'est l'effet de Venise.

— Probablement.

À son arrivée, il avait appris que ses deux nièces étaient enceintes. Stéphanie voulait faire un mariage dans une église. Une super noce. Mélanie, par contre, ne voulait rien savoir de se marier. Mais elle avait fait savoir qu'elle accepterait une aide financière à la hauteur du coût de la noce de sa sœur.

— Qu'est-ce que tu en penses ? demanda Kathy.

— Du mariage et du non-mariage ? Je pense que dans le monde où on vit, elles ont raison de profiter de toutes les occasions d'être heureuses. Et de le faire comme elles l'entendent.

— Tu crois que ça va s'arranger ?

— Certaines choses devraient s'arranger. D'autres probablement pas. Pas avant un certain temps, en tout cas. Pour ce qui est de ce que ça va donner au total…

Québec, 14 h 14

Hurt parcourut l'atelier de son ami du regard. La plupart des outils étaient rangés sur les murs à l'endroit prévu. Il en restait juste assez à la traîne pour entretenir un minimum de chaos créateur.

— Comme ça, tu reviens à la coutellerie, fit José.

Un sourire apparut sur les lèvres de Hurt.

— On dirait bien.

— Il y a encore des clients qui s'informent de ce que tu es devenu. Qui voudraient avoir de tes pièces.

— Je m'ennuie de fabriquer des couteaux, pas du cirque des salons d'exposition.

— Je sais…

— J'ai un service à te demander. Deux en fait.

— Tu sais que, si je peux faire quelque chose…

— Si j'ai un jour des pièces que j'estime vendables, je te les donne et tu t'en occupes. Tu auras tout ce que je produis et tu seras la seule personne avec qui je serai en contact.

— Tu veux être le Réjean Ducharme de la coutellerie ?

Hurt sourit.

— Disons que j'ai mon quota des rapports sociaux.

— Uhn hun… fit José en hochant la tête. Pas de problème.

Puis, après une pause, il demanda :

— Et l'autre service ?

— Je n'ai plus aucun matériau pour les poignées : il faut que je me refasse une réserve.

— Qu'est-ce que tu veux ?

— Ivoire de mammouth, oosic, nacre noire, corail rouge, dent de morse, cornes de chèvre de montagne ou d'antilope… loupes de noyer, de bois de rose, d'ébène… Tu connais mes goûts.

— Comme ça, c'est sérieux ? Tu recommences vraiment ?

— Ça fait trop longtemps que j'ai arrêté.

— Qu'est-ce qui t'a décidé ?

Hurt songea à ses enfants, au trafic d'organes, aux couteaux qui tuent et découpent les corps, il songea à Art/ho, qui rêvait d'un art qu'on pratique au scalpel… Comment pouvait-il expliquer à son ami que sa motivation la plus profonde, celle qu'il avait longtemps recouverte du nom de beauté, était simplement une tentative pour inverser le processus, pour transformer les couteaux en œuvres d'art ?

— J'ai fait un peu de ménage à l'intérieur, se contenta-t-il de répondre.

QUÉBEC, RESTAURANT LE TOAST, 14 H 22

L'éditeur prit une première bouchée de *cheese cake* au Reggiano, se figea quelques secondes, comme sous l'effet d'un plaisir d'une intensité inattendue, puis il demanda à Prose :

— Vous avez pensé à la façon dont elle va finir, votre histoire ? Vous avez déjà la fin en vue ?

— Une mise en abyme. Pour une histoire où des débiles veulent pousser l'humanité sur le bord de l'abîme, ça me semble approprié !

Sur ce, il prit une gorgée de Rockburn.

— Vous n'avez rien de plus précis ?

Prose ne voulait pas lui dire tout de suite à quelle mise en abyme il pensait ; l'éditeur serait revenu avec sa crainte que ce soit trop compliqué. Il aurait également pu lui objecter que ça faisait trop littéraire pour un roman populaire. Qu'après tout, il n'écrivait pas *La Recherche*.

— Non, répondit-il. Ce n'est pas encore décidé.

— Ça va bien finir, au moins ? Les « bons » vont gagner ?

— Pas vraiment. Plusieurs vont mourir… Des morts rapides. Cliniques. Sans longs messages à la postérité… Comme dans la vie, quoi !

— Vous ne trouvez pas ça un peu dur pour vos lecteurs, qui se sont attachés aux personnages ?

— Ce n'est pas tout le monde qui meurt.

— Tiens donc, il y a des survivants ! Vous me rassurez.

— D'accord, ce n'est pas exactement Hollywood. Il n'y a pas de victoire triomphale du bien à la fin… Mais la débilité a été contenue.

— C'est déjà ça.

— Provisoirement.

— Je me disais, aussi.

— Mais j'ai déjà la dernière phrase. Ça résume tout le cycle !… Et ça ramène le lecteur dans le monde réel.

— Si ça résume tout le cycle, à quoi bon écrire ce qui précède ?

Voyant l'air troublé de Prose, il ajouta :

— Je blaguais… C'est quoi, la phrase qui terminerait votre roman ?

— « Nous devons maintenant gérer l'Apocalypse. »

REMERCIEMENTS

Merci d'abord à mes lectrices et à mes lecteurs, merci de votre intérêt, de vos commentaires et de vos questions.

Merci à Richard, dont la truculence et les élans gastronomiques continuent, encore et toujours, à inspirer la partie « plus vraie que nature » de l'inspecteur Théberge.

Merci à Marc, pour ses considérations toujours éclairantes sur les marchés financiers et la faune qui y sévit… à Hugues, pour ses éclaircissements sur les mystères raffinés de l'organisme humain… à Jean-François, qui me tient au fait des périls et arnaques qui peuplent le web… à Michel, expert inépuisable en technologies diverses et connaissances inattendues.

Un merci particulier à Mathieu, de m'avoir raconté son expérience de l'Amazonie, où il est retourné vivre ses derniers jours.

Plus généralement, je tiens à remercier tous ceux dont j'ai sollicité l'expertise et exercé la patience par mes nombreuses questions.

Merci à Émil, à Pierre, à Sylvain et à Michel, pour avoir assumé le rôle de tout premiers lecteurs.

Merci également à Jean, éditeur minutieux et passionné, pour ses suggestions, ses commentaires et, de façon plus générale, pour l'attention qu'il a accordée au texte et à la structure de ce roman.

Merci à Diane et à Martine pour la révision du texte… à Francine pour le travail attentif sur le manuscrit… Merci à toute l'équipe d'Alire, pour leur support tout au long de ces années.

Merci à Jean-Philippe et à Stéfanie, pour leur expertise en matière de langage SMS et de vie sur le web.

Et, surtout, un énorme merci à Lorraine. Lorraine qui m'a accompagné et supporté tout au long de l'écriture des quatre tomes des *Gestionnaires*… Lorraine qui m'aide chaque jour à demeurer en contact avec les réalités les plus importantes de la vie.

JEAN-JACQUES PELLETIER...

... a enseigné la philosophie pendant plusieurs années au cégep Lévis-Lauzon. Il siège toujours sur de nombreux comités de retraite et de placement.

Écrivain aux horizons multiples, le thriller est pour lui un moyen d'intégrer de façon créative l'étonnante diversité de ses centres d'intérêt : mondialisation des mafias et de l'économie, histoire de l'art, gestion financière, zen, guerres informatiques, techniques de manipulation des individus, chamanisme, évolution des médias, progrès scientifiques, troubles de la personnalité, stratégies géopolitiques...

Depuis *L'Homme trafiqué* jusqu'à *La Faim de la Terre*, dernier volet des « Gestionnaires de l'apocalypse », c'est un véritable univers qui se met en place. Dans l'ensemble de ses romans, sous le couvert d'intrigues complexes et troublantes, on retrouve un même regard ironique, une même interrogation sur les enjeux fondamentaux qui agitent notre société.

Extrait du Catalogue

ALIRE

Collection « Romans » / Collection « Nouvelles »

Collection «Essais»

VOUS VOULEZ LIRE DES EXTRAITS
DE TOUS LES LIVRES PUBLIÉS AUX ÉDITIONS ALIRE ?
VENEZ VISITER NOTRE DEMEURE VIRTUELLE !

www.alire.com

LA FAIM DE LA TERRE -2
est le cent cinquante-deuxième titre publié
par Les Éditions Alire inc.

Il a été achevé d'imprimer
en octobre 2009 sur les presses de